Die Stille meiner Worte

1. Auflage 2018

ISBN 978-3-7641-7079-0

Dieses Buch wurde vermittelt von der Literaturagentur
erzähl:perspektive, München (www.erzaehlperspektive.de).

Lektorat: Emily Huggins
Umschlaggestaltung: Alexander Kopainski unter Verwendung
von Fotos von: ©Abstraktor/shutterstock.com, ©Katflare/
shutterstock.com, ©Natalya Erofeeva/shutterstock.com,
©annadolzhenko/shutterstock.com, ©nadiia/shutterstock.com,
©Risovanna/shutterstock.com und © BoxerX/shutterstock.com
Druck und Bindung: GGP Media GmbH, Pößneck
Gedruckt auf Papier aus geprüfter nachhaltiger Forstwirtschaft.

www.ueberreuter.de

Ava Reed

Die Stille meiner Worte

ueberreuter

Musikliste

Adele – Water Under the Bridge
Andra Day – Rise up
AnnenMayKantereit – Barfuß am Klavier
Ben Cocks – So Cold
Birdy – Wings
Birdy & Rhodes – Let it all go
Chord Overstreet – Hold On
Cloves – Don't Forget About Me
Coldplay – Fix you
Ella Henderson – Yours
Fleurie – Breathe
Imagine Dragons – Dream
Imagine Dragons – Not Today
James Bay – Incomplete
Jessie J – Who You Are
Katelyn Tarver – You Don't Know
Of monsters and men – Little talks
One Republic – Let's hurt tonight
Susie Suh – Here with me
The Chainsmokers & Coldplay – Something Just Like This
The Chainsmokers ft. Hailey – Closer
Tom Odell – True Colours
Tracy Chapman – Fast car
Sister Hazel – Your Winter

Für Jacquelin Stumpe
Weil du mir gezeigt hast, was es bedeutet, sich selbst treu zu bleiben, und dass man alles, was man verliert, wiederfinden kann. Auch sich selbst.

Für Lisa Herrmann
Weil du mir beigebracht hast, dass die leisen Worte manchmal die lautesten sind und die des Herzens die schönsten.

Für Nicci, Samy, Jennie, Hannah und Binia
Weil euer Herz so unglaublich groß ist und ihr mir eure Freundschaft schenkt.

Für dich
Weil du das hier liest.
Vergiss nicht, dass es okay ist, auch mal nicht okay zu sein.

Brief an Izzy

All die ungesagten Worte in mir sind Verständnis und Unverständnis zugleich, sie sind Einsamkeit und Gesellschaft, sie sind mein Gefängnis und meine Freiheit. Sie sind wie Fremde, die mich umarmen, und wie Freunde, die mir den Rücken kehren. Sie sind da und sie können nicht heraus – sie sind wie ich.

Uns umgeben die gleichen Mauern, uns halten die gleichen Grenzen. Ich weiß, woher sie kommen, ich spüre, dass sie da sind, aber ich weiß nicht, wie ich sie einreißen kann. Ob ich das möchte.

Ich habe Angst. Ich habe Angst vor der Stille meiner Worte.

Und so ist es, Tag für Tag, Kampf und Tanz zugleich.

Jeden Tag, seit du nicht mehr da bist, Izzy.

Kapitel 1 – Hannah

Die Stille kann lauter sein
als der Sturm.

Das war sie – die letzte Kiste, die mein altes Leben in mein neues bringt. Die letzte Kiste voller Erinnerungen.

Mein Blick schweift durch das Zimmer, über das fröhliche Pastellgelb der Wände und den alten Holzboden, bis hin zu meinem neuen Bett und den Kommoden in Weiß, die Dad bereits aufgestellt hat. In Gedanken höre ich ihn und Mum sagen: *Neuer Ort, neues Heim, neuer Anfang. Alles wird besser werden, Hannah!*

Aber heißt neu auch immer besser?

Mit zitternder Hand wische ich mir eine Träne aus dem Augenwinkel, schiebe einzelne Strähnen meines Haares zur Seite und atme tief ein, denn eines ist sicher: Es gibt keine Möglichkeit, dass all das noch schlimmer werden könnte. Es ist bereits schlimm, es tut weh und es ist real. Mein Leben ist die Steigerung von allem Schlechten, der Superlativ von einsam und verloren sein. Weil Izzy weg ist und weil auch ein neues Haus, ein neues Zimmer und ein neues Leben daran nichts ändern können. Erinnerungen kann man nicht löschen. Man kann sie nicht einfach vergessen. Man kann sie nicht ändern. So wenig, wie ich das mit diesem einen Tag kann. Egal, wie neu alles um mich herum ist – ich werde es nie sein.

Dutzende von Kartons stehen wild durcheinander, voll mit Dingen, die mir mal etwas bedeuteten. Jetzt sind es nur noch irgendwelche Dinge. Austauschbar, bedeutungslos, zerbrechlich.

Nur eine Kiste ist die Ausnahme. Eine einzige. Sie enthält nichts, außer eines von Izzys Lieblingsshirts mit der Aufschrift *Hakuna Matata*, meinen Notizblock samt Füller, ein gerahmtes Bild von Izzy und mir, eine Kerze und Streichhölzer.

Langsam steuere ich auf sie zu, sie steht etwas abseits. Vor ihr sinke ich auf die Knie und schiebe die zwei Hälften des Deckels auseinander, ziehe sie nach oben. Die Pappe knarzt dabei und gibt nur widerwillig nach.

Ich greife vorsichtig hinein, lege meinen Block und den Füller neben mich, ebenso das Shirt mit seinen Löchern, in das ich kurz mein Gesicht vergrabe. Es riecht längst nicht mehr nach Izzy. Das gerahmte Bild wiegt schwer in meinen Händen, wirkt, als wäre es aus einer anderen Welt, aus ferner, vergangener Zeit. Meine Fingerspitzen berühren den weißen, verschnörkelten Rahmen, den ich erst neu kaufen musste, und das kühle, glatte Glas darüber. Ich erinnere mich an den Tag, an dem das Bild geschossen wurde, und es ist fast, als könnte ich Izzys Lachen hören. Ich sehe sie und ich sehe mich – ich sehe sie in mir und mich in ihr. Meine Hand legt sich wie von selbst flach auf das Glas, auf das Stück über Izzy. Sie verschwindet. Nein, sie ist schon seit Monaten fort.

Schwer atmend kneife ich die Augen zusammen, schlucke den Kloß in meinem Hals herunter und vertreibe die Gedanken, die so viele Gefühle und Worte hervorrufen. So vieles, das sowieso nie hinauskann.

Alles in mir schmerzt. Es ist die Art von Schmerz, die so stark ist, dass man ihn nicht mehr zeigen kann, weil er eine Grenze überschritten hat. Die Art, die man nicht herauslassen kann, weil jeder Schrei, jedes Wort und jede Träne zu wenig wären für ihn.

Als etwas Weiches meinen Arm streift, zucke ich zusammen. Meine Augen finden die von Mo, der mich neugierig ansieht. Mo ist Izzys Kater. War es. Und ich kann über die Ironie nicht lachen, dass er aufgrund seines gemusterten Fells und seiner drei Farben als Glückskatze gilt. Vielleicht brauchte er es selbst, vielleicht hatte er Glück, weil er nur ein halbes Ohr verloren hat und etwas Fell und es ihm sonst gut geht.

Maunzend setzt er sich neben mich und beginnt zu schnurren. Manchmal beruhigt es mich und vertreibt alles in meinem Kopf, bis nur noch eine Leere darin ist, in der sich das Echo des Schnurrens sammelt und zu einer Melodie wird. Manchmal hilft es. Und dieses Manchmal ist nicht mehr als ein bunter Punkt auf einer monochromen Leinwand. Ein Stück Farbe, das in dem Meer aus Schwarz und Weiß zu ertrinken droht.

Die Schritte und das Knarzen der Treppe dringen an

mein Ohr und geben mir Zeit, mich zu fassen, bevor es dreimal an der Tür klopft, die ohnehin offen ist. Ich lasse meine Hand weiter über Mos Fell streichen, spüre, wie meine Muskeln sich anspannen, wie jede Zelle meines Körpers sich wünscht, dass Izzy zurückkommt, nie wieder alleine zu sein. Weil allein sein nichts anderes bedeutet, als ohne Izzy zu sein. Für immer. Ohne daran etwas ändern zu können. Ohne es anders verdient zu haben.

Mein Vater steht unschlüssig im Türrahmen, ich kann es aus dem Augenwinkel sehen. *Was möchtest du?*, schießt es mir durch den Kopf, aber ich sage nichts. Ich kann nicht.

»Gefällt dir das Zimmer?« Er klingt erschöpft und dennoch bemüht fröhlich. Sein lautes Räuspern und seine zaghaften Schritte in meine Richtung verraten ihn. Er will nicht hier sein. Nicht wirklich. Nicht nach dem, was war.

»Das Bett sieht fast so aus wie dein altes und in den Kommoden hast du jetzt mehr Platz. Deine Mutter und ich sind unten dabei, die ersten Kisten auszuräumen. Möchtest du uns vielleicht helfen?«

Ich kann nicht anders, ich hebe den Blick, lege den Kopf in den Nacken und erforsche sein Gesicht. Er sieht blass aus, die ersten grauen Strähnen durchziehen sein dunkelblondes Haar. Mit den Händen in den Hosentaschen steht er vor mir, versucht sich an einem Lächeln. An einem bittenden, flehenden Lächeln, von dem er weiß, dass es zu nichts führt. Ich frage mich, was mehr wehtut: das Scheitern an sich oder das Wissen, dass man scheitern wird, noch während man es versucht. Ich frage mich, was ihm durch den Kopf geht und wie sehr es ihn schmerzt, mich anzusehen. Hannah, nicht Izzy. Und ob es die gleiche Art von Schmerz ist, die ich kenne.

In diesem Moment wünsche ich mir, die Mauern in mir wären fort, damit ich ihn anschreien kann. Ihn und die ganze Welt. Aber es funktioniert nicht, weil ich nicht weiß, was ich sagen soll. Weil keines der unzähligen Worte etwas ändern würde. Kein einziges! Nichts, außer dass sie gesagt wurden und nicht zurückgenommen werden können. Sind sie einmal gesprochen, hallen sie nach und verklingen nie, denn Worte sind Kinder der Ewigkeit.

»Vielleicht ... Vielleicht ist es besser, du kommst erst richtig an und packst deine Sachen aus.« Unbeholfen fährt er sich über die Haare, weicht meinem Blick aus und geht schließlich.

Enttäuschung. Sie wabert in meinem Zimmer umher und erdrückt mich, treibt mir erneut die Tränen in die Augen. Izzy und mein Bild gleitet von meinen Beinen, die ich an mich ziehe, um meinen Kopf darauf zu betten. Ich weine leise, aber deshalb tut es nicht weniger weh.

Ich sitze auf dem Boden meines neuen Lebens – und zerbreche. Immer und immer weiter wird jede Scherbe gebrochen, die mich ausmacht. Sie werden kleiner und kleiner, denn es gibt nichts und niemanden, der sie zusammenflickt. Seit Izzy weg ist, kann ich das besonders gut – das Zerbrechen. Seit Izzy weg ist, weiß ich, wie das ist.

Irgendwann versiegen die Tränen, werden zu einem dumpfen Gefühl, zu etwas, das sich schlafen legt. Wenigstens für einige Stunden. Mo schnurrt noch immer neben mir und ich drücke ihn sanft weg, bevor ich aufstehe, mir einmal übers Gesicht wische und nach meinem Notizbuch samt Stift greife.

Es ist Zeit.

Mo hebt sofort verschlafen den Kopf, maunzt laut, folgt mir zum Bett und lässt sich erneut neben mir nieder. Seit Izzy fort ist, weicht er nicht von meiner Seite. Ich weiß nicht, ob er versteht, dass ich nicht sie bin.

Als ich das Büchlein öffne, schlägt mir eine gähnende Leere entgegen. Weiße Seiten ohne Inhalt. So, als hätte ich Izzy noch nie geschrieben, dabei waren es bereits Dutzende Briefe. Dutzende Sätze, Worte und Gedanken. Dutzende Gefühle und Dinge, die ich ihr nicht sagen konnte.

Ich ziehe den Deckel des Füllers ab, atme tief ein und setze ihn auf das Papier, bis der erste blaue Fleck entsteht, das erste bisschen Farbe. Das leichte Schaben der Füllfeder auf Papier beruhigt mich ebenso wie die Tinte, die sich in geschwungenen Linien ausbreitet. Zeile um Zeile füllt sich und es fühlt sich gut an, es ist mehr als eine Regelmäßigkeit, mehr als etwas, an dem ich mich festhalte. Es wird zum Rausch. Es ist ein Stück Hoffnung. Darauf, dass Izzy auf irgendeine Art und Weise diese Worte liest. Irgendwann. Dass diese Worte sie finden und umarmen, ihr Wärme schenken, wo auch immer sie ist. Dass diese Worte nicht ungesagt bleiben.

Sterben müssen wir alle und wahrscheinlich macht uns diese Gewissheit mehr Angst als der Tod selbst. Wenn ich einen Wunsch frei hätte, dann würde ich mir nicht einfach Izzys Leben zurückwünschen, nein, ich würde mir wünschen, mehr Zeit mit ihr gehabt zu haben.

Ich würde mir Zeit wünschen. Unendlich viel davon.

Wenn du hier wärst, würden wir zusammen lachen und zusammen weinen, wir würden streiten und uns nerven. Ich würde über Mo schimpfen, weil er mal wieder in meinem Bett liegt anstatt in deinem, und du würdest ihn voller Inbrunst verteidigen. Oh, Izzy! Du bist gegangen und du hast so viel mitgenommen. Es ist, als hättest du mir meine Worte genommen, meine Sprache und Stimme. Als hättest du mir einen Flügel zum Fliegen geraubt. Zusammen waren wir eins. Deshalb fühlt es sich so leer an ohne dich.

Kapitel 2 – Hannah

Nicht jedes Ende ist ein neuer Anfang
und nicht jeder Neuanfang
bedeutet das Ende.

Mum und Dad haben gesagt, alles würde anders werden. Sie wollten neu anfangen, nein, sie mussten es, weil sie es sonst nicht ausgehalten hätten. Aber ich denke, sie wissen wie ich, dass es nichts gebracht hat. Dass alles eine große Lüge war – dass es das noch ist. Es wird mir richtig klar, als wir das erste Mal zusammen zu Abend essen. Genau jetzt. An diesem neuen Ort, in diesem neuen Haus. Es gibt Lasagne. Izzys Lieblingsessen. Und genau da liegt das Problem: Izzy ist fort und doch immer noch hier und wir werden nicht weit und schnell genug rennen können, um das zu vergessen.

Izzys Geschichte ist geschrieben und sie kann nicht gelöscht werden. Sie steckt tief in uns und jede Erinnerung, jeder Moment ist eingebrannt, jedes Wort und jedes Lachen wurde gehört, jeder Streit gespeichert, jede Träne geteilt und jede Angst. Als Izzy da war, war mein Leben wie eine Fahrradfahrt mit Stützrädern – jetzt muss ich lernen, wie man ohne sie fährt …

Gedankenverloren stochere ich in den verschiedenen

Nudellagen herum, zwischen der Béchamel- und Bolognesesoße. Die letzten Sonnenstrahlen scheinen durch das große Esszimmerfenster. Das Licht spielt mit den Schatten, während ich darum kämpfe, Gabel um Gabel zum Mund zu führen und etwas herunterzuschlucken.

Ich denke an mein neues Zimmer. Alle Kisten sind leer, alles ist eingeräumt. Alles, bis auf diese eine Kerze in dieser einen Kiste.

»Hast du keinen Hunger? Ist etwas nicht okay?« Meine Mutter sieht mich besorgt an und irgendwie beschämt, denn sie weiß, wie blöd diese Frage klingt. Sie ist so einfach, wie sie schwer ist. Natürlich ist nichts okay. Das wird es nie wieder sein. Ich habe einen Teil von mir verloren – und sie? Sie mussten ihr eigenes Kind begraben. Das ist nicht richtig!

Die Gabel entgleitet mir, fällt mir aus der Hand und klirrend auf den Teller. Einzelne Tropfen der Soße landen auf der Tischdecke. Rot beißt sich mit Orange und ich kann meinen Blick nicht abwenden von diesem Gemisch, das nicht zusammenpasst, aber gerade keine andere Wahl hat, als zusammen zu sein.

Es ist so still. Wenn es nur nicht so still wäre.

Ich knete meine schweißnassen Hände, versuche mich zu beruhigen. *Eins, zwei, drei,* klingt es in meinem Kopf, zählen und atmen – und versuchen zu vergessen.

»Iss schneller! Sonst schnappe ich dir deine Lasagne vor der Nase weg«, höre ich Izzy mit vollem Mund sagen. Sie hat einen grässlichen Bolognesesoßenbart und die Wangen vollgestopft wie ein

Hamster. Dass sie noch mit vollem Mund kauen kann, gleicht einem Wunder.

»Niemals! Finger weg!« Mein Essen verteidigend beuge ich mich leicht über den Teller und schiebe meinen Arm vor. Und dann grinsen wir. Wir beide. Dabei fällt Izzy ein Stück Lasagne aus dem Mund und landet klatschend auf Mums neuer Decke. Wir prusten los, bis wir kaum noch Luft bekommen, und halten unsere Bäuche vor Lachen.

»Wie wäre es, wenn du dir eine neue Mannschaft suchst?«, fragt Dad und reißt mich damit aus meiner Erinnerung. Er sagt es so, als wäre nichts passiert. Als hätte Mum nicht gefragt, ob alles okay wäre, als hätte ich nicht meine Gabel fallen lassen und als wäre alles normal, während er sich ein fettes Stück Lasagne in den Mund schiebt. Meine Mutter sieht ihn dankbar von der gegenüberliegenden Seite an mit einem leichten Lächeln auf den Lippen. Ihre Züge werden erkennbar weicher, die Spannung verschwindet aus ihrem Gesicht.

»Ja, das wäre vielleicht eine gute Idee! Schließlich sind Sommerferien, das Wetter ist perfekt und es sind noch fünf Wochen, bevor die Schule wieder beginnt.«

Unmerklich schüttle ich den Kopf, meine Finger verkrampfen sich, meine Lippen sind fest aufeinandergepresst. In meinem Kopf geht alles drunter und drüber, weitere Erinnerungen wollen an die Oberfläche kommen. Aber ich kämpfe dagegen an.

»Es würde dir guttun! Du spielst gut, hast Spaß daran. Du könntest sofort neue Freunde finden.« Ein weiteres Stück

Lasagne landet in seinem Mund, seine Miene ist ausdruckslos. Schwer schluckend starre ich auf den Tisch, vorbei an dem orange-roten Fleckduett, auf die besondere Struktur des Leinentischtuchs. Und das Einzige, was ich denke, ist: Es *hat* mir gutgetan! Ich *habe* gut gespielt und *hatte* Spaß daran. Ja, das hatte ich. Aber manche Dinge sind einfach vorbei. Nicht jedes Ende birgt einen neuen Anfang.

»Hörst du mir überhaupt zu? Izzy!«

Ruckartig hebe ich den Kopf, blicke meinem Vater in die Augen. Mein Atem stockt, meine Augen sind weit aufgerissen. Ich kann nicht glauben, was er gesagt hat – wie er mich genannt hat. Diese vier Buchstaben, die alleine keinen Sinn ergeben. Diese vier Buchstaben, die zusammen für mich die Welt bedeuten. Izzy.

Ich bin nicht sie.

Meine Mutter zieht hörbar die Luft ein, aber ich kann nicht ablassen vom Gesicht meines Vaters. Ich atme schwer, in mir tobt ein Sturm aus Wut und Trauer, aus Enttäuschung und Schuld, aus Unglauben und Schmerz.

Er lässt die Gabel sinken und ich sehe es ihm an – die Erkenntnis, dass gerade etwas schiefgelaufen ist, trifft ihn wie ein Schlag in die Magengrube. Seine Augen wandern unruhig umher, seine Schultern verspannen, sein Gesichtsausdruck ändert sich. Aber welche Erkenntnis ist es wohl genau? Dass Izzy tot ist oder dass er mich eben verletzt hat? Mehr als ich zugeben will.

Ich warte. Auf irgendeine Reaktion. Kurz schaue ich zu meiner Mutter, der es genauso geht, die meinen Vater beinahe flehend ansieht. Aber nichts geschieht. Nein, überhaupt nichts. Er schafft es nicht einmal mehr, mich anzusehen, und für den Moment könnte man glauben, dass er seine Sprache verloren hat – er und nicht ich.

Die Sekunden verrinnen, aber sie fühlen sich wie Minuten an. Wie eine quälende Ewigkeit, in der Izzys Name gesprochen widerhallt, immer wieder, und in der Dad es nicht schafft, ihn zurückzunehmen.

Laut und schnell schabt der Stuhl über das Parkett, als ich ruckartig aufstehe. Mir ist schwindlig und schlecht, mein Brustkorb droht zu explodieren, weil dahinter all meine aufgestauten Gefühle sitzen und darauf warten, ausbrechen zu können. Aber ich kann nicht schreien, nichts sagen. Also können sie nur auf einem Wege hinaus und das Letzte, was ich jetzt will, ist, dass jemand meine Tränen sieht. In diesem Moment schäme ich mich dafür, ich selbst zu sein, und ich kann nicht glauben, dass mein eigener Vater daran schuld ist.

Fast über meine eigenen Füße stolpernd laufe ich die Treppen hinauf, höre die Stimme meiner Mutter wie ein Hintergrundrauschen, das Zerbrechen von Geschirr wie eine schiefe Melodie. Keuchend lande ich in meinem Zimmer, schließe die Tür hinter mir und versuche, zu Atem zu kommen. Ich raufe mir die Haare, gebe ein leises Wimmern von mir und breche zusammen.

Hannah, Hannah, Hannah. Das ist mein Name. Auch wenn ich mir gewünscht habe, Izzy zu sein. Auch wenn ich alles tun würde, um mit ihr tauschen zu können … Jetzt schmerzt es einfach nur, dass man mich angeblickt und sie gesehen hat.

Es fühlt sich so an wie an dem Tag, an dem man mir sagte, dass man Izzy nicht retten konnte. Ich spüre die gleiche Schwere, den gleichen Schmerz. Ich spüre wieder diese tiefe Verlorenheit und Machtlosigkeit.

Irgendwann finde ich die Kraft aufzustehen. Meine Beine sind taub, meine Augen brennen, sie sind trocken, genauso wie mein Hals. Die Sonne ist untergegangen, doch das Dämmerlicht genügt. Mit kribbelnden und wackligen Beinen schwanke ich zu dem großen Spiegel am anderen Ende des Zimmers. Und ich sehe genau hin. Leicht gebräunte Haut, blondes langes Haar, blaue Augen. Eine Stupsnase. Ich sehe Izzy so ähnlich, dass es wehtut.

Während ich mein zerzaustes Haar zur Seite streiche, das letzte Licht des Tages mein Zimmer erhellt und ich die Spuren meiner Tränen von meinem Gesicht wische, ändert sich plötzlich etwas. Ich stelle mich aufrecht hin, hebe das Kinn, straffe die Schultern und zum ersten Mal, seit Izzy nicht mehr da ist, habe ich einen inneren Antrieb. Ich weiß, was ich tun muss. Morgen früh werde ich das tun, was meine Eltern wollten: neu anfangen.

Ein Lächeln zupft an meinen Lippen, ich kann es nicht nur spüren, sondern sehe es vor mir im Spiegel. Ein Funken nistet plötzlich in mir. Und es ist mir egal, woraus er besteht. Es ist ein Funke. Mehr als jemals da war, seit Izzy fortging.

Meine Beine tragen mich zum Bett, meine Hand greift

mechanisch nach dem Block und dem Füller. Ich schalte die Nachttischlampe an und streiche Mo übers Fell, der sofort anfängt zu schnurren.

Kurz verharre ich, hole zitternd Luft. Dann spüre ich das vertraute Gefühl, sehe Tinte auf Papier, höre Worte, die geschrieben und nicht gesagt werden.

Ein großer Tintenfleck prangt auf dem Papier, der Füller ruhte zu lange an dieser Stelle. Ich war in Gedanken versunken. Entschlossen lege ich ihn weg, reiße die Seite mit einem Ruck heraus, genauso wie die Seiten davor, die ich heute Morgen schrieb, und lege den Block aufs Bett. Er ist jetzt wieder leer und unbeschrieben. So als hätte er nichts zu erzählen und als wäre ihm nie etwas erzählt worden. Doch der Schein trügt. Ich habe ihm schon so vieles anvertraut, habe es niedergeschrieben, nur um es ihm Stück für Stück wieder zu entreißen. Habe ihn für einen Moment vervollständigt, nur, um ihm danach so viel mehr zu nehmen. Und manchmal, wenn ich ihn ansehe, sehe ich mich. Ich bin der Block. Ich bin das weiße Papier. Mir hat das Leben etwas erzählt, mir hat das Leben Izzy geschenkt – und dann mit einem Ruck genommen. Stück für Stück reißt es etwas aus mir hinaus, ohne dass ich es verhindern kann …

Mit all den Worten in meiner Hand gehe ich zur Kommode und greife nach den Streichhölzern. Im schwachen Licht der Nachttischlampe öffne ich die Tür zu meinem kleinen Balkon. Noch immer ist es angenehm warm, nur eine leichte Brise weht mir um die Nase und lässt mich kurz die Augen schließen. Ich gehe in die Knie, lege die Blätter auf den Boden. Woche um Woche tue ich das bereits und trotzdem wird mir jedes Mal schwer ums Herz. Jedes Mal zittern meine Hände. Jedes Mal, wenn die Flamme auf das Papier trifft, wenn sie sich ausbreitet, hell aufleuchtet und all meine Worte an Izzy zerstört.

Ein Ratschen, das Streichholz geht an, die Flamme lodert, so klein und trotzdem so mächtig. Sie züngelt, als ich sie an das Papier halte, und dann beobachte ich, wie sie ihr Werk tut. Wie nichts als Asche bleibt. Aus meinen Gedanken wurden Worte, die nun verbrennen und wieder zu Gedanken werden. Aber jetzt habe ich das Gefühl, sie gesagt zu haben. Still und doch so laut.

Als die letzte Flamme erlischt und mich im Halbdunkel zurücklässt, als ein Windhauch die letzten Fetzen mit sich fortträgt, gehe ich zurück ins Zimmer. Lauschend stehe ich da, aber es ist vollkommen ruhig im Haus. Meine Eltern haben nicht versucht, mit mir zu reden, sie kamen nicht nach oben. Vielleicht geben sie es jetzt auf, weil ich sowieso nicht antworte. Weil ich es nicht kann. Ich glaube, ich kann meine Gedanken nicht mehr aussprechen, ich glaube, ich würde die Töne nicht mehr finden. Ich weiß nicht mehr, wie man spricht, es fühlt sich an, als hätte ich es nie gewusst. Es ist kein Automatismus mehr. Nein, es ist etwas, für das mir die Anleitung fehlt.

Wir sind hier an diesem fremden Ort, ich sitze auf einem fremden Bett, in einem fremden Zimmer, weil alles, was wir hatten, mit dir ging. Morgen werde ich auch zu etwas Fremdem werden. Morgen werde ich etwas ändern. Vielleicht passe ich dann hierhin. Vielleicht wird aus fremd und fremd etwas Bekanntes.

Es tut mir leid, Izzy. Es tut mir leid, dass ich nicht du bin. Heute wurde mir gezeigt, dass es auch anderen so geht.

Ich sehe dir so ähnlich. Aber jetzt, da du fort bist, frage ich mich immerzu, wer ich eigentlich bin. Ich weiß, wer ich mit dir war. Ein Teil von etwas, eine Hälfte einer anderen. Aber was bin ich für mich alleine? Ich weiß es nicht. Mum und Dad wissen es wahrscheinlich auch nicht. Sie sagten, ich solle mir eine Mannschaft suchen und wieder spielen. Eine Mannschaft suchen bedeutet, einen neuen Partner suchen. Eine neue Hälfte, von der ich ein Teil sein kann.

Aber, Izzy, wie soll das gehen?

Nicht alles, was kaputtgeht, kann repariert werden.

Manche Dinge bleiben kaputt, für immer.

Kapitel 3 – Hannah

Nicht jede Veränderung
ändert auch etwas.

Meine Augen sind geschwollen, weil ich heute Nacht keine Ruhe gefunden habe. Stundenlang habe ich am Laptop gehangen und im Internet gesurft. Zwischendurch habe ich Mo gefüttert oder einfach mit ihm auf dem Boden gelegen und aus dem Fenster gestarrt. Jetzt geht die Sonne auf und ich bin müder, als ich dachte. Gähnend strecke ich mich vor dem Spiegel, dann binde ich meine Haare zu einem Dutt. Die Jeans von gestern klebt noch an mir, das Top ist leicht zerknittert. Ich habe keine Kraft, mich umzuziehen, nur den Willen, heute etwas zu ändern.

Ich schleiche auf Zehenspitzen in das Bad, das direkt neben meinem Zimmer liegt, dicht gefolgt von Mo, der sich zu meinen Füßen vor dem Waschbecken niederlässt. Das Bad gehört nur mir, das meiner Eltern ist unten. Während ich mir die Zähne putze, versuche ich wach zu bleiben, auch danach, als ich mein Gesicht eincreme und wenigstens die dunklen Augenringe überschminke. Ich sehe grauenvoll aus. Es ist mir egal. Es wird sich ändern.

Mo steht auf und reckt sich mir entgegen, als ich meine

Arme nach ihm ausstrecke. Behutsam lege ich ihn über meine Schulter und schleiche mit ihm zurück ins Zimmer. Dort warten wir, still und leise, ich zähle die Sekunden und beobachte, wie die Sonne sich immer weiter nach oben schiebt.

Schließlich wird es Zeit. Ich lege Mo aufs Bett, schnappe mir meine Sandalen, den Schnipsel mit der Adresse und dem Bild neben dem Laptop, mein Portemonnaie, meinen Schlüssel und will gehen. Mo folgt mir, und ich seufze. Fragend sieht er mich an, legt den Kopf schief und ich schüttle den Kopf. Nein, Mo, heute kannst du nicht mit. Ich setze ihn erneut aufs Bett, streichle ihn sanft und gehe wieder zur Tür, die ich schnell hinter mir schließe. Dieses Mal so, dass Mo zurückbleibt.

Im Haus rührt sich nichts und niemand. Ich gehe die Holztreppe nach unten und überspringe die vorletzte Stufe, die sonst furchtbar laut knarzen würde.

Kurz wandert mein Blick zum Schlafzimmer meiner Eltern, ich spüre, wie sich ein Zögern in mir ausbreitet, die Frage, warum ich das tun will und ob es notwendig ist, aber meine Hand drückt bereits die Klinke der Haustür nach unten und meine Beine tragen mich hinaus. Ich habe mich längst entschieden.

Ich atme die frische und noch einigermaßen kühle Luft ein, umschließe den Zettel in meiner Hand fester und fester. Ich werde keinen Rückzieher machen. Für Rückzieher ist es zu spät.

Ritsch, ratsch, ritsch, ratsch. In regelmäßigen Abständen fährt die Schere durch mein langes, schweres Haar und mit jeder Strähne, die zu Boden fällt, fühle ich mich leichter. Ja, das hier ist richtig. Ja, es ist notwendig.

Gestern Abend, als ich mich im Spiegel sah und Izzy mich anblickte, wusste ich, dass sich etwas ändern muss. Ich vermisse Izzy, mehr als alles andere, aber ich bin nicht sie. Und ich will nicht länger so aussehen – wie ein Teil von etwas Ganzem, von etwas, das es so nicht mehr gibt.

Im Internet suchte ich nachts nach etwas, das am wenigsten nach mir aussah und dennoch irgendwie mir entsprach – und druckte das Foto aus.

Ich bin mit dem Fahrrad hier und seitdem ich den Friseurladen betreten habe, umklammere ich das Bild von meinem neuen Ich wie einen Anker. Man hat mich freundlich begrüßt, aber ich hielt nur zitternd das Bild hoch und zeigte darauf. Auf das Bild, dann auf mich.

Jetzt sitze ich auf einem dieser roten Friseursitze aus Leder und werde von Fanny zu einem neuen Menschen gemacht, wie sie mir zu Beginn freudig mitteilte. Sie merkte schnell, dass ich nicht rede, und hat es deshalb selbst ebenso gelassen. Sie lächelt mich nur ab und zu an, was mir ein wenig die Anspannung nimmt, auch wenn sie das nicht weiß. Fanny ist etwas größer als ich, kräftig gebaut, mit knallrotem Haar und einigen Piercings im Gesicht. Sie wirkt freundlich und so, als könne sie keiner Fliege etwas zuleide tun. Sie ist so unbeschwert und fröhlich – sie erinnert mich an Izzy.

Mit sicheren Bewegungen schwingt sie Kamm und Schere zu der Musik aus dem Radio. Plötzlich wächst ein Kloß in meinem Hals, aber ich ignoriere ihn, denn mein Bauch sagt mir, dass ich das hier tun muss. Wenn ich dafür einen Grund nennen müsste, könnte ich es nicht. Vielleicht ist es ein letzter Rest des Menschen, der ich einmal war, der gegen all das, was ich jetzt bin, rebelliert. Vielleicht kann ich mich aber auch einfach nicht mehr ansehen, weil *mich sehen, Izzy sehen* bedeutet.

»So, das war's! Ich bin fertig. Wie findest du es?« Stunden später ist es so weit. Fanny fährt durch meine Haare, ich begegne ihrem Blick im Spiegel und erst jetzt schaue ich mich richtig an. Erst jetzt traue ich mich, meinem anderen, meinem neuen Ich zu begegnen. Vor Überraschung keuche ich auf, atme schneller. Ich sehe, wie sich meine Augen weiten, mein Mund sich zu einem kleinen O formt. Langsam hebe ich meine Hand, die leicht zittert. Fanny lässt von mir ab, gibt mir etwas Raum.

Meine Hand berührt mein Haar, das sich anfühlt wie immer, nur ist es jetzt so viel kürzer. Ich wusste, was mich erwartet – und irgendwie nicht. Immer wieder lasse ich die Strähnen durch die Finger gleiten. Sie sind weich, fühlen sich ungewohnt fremd an, der Duft des Shampoos weht zu mir herüber, er ist blumig und frisch. Dann hebe ich meine linke Hand ebenfalls und fahre an der linken Seite meines Kopfes entlang. Hier fühlt es sich stoppelig an, aber nicht kratzig oder rau. Meine lange blonde Mähne ist nun weg, meine Haare sind kurz und schwarz, schimmern im

Licht leicht blau und lassen meine Augen größer und heller wirken. Rechts fallen sie bis zu meinem Kinn, werden nach hinten etwas kürzer, links ist nichts mehr übrig. Ein sauberer Sidecut. Das Blauschwarz meiner Haare lässt meine Haut strahlen und ebenso meine blauen Augen. Leider auch meine Augenringe, die ich von heute Nacht davongetragen habe.

Der Kontrast ist riesig.

»Ich finde es wunderschön! Es steht dir«, sagt Fanny aufmunternd, weil ich keinen Ton von mir gebe. Sie weiß nicht, dass es nicht an ihr liegt. Dankbar sehe ich sie an und hoffe, sie versteht. Ich glaube fest daran, dass man manchmal Dinge einfach so verstehen kann. Ohne sie erklären zu können. Ohne zu wissen, mit welchem Teil von uns wir es verstehen. Wir wissen nur, dass es so ist. Und ich bete, dass Fanny das auch irgendwie tut. Dass sie begreift, dass das hier für mich mehr ist als ein Haarschnitt. Dass ich damit mehr verloren und gewonnen habe, als sie je ahnen kann.

»Komm, vorne kannst du dir noch ein Pflegeshampoo mitnehmen.« Fanny geht zum Tresen und ich folge ihr langsam. Dabei sucht mein Blick andauernd nach einem Spiegel, um mir zu bestätigen, dass es echt ist. Dass ich nun anders aussehe. Nicht mehr wie Izzy, aber auch nicht mehr wie Hannah. Und ich frage mich, ob diese Veränderung wirklich irgendetwas verändert hat.

Nachdem ich bezahlt habe, trete ich aus dem Laden. Ohne es verhindern zu können, fahre ich erneut über meinen freiliegenden Nacken, bewege meinen Kopf, der sich leicht, beinahe nackt anfühlt. Ich warte auf etwas. Vielleicht auf das Gefühl von Freude oder Aufregung oder auch auf den Anflug eines schlechten Gewissens. Aber da ist nichts. Nur die Worte in meinem Kopf. Unaufhörlich wiederholen sie: Es hat sich nichts geändert! Und ich nicke, weil sie recht haben.

Ich lasse das Pflegeshampoo in den Korb vor mir plumpsen. Meine Hände greifen den Lenker meines bunten Fahrrads und mein rechtes Bein schwingt über den Sitz auf die andere Seite. Tief einatmend setze ich mich mit einem Ruck in Bewegung. Das Treten funktioniert wie von selbst, ich kann es nicht stoppen. Und das, obwohl mein Atem immer schneller wird, sich mein Innerstes immer weiter zusammenzieht. Alles in mir schreit: Du fährst in die falsche Richtung! Ich möchte weg und nicht nach Hause.

Angst. Es ist Angst. Aber sie selbst ist nicht das Schlimme. Nein, Angst ist am schlimmsten, wenn man nicht weiß, wovor man sich fürchtet. Wenn sie einfach da ist und dich wie ein alter Freund umarmt – dabei fesselt sie dich, anstatt dich zu beschützen.

Schweißgebadet komme ich zu Hause an, umfasse das Lenkrad mit so einer Kraft, dass sich meine Finger verkrampfen. Ich schaffe es nicht, mich zu bewegen, mich vom Fahrrad zu lösen und hineinzugehen. Vor ein paar Stunden erschien mir die Idee eines neuen Ichs wie eine Offenbarung, wie ein Funken Rebellion. Der Funken von überhaupt irgendetwas.

Jetzt? Jetzt fühlt es sich falsch an. Als hätte ich allem

Fremden, was mich umgibt, ein weiteres Stück hinzugefügt. Und nein, es wurde nichts Bekanntes daraus.

Ich rede mir gut zu, schließe für einen Moment fest die Augen, drücke sie zu, bis es schmerzt.

Du kannst das. Du musst nur einen Fuß vor den anderen setzen, Hannah. Langsam, einen Schritt nach dem anderen. Zuerst musst du das Fahrrad loslassen. Du weißt, du kannst gehen, du weißt, wie es funktioniert. Dann musst du die Tür erreichen, es sind nur wenige Meter, und sie öffnen. Du hast das schon mal gemacht, du schaffst das. Du gehst hinein …

Ich schnaufe kurz, öffne meine Augen, bevor sich meine Hand fester um das Lenkrad krampft. Es wird immer wärmer, die Sonne lässt alles leuchten, blendet mich, der Himmel ist klar und hellblau, keine Wolke ist zu sehen.

Selbst wenn ich noch reden könnte, wäre ich nicht in der Lage zu erklären, warum ich das gerade getan habe. Der kleine Funken steckt noch in mir, ich kann ihn spüren in den hintersten Winkeln, aber er reicht nicht aus. Weil weder ihm noch mir klar ist, warum er da ist und wogegen wir eigentlich rebellieren: Izzys Tod, meinen Vater, die Schuld, dieses Leben? Egal, was es ist, der Funken ist eben nur das, ein Funken. Und er ist zu schwach, um gegen all das zu kämpfen, wogegen ich kämpfen müsste. Er trägt mich nicht hinein, er bringt mich nicht zum Reden und meinen Vater nicht dazu, zu verstehen, wie weh er mir getan hat. Am wenigsten bringt er Izzy zurück.

»Endlich! Wo warst du, wir haben uns Sorgen gemacht! Wir …«

Während ich mich, vollkommen in Gedanken versunken, keinen Zentimeter von der Stelle gerührt habe, öffnet sich die große, mattweiße Haustür unter dem schön geschwungenen Eingang. Mein Vater stoppt abrupt, beendet seinen Satz nicht, bleibt wie angewurzelt stehen und starrt mich an. Sein Mund steht ungewohnt offen, seine Augen könnten kaum größer sein und alle Farbe weicht aus seinem Gesicht. Ich hatte erwartet, er würde schreien, toben und fluchen. Ich dachte nicht, dass er schweigen würde. Die Sekunden verrinnen, während wir uns einfach nur ansehen. In diesem Moment spüre ich, dass ich mehr verändert habe als meine Haare. Vielleicht etwas anderes, als ich verändern wollte.

»Ist sie da? Ist etwas passiert?« Meine Mum kommt hinzu, bleibt beinahe schlitternd neben Dad stehen. Ihre Augen suchen und finden mich, sie schlägt sich eine Hand vor den Mund und ich sehe, wie sich ihre Brust heftig und unregelmäßig unter ihrem mintfarbenen Top hebt und senkt. Für einen Moment sind wir alle stumm. Ich schlucke schwer, mir steigen Tränen in die Augen. Vor Trotz, vor Wut und verflucht, einfach, weil ich es nicht verhindern und ändern kann. Durch den Schleier erkenne ich, dass meine Mutter ihre Tränen längst nicht mehr zurückhalten kann und ebenso wenig den lauten Schluchzer, der ihr entfährt. Sie rührt sich als Erste, macht einfach kehrt und stürmt zurück ins Haus, während mein Vater wie ein Fels in der Brandung stehen bleibt. Unverwüstlich.

Wenn es nur so wäre …

Sein Mund schließt und öffnet sich. Dann dreht auch er sich um und geht, lässt mich stehen ohne ein Wort. Dass er mir den Rücken gekehrt hat, dass er mich so angesehen hat und nichts gesagt hat … es tut mehr weh, als ich für möglich gehalten habe.

Der Schweiß rinnt mir den Rücken hinunter, die Härchen am Nacken kleben an der Haut. Ich verharre eine Ewigkeit wie angewurzelt in der prallen Sonne und blicke zur Tür, aber sie bleibt leer. Irgendwann schaffe ich es, meine schmerzenden Finger vom Lenker zu lösen, einen nach dem anderen. Sie sind an der Handfläche rot und haben Abdrücke vom Griff. Ich ziehe eine Grimasse und hebe mein Bein über das Fahrrad, um es bis zur Hauswand zu schieben. Eigentlich will ich es dort anlehnen, vorsichtig, weil alles so neu ist, aber im letzten Moment knalle ich es einfach hin, weil mir das alles nichts bedeutet. Weil es guttut! Weil ich diese Stille nicht mehr ertrage und auch nicht das laute Klopfen meines Herzens, das mich begleitet wie eine Hintergrundmusik. Das Fahrrad knallt an die Wand, rutscht ab und während meine Fahrradklingel laut ertönt, kommt es mit einem lauten Krachen auf dem Boden an. Ich straffe meine verkrampften Schultern, spüre jeden Muskel in ihnen und gehe hinein.

Ich sollte hoch in mein Zimmer gehen, stattdessen tragen mich meine Füße in die Küche. Die Atmosphäre im Haus erdrückt mich, die ganze Luft scheint sich zusammenzuziehen.

Meine Schritte werden kleiner, zaghafter. Meine Arme

umschlingen meinen Körper, während meine Lippen fest zusammengepresst sind. Einen Wimpernschlag später stehe ich im Türrahmen der Küche, in der ich meine Eltern sehe, und spüre Übelkeit in mir aufsteigen. Meine Mutter sitzt auf einem der cremefarbenen Küchenstühle an dem kleinen, runden Holztisch. Ihr Körper bebt, er zittert überall. Ihre Ellenbogen stützt sie auf die Tischplatte, sie sind schon ganz rot, ihr Gesicht wird teilweise von ihren Händen verdeckt, ihr Mund ist verzerrt und ich kann erkennen, wie Tränen im Wettlauf ihre Haut hinunterrasen, am Kinn abspringen und auf dem Tisch landen. Ihre Haare lösen sich aus dem Zopf, der Träger ihres Tops sitzt komplett schief. An diesem Bild ist so vieles falsch, dass ich gar nicht weiß, wo ich beginnen soll. Dad versucht sie zu halten, umklammert sie, streicht über ihren Rücken und ihren Kopf. Er ist kreidebleich, aber seine Gesichtszüge verraten nichts von seinen Gefühlen.

Ein lauter Schluchzer nach dem anderen erfüllt den Raum, hallt von den Wänden wider und vervielfacht sich ins Unendliche. Die Sonnenstrahlen scheinen direkt in die Küche und ich weiß nicht, ob sie uns verspotten wollen.

Ich will einen Schritt nach vorne machen, ich will meine Mum in den Arm nehmen und ihr sagen, dass es mir leidtut. Aber ich halte inne. Ich bewege mich nicht, weil der Blick meines Vaters mich trifft. Dieser Blick, der auch meiner ist. Der auch mal Izzys war.

Er erhebt sich ruckartig, sein Stuhl kippt nach hinten, knallt auf die Fliesen und ohne Dads Halt verliert Mum auch ihren. Sie schwankt. Mit drei großen schnellen Schritten ist er bei mir, schreit mir ins Gesicht und dann hebt er die Hand. Ich zucke zusammen, weiche zurück. Ich habe Angst. Mein Atem überschlägt sich.

Sein Blick ist so voller Schmerz. Er kämpft mit sich. Ich halte ihm stand und für den Moment wünsche ich mir, er würde zuschlagen.

Aber er tut es nicht. Stattdessen geht er zurück, stößt gegen den Tisch, begegnet dem traurigen, verwaschenen Blick meiner Mutter und fährt sich unentwegt durch die Haare, reibt sich über das Gesicht. Ich höre ihn weinen. Das erste Mal in meinem Leben höre ich ihn weinen. Nicht einmal auf Izzys Beerdigung hat er sich das erlaubt oder als man ihm sagte, dass Izzy es nicht geschafft hat. Es ist, als würde etwas endgültig in ihm brechen, und ich weiß, dass ich schuld daran bin.

Er sinkt in die Arme meiner Mutter.

Wir alle haben etwas verloren, wahrscheinlich viel mehr als wir benennen können. Das, was uns unterscheidet, ist, dass ich zudem meinen Halt verloren habe – das, was sie noch haben. Ich bin das dritte Rad, das zu viel ist an einem Fahrrad und zu wenig hergibt für ein Auto. Ich bin das Eis in der Antarktis, der Sand in der Wüste, ich bin die Sonne in der Karibik, der Baum im Wald und das Klee im Gras – ich bin etwas, das schon da ist.

Sie brauchen mich nicht.

Ich kann dich nicht festhalten, aber noch weniger kann ich dich loslassen. Wieso hast du mich halb hiergelassen und halb mitgenommen?

Kapitel 4 – Levi

Was geschehen ist, ist geschehen.

»Jetzt komm schon! Du schummelst!«, dröhnt Max' laute Stimme aus dem kleinen Gemeinschaftsraum.

»Ich hab dich einfach plattgemacht!« Josh lacht ihn lauthals aus und ich stöhne auf, weil ich weiß, was jetzt kommt.

»Du blöder Sack!«

Als ich das Wohnzimmer betrete, hat sich Max bereits auf Josh geschmissen, dem vor Lachen die Tränen kommen. Josh, der so breit ist wie hoch, wird von Max, der immer noch jede seiner Rippen einzeln zählen kann, am Boden festgehalten.

»Es war diese dämliche Banane! Das ist nicht fair!« Max ist wutentbrannt, sein Kopf leuchtet so rot wie seine Haare.

»Leute, jetzt beruhigt euch! So kann kein Mensch in Ruhe packen – oder auch nur einen klaren Gedanken fassen. Lass ihn los, Max. Du weißt genau, dass man bei Mario Kart nicht schummeln kann.« Regelmäßig bereiten mir die zwei Kopfschmerzen.

»Kein Mensch kann so viele Bananen abwerfen!«, schreit

Max und drückt Josh dabei ein letztes Mal nach unten, der vor Lachen einen Hustenanfall bekommt.

»Kein Mensch fährt so oft über die beschissenen Bananen drüber wie du!«

Josh liebt es, Max zu nerven und zu provozieren. Am Ende sind die beiden aber die besten Freunde. Weil sie, seit sie hier sind, mit dem gleichen Problem zu kämpfen haben. Mit sich selbst. So geht es jedem hier in Sankt Anna.

»Blödarsch«, flüstert Max noch leise, aber ein Lächeln zupft jetzt auch an seinen Lippen, als er sich wieder anständig aufrichtet. Sie sitzen im Schneidersitz vor dem Fernseher und verdammt, jetzt richten sie ihre Blicke auf mich.

»Bist du etwa schon am Packen?« Max runzelt die Stirn und Josh kneift die Augen zusammen. Super. Wirklich.

»Dir ist klar, dass das Camp erst in zwei Wochen losgeht?«

»Danke, Josh! Danke! Ohne dich wäre ich verloren.« Ich verschränke die Arme vor der Brust.

»Das war Ironie, oder? Ich bin mir gerade unsicher. Du sendest zweideutige Signale.«

»Ja, verdammt, das war es! Ich weiß, wann es losgeht. Ich habe einfach gerade nichts zu tun, okay?«

»Kein Grund, gleich wütend zu werden.« Josh hebt abwehrend die Arme, während Max den Kopf einzieht. Ich atme ein, seufze leicht.

»Sorry, Jungs. Ich hab es nicht so gemeint.«

Beide nicken, aber Josh blickt mich dabei so intensiv an, dass ich eine Gänsehaut bekomme. Das Thema Camp ist eigentlich tabu. Immer – außer, wenn es losgeht. Dann kann es mir nicht schnell genug gehen. Es ist verrückt.

Ohne ein weiteres Wort drehe ich mich um und gehe in mein Zimmer. Dieses Mal schließe ich die Tür und überlasse die zwei ihrem Mario Kart-Schicksal.

Es sind noch zwei Wochen. Ich weiß das! Ich weiß auch, warum ich schon packe, ich will es nur nicht wahrhaben. Mit den Händen in den Taschen meiner zerfetzten Jeans lehne ich mich an die dünne Holztür des Zimmers und sehe mich um. Vor ungefähr sechs Jahren habe ich diesen Ort mehr gehasst als alles andere auf der Welt – und jetzt? Jetzt habe ich Angst davor, ihn zu verlassen. Sogar an das kleine Bett und die bescheuerte schräge Wand darüber, an der ich mir regelmäßig meinen Kopf stoße, habe ich mich gewöhnt. An den kalten Boden, das kleine Fenster, an zu wenig Platz, an mein persönliches Chaos. Weil es mir gehört.

Fluchend setze ich mich in Bewegung und schmeiße alle Klamotten wieder aus der Reisetasche. Sie landen auf dem Boden, ebenso wie meine Kopfhörer. Die leere Tasche pfeffere ich in Richtung Schrank und die Sachen auf dem Boden trete ich zur Seite.

Am liebsten würde ich schreien. Aber wenn ich heute damit anfange, bin ich mir nicht sicher, ob ich je wieder damit aufhöre. Was macht man, wenn man endlich ein Zuhause gefunden hat, an einem Ort, an dem man nie sein wollte? Was passiert, wenn der Ort, von dem du am schnellsten wegwolltest, jetzt der ist, an dem du bleiben willst?

Was, wenn man nichts daran ändern kann?

Kapitel 5 – Hannah

Ist das Leben ein Teil von uns
oder wir von ihm?

Sie ignorieren mich. Vielleicht, weil sie nicht anders können, vielleicht, weil es zu sehr schmerzt. Vielleicht. Dieses Wort ist so viel, wie es wenig ist. Es kann alles sein und nichts. Vielleicht ist ein Stück Hoffnung und ein Stück Verzweiflung.

Und während ich mit Mo auf dem Bauch auf dem Boden meines Zimmers liege, die weiße Decke anstarre, frage ich mich, ob es für sie schon die ganze Zeit so war. So, als würde ich sie ignorieren, weil ich stumm bleibe. Aber nein, das ist nicht dasselbe. Ich kann nicht anders. Meine Stimme ist gefangen und ich bin es auch. Nein, es ist nicht das Gleiche.

Die Musik, die durch die großen Kopfhörer an meine Ohren dringt, hilft mir, alles irgendwie zu überstehen. Mit Musik fühle ich mich leichter, als gäbe es keine Grenzen, die mich halten – weder um mich noch in mir. Musik erinnert mich an die Zeit mit Izzy, als wir ihr zusammen lauschten, zu ihr tanzten, als wir gemeinsam sangen und träumten. Von einem besseren Morgen, von etwas, das es nicht gab.

Musik sagt alles, was ich nicht sagen kann. Musik formt

Noten zu einer Sprache, die jeder versteht, und Worte zu Emotionen, die jeder fühlt.

Ich liebe das. Ich liebe, was Musik aus mir macht. Was sie aus Izzy und mir machte. Früher war sie die Sängerin von uns beiden und ich habe selbst gespielt. In einem anderen Leben. Jetzt lausche ich anderen, wie sie es tun: Coldplay, Susie Suh, One Republic. Und manchmal höre ich mir Izzys Lieblingslied an, manchmal ertrage ich die Stimme von Fleurie. Dann, wenn sie nicht zu sehr nach Izzys klingt und mich nicht zu sehr an vergangene Tage erinnert.

Während ein Lied auf das nächste folgt, während Mo aufsteht, um etwas zu fressen, sich wieder zu mir legt, wieder aufsteht und sich anders hinlegt, zieht der Tag an mir vorbei, als wäre er auf der Überholspur.

Irgendwann gehe ich ins Bad, um zu duschen und meinen Schlafanzug anzuziehen, um mir die Zähne zu putzen und meine Haare zu flechten. Um alltägliche und normale Dinge zu tun, bis mir einfällt, dass nichts mehr normal ist und dass ich keine Haare mehr habe, die ich flechten könnte. Dass mein Spiegelbild mir eine Fremde zeigt, nicht mehr Izzy und nicht mehr Hannah.

Mo folgt mir zum Bett und ich schaffe es noch, ein paar Zeilen zu schreiben. Morgen werde ich den Brief zu ihr schicken, so wie immer. Heute fehlt mir die Kraft dazu.

Am nächsten Morgen weckt mich Mo, indem er mit der Zunge über mein Gesicht fährt. Ich höre sein lautes Schnurren und sein Maunzen, er hat bestimmt Hunger.

Schon gut, Mo, denke ich und streiche ihm müde über den Kopf, während ich gähne und meine Augen ganz zu öffnen versuche. Heute ist der Himmel bewölkt und düster, Gewitter ziehen auf und lassen diesen Sommertag noch schwüler werden als sonst.

Ich schwinge meine Beine über die Bettkante, da ist Mo schon längst zur Zimmertür gelaufen und sieht mich erwartungsvoll an. Vielleicht auch ein wenig ungeduldig.

Im Flur schütte ich ihm etwas von seinem Futter in den Napf und fülle sein Wasser auf. Er hat alles hier oben, vor meinem Zimmer, und ich bin froh, dass Mum und Dad nie angesprochen haben, dass mein bester Freund jetzt eine Katze zu sein scheint – mein einziger Freund!

Nach dem Badbesuch tapse ich zurück ins Zimmer und mein Blick fällt sofort auf den Brief, der auf dem kleinen Nachttisch liegt. Worte an Izzy. Augenblicklich wird meine Brust schwer, es ist, als ob etwas auf ihr drauf sitzt. Dennoch recke ich mein Kinn und setze einen Fuß vor den anderen. Es muss sein.

Ich nehme den Brief in die Hand und als ich zur Kommode gehe und mir die Streichhölzer schnappe, atme ich bewusst tief ein und aus. Meine Finger zittern und mit ihnen das Papier in meiner Hand. Meine Füße tragen mich zum Balkon, dessen Tür ich öffne, und mir schlägt sofort warme, aufgeladene Luft entgegen. Eine Welt, die nur darauf wartet, dass der Regen sich auf ihr niederlässt und sie abkühlt. Ich klemme den Brief zwischen meine Beine, will ein Streichholz aus der kleinen Packung holen, aber es gelingt mir nicht sofort. Seitlich ziehe ich es an der Packung vorbei, doch es klappt nicht. Beim zweiten Mal bricht der Kopf ab. Ein anderes Streichholz zersplittert, das nächste entfällt meinen zitternden und jetzt auch schweißnassen Fingern. Frustriert stöhne ich auf, beiße die Zähne zusammen und lege den Kopf für einen Moment in den Nacken, schließe die Augen und versuche ruhiger zu werden. Es sind nur noch zwei Streichhölzer da und ich will nicht losmüssen, um neue zu besorgen, bevor ich meine Nachricht an Izzy verschickt habe.

Es ist doch Routine, sage ich mir. *Du kannst das,* flüstert die Stimme in meinem Kopf. Und es ist so traurig, dass es stimmt, dass es das längst sein müsste. Aber in diesem Moment bin ich dankbar für meine Unbeholfenheit. Sie zeigt mir, dass das hier nie Routine sein wird. Weil es nicht richtig ist. Weil nichts hiervon okay ist.

Ratsch. Das Feuer lodert auf, brennt sich langsam an dem kleinen Holzstiel entlang, den ich zögerlich an das Papier halte, das ich wieder in die Hand genommen habe. Lautlos geht die Flamme ihren Weg. Lautlos und doch gefährlich, so genau und zielsicher. Sie vernichtet alles auf ihrem Weg, lässt nichts übrig, nur Staub und Asche, nur zerfallende Dinge.

Jeden Tag hoffe ich darauf, dass es nur ein böser Albtraum ist. Und dann lache ich freudlos auf, wenn ich erkenne, dass es tatsächlich irgendwie einer ist.

Mum und Dad reden nicht mehr mit mir, nicht wirklich. Ich denke, weil ich ihnen den letzten Rest von dir auch noch genommen habe. Und selbst wenn ich noch reden könnte, würde ich es nicht tun. Was sollte ich auch sagen?

Mo folgt mir auf Schritt und Tritt. Ich sitze hier neben ihm auf dem Bett, versuche Gedanken und Gefühle in Buchstaben zu quetschen und auf Papier zu bringen, nur um etwas gegen all das hier tun zu können. Um eine Illusion aufrechtzuerhalten.

Du wirst das hier nie lesen. Du wirst nicht wiederkommen. Du wirst mich nie wieder wecken, mir mein Eis klauen oder meine CDs hören. Du wirst nie wieder mit mir Musik machen. Du wirst mir nicht helfen können.

Du wirst mir nie verzeihen.

Ich weiß das alles und trotzdem schreibe ich weiter. Weil es ein letzter Anker ist. Ein Strohhalm, der mich über Wasser hält. Ich kann nicht schwimmen, Izzy …

Kapitel 6 – Hannah

Man will immer das,
was man nicht haben kann.

Schlafen, essen, schweigen – stets mit Mo, der mir folgt wie ein Schatten. Wenn ich nichts davon tue, schreibe ich Izzy oder überlasse mich meinen Träumen. Die guten kommen am Tag, die schlechten in der Nacht.

Die Stille hat eine andere Form angenommen. Seit ich vor fünf Tagen, getragen von diesem einen letzten Funken in mir, zum Friseur ging und ohne meine langen Haare wiederkam. Seit mein Vater mich Izzy nannte und ich nicht sie sein wollte.

Niemand redet, es ist, als hätten sie meine Stille geklaut. Mein Vater schafft es nicht einmal mehr, mich anzusehen. Das letzte Mal, als er so war, hatten Izzy und ich den geschützten Hof verlassen, um auf der Straße mit Kreide zu malen, weil das auf dem Asphalt einfach viel schöner aussah, oder hatten an den Knöpfen am Herd gespielt und anschließend versucht, uns darin zu verstecken. Es war immer Izzy, die danach wieder sein Herz erweichen konnte, weil sie stur wie ein Esel war und das Herz eines Engels hatte. Vielleicht auch, weil sie auf Kommando weinen konnte und Dad mit ihren großen Augen traurig anblickte, Tränen rausdrückte und einen Schmollmund zog. Alles an ihr schrie: Es tut mir leid, sei nicht böse! Damals hat er Angst um uns gehabt. Heute ist er einfach nur wütend. Damals habe ich den Unterschied nicht verstanden, heute spüre ich ihn.

Meine Hände ballen sich zu Fäusten, verkrampfen und lösen sich, wieder und wieder, während ich vor der Tür zum Esszimmer stehe. Meine Beine sind steif, meine Füße wie festgenagelt. Das Besteck, das aneinanderklirrt und über den Teller schabt. Mein Magen knurrt leise und ich überlege, ob ich es wagen kann, mich zu Mum und Dad an den Tisch zu setzen. Ich stehe einfach nur da und schließlich wähle ich den leichten Weg, hebe Mo hoch und schlurfe zurück aufs Zimmer. Nachher werde ich mir ein Brot machen oder Müsli, das wird reichen.

Ein Lächeln zupft an meinem Mundwinkel, während ich Mo an mich drücke und die Treppe hinaufgehe.

»Was wird das, wenn es fertig ist?« Völlig erstaunt blicke sich zwischen Izzy und ihrer Schale hin und her, in die sie gerade mindestens ein Dutzend verschiedene Cornflakessorten und Milch zusammenkippt.

»Das kann nie und nimmer schmecken! Und ich fasse es nicht, dass du mein Lieblingsmüsli mit reingekippt hast!«

Sie rührt mit ihrem XXL-Löffel in dem Gemisch herum und ihr Gesicht wechselt von freudiger Erwartung zu Unsicherheit, ob ich nicht recht haben könnte. Zaghaft steckt sie sich einen Löffel voll in den Mund. Sie kaut, dann schluckt sie und grinst mich diabolisch an.

»Dieses Mal irrst du dich, Schwesterherz! Es schmeckt verrückt, es schmeckt großartig. Wie eine Explosion aus Honig, Zucker, Karamell und Schokolade.«

»Es ist kein Gourmet-Frühstück, es ist Chaos-Müsli!«, schnaube ich und verdrehe die Augen, was Izzy lauthals zum Lachen bringt.

»Das ist ein perfekter Name!«

Ja, ich denke, heute esse ich ein Chaos-Müsli.

Als mich weder die Briefe an Izzy noch Mo oder die Musik von meinem grummelnden Magen ablenken können, nehme ich all meinen Mut zusammen und verlasse erneut das Zimmer. Es belastet mich, dass Mum und Dad mir meinen kleinen Ausbruch übler nehmen als gedacht. Nein, eigentlich habe ich überhaupt nicht nachgedacht und das ist das Problem daran. Das war es schon immer und nur dadurch sind wir überhaupt erst in dieser Lage.

Ich gehe den beiden seit Tagen erfolgreich aus dem Weg und es scheint sie wenig zu stören, denn niemand kam zu mir, fragte mich irgendein belangloses Zeug oder sah einfach nach mir.

Ich erreiche die Treppe und halte inne. Papier raschelt und das Geräusch dringt aus dem Schlafzimmer meiner Eltern. Ist es Mum oder Dad? Sind es beide? Wieso hört es sich an, als würden sie etwas lesen? Sie waren beide nie der Typ dafür.

Los, Hannah! Geh weiter! Sie wollen ihre Ruhe und du willst sie auch. Meine innere Stimme erhebt sich und zeitgleich drehe ich meinen Kopf. Meine Hand lässt das Geländer los, meine Beine setzen sich endlich in Bewegung – leider in die falsche.

Keine Ahnung, warum ich jetzt die angelehnte Tür öffne und hineingehe. Keine Ahnung, warum ich dabei so ruhig bleibe, beinahe selbstsicher. Meine Mutter sitzt im Schneidersitz auf dem riesigen Doppelbett, seitlich zu mir. Sie trägt ein altes, verblichenes Shirt und kurze Shorts. Ich bin mir sicher, dass sie längst bemerkt hat, dass ich hier bin, aber sie sieht nicht auf. Ich bleibe auf dem runden, flauschigen Teppich vor dem Bett stehen, vergrabe meine Zehen darin. Und ich warte. Darin habe ich Übung. Auch wenn ich nie sagen kann, worauf ich warte. Dann rede ich mir ein, dass es nicht so wichtig ist, das Ziel zu kennen.

Auf ihrem Schoß liegt ein dickes Buch, nein, ein Album voller Fotos. Vorsichtig blättert sie eine der großen, dicken Seiten um und kurz reflektieren die Fotos das Licht, bevor sie verschwinden. Beinahe liebevoll streicht meine Mum über jedes einzelne, sie wirkt, als wäre sie in Gedanken weit, weit weg, an einem anderen Ort.

Mit meiner rechten Hand fahre ich unsicher den linken Arm hoch und runter. Ich fühle mich wie ein Eindringling, wie ein Fremder. Kurz huscht mein Blick zurück zur Tür, ich schlucke schwer und bin versucht, einfach wieder zu gehen, ihr den Raum zu lassen, den sie gerade braucht. Wer weiß, warum ich überhaupt hierherging, was ich hier suche und warum ich nun hier stehe. Ich kann nichts sagen. Noch weniger etwas, das alles besser oder erträglicher machen würde. Ich habe ihr wehgetan – nicht nur vor fünf Tagen, als ich als eine andere heimkam, die doch immer noch dieselbe ist.

»Du wolltest etwas verändern, nicht wahr?«, dringt die leise Stimme meine Mutter zu mir. Ihr Blick findet meinen, hält ihn fest und ich beiße mir so fest auf die Unterlippe, dass ich Blut schmecken kann. Abgehackt nicke ich, dabei will ich nur Ja schreien. Ja, ich wollte so vieles verändern, ich will es immer noch. Ich will, dass alles anders ist und ich will die Zeit zurückdrehen. Meine Hand fährt wie von selbst durch mein kurzes Haar.

Sie ringt sich ein Lächeln ab, bevor sie mich zu sich winkt. Es dauert ganze zehn Atemzüge, bis ich es schaffe, mich zu ihr zu bewegen. Meine Füße fühlen sich an, als hätte ich riesige Schwimmflossen daran – man kann mit ihnen laufen, aber es sind unbeholfene Schritte, die sich total verrückt und fremd anfühlen. Mit genug Abstand setze ich mich neben sie auf die Bettkante, aber sie löst ihre Beine aus dem Schneidersitz und rutscht näher an mich heran. Kurz streicht sie mir über den Rücken und ich sehe ihr an, wie viel Kraft sie das kostet. Ich schlucke mehrmals, spüre den Kloß in meinem Hals, versuche mich zu entspannen. Sie schiebt das Album, das noch schwerer ist, als es aussieht, und beinahe überquillt, zur Hälfte auf meinen Schoß und blättert erneut um.

Kreuz und quer kleben die Fotos darin, ohne irgendein

Muster erkennen zu lassen. Schräg, halb übereinander, bunt und in Farbe, schwarz-weiß, klein und groß. Doch dann sehe ich es. Jedes Foto zeigt Izzy und mich. Meine zitternde Hand legt sich zu der von Mum und ich fahre über die Fotos, als würde meine Berührung alles, was sie zeigen, zurückbringen. Izzy, wie sie das erste Mal ohne Stützräder fährt, Izzy, wie sie hinfällt und über ihre Schramme am Bein lacht, und ich daneben, wie ich weine, weil sie sich verletzt hat. Meine Hand fährt weiter, es ist eine einzige Bewegung, die Erinnerung um Erinnerung hervorholt.

Izzy und ich nach einem Turnier, mit verschwitzten Trikots, kurzen Sporthosen, weißen Sneakers, dem Volleyball zwischen uns und einem breiten Grinsen im Gesicht. Wir, wie wir uns einen Teller Spaghetti teilen und auf einmal beide je ein Ende der Nudel erwischt haben. Wir auf dem Sofa, nebeneinander, völlig verknotet und mit offenen Mündern, nachdem wir eingeschlafen sind, mit Mo auf uns drauf. Wir mit Mum und Dad. Glücklich.

Früher hat Dad andauernd Fotos gemacht, er und seine Kamera waren unzertrennlich, doch seit Izzy fort ist, hat er die Kamera in irgendeine finstere Ecke verbannt.

Die Momente, in denen man mit jeder Faser seines Ichs versteht, was man verloren hat, haben nur erste Male. Sie kommen immer wieder, und immer wieder fühlen sie sich an, als wäre es das erste Mal. Als würde man immer wieder von Neuem eine Wunde aufreißen und danach vergessen, dass man es davor schon oft getan hat. Trauer ist eine andere Form des Vergessens und des Erinnerns – man erinnert sich und es tut weh und man erinnert sich von Neuem, weil man vergaß, wie weh es zuvor tat. Die Erinnerung ist zuerst wie eine Umarmung und wird danach zu einem harten Schlag ins Gesicht, bevor sie in das Nichts verschwindet und man sich der nächsten hingibt. Aber selbst wenn man es wüsste, würde man sich erinnern. Weil dieser eine kurze Moment des Glücks jeden Schmerz wert ist.

Mums Hand legt sich über meine und schließlich ist das, nicht der Anblick alter Fotos, der Grund, warum ich anfange zu schluchzen.

»Ja«, sagt sie flüsternd und ihre Stimme klingt brüchig. »Ich denke auch, es ist Zeit für eine Veränderung.«

Es ist nicht der Satz, der mich nervös macht, und auch nicht die sanfte Art und Weise, wie sie mich ansieht. Es ist etwas, das zwischen uns hängt wie ein unsichtbares Blatt, das noch nicht weiß, ob es fliegen oder zu Boden gleiten soll.

Aber ich schiebe es vehement zur Seite, reiße mich zusammen und sehe mir mit Mum die anderen Fotos an. Ich erlebe all die Erinnerungen, all die schönen und schweren Momente und all den Schmerz. Ich erlebe unzählige Das-erste-Mal-Momente.

Und als wir das Album schließen, scheint nicht nur in meinem Magen ein großes Loch zu klaffen.

Mum atmet laut ein, bevor sie aufsteht, um das Album in einer riesigen Box unter dem Bett zu verstauen. Dass es dieses Album noch gibt, grenzt an ein Wunder. Außer den Dingen, die darin lagen, und den Dingen in dieser einen

Kiste in meinem Zimmer, gibt es nicht viel Altes in diesem Haus. Nichts Vergangenes.

Mum verlässt das Zimmer ohne ein Wort, aber das ist okay, denn hier schwebt mehr Ungesagtes herum, als ich ertragen kann. Kurze Zeit später folge ich ihr, schließe die Tür zum Schlafzimmer meiner Eltern und gehe endlich dahin, wo ich zuvor hinwollte. Die Küche ist leer, ich höre, wie die Stimmen des Fernsehers gedämpft zu mir dringen. Auf dem Tisch steht ein kleines Brettchen mit frisch belegten Brötchen und etwas Salat in einer Schüssel. Das Chaos-Müsli fällt nun zwar aus, aber ich danke Mum innerlich dafür, dass sie das für mich getan hat. Für mich ist das so viel mehr. Für mich sind die zwei Brötchen und der kleine Salat so viel mehr.

Am nächsten Tag plagt mich mein schlechtes Gewissen. Die Fotos mit all ihren Erinnerungen, die Momente mit Mum haben mich müde gemacht und mich in Gedanken versinken lassen, sodass ich das erste Mal vergessen habe, Izzy zu schreiben. Eine andere Art Erstes-Mal-Moment. Und er tut fürchterlich weh.

Mit Mo auf meiner Schulter liegend gehe ich nach unten, ich möchte mit meinen Eltern frühstücken. Ich möchte mich nicht mehr verstecken, meine Fehler verstecken sich schließlich auch nicht.

Bin ich zu spät? Das kann nicht sein. Aber der Anblick ist nicht wie sonst. Mum rennt nicht wie verrückt durch die Küche und versucht das Rührei zu retten und Dad schmeißt nicht seinen Toast weg, weil er mal wieder zu dunkel wurde. Sie sitzen am Tisch und der ist leer. Vor ihnen liegt nichts weiter als eine Broschüre. Mo richtet sich auf meiner Schulter halb auf und versucht auf mir zu balancieren, dann miaut er und meine Eltern zucken zusammen, als hätten wir sie erschreckt. Als könne ich sie bei etwas erwischen. Ein ungutes Gefühl bahnt sich seinen Weg meine Wirbelsäule hinauf, eine Gänsehaut bildet sich auf meinen Armen und ich würde mein kurzes blaues Top lieber gegen einen Pullover tauschen, um mitten im Sommer nicht zu frieren.

Sogar Dad sieht mich an. Etwas hat sich verändert und Mums Worte kommen mir in den Sinn. Ja, vielleicht ist es Zeit für Veränderungen.

»Guten Morgen«, sagen beide gleichzeitig.

Was ist hier los?, frage ich in Gedanken.

»Wir sind etwas zu spät mit dem Frühstück, es tut mir leid, ich werde sofort …« Die Stimme meiner Mutter überschlägt sich fast und als sie aufsteht, reißt sie beinahe die Tischdecke mit sich mit. Hektisch sieht sie sich um, aber bevor sie ganz losstürmen kann, hat Dads Hand sie erreicht und am Unterarm gepackt. Sie zuckt zusammen und hält inne, ihre Schultern sacken herab und beinahe flehend sieht sie ihn an. Er nickt ihr aufmunternd zu und sie sagen so viel, ohne zu reden, dass ich drohe Kopfschmerzen zu bekommen. Mum lässt sich erneut auf den Stuhl sinken, versucht sich zu fassen und hält Dads Hand ganz fest.

»Hannah«, sagt er leise.

Diese sechs Buchstaben, von hinten und von vorne gleich,

gleiten durch mich hindurch. Er kennt noch meinen Namen, aber weiß er auch, wer ich bin?

Automatisch strecke ich mich, halte mich gerade, recke das Kinn und greife nach Mo, ich verstärke die Mauern in und um mich und obwohl ich sie Tag für Tag verfluche, sind sie da und schützen mich.

»Ich …«, beginnt er, bricht ab, zieht die Augenbrauen so fest zusammen, dass die Fältchen um seine Augen und auf der Stirn tief werden, dass er zu ernst aussieht, zu nachdenklich.

»Wir …«, hilft ihm meine Mutter aus. »Wir möchten, dass du dich zu uns setzt.«

Ich bewege mich nicht, mein Blick wandert zwischen den beiden hin und her und zwischen all den Dingen, die stumm und unsichtbar zwischen uns dreien liegen, zwischen all der Trauer, der Angst, dem Leid und den Erinnerungen. Zwischen allem, was war und was nie mehr ist.

»Bitte«, fügt sie hinzu und schließlich kann ich nicht anders und gehe auf sie zu. Ich setze mich zwischen sie, nehme Mo von den Schultern auf den Schoß und streiche über sein Fell, immer wieder, wie ein Mantra.

»In ungefähr vier Wochen beginnt die Schule, wie du weißt, und …«

»Wir haben dich abgemeldet«, platzt Dad Mum dazwischen und sie fährt sich mit der Hand über die Stirn. Erschrocken schnappe ich nach Luft. Wie bitte? Abgemeldet?

»Wir haben dich woanders angemeldet.« Der Blick meines Vaters bohrt sich in meinen. »Wir glauben, dass es so nicht weitergehen kann. Dass wir etwas ändern sollten. Dass wir es müssen«, fügt er hinzu und seine Worte sind wie Felsen in der Brandung, wie ein Berg im Sturm, unverwüstlich und unbeweglich. Sie stehen fest.

Ich atme zu schnell, Mo krallt sich in meine Beine, weil ich meine Finger zu fest in sein Fell presse.

Woanders angemeldet, wir müssen etwas ändern, schwirrt es durch meinen Kopf. Sofort springt mir die Broschüre auf dem Tisch ins Auge, die ich schon sah, bevor dieses Gespräch begann. Bevor ich wusste, was auf mich zukommt. **Sankt Anna** prangt in fetten Lettern darauf.

Mir wird schlecht.

Sie wollen mich wegschicken, sie wollen mich wegschicken, sie wollen mich wegschicken, wegschicken, wegschicken, wegschicken. Weg. Das ist, was bleibt. Weg.

»Die Schule soll sehr gut sein.« Mum hat schon immer versucht, alles besser zu reden, als es tatsächlich ist. Ich schnappe mir die Broschüre, schlage sie auf. Ein schönes altes Gebäude prangt auf den ersten Seiten, grauer Stein, viel Wald, es ist beinahe ein Schloss. Worte wie privat, Internat, intensive Betreuung springen mir entgegen und mit jedem weiteren Satz, mit jedem weiteren Blatt, das ich umdrehe, verstehe ich mehr und mehr, was Sankt Anna ist. Ein besonderer Ort für Jugendliche mit speziellen Problemen. Sofort habe ich Izzys Stimme im Kopf, die sagen würde: *Sag es, Hannah! Es ist ein Irrenhaus, in dem man dir nebenbei noch Mathe und Englisch beibringt, nachdem man sichergestellt hat, dass du weder dir noch anderen schadest. Und du kommst da erst raus, wenn irgendein Fremder bescheinigen kann, dass bei dir alles wieder richtig funktioniert.*

Bin ich kaputt?, frage ich mich unwillkürlich und schnaube laut auf. Wahrscheinlich schon.

»Wir dachten … vielleicht geht es dir dort besser. Vielleicht hast du in Sankt Anna genug Zeit und Raum für dich und vielleicht …« Mums Stimme bricht, sie atmet zitternd ein und startet einen neuen Versuch. »Vielleicht redest du mit jemandem.«

»Wenn du schon nicht mit uns redest.« Sobald Dad es gesagt hat, senkt er den Blick. Er meint es nicht so, ich weiß das, aber deshalb ist es nicht weniger schmerzhaft. Wenn ich könnte, würde ich reden. Oder nicht? Verzweifelt lasse ich Mo los und meinen Kopf in meine Hände sinken. Immer wieder schüttle ich den Kopf, bis mein Körper sich anschließt, vor und zurück schwingt und Mo von meinem Schoß vertreibt. Bis meine Mum ihre Hand über mein Haar streichen lässt.

»Wir halten es für das Beste, Hannah!«

Und mit »wir« meint sie nicht mich. Verletzt hebe ich den Kopf, springe vom Stuhl auf und fege die Broschüre vom Tisch, die zerknittert auf dem Boden zum Liegen kommt. Mo rennt fauchend aus der Küche. Ich bin so wütend! Auf Mum und Dad, auf das Leben, auf diesen Moment. Ich will dort nicht hin, ich bin nicht anders oder verrückt. Ich bin nur Hannah.

»In wenigen Tagen fahren alle neuen Schüler zusammen campen, das ist Pflicht. Die Schule fängt regulär wie alle anderen an.« Dads Stimme klingt kalt. »Du wirst mitfahren und du wirst auf diese Schule gehen.« Ende der Diskussion. Die Worte musste er nicht aussprechen, sie klingen auch so nach. Das Lustige daran ist, dass wir gar nicht diskutiert haben. Wie könnte ich auch ohne Worte? Und was würde eine Diskussion nützen bei Dingen, die anscheinend unumstößlich und längst entschieden sind.

Ich renne nach oben, knalle das erste Mal, seit ich denken kann, die Tür mit voller Wucht zu und stoße einen stummen Schrei aus, der lauter nicht sein könnte.

Sie schicken mich fort, Izzy! Sie schicken mich fort.

Kapitel 7 – Levi

Auf die Plätze, fertig, los!

»Levi! Hörst du mich?«, dröhnt Max' Stimme aus dem Flur. Natürlich höre ich ihn, ich bin ja nicht taub. Wenn er so weitermacht, wird er noch heiser vom Schreien. »Levi! Beweg deinen Arsch endlich hierher, sonst fahren sie ohne dich.« Seine Schritte kommen näher, sie klingen wie Fußgetrappel und dann dauert es keine fünf Sekunden, bis seine Faust ohne Unterlass gegen meine Tür hämmert. Mein Rücken schmerzt davon, weil ich an ihr gelehnt auf dem Boden sitze, damit niemand reinkann.

Meine Sachen sind gepackt. Das sind sie seit zwei Wochen. Heute geht's endlich los und es fühlt sich an wie das erste Mal, als ich ins Camp fuhr: absolut beschissen! Ich habe keine Lust. Ich will nicht, dass das letzte Mal schon heute beginnt, obwohl es zuvor nicht schnell genug gehen konnte.

Die Gitarre liegt neben mir, ebenso wie die geliebte Patriots-Cap meines Bruders und meine große Reisetasche. Bereiter geht es nicht.

»Levi, ich schwör dir, ich trete dir in deinen Arsch, wenn du da nicht sofort rauskommst!« Ich muss auflachen, weil ich mir vorstelle, wie Max das versucht. Er ist kleiner als ich und immer noch sehr schmächtig trotz Therapie und regelmäßigem Essen. Er würde nicht mal in die Nähe meines Hinterns kommen.

»Max, was schreist du denn so? Es gibt hier im Gebäude noch andere Schüler.« Oh nein! Ich schließe kurz die Augen. »Levi? Bist du da drin?«

»Ja«, krächze ich, bevor ich ein Stück rutsche, sodass die Tür aufgemacht werden kann. Ben drückt sich hindurch und schließt sie danach sofort wieder, was Max frustriert aufstöhnen lässt.

»Hey! Das ist nicht fair!«

»Komm, Max! Das lernt ihr schon, bevor ihr an die Schule kommt«, sagt Ben freundlich mit einem Lächeln im Gesicht, während er vor mir in die Knie geht.

»Alles okay?«, fragt er mich und es ist nett, dass er diese Frage stellt, obwohl er längst weiß, dass nichts okay ist. Er gibt mir damit das Gefühl eine Wahl zu haben. Zu entscheiden, was ich sage und wie viel – ob ich überhaupt etwas sage.

Bens Augen fixieren mich, sein grauer Bart steht in starkem Kontrast zu seiner gebräunten Haut und seinen noch fast schwarzen Haaren. Er ist um die 50 und der Leiter von Sankt Anna. Benedikt Franke, den alle nur Ben nennen. Er hat uns erklärt, dass dieser Ort nun ein Teil unserer Heimat wäre und jeder, der hier lebt, ein Teil unserer Familie. Es gäbe keinen Grund, unnötig Distanz zu schaffen, wenn wir eigentlich nach Nähe suchen. *Distanz ist keine Garantie für Respekt,* sagt Ben immer. *Ihr würdet mich nicht automatisch mehr respektieren, wenn ich darauf bestehen würde, wieso sollte ich es also verlangen?*

»Ich weiß es nicht«, sage ich vorsichtig. Es ist nur halb gelogen.

»Ich verstehe«, sagt Ben und er ist wohl der Einzige, dem ich das auch glaube. »Und was weißt du?«

Ich fahre mir durchs Haar und weiche seinem Blick aus. Ich will es nicht sagen, will die Worte nicht aussprechen. Noch weniger, da Ben ganz genau weiß, was los ist.

»Es wird nicht besser, wenn man es ausspricht.«

»Vielleicht nicht. Aber es wird auch nicht besser, wenn man es in sich reinfrisst. Manchmal muss man seine Ängste aussprechen, um zu merken, dass man vor ihnen keine Angst zu haben braucht.«

»Ich verstehe gar nicht, warum du deinen Lehrstuhl für Philosophie aufgegeben hast«, sage ich leicht bissig.

»Weil ich lieber hier bei euch den Klugscheißer spiele«, gibt er lachend zurück und erinnert mich damit an unser erstes Gespräch. Damals habe ich ihn einen Klugscheißer genannt und beschimpft.

»Heute startet das Camp«, spreche ich das Offensichtliche aus und verdrehe von mir selbst genervt die Augen. Wie immer, wenn ich nervös bin, kaue ich auf meinem seitlichen Lippenpiercing herum, was Ben regelmäßig in den Wahnsinn treibt und ihm auch jetzt einen genervten Blick entlockt. Doch er lässt sich nur neben mir nieder, lehnt sich an die Tür und ich nehme meine alte Position ein und tue es ihm gleich. Seite an Seite starren wir mit angezogenen Beinen auf meine gepackten Sachen.

»Du musst nach dem Camp nicht gehen.« Bens Stimme ist leise, aber fest. Er würde für mich eine Ausnahme machen, das ist mir klar. Aber ich weiß nicht, ob ich das annehmen kann. Genauso wenig, wie ich weiß, was nach Sankt Anna passieren wird. Mit mir, meinem Leben. Man hat sich bereits um eine neue Wohnung gekümmert, um ein Zimmer, in einer Einrichtung, die nicht so geschlossen und strikt ist, aber die hilft, in dem neuen Alltag anzukommen und sich in der echten Welt zurechtzufinden. Mit der Volljährigkeit sagt man dem Leben hier Adieu, ob man will oder nicht. Spätestens aber mit neunzehn. Man kann bis zu einem Jahr verlängern, nicht mehr. Dieser Ort ist eine Hilfe für Kinder und Jugendliche, nicht für Erwachsene. Ich bin letzten Monat neunzehn geworden.

»Wo ist Tom? Ohne Tom gehe ich nirgendwohin! Auch nicht auf diese blöde Schule. Wo ist meine Mum? Sie braucht mich!«, schreie ich und versuche den großen Mann vor mir wegzuschieben. Er redet beruhigend auf mich ein und irgendwann werden aus meiner Wut Verzweiflung und aus den Schreien Schluchzer.

»Mein Name ist Benedikt, aber du kannst mich Ben nennen. Deine Mum und Tom passen gut auf sich auf und du bist hier, damit es dir auch gut gehen kann.«

»Mir ist egal, wer Sie sind. Mir ist das scheißegal! Mir geht es gut! Ich muss auf Mum und Tom aufpassen.«

»Aber zuerst musst du auf dich selbst aufpassen, Levi!«

»Halten Sie den Mund, Sie blöder Klugscheißer! Halten Sie den Mund! Was wissen Sie schon?«

Bens große Hand auf meinem Knie reißt mich aus der Erinnerung. Er klopft kurz darauf.

»Mit dir ist alles okay, Levi«, sagt er schließlich. »Das war es immer. Du warst hier, damit du das erkennst. Und du bist noch hier, weil du es längst weißt. Du warst nie das Problem.«

Tief einatmend gebe ich mir einen Ruck und stehe auf, ich schnappe mir die Cap, setze sie verkehrt herum auf, nehme die Gitarre und werfe mir meine Tasche über die Schulter. Ich hoffe, Ben hat recht. Ich hoffe, dass ich es längst weiß.

Kapitel 8 – Hannah

Manchmal ist das, was wir wollen,
nicht das, was wir brauchen.

Freudlos lache ich auf, als ich meinen Koffer aus dem Auto ziehe, an dem mein Schlafsack hängt, und auf den Asphalt plumpsen lasse. Vor ein paar Wochen habe ich erst die wenigen Sachen, die ich noch besitze, aus Umzugskisten geholt, jetzt befinden sie sich wieder weggepackt in diesem Koffer. Ich fühle mich wie eine Puppe in einem Theater und das Leben zieht an meinen Fäden, hin und her, als könne es sich nicht entscheiden, was es mit mir machen soll.

Dad will mir helfen, aber ich ignoriere ihn und ziehe mit zusammengekniffenen Lippen das schwere Ding hinter mir her. Die Rollen versagen, der Koffer ist zu alt, die Straße zu ramponiert. Nur ein paar Eltern stehen auf dem Parkplatz oder vor dem kleinen gelbweißen Bus mit der Aufschrift Sankt Anna, dessen Motor bereits läuft. Die letzten Jugendlichen steigen ein und während ich immer näher komme, richten sich ihre Blicke auf mich, weil mein Gepäck zu viel ist und die Rollen so laut quietschen und klappern. Es ist mir egal. Ich bin zu wütend. Ich bin zu enttäuscht. Trotzdem spüre ich, wie mir die Röte in die Wangen steigt.

Meine Eltern sind mir dicht auf den Fersen und weil sie mich loswerden wollen, steigt in mir auch der Wunsch auf, sie loszuwerden. Es ist kindisch, irrational und schlicht blöd, aber ich kann es nicht ändern.

Meinen Rucksack trage ich vorsichtig vor mir anstatt auf dem Rücken und der Reißverschluss ist nicht ganz zu. Mein linker Arm liegt halb darüber. Ich muss aufpassen! Der Schweiß steht mir bereits auf der Stirn und ich versuche die Panik zu unterdrücken, als ich neben dem Bus zum Stehen komme.

Ein älterer Mann mit grauem Bart und drahtiger Figur begrüßt uns. Er ist größer als Dad und strahlt eine gewisse Autorität aus, ohne einschüchternd zu wirken. Ich mustere ihn und die Frau neben ihm kurz, bevor ich den Blick senke und abwarte.

Die Kraft zu kämpfen ist mir abhandengekommen. Ich könnte losrennen, aber wohin?

»Herr Franke, schön Sie kennenzulernen«, sagt Mum und sie geben sich die Hand. Dad folgt.

»Danke, dass Hannah so kurzfristig Ihre Schule besuchen darf.«

Bei Dads Worten male ich mit dem Kiefer.

»Willkommen, Hannah. Mein Name ist Ben, ich bin der Leiter von Sankt Anna. Wenn es irgendetwas gibt, worüber du reden möchtest, komm immer zu mir.« Seine freundliche Stimme sorgt dafür, dass ich den Kopf hebe und in seine dunkelblauen Augen blicke. Dort finde ich nichts. Keine Erwartungen, keine Feindlichkeit, keine Distanz. Und diese

Erkenntnis gibt mir den Mut, ihm die Hand zu geben und kurz zu nicken. Ein Nicken, das er erwidert, bevor er sich an meine Eltern wendet.

»Jana ist eine der Betreuerinnen für das Camp, ich werde nicht daran teilnehmen. In drei Wochen finden die Schüler hierher zurück, können sich noch eine Woche einleben, bevor die Schule beginnt.«

»Und was ist mit den …?«

»Alles andere wird sich schon fügen«, unterbricht Ben Dad, der anscheinend mehr versteht als ich.

»Schön, dass du da bist, Hannah«, sagt Jana, die nicht älter als zwanzig sein kann und ein einnehmendes Lächeln besitzt. Ihre lange Mähne erinnert mich an meine alten Haare, an Izzys. »Alle anderen, die das Schuljahr hier mit dir beginnen und uns auch begleiten, sind schon im Bus. Wie wäre es, wenn du auch einsteigst? Dann können wir gleich los. Ich sorge dafür, dass dein Koffer verstaut wird.« Am liebsten würde ich etwas sagen. Sagen, dass ich ohnehin keine Wahl habe, aber es würde nichts bringen. Kurz huscht mein Blick zu Mum und Dad und all die Gefühle, die in mir brodeln, bereiten mir Übelkeit. Es tut mir leid, ich wollte nichts von dem, ich bin Hannah, ich bin noch ich, warum werft ihr mich weg, es tut mir leid. Das will ich schreien. Und sosehr ich ihnen Auf Wiedersehen sagen, sie umarmen will zum Abschied, sosehr mich der Anblick von Mum schmerzt, die ihre Hand nach mir ausstreckt, so sehr kann ich es nicht.

Ich lasse Jana meinen Koffer nehmen, halte meinen

Rucksack fest und drehe mich einfach um. Auf halbem Weg passiert es. Er bewegt sich. Mein Blick schnellt hoch und der Einzige, der meinem begegnet, ist der von Ben. Aber er sagt nichts, auch wenn ein Grinsen an seinen Lippen zupft. Ich schaue schnell weg, beuge mich tief über den Rucksack und steige die drei Stufen des Busses hinauf.

Der Fahrer ist eine Frau mit süßem Gesicht und großen Hamsterbacken. Ihre braunen Locken stehen kreuz und quer von ihrem Kopf ab. Mein Puls rast, mein Mund ist staubtrocken. Der Bus ist klein und trotzdem nicht voll. Vorne, von mir aus links, sitzt jemand, er hat sich die Cap ganz ins Gesicht gezogen und es sieht aus, als würde er schlafen, seine Beine hängen über dem Geländer, das zur Tür runterführt, ich sehe ein paar Tattoos, eine verschlissene Jeans, kaputte Chucks. Hinter ihm entdecke ich ein Mädchen, das mich ansieht und dabei die Augen gefährlich zusammenkneift, ihre Haare sind kurz geschoren, sie hat riesige Ringe unter den Augen. Sie wirkt so jung! Dahinter kommen zwei Jungs, sie sehen sich ähnlich, hellblondes Haar, das lockig auf die Schultern fällt, freundliches Gesicht. Sie wirken schüchtern. Auf der anderen Seite blicken mir noch weitere sechs Augenpaare entgegen, eines davon aus der letzten Reihe, weit abgeschlagen von den anderen. Vorne rechts nickt mir eine Frau zu, bevor sie sagt: »Such dir einen Platz, wo du dich wohlfühlst. Wir werden ungefähr eine Stunde unterwegs sein.« Sie ist wohl die andere Betreuerin neben Jana.

Tief einatmend versuche ich die musternden Blicke der

anderen Jugendlichen zu ignorieren. Mit klopfendem Herzen und höllisch lautem Rauschen in den Ohren schiebe ich mir eine Strähne meines kurzen Haares aus dem Gesicht und gehe, bis ich nicht mehr weiterkomme, bis zum Ende des Busses. Ich lasse mich auf der Rückbank nieder, an der entgegengesetzten Seite zu dem Mädchen in der Ecke links von mir. Sie sieht aus dem Fenster und beachtet mich nicht, zieht nur ihren Pullover an den Ärmeln noch weiter nach unten. Wie hält sie das aus? Obwohl die kleinen Klappfenster offen stehen, weht kein Wind, es sind gefühlt fünfunddreißig Grad, die Luft ist stickig und ich drohe in meinem Top und meiner langen Jeans beinahe zu zerlaufen. Ich will nicht wissen, wie nass ihr Nacken ist, dort, wo ihre schweren und dicken braunen Haare liegen und sich wie ein Fächer über ihre Schultern ausbreiten.

Ich schaue an ihr vorbei, aus dem Fenster und sehe, dass meine Eltern noch immer mit dem Schulleiter reden. Jana betritt dafür gerade den Bus und zieht meine Aufmerksamkeit auf sich. Sie sagt ein paar Worte zur Busfahrerin, bevor sie sich neben den schlafenden Jungen in der ersten Reihe setzt. Dann röhrt der Motor des Busses auf und die Türen gleiten zu.

Erleichtert und nervös zugleich atme ich ein und aus, halte den Rucksack auf meinem Schoß fest, öffne den Reißverschluss noch ein Stück und bete, dass alles gut geht.

Während der Bus sich ruckelnd in Bewegung setzt, tut mir vor Anspannung jeder Muskel weh. Angestrengt versuche ich, nicht zu Mum und Dad zu sehen, und lasse mich erst gegen den Sitz sinken, als Sankt Anna endlich außer Sicht ist.

Trotzdem kann ich noch lange nicht aufatmen. Aus dem Rucksack ertönt plötzlich ein lautes Maunzen, und ich zucke zusammen, schließe instinktiv die Augen und rühre mich nicht. Oh mein Gott, bitte lass das niemanden gehört haben! Ich blinzele vorsichtig und schaue mich um, jeder ist mit sich selbst beschäftigt. Jeder, nur nicht das Mädchen am anderen Ende der Bank, das mich nun interessiert mustert.

Mein Plan ist wenig durchdacht, muss ich gestehen. Ich habe nur eine Wahl und ich muss es riskieren, weil es hier drin viel zu heiß ist. Ich reiße die andere Seite des Reißverschlusses auf und hole Mo heraus, der sofort zu schnurren anfängt. Er legt sich neben mich.

Abwartend sehe ich das Mädchen an und bitte sie mit einem flehenden Blick, nichts zu verraten. Es kommt mir wie eine Ewigkeit vor, ich spüre, wie mir der Schweiß an der Schläfe hinunterrinnt und wie sich Mo unter meiner Hand entspannt. Eine Ewigkeit, bis sie lächelt und zaghaft nickt. Ich tue es ihr gleich und danke ihr stumm für diesen Gefallen.

Mo hat es mir nicht leicht gemacht. Als ich anfing, meine Tasche zu packen, hat er sich immer wieder reingelegt und ich musste ihn jedes Mal rausheben. Es war ein einziges T-Shirt rein, Katze raus, Hose rein, Katze raus, BH rein, Katze wieder raus … Er miaute und hörte nicht damit auf. Am Ende legte er sich in den Rucksack und sah mich missmutig an. Sofern eine Katze das kann. Mit diesem Blick, der sagte: Wie kannst du gehen, wo Izzy schon fort ist? Wie kannst du mich alleine lassen? Und ich fragte mich selbst, wie ich das vor Izzy verantworten sollte. So wie er da im Rucksack lag, der viel zu groß war für ihn, fasste ich einen Entschluss. Wenn Mo mitwollte, würde ich ihn mitnehmen.

Also habe ich heute Morgen nahezu alles, was eigentlich noch in den Rucksack sollte, irgendwie in den Koffer gestopft und kurz bevor wir losfuhren Mos Futternapf samt kleiner Wasserflasche, meine Musik, mein Notizheft, Füller und Streichhölzer vorne in das kleinere Fach des Rucksacks getan. Mo stieg von alleine ins große Fach. Ich ließ den Rucksack oben offen, damit er Luft bekam, aber bei dem Wetter war mir klar, dass er da schnell wieder rausmusste. Im Auto ging es noch, die Klimaanlage lief auf Hochtouren und es blieb kühl im Rucksack. Hier im Bus hätte er es keine Stunde darin ausgehalten.

Erleichtert, dass Mos und mein waghalsiger, eigentlich nicht existenter Plan irgendwie aufgegangen ist, beobachte ich ihn beim Schlafen.

Im Bus ist es ruhig, nur das laute, regelmäßige Geräusch des Motors und die vorbeiziehenden Autos sind zu hören.

Ich frage mich, warum die anderen hier sind. Ob sie eine Wahl hatten. Ob sie hier sein müssen oder wollen. Und, ob das einen Unterschied macht.

Vorsichtig ziehe ich meinen MP3-Player aus meiner Hosentasche und stecke meine Kopfhörer rein. Ich drücke auf Play, meine Gedanken driften weg, mein Blick liegt auf den Bäumen, die am Straßenrand vorüberziehen, und meine

Hand ruht auf Mos Körper, der unter ihr leicht vibriert. Ich sollte Izzy schreiben. Hoffentlich bekomme ich an unserem Zielort und innerhalb dieser drei Wochen genug Zeit für mich. Hoffentlich bekomme ich die Gelegenheit, Izzy meine Worte zu schicken. Was, wenn sie mich erwischen? Das darf nicht passieren! Niemals.

Mo ist an meiner Seite. Und irgendwie bist du es damit auch. Er hat versucht, sich in meinem Koffer zu verstecken. So wie früher, weißt du noch? Als wir mit Mum und Dad in den Urlaub gefahren sind und er unbedingt mitwollte. Heute hat er es geschafft, er ist bei mir. Er ist das Einzige, was ich noch habe.

Sie wollten, dass ich gehe. Und noch mehr als vorher stecke ich jetzt irgendwo zwischen immer und nie fest, zwischen überall und nirgendwo.

Ich vermisse dich, Izzy.

Kapitel 9 – Levi

Wenn etwas unausweichlich ist,
lohnt es sich nicht davonzurennen.

Jana rüttelt an meiner Schulter und ich schiebe die Cap nach oben, um etwas sehen zu können. Shit, ich hab die ganze Busfahrt verpennt. Ich sollte nicht vergessen, dass ich trotz allem wohl irgendwie eine Art Aufsichtspflicht habe, aber dann muss ich mir selbst eingestehen, dass man die hier im Bus kaum vernachlässigen kann. Ich gähne kurz und strecke mich, bevor ich die Beine vom Geländer nehme und mich mit den Armen daraufstütze.

»Wir sind gleich da«, sagt Jana überflüssigerweise. Ich kenne diese Gegend und ich fahre seit Jahren hier hin. Sie meint es nur gut.

»Ich weiß«, antworte ich daher bloß und versuche dabei nicht zu unhöflich und genervt zu klingen. Jana fährt erst das zweite Mal als Betreuerin mit ins Camp, sie hat die Stelle dafür im letzten Jahr angenommen. Pia hingegen kennt das Prozedere, sie unterrichtet Sport in Sankt Anna und ist schon etwas länger dabei.

Der Himmel ist wolkenlos, die Sonne brennt richtig und hier im Bus ist die Luft so ekelhaft, dass ich nicht weiter darüber nachdenken möchte. Mein Shirt ist am Rücken schweißnass. Elisabeth, die wir nur Eli nennen, manövriert den Bus gekonnt durch die Kurven. Irgendwann tritt sie so stark auf die Bremse, dass wir alle einmal nach vorne kippen, nur um danach in den Sitz geschleudert zu werden. Kurzes Aufstöhnen und kleine Aufschreie gehen durch den Bus. Tja, Eli bremst immer ganz oder gar nicht. Das ist auch ihr Lebensmotto.

Pia und Jana stehen auf, drehen sich zu den neuen Schülern um und Pia erhebt das Wort.

»Dieses Camp ist ein altes und lieb gewonnenes Ritual in Sankt Anna. Irgendwann werdet ihr erkennen und verstehen, warum das so ist – wenn das nicht bereits in den nächsten drei Wochen passiert.« Sie lächelt alle selbstbewusst an. »Mein Name ist Pia und ich bin neben Jana eure Ansprechperson. Ihr könnt mit allem zu uns kommen. Die Regeln des Camps sind einfach, sie stehen zur Ansicht auf einem Zettel, den wir euch nachher austeilen. Die wichtigste Regel: Respektiert Grenzen, eure und unsere.« Sie macht eine Pause, um ihre Worte sacken zu lassen. Manche fragen sich bestimmt, wie so etwas die wichtigste Regel sein kann. Ganz einfach: Die meisten der Kids kennen keine Grenzen oder sie kennen in ihrem Umfeld niemanden, der sie einhält.

»Wenn ihr aus dem Bus steigt, holt euch bei Eli eure Koffer ab und folgt Jana. Sie wird euch eure Zelte zeigen. Außer ein paar festgelegten gemeinsamen Aktivitäten und den gemeinsamen Essenszeiten steht euch jede Menge Freizeit zur Verfügung. Falls ihr vorhabt, die Gegend zu erkunden, meldet euch vorher ab. Das ist Pflicht«, sagt sie nachdrücklich, bevor sie freundlich hinterherschiebt: »Wir wünschen euch drei wundervolle Ferienwochen!«

Danach verlässt sie mit Jana den Bus und die ersten Neuankömmlinge folgen ihr. Nur die beiden Mädchen in der letzten Reihe bewegen sich nicht und ich versuche herauszufinden, was los ist. Das Mädchen von mir aus rechts wedelt beinahe panisch mit ihrer Hand und stupst das Mädchen links schließlich schnell und kurz an. Immer mehr verlassen den Bus. Das Mädchen links hat anscheinend geschlafen. Es dauert einen Moment, bis es begreift, dass wir da sind. Aus irgendeinem Grund sehen sich beide panisch an, dann packt das Mädchen seinen Rucksack. Mehr kann ich von vorne durch die Sitze nicht erkennen. Aber da beide auch endlich aufstehen, verlasse ich den Bus und stelle mich etwas abseits hin.

Nach und nach holt jeder seine Koffer ab, geht zu Jana und folgt ihr Richtung See. Ich atme die vertraute Luft ein und schlendere als Letzter Richtung Eli, nehme meine Gitarre und meine Tasche entgegen und steuere auf das Camp, auf mein kleines Zelt zu. Paul hat wahrscheinlich schon alles aufgebaut.

Vorfreude pulsiert durch meine Adern, mischt sich mit meiner Angst. Ich male mit dem Kiefer, greife die Gitarre fester und sage mir immer wieder, dass ich diese drei Wochen genießen muss, dass ich gerne hier bin. Dass es danach weitergehen wird.

Kapitel 10 – Hannah

An manchen Tagen
ist es besser als an anderen,
aber gut wird es nie wieder werden.

Das eben hätte wirklich schiefgehen können. Mein Herz rast immer noch.

Nachdem ich die Musik angemacht und Izzy ein paar Zeilen geschrieben habe, bin ich eingeschlafen, mit Mo auf dem Bauch. Er hätte durch den Bus laufen oder sie hätten mich am Ende mit ihm erwischen können. Es war nur dem fremden Mädchen zu verdanken, dass das nicht passiert ist, und ich würde ihr so gerne danken. Aber wie dankt man jemandem ohne Worte? Ich weiß ja nicht einmal ihren Namen.

Wir gehen vom Bus weg und folgen Jana. Mein Koffer ist schwer und er quietscht erbärmlich, meine Haarspitzen kleben am Nacken. Mit der linken Hand stütze ich Mo unter dem Rucksack, der hoffentlich noch ein paar Minuten Ruhe bewahrt, bis … Ja, bis was? Lautlos seufze ich. Ich kann nicht glauben, dass ich den Kater mitgenommen habe. Ich fühle mich, als hätte er mich dazu überredet, dabei stimmt das nur zum Teil. Wenn ich ehrlich bin, bin ich froh, dass er dabei ist. Mit ihm ist die Einsamkeit nur halb so einsam und das Fremde nur halb so fremd.

Während wir den Weg entlanglaufen, der immer schmaler wird und immer mehr von Bäumen gesäumt ist, durch deren Blätter die Strahlen der prallen Mittagssonne fallen, sehe ich mir die anderen Mädchen und Jungen an, die Jana stillschweigend folgen. Ich frage mich, welche Geschichte sie zu erzählen haben, warum sie hier sind. Ich frage mich, warum die beiden Jungen, die nebeneinander gehen, stets den Kopf gesenkt halten und warum das kleine Mädchen mit dem fast geschorenen Haar so ungelenk läuft. Warum das Mädchen, das mir half, bei diesem Wetter einen Pullover trägt, samt Rollkragen.

Plötzlich sehe ich den See, der zwischen den Bäumen hervorblitzt. Das klare Blau, das im Schein der Sonne ihr Licht reflektiert und strahlt, beinahe glitzert. Es sieht wunderschön aus.

»Komm schon, Hannah! Lass es uns zusammen versuchen.« Izzy ist ganz aufgeregt.

Aber ich schüttele vehement den Kopf. Der neue Pool ist groß und angsteinflößend.

»Du musst keine Angst haben, ich bin bei dir!«

»Aber du kannst es doch selbst nicht«, flüstere ich zurück und ernte einen empörten Blick von ihr.

»Das kannst du nicht wissen! Wir haben es noch nie ausprobiert.«

»Mum hat gesagt, wir sollen warten. Sie will irgendwas holen, damit es leichter ist.«

»Ja, irgendwelche Flügel«, murmelt Izzy und rollt mit den Au-

gen. »Was sollen wir damit? Man braucht Flügel zum Fliegen, nicht zum Schwimmen! Komm, wir schaffen das!«

Sie schubst mich hinein und ich versinke in einem Meer aus Blau.

Als mein Koffer an einer Wurzel hängen bleibt, schrecke ich auf und die Erinnerung verschwindet so schnell, wie sie gekommen ist. Bis heute kann ich es nicht vergessen. Izzys Vorfreude, ihren Mut und ihren unerschütterlichen Glauben an sich selbst. Sie hat kurz darauf das Schwimmen gelernt, ich habe es nie versucht und kann es bis heute nicht.

Ich hieve den Koffer über die Wurzel und gehe weiter. Wenige Minuten später kommen wir am Zeltlagerplatz an. Wir stellen uns in einen Halbkreis, dann ergreift Jana das Wort.

»Ihr seht rundherum Zelte, die bereits aufgestellt wurden. Paul betreut diesen Platz und ist für die Vermietung und Sicherheit zuständig«, sie zeigt auf einen schlaksigen, freundlich wirkenden Jungen mit unendlich vielen Sommersprossen, »und wenn ihr Probleme mit eurem Zelt haben solltet oder mit den Sanitäranlagen, sprecht ihn ruhig an. Ihr findet ihn meist dort, wo wir mit dem Bus angehalten haben. Sagt bitte Bescheid, bevor ihr dieses Gelände verlasst! An den Zelten hängen nicht nur die Regelliste, die ich euch jetzt nenne, sondern auch die Namen derer, die zusammen in dem Zelt schlafen.«

Wir sehen uns die Zelte genauer an. Ich für meinen Teil kann aufatmen. Mir erscheinen sie alle groß genug und nicht zu einengend. In der Mitte kann man sich höchstwahrscheinlich sogar aufrecht hinstellen.

»Es werden immer zwei in einem Zelt schlafen. Die Sanitäranlagen findet ihr, wenn ihr diesem Weg folgt, hinter der nächsten Biegung. Es sind keine zweihundert Meter«, erklärt Jana und zeigt dabei in die entgegengesetzte Richtung zum See. »Auf dem Weg dorthin findet ihr auch die Holzbänke und -tische, an denen wir gemeinsam essen werden. Jeden Morgen um acht und mittags um dreizehn Uhr. Abends essen wir am Lagerfeuer. Wir Betreuer werden das mit Paul organisieren. Innerhalb von fünf bis zehn Minuten seid ihr am See, ihr könnt ihn von hier bereits sehen«, fährt sie fort und zeigt in die andere Richtung. Dann deutet sie mit beiden Daumen über die Schulter. »Die kleinen Zelte, die hinter mir nebeneinanderstehen, gehören den Betreuern. Dort könnt ihr immer einen von uns finden. Wir möchten, dass ihr euch in euren Zelten einfindet, euren Zeltpartner kennenlernt und auspackt. In einer Stunde treffen wir uns hier am Lagerfeuerplatz wieder für eine größere Kennenlernrunde.«

Beinahe lasse ich den Rucksack samt Mo fallen. Kennenlernrunde. Das Wort hallt in mir wider und ich spüre, wie Panik in mir wächst. Ich kann das nicht. Das alles hier. Ich bin hier falsch. Das hier ist falsch.

Ich atme schwer, mir wird schwindelig und ich muss mich an meinem Koffer festkrallen, um nicht umzukippen. Hektisch schaue ich mich um, sehe, wie alle zu ihren Zelten finden, und bleibe einfach stehen. Ich kann mich nicht bewegen, meine Muskeln verkrampfen sich, meine Atmung wird immer schneller.

»Hannah?« Die Frau aus dem Bus kommt auf mich zu, sie sieht besorgt aus. Ich ziehe die Augenbrauen zusammen und blicke sie durch eine Nebelwand an, sie wirkt etwas verschwommen. »Das ist dein Name, oder?«

Ich schaffe es gerade so zu nicken, mein Mund steht immer noch offen und saugt in viel zu schnellen Abständen gefühlt viel zu wenig Sauerstoff in meine Lunge. Mein Brustkorb hebt sich zu heftig, meine Finger umklammern zu stark Rucksack und Koffer.

»Du musst ruhiger atmen. Alles ist gut.« Sie reibt mir vorsichtig über die Arme, hoch und runter, und es beginnt zu helfen. Langsam entspannen sich meine Muskeln, meine Sicht klart auf, mein Herzschlag verlangsamt sich. Ich schlucke schwer, aber es ist ein kläglicher Versuch, denn mein Mund ist trocken und der Kloß im Hals riesig.

»Komm, ich bringe dich zu deinem Zelt.«

Wenn ich nur Danke sagen könnte. Ich würde es ihr tausend Mal sagen. Sie nimmt sich meinen Koffer und hält am zweiten großen Zelt. Sie wirft mir einen aufmunternden Blick zu und lächelt.

»Manchmal sieht es nicht so aus, aber alles kann besser werden.« Dann geht sie und lässt mich allein zurück.

Ich schiebe die Plane, die als Eingang dient, zur Seite und auch das Mückennetz und betrete das Zelt. Es ist sogar noch geräumiger, als es von außen wirkt, und ich hatte recht, man kann in der Mitte aufrecht stehen. Je auf der linken und rechten Seite liegen eine zusammengerollte Isomatte und eine kleine aufblasbare Matratze. Auf dem Boden rechts sitzt bereits jemand, mein Zeltpartner, wie er hier genannt wird, und ich schließe vor Erleichterung kurz die Augen, als ich begreife, dass es das Mädchen aus dem Bus ist. Das Mädchen mit dem Rollkragenpullover und den langen, dicken Haaren. Sie sitzt beinahe ganz mit dem Rücken zu mir und pustet schon ihre Matratze auf. Als ich meinen Koffer halb in meine Ecke schleife und halb trage, hält sie inne und dreht sich um. Sie lächelt mich zaghaft an. Ich schaffe es nicht, es zu erwidern, und senke den Blink. Normalerweise würden meine Haare mein Gesicht verbergen, mir etwas Schutz bieten, aber ich vergesse zu oft, dass dies jetzt nicht mehr passieren kann. Ich kann mich nicht mehr hinter ihnen verstecken.

Dennoch bin ich froh und dankbar. Sofort schließe ich den Eingang und hole Mo aus dem Rucksack. Er maunzt, streckt sich und gähnt. Dann tappt er durchs Zelt und inspiziert alles. Völlig erschöpft sinke ich auf den Zeltboden. Er nähert sich dem Mädchen, das nun auch merkt, dass Mo es auf sie abgesehen hat. Sie bleibt still sitzen, lässt die Matratze sinken und wartet ab. Er schleicht um sie herum, schnuppert und klettert schließlich freudig auf ihr herum, was sie erneut zum Lächeln bringt. Sie sieht mich an und ich bemühe mich, dem Drang wegzusehen, nicht nachzugeben.

»Mein Name ist Sarah. Du bist Hannah, richtig?« Ihre Stimme klingt so zart und hell, so zerbrechlich und leise.

Mein Name ist Hannah und ich kann dir nicht antworten. Ich bin kaputt.

Aber die Worte bleiben Gedanken und der Raum zwischen uns still. Ich beiße mir auf die Lippe, knete meine Hände, würde mich am liebsten zusammenrollen und so verharren, bis der ganze Spuk hier vorbei ist. Bis ich wieder nach Hause kann. Und dann trifft es mich wie ein Schlag, wie ein Erstes-Mal–Moment: Dies ist erst der Anfang. Ich werde lange Zeit nicht nach Hause gehen.

»Ist schon okay«, sagt Sarah zaghaft. »Ich bin jedenfalls froh, dass du mit mir hier bist und die Katze und nicht das grimmige Mädchen oder so.« Sie streichelt Mo ganz vorsichtig. »Wo hast du denn die Katzentoilette?«, fragt sie plötzlich mit großen Augen und wirkt dabei um Jahre jünger als ich.

Mein Herz stolpert, einmal, zweimal, meine Gedanken fahren Achterbahn. Daran habe ich nicht gedacht. Keine Ahnung, wo all das hier enden wird, aber ich weiß, bald werden sie mir Mo wegnehmen!

»Du hast keine«, schlussfolgert sie und ich sehe, wie sich die Zahnrädchen in ihrem Kopf drehen, wie sie eins und eins zusammenzählt. Die Busfahrt, den Rucksack, die nicht vorhandene Katzentoilette. Mo dürfte nicht hier sein.

Ich ziehe meine Knie an, lege die Arme darum und lasse meinen Kopf daraufsinken, verberge mein Gesicht, denn ich kann die Tränen nicht mehr halten. Der Druck in mir wird zu groß und auch wenn ich weiß, dass keine einzige Träne etwas ändert und ich keine von ihnen weinen will, so müssen sie raus, damit ich wieder atmen kann. Mein Körper bebt und ich schlinge meine Arme fester um die Beine, weil ich Angst habe zu zerbrechen. Ich habe Angst, mich zu verlieren – das Letzte, was von mir geblieben ist. Ich will nicht zerfallen, nicht vergehen und ich weiß, ich versuche das Unmögliche. Seit Izzy weg ist, bin ich kaputt, ich habe Risse, ich bin schon zerbrochen und das, was blieb, sind Stücke von einem alten Ich, das irgendwie zusammenfand, aber nicht mehr zusammenpasst. Wie ein Puzzle, dem Teile fehlen, wie ein Puzzle, gemischt aus Dutzenden von Stücken, die nicht zu ihm gehören.

Meine Augen sind zusammengekniffen und brennen, meine Kehle tut weh, weil ich nicht laut schluchzen will. Ich schäme mich auch jetzt schon. Ich schäme mich, dass ich hier bin, dass ich nicht kaputt sein will, wo ich doch selbst so viel zerbrochen habe. Zu all dem kommt die Wut in mir und die Trauer. Die Frage, warum meine Eltern mich wirklich hierhergeschickt haben, für mich oder für sich. Was das für ein Ort ist und ob er kaputte Dinge wieder heilen kann. Ich lache innerlich über diesen abstrusen Gedanken, denn wie soll ein Ort etwas heilen, das man nicht sehen kann?

Mo stupst mich mit seinem kleinen Kopf an, wieder und wieder, bis ich mich aus meiner Starre löse und es schaffe, meinen verkrampften, schmerzenden Körper zu bewegen. Rasch wische ich mit dem Top über mein Gesicht, wische die Tränen weg und ziehe zitternd die abgestandene warme Luft im Zelt ein. Als ich langsam meinen Blick hebe, sitzt

Sarah in der letzten Ecke des Zeltes und sieht mich traurig und zugleich ängstlich an. Ich hoffe, sie ist nicht hier, weil sie ist wie ich. Ich hoffe, sie kann glücklich werden.

Stumm und in Gedanken versunken bleiben wir einfach sitzen und lassen die Stunde bis zum Treffen vergehen. Aber auch dann bewegt sich keiner von uns beiden, wir haben weder die Kraft noch die Lust. Bei Sarah kann ich es nur vermuten, bei mir weiß ich es. Aber sie werden uns holen, wenn wir nicht selbst gehen. So oder so werden wir daran teilnehmen müssen. Also hieve ich mich hoch, stelle Mos Napf ganz hinten in eine der Ecken, gebe ihm etwas zu fressen und das warme Leitungswasser aus der Flasche in die kleinere der beiden Schüsseln daneben. Die Näpfe fallen dank ihrer Farbe kaum auf, ich habe sie auch ein Stück nach unten gedrückt. Danach gehe ich zu Sarah und sehe sie abwartend an. Sie reicht mir die Hand, ich glaube, sie will, dass ich ihr hochhelfe. Aber es steht für so viel mehr und ich kann das nicht. Ich weiche zurück, verschränke die Arme und meide ihren Blick.

Sie steht selbstständig auf und stellt sich zu mir.

»Ich helfe dir mit der Katze«, sagt sie, bevor sie das Zelt vor mir verlässt.

Es ist noch wärmer geworden, aber dank des Sees und der vielen Bäume rundherum, die Schatten spenden, ist die Luft nicht so schwül wie daheim. Eine leichte Brise weht, trotzdem klebt das Shirt gnadenlos an meiner Haut. Die anderen sitzen bereits am Treffpunkt in einem Kreis, manche von ihnen sehen Sarah und mich abwartend an, andere genervt.

Sarah schaut zu mir zurück, dann setzt sie sich dazu. Meine Beine gleichen Pudding, aber ich schaffe es bis zu ihr, ohne zu stolpern oder mich übergeben zu müssen. Mit einer Hand auf dem Magen warte ich ab und bete, dass ich das hier irgendwie schaffe.

»Wir hoffen, ihr seid schon ein wenig angekommen. Noch einmal für alle, mein Name ist Pia, das neben mir ist Jana.« Pia. Wann hatte sie ihren Namen gesagt? Vielleicht während der Busfahrt, die ich verschlafen habe.

»Dieses Jahr beginnt auch noch für andere Kinder und Jugendliche neben euch das Schuljahr in Sankt Anna, aber aus verschiedenen Gründen können sie leider nicht am Camp teilnehmen.«

»Ich wusste gar nicht, dass man dem Quatsch hier entgehen konnte«, sagt das Mädchen gehässig, das mich im Bus beinahe böse gemustert hat.

»Wir werden die nächsten drei Wochen zusammen verbringen und danach werdet ihr zusammen die Schule besuchen«, übergeht Pia gekonnt den Kommentar und macht weiter. »Ein Miteinander bringt immer mehr als ein Gegeneinander.« Sie sieht uns ernst und bedeutungsvoll nacheinander an, bevor Jana das Wort ergreift.

»Wir möchten euch besser kennenlernen und möchten, dass ihr euch besser kennenlernt. Versucht es, sagt so viel, wie ihr wollt oder könnt. Ansonsten werden wir wenigstens euren Namen mitteilen. Wir beginnen am besten hier und gehen im Uhrzeigersinn reihum.« Janas Finger zeigt direkt auf die Kratzbürste, wie ich das Mädchen getauft habe. Sarah und ich werden danach dran sein.

Das Mädchen kneift die Lippen zusammen, alles an ihr wirkt verbissen und streng.

»Lina. Ich heiße Lina«, sagt sie schnell, bevor sie trotzig schweigt. Lina, denke ich bei mir, passt nicht zu ihr. Nicht zu der, die sie jetzt zu sein scheint. Lina ist zu weich, zu lieb, zu unschuldig. Diese Lina ist nichts davon.

»Lina ist vierzehn und sehr … direkt«, ergänzt Pia. »Schön, dass du da bist, Lina!«

Sarah zieht bereits die Ärmel ihres Pullovers über die Hände, ihre Wangen sind knallrot und ich frage mich, ob vor Scham oder wegen der Hitze. Vermutlich eine Mischung aus beidem.

Sie macht sich klein, duckt sich beinahe und schaut auf ihre Schuhe. Ich würde ihr gern helfen, aber ich kann nicht einmal mir selbst helfen.

Erstaunlicherweise lassen ihr alle Zeit, niemand hetzt sie, nicht einmal Lina, von der ich es ehesten erwarten würde.

»Ich … Ich …«, stottert Sarah. »Mein Name ist Sarah, ich bin sechzehn und ich … ich hasse die Dunkelheit.« Ihre letzten Worte sind so leise, dass ich glaube, nur ich habe sie gehört.

»Schön, dass du da bist, Sarah«, ertönt es von Jana und Pia. Sie lächeln Sarah aufmunternd zu. Dann huscht ihr Blick zu mir und Jana beginnt freudig: »Du bist dr…«, bis Pias Hand sich auf ihren Arm legt und sie zwingt, mitten im

Satz zu stoppen. Ich möchte im Erdboden versinken, ich möchte schreien: *Ich bin Hannah, ich bin Izzy, ich bin nichts, ich bin still und in mir ist alles so laut.*

Meine Worte bleiben stumm.

»Das ist Hannah. Sie ist siebzehn und … Hannah findet im Moment nicht die Worte, um zu reden.« Pia meint es gut, aber ich will das nicht hören. Ich finde Worte, ich finde Tausende davon und sie alle sind in meinem Kopf. Sie finden nur den Weg nicht hinaus.

»Schön, dass du da bist.«

Ich brauche dich, Izzy! Ich brauche dich so sehr! Du bist mein Schwert, mein Schild, du bist mein Mut und meine Hoffnung, du bist mein Antrieb und meine Freude.

Du bist weg.

Kapitel 11 – Hannah

Seh ich dich nicht,
siehst du mich nicht.

Seite an Seite gehe ich mit Sarah zurück ins Zelt. Dieses Kennenlernen war verrückt, anstrengend und unnötig. Wir wissen nicht mehr als vorher und ich glaube kaum, dass es jemanden stört. Jeder möchte seine Ruhe, niemand will etwas preisgeben. Das ist wohl das Einzige, das ich daraus mitnehmen konnte. Das und die Namen der Menschen, die ich ab jetzt jeden Tag sehen werde. Sie hüten ihre Geheimnisse, so wie ich.

Mo begrüßt uns laut schnurrend. Ich ziehe scharf die Luft ein, lasse meinen Blick schweifen, ob er in eine der Ecken gemacht hat, aber ich kann nichts erkennen. Wenn alle schlafen, gehe ich mit ihm raus, verschwinde zwischen den Bäumen und hoffe, dass er meine telepathischen Anweisungen versteht und sein Geschäft verrichtet. Mo ist ohnehin mehr Hund als Katze, vielleicht habe ich Glück. Sein Sturkopf muss nur mitmachen.

»Ich bin froh, dass es nicht an mir liegt«, sagt Sarah ohne Vorwarnung in den Raum hinein, sie schaut dabei auf ihre Füße, fummelt am Saum des Pullovers herum, bevor sie anfängt, ihre restlichen Sachen auszupacken. Aber in meinen Gedanken hat sie noch so viel mehr gesagt: Denn es liegt schon so viel an mir.

Ich kenne das Gefühl. Ich kenne es nur zu gut. Abwartend sehe ich sie an, bewege mich nicht. Sie weiß, ich beobachte sie, ich fixiere sie so sehr, dass es beinahe unmöglich ist, das nicht zu spüren. Irgendwann sieht sie auf, nur mit den Augen, hält beim Packen inne. Der kurze Blickkontakt reicht. Er genügt, um ihr mit zusammengepressten Lippen zuzunicken. Nein, es liegt nicht an dir.

Mit Mo auf dem Schoß leere ich die letzten Sachen aus dem Rucksack aus. Sarah und ich haben je zwei kleine Boxen aus Pappe in unseren Ecken stehen. Ich nehme an, um persönliche Dinge hineintun zu können. Ich verstaue in einer den MP3-Player, meinen Notizblock, den Füller und die Streichhölzer. Außerdem das gerahmte Bild von Izzy und mir, über das ich liebevoll streiche, bevor ich den Deckel schließe.

Das war's. Mos Futter lasse ich im Rucksack und meine anderen Sachen im Koffer. Ich hole nur mein zweites Paar Schuhe heraus, stelle es zwischen die Boxen und meinen Koffer. Außerdem die kleine Tasche mit meinem Duschzeug. Danach hebe ich Mo von mir, der sich gähnend auf den Sachen im Koffer niederlässt und mich beobachtet.

Sarah ist mit allem fertig. Ihre Matratze ist aufgeblasen, die Isomatte liegt, alles ist ordentlich. Ich schnappe mir meine Matratze. Es macht keinen Spaß, es ist anstrengend und ich habe das Gefühl, dass nichts passiert, obwohl ich mir die Lunge aus dem Leib puste. Mir ist höllisch heiß. Irgendwann sehe ich aber, wie sich eine Ecke aufplustert, und kann mir ein leichtes Lächeln nicht verkneifen. Ich puste weiter und solange ich das tue, sind alle anderen Gedanken für den Moment ganz klein und weit weg.

Ich wünschte, ich würde nie fertig werden.

Jeder ist mit irgendetwas beschäftigt, meist mit sich selbst. Doch Pias Blick entgeht nichts. Ich hoffe, sie schlafen nachher tief und fest und keiner bemerkt, wenn ein Mädchen mit ihrem Kater spazieren geht.

Ich schlendere Richtung See. Die Hitze lässt nach, der Wind kühlt meine Haut und das letzte Licht tanzt durch das Blätterdach über mir. Der Wasser kommt immer näher und der Anblick ist schöner, als ich mir eingestehen will. Kurz vorm Ufer, das flach verläuft und gut erreichbar ist, halte ich inne und horche auf. Ich sehe mich aufmerksam um. Niemand ist da.

Tief einatmend bücke ich mich und ziehe meine Schnürsenkel auf, dann streife ich vorsichtig meine Schuhe ab und danach die Söckchen. Wie immer überrollt mich alles. Zu wissen, dass man seinen eigenen Anblick kaum ertragen kann, ist … Ich weiß nicht, wie und was es ist, aber es tut so weh, dass ich Mühe habe, mich auf den Beinen zu halten.

Jedes Mal ist es ein Kampf. Jeden Tag. Immer.

Ich wickele meine Jeans hoch, nur ein Stück. Mehr schaffe ich heute nicht. Und ohne es verhindern zu können, fahren meine Finger über meine Haut, über die Stellen, die einem Minenfeld gleichen und die der Beweis dafür sind, dass ich nicht wieder aufwache. Dass es wirklich passiert ist.

Irgendwann setze ich mich in Bewegung, spüre den Boden unter meinen nackten Füßen, die Erde, das Gras, die Holzstücke, kleine Steine – und das kühle Wasser des Sees. Es umspielt zuerst meine Zehen, steigt Schritt um Schritt höher, bis es auch die Knöchel erreicht hat. Weiter gehe ich nicht. Mehr ist nicht drin.

Ich breite die Arme aus, lege den Kopf in den Nacken und schließe die Augen.

»Hannah? Hannah, hörst du mich?« Gedämpft dringt Izzys verzweifelte Stimme zu mir, ich spüre ihre Hände an meinem Arm. »Bitte, bitte, wach auf!«

»Gib ihr etwas Zeit.« Dad. Er ist auch da.

»Aber was ist, wenn sie immer weiterschläft? Sie würde das nicht wollen! Sie muss bei mir sein!«

»Das wird sie, mein Schatz«, sagt Mum. »Der Arzt meint, dass alles gut wird. Aber Hannah ist noch zu müde. Morgen darfst du sie wecken.«

Ich schlage flatternd die Augen auf, sie brennen, genau wie meine Lunge. Ich sehe die Tränen in Mums Augen und Dads erleichtertes Lächeln. Izzy, die mich zuerst freudig anschaut und danach tadelnd. Ich höre ihre Stimme ganz klar.

»Hannah, du hättest mir sagen müssen, dass du Flügel brauchst! Ich wusste nicht, dass du ein Vogel bist. Vögel schwimmen nicht, sie fliegen!«

Izzys Stimme klingt nach, sie erfüllt und wärmt mich von innen. Von da an war sie der Fisch, der keine Flügel brauchte, aber schwimmen konnte, und ich der Vogel, der seine Flügel versteckte und nicht ins Wasser wollte. Manchmal nannte sie mich Vögelchen, auch, als wir längst keine Kinder mehr waren. Natürlich wusste sie da, dass wir weder Fisch noch Vogel sind und dass ich Glück hatte, dass Mum mich sofort aus dem Wasser holte, genauso wie ich wusste, dass Izzy das mehr zu schaffen machte, als sie zugab.

Der Punkt ist, es ist nichts passiert. Bei all unseren Fehlern und Abenteuern ist am Ende immer wieder alles okay gewesen oder geworden. Wir hatten Glück. Wir haben immer aufgepasst. Bis zu diesem einen Tag. Ich habe unseren sicheren Weg verlassen und der brachte uns an einen Ort, an dem nie wieder alles okay sein würde.

Meine Arme zittern vor Anstrengung, aber ich traue mich nicht, mich zu bewegen. Weil ich dann Erinnerungen hinter mir lassen und ins Jetzt zurückkehren muss.

Irgendwann bleibt mir keine Wahl, ich lasse die Arme sinken, die taub geworden sind und nun kribbeln, und hebe den Kopf aus dem Nacken, der vollkommen verspannt ist. Mein Gesicht verzieht sich, weil es so unangenehm ist. Aber das war es wert.

Dieser Ort ist wunderschön – wunderschön, um Izzy ihre Nachrichten zu schicken. Ich werde heute Nacht wiederkommen. Ich werde die Briefe mitnehmen. Hier, wo Vogel und Fisch zusammenfinden.

Entschlossen drehe ich mich um und stolpere kurz, weil

ich so erschrecke. Dort steht ein Junge. Ich fühle mich ertappt, gehe wieder weiter ins Wasser, weil ich nicht will, dass er meine Füße und Beine, meine Haut sieht. Ich gehe zurück, bis sich meine Hose mit Wasser vollsaugt, und starre ihn an. Ihn, der nur dasteht mit ernstem Gesicht, seiner zerrissenen Jeans, dem roten Shirt, der komischen Cap, barfuß. Er mit der Gitarre, die wunderschön braun glänzt. Mit den Armen voller Tattoos. Ich habe ihn schon gesehen, im Bus. Er hat geschlafen. Ich kneife die Augen zusammen und denke nach. Aber wo war er danach? Er war nicht bei der Vorstellungsrunde. Wer ist er?

Meine Arme legen sich um meinen Oberkörper. Ich fühle mich immer unwohler, aber ich kann der Situation nicht entkommen, kann mich nicht bewegen. Seinem Blick ausweichend atme ich ein und aus, immer wieder. *Ich seh dich nicht, du siehst mich nicht*, höre ich Izzy in meinem Kopf. Wenn es nur so einfach wäre.

In Gedanken zähle ich *eins, zwei, drei, vier* und wieder von vorne, *atmen, Hannah, atmen.*

Dann höre ich Blätter rascheln, Holz knacken. Er geht.

Ich frage mich, wie lange er dort gestanden und was er gesehen hat. Wahrscheinlich nur ein stummes Mädchen, das am Rande des Sees stand und sich nicht bewegte, mit geschlossenen Augen und Armen ausgebreitet wie Flügeln. Nichts Ungewöhnliches und doch so verrückt.

Weil wir hier nicht irgendwo sind irgendwann, sondern in diesem Camp an diesem Tag.

Ach, Izzy. Du hast gesagt, ich wäre der Vogel und du der Fisch. Aber jetzt bin ich es, die nicht mit dir fliegen kann. Jetzt bin ich der Fisch, der nicht schwimmt, und der Vogel, der nicht fliegt. Ich bin kaputt ohne dich.

Kapitel 12 – Levi

Wenn man die Augen schließt,
sieht man nicht weniger.
Man sieht anders.

Ihr Name ist Hannah. Sie ist siebzehn. Sie redet nicht mehr, seit ihre Zwillingsschwester gestorben ist, und wurde kurzfristig aufgenommen. Viel mehr steht nicht auf den Informationskarten, die Pia mir und Jana gab. Entweder gibt es nicht mehr zu wissen oder wir sollen nicht mehr wissen. Meistens trifft Letzteres zu. Ben entscheidet, welche Information für wen notwendig ist. Ich frage mich, welche er bei Hannah wegließ.

Eigentlich wollte ich zum See und dort Gitarre spielen, an einer Stelle unweit von der, an der ich sie fand. Ein Baumstamm ragt dort ins Wasser und bietet einen perfekten Platz zum Sitzen. Aber als ich sie sah, wie sie stumm und unbeweglich mit den Füßen im Wasser stand, konnte ich nicht weitergehen. Ich dachte, sie würde mich bemerken, aber das tat sie nicht. Ich wartete und wartete und weiß immer noch nicht warum.

Bereits bei unserer Ankunft sind mir ihre kurzen schwarzblauen Haare aufgefallen, die so gar nicht zu dem Gesicht passen, das sie umrahmen.

Während ich zurück zum Zelt gehe, erinnere ich mich an mein erstes Camp. An das erste, das auch das letzte sein sollte. Man fährt zu Beginn hierher, danach nie wieder. Ich bin die Ausnahme. Dieser Campingausflug – ich glaube, man versteht erst, was er ist, wenn man Sankt Anna wieder verlässt. Wenn man zurückblickt. So wie ich es jetzt tun muss. Das Verrückte daran? Wenn man geht, hat man so viel Angst wie in dem Moment, in dem man ankommt. Manche würden das nie zugeben, aber ich weiß es, weil ich es gerade durchmache.

Meine Füße tragen mich zu meinem Zelt, ich meide Pias Blick, sie sieht ohnehin zu viel und ich gehe Jana aus dem Weg, weil niemand so viel Freude auf einmal ertragen kann. Ich schlüpfe ins Zelt, lege meine Gitarre vorsichtig ab und mich auf die Matratze. Ich bleibe. Bei dieser nicht zu beschreibenden beschissenen Hitze und der Schwüle, die mir den Schweiß über den Nacken laufen lässt, bleibe ich. Pia und Jana wissen, dass ich dieses Mal nichts Halbes und nichts Ganzes bin. Betreuer war ich, aber dieses letzte Mal trage ich nur den Namen, denn innerlich werde ich wieder zum Mitglied. Ich werde vom Helfer wieder zu dem, dem geholfen werden muss. Deshalb nennen sie mich Gast.

Ich nehme die Cap ab, schnappe mir meine Kopfhörer und hole mir meine tägliche Dosis Musik. Wenn schon nicht über meine Gitarre, dann wenigstens so. Ich schließe die Augen und schlucke hart, um den Kloß im Hals loszuwerden. Dann höre ich Ben, wie er sagt, dass ich nie das Problem war. Dass mit mir alles in Ordnung ist. Aber was passiert, wenn man selbst in Ordnung ist und alles um einen herum in Unordnung? Wird man dann nicht Teil des Chaos?

Kapitel 13 – Hannah

Du kannst vor deinem Schatten
nicht davonrennen.

Nachdem ich die Schuhe vor dem Zelt abgestellt habe und hineingegangen bin, verpufft meine Wut augenblicklich. Ruckartig entweicht die Luft aus meiner Lunge, ich blinzle, einmal, zweimal. Weil ich kaum glauben kann, was ich sehe.

Lina greift gerade nach meinem MP3-Player, der in einer der Kisten liegt. Instinktiv packt mich Panik, ich suche nach Mo, aber ich finde ihn nicht.

Lina lässt den MP3-Player fallen, sieht mich grimmig an, nein, stinkwütend und kommt auf mich zu.

»Wehe du erzählst das jemandem«, zischt sie bedrohlich in mein Ohr. Sie ist nur wenige Zentimeter kleiner als ich und im Vorteil. Sie kann reden.

Mit voller Wucht und ohne Vorwarnung schubst sie mich zur Seite, ich lande auf dem Hintern, ein scharfer Schmerz durchzuckt mich. Kurz aber heftig. Lina ist weg. Das Blut rauscht in meinen Ohren.

Sie wollte mich beklauen, echot es in meinem Kopf. Sie hätte Mo entdecken können. Wo ist Mo?

Laut atmend und panisch drehe ich mich und suche nach ihm. Mo, wo bist du? Zentimeter um Zentimeter des Zeltes suche ich mit den Augen ab. Bis ich die Spitze seines Schwanzes an der Seite von Sarahs Matratze erkennen kann. Ihr Schlafsack ist ein Chaosbündel und Mo liegt mittendrin, um zu schlafen. Als ich den Sack öffne und hochhebe, sieht er mich verschlafen an und ich sinke erleichtert zusammen.

Dieser Tag … Frustriert, erleichtert und verwirrt stehe ich auf, ziehe die Jeans, die sich fast bis zu den Knien mit Wasser vollgesogen hat, aus und krame eine neue aus dem Koffer. Die nasse befördere ich einfach vors Zelt, es ist mir egal, ob das jemanden stört. Mo schläft weiter und Sarah ist nicht da.

Die Wut kehrt zurück, ich atme schwer und ich weiß nicht genau, warum. Die Begegnung mit Lina und dem Jungen vermischt sich in mir zu einem einzigen Brei.

Ich will allein sein, aber nicht ohne Izzy. Ich will nicht, dass jemand sieht, wenn ich an sie denke. Ich will nicht, dass mir andauernd Fragen gestellt werden, auf die ich ohnehin nicht antworten kann. Ich will Privatsphäre. Ich will nicht beklaut werden und will keine Angst haben. Und am wenigsten will ich angestarrt werden. Nicht von fremden Menschen, nicht von diesem komischen Jungen. Er hat kein Recht dazu, niemand hier hat das, denn so, wie ich das sehe, hat hier jeder sein eigenes Päckchen zu tragen. Sie sollen meins in Ruhe lassen!

Ich fühle mich hilflos und so unendlich fehl am Platz, als ich mich mitten in unserem Zelt auf den Boden setze. Nein, ich will nicht hier sein. Oh, ich wollte so viele Dinge nicht und dennoch sind sie passiert. Und immer wieder, wenn ich daran denke, frage ich mich, was schlimmer ist: an das Schicksal zu glauben und daran, dass all diese schlimmen Dinge passieren mussten. Dass jemand oder etwas wollte, dass wir diesen Schmerz spüren. Dass ich ihn spüre. Oder daran zu glauben, dass alles Zufall ist. Dass nichts davon hätte passieren müssen.

Niemand hat heute nach mir gefragt und gesehen. Alle haben sich um sich selbst gekümmert und wer wollte, saß noch am Lagerfeuer. Bis auf Pia, Jana und die Zwillinge war niemand da. Sie haben wenig geredet, die meiste Zeit starrten sie ins Feuer und sahen dabei zu, wie ihre Marshmallows braun wurden. Ich habe niemandem erzählt, was mit Lina war. Wie hätte ich das auch? Lina selbst meidet mich.

Mit leicht geöffneter Zelttür hockte ich da und beobachtete sie, betete, dass sie bald ins Bett gingen und tief schlafen würden.

Irgendwann erlosch das Feuer, das Knistern hörte auf und ich hörte sie Gute Nacht sagen. Sie gingen Zähneputzen, kamen zurück. Zweige knackten unter ihren Füßen, Reißverschlüsse wurden auf- und zugezogen.

Bis jetzt.

Sarah schläft schon seit einer Stunde, ihr leises Schnarchen dringt zu mir. Wie eine Kugel liegt sie eingerollt in ihrem Schlafsack, ganz nah am Rand und hält sich selbst fest. Ihr Gesicht sieht angestrengt aus und auch wenn die

Nacht kühlere Temperaturen bringt, ist es noch immer zu warm für ihren grauenvollen Rollkragenpullover, den sie anscheinend nicht ausziehen will.

Aufmerksam lausche ich. Nur das laute Zirpen von Grillen und einzelne Schnarchgeräusche dringen zu mir. Sonst nichts. Aber ich warte. Ich warte so lange, bis ich es nicht mehr aushalte. Der Geruch des Lagerfeuers ist ins Zelt gezogen und mir wird übel. Ich schnappe mir Mo und drücke ihn leise an mich, als er miaut. Kurz halte ich inne und warte auf Sarahs nächsten Atemzug, auf die Gewissheit, dass sie noch schläft.

Auch wenn ich barfuß bin und vorsichtig einen Fuß vor den anderen setze, raschelt das Zelt und ich bete innerlich, dass niemand mich bemerkt. Mein rechter Fuß berührt den halb sandigen, halb grasigen Boden, danach mein linker und noch einmal lausche ich, versuche irgendwo neben den Grillen und dem lauten Klopfen meines Herzens oder meinen ohrenbetäubenden Atemzügen irgendetwas anderes zu hören. Meine Hände, die Mo halten, zittern. Und obwohl er ruhig bleibt, kann ich es nicht sein.

Ich kann fast nichts sehen, nur die Umrisse der Bäume und Zelte und die Dinge, die direkt vor mir liegen. Der Mond spendet ein schwaches Licht.

Schritt um Schritt entferne ich mich vom Lager und mit jedem davon wird mir leichter ums Herz. Die Bäume bieten Schutz, das Gras ist knöchelhoch.

Irgendwann gewöhne ich mich an die Dunkelheit und gehe auf die Knie, lasse Mo herunter, halte ihn aber weiter fest. Ich streiche über sein weiches Fell und in meinem Kopf wiederholen sich meine Gedanken zu einem Mantra: Bitte, bitte, lauf nicht weg!

Aber Mo hat nichts dergleichen vor. Er spielt mit dem Gras, legt sich hin, spielt weiter, dann leckt er sich. Ich lasse mich gegen einen der Baumstämme sinken und beobachte ihn. Wenn ich ihn so sehe, muss ich lächeln. Izzy wollte ihn immer dazu bringen, alleine rauszugehen, aber Mo hat sich an sie geklammert und ihr den Arm zerkratzt, weil er es einfach nicht wollte. Nein, er wollte bei Izzy bleiben.

Plötzlich setzt Mo sich und ich beuge mich ein Stück vor, um ihn in der Dunkelheit im leichten Schein des Mondes etwas besser erkennen zu können. Ich habe nicht geahnt, dass ich so erleichtert darüber sein würde. Zumindest bis morgen musste ich mir keine Sorgen um Katzenhaufen in unserem Zelt machen. Nachdem er alles schön mit Gras und Erde zugescharrt hat, tappst er zu mir und reibt sich an meinen Beinen. Sein Schnurren dringt an mein Ohr und ich bücke mich, um ihn auf den Arm zu nehmen. Ein Knacken. Ich erstarre in der Bewegung und schlucke schwer. Vorsichtig drehe ich mich um, sehe in die Richtung, aus der das Geräusch kam. Es war direkt hinter mir, aber ich kann nichts erkennen. Die Minuten verstreichen, doch ich kann mich nicht überwinden, mich zu bewegen. Ich spüre, wie Mo gegen meine Hand stupst.

Irgendwann schüttle ich den Kopf. Da ist niemand. Nur ich und Mo. Nur die Grillen, der Mond, wir und die Dunkelheit.

Ich schnappe ihn und gehe zurück zum Zelt. Morgen werde ich Izzy eine Nachricht schicken. Morgen. Versprochen.

Schnell und leise verschwinde ich mit Mo im Zelt. Ich brauche eine Ewigkeit, um den Reißverschluss zum Eingang so leise wieder zuzuziehen, dass Sarah nicht wach wird. Seit ich gegangen bin, hat sie sich nicht bewegt, ihr Gesicht hat sich kein Stück entspannt. Die Luft ist nicht mehr ganz so stickig, dadurch dass ich das Zelt vorhin einen großen Spalt offen ließ.

Ich lege mich auf die Matratze, die unter mir nachgibt, und ziehe den Schlafsack bis zur Hüfte. Mo kuschelt sich an meine Seite und ehe ich es verhindern kann, schlafe ich ein.

»Lasst mich los!«, schreie ich. »Izzy! Izzy! Hörst du mich?« Ich schreie mir die Lunge aus dem Leib, schlage um mich, trete und schreie weiter. Ich kämpfe gegen die Männer an, die mich wegziehen, gegen die starken Arme, die mich halten. Ich will zurück. Ich muss zu ihr. Meine Tränen blenden mich, mein Hals brennt wie die Hölle, alles tut weh, aber ich kann nicht aufhören, ihren Namen zu schreien. »Izzy!«

Ich bekomme keine Antwort.

Ruckartig wache ich auf und mein Körper schießt nach oben. Ich sehe Sterne, mir ist schwindelig. Ich keuche und kneife die Augen fest zusammen, versuche mich zu beruhigen, damit ich mich nicht übergebe. Ich wiege mich vor und zurück, höre nichts als meinen lauten Atem und spüre nichts als den großen Schmerz in mir. Leise schluchze ich auf. Ich höre mich noch immer Izzys Namen rufen.

Als Sarahs Schrei neben mir ertönt, der echter nicht sein könnte, zucke ich zusammen und greife nach Mo, der sich schützend an mich schmiegt. Die Kopfschmerzen sind unerträglich, die Übelkeit kämpft sich wieder an die Oberfläche. Sarah schreit weiter und hält sich selbst die Ohren zu. Mittlerweile klebt ihr Körper förmlich an der Zeltwand.

Da kommt jemand. Ich schiebe Mo in den Schlafsack, unter meine angewinkelten Beine und atme tief durch. Mein Shirt ist schweißnass, ich zittere und alles verschwimmt vor meinen Augen.

Unser Zelteingang wird nahezu aufgerissen, ich sehe die Umrisse von Pia, zu mehr reicht es nicht, bevor ich meinen Kopf auf meine Knie lege und versuche ruhig zu atmen.

Ich höre, wie Pia zu Sarah geht, wie sie ruhig auf sie einredet.

»Sarah? Hörst du mich? Pssst, alles ist gut.« Ihre Stimme ist leise, warm und wohlklingend, gibt mir das Gefühl von Ruhe, obwohl sie nicht mit mir spricht. Dennoch geht es mir mit jedem Wort von ihr besser.

»Sarah, mach die Augen auf. Sieh!« Sarahs Schrei wird leiser, bis er schließlich ganz verklingt. Ich öffne die Augen, blinzele zu Pia und sie tut es mir gleich. Pia hält eine kleine Kugel in der Hand, die ganz sanft und warm leuchtet. Sarah wird ruhiger, fixiert die Kugel und beginnt normal zu atmen. Ihre verkrampfte Haltung löst sich.

»… ich hasse die Dunkelheit«, hat Sarah gestern gesagt und ich frage mich, was die Dunkelheit ihr getan hat. Wie sehr sie von ihr verletzt wurde.

Mo hat sich hingelegt, ich spüre seine Wärme, sein weiches Fell.

Pia gibt Sarah die leuchtende Kugel in die Hand und hilft ihr, sich wieder hinzulegen. Sie deckt sie zu und dreht sich zu mir um. Ihr fragender Blick liegt auf mir. Geht es dir gut? Soll ich bleiben? Brauchst du etwas?

Ich schüttle den Kopf und ich denke: Nein, mir geht es nicht gut, bitte lass mich allein und du hast keine Ahnung, was ich alles brauche. Wen ich brauche.

Pia verlässt das Zelt, den Eingang lässt sie offen und ich begrüße die frische Luft, die hereinweht. Ich werde heute keinen Schlaf mehr finden, das weiß ich. Deshalb greife ich nach meinem Block, nach dem Füller und beginne zu schreiben. Danach werde ich duschen gehen. Mitten in der Nacht. Es ist mir egal.

Albträume! Sie kommen und gehen und einer ist schlimmer als der andere.

Heute habe ich nach dir geschrien, Izzy. Ich habe um dich gekämpft. Ich habe gesehen, wie alles zerbrach, habe gehört, wie dein Name über meine Lippen kam, habe gespürt, wie er sich durch meine Lunge brannte. Ich spürte die Tränen auf meinen Wangen, sah das Licht, ließ mich blenden – und dann wachte ich auf. Ich hörte meine Schreie! Schreie, die es nicht gegeben hat. Ich spüre immer noch, wie sie mich festhalten.

Dieser Albtraum tat so viel mehr weh als all die anderen. Er schmerzte so sehr, weil er eine große Lüge ist. Weil nichts davon echt ist.

Es war ganz anders, Izzy!

Kapitel 14 – Hannah

Etwas zu wissen, heißt noch lange nicht,
etwas zu begreifen.

Tag zwei mitten im Nirgendwo, in einem Sommercamp mit Menschen, die ich nicht kenne und die mich nicht kennen. Tag zwei in einem Gefängnis in freier Natur bei Hitze und Sonnenschein, mit Mo, aber ohne Plan.

Wenn ich an heute Nacht denke, wird mir schlecht. Ich kenne den Traum, er kommt, wann er will und sooft er will, und ich kann nichts dagegen tun. Ihn hier zu haben, war schlimmer als sonst. Hier, an einem Ort, an dem ich noch einsamer bin, als ich es zu Hause war.

Nachdem ich in der Nacht kalt geduscht und mir den Schweiß abgewaschen habe, ging es mir besser. Ich glaube, ich bin danach sogar kurz eingenickt. Richtigen Schlaf habe ich, wie geahnt, trotzdem nicht gefunden. Während ich hier stehe und mir die Zähne putze, betrachte ich meine dunklen Augenringe in dem alten angelaufenen und kleinen Spiegel vor mir. Sie lassen meine Augen zu groß wirken und zu blau und durch meine neue Haarfarbe sehe ich blasser aus, als ich ohnehin bin. Ich bin ein Geist. Ich bin niemand.

Das Mädchen aus Zelt Nummer eins steht neben mir und ignoriert mich. Es ist mir recht, denn ich habe ihren Namen vergessen. Es würde nichts ändern.

Ich spucke ins Waschbecken, spüle nach und spritze mir ein wenig Wasser ins Gesicht. Mit der Bürste fahre ich durch meine Haare, kämme das, was von ihnen übrig ist, und denke an den Tag zurück … an den Tag und an den Funken! Ob es einen Unterschied gemacht hätte? Ob ich jetzt hier wäre, wenn ich noch aussehen würde wie Izzy? Wahrscheinlich nicht. Es lag nicht an dem Funken oder an der neuen Frisur. Es lag an mir. Früher oder später hätten meine Eltern das gemerkt und der Funke hat nur für das Früher anstatt das Später gesorgt. Die meisten Menschen verstehen nicht, dass sie das Problem an einer Sache sein könnten, und wenn sie es tun, werden sie meist zu einem noch größeren. So geht es mir. Ich glaube, das war der Funke.

Ich werfe einen letzten Blick in den Spiegel, bevor ich mir mein Zeug schnappe und zurückgehe Richtung Zelt, an den Holzbänken und -tischen vorbei, an denen wir vorhin noch gesessen haben. Das Frühstück bestand aus Brötchen, Honig, Marmelade und Müsli mit Milch. Ich habe nicht einmal meinen Orangensaft ganz hinunterbekommen.

Jana und Paul stapeln gerade Wasserkisten unter einen der großen Bäume, im Schatten. Darüber hängt ein fettes Schild mit der Aufschrift *Drink me*. Wunderwasser aus Wunderland. Ich schüttle den Kopf und gehe weiter, bis ich erkenne, dass einige sich in den Kreis setzen und warten. Ich schlucke schwer, weil ich ahne, was jetzt kommt.

Pia redet gerade mit Sarah, vielleicht geht es um letzte Nacht und ich verschwinde schnell im Zelt, um mich zu verstecken und mein Kulturtäschchen wegzulegen. Mo schläft im Koffer, seinem Lieblingsplatz. Wenn ich da nicht rausgehe, kommen sie mich holen und sehen Mo. Seufzend atme ich ein paar Mal ein und aus, versuche meine Magenschmerzen zu ignorieren und verlasse meinen geschützten Bereich, um mich auf den Präsentierteller zu legen. Ich würde lieber zum See gehen, würde lieber Izzy schreiben, als hier zu sein. Ich kann sowieso nichts sagen.

»Guten Morgen! Wir hoffen, ihr habt die erste Nacht gut geschlafen und das Frühstück genossen.« Pias Stimme ist warm und freundlich, sie sieht uns alle an, nimmt sich dafür Zeit. Ich sehe, wie sich Sarah bei ihren Worten duckt, sie schämt sich. Ihre erste Nacht war so schlimm wie meine.

»Wir werden diese Gespräche und dieses Beisammensein immer nach dem Frühstück abhalten und es bleibt dabei, ihr könnt trotzdem immer zu mir oder Jana kommen, wenn euch etwas beschäftigt. Okay?« Manche nicken, Sarah lächelt zaghaft und Lina verdreht ihre Augen. Pia setzt an, noch etwas zu sagen, aber Lina kommt ihr zuvor.

»Wer ist der komische Typ eigentlich?«, fragt sie spitz und verschränkt die Arme vor der Brust. Mein Blick gleitet weiter nach rechts, hinter Pia. An den Baum gelehnt steht der Junge aus dem Bus, der Junge vom See. Wir alle starren ihn an, aber er bewegt sich nicht, hält unseren Blicken stand. Seine Arme sind vor dem Oberkörper verschränkt, seine Cap sitzt wieder so komisch auf seinem Kopf.

Pia sieht den Jungen ebenfalls an, wartet kurz und antwortet Lina schließlich.

»Das ist Levi. Er ist in vorherigen Sommercamps selbst Betreuer gewesen. Dieses Jahr ist er als Gast dabei.« Pias Ton sagt, mehr müsst ihr nicht wissen, aber es gibt noch so viel mehr zu sagen. Sofort macht sie da weiter, wo sie aufgehört hat, und wieder stiehlt sich ein Lächeln in ihr Gesicht, während ich mich frage, wie man hier Gast sein kann. Wenn man weder Wärter noch Gefangener ist, was bleibt dann?

»Wer hat gestern noch nicht Hallo gesagt?« Dabei sieht Pia die zwei Jungs links von mir aufmunternd an. Schon im Bus auf dem Weg hierher saßen sie zusammen.

Sie verstecken sich hinter ihrem schulterlangen blonden Haar, alles ist still. Lina beginnt mit dem Fuß zu zappeln und macht mich damit unnötig nervös. Dann hebt der kleinere der beiden den Kopf.

»Ich bin Michi.« Seine Stimme klingt dunkler als erwartet. »Das ist mein Bruder Alex. Ich bin 16, er 14. Unsere Mum wollte uns nicht mehr.« Mein Atem stockt, sogar Lina entgleiten für einen Moment ihre strengen Gesichtszüge. Aber Michi zeigt keine Emotion, er zuckt nur mit den Schultern und sieht zu Alex, an dessen Lippen ein Lächeln zupft.

»Das ist okay, wir wollen sie auch nicht mehr«, ergänzt er und beide blicken wieder zu Boden. Unsere Mum wollte uns nicht mehr, echot es in meinem Kopf. Der Kloß in meinem Hals wird größer und größer. Wie kann das sein?

Wie kann man seine Kinder nicht mehr wollen? Und dann passiert es. Ich sehe Izzy vor mir, sie schaut mich traurig an und ich höre ihre klare, warme Stimme flüstern: *Es ist auch dir passiert, Hannah. Es ist auch dir passiert …*

Die Tränen kommen wie eine Flut, ich kriege kaum Luft, in meinen Ohren rauscht es. Ich stehe auf, torkele davon und versuche zu atmen. Meine Eltern wollten mich nicht mehr! Deshalb bin ich hier. Deshalb sind wir alle hier!

Ich breche zusammen, irgendwo im Nirgendwo, falle auf die Knie und weine. Dann übergebe ich mich, wieder und wieder. Weil es zu viel ist. Weil ich das alles nicht mehr ertragen kann und kein Platz mehr in mir ist. Weil diese Erkenntnis mich vergiftet – mehr als alle Schuldgefühle das je konnten. Irgendwann spüre ich eine Hand auf meinem Rücken und eine, die mir meine kurzen Haare zurückstreicht. Sie ist kühl. Aber ich kann mich nicht loslassen, ich halte mich an mir selbst fest, weil ich selbst mein letzter Anker bin – ich bin die Flut und das Rettungsboot.

»Hannah, ruhig atmen. Alles wird gut!« Pia. Ihre Hand kreist in gleichmäßigen Bewegungen über meinen Rücken und ich komme wieder zu mir. Mir ist noch schlecht, aber ich übergebe mich nicht mehr. Der widerliche Geschmack im Mund will nicht verschwinden, ebenso wie die Tränen, die aus mir herausquellen wie Regentropfen aus einer Wolke während eines Sturms. Das Zittern kommt, es beginnt langsam und breitet sich aus, bis alles an mir bebt. Und obwohl ich so in Bewegung bin, kann ich mich nicht rühren. Ich schüttle immer wieder den Kopf und kneife die

Augen zusammen. In meinem Kopf schreie ich. *Nein, nein, nein.* Ich weiß nicht, was ich davon verneine, was ich von allen Dingen nicht glauben will, aber ich versuche es mit aller Kraft.

Irgendwann kommen weitere Arme hinzu und ich denke an den Albtraum, der mich stets heimsucht, und kann die Panik nur schwer unterdrücken. Schweiß läuft über meine Stirn, vermischt sich mit den Tränen auf meinen Wangen und ich halte weiter die Augen geschlossen, weil ich Angst habe. Weil die Realität schlimmer ist als jeder meiner Träume.

Sie stützen mich, wollen mich ins Zelt bringen, aber ich wehre mich. Mo ist da drin und wenn sie ihn sehen, dann … Ich kann nicht auch noch Mo verlieren!

Die Plane raschelt, ich rieche die abgestandene Luft, es ist zu spät. Zu spät.

Mein Mund fühlt sich pappig an und ich verziehe unwillkürlich das Gesicht. Zaghaft öffne ich die Augen, nachdem ich einmal kräftig eingeatmet habe. Es ist still. Ich starre an die Decke des Zeltes und will mich nicht bewegen. Ich will nicht, dass Pia mir sagt, dass sie Mo zurückschicken lässt oder noch schlimmer, dass meine Eltern ihn abholen. Dass ich ihr nichts werde entgegenbringen können.

In der Stille ist plötzlich dieses Geräusch, das ich kenne und sich nach Heimat anhört. Mos Schnurren. Ich drehe meinen Kopf nach rechts und sehe Sarah – mit Mo auf dem Schoß. Sofort will ich mich aufsetzen, werde aber langsamer, als mein Magen rebelliert und mir kurz schwindelig wird. Ich spüre die getrockneten Tränen auf meinen Wangen, meine Haut spannt und meine Augen fühlen sich dick und geschwollen an. Zitternd atme ich ein und aus, vor Erleichterung. Mo ist noch da.

»Ich bin ins Zelt gerannt, bevor sie dich hineinbringen konnten, und habe deine Katze in meinen Schlafsack gesteckt. Ich wusste nicht, was ich sonst tun sollte.« Bei Sarah klingen die Worte mehr wie eine Frage als eine Aussage. Ihr Gesicht wird knallrot. Ich kann meinen Schluchzer nicht unterdrücken und als Mo aufsieht und miaut, fühle ich für einen kurzen Moment so etwas wie Glück. Es ist lange her. Es ist wie eine Welle. Und ich bin so dankbar für diesen Moment.

Während ich langsam begreife, dass Mo mir nicht weggenommen wird, und Sarah weiter über sein Fell streicht, lasse ich die letzten Stunden Revue passieren, unterdrücke die erneut aufkommende Übelkeit. Ich erinnere mich …

Meine Eltern wollen mich nicht mehr. Deshalb bin ich hier. Weil ich das Problem bin und es zwei Möglichkeiten gibt, mit Problemen umzugehen: Man löst sie oder man schiebt sie zur Seite. Mich kann man nicht lösen, mich kann man nur wegschieben.

Ich habe mich vor allen übergeben, habe geweint und gezittert, ich habe allen einen Einblick gegeben in mein Chaos und ich hasse mich dafür. Die Scham überrollt mich.

Ich schnappe mir ein Handtuch, frische Sachen und mein Duschzeug, ich rieche nach Schweiß und Erbrochenem, nach Erinnerungen und Schuld, nach Trauer und Angst. Ich muss unbedingt duschen. Mit gesenktem Blick setze ich einen Schritt vor den nächsten und bete, dass mich niemand sieht. Nicht richtig.

Tag zwei habe ich überstanden, obwohl überlebt es besser treffen würde. Alle schlafen oder sind zumindest in ihren Zelten. Sarah ist noch wach, hält ihr Kügelchen in der Hand, das sachte leuchtet, und ich würde sie zu gerne fragen, warum sie es braucht.

Aber ich bleibe stumm, weil die Worte in meinem Kopf nicht verstehen wollen, dass sie das sind: Worte und nicht nur Gedanken. Es ist, als wären sie in einem Labyrinth gefangen, das keinen Anfang und kein Ende hat.

Mo maunzt, als ich ihn in den großen Rucksack stecke, zu dem Block und den Streichhölzern. Ich habe Izzy seit zwei Tagen keinen Brief mehr geschickt, es wird Zeit und wenn Mo mich begleiten muss, dann ist es so.

Wie gestern schleiche ich mich davon und das so leise wie möglich. Den Rucksack trage ich vorne, damit Mo nicht aus Versehen rausspringt oder fällt. Die Sterne leuchten über mir, die Nacht ist klar und wunderschön. Keine Wolke ist zu sehen. Ich gehe Richtung See und halte an der gleichen Stelle wie zuvor, doch als ich Mo gerade auf dem Boden absetze, höre ich es wieder: ein Knacken. Ruckartig fahre ich herum, suche angestrengt die dunkle Umgebung ab, aber ich kann einfach nichts Verdächtiges entdecken. Ich habe keine Angst vor der Dunkelheit, sondern davor, dass man mich erwischen könnte. Mo liegt bereits im Gras, während ich mich misstrauisch umsehe. Es könnte ein Tier sein, ich könnte es mir eingebildet haben. Dennoch schnappe ich mir Mo und stecke ihn wieder in den Rucksack. Wir werden erst zum See gehen und danach werde ich mit ihm zurückkommen.

Der Weg zum See ist nicht schwer zu finden, der Pfad ist auch nachts zu sehen. In wenigen Minuten kann ich das Schimmern des Wassers deutlich erkennen und gehe zum Ufer, an die Stelle, an der ich gestern stand. Den Rucksack samt Mo lasse ich erneut herunter, aber er bleibt einfach sitzen und beobachtet mich, wie ich den Block herausziehe und das vordere Fach öffne, um die Streichhölzer auszupacken. Kurz streiche ich ihm über den Kopf, dann gehe ich näher an den See. Nervös und angespannt streife ich die Schuhe ab und wate ein Stück ins Wasser, das kühler ist als gestern. Die Bäume, der See, die Nacht, die Sterne – wenn ich all das nur in mich aufsaugen und festhalten könnte.

Ich schlage den Notizblock auf, fahre mit meiner Hand über die Seiten, über all die geschriebenen Buchstaben, die sich zu Worten umarmen und zu Sätzen zusammenfügen. Die tief in mir verborgen liegen. Mit einem Ruck reiße ich Seite um Seite heraus, bis nur noch leere darin sind. Jeder Ruck, jedes Reißen von Papier zerreißt auch die Stille der Nacht. Ich werfe den Block vor mir, er plumpst ein gutes Stück hinter mir auf den Boden. Ich starre auf die Zeilen in meiner Hand. Ich klemme sie mir unter den Arm, ziehe ein Streichholz aus der Packung und mit einer schnellen Bewegung entzünde ich es. Die kleine Flamme lodert zischend auf. Die Streichholzpackung gesellt sich zu dem Block, während ich die Briefe an Izzy nehme und vor mich halte, während ich dabei zusehe, wie die kleine Flamme auf das Papier überspringt und mit jedem Millimeter wächst. Feuer ist eine erstaunliche Sache. Es atmet, es lebt, es zerstört – je mehr es hat, das es zerstören kann, umso stärker und größer wird es. Und wenn nichts mehr geblieben ist, vergeht es selbst.

Das Papier wird schwarz, krümmt sich unter Schmerzen, aus ihm wird Asche und aus Asche wird ein Stück Nichts. Meine Schrift verschwindet vor meinen Augen. Ich lasse die Worte an Izzy los, sie segeln in einem Meer aus Rot und Gelb zu Boden und sind weg, bevor sie das Wasser erreichen und untergehen.

Seit du weg bist, habe ich so vieles verlernt. Ich habe verlernt zu lachen und zu tanzen, zu hoffen und zu glauben. Ich habe verlernt zu reden und zu genießen. Ich weiß einfach nicht mehr, wie es geht. Manchmal höre ich deine Stimme in meinem Kopf, sehe dein Gesicht vor mir. Du lachst und sagst: »Mach mit, kleiner Vogel.« Und ich will es dir gleichtun, ich will lachen und leicht und frei sein, aber ich kann nicht. Ich kann es einfach nicht.

Kapitel 15 – Levi

Wenn wir unterschiedlich sind,
sind wir in unserer Unterschiedlichkeit
dann gleich?

Wenn ich es nicht mit eigenen Augen gesehen hätte, würde ich es nicht glauben. Ich schwanke zwischen lachen und fluchen, während ich weiter mit dem Rücken an dem Baumstamm lehne, obwohl das Mädchen längst in der Dunkelheit verschwunden ist.

Wie gestern habe ich nicht aufgepasst und Krach gemacht. Gestern, weil ich zu spät gemerkt habe, dass außer mir noch jemand mitten in der Nacht in der Gegend herumläuft, und heute, weil ich ein Depp bin und über meine eigenen Füße stolpere. Ich wunderte mich, warum sie hier war. Heimlich. Und eben finde ich sie an derselben Stelle wieder. Mit einer Katze! Einer verfluchten Katze! Ich fasse es nicht.

Für einen Moment habe ich gebetet, dass sie das Fellding nicht mit ins Camp geschmuggelt hat, aber wo sollte es sonst herkommen? Wie konnte das niemand mitbekommen? Und was zum Teufel mache ich jetzt? Eine Hälfte von mir ist kurz davor, laut aufzulachen und allen zuzurufen: Da ist eine scheiß Katze im Camp! Die andere versucht die Nerven zu bewahren und sich herauszuwinden: Hey, du bist dieses Jahr Gast, das hat Pia selbst gesagt. Das hier ist nicht dein Bier. Solange die Katze niemandem das Gesicht zerkratzt, ist alles in Ordnung.

Ich umklammere meine Gitarre und starre auf den Boden. Ja, das ist nicht mein Problem.

Schließlich schlendere ich zurück ins Camp, mache mich frisch, putze die Zähne und lasse mich auf meine Matratze fallen. Mit verschränkten Armen hinter dem Kopf liege ich noch lange wach und ohne dass ich es verhindern kann, wandern meine Gedanken zurück zu dem Mädchen mit dem blauschwarzen Haar. Die Bilder kommen in Schüben. Wie sie plötzlich aufspringt und torkelt. Wie sie versucht, Halt zu bekommen, aber keinen findet und zu Boden geht. Ich sehe ihr Gesicht vor mir, ihre Panik und wie sie nicht mehr aufhören kann, sich zu übergeben. Alle haben weggesehen, alle bis auf Pia und Jana, die sofort bei ihr waren.

Ich war ein Feigling. Ich stand da und starrte, so lange, bis ich es nicht mehr ertrug und einfach ging.

In den letzten Jahren war es nie so schlimm, dass ich weggehen musste. Ich habe die anderen als Betreuer und als Schüler stets so nah an mich herangelassen wie möglich und es war nie schmerzhaft. Ich konnte sie und ihre Probleme von mir trennen. Aber dieses Jahr hat sich etwas verändert.

Alte Wunden reißen auf. Vielleicht merke ich auch einfach nur, dass sie nie wirklich geheilt sind.

Musik morgens, Musik abends. Ein Ritual, das sich dank Sankt Anna eingependelt hat und das ich nicht mehr wegdenken kann. Hier im Camp gehe ich dafür an diesen einen Platz am See, der zu meinem wurde und an dem ich mich nicht so fühle, als wäre ich eine Art Fehler. An dem ich allein sein und nachdenken kann. Abends wird es manchmal später, weil ich die Zeit vergesse. Pia weiß Bescheid und springt wohl allein aus diesem Grund nicht aus dem Zelt, wenn sie so spät oder früh Schritte hört.

Um den ekelhaften Geschmack von Zahnpasta zu verdrängen, nehme ich zwei große Schlucke Wasser, während ich auf den See zugehe. Ich rücke meine Gitarre zurecht und genieße die frische Luft, bevor die Hitze wieder zu groß wird. Die Sonne geht gerade auf und erweckt diesen Ort zum Leben. Die ersten Mücken stellen meine Geduld auf die Probe, die Grillen zirpen für meinen Geschmack zu laut, aber ich liebe den Nebel, der über das Gras wabert und mir einen Teil der Sicht verdeckt.

Ich lasse die letzte Biegung hinter mir, komme dem Ufer immer näher. Erst als ich direkt vor meinem umgestürzten Baum stehen bleibe, merke ich, dass etwas an diesem Bild vollkommen falsch ist. Mein Mund steht offen, ich bin perplex. Da liegt jemand.

Das Mädchen. Sie liegt an dem Baumstamm, auf den ich mich stets setze. Zwei alte Wurzeln umrahmen sie, während sie auf dem Rücken schläft, halb gekrümmt. Ihre Arme umfassen einen Rucksack und die Katze ruht halb auf ihrer Schulter, halb auf dem Oberkörper, fast wie ein Schal. Spätestens jetzt kann ich mir die Katze nicht mehr wegwünschen. Sie hat nur ein Auge geöffnet, mit dem sie mich jetzt fixiert, und ich könnte schwören, dass ihr Blick nicht gerade nett ist. Plötzlich beginnt ihr Schwanz zu zucken. Hat das was zu bedeuten?

Ohne mich zu bewegen, lasse ich meinen Blick über das Mädchen schweifen.

Ihre Haare fallen in ihr Gesicht, das zur Seite geneigt ist. Nachher hat sie bestimmt höllische Nackenschmerzen. Ein Lächeln zupft an meinen Lippen, ich kann es nicht verhindern. Sie sabbert ein wenig. Ihr Mund steht ein Stück offen und ihr Top zeigt den verräterischen kleinen Fleck. Leise lache ich auf, setze die Gitarre und die Wasserflasche ab, dann fahre ich mir durch die Haare.

»Levi? Levi! Wo bist du?«

Nur langsam wache ich auf und frage mich, wer hier so rumschreit. Ich will schlafen.

»Levi? Gott sei Dank!« Ich höre Schritte, die immer näher kommen, und spüre Hände, die mich plötzlich packen und an mir rütteln. Schwerfällig öffne ich die Augen.

»Wir haben nach dir gesucht! Dein Zeltpartner hat gesagt, du wärst weg und du hast nicht Bescheid gesagt. Erinnerst du dich an diese Regel?« Pia sieht mich wütend an, aber ihre Stimme bleibt ruhig.

Jetzt bin ich es, der wütend wird und sich aufsetzt. Ich verziehe mein Gesicht, weil mein Arm eingeschlafen ist und die Rinde des Baumes sich über Nacht in meine Haut gebohrt hat.

Pias Ausdruck sagt: selbst schuld! Und ich verdrehe die Augen.

»Das ist nicht meine beschissene Regel«, entgegne ich patzig und entziehe mich ihrem Griff.

»Nein, aber meine! Es ist meine beschissene Regel und da ich momentan einer der Menschen bin, der sich um dich sorgt, wirst du sie befolgen.«

Wir starren uns an und schließlich bückt sie sich, greift nach etwas vor dem Baumstamm. Meine Cap! Sie muss runtergefallen sein.

»Vergiss sie nicht! Und jetzt lass uns gehen.«

Irritiert schüttle ich den Kopf, um die unerwartete Erinnerung zu vertreiben, bevor ich wieder auf das Mädchen schaue. Sie liegt nicht an der gleichen Stelle, aber auch ich habe eine der ersten Nächte hier draußen verbracht. Ich erinnere mich nicht mehr warum, aber ich weiß noch ganz genau, wie gut es sich angefühlt hat. Wie richtig.

Ich stehe da, unsicher, was ich tun soll. Sie wecken? Wieder gehen? Pia Bescheid sagen? Sie schläft bestimmt noch und hat nicht gemerkt, dass jemand fehlt.

Die dämliche Katze starrt mich weiterhin an. Langsam steht sie auf, streckt sich und schmiegt sich an das Gesicht des Mädchens, dem daraufhin ein kleiner Seufzer entwischt. Sie bewegt sich, im Gegensatz zu mir, denn ich sehe sie einfach weiter wie ein Irrer an. Ich frage mich, warum sie hier ist. Damit meine ich im Camp. – Das frage ich mich bei allen, aber bei ihr … ist es anders. Vielleicht, weil ich jetzt hier stehe und sie dort liegt, an meinem Baum. Vielleicht, weil ich dort einst lag.

Die Katze legt sich wieder hin und alles ist wie vorher. Das halte ich nicht aus! Ich gehe zu ihr und beuge mich ganz langsam vor, immer schön die fiese Katze im Blick. Nur noch wenige Zentimeter, dann … Verfluchte Scheiße! Die Katze springt mit einem lauten Fauchen an meinen Unterarm und krallt sich daran fest. Sie hat mir in den Finger gebissen!

Ich fluche laut und torkele kurz zurück, nachdem ich sie abgeschüttelt habe. Ein riesiger Kratzer zieht sich über mein Handgelenk, Blut quillt heraus und es brennt wie die Hölle. Ich balle die Hand zur Faust und kann nur an mich halten, weil das Mädchen ruckartig die Augen öffnet und sich aufsetzt. Die Katze tut so, als wäre nichts passiert, sitzt da und putzt sich das Fell. Ich könnte schwören, sie grinst! Dieses miese, kleine, garstige Vieh.

Der Blick des Mädchens gleitet verwirrt umher, von sich und dem Rucksack zur Katze, dem Boden, auf dem sie sitzt, zum See und dann nach links. Zu mir. Ihre Augen werden immer größer, ihr Mund formt sich zu einem Oh, während sie langsam näher an den Baumstamm rückt und die Katze zu sich zieht.

»Guten Morgen«, sage ich und räuspere mich, weil meine Stimme zu rau klingt. »Du bist Hannah, oder? Ich bin Levi«, füge ich hinzu und komme mir bescheuert vor.

Sie antwortet immer noch nicht. *Natürlich nicht, sie ist stumm, du Idiot.*

Ich gehe in die Hocke, um mit ihr auf Augenhöhe zu sein.

»Du antwortest nicht, das ist okay.«

Ich kann nicht, sagen ihre Augen und ich kneife die Lippen zusammen und antworte still: *Ich weiß*.

Kapitel 16 – Hannah

Worte sind nicht meine Sprache.

Levi. Der Junge aus dem Bus. Der mich am See beobachtete und der mit niemandem redet. Der Junge, der abseitssteht. Der Gast.

Mein Blick wird immer klarer, ebenso meine Gedanken. Ich schaffe es endlich, den Mund zu schließen. Er fühlt sich pappig an und trocken, an der Seite so komisch … Mit der Hand fahre ich an meiner Lippe entlang und möchte im Erdboden versinken. Ich habe gesabbert. Mit geschlossenen Augen atme ich tief ein, bevor ich Levi wieder ansehe.

Grüne Augen. Grün war Izzys Lieblingsfarbe. Er lächelt nicht, er sagt nichts mehr, er sieht mich nur an. Ernst und abwartend. Ich sitze wie festgenagelt an diesen Baumstamm gelehnt da und kann mich nicht dagegen wehren, ihn zu mustern. Das Shirt ist ihm zu groß, die Cap kenne ich schon. Das kantige Kinn und die Sommersprossen auf der Nase sind neu, aber durch die sonnengebräunte Haut sieht man sie kaum. Und das kleine Lippenpiercing in der rechten Ecke. Lange schwarze Wimpern. Wenn Izzy das sehen könnte, wäre ihr erster Satz: Was würde ich geben für diese Wimpern.

Ich habe hier geschlafen und das war nicht geplant. Nachdem ich Izzy ihre Briefe geschickt hatte, konnte ich noch nicht zurückgehen, in die Enge des Zelts oder die Gesellschaft all der Fremden, die eigentlich keine mehr waren. Ich war noch nicht müde und deshalb schlug ich einen anderen Weg ein, Mo folgte mir bereitwillig. Es dauerte nicht lange, bis ich hierherkam, bis ich diese Ecke fand, direkt am See, mit wundervoller Aussicht und einem umgestürzten Baum, genau an der richtigen Stelle. Als ich ihn sah, hatte ich das Gefühl, mich zu sehen, und ich habe mich sofort in diesen Ort verliebt. Ich fühlte mich wie der Baum, der aus dem Boden gerissen wurde und nun dalag, verloren und einsam. Ich wollte ihm Gesellschaft leisten und … so blöd dieser Gedanke in meinem Kopf klang, so richtig fühlte er sich im Herzen an. Also lehnte ich mich an ihn, setzte mich zwischen die Wurzeln und schaute in den Nachthimmel. Mit Mo an meiner Seite. Für einen kurzen Moment habe ich geglaubt, auch Izzy wäre da. Für einen kurzen Moment habe ich sie gespürt, habe ihr Lachen gehört und ihre Stimme: *Du musst gut aufpassen! Wer die Sternschnuppen verpasst, kann sich nichts wünschen!*

Oh, und wir haben aufgepasst und den verglühenden Sternen Abertausende Wünsche anvertraut. Ist es verrückt, dass ich auf eine gewartet habe?

Ein Miauen holt mich aus meinen Gedanken und Panik überrollt mich. Mo ist hier. Levi hat Mo gesehen und ab jetzt ist es nur noch eine Frage der Zeit, bis es auch Pia und Jana wissen, bis sie ihn mir wegnehmen. Hektisch stehe ich auf, stolpere, kann den Rucksack gerade noch halten und streiche mir das Haar aus dem Gesicht. Levi hat sich mit mir erhoben, seine Arme sind nach mir ausgestreckt, vielleicht, damit er mich halten kann, wenn ich falle. Oh, aber dafür ist es zu spät. Ich falle längst, ich falle schon lange – und ich weiß nicht, ob ich je unten ankommen werde. Ich laufe los, renne Levi beinahe um. Mo folgt mir.

Ich habe keine Sternschnuppe gesehen. Ich konnte mir dich nicht zurückwünschen. Dafür sah ich einen Jungen mit grünen Augen. Er würde dir gefallen. Ich muss bei grünen Dingen immer an dich denken, bei Gras, Waldmeistereis, Buntstiften und jetzt Levis Augen. Es ist nicht fair, dass du weg bist und trotzdem noch überall.

Sie wissen von Mo, Izzy. Ich werde nicht zulassen, dass mir noch mal etwas genommen wird, das ich liebe.

Kapitel 17 – Levi

Manche Dinge passieren und
man kann nichts dagegen tun.

Sie läuft davon. Ich weiß, wie das ist. Wenn man rennt und rennt und nicht weiß wohin oder wie lange. Ich weiß, was das aus einem macht.

Ich sehe ihr noch nach, als sie längst außer Sicht ist. Bens Worte kommen mir in den Sinn, als ich ihn fragte, warum es überhaupt Schlechtes im Leben gibt. Er sagte: Weil das Schlechte das Gute viel besser macht. Es war keine richtige Erklärung und es ist bis heute kein Trost. Für niemanden, der sich mit dem Schlechten rumschlagen muss – und zwar lange bevor es etwas Gutes besser machen kann. An diesen Punkt muss man es erst einmal schaffen.

Mit meiner Gitarre setze ich mich auf den Baum und beginne zu spielen.

Die Musik ist wie ein Pflaster, wie eine Tablette gegen die Schmerzen. Nicht von Dauer, aber nützlich. Sie ist wie ein alter Freund.

»Gib mir die Scheißpackung!«

»Rede gefälligst nicht in diesem Ton mit mir!«, schreit Mum

Tom an, während ich unter dem kleinen Küchentisch sitze und mir die Ohren zuhalte.

»Wie soll ich denn mit dir reden? Wie soll ich dich nennen? Dich und all die Scheißkerle, die hier rein- und rausgehen, wie sie wollen. Sag es mir! Und wie soll ich das ertragen ohne das Zeug?«

Toms Stimme überschlägt sich und Mum weint.

»Ich versuche nur glücklich zu sein! Ich will nicht alleine sein … ich schaffe das nicht alleine!«, schluchzt sie.

»Du wirst mit niemandem von denen glücklich und wir werden das verflucht noch mal auch nicht sein.«

Ich summe eine Melodie, ich höre Musik in meinem Kopf, während meine Ohren schmerzen, weil ich sie so fest zuhalte.

Es liegt nicht an dir. Mit dir ist alles okay, Levi. Es liegt nicht an dir, mit dir ist alles okay. Wie ein Mantra wiederhole ich Bens Worte, die er in den letzten sechs Jahren öfter zu mir gesagt hat als Hallo oder Tschüss. Meine Finger ruhen auf den Saiten der Gitarre, mein Kopf hängt nach unten. In den letzten Tagen habe ich gelernt, dass Verdrängen nicht dasselbe ist wie Vergessen.

Keine Ahnung, wie lange ich gespielt habe, keine Ahnung, wie lange ich schon aufgehört habe, aber als ich nach oben sehe, steht die Sonne direkt über mir und dunkle Wolken fangen an, sich mehr und mehr vor sie zu schieben. Das erste Donnern dringt zu mir, kurz darauf das zweite. Jetzt klingt es noch, als wäre es meilenweit entfernt, aber so wie der Wind auffrischt und die Wolken ziehen, dauert es nicht mehr lange, bis es hier ist – das Donnern und das Gewitter.

Bei der Schwüle der letzten Tage wundert es mich nicht. Ich liebe Gewitter, aber niemals würde ich es riskieren, dass meine Gitarre nass wird. Also bleibe ich nur noch einen Moment, bevor ich sie mir schnappe und mich vom Baumstamm schiebe. Ein Blitz leuchtet auf, ein Donnern ertönt, was mir eine Gänsehaut beschert, und die Wolken verdecken endgültig die Sonne. Es ist auf einen Schlag dunkel. Der erste Regentropfen landet auf meiner Nase und noch während ich denke, dass das halb so schlimm ist, klatschen mir fünf weitere ins Gesicht. Verdammt! Ich renne schneller, spüre, wie aufgeladen die Luft ist und wie schwer mir das Atmen fällt. Im Laufen ziehe ich mein Shirt über den Kopf, wickle es um die Gitarre und beuge mich ganz über sie, bevor ein Blitz den Himmel für einen Moment erhellt und der ganze Wahnsinn losbricht. Auf den letzten Metern werde ich klatschnass. Wie ein Verrückter hechte ich ins Zelt.

Schwer atmend wickle ich das nasse Shirt von der Gitarre, die zum Glück weitestgehend verschont geblieben ist. Ich hingegen weniger. Ein Blick aus dem Zelt zeigt mir, dass die anderen schneller waren als ich und dem Gewitter jetzt trocken zuschauen können. Der Boden wird zu einem Teich, weil die Erde so trocken war durch die tagelange Hitze.

Pia kommt mit dem Regenschirm aus Richtung der Sanitäranlagen und nickt mir zu. Sie kann ein Lächeln nicht verbergen, wahrscheinlich weil ich nass ziemlich beschissen aussehe. Sie hat kontrolliert, dass keiner mehr im Waschraum ist, und Jana hat die Zelte gecheckt. Aber wieso läuft Jana so aufgeregt auf Pia zu? Irgendwas stimmt nicht. Unter dem Schirm fuchtelt sie mit den Armen herum, zeigt auf das Zelt, aus dem sie gerade kam und ein Mädchen gerade den Kopf rausstreckt. Sie trägt bei dieser Hitze schon wieder einen Rollkragenpullover, aber ihr Name will mir nicht einfallen.

Pia schüttelt den Kopf, Jana wird blass. Das Mädchen fängt an zu schreien!

»Sie ist weg! Sie ist weg!«

Ich trete hinaus in den Regen, meine Jeans klebt wie eine zweite Haut an mir und ist sauschwer, weil sie sich mit Wasser vollgesogen hat, ebenso wie die Chucks, die schon angefangen haben zu quietschen. Ein neues T-Shirt zieh ich gar nicht erst an, es wäre in zwei Sekunden wieder nass.

Ich laufe zu Pia, die sich seufzend übers Gesicht fährt, und sehe Jana nach, die zu dem schreienden Mädchen geht, um es zu beruhigen. Es regnet immer weiter, alle schauen aus ihren Zelten und fragen sich, was los ist. Ich ahne es, aber ich will es von Pia hören.

»Was ist los?«

»Wir können Hannah nicht finden, das Mädchen, das nicht spricht.«

Ich weiß, wer sie ist, denke ich nur, sage aber nichts.

»Bei den Sanitäranlagen ist sie nicht, auch nicht bei den Bänken, sie hat sich nicht abgemeldet und im Zelt ist sie auch nicht. Sarah sagt, es ist noch alles von ihr da.«

Ich fluche leise. Pia kneift die Augen zusammen und mustert mich.

»Raus mit der Sprache, Levi. Was weißt du?«

»Wieso sollte ich etwas wissen?«

»Mach mir nichts vor, dafür kenne ich dich zu lange. Wo ist sie?«

»Ich weiß es nicht, okay? Ich habe sie …« Kurz stocke ich. Was soll ich Pia denn bitte sagen? Ich sehe zum Zelt, sehe das Mädchen, das sich weinend in Janas Armen vor und zurück wiegt, und sehe, wie sehr es regnet, ich höre den lauten Donner und …

»Sie hat eine Katze.«

»Das weiß ich! Sag mir lieber, wo sie ist!«

Erschrocken blicke ich Pia an. »Ich sagte gerade, dass Hannah eine Katze hat. Sie hat die Katze mit ins Camp genommen. Hierher!«

»Und ich sagte, dass ich das längst weiß. Es ist übrigens ein Kater und sein Name ist Mo.«

»Zum Teufel, bist du ein Ninja?«

»Ben hat mich als Erster aufmerksam gemacht und gesagt, ich solle die Augen offen halten. Hannahs Rucksack hat sich wohl bewegt. Ein paar Stunden später riefen ihre Eltern an und haben den Kater als vermisst gemeldet. Außerdem habe ich ihn im Zelt gesehen, in Hannahs Schlafsack in der Nacht, als es Sarah schlecht ging. Auch wenn sie versucht hat, ihn zu verstecken.« Sie lächelt kurz. »Ihre Eltern sagten, es wäre der Kater ihrer Schwester gewesen, und Ben war der Meinung, dass wir nichts unternehmen sollten. Mo gehört mit zum Camp. Da du es jetzt auch weißt: Wo sind die beiden?« Pia wird ungehalten und ich kann es verstehen, aber ich bin noch dabei, die Informationen zu verdauen.

»Ich sagte es schon, ich habe keine Ahnung. Sie hat die Nacht am See geschlafen. An meinem Baum«, füge ich leise hinzu und meide Pias Blick. »Heute früh habe ich sie gefunden und die blöde Katze … ich meine der Kater …«

»Mo«, fällt Pia mir ins Wort.

»Von mir aus, Mo! Und Mo hat mich angesprungen und zerkratzt. Danach ist sie weggerannt und ich dachte, sie würde zurück ins Camp gehen. Ich habe Musik gemacht.« Trotzig recke ich mein Kinn nach vorne. Pia versteht meine Geste und seufzt.

»Wie finden wir sie nur? Wo könnte sie hin sein?«

»Da sie die Gegend nicht kennt, könnte sie überall sein. Bei dem Gewitter ist das nicht ungefährlich. Vielleicht ist sie Richtung Straße gerannt? Wenn wir Pech haben weiter in den Wald hinein.«

»Wo fangen wir an zu suchen?«

»Ist sie durchs Camp gekommen? Hat sie jemand gesehen?«, frage ich und denke fieberhaft nach.

»Nicht soweit ich weiß. Ihre Sachen sind im Zelt.«

»Wenn sie nicht durchs Camp gegangen ist, ist es unwahrscheinlich, dass sie Richtung Parkplatz gelaufen ist. Der andere Weg, der vom See abgeht, führt am See entlang in den Wald hinein. Schick Jana trotzdem zum Parkplatz, ich nehme die andere Seite.«

Ich renne los, verlasse den schützenden Platz unterm Schirm. Es gibt einige Wege und Pfade um den See herum. Selbst wenn sie langsam gegangen ist … Verflucht, sie hat einen riesigen Vorsprung.

Stunden später ist der Regen schlimmer und stärker geworden. Der Wind hat zugelegt, die Wolken sind beinahe schwarz und ich bete, nicht von einem Blitz erschlagen zu werden. Die Bäume biegen sich leicht, die Blätter und Äste rascheln im Wind und bieten an manchen Stellen nur mäßigen Schutz. Ich hätte längst zurücklaufen müssen. Pia hat vielleicht schon einen Suchtrupp zusammengestellt – zumindest hoffe ich das.

Denn ich glaube nicht, dass ich Hannah finden werde. Keine Ahnung, wie spät es ist, mein Handy hat unter den Wassermassen in meiner Hosentasche den Geist aufgegeben.

»Hannah! Wo bist du? Hannah!«, schreie ich, seit ich losgerannt bin, in kleineren oder größeren Abständen und danach fluche ich ausgiebig, weil sie mir nicht antworten könnte, selbst wenn sie mich hört. Trotzdem kann ich nicht aufhören, ihren Namen zu rufen.

Ich bin also allein mitten im Nirgendwo, während eines heftigen Gewitters und suche ein Mädchen, das nicht um Hilfe rufen kann. Großartig! Wirklich großartig!

Das Beste daran ist, dass es langsam Abend wird, so wie sich das Licht verändert. Es wird nicht heller und trockener bestimmt auch nicht. Es wird nur kälter. Das Gewitter hat die Luft ziemlich abgekühlt. Vielleicht bilde ich mir das aber auch nur ein, weil ich schon seit Stunden klatschnass bin und der Wind über meinen nackten Oberkörper fegt.

Meine Chucks hängen wie nasse Säcke an meinen Füßen und es ist schlicht widerlich. Wütend und frustriert drehe ich mich im Kreis, rufe wieder nach Hannah und wische mir das Wasser aus dem Gesicht, das über oder durch meine Cap läuft.

Ich gehe weiter und weiter, rufe immerzu ihren Namen und warte dann, ob ich neben dem Pfeifen des Sturms noch etwas anderes hören kann.

Eine Gabelung. Ich weiß, wo ich bin, und ich lache kurz, weil ich so erleichtert bin. Wenige Hundert Meter weiter gibt es eine kleine Holzhütte, die einem Förster gehört. Er ist dort so gut wie nie, jedenfalls zu Campzeiten nicht, und wenn ich links abbiege, laufe ich direkt darauf zu. Eine irrwitzige Hoffnung hat mich gepackt. Hannah kennt die Hütte nicht, also gibt es zwei Möglichkeiten: Entweder sie ist noch da draußen oder sie hat sie durch Zufall gefunden und ist in Sicherheit.

Meine Beine tragen mich in Richtung Hütte. Es brennt kein Licht, aber das hat nichts zu sagen. Die Tür steht meist offen, es gibt dort nichts, was man stehlen könnte. Tief Luft holend öffne ich sie und sehe – nichts. Es ist dunkel, leise und stickig. Nein, sie ist nicht hier. Laut fluchend knalle ich die Tür zu und schlage dann mit der Faust auf sie ein.

Ich bin schuld. Sie hat bestimmt gedacht, ich verpetze sie und … Ich lasse die Szene immer wieder in meinem Kopf Revue passieren und fluche innerlich. Ich habe nicht gemerkt, wie sehr ich sie erschreckt habe. Dass ich das überhaupt getan habe. Ich hätte mich umdrehen müssen, ich hätte ihr folgen können. Ja, verdammt, ich hätte wissen müssen, dass etwas anders war. Ich habe ihr ein Geheimnis gestohlen und wie hätte sie ahnen können, dass ich nie daran gedacht habe, es zu verraten? Der Kater muss ihr viel bedeuten. So viel, dass sie ihn um nichts in der Welt verlieren will.

Und ich? Ich mache mir Vorwürfe. Aber da ist mehr. Ich will wissen, warum sie all das tut. Ich will wissen, warum ihre Haare nicht zu ihr passen, warum sie nicht redet und warum sie an meinem Baum lag. Ich verstehe es nicht, aber ich muss es einfach wissen.

Ich stapfe zurück, hinter der Gabelung bleibe ich stehen und frage mich, was ich tun soll. Wenn ich weitergehe, muss Pia mich am Ende auch noch suchen.

Ruckartig drehe ich mich und horche. Ich hätte schwören können, dass …

Ein Miauen. Ich werde das Katzentier nie wieder verfluchen! Ich folge dem Miauen, je lauter es wird, umso schneller werde ich. Der Schrei des Katers mischt sich mit dem Getöse des Unwetters. Kurze Zeit später finde ich sie. Sie hat unter einem Baum Zuflucht gesucht, eingerollt und klatschnass. Mo liegt halb auf ihr, selbst komplett durchnässt, und schreit. Als ich bei Hannah ankomme, hört er auf und ich habe keine Zeit, ihn erst zu fragen, ob ich sein Frauchen anfassen darf. Ich greife nach ihr, ihre Haut ist klamm und kalt. Sie ist nur halb bei Bewusstsein. Als ich sie hochziehe, öffnet sie die Augen und ich sehe, dass sie auf ihrem Rucksack lag, der oben tatsächlich nicht ganz nass geworden ist. Sie sieht mich mit ihren blauen Augen so intensiv und traurig an, dass ich wegschauen muss. Ich muss mich konzentrieren. Die Katze tigert neben uns auf und ab.

»Hannah, kannst du mich hören?«, frage ich sie und schiebe ihr zwei nasse Strähnen aus dem Gesicht, die an ihrer Wange kleben. Sie nickt kurz und presst die Lippen aufeinander. »Kannst du aufstehen?« Sie nickt erneut. Ich greife ihr unter die Arme und ziehe sie samt Rucksack hoch, aber sie knickt sofort wieder ein. Scheiße. Ich kann sie gerade noch halten, bevor sie auf den Boden knallt.

»Erschreck dich nicht«, sage ich, dann hebe ich sie mit einem Ruck auf meine Arme. Ihre Hände umfassen meinen Nacken und sie sind so kalt, dass mich eine Gänsehaut durchfährt. Sie lehnt ihren Kopf an und zittert am ganzen Leib.

Schnell trage ich sie zur Hütte und stoße die Tür auf. Mo schlüpft mit herein und schüttelt sich einmal kräftig. Das Unwetter haben wir hinter uns gelassen und nun stehe ich hier, mit einem Mädchen, das ich nicht kenne, auf dem Arm in einer Hütte im Wald. Im Dunkeln. Das ist super schräg.

Ihr Atem dringt zu mir, schnell und laut. Ich steuere die kleine Couch an der Seite an und setze sie darauf ab. Der Rucksack fällt mir dabei aus der Hand. Mo leckt sich derweil mitten im Raum auf dem Boden das Fell.

»Warte hier, ich schaue, ob der alte Gauner irgendwo Decken hat.«

Die Hütte besteht nur aus diesem Geschoss, aus einer Couch, einem Sessel, einem kleinen Kamin, einer einzelnen Herdplatte, einem Tisch in der Ecke und einem Schrank. Nicht zu vergessen, die winzige Toilette.

Ich öffne die Schranktüren und mir fliegt eine Motte ins

Gesicht, die ich sofort verscheuche. Er ist leer. Verdammt. Unten drunter ist noch eine große Schublade, die ich aufziehe und die nur widerwillig nachgibt. Ich atme erleichtert auf, als mir der Inhalt entgegenspringt. Es sind drei Decken, grau und kratzig. Aber sie sind besser als nichts.

Hannah liegt auf der Couch und zittert noch immer, ihre Augen sind zugefallen.

»Nicht einschlafen«, sage ich gröber als beabsichtigt. »Du musst aus den nassen Klamotten raus, sonst wirst du krank.« Wenn es dafür nicht schon zu spät ist.

Aber sie reagiert nicht. Seufzend lege ich die Decken ab und – ja, was jetzt? Ich kann sie nicht einfach ausziehen. Ich nehme ihre kalte Hand, reibe sie zwischen meinen Händen und versuche sie zu wecken. »Hannah? Wir müssen dir die Sachen ausziehen.«

Es dauert eine Weile, dann öffnen sich ihre Augen und richten sich träge auf mich. Ihr Gesicht ist ganz blass, ihre Nasenspitze rot. Sie kneift die Lippen zusammen und ich spüre den Druck ihrer Hand in meiner, spüre ihren Versuch, sich hochzuziehen. Ich helfe ihr. Mit zitternden Händen greift sie an den Saum des Shirts. Ich will mich umdrehen, aber ihr Blick hält mich gefangen. Sie hat nicht aufgehört, weil ich noch hinsehe, sondern weil sie keine Kraft mehr hat. Das Top klebt zu sehr. Ich sehe ihr an, wie schlimm das für sie ist. Sie kann es kaum verbergen, sie ist den Tränen nah. Noch kämpft sie tapfer dagegen an. Wahrscheinlich auch gegen sich selbst.

»Dreh dich um«, sage ich sanft und sie tut es. Jetzt sind

meine Finger es, die zittern. Ich hebe ihr Top an, das sich schmatzend von ihrer kühlen Haut löst und sie hebt die Arme, damit ich es über ihren Kopf ziehen kann. Danach hänge ich es über die Lehne der Couch.

Still warte ich ab und als Hannah nickt, greife ich zum Verschluss ihres schwarzen BHs und öffne die Schnalle. Ich drehe mich um und warte. Es fühlt sich an wie eine Ewigkeit. Die Decke raschelt, ich höre ihre Schuhe auf den Boden knallen. Ich spüre Hannahs leichte Berührung an meiner Hand und sehe sie an. Sie hat sich die Decke umgewickelt und steht hinter mir. Die Hose ist noch dran. Jeans sind am schlimmsten. Sie werden zur zweiten Haut, wiegen viel und es ist ein einziger Kampf, sie auszuziehen, sobald sie mit Wasser in Berührung gekommen sind.

Hannah hat bereits den Knopf geöffnet und den Reißverschluss, soweit ich das zwischen der Decke und dem wenigen Licht in der Hülle erkennen kann. Die roten Wangen leuchten förmlich in ihrem blassen Gesicht und als ich ganz dicht vor ihr stehe, sehe ich die Tränen in ihren Augen, sehe ihre Lippen zittern und wie sie den Kopf schüttelt. Nein, sagt sie stumm. Immer und immer wieder und es ist, als würde sie es schreien.

Sie schiebt mich von sich, atmet tief ein, versucht die Kontrolle wiederzuerlangen und ich versuche sie nicht zu verlieren. *Was fehlt dir?,* will ich schreien! *Du bist okay!,* will ich ihr zurufen. *Sag es!,* will ich sie anflehen.

Plötzlich zeigt sie nach unten, auf die Jeans, die halb von der Decke versteckt wird, danach auf mich, auf mein Gesicht. Irritiert ziehe ich die Augenbrauen zusammen, bis sie schließlich ihre Hände vor die Augen nimmt und ich verstehe.

Ich soll die Augen schließen.

»Versprochen«, sage ich nur und sie nimmt ihre Hände runter. Ich beuge mich vor, greife den Stoff ihrer Jeans etwas über ihren Knien und schließe die Augen. Ich spüre, wie sie sich bewegt, wie sie Stück für Stück rutscht, und ziehe kräftig daran. Hannah schwankt kurz, deshalb höre ich sofort auf und warte darauf, dass sie wieder den Anfang macht. So arbeiteten wir uns vor, Zentimeter für Zentimeter. Es fühlt sich an, als würden wir die Jeans von ihrer Haut abziehen.

Nach endlosen Minuten haben wir es geschafft und Hannah muss sie nur noch über ihre Füße streifen. Ich lasse mich auf den Hintern fallen, drehe mich halb um mich selbst und öffne die Augen. Mir wird langsam kalt, ich muss mich gleich auch aus meiner dämlichen Jeans und den Schuhen pellen. Also quäle ich mich auf die Beine. Als ich das leise Quietschen der Couch höre, traue ich mich, nach einer der anderen Decken zu greifen, und gehe Richtung Toilette.

Sich in der kleinen Büchse eine nasse Jeans auszuziehen, sollte einen Eintrag im Guinnessbuch der Rekorde wert sein. Die Chucks habe ich davor abgestreift und in die Ecke gepfeffert, ebenso die Socken. Aber die Jeans will einfach nicht. Ich ziehe und zerre, ich fluche, knalle andauernd gegen die Tür.

Irgendwann ist es vollbracht. Die Boxershorts folgen, die Decke wickle ich fest um mich. Als ich rausgehe, verpasse ich meiner Jeans einen kräftigen Tritt, weil es guttut!

Die kleinen Fenster der Hütte sind leicht beschlagen und lassen nur wenig Licht herein. Es ist ohnehin nicht besonders hell draußen. Der Regen prasselt auf das Dach und klingt wie ein Lied.

Hannah liegt mitten auf der Couch, eingehüllt in eine Decke und zittert immer noch leicht. Mo sitzt zu ihren Füßen und ich könnte schwören, er mustert mich kurz, als ich nach der letzten Decke auf der Lehne greife. Aber anscheinend haben wir eine Art Waffenstillstand.

Ich lege die Decke über Hannah und will zum Sessel gegenüber gehen, aber ich tue es nicht. Wieso tue ich das nicht?

Kapitel 18 – Hannah

Und manchmal wissen wir noch nicht,
dass der Regen eigentlich
Sonnenschein war.

Die Müdigkeit drückt mich nieder, ich kann meine Augen nicht öffnen, egal, wie sehr ich das will. Mir tut alles weh, besonders der linke Fuß – und mir ist kalt.

Meine Gedanken sind wie betäubt, sie bewegen sich langsam und träge. Ich genieße dieses Gefühl, es ist selten und kostbar.

Levi steht vor der Couch. Ich habe ihn gehört und ich spürte, dass er mir eine weitere Decke überlegte. Ich würde gerne nach Mo sehen, aber ich kann mich kaum bewegen. Sein Schnurren dringt zu mir, das muss genügen. Es wird ihm gut gehen.

Eine Welle von Levis Duft erreicht mich, er riecht nach purem Regen. Es ist schwer zu beschreiben, aber ihm haftet der typische Geruch eines Gewitters an. Plötzlich schiebt sich seine Hand unter meinen Kopf, hebt ihn hoch und legt ihn kurz darauf wieder ab. Ich liege bequemer. Mein Kopf ruht höher, auf einer weiteren Decke und sie ist angenehm warm.

Die Decke bewegt sich. Dieser Gedanke schiebt sich

durch meinen vernebelten Kopf – und die Erkenntnis, dass Levi gerade mit seiner Hand meinen Arm auf und ab fährt, um mich zu wärmen. Levi ist die Decke. Ich liege auf Levis Schoß.

Es macht mir nichts aus. Nicht heute, nicht jetzt. Aber innerlich schüttle ich den Kopf über diese Ironie. Der Junge, vor dem ich weglief, fand mich und sorgt jetzt dafür, dass mir warm wird. Ich spüre Mo in meinen Kniekehlen, er kuschelt sich ein und sein Schnurren droht mich in den Schlaf zu wiegen.

Aber Levi holt mich zurück. Seine Stimme ist leise, rau, aber klar.

»Ich würde dir gerne unendlich viele Fragen stellen.«

Und ich würde gerne antworten.

»Aber vielleicht fange ich anders an. Es tut mir leid, dass ich dich erschreckt habe. Ich hätte … Du hättest … Bist du deshalb weggelaufen?« Sein Satz bricht ab, seine Hand hält inne und ich erzittere sofort wieder. Aber nicht deswegen. »Jetzt habe ich doch eine Frage gestellt. Was ich sagen wollte, war, dass ich dich nicht verraten hätte. Und Mo auch nicht.«

Spätestens jetzt kann ich nicht anders. Ich öffne die Augen und höre seine Worte wie ein Echo in meinem Kopf. Mo. Woher kennt er seinen Namen? Zaghaft drehe ich mich auf den Rücken, sodass ich Levi ansehen kann. Aufmerksam mustere ich ihn, warte auf eine Antwort auf eine Frage, die ich nie gestellt habe. Er kaut auf seinem Piercing, weicht meinem Blick aus. Erst jetzt erkenne ich schemenhaft, dass das Tattoo seines Armes sich auch über seinen Oberkörper zieht. Ich liege hier bei einem fremden Jungen und es ist mir egal. Wie so vieles. Die Grenzen von Dingen, die von Bedeutung sind, und denen, die keine haben, verschieben sich von Tag zu Tag. Dinge mit Bedeutung schwinden, sie werden weniger.

»Pia wusste die ganze Zeit, dass du den Kater dabeihast. Ben ahnte es und deine Eltern haben angerufen, als sie merkten, dass Mo verschwunden war. Pia hat ihn außerdem gesehen, in deinem Zelt, in der Nacht, als es Sarah nicht gut ging. So hat sie es erzählt.« Er holt tief Luft und sieht mir in die Augen. »Ich hätte nichts gesagt.«

Meine Lider werden wieder schwerer, ich bin vollkommen erschöpft. Ich wollte weglaufen. Nicht nur wegen Mo, sondern weil ich Angst hatte. Die habe ich immer noch. In den schwachen Momenten gebe ich ihr nach. So wie heute. Stundenlang bin ich einfach nur ohne Ziel gelaufen und das Gewitter hat mich überrascht. Schnell war ich durchnässt und irgendwann begann ich zu frieren. Ich hasse Gewitter. Seit diesem Tag hasse ich sie. Ich war wie gelähmt und wollte nichts weiter, als dass es aufhört. Ich hatte mich nicht mehr unter Kontrolle und … Wenigstens den Rucksack mit Izzys Briefen habe ich versucht zu retten. Ich weiß nicht, ob sie es geschafft haben.

Ganz weit entfernt höre ich Levis Stimme, bevor ich einschlafe.

»Ich bin auch weggelaufen … Ich war sechs Jahre nicht hier.«

Die Geräusche des Sturms sind verstummt, sind anderen gewichen, die ich nicht einordnen kann. Helles Licht strömt in Wellen durch die Fenster und ich setze mich ächzend auf. Mir tut alles weh. Ich glaube nicht, dass ich lange geschlafen habe. Aber auf mein Gefühl kann ich mich auch nicht mehr verlassen. Ich blinzle in das Dunkel und das Aufflackern von Licht. Taschenlampen. Da ist jemand.

Meine Hand greift automatisch nach Levis Arm. Er schläft mit offenem Mund, den Kopf weit in den Nacken gelegt. Und Mo? Ich kneife die Augen zusammen. Mo liegt auf der Lehne der Couch, an Levis Wange geschmiegt, halb auf seinem Gesicht.

Die Decke ziehe ich fester um mich, bevor ich Levi anstupse. Er stöhnt kurz, schließt den Mund, aber sonst passiert nichts. Also schlage ich ihm mit voller Wucht auf den Arm. Mo juckt das nicht, er hebt nur den Kopf und streckt Levi noch seine Pfote auf die Nase, der daraufhin endlich die Augen aufmacht. Er verzieht das Gesicht, schiebt Mo zur Seite und hebt den Kopf.

»Was ist los?«, nuschelt er heiser und ich warte, bis er mich ansieht. Ich zeige nach draußen, zu den Lichtern, und als Levi sich umdreht, trifft eines genau auf ihn. Ich sehe ihn lächeln, bevor er seine Decke festhält und aufsteht. Im gleichen Moment tritt jemand durch die Tür.

»Oh mein Gott, ich bin so froh, dass ihr hier seid. Dass wir euch gefunden haben.« Es ist Pia.

»Und ich hatte gehofft, dass du diese Hütte nicht vergessen hast, so wie ich. Ich bin eher zufällig wieder auf sie gestoßen.« Levi dreht sich zu mir und sieht mich abwartend an. »Ich denke, es geht ihr gut, aber wir sind ziemlich nass geworden. Sie hat stark gefroren.«

»Ein paar Hundert Meter hinter der Hütte endet ein Feldweg. Der Förster benutzt ihn, wenn er herkommt. Als mir die Hütte einfiel, sind wir mit dem Auto hergekommen. Der Sturm hat einige Bäume mitgerissen und der Weg war versperrt, deshalb hat es so lange gedauert. Der Suchtrupp ist noch unterwegs, ich sollte mal durchfunken, dass wir euch haben.« Ich sehe, wie sich Pias Lächeln im Schein der Lampe vergrößert und wie sie Levi kurz auf die Schulter klopft. »Macht euch fertig und kommt dann raus.«

Pia geht nach draußen, ich höre sie weiter gedämpft reden, Levi kommt auf mich zu.

»Wie fühlst du dich?«

Für einen Moment halte ich die Luft an und hoffe, dass er es nicht merkt. Das hat mich schon lange niemand mehr gefragt. Sie fragen immer, ob alles okay ist oder wie es mir geht. Sie fragen nicht, wie ich mich fühle. Für sie macht es wahrscheinlich keinen Unterschied, aber für mich. Weil ich glaube, er will es wirklich wissen. Weil er fragt, obwohl er weiß, dass er keine Antwort bekommt.

Deshalb sehe ich ihn nur an und klammere mich an der Decke fest. Levi greift nach meinen Sachen auf der Lehne und verzieht den Mund.

»Wäre auch zu schön gewesen, wenn sie schon trocken wären … oder ansatzweise weniger nass. Damit hätte ich mich zufriedengegeben.« Er seufzt. »Dann müssen wir die

Decken wohl mitnehmen. Schnapp dir deine Sachen«, sagt er und setzt sich seine Cap auf.

Sie ist bestimmt immer noch voller Wasser und er sieht bescheuert aus, mit der alten Decke, die ihm vom Bauchnabel bis zu den Knöcheln reicht wie ein Rock, und der rot-schwarzen Cap, die jetzt schief auf seinem Kopf sitzt. Er greift nach seiner Jeans und steckt die Socken in seine Schuhe und nimmt sie in die Hand. Abwartend sieht er mich an. Ich bin noch dabei, richtig wach zu werden, aber ich stehe auf und ziehe vor Schmerzen scharf die Luft ein. Sofort hebe ich den linken Fuß wieder hoch und stehe da wie ein Flamingo. Die Decke an mich drückend schaue ich nach unten, aber es ist zu dunkel, um etwas erkennen zu können.

»Hannah?«

Ich setze mich wieder und schiebe den Fuß in einen der Lichtpegel, die von draußen hineindringen. Dabei versuche ich, die Decke so weit wie möglich über meine Beine zu schieben. Levi soll sie nicht sehen. Niemand soll das. Auch wenn man sie hier drinnen wohl kaum erkennen könnte. Mein Blick fällt schließlich auf meinen Fuß, der so geschwollen ist, dass ich glaube, er gehört jemand anderem.

»Verdammte Scheiße«, flucht Levi und entschuldigt sich sofort dafür. Dabei hat er recht. Schnell senke ich den Fuß.

Ich will wieder aufstehen und schaffe es irgendwie.

»Was denkst du, was du da tust?«

Ich sehe ihn fragend an. *Aufstehen?*

»Dein Fuß sieht aus, als hätte man ihn aufgepumpt. Ich trag dich zum Auto.«

Beinahe hätte ich laut aufgelacht. Ist das sein Ernst? Ich schüttle den Kopf und bücke mich wackelig nach meinem Rucksack. Der Block ist klamm. Ich glaube, Izzys Briefe haben es nicht geschafft. Bevor ich zu lange darüber nachdenken kann, stecke ich ihn wieder rein, schnappe mir meine Sachen und stopfe sie dazu. Der Rucksack ist schon nass, da macht das jetzt auch nichts mehr. Meine Schuhe quetsche ich hinterher, immer noch auf einem Bein wackelnd. Fehlt nur noch Mo.

»Los, den nehme ich.« Levi will nach dem Rucksack greifen und nach mir, aber ich mache einen Hopser zur Seite und hüpfe auf einem Bein Richtung Tür. Eins, zwei, drei. Es muss bescheuert aussehen, aber es ist mir egal. Was ich weniger ignorieren kann, ist der Schmerz, der mit jedem Aufprall durch meinen Fuß zieht.

Oh nein. Die Decke beginnt zu rutschen, ich kann sie gerade noch halten, dafür kracht der Rucksack auf den Boden und ich beinahe hinterher.

»Schneller! Die überholen uns gleich! Du musst nur hüpfen. So schwer ist das nicht. Bis eben wusstest du, wie das geht.« Izzy schimpft mit mir, weil wir das Sackhüpfen verlieren, aber sie wollte ja auch unbedingt, dass wir uns zusammen in diesen großen Sack quetschen. Ich lache so sehr. Während Izzy schimpft und flucht, krümme ich mich, weil es so lustig ist. Wir fangen an zu schwanken. Die Ersten überholen uns und Izzy versucht, ohne mich zu hüpfen. Wir schreien beide auf, als wir umfallen. Wir sind ein Haufen aus Beinen und Armen, zwischen und über uns klemmt

der raue, kratzige Sack. Izzys Haare stehen verrückt ab und mir kommen die Tränen. Irgendwann hält Izzy es nicht mehr aus und prustet los. Wir lachen, bis wir nicht mehr können, bis uns alles wehtut vor Glück.

Einatmen, ausatmen, Hannah. Du kannst das. Ich blicke über meine Schulter, sehe Levi mit vor der Brust verschränkten Armen und Mo, den Verräter, der neben ihm sitzt.

Die Erinnerung frisst sich durch mich durch und ich werde das Gefühl nicht los, dass ich das hier für Izzy tue. Es ist bescheuert. Es ist so verrückt! Das hier ist kein Sack und ich bin auf keiner Party. Ich habe keinen Spaß und empfinde kein Glück. Das ist eine alte Decke und ich hüpfe in einer dämlichen Hütte in der Dunkelheit vor einem Jungen davon, den ich nicht kenne, mit einem Fuß, der angeschwollen ist.

Ein weiterer Sprung. Noch einer. Ich beiße mir auf die Lippe, als ich endlich den Holzrahmen der Tür erreiche und mich abstützen kann. Mein Fuß pocht. Pia sieht kurz zu mir. Sie redet mit drei Männern, die ich nicht kenne und nie zuvor gesehen habe.

Ich zucke zusammen und erschrecke mich, als ich Levis Stimme ganz nah hinter mir höre.

»So, und jetzt würde ich dich gerne zum Auto bringen. Du konntest bis zur Tür humpeln, jetzt darf ich dich den Rest des Weges tragen.«

Als ich ihn böse anfunkle, entgegnet er nur trocken: »Das nennt man einen Kompromiss.«

Ich schaue wieder zu Pia, danach auf den schlammigen Boden.

»Komm schon, Hannah. Du musst zu einem Arzt und wir beide brauchen dringend frische Klamotten.«

Er hat ja recht. Ich atme durch und reiche ihm den Rucksack, danach meine Hand. Mit der anderen halte ich die Decke fest. Levi hebt mich vorsichtig hoch und passt auf, dass mein Fuß nirgendwo anstößt.

Desinfektionsmittel. Dieser Geruch schlägt mir auf den Magen. Ich hasse ihn, aber das war nicht immer so. Nein, aber Dinge ändern sich.

Der Trubel im Krankenhaus hält sich in Grenzen, dennoch sitze ich eine Ewigkeit hier in diesem Behandlungsraum und warte auf einen Arzt. Pia sitzt auf dem Stuhl mir gegenüber und sieht nachdenklich auf den Boden. Ich wechsle derweil die Hand, mit der ich den Kühlbeutel auf meinen Fuß presse, um die Schmerzen zu lindern und die Schwellung zu stoppen.

Diese Art von Stille kenne ich. Es ist die Stille, in der auch jemand, der reden kann, schweigt. Ich kenne sie, weil sie mich gefangen hält. Weil es nicht nur die Momente gibt, in denen ich nicht reden will, sondern vor allem die, in denen ich es nicht kann. Es ist, als würde man vor einer endlos hohen Mauer stehen, furchteinflößend und unüberwindbar, unzerstörbar. Als würde man versuchen, sie mit bloßen Händen einzureißen. Es ist unmöglich.

Bevor wir hierhergefahren sind, hat Pia mir neue Sachen

aus dem Zeltlager geholt und ich konnte die Decke endlich loswerden. Ich habe mich im Auto auf der Rückbank umgezogen, während sie fuhr. Levi ist dortgeblieben und passt auf Mo auf.

Wir heben die Köpfe, als die Tür aufgeht. Eine Ärztin kommt herein, weißer Kittel, mit leicht zerzaustem schwarzem Haar, gebunden zum Pferdeschwanz, müden Augen, aber strahlendem Lächeln. Ich spüre, wie mir warm wird, wie meine Lunge nach mehr Sauerstoff verlangt und ich gegen mich selbst kämpfen muss. Gegen Erinnerungen. Gegen noch mehr Schmerz. Das hier ist eine Ärztin, kein Arzt, das hier ist nicht der Moment, in dem sie dir sagen, dass deine Beine nie mehr aussehen werden wie zuvor und deine Schwester tot ist. Ich sage mir das, mein Kopf weiß das, aber mein Herz will nicht auf uns hören.

Um mich zu beschützen, nehme ich in Gedanken einen Schlüssel und schließe alles ab, ich verstecke ihn gut und versperre die Türen. Alle Türen zu Izzy. Alle Wege, die meine Erinnerungen suchen. Niemand soll sehen, wie zerbrochen ich bin. Ich will nicht, dass sie andauernd versuchen, mich zu flicken.

»Guten Abend«, sagt Pia. Sie steht auf und reicht ihr die Hand.

»Guten Abend«, antwortet die Ärztin höflich und begrüßt mich danach. »Ich bin Dr. Raimann und du bist …?«

»Ihr Name ist Hannah«, springt Pia für mich ein. »Sie hat sich im Wald verletzt und ist wohl falsch aufgetreten. Ihr linker Fuß …«

Die Ärztin schenkt mir ein aufmunterndes Nicken. Sie hat warme braune Augen, wirkt zierlich, aber nicht schüchtern. »Dann sehen wir uns das mal an.« Sie zieht einen kleinen Hocker auf Rollen heran und hebt mein linkes Bein an. Ich ziehe den Kühlbeutel herunter und lege ihn neben mich. Meine Haut ist ganz rot von der Kälte und sie hat anscheinend wenig gebracht, denn die Schwellung ist immer noch gut erkennbar, auch wenn ich gerade keine Schmerzen habe. Sie schiebt meine Jeans ein Stück hoch und aus Reflex greife ich nach unten, um es zu verhindern.

»Ist schon okay, Hannah. Lass sie es sich ansehen.« Es wundert mich nicht, dass Pia es weiß. Ich frage mich nur, wie viel. Und wer noch.

Dr. Raimann nimmt meinen Fuß behutsam in die Hand, fährt mit den Fingern über die Schwellung und beobachtet mich dabei. Sie lässt sich nichts anmerken. Ganz vorsichtig beginnt sie, den Fuß zu bewegen, ich spüre es zuerst kaum.

»Tut es sehr weh?«

Ich schüttle den Kopf.

»Kannst du den Fuß selbst kreisen lassen?«

Ich versuche es und da die Kühlung nachlässt, spüre ich die Bewegung mehr als zuvor. Ich denke zuerst, der Schmerz ist erträglich, bis er mich mit voller Wucht erfasst und mein Bein hinaufzieht. Sie tastet den Fuß nochmals ab, bewegt ihn vorsichtig und scheint sich dann selbst zuzunicken, bevor sie meinen Fuß langsam sinken lässt.

»Ich würde sagen, es ist nichts gebrochen, aber gestaucht. Wenn der Fuß nicht komplett stillgehalten werden kann, empfehle ich eine Schiene. Natürlich musst du dich trotzdem schonen. Zur Sicherheit schicken wir dich aber noch mal zum Röntgen.«

Eine Schwester kommt herein, ich werde in einen Rollstuhl verfrachtet und in einen anderen Raum geschoben. Mein Fuß wird geröntgt und ich werde zurückgefahren. Kurz darauf ist Dr. Raimann wieder da, mit dem Röntgenbild in der Hand. Sie hängt es an die Wand, schaltet das Licht dahinter ein und sieht sich meinen abgebildeten Fuß darauf an.

»Das sieht gut aus. Eine leichte Stauchung. Die Schmerzen werde ich dir nehmen können. Komisch, dass so etwas mehr wehtut als ein vollständiger Bänderriss, oder?«

Ich verstehe nur Bahnhof, aber sie sieht so nett und fröhlich aus, als sie sich umdreht, dass ich mich an einem Lächeln versuche.

»Die Schmerztabletten nimmst du bitte eine Woche lang, je eine Tablette zu den Mahlzeiten. Also dreimal am Tag«, sagt sie amüsiert. »Nicht achtmal. Zwischenmahlzeiten zählen nicht.«

Man muss es mir angesehen haben, obwohl ich versucht habe, es zu unterdrücken. Innerlich fluche ich, weil es in meinem Leben gerade nur diese gibt … weil ich kaum Hunger habe, weil ich zu selten daran denke. Mir ist es lieber, sie denkt, ich würde zu viel essen. Ich bin froh, dass sie meinen Ausdruck missverstanden hat.

»Gleich kommt jemand, der dir die Schiene anlegt. Das Rezept bekommt ihr beim Rausgehen.«

Pia bedankt sich und die Ärztin verabschiedet sich von uns. Sie sagt, ich soll gut auf mich aufpassen, und es liegt so viel Aufrichtigkeit in ihren Worten und ihrem Gesichtsausdruck, dass ich es kaum ertrage.

Jetzt heißt es erneut warten.

Kapitel 19 – Levi

Verrückte Sachen passieren
und wir können nichts dagegen tun.

Die Polizei war da, Jana trinkt deshalb gerade einen Tee mit Rum, um die Nerven zu beruhigen. Die anderen sind alle in den Zelten und schlafen, bis auf Sarah, die unbedingt auf Hannah warten wollte. Zumindest sind die Zelte zu und das Licht aus.

Jana hat vorhin ein paar Fackeln um das Lager verteilt und sie angezündet, sie spenden uns etwas Licht und ich denke, wir werden sie ab jetzt jeden Abend anzünden.

Seit ich mit Mo zurück ins Camp kam, hat man mich ausgefragt und zerkratzt. Ersteres hat Jana getan, Letzteres der Kater. Mo war der Trubel nicht geheuer. Die anderen dagegen freuten sich sehr, dass wir nun ein Camp-Maskottchen haben würden.

Ich kann nicht fassen, dass ich den Kater in Schutz nehme. Aber er ist mir sogar bis zur Dusche gefolgt und danach wieder zurück. Jetzt liegt er auf meinem Schoß und schläft. Wenigstens hat er mit dem Miauen aufgehört. Seit Hannah weg war, hat er wie am Spieß geschrien.

Jetzt scheint er keine Kraft mehr zu haben und da ist er

nicht der Einzige. Ich habe frische Klamotten an und bin so müde, dass ich glaube, gleich umzukippen, aber ich will auf Pia und Hannah warten.

Ich streiche über meine Gitarre. Am liebsten würde ich jetzt zum See gehen und spielen, um meine Nerven zu beruhigen. Um wieder runterzukommen. Aber ich bleibe sitzen und warte. Aus dem Zelt heraus schaue ich nach oben und sehe vereinzelt klaren Himmel. Die Wolken sind beinahe ganz verschwunden.

»Hannah!« Sarah rennt schreiend aus ihrem Zelt und es ist ihr egal, wen sie weckt. Ich beuge mich vor. Vorhin hat sie genauso überfürsorglich reagiert und mich einhundert Mal gebeten, wirklich gut auf Mo aufzupassen. Ihm nicht wehzutun. Ich will gar nicht wissen, warum sie das gesagt hat. Ich habe momentan keinen guten Schutzschild.

Sarah nimmt Hannah in die Arme, die völlig perplex dasteht und nicht weiß, wohin mit sich. Ihre Überraschung spiegelt sich in ihrem Gesicht wider, das von einer der Fackeln beleuchtet wird.

Als Sarah sich von ihr löst, lächelt sie müde. Sie humpelt neben Sarah her, sie trägt eine dicke Schiene. Wie auf Kommando miaut Mo, springt von meinem Schoß und rennt zu Hannah, die sich sofort nach ihm umdreht und ihn in die Arme schließt.

Pia kommt auf mich zu, ihre Haare sind vollkommen verknotet, sie hat Augenringe und rote Stressflecken auf der Haut – sie sieht furchtbar aus.

»Ihr geht es gut. Der Fuß ist gestaucht, mit Schiene kann

sie aber laufen. Natürlich soll sie sich schonen. Wie geht es dir?«

»Alles bestens.«

»Lügner«, sagt sie müde.

»Dann frag nicht«, entgegne ich schwach. Pia will gehen, hält aber inne und kommt ein Stück näher.

»Ich habe viel an dein erstes Mal im Camp gedacht und an das, was die letzten Stunden passiert ist. Du wolltest nie wissen, was ich denke, aber ich habe es dir immer gesagt. Hannah erinnert mich an dich. Auf so viele Arten! Und dennoch ist sie ganz anders als du. Jeder ist hier, weil er ein Päckchen zu tragen hat. Du warst hier, weil du das eines anderen getragen hast. Aber es gibt auch Menschen, die ihr eigenes tragen. Vergiss das nicht.« Mit diesen Worten lässt sie mich allein und ich habe kein einziges davon verstanden. Ich hasse es, wenn Pia das tut. Wenn sie ganz viel sagt, ohne wirklich was zu sagen. Pia ist ein halbes Orakel.

Frustriert fahre ich mir über den verspannten Nacken und greife nach der Gitarre. Die Cap ist trocken und sitzt wieder auf dem Kopf. Ich gehe zum See, Musik machen.

Kapitel 20 – Hannah

Die Welt kann sich ändern,
wenn wir das mit unserem Blickwinkel tun.

Ich habe Fieber. Nach dieser Nacht wundert mich das nicht. Sarah hat mir Zwieback besorgt und Kekse, sie hat mir einen Tee gemacht, legt ab und an kalte Tücher auf meine Stirn und sieht nach mir. Sie erinnert mich daran, meine Tabletten zu nehmen. Wir kennen uns nur wenige Tage und dennoch tut sie das. Wenn sie nur wüsste, wer ich bin.

Die Schiene habe ich abgenommen, ich liege sowieso und bewege mich kaum. Mo ist mal hier, mal draußen, die Zelttür ist offen. Jetzt, da er sich frei bewegen kann, erkundet er das Lager, aber er kommt regelmäßig zurück, um sich zu mir zu legen oder einfach kurz Hallo zu sagen. Da ich gerade nur schlafe, nehme ich es ihm nicht übel.

Das, was gestern und heute Nacht passiert ist, kann ich kaum glauben. Ich versuche es zu vergessen. Ich war impulsiv, ich habe nicht nachgedacht. Als ich das das letzte Mal tat …

Ich schlucke schwer und kneife die Augen zusammen. Pia hat mir eine leichte Baumwolldecke gebracht, die nun schützend um mich liegt, obwohl ich sie am liebsten von mir werfen würde. Draußen ist es heiß, hier drinnen noch heißer. Das Fieber macht den Rest. Ich schwitze und atme durch den Mund, weil es sich anfühlt, als könnte ich sonst keine Luft bekommen.

Schlafen, aufwachen, schwitzen, schlafen, aufwachen, schwitzen. Ich bekomme kaum etwas mit. Ab und an schaffe ich es, einen Schluck Tee zu trinken oder von meinem Zwieback abzubeißen, aber eigentlich will ich nur schlafen. Gerade hat Sarah ein kaltes Handtuch auf meine Stirn gelegt und ich schlage meine schweren Augen auf, um sie zu beobachten.

»Ich bin froh, dass ich jetzt seinen Namen weiß. Und auch das richtige Geschlecht.« Sie redet wohl von Mo. »Ich glaube, er mag es hier. Und die anderen mögen ihn auch. Er wird an jeder Ecke gekrault, aber hochheben lässt er sich nicht.« Sie zuckt mit den Schultern. »Ich mag es, dass er da ist«, flüstert sie. »Besonders nachts.«

»Mama, was ist mit Hannah los? Sie ist ganz warm.« Izzy ist wie immer bei mir.

»Sie hat Fieber. In ein paar Tagen geht es ihr wieder gut. Bis dahin braucht sie viel Schlaf.«

»Fieber? Was passiert da?«

»Da wird einem ganz warm und man muss sich viel ausruhen, weil der Körper versucht gegen die Viren zu kämpfen.«

»Hannah kämpft gerade?«

»Ja, mein Schatz, deshalb müssen wir sie jetzt schlafen lassen.

Wir schauen nachher wieder nach ihr. Geh schon mal runter, ich komme gleich nach.«

Es wird ein paar Minuten still, bevor Mum wieder etwas sagt und ich neugierig meine Augen öffne. »Izzy! Was hast du vor?«

Sie steht mit einem Stock aus dem Garten da und einem Hut von Papa, mit ernstem Gesicht. »Ich kämpfe mit Hannah, was denkst du denn?«

Sosehr ich mich an Izzy erinnern will, so sehr möchte ich all das manchmal vergessen. Weil mir jede Erinnerung zeigt, was ich nie wieder haben kann. Ich trinke einen Schluck, drehe mich um und schlafe wieder.

Nach drei Tagen entkomme ich dem Fieberwahn und die Erinnerungen werden weniger. Die Hitze des Sommers bleibt, aber das Fieber ist zum Glück weg. Ich bin mit Sarah zu den Duschen gegangen, habe mich frisch gemacht und wieder etwas Farbe im Gesicht.

Das Erste, was ich jetzt mache, ist, nach meinem Rucksack zu greifen und das Notizbuch herauszuholen. Unwillkürlich schnürt sich meine Brust zu und ich spüre das verräterische Brennen meiner Augen. Der Block ist wellig. Ich öffne die erste Seite auf und es schlägt mir nichts weiter entgegen als verlaufene Tinte. Das Papier ist steif. Die zweite Seite sieht genauso aus, ebenso die dritte. Wütend reiße ich sie heraus, zerknülle sie und werfe sie in die Ecke. Sie sind verloren gegangen. Irgendwo zwischen Izzy und mir sind die Worte verschwunden.

Ich hätte für dich kämpfen müssen. Stattdessen war ich diejenige, die dafür sorgte, dass es einen Grund zum Kämpfen gab. Ich lasse mir alles so oft durch den Kopf gehen, dass mir schwindelig wird, und wenn ich es nicht will, passiert es von alleine.

Wenn ich nur wach gewesen wäre.

Kapitel 21 – Levi

Musik fühlt man,
genauso wie Momente.
Man braucht dafür Herz, keinen Verstand.

Beinahe eine Woche ist rum. Obwohl ich mich dieses Jahr zurückziehen, abseits bleiben wollte, stehe ich mittendrin. Pia hat mich wieder so angesehen, mit diesem einen Blick, der sagt *Mach keinen Scheiß, Levi* und ich antwortete darauf *Natürlich nicht*, während ich fieberhaft überlegte, welchen Scheiß sie meinen könnte.

Ich sitze an meinem Lieblingsplatz und will gerade wieder anfangen zu spielen, als sich etwas Weiches an mich drückt. Mo. Was macht er denn hier? Ich streichle ihm über den Kopf und … Wenn Mo hier ist, dann … Schnell drehe ich mich nach links um und sehe, wie Hannah versucht, über den unebenen Weg davonzuhumpeln.

»Willst du dich erst anschleichen, nur um dich danach direkt wieder davonzuschleichen?«

Sie zuckt zusammen und bleibt stehen. Abwartend sehe ich sie an und bemühe mich, Mo immer wieder von meinem Schoß zu schieben. Wer weiß, wann er sich überlegt, mich wieder zu kratzen. Ich werde Katzen nie verstehen!

Es dauert genau zwanzig Atemzüge, bis sie sich endlich

umdreht. Ich habe sie gezählt und mich bei jedem gezwungen, nichts mehr zu sagen und nicht aufzustehen.

Sie schaut mich mit schräg gelegtem Kopf an, sie sieht blass aus und dünner, aber nicht mehr ganz so schlimm wie vor wenigen Tagen. Das Fieber hat sie ganz schön ausgeknockt – das und auch die Albträume. Wir haben es alle mitbekommen. Während sie dalag und Sarah sie gepflegt hat, kam überraschenderweise auch Lina einmal vorbei und hat ins Zelt geguckt, um nach ihr zu sehen. Alle sind sich noch so fern wie vorher, aber es ist eine andere Art von Distanz geworden, eine, die man mit Akzeptanz verbunden hat. Und so ungern ich das sage, aber ich glaube, das wäre nicht passiert, wenn Hannah nicht weggelaufen wäre. Wenn Mo nicht hier wäre. Dieses Fellding hat es übrigens doch auf meinen Schoß geschafft. Die Katze ist das einzige dämliche Tier, das es irgendwie hinkriegt, einen wie einen Depp aussehen zu lassen und danach triumphierend anzusehen.

Hannah bewegt sich nicht, Mo miaut kurz und ich weiß nicht genau, was ich tun soll.

»Vielleicht fangen wir noch mal von vorne an?«, frage ich und als sie nicht gleich Reißaus nimmt, rede ich weiter. »Ich bin Levi, ich spiele gerne Gitarre und dies ist mein letztes Jahr in Sankt Anna.« Ich schlucke schwer. »Ich hasse Katzen«, ergänze ich, während ich Mo streichle und damit meinen Worten die Schärfe nehme.

Hannah beobachtet mich genau, ihre Augen scannen mich regelrecht. Als wären sie auf der Suche. Sie schlingt die Arme um sich und atmet tief ein.

»Du bist Hannah, dies ist dein erstes Jahr in Sankt Anna und du liebst Katzen.« Ich halte ihrem Blick stand und tue etwas, das ich nicht tun sollte. Ich rede weiter.

»Du hast deine Zwillingsschwester verloren. Ihr Name war Izzy.«

Kapitel 22 – Hannah

Ich bin die Stille,
dabei wäre ich gerne das Nichts.
Aber ich bin stumm, nicht unsichtbar.

Ich zersplittere. Ich weiß es, weil ich es kenne, dieses Gefühl, diesen alten Freund. Ich zerbreche und falle wieder zusammen. Levis Worte klingen in mir nach.

Izzy. Er hat ihren Namen gesagt. *Was weißt du?,* würde ich gerne fragen. Stattdessen begegne ich seinem Blick, halte ihm stand und erkenne, dass er mich noch ansieht wie zuvor. Wie ein Mädchen, das Probleme hat. Wie ein einfaches Mädchen, das nicht mehr spricht, weil es trauert.

Er weiß es nicht.

Er weiß es nicht.

Er weiß es nicht.

Er weiß es nicht.

Er weiß es nicht.

Mein Atem überschlägt sich, ich bin erleichtert und gleichzeitig bin ich es nicht. Ich sauge Levis Blick in mich auf, halte ihn fest und speichere ihn ab. Denn wenn er es weiß, wenn er es herausfindet, wird er mich nie wieder so ansehen. Dann wird der fremde Junge verschwinden, es wird sein wie vorher und doch ganz anders.

So wird es immer sein, mit jedem. Er wird da sein, er wird es herausfinden, er wird mich hassen und mich wegschieben. Meinen Eltern ging es nicht anders. *Mir* geht es nicht anders! Wie könnte jemand verstehen, was ich selbst nicht verstehe? Wie könnte er mit mir reden wollen, wo ich es selbst nicht kann?

Das ist zu viel. Zu viel von allem. Es ist eine Sache, innerlich zu zerbrechen, aber eine andere, das vor jemandem zu tun. Also drehe ich mich um und humple davon. Mo ist irgendwann neben mir.

Als wir im Zeltlager ankommen, ruft Pia gerade zum Essen. Ich schüttle nur den Kopf. Ich kriege nichts hinunter, mir wird übel, wenn ich auch nur ans Essen denke. Mo trottet ihr hinterher, er weiß, wo für ihn etwas abfällt, und ich bin ihm nicht böse drum. Nein, ich beneide ihn.

Ich schnappe mir meinen Block, den, der jetzt Wellen geschlagen hat. Die Briefe an Izzy werden nur noch halb so schön sein, meine Schrift weniger lesbar, aber es wird gehen. Das muss es. Mit der Decke, die im Zelt lag, gehe ich zu einem der Bäume und setze mich darunter. Mit dem Rücken an der Rinde, geschützt vor der prallen Sonne. Das Gras fühlt sich weich an unter meiner Hand. Die Gänseblümchen biegen sich unter meiner Berührung und hier im Schatten weht ein lauer Wind.

»Izzy!«, jammere ich lauthals.

»Halt endlich still, sonst klebe ich dich an dem dämlichen Stuhl fest!«

»Ich klebe schon fest! Ich sitze hier seit Stunden!«

»Jetzt übertreib nicht.« Sie sieht mich tadelnd an. »Du sitzt hier, weil du sonst hoffnungslos verloren wärst.«

»Ich hasse Halloween«, sage ich verzweifelt. »Ich mag nur die Schokolade!«

»Also mir fallen da noch ein paar mehr Dinge ein, die man mögen kann.«

»Mir auch. Karamell und Kuchen und …«

»An diesem einen Tag im Jahr frage ich mich, wie du meine Schwester sein kannst.« Izzy lacht und zwinkert mir zu. »Du bist gleich fertig, halt still.«

Kurz darauf klatscht sie lachend in die Hände und dreht mich in Richtung Spiegel. Ich selbst sehe mir entgegen, mit vor Überraschung geweiteten Augen und offenem Mund.

»Sag, dass es perfekt ist«, freut Izzy sich. »Du bist wunderhübsch, Vögelchen!« Sie lacht fröhlich, aber ich kann nicht antworten. Ich muss erst alles in mich aufnehmen. Dieses Jahr hat sie sich selbst übertroffen. Ein Kunstwerk ziert mein Gesicht, ein femininer Totenkopf weiß und schwarz, an meinen Augen in wunderschönem Blau. Aufgemalte Blumen.

»Wow«, hauche ich.

»Das nennt man Sugar Skull Make-Up.«

Meine langen blonden Haare hat sie gelockt und hochgesteckt, sie sehen wild und verwegen aus – und sind voller Gänseblümchen.

Ich erinnere mich an dieses Halloween von vorletztem Jahr. Wir haben zusammen Karaoke gesungen und waren richtig gut. Wir haben getanzt, gelacht, wir waren glücklich. Auf dieser Party hat Izzy ihren ersten Kuss bekommen.

Konzentriert setze ich den Füller auf das Papier und fange an, sehe, wie sich die Linien und die Tinte ausbreiten, wie sie zu Zeugen meiner Bewegungen werden, zu Worten. Während ich Izzy schreibe, muss ich mich zusammenreißen, im Hier und Jetzt zu bleiben und gleichzeitig nichts, was war, zu vergessen. Eine Gradwanderung, die mir nie gelingen wird.

Irgendwann füllt sich das Camp wieder, das Essen ist vorbei und ich sehe Sarah, dicht gefolgt von Mo, auf mich zukommen. Sie hat einen Teller in der einen und eine Flasche Wasser in der anderen Hand. Heute trägt sie einen dunkelblauen Rollkragenpullover, dessen Ärmel viel zu lang sind. Ihre Wangen sind rot gefärbt von der Hitze, aber es sieht nicht so aus, als würde es ihr viel ausmachen.

»Hallo, Hannah!«

Ich lege den Block und den Füller zur Seite und schaue zu ihr hoch.

»Heute gab es Salat, ich hab dir etwas mitgebracht. Ich dachte, vielleicht bekommst du noch Hunger?«

Ich nehme ihr den Teller und das Wasser ab und drücke ihre Hand. Als Danke. Mehr kann ich nicht tun. Mehr kann ich nicht geben, aber ich hoffe, es ist genug. Zumindest für den Moment.

Für einen kurzen Augenblick sah es aus, als überlege Sarah, sich zu mir zu setzen. Sie tut es nicht. Weil ich Feigling ihren Blick meide und weil ich nichts sagen kann. Sie geht und lässt Mo bei mir, der verzweifelt versucht, die Mücke neben mir zu fangen. Wenn ich ehrlich bin, gibt er sich nicht sonderlich viel Mühe.

Als die Sonne untergeht, nehme ich all meinen Mut zusammen. Ich gehe zu Pia, mit zusammengekniffenen Lippen, und stelle mich vor sie. Pia sagt nichts, sie stellt keine Frage, sie wartet einfach ab. Minutenlang. Bis ich die Kraft habe, meine Hand zu heben. Sie zittert. Ich zeige in Richtung See. Auf ihn, dann auf mich. In meinen Ohren rauscht es, während Pia mich mustert.

»Okay«, sagt sie nur. Okay. Und bevor ich irgendwas Dummes tue, drehe ich mich um und gehe mit Izzys Briefen und den Streichhölzern in der Tasche zum See.

Es gibt keinen Grund mehr, sich davonzuschleichen. Alle wissen von Mo und lieben ihn, was er sehr genießt und ich ebenso. Was sie nicht wissen, ist, dass ich Izzy nicht einfach nur verloren hab und dass ich sie nicht loslassen kann. Dass ich unerlaubterweise Streichhölzer mitgebracht habe und abends Papier in Brand stecke.

Der Geruch des Sees und die sich abkühlende Luft umfangen mich. Ich ziehe das Papier heraus, ich verabschiede mich, ich zünde es an. Und wie immer trägt das Feuer meine Worte zu Izzy.

Danach zieht es mich zu einem anderen Ort, zu dem Baum und dem ersten Platz hier im Camp, an dem ich mich frei fühlen konnte.

Ich humple den schmalen Pfad entlang, über Wurzeln

und Grasbüschel und werde langsamer, als ich Musik höre. Die Saiten einer Gitarre. Ich taste mich heran, Schritt um Schritt, und versuche weder zu laut zu gehen noch zu atmen. In dem Moment, in dem ich Levi sehe, halte ich inne. Er sitzt im Schneidersitz auf dem Baumstamm, an der Stelle von heute Mittag. Mit dem Rücken zu mir spielt er auf der Gitarre, Töne, die ich kenne, die zu Liedern werden, die mir unbekannt sind. Aber das ist nicht wichtig, denn sie berühren mich trotzdem.

Das Lied endet, ein neues beginnt und ich schlage mir eine Hand vor den Mund, damit ich nicht laut aufschluchze. Ich kenne es. Als Izzy Liebeskummer hatte, war das eines der Lieder, die ich ihr auf dem Klavier vorspielte. Nicht immer habe ich die richtigen Noten getroffen, was vielleicht daran lag, dass ich Izzy nebenbei im Arm hielt.

Die Melodie beginnt leicht und langsam, die Noten lassen dich ihre Einsamkeit spüren, bis sie anfangen, zusammen zu tanzen und die Melodie anders wird. Gewaltiger. Levi jedoch spielt immer wieder den Anfang und dann höre ich seine Stimme. Sie klingt unbeschreiblich. Tief und klar, rau und sanft zugleich. Er gibt der Melodie ihren Text und erinnert mich daran, dass ich die Melodie bin. Ich habe meinen Text verloren.

Jedes Wort trifft mich mitten ins Herz, wird getragen von den wundervollen Klängen der Gitarre und nistet sich in mir ein. Bis Levi stoppt und meine kleine Welt das für einen Moment auch tut.

»Rennst du dieses Mal wieder weg?«

Ich laufe immer weg.

Ich wische die Tränen von meinen Wangen und humple zu ihm. Zuerst bleibe ich unschlüssig stehen, ich kann ihm nicht in die Augen sehen und ich entspanne mich erst ein wenig, als er ein Stück zur Seite rutscht. Ich setze mich zu ihm. Er sitzt mit dem Blick zum See, ich mit dem Rücken.

»Du hast mir einen privaten Moment gestohlen«, sagt er mit kratziger Stimme. Er räuspert sich kurz. »Jetzt schuldest du mir einen.«

Mein Kopf dreht sich von alleine nach links und mein Blick hebt sich. Ich sehe das Grinsen, das sich auf Levis Gesicht geschlichen hat. Plötzlich springt Mo zwischen uns und krabbelt Levis Schulter hinauf, der das Ganze wesentlich weniger genießt als mein Kater. Wie ein großer König sitzt er auf Levis Schulter und es macht nicht den Anschein, als würde er da so schnell herunterkommen wollen.

»Was soll der Blödsinn?«, fragt Levi ihn, aber Mo würdigt ihn keines Blickes. Bis Levi es wagt und versucht, ihn mit der Hand runterzudrücken. Mo hebt seine Pfote und knallt Levi eine, ohne ihm richtig wehzutun. Levi flucht und murmelt etwas, das ich nicht verstehen kann, bevor er seufzt und sich geschlagen gibt.

»Du bist scheißschwer«, sagt er noch, bevor er wieder zum See schaut.

Wir sitzen da, in der Stille, und ich nehme mir zum tausendsten Mal vor, aufzustehen und wieder zu gehen, aber ich bewege mich einfach nicht.

»Ich habe mir das Gitarrespielen selbst beigebracht. Ich war ungefähr acht, als ich anfing.«

Erstaunt betrachtete ich ihn von der Seite.

Izzy und ich singen, seit wir denken können. Izzy sang … sie sang. Und ich spiele Klavier, seit ich zehn bin. Nein, ich habe gespielt. Es ist lange her, eine Ewigkeit.

Dann fixiert er mich erneut mit diesen grünen Augen, bei denen ich Angst habe, dass sie mehr sehen könnten als andere.

»Ich bin Levi, ich liebe Musik, dies ist mein letztes Jahr in Sankt Anna und ich habe Katzen gehasst. Jetzt nerven sie nur noch.« Ich weiß, was jetzt kommt. Ich atme tief durch und warte, bis er es sagt. »Du bist Hannah, du liebst Katzen und dies ist dein erstes Jahr in Sankt Anna. Du hast deine Zwillingsschwester verloren. Ihr Name war Izzy.«

Tränen laufen über meine Wangen, als ich nicke.

Du hast mir mal gesagt, nach Regen folgt immer Sonnenschein. Aber was mache ich, wenn der Regen nicht aufhört? Oh, ich weiß, was du sagen würdest: Dann stell dich gefälligst rein! Tanzen kannst du überall.

Kapitel 23 – Hannah

Auch mit kleinen Schritten
geht es vorwärts.

Levi legt die Gitarre zur Seite und nimmt seine Cap ab. Mo beobachtet ihn bei jeder Bewegung. Er lässt sich Zeit, aber ich glaube, eigentlich lässt er mir Zeit.

»Die Cap gehörte meinem Bruder. Sein Name ist Tom. Ich habe ihn seit Jahren nicht gesehen und ich weiß nicht, wo er ist. Die Cap ist mir geblieben.«

Ich wische mir die Tränen von meinem Gesicht und rufe mir in Erinnerung, wo ich bin, was das für ein Camp ist. Ich nannte es einen Ort für kaputte Dinge und ich frage mich, wie kaputt Levi ist und was genau ihn kaputt machte.

»Ich habe ihn sehr geliebt, aber ich war zu jung … Ich habe vieles nicht verstanden. Ich verstehe es heute noch nicht.« Ich sehe, wie er die Cap in seinen Händen dreht, wie die Tattoos sich unter dem Muskelspiel seiner Arme bewegen und wie in Gedanken versunken er ist. Wie sich sein Wangenknochen bewegt und er an dem Piercing herumspielt.

»Du hast Izzy auch sehr geliebt, oder?«

Mehr als alles andere, echot es in meinem Kopf, auch wenn ich nicht glaube, dass er wirklich eine Antwort erwartet hat. Das hätte er auch nicht, wenn ich reden könnte.

»Es tut mir leid, dass du sie verloren hast.«

Das ist der Moment, in dem ich aufstehe und gehe. Mir ist schwindelig und schlecht. Es fällt mir schwer, nicht hinzufallen oder zusammenzubrechen. Wenn er wüsste, warum. Wenn er nur wüsste wie. Würde es ihm noch leidtun? Nie hat das jemand zu mir gesagt. Es tat allen leid, aber keinem von ihnen, dass ich sie verloren hatte.

Am nächsten Tag bleibe ich den ganzen Tag im Zelt, ich gehe nur zum Essen und zum Duschen und Zähneputzen hinaus. Ich fühle mich nicht gut, ich will nur hier liegen und schlafen, ich will mich erinnern und gleichzeitig vergessen. Aber wäre das Leben ein Wunschkonzert, müsste ich weder das eine noch das andere. Dann wäre ich daheim, in unserem richtigen Zuhause mit Izzy und würde mit ihr Musik machen, mit ihr auf der Couch liegen und Gilmore Girls schauen oder eine extragroße Pizza mit doppelt Käse in unserer Lieblingspizzeria verdrücken.

Erst am Abend wage ich mich hinaus, mit Mo auf dem Arm. Ich muss Izzy ihre Briefe schicken. Pia beobachtet mich, nickt mir kurz zu und geht dann zu Jana ans Lagerfeuer. Ich glaube nicht, dass Pia weiß, was ich tue, aber sie weiß, dass ich nicht einfach nur spazieren gehe. Sie ist eine gute Beobachterin – zu gut. Deshalb muss ich vorsichtig sein.

Ungläubig schüttle ich den Kopf, als ich begreife, wohin mich meine Schritte führen. Die Blätter rascheln leicht im Wind, der rotorange Ton, der von der untergehenden Sonne kam, verschwindet langsam und weicht der Nacht. Erst als ich bei dem umgekippten Baum ankomme, merke ich, dass ich die Luft angehalten habe.

Levi ist nicht hier. Mit der Schiene bahne ich mir meinen Weg und lasse mich auf dem Holz nieder, setze Mo neben mich. Sarah hat mir erzählt, dass Paul ihm jetzt sogar jeden Tag extra etwas zu essen macht oder spezielles Katzenfutter besorgt. Mo findet hier eine ganz neue Seite an sich, Izzy hätte ihn Herzensbrecher nennen sollen.

Ich wünsche mir so sehr, dass sie meine Worte erhält. Dass sie, wo auch immer sie ist, meine Briefe liest. Dass sie mir verzeiht, auch wenn ich das selbst nicht schaffe.

Am meisten wünsche ich mir, dass es ihr gut geht.

Ich schließe kurz die Augen, versuche, zur Ruhe zu kommen. Danach lasse ich meinen Blick über die Landschaft schweifen, über den Horizont, einzelne Bäume und Blätter, den See. Irgendwann werden meine Glieder schwer. Ich lege mich auf die Seite und schaue weiter auf das Wasser. Bis ich Mo an meinem Bauch spüre und mir meine Augen zufallen.

Jeden Tag, jede Stunde und Minute frage ich mich, warum du gehen musstest. Warum nicht ich es war. Oder warum wir nicht beide bleiben konnten.

Ich finde keine Antworten auf die Fragen und weiß nicht, was ich mit ihnen machen soll. Sie sind da und ich kann sie nicht vergessen. Also wohin mit ihnen?

Kapitel 24 – Hannah

Etwas verändert sich.
Ich kann es spüren.

Oh nein! Ich bin eingeschlafen. Ich reibe mir die Augen und erschrecke kurz, weil Mos Kopf direkt vor meiner Nase auftaucht. Die Decke beiseiteschiebend will ich mich … Die Decke? Ich setze mich ruckartig auf und zu schnell, mir wird schwindelig. Es ist noch früh, leichter Nebel hängt in der Luft, ohne die dünne Wolldecke hätte ich wahrscheinlich gefroren.

»Ah, du bist wach.«

Levi kommt um die Ecke mit zwei Tassen in der Hand.

»Ich hatte gehofft, du bist noch da.«

Ich ziehe meine Beine an und die Schiene aus. Sie hat über Nacht ziemlich gedrückt. Levi setzt sich neben mich, drückt mir die Tasse in die Hand. Der Duft von heißem Kaffee schlägt mir entgegen, es riecht himmlisch.

»Hier. Zucker und Milch. Ich wusste nicht, was du davon magst.« Er hat fünf Portionspackungen Zucker und Milch mitgebracht, aber nicht nur deswegen blicke ich ihn ratlos mit der Tasse in der Hand an, sondern weil er wusste, dass ich hier bin und …

»Jetzt sieh mich nicht so an! Schließlich bist du diejenige, die sich an meinem Lieblingsort einnistet. Ich wollte nur Musik machen.« Er sagt es neckend, dennoch fühle ich mich schlecht. Ich nehme ihm den Ort, den er zum Alleinsein braucht. Gerade ich weiß, wie wichtig so etwas ist. Wie notwendig.

»Ich mache das jeden Morgen und jeden Abend. Meist sehr früh und sehr spät. Aber jetzt trink den Kaffee. Ich habe ihn dir mitgebracht, weil man mit heißen Getränken nicht so schnell weglaufen kann.« Er grinst frech und nimmt einen großen Schluck aus seiner Tasse.

Ich mag keinen starken und bitteren Kaffee.

»Dreimal Zucker, einmal Milch. Das merke ich mir. Ich habe Pia gestern Abend Bescheid gegeben. Ich hoffe, es war okay, dass ich dich nicht geweckt habe, sondern dir einfach eine Decke gebracht habe.«

Ja, das war es.

Wir trinken unseren Kaffee und ich werde langsam wach.

»Meine Lieblingsfarbe ist Blau«, sagt er plötzlich und ich ziehe irritiert die Augenbrauen zusammen.

»Fisch finde ich eklig und ich bin allergisch gegen Kiwis. Außerdem trinke ich nur morgens Kaffee und dann schwarz.« Ich höre ihm zu und plötzlich öffnet sich mein Mund. Ich will etwas sagen, aber es kommt nichts heraus. Weil ich zu schnell begreife, was passiert. Meine Hand fährt hoch, legt sich auf meine Lippen und der Kaffee schwappt fast aus der Tasse.

»Vielleicht verrätst du mir irgendwann deine Lieblingsfarbe und ob du Fisch magst. Wie du deinen Kaffee trinkst, weiß ich schon.« Er grinst kurz, bevor er wieder ernst wird. »Meine Mutter und mein Bruder … hatten viele Probleme. Und irgendwann wurde ich eines davon.«

Levi ist mir fremd und ich bin ihm fremd, trotzdem erzählt er mir diese Dinge. Diese belanglosen Dinge und diese unbezahlbaren. Wieso? Ich kann ihm nichts davon zurückgeben. Ich nehme und nehme und … Seufzend lasse ich meinen Kopf auf die Knie sinken, während ich darauf warte, dass alle in den Kreis finden. Heute findet unsere Runde später statt, nach dem Abendessen, weil es vorher viel zu schwül war und sie im See baden oder einfach auf der Wiese schlafen wollten. Ich schrieb Izzy und dachte über Levi nach.

Vielleicht erzählt er mir all das, weil ich es niemandem erzählen kann.

»Ich hoffe, ihr seid satt geworden und habt eure Portion Schokopudding bekommen«, reißt Pia uns aus unseren Gedanken. »Ich würde sagen, Lina beginnt. Ihr wisst ja mittlerweile, wie es funktioniert.«

Mo kommt plötzlich dazu und stolziert an allen vorbei auf mich zu. Ich streiche ihm übers Fell und setze ihn mir auf den Schoß. Dann sehe ich zu Lina, die rechts von mir sitzt. Ihre Hände zittern, ihre Lippe blutet leicht, so fest beißt sie darauf. So kenne ich sie nicht. Sie ist schlagfertig, frech, ungehobelt und nervig, aber nie ängstlich gewesen.

»Lina, möchtest du, dass jemand anderes weitermacht?«,

fragt Jana vorsichtig, aber bevor sie antworten kann und bevor ich begreife, was ich tue, schnappe ich mir Mo und setze ihn auf Linas Schoß. Manchmal braucht man etwas, an dem man sich festhalten kann.

Linas Augen weiten sich vor Überraschung, doch als Mo sich der Länge nach hinlegt und einmal laut miaut, als alle erleichtert aufatmen, da greift sie nach ihm, legt ihre Hände um ihn und atmet tief ein. Ihr Blick huscht kurz zu mir, dann wieder zu Mo.

»Ich war nie gut genug«, flüstert sie. »Sie hat gesagt, ich war nie gut genug. Dabei habe ich … Sie wollte, dass ich für sie klaue und bettle. Ich war nie gut genug.« Ihre Stimme bricht und Linas Ausdruck verwandelt sich, er zeigt Wut, Abscheu und Trotz. Er zeigt Enttäuschung. Deshalb war sie in meinem Zelt.

Und ich beginne zu verstehen, was ich zuvor nicht verstehen konnte. Puzzleteil um Puzzleteil setzt sich zusammen.

Ich dachte, ich gehöre nicht hierher, aber ich habe mich geirrt.

Ich wundere mich nicht mehr darüber, dass sich Dinge schnell ändern können, dass sie das von einer Sekunde auf die andere tun. Ich wundere mich darüber, wie oft es passiert und dass man kaum eine Chance hat, es zu erkennen, bevor es geschieht. Dass mir der Gedanke kommt, morgen wieder zu dem Baum zu gehen und Levi weiter zuzuhören.

Sarah dreht sich seit einer Stunde unruhig hin und her, nicht einmal Mo schläft. Sie wird immer unruhiger und aus dieser Unruhe wird irgendwann Panik. Ich kann sie förmlich spüren. Sarah fängt an zu schreien, so laut, dass ich mir zuerst die Ohren zuhalten muss. Mo flüchtet in eine Ecke, ich setze mich auf und kämpfe mich aus meinem Schlafsack. Sie schreit, obwohl das kleine Licht bei ihr ist. Sie hat einen Albtraum. Ich krabbele zu ihr, will sie aufwecken, aber ich bekomme sie gar nicht richtig zu fassen. Sie schreit und schreit, sie schlägt mit ihren Händen in die Luft. In dem Moment, in dem ich doch einen Arm packen kann, wird es immer schlimmer, ich muss ihren Schlägen ausweichen, aber ich kann nicht weg. Jemand muss sie aufwecken!

Unser Zelt wird geöffnet und das Licht der Fackeln von draußen dringt herein. Pia und Levi sehen mir entgegen. Ich bin abgelenkt. Sarah schlägt mir mitten ins Gesicht. Sie wird lauter und als mich ihr Knie im Magen trifft, bekomme ich keine Luft mehr und sacke keuchend zusammen. Ich will atmen, aber meine Lunge verkrampft, mein Magen zieht sich zusammen. Ich krümme mich, bis mein Körper dem Verlangen nach Luft nachgibt und tief Luft holt. Das Husten lässt nicht lange auf sich warten.

Sarah ist stärker, als sie aussieht.

Levi zieht mich sanft zur Seite und hilft mir, damit ich mich aufrecht hinsetzen kann, bevor er meine Hand nimmt.

»Komm, Pia macht das schon.« Da mich der Schlag und Tritt vollkommen aus der Bahn geworfen haben, lasse ich mich von ihm rausführen.

Wir gehen zu seinem Zelt, aus dem er eine Decke zieht und sie davorlegt, damit ich mich hinsetzen kann.

»Ich würde dich ja hereinbitten, aber mal abgesehen von dem Chaos da drin, ist die Luft hier draußen etwas angenehmer. Warte kurz, ich komme gleich wieder.« Er greift nach einem Schlüsselbund und geht.

Ich muss meinen Kopf zwischen die Knie nehmen und die Augen schließen, weil sich alles dreht. Der Schlag tat nicht direkt weh, er traf nur ziemlich genau in den Magen und ich war nicht darauf vorbereitet.

Levi kommt einige Minuten später wieder, ich höre seine Schritte und sein Räuspern, als er sich vor mich setzt. Langsam hebe ich den Kopf und blinzele ein-, zweimal.

»Lass mich mal an deine Wange«, sagt er, während er bereits seine Hand mit einem Kühlpack darin ausstreckt. Den Schlag ins Gesicht habe ich total vergessen und wenn ich ehrlich bin, spüre ich davon gar nichts … Autsch! Das Kühlpack jagt mir einen Schauer durch den Körper und die Berührung mit meiner linken Wange hat mir gezeigt, dass es anscheinend doch besser ist, sie zu kühlen.

Levi fängt an zu grinsen, während er mich mustert.

»Fieber, gestauchter Fuß, eine Schlägerei. Was erwartet uns nächste Woche?« Ein Lächeln zupft an meinen Lippen. *Vielleicht ein Gespräch*, denke ich mir und sofort verliert sich der Moment. Ich blicke zu Boden. Das wird nicht passieren.

»Meine Lieblingszahl ist acht.« Levi sieht mich aufmerksam an. Ich weiß, was er tut. Ich weiß, was er versucht. Aber ich kann ihm nicht das geben, was er will. Ich kann nicht plötzlich reden. Ich weiß nicht, wie es geht.

Aber, was wenn … Ich schlucke schwer, ziehe die Augenbrauen zusammen und greife nach Levis anderer Hand. Meine Finger zittern, als ich sie drehe, sodass die Fläche nach oben zeigt. Seine Haut ist an manchen Stellen rau, wahrscheinlich vom Gitarrespielen, und sie ist warm. Es dauert eine Ewigkeit, bis mein Finger sich in Bewegung setzt. Er berührt Levis Hand nur leicht, beinahe wie ein Flüstern, es ist ein flüchtiger Moment. Mein Herz rast in meiner Brust, ich atme mittlerweile durch den Mund, es ist, als wäre ich einen Marathon gelaufen. Was habe ich getan? Ich sehe in Levis Augen. Sehe sein Gesicht, das kein Grinsen zeigt wie sonst, kein Lächeln wie so oft, keine Trauer wie manchmal. Nein.

»Vier. Deine ist die vier.«

Ich lasse seine Hand los, versuche mich zu fangen – mich und meine Gedanken. Aber ich habe keine Zeit.

»Hannah, ich …«, beginnt Levi, aber er wird von Pia unterbrochen.

»Geht es dir gut?«, fragt sie liebevoll.

Ich mag Pia. In einem anderen Leben wäre sie eine Freundin gewesen.

»Wie schlimm hat es sie erwischt?« Levi nimmt den Eisbeutel weg und sie sehen sich meine Wange an.

»Es wird vielleicht etwas dick, vielleicht am Ende etwas bunt. Aber das ist nicht schlimm. Ich denke, sonst ist alles okay?« Es war eine Frage an mich, die ich im Moment noch weniger beantworten kann als sonst. Ich meide ihre Blicke und bin erstaunt, dass Pia nach einem Augenblick Levi bittet: »Lässt du uns allein? Ich würde gerne mit Hannah sprechen.« Sie wartet kurz, setzt sich dann neben mich und beginnt zu erzählen.

»Sarah mag dich sehr, sie hätte das nie getan, wenn sie wach gewesen wäre. Wenn sie gemerkt hätte, dass du es bist.« Pia seufzt. »Sieh mich an, Hannah. Das, was ich dir jetzt erzähle, das erzähle ich dir, weil ich glaube, dass auch dir etwas an Sarah liegt. Und weil du eine Erklärung benötigst für heute Nacht.«

Ich tue, was sie sagt, ich sehe sie an. Und ich habe Angst.

»Sarah ist nicht von ihren Eltern hierhergebracht worden so wie du. Sie wurde ihren Eltern weggenommen, weil … Sarah wurde nicht gut behandelt. Sie wurde geschlagen, von ihrer Mutter. Und in der Nacht …« Pia schluckt schwer. »In der Nacht kam ihr Onkel.«

Ich habe Angst vor der Dunkelheit, echot es in meinem Kopf.

Da ist plötzlich mehr als sonst. Mehr als Angst, Schuld und Trauer - und ich fühle mich schlecht deswegen. Ich darf nicht zulassen, dass es sich einnistet. Ich muss dagegen ankämpfen. Gegen das Gefühl, das, was es mit mir macht, gegen das Wort mit all seinen acht Buchstaben.

Hoffnung.

Kapitel 25 – Levi

Vielleicht ist all das Falsche richtig gewesen.
Weil ich jetzt hier bin.

Mir ist klar, was Pia Hannah erzählt, wie immer ist nur die Frage, wie viel sie erzählt. Da sie mich weggeschickt haben, aber dabei vor meinem Zelt sitzen, tragen mich meine Füße zum See. Verdammt, ich hätte mir wenigstens noch meine Gitarre schnappen können oder meine Cap. Sie liegt im Zelt und ohne sie fühle ich mich unvollständig. Ich kann nicht aufhören, mir durch die Haare zu fahren.

Hannah hat mir geantwortet. Nicht mit Worten, aber sie hat es getan. Als ich begriff, was sie vorhatte, als ich ihre Hand an meiner spürte und im Kopf ihre Bewegung nachfuhr, das war unbeschreiblich. Sie hat mir ihre Lieblingszahl genannt. Das Mädchen, das nicht spricht – sie hat es mit mir getan.

Ich lache auf, vielleicht lache ich auch über mich selbst, wer weiß. Keine Ahnung, warum sich das so gut anfühlt oder es mir etwas bedeutet.

Weil im Moment alles nur halb so weh tut.

Hannah kommt. Sie trampelt eher, als dass sie geht, die Schiene macht es ihr nicht gerade leicht. Ich warte, bis sie bei mir ist. Es war klar, dass sie weiß, wo ich bin, nur nicht, ob sie kommen würde.

Sie stellt sich neben mich, vor den Baumstamm.

»Pia hat es dir gesagt.« Keine Frage. »Sarah geht es bestimmt besser, irgendwann wird es besser.« Den letzten Satz sage ich mehr zu mir selbst als zu ihr. Über uns ist nichts außer Dunkelheit und unzählige Sterne.

»Die Leute denken, man müsse sich zwischen Sonnenauf- und Sonnenuntergang entscheiden, aber ich mag beide. Ich mag es, wenn etwas Altes endet und etwas Neues beginnt. Das dazwischen bringt meist nur Probleme.«

Als ich ihre leichte Berührung am Arm spüre, senke ich den Kopf, drehe mich um und ich verschlucke mich beinahe. Hannah hat meine Cap in der Hand und hält sie mir entgegen, sie steht da und …

Meine Hand schließt sich um den rauen Stoff der Cap und ich setze sie sofort auf. Ein Stück Erinnerung, Schmerz und Heimat.

Sie dreht sich um und geht. Wie ein Idiot stehe ich da, sage nichts und sehe ihr nach. Sie hat mich sprachlos gemacht, einfach so. *Sie hat noch nicht aufgegeben*, schießt es mir durch den Kopf.

Ich werde es auch nicht tun.

Kapitel 26 – Hannah

Im Herzen ein Funke

Pia hat mir Sarahs Geschichte erzählt. Ich halte einen Schatz in den Händen, etwas Wertvolles und ich weiß nicht, ob Sarah das möchte, denn es ist ihrer. Ob ich will oder nicht, ich werde sie mit anderen Augen sehen.

Ich denke an die anderen hier im Camp, an die Dinge, die sie bereits von sich preisgaben. Sie waren immer die, die verletzt worden sind.

Ich bin diejenige, die verletzt hat.

Meine Eltern haben uns nie geschlagen und nur selten angeschrien, sie waren stets für uns da, haben uns beschützt. Es ist schwer, sich etwas anderes vorzustellen. Umso schlimmer ist es, dass ich ihnen wehtat. Ich bin nicht wie die anderen.

Und als Pia ging, mich mit meinen Gedanken allein ließ, sah ich Levis Cap im Zelt liegen. Er war bisher nie ohne unterwegs. Aus einem Impuls heraus streckte ich mich, nahm sie und ging zu Levis Platz. Ich wusste, ich würde ihn dort finden – ich gab sie ihm.

Ich hatte das Gefühl, es wäre das Richtige. Und ich habe schon lange nicht mehr das Richtige getan.

Die Nacht war kurz, die Dusche kalt, das Müsli gar nicht so übel. Es gab Chaos-Müsli.

Heute steht ein Ausflug auf dem Plan, ein Wandertag, bei dem ich nicht dabei sein kann, wegen dieser blöden Schiene. Sich zu ärgern, lohnt sich kaum. Dass ich es überhaupt tue, wundert mich. Ich werde Izzy schreiben. Ich darf es nicht vergessen.

Bevor es losgeht, möchte Pia noch eine Rederunde machen. Ich habe mich daran gewöhnt. An die schlechten Nachrichten, an die Päckchen, die die anderen tragen und die zum Vorschein kommen, an die drückende Atmosphäre, die einen am Ende leichter atmen lässt.

Seit heute Nacht bin ich Sarah aus dem Weg gegangen, auch beim Essen. Jetzt betrete ich das Zelt und sehe sie da sitzen mit Mo. Sie trägt geschlossene Schuhe, eine Jeans und einen rosafarbenen Rollkragenpullover, der gut zu ihrem braunen Haar passt, aber auf keinen Fall zu den dreißig Grad, die für heute angesagt sind.

Wenn ich nur reden könnte, wenn ich die Anleitung doch nur wiederfinden würde, wenn ich … Ich stutze. Ich habe es mit Levi gemacht, ich kann es auch mit Sarah tun. Bei dem Gedanken wird mir übel, meine Hände werden schwitzig, mir wird heiß.

Du kannst das, Hannah. Du kannst es! Geh, immer einen Schritt nach dem nächsten. Geh, Vögelchen.

Izzys Stimme ist in meinem Kopf. Schwer schluckend bücke ich mich nach meinem Notizblock und dem Füller, wohlwissend, dass Sarah mich beobachtet.

»Hannah? Geht es dir gut?«

Ich antworte nicht. Ich setze mich vor sie, schlage den Block auf, nehme die Kappe des Füllers ab und hole tief Luft. Es wird das erste Mal sein, dass ich etwas sage … dass ich mit jemandem rede, der nicht Izzy ist.

Der Füller kratzt über das Papier, weil ich zu fest aufdrücke. Ganze zehn Versuche brauche ich, um den Zettel abzureißen und ihn Sarah zu geben. Es wundert mich, dass es nicht mehr waren.

Sie nimmt ihn, sie liest ihn und in ihrem Gesicht spiegelt sich wider, dass sie versteht, was ich meine. Ihre Wangen werden knallrot, Tränen sammeln sich in ihren Augen.

»Nein«, haucht sie. Sie springt auf, der Zettel flattert auf den Boden und sie flieht. Sie rennt davon. Das tun wir alle.

Mit zitternden Händen hebe ich das kleine Stück Papier auf und lese meine eigenen Worte.

Ich weiß es.

Sarah kommt nicht zu unserer Gesprächsrunde. Sie taucht erst wieder auf, als es Zeit ist für den Ausflug. Ich sehe, wie sie ins Zelt geht, und wische mir immer wieder die Hände an meiner Jeans ab. Ich habe etwas getan und ich weiß nicht, ob es gut ist oder schlecht. Etwas in mir sagt mir, dass ich zu weit gegangen bin. Aber da ist noch etwas anderes in mir, das leuchtet. Der Funke.

»Hannah?« Pia kommt zu mir und ich sehe, dass sie und Jana Rucksäcke tragen. »Es tut uns sehr leid, dass du uns nicht begleiten kannst. Levi hat gesagt, er wird mit dir hierbleiben. Ist das für dich in Ordnung?« Die Frage scheint ihr nur schwer über die Lippen zu kommen. So als wäre das für sie zu Beginn selbst nicht okay gewesen. Die anderen wirken glücklich, die meisten lächeln und dieser Anblick war bisher selten. Ich freue mich für sie.

Und während ich mir über Pias Fragen Gedanken mache, wird mir klar, dass ich mir nicht mehr wünsche, dass sie mir keine Fragen stellen, auch wenn ich nicht antworten kann. Nein, manchmal macht es mir nichts aus.

Ich nicke verhalten und Pia drückt kurz meine Schulter, als ein lautes Schluchzen aus dem Zelt dringt. Aus meinem Zelt. Es ist Sarah.

»Was ist da los?« Pia will zu Sarah, aber ich halte sie fest. Ich weiß nicht, woher dieser Impuls kommt, aber ich gebe ihm nach und sehe Pia einfach nur an. Innerlich sage ich so viel. *Bitte, geh nicht. Noch nicht. Gib ihr einen Moment. Vielleicht … Vielleicht ist es der Funke!*

Das Camp ist still, so still wie ich. Vertraut und doch so fremd. Das Atmen fällt mir Minute um Minute schwerer, auch als Sarahs Schluchzen langsam verklingt.

Sie kommt nicht raus.

»Hannah, ich weiß nicht, was los ist, aber ich muss da jetzt reingehen.« Vorsichtig entzieht Pia sich meinem Griff und geht auf unser Zelt zu. Sie geht und geht, bis …

Sarah herauskommt, mit verquollenem Gesicht und unsicherem Blick. Pia sieht zwischen Sarah und mir hin und her, ihr Mund steht offen.

Zwischen all den Tränen fange ich an zu lachen, leise

und doch so laut und Pia schließt Sarah in eine Umarmung.

Sarah hat meinen Zettel gelesen, er lag obendrauf. Sie trägt ein schwarzes Top von mir, mit dünnen Trägern. Man sieht ihre Narben. Es lässt sie verwundbar sein und stark.

Du bist wunderschön und stark. Du bist nicht allein.

Er ist wieder da, Izzy. Der Funke! Ist es derselbe oder ein anderer? Er ist groß und stark und er lässt mich daran glauben, dass es besser werden kann. Er lässt mich beben, zittern und hoffen. Aber wie soll das ohne dich gehen?

Bist du mein Funke, Izzy?

Kapitel 27 – Hannah

Wenn deine Träume gestorben sind,
träum dir neue.

Ich sitze auf Levis Baum am See und schwanke zwischen lachen und weinen. Die Emotionen kommen in Wellen, genau wie die Erinnerungen. Meine Gedanken beschäftigen sich mit dem, was nicht passiert ist, aber hätte passieren können.

Sarah hätte zusammenbrechen können, sie hätte mich hassen können. Ich hätte sie noch mehr zerbrechen können.

Es ist nicht passiert. Ich hatte Glück.

Die anderen sind schon eine Weile fort und Pia sagte zum Abschied: »Bis morgen, Hannah!« Als sie meinen verwirrten Blick sah, erklärte sie mir, dass sie in einer Jugendherberge schlafen würden und morgen früh zurückwandern. Ein Tagesausflug über zwei Tage. Es wundert mich nicht, ich verpasse vieles in letzter Zeit, weil meine Gedanken so laut sind und ich manchmal nicht weiß, wo ich sie leiser stellen kann.

»Das war beeindruckend«, höre ich Levis Stimme hinter mir und erschrecke mich. Mit den Händen in seiner zerrissenen Jeans kommt er näher. »Beeindruckend und dumm.«

Ja, das weiß ich. Obwohl es gut ging, tut es mir leid. Wenn ich eines gelernt habe, dann, dass es einem selten ganz tief im Herzen leidtut, wenn man vollkommen überzeugt ist, dass etwas richtig war.

»So war es nicht gemeint, entschuldige.«

Doch, das war es und es ist in Ordnung. Levi hat recht.

»Was ich sagen wollte, war, dass ... Wir haben abgewartet. Pia hat das immer getan. Sie hütet Geheimnisse – ihre und die der Menschen, die hier sind. Sie wartet, bis sie sie erzählen wollen. Ich glaube, sie wünscht sich, dass jeder die Kraft findet, die Mauer selbst zu durchbrechen. Die meisten schaffen es. Hier im Camp oder in Sankt Anna. Aber in den meisten Fällen dauert es lange. Bei mir hat es ein Jahr gedauert.« Er setzt sich neben mich.

»Vielleicht hätte Sarah sich auch so lange Zeit gelassen und es wäre okay gewesen. Du hast ihr die Möglichkeit gegeben, vorher loszulassen. Ich weiß nicht wie und warum, aber du hast es getan. Mehr noch, du hast es geschafft. Sarah hat es geschafft.«

Zwei Schmetterlinge kreuzen unseren Weg, fliegen tanzend durch die Luft, sind frei und glücklich.

»Ich würde dich gerne fragen, was du dir am meisten wünschst. Jetzt in diesem Augenblick.«

Ich wünsche mir Izzy zurück, ich wünsche mir mich selbst zurück.

»Oh, du fragst mich, was ich mir am meisten wünsche?« Er grinst mich schelmisch an, nur einen Wimpernschlag lang.

»Ich habe mir immer gewünscht, meine Mutter und Tom wiederzusehen, aber jetzt, nach dem, was mit Sarah war, wünsche ich mir, dass ich das auch für dich tun könnte. Ich würde gerne mit dir reden, ich wüsste gerne, wie deine Stimme klingt.«

Ich atme zitternd ein, während ich Levi ansehe.

»Ich würde dich gerne retten, aber ich glaube, dazu bist du noch nicht bereit. Man kann niemanden retten, der nicht gerettet werden will, oder?«

Wären mir die Worte nicht längst verloren gegangen, wären sie es spätestens heute. Das, was Levi sagte, geht mir nicht aus dem Kopf und ich frage mich ständig, ob er recht hat. Und immer, wenn ich mit Nein antworten will, geht es nicht. Es geht nicht, meine Brust zieht sich zusammen, es tut weh. Es ist, als würde mein Körper die Lüge erkennen, nur ich nicht.

Ich kann nicht gerettet werden. Ich bin es nicht wert, gerettet zu werden.

Das Camp ist ganz anders, wenn alle fort sind. Es ist kälter als sonst. Und damit meine ich nicht das Wetter, denn es ist der schönste Sommer seit langer Zeit. Heiß und schwül und wundervoll. Die Sonne hat sich nur an diesem einen Tag durch ein Gewitter vertreiben lassen. Nein, ich meine die Kälte, die in einem sitzt und sich einnistet, die Kälte, gegen die ein Pullover nichts ausrichten kann.

Ich weiß nicht genau, wo Levi ist, er ist vorhin einfach gegangen und ich nehme es ihm nicht übel.

In seinem Zelt ist er nicht, das wüsste ich, denn ich bin seit Stunden in meinem.

Mit Mo auf dem Arm mache ich mich auf den Weg. Gerade heute muss es sein, wo ich Izzy so viel sagen muss.

Ich wünschte, sie wäre hier.

An die Schiene werde ich mich wohl nie gewöhnen, aber das ist auch nicht nötig, weil ich sie in ein paar Tagen nicht mehr tragen muss. Die Schwellung ist abgeklungen, ich habe kaum und selten Schmerzen.

Auf meinem Weg entdecke ich Glühwürmchen. Mo springt von meinem Arm und versucht sie zu schnappen. Ich sehe zum ersten Mal welche. Sie sind wunderschön, geheimnisvoll.

Nur noch wenige Meter bis zum See. Das letzte Licht des Tages erhellt mir den Weg.

Es gibt Tage, da ist es einfacher, und Tage, da ist es schwerer, aber schlimm und schmerzhaft ist es immer.

Wenn du glaubst, dass ich weniger an dich denke, dann hast du leider unrecht. Auch wenn sich Dinge ändern – das nicht. Das wird bleiben.

Levi und Sarah ... wenn du hier wärst, könnten sie unsere Freunde sein. Ich glaube, sie wären es. Du würdest singen, wenn Levi Gitarre spielt, und ich würde mit Sarah tanzen. Wenn du noch hier wärst, wäre der Tag heller, das Gras grüner, das Glück größer. Alles wäre besser.

Kapitel 28 – Levi

Manchmal fällt man tiefer als gedacht.

Wie habe ich denken können, dass meine Pläne mal funktionieren? Fluchend trete ich gegen ein Grasbüschel. Ich drehe die Cap auf meinem Kopf um, mit der Schrift nach vorne, nur um sie direkt darauf wieder zurückzuschieben.

Ich laufe nur langsam und mit jedem Schritt kämpfe ich mit mir. Soll ich wieder zum See gehen oder einfach ins Zelt? Brauche ich eine Auszeit?

Ich bin wahrscheinlich der erste Junge dieser Welt, der es nicht erträgt, dass ein Mädchen nicht redet. Es macht mich wahnsinnig! Verfluchter Dreck. Ich vergesse vollkommen, was hier los ist, was mit mir los ist! Ich habe keine Ahnung, wo Mum und Tom sind, und so, wie es aussieht, wollen sie das auch nicht ändern. Damit kann ich umgehen, irgendwann. Aber ich weiß noch nicht, was nach diesem Camp wird und nach Sankt Anna. Ich weiß, wer ich war, aber wer bin ich jetzt?

Eigentlich sollte dieses Camp dafür sorgen, dass ich Antworten bekomme. Ich wollte Zeit zum Nachdenken haben. Ich wollte alleine sein und mit niemandem reden.

Bis das Mädchen mit den blauschwarzen Haaren kam und genau das tat.

Frustriert lege ich die Hände in den Nacken und atme ein paarmal tief ein.

Wäre Ben hier, würde er den Nagel auf den Kopf treffen: Wenn ich dir sage, dass manche Dinge passieren, weil es so sein soll, würdest du mir nicht glauben. Aber ich tue es trotzdem! Manchmal muss man dem Leben folgen und manchmal muss man es selbst zeichnen. Die Schwierigkeit liegt darin, zwischen beidem unterscheiden zu können. Es ist eine Gradwanderung von Herz und Verstand, von loslassen und festhalten.

Sie schreien wieder, sie können nicht ohne. Ich gehe in Toms Zimmer, ich bin wütend, will, dass sie endlich aufhören. Überall liegen seine Klamotten herum, überall Mums Zeug, ich würde so gerne mal einen Freund mit nach Hause bringen, aber ich darf nicht.

»Hört auf damit!«, schreie ich, aber sie streiten so laut, sie bemerken mich nicht. Mum schwankt leicht. Ich schnappe mir das kleine Päckchen in der Hand von Tom – und von jetzt auf gleich merken sie, dass ich da bin.

»Mach keinen Scheiß, Levi. Gib mir das.«

»Warum streitet ihr schon wieder?«

»Weil dein Bruder deiner Mum Sachen klaut«, nuschelt sie.

»Levi, bitte gib mir das.« Er sieht wütend aus und ich frage mich, warum seine Augen so rot sind und seine Haut so blass.

»Wieso nimmst du Mama ein Päckchen mit Zucker weg?«

Das war ein Jahr vor Sankt Anna. Es stellte sich schnell heraus, dass es kein Zucker war. Scheiße, ich war ein Kind. Ich war blind.

Meine Füße haben mich zum Camp getragen, ich zünde die Fackeln an und bleibe unschlüssig stehen zwischen Zelt und See. Die anderen sind weg. Man sieht es und fühlt es. Pia hat im Zelt heiß mit sich selbst diskutiert, während Jana und ich danebenstanden. Ob sie es verantworten könnte, mich allein zu lassen oder Hannah oder Hannah mit mir und ob Jana nicht vielleicht hierbleiben könnte, aber eigentlich braucht sie sie. Sie überlegte sogar kurz, den Ausflug ausfallen zu lassen, bis es Jana zu viel wurde und Pia endlich in ihrem hitzigen Monolog unterbrach. Sie beruhigte sie und sagte, ich würde das schon schaffen, und Pia wiederholte wie ein Mantra, dass sie mir vertraut und dass schon alles gut werden würde.

Ich sehe mich um. Hannah und Mo sind nicht hier und ich bin sicher, ich weiß, wo sie ist. Die Frage ist, ob ich dem Leben folge oder es selbst zeichne. Kann es nicht manchmal dasselbe sein? Ja, sage ich mir, das kann es.

Also gehe ich den kleinen Pfad entlang, gehe die Strecke, die ich auswendig kann, die sich nach Heimat anfühlt. Zu Hannah.

Es wird schnell dunkler, der Wind wird stärker und fegt durch die Bäume. Es ist nicht viel kühler geworden, aber durch den Wind deutlich angenehmer.

Vorne am See steht jemand, ich kann die Umrisse erkennen und Hannahs Haare, noch ist es hell genug dafür. Sie hat mir den Rücken zugewandt, ich glaube nicht, dass sie mich bemerkt.

Hannah setzt sich in Bewegung, langsam, aber trotzdem ist es komisch, weil vor ihr nur der See ist, sonst nichts. Sie müsste schon längst nasse Füße haben.

Ich komme näher, gehe schneller, erkenne Mo im Gras hinter ihr.

Sie stoppt plötzlich und aus irgendeinem Grund, atme ich auf. Irgendetwas stimmt nicht, es fühlt sich einfach nicht richtig an. Hannah geht noch einen Schritt, dann brennt ein Licht direkt vor ihr – Feuer. Es lodert auf, brennt immer heller und ich weiß nicht, woher es kommt und was sie vorhat. In meinem Kopf setzt irgendetwas aus, ich renne die letzten Meter zu ihr, packe sie und reiße sie zurück.

Feuer flattert durch die Luft.

Kapitel 29 – Hannah

Die Mauer bekommt Risse.

Nein.

Nein.

Nein.

Nein.

Nein.

Nicht Izzys Briefe!

Etwas reißt mich zurück, ich spüre, wie das Wasser an meine Knie schwappt, ich stehe tiefer drin als je zuvor. Izzys Briefe entgleiten mir, der Wind trägt sie weg, wie einen fliegenden kleinen Feuerball. Innerlich schreie ich, so laut ich kann. Die Briefe sind nicht ganz verbrannt, die Worte sind noch nicht bei Izzy. Sie dürfen nicht ins Wasser fallen!

Mit aller Kraft reiße ich mich los, hechte nach vorne und will nach ihnen greifen. Ich könnte mich verbrennen, aber es ist mir egal. Mit ausgestreckten Armen schnelle ich vor und verliere den Halt, unter mir ist plötzlich kein Boden mehr, der See ist an dieser Stelle zu tief und ich habe nicht damit gerechnet. Ich sehe noch, wie meine Worte das Wasser berühren und das Feuer erlischt.

Wie wild strample ich um mich, ich finde die Oberfläche nicht mehr und unter mir keinen Halt. Aber nur ein Gedanke bestimmt mich in diesem Moment: Izzy wird die Briefe nicht bekommen, sie sind verloren.

Kräftige Hände packen mich, ziehen mich durch das Wasser, bis die Luft wieder mein Gesicht berührt und ich einen tiefen Atemzug nehme. Sofort beginne ich zu husten und zu röcheln. Ich spüre Boden unter den Füßen, merke, wie das Wasser weniger wird, und werde ins Gras fallen gelassen. Der Husten will nicht aufhören.

»Scheiße!«, höre ich jemanden neben mir fluchen. »Willst du dich umbringen?«

Er schreit mich an und es ist das erste Mal, dass er das tut.

»Verfluchter Dreck! Was war das eben?«

Meine Hände graben sich in das Gras und die Erde, die unter mir aufweicht, weil ich klatschnass bin. Ich stemme mich hoch auf alle viere, ich zittere, als ich mich hinsetze und mir einzelne Strähnen meines Haares aus dem Gesicht streiche. Mo ist sofort bei mir, er miaut und leckt mir die Arme ab. Ich atme schwer.

Levi sitzt vor mir und ich sehe in seinem Blick Wut und Unverständnis. Er legt seine Cap zur Seite, neben die Schiene und die Schuhe, die ich vorhin ausgezogen habe. Ich ziehe meine Beine an und versuche sie zu verstecken, aber es ist zu spät. Er hat sie bestimmt längst gesehen.

»Was hast du da gemacht? Was hast du verbrannt? Hast du dich verletzt? Warum wolltest du hinterherspringen?

Und warum zum Teufel läufst du in den See, obwohl du anscheinend nicht schwimmen kannst?« So viele Fragen ohne Antwort, so viele Worte und obwohl er versucht, sich zu beherrschen, wird er wieder laut. Seine Brust senkt sich unter seinem Shirt, seine Haare stehen kreuz und quer ab, er wischt sich das Wasser aus dem Gesicht und ich sehe, wie sehr er sich bemüht, ruhig zu bleiben.

Ich versuche es auch! *Ich habe Izzys Briefe verloren!*, will ich schreien. *Ich habe meine Worte verbrannt, damit meine Schwester sie lesen kann. Ich bin hinterher, weil mir das mehr bedeutet als alles andere. Ich habe nicht aufgepasst – heute nicht und damals nicht.*

Ich kann dir das nicht sagen.

»Komm!« Levi reicht mir seine Hand und hilft mir beim Aufstehen. Danach greift er nach seiner Cap und meiner Schiene. Der Stoff der Mütze gibt ein schmatzendes Geräusch von sich, als Levi sie sich auf den Kopf knallt. Seine Hand schiebt er bis zum Gelenk durch die Schiene und hält sie am unteren Riemen fest. Er schließt die Lücke zwischen uns und während sein Blick meinen festhält, spüre ich seine Hand auf meinem Rücken, seinen Arm um meine Taille und den nassen Stoff meines Tops, der sich an die Haut drückt und mich erschaudern lässt. Ich nehme einmal tief Luft und atme Levis Duft ein.

»Lass uns gehen. Pia bringt mich um, wenn du wieder krank wirst.« Er lächelt nicht, aber seine Züge haben sich entspannt, sind weicher geworden und ich merke, wie der Schock und die Panik aus meinen Gliedern verschwinden, genauso wie Wut und Trauer und sie dafür müde werden lassen.

Levis Arm stützt mich, ich schone meinen gestauchten Fuß, halte Schritt, so gut es geht. Wir sagen nichts, lassen uns von der Nacht umhüllen. Ich blicke hinab auf meine nasse Jeans, die ich bis weit über die Knöchel hochgekrempelt habe. Wenn etwas schiefgeht, dann richtig. Das ist ein ungeschriebenes Gesetz, eine Formel des Universums.

Levi stellt Fragen – in seinem Kopf schwirren sie umher. Ich kann es fühlen, kann sie beinahe hören, so laut sind sie. Es nutzt nichts, sie mir zu stellen, das weiß er, aber ich glaube nicht, dass er es unterdrücken kann. Ich glaube, ich könnte es auch nicht. Doch ich will nicht, dass er Antworten bekommt. Ich will ihn beschützen, nicht verletzen. Und mich selbst auch.

Die Fackeln flackern im Wind, Levi hält vor meinem Zelt an und zum ersten Mal heute bin ich froh, dass niemand hier ist.

»Schaffst du es allein?« Aufmerksam mustert er mich. Aber ja, ich denke, ich komme klar. Vorsichtig entziehe ich mich seinem Griff und schnapp mir die Schiene. Ich humple von ihm weg und öffne mein Zelt, Mo schlüpft sofort hinein.

»Wenn du umgezogen bist … Bitte komm rüber.« Levi erwartet keine Antwort, er hat sich längst umgedreht.

Es dauert eine Ewigkeit, bis ich mir die nassen Sachen vom Leib gerissen habe, bis ich mich trocken gerubbelt und neu angezogen habe. Jogginghose, ein einfaches Top, ich brauche jetzt ein Stück Gemütlichkeit.

Ich habe die Streichhölzer verloren, sie sind bestimmt im See oder liegen irgendwo an seinem Ufer. Ich kann das verschmerzen, aber den Verlust von Izzys Briefen weniger. Wenn ich es laut aussprechen müsste, wenn ich das könnte, würde es bescheuert klingen. Wenn ich andere doch nur dazu bringen könnte, das zu fühlen, was ich fühle …

Auf der Matratze sitzend kraule ich Mo und denke nach. Natürlich versuche ich mir selbst einzureden, dass ich noch überlege, ob ich zu Levi hinübergehe, aber ich habe mich längst entschieden.

Levi ist gerade dabei, ein kleines Lagerfeuer zu entzünden und ich beobachte ihn gebannt. In ausreichendem Abstand zum Feuer hat er eine Decke ausgebreitet, eine weitere liegt darauf.

Das Feuer brennt, das Holz knackt und die Funken stieben davon. Das Licht lässt die Schatten tanzen.

Levi setzt sich auf die Decke, er trägt jetzt eine etwas weitere Jeans und ein Sweatshirt. Als er meine dunkelgraue Jogginghose sieht, kann er sich ein Grinsen nicht verkneifen. Er klopft auf die Decke, auf den Platz neben sich und sobald ich sitze, reicht er mir einen Teller mit einem Sandwich.

»Ich hätte auch beide gegessen, aber ich bin froh, dass du hier bist. Ich war eben kurz vorne, in Pauls Mini-Kantine und hab uns ein Sandwich gemacht.« Er beißt genüsslich hinein und ich starre ihn an, weil … Hat er vergessen, was eben passiert ist?

Levi schluckt den ersten Bissen herunter, hält danach inne und starrt ins Feuer.

»Lass uns erst essen.« Er nimmt einen weiteren Bissen, ich tue es ihm gleich und beiße kräftig hinein.

Es schmeckt fantastisch und erst jetzt macht sich mein Hunger bemerkbar, mein Magen grummelt.

Nach dem Essen überkommt mich eine angenehme Ruhe.

»Also, wie wird das nun laufen? Ich werde dir viele Fragen stellen und wahrscheinlich keine Antwort bekommen.« Levi sitzt so nah neben mir, dass unsere Schultern sich fast berühren. »Vielleicht ist es besser, wenn ich einfach sage, was ich denke«, überlegt er laut. »Du kannst nicht schwimmen«, spricht er das Offensichtliche nochmals aus und sieht mich dabei an.

Nein, das kann ich nicht. Ich schüttle den Kopf.

»Du hast am See etwas verbrannt.«

Ja, das habe ich. Ich nicke – und es kostet mich mehr Kraft, als Levi je ahnen wird.

»Es war dir wichtig.«

Ich atme tief ein und versuche, seinem Blick standzuhalten, aber ich muss die Augen schließen. Ich nicke. Ja, es bedeutete mir die Welt.

Ich öffne die Augen wieder und warte auf die nächste Frage, die er zu einer Aussage macht.

»Ich hatte eine Scheißangst.«

Er überrascht mich damit. Mein Mund öffnet sich, als wollte er Worten Platz machen, die nicht da sind.

»Ich hatte Angst.« Levi schluckt schwer. »Ich habe immer noch Angst. Um dich, Hannah.«

Um mich. Nicht vor mir.

Wenn ich meine Sprache wiederfinden würde, könnte ich Levi alles sagen und erklären. Aber würde ich es auch tun?

Er ist ganz nah dran. Was ist, wenn er es bald herausfindet?

Ich habe Angst davor, Izzy. Ich habe Angst, dass er das in mir sieht, was ich sehe.

Dass er mich nicht mehr so ansieht,
wie er es jetzt tut.

Kapitel 30 – Levi

Manche Dinge sieht man nicht kommen.

Als ich sie erreicht habe, als sie sich losriss und unterging … Ich habe lange nicht mehr solche Angst gehabt.

Ich war wütend! Weil sie wegen irgendetwas ins Wasser ging, obwohl sie nicht schwimmen kann.

Wenn ich nur wüsste, was es war. Es sah nach einfachem Papier aus.

Ihre Augen wirken traurig. Würde sie mir alles erzählen, wenn sie könnte?

»War es Papier? Hast du Papier verbrannt?«

Sie kneift ihre Lippen zusammen, überlegt einen Moment, bevor ihre Züge einen entschuldigenden Ausdruck annehmen und sie den Blick senkt, um an der Kordel ihrer viel zu großen Jogginghose herumzuspielen.

Hannah ist ein Mädchen voller Gegensätze.

»Hattest du schon immer blauschwarzes Haar?« Ich unterdrücke den Impuls, nach ihr zu greifen und mir eine Strähne um den Finger zu wickeln.

Es vergehen einige Minuten, Mo kommt währenddessen aus dem Zelt zu uns. Wer weiß, was der Ganove noch gemacht hat. Gegessen, geschlafen, gegessen. Er legt sich vor uns und beginnt sein Fell zu putzen.

Im Augenwinkel sehe ich Hannahs Kopfbewegung. Nein. Nein, sie waren nicht immer so.

In meinem Kopf dreht sich alles, es ist wie ein Anfang ohne Ende. Auf eine Antwort kommen zehn neue Fragen. Wie soll das gehen?

Ich lege die Arme auf den Knien ab, nachdem ich mich zum Feuer gedreht habe, weg von Hannah.

»Pia hat mir gezeigt, wie es einfacher wird. Wenn man niemanden ansehen muss und niemanden sieht, dann kann man besser loslassen. Es stimmt. Zumindest klappt es bei mir.« Ich sehe ins Feuer und versuche Hannah auszublenden.

»Meine Familie war schon immer kompliziert. Meine Mum hat ihr Leben nicht auf die Reihe gekriegt und unsere auch nicht. Tom und ich haben nicht den gleichen Vater, aber die Gemeinsamkeit, dass wir beide nicht wissen, wer es ist. Mum hatte ein Drogenproblem«, ich schnaufe abfällig. »Wer weiß, vielleicht hat sie es immer noch. Sie hat das Zeug mit nach Hause gebracht und Tom hat es gefunden. Irgendwann hing er mit drin. Ich war zu jung und zu dumm, ich habe nicht verstanden, was los ist. Ich sah sie nur ständig streiten, sah unsere chaotische Wohnung, ich war der Junge, der niemanden mit nach Hause nehmen konnte.«

Erinnerungen drängen an die Oberfläche, aber ich ignoriere sie.

»Regelmäßig kamen und gingen fremde Typen, wahrscheinlich Zuhälter oder Dealer. Ich weiß es bis heute nicht. Manchmal waren sie auch für andere Dinge da. Sie waren nicht sehr … diskret.« Ein freudloses Lachen entfährt mir, ich muss mit dem Kopf schütteln, wenn ich daran denke.

»Irgendwann haben sie Tom erwischt und das Jugendamt kam hinzu. Ich war zwölf. Ich kam ins Heim, meine Mutter vor Gericht, Tom ein paar Jahre Jugendknast, soweit ich weiß. Ich habe nicht viel mitbekommen, ich war zu … verwirrt und – Das Jugendamt kontaktierte Sankt Anna. Seit ich dreizehn bin, lebe ich dort. Ich habe nie wieder etwas von den beiden gehört.«

Dass Hannah näher kam, habe ich nicht bemerkt, deshalb zucke ich kurz, als ihre Hand sich auf meinen Arm legt. Ich drehe mich zu ihr und sehe die Träne, die ihre Wange herabläuft, bevor sie sie energisch wegwischt. Sie drückt kurz meinen Arm, sie steht auf und die Bewegung ihrer Jogginghose zeigt, dass ihre Beine schlottern.

Ich verstehe nicht, was sie vorhat.

Ihre Augen sind glasig, sie sieht mich flehend an, aber worum bittet sie mich?

Langsam beugt sie sich nach unten, sie zieht erst die linke, dann die rechte Socke aus. Darauf folgt das linke Hosenbein, der Stoff der Jogginghose wird geknittert, sie schiebt ihn weiter und weiter nach oben, bis das Licht des Feuers ihr Bein erhellt. Sie zieht sie bis über die Knie.

Ich kann nicht mehr atmen. Ich kann nicht glauben oder verstehen, was ich da sehe.

Hannah macht weiter, sie krempelt auch die andere Seite

hoch und ich kann nicht verhindern tief einzuatmen, vor Schock leise zu fluchen.

Hannah richtet sich vorsichtig wieder auf, geht noch einen Schritt ans Feuer und weiß nicht wohin mit ihren Händen. Sie knetet sie unablässig, ballt sie zu Fäusten und lässt sie wieder locker.

Ihre Beine. Ich habe vorhin nicht genau hingesehen. Jetzt verstehe ich den Moment in der Hütte. Ich sollte die Augen schließen, weil sie nicht wollte, dass ich das sehe, was sie mir jetzt zeigt.

Die Narben wirken noch nicht alt, sie sind rosafarben, sie sind ein Mosaik, das sich in einzigartigen Linien über ihre Haut zieht. Am rechten Bein ist es schlimmer. Und ich wette, hinten geht es weiter.

»Verbrennungen«, flüstere ich und meine Stimme hört sich kratzig an. Mein Mund ist trocken, das Schlucken klappt nicht richtig.

Den Blick von ihren Beinen loszueisen ist schwer, aber ich tue es. Ich sehe ihr wieder ins Gesicht, das sie mit ihren Händen verdeckt hält.

Ich stehe auf, gehe zu ihr und sorge dafür, dass sie sich wieder zu mir setzt.

»Hannah«, sage ich leise. »Bitte, sieh mich an.« Immer schneller schütteln sie ihre leisen Schluchzer und ich halte es nicht mehr aus, ich nehme ihre Hände vom Gesicht, halte sie fest und … sie weint. Sie leidet. In meinem Kopf setzt sich Puzzleteil um Puzzleteil zusammen, auch wenn ein paar noch fehlen. Für den Moment reichen sie.

Ich lege eine Hand in ihren Nacken und ziehe sie einfach an mich. Sie sackt an meine Brust und ich umarme sie, ich halte sie.

»Dein Name ist Hannah, dies ist dein erstes Jahr in Sankt Anna und du liebst Katzen«, flüstere ich in ihr Haar. »Deine Zwillingsschwester hieß Izzy. Du hast sie verloren … bei einem Brand.«

Hannah nickt.

Kapitel 31 – Hannah

Nur die halbe Wahrheit
ist auch eine Lüge.

Alles kommt hoch – der Schmerz, die Hilflosigkeit, die Angst. So, als würde es jetzt passieren. Als würde ich Izzy noch einmal verlieren. Es tut so weh! Ich möchte sie herausreißen und die Schuld gleich mit, ich möchte sie wegschmeißen, mich umdrehen und gehen.

Leider funktioniert das nicht.

Stattdessen sitze ich hier, zerbrochen und weinend an Levis Brust. Er hält mich fest, der fremde Junge, der nur noch halb so fremd ist wie zuvor und doch fremd genug.

Levi hat mir seine Geschichte erzählt und ich dachte an seine Worte am See, als ich ihn heimlich belauschte, während er Gitarre spielte.

Du hast mir einen privaten Moment gestohlen. Jetzt schuldest du mir einen.

Ich war am Zug. Für manche Dinge gibt es keinen richtigen Zeitpunkt. Manchmal wird es nur schlimmer, je länger man wartet. Sicher sein kann man sich nie – aber man kann sich entscheiden.

Ich habe mich entschieden. Für den Funken. Für das Geben. Für einen privaten Moment. Für einen Schritt nach vorne, anstatt zurück. Für Izzy und für mich.

Zum Glück weiß man erst hinterher, wie schmerzhaft diese Dinge sein können, sonst würde man sie nie wagen.

Die letzten Monate habe ich mich selbst festgehalten und es hat nicht besonders gut funktioniert. Jetzt hält mich Levi und es klappt nicht besser. Der Unterschied ist, dass ich nicht mehr alleine bin. Dieser Unterschied führt dazu, dass das Zerbrechen erträglicher wird.

Irgendwann versiegen die Tränen, das Feuer brennt langsam nieder, wird kleiner, das Knacken leiser, die Nacht dunkler. Mo schnurrt laut, er tröstet mich nicht. Vielleicht ist er froh, dass er seinen Job für heute abgeben kann.

Meine Finger schmerzen, sie haben sich verkrampft, weil ich sie so fest in Levis Sweatshirt gekrallt habe. Seine warme Hand liegt in meinem Nacken, sein anderer Arm liegt ganz um mich, hält mich fest und ich spüre sein Kinn, das auf meinem Kopf liegt. Sein Herz hat einen beruhigenden Klang.

Nur widerwillig hebe ich meinen Kopf von seiner Brust und sehe ihm ins Gesicht. Ich bin ihm so nah, dass ich jede Sommersprosse zählen könnte, wenn ich wollte.

Ich suche nach Antworten. Hat er Mitleid? Findet er meine Beine abstoßend – oder mich?

Levis Hand löst sich aus meinem Nacken und er streicht damit eine Haarsträhne hinter mein Ohr, wo sie nicht bleibt, dafür ist sie zu kurz. Er wischt die letzte Träne weg.

»Bleib hier. Rühr dich nicht vom Fleck«, sagt er eindringlich, bevor er aufsteht und in sein Zelt geht.

Ohne Levi wird mir plötzlich kalt, eine Gänsehaut zieht sich über meine Arme.

Levi ist in seinem Zelt verschwunden und ich kann nicht genau sehen, was er da macht. Aber keine Minute später ist er zurück, er trägt seinen Schlafsack in der Hand, dessen Reißverschluss er gerade vollständig aufzieht, damit aus ihm eine Decke wird.

»Also«, sagt er und bleibt vor mir stehen. »Ich weiß nicht, wie es dir geht, aber wir haben zwei Möglichkeiten. Die erste ist, dass du in dein Zelt gehst und ich in meines und wir uns jetzt Gute Nacht sagen. Die andere wäre, dass wir einfach noch hierbleiben. Es ist kein Regen gemeldet, auch wenn aller guten Dinge drei sind.« Er lächelt und ich bin kurz davor. »Ich wäre ungerne heute Nacht allein.«

Dieses Geständnis bringt mich aus dem Takt. Nein, ich möchte auch nicht allein sein.

Ich bewege mich vor, nehme die eine Decke, die hier ohnehin noch auf der ausgebreiteten lag, und forme sie zu einem großen Kissen. Levi löscht die Fackeln und legt sich neben mich. Wir ziehen den Schlafsack über uns und sehen in den Himmel. Er ist voller Sterne, er ist unendlich klar. Er war lange Zeit nicht so schön wie in diesem Augenblick.

Levi hebt plötzlich seine Hand, zeigt mit seinem Finger nach oben und ich kann sie gerade noch sehen. Eine Sternschnuppe.

Izzy.

»Sternschnuppenwünsche darf man niemandem verraten. Aber da bist du ja auf der sicheren Seite.«

Ich schubse ihn und tue, als wäre es nicht witzig. Doch das ist es. Levi macht meine Stille zu etwas Normalem.

»Ich habe mir gewünscht, dass du irgendwann meinen Namen sagst. Dass du vor mir stehst und sagst: Hi, Levi. Dann werde ich antworten: Hi, Hannah! Wir sind aber gesprächig heute.« Er lacht leise, aber ich höre ihm an, dass er es ernst meint.

Ich werde ihn enttäuschen und ich kann nichts dagegen tun.

Wir liegen ewig da, ich höre Levi zu oder wir beide beobachten nur still die Sterne. Mo hat sich quer über unsere Beine ausgestreckt, das Feuer ist ausgegangen, nur die letzte Asche glüht noch. Ich will nicht, dass diese Nacht endet. Ich will nicht wieder zurück zu allem, was mich kaputt macht. Zu den Erinnerungen, den Briefen und mir selbst. Am allerwenigsten zu mir selbst.

Sie tragen mich weg, sie schleifen mich davon, ihre Hände umklammern meine Arme und ich habe keine Chance, ihnen zu entkommen.

»Nein! Lasst mich los! Ich muss zu Izzy. Bitte, bitte, bitte«, flehe ich, aber niemand hört mir zu, niemand redet mit mir oder antwortet. Ich schlage um mich, ich schreie.

»Izzy, hörst du mich? Gib nicht auf, ich komme! Izzy!«

Aber dann ist da eine Stimme.

»Hannah, ich bin da. Hannah!«

Levi.

Ich wache auf, aber ich habe keine Angst. Ich schrecke nicht hoch wie sonst.

»Hannah?« Levi liegt hinter mir, sein Arm umfasst mich, seine Hand liegt in meiner. Ich drücke sie nur kurz und spüre, wie er sich entspannt. Levi ist da.

Ich kuschele mich in seine Umarmung und möchte in diesem Augenblick mehr als je zuvor, dass alles wieder okay wird.

Dass ich es wieder werde.

Ich hatte recht, dies ist ein Ort für kaputte Dinge.
Aber was ist, wenn nicht der Ort die Dinge heilt,
sondern etwas ganz anderes?

Kapitel 32 – Hannah

Hör nicht auf, dein Herz an zu viele Dinge
zu hängen, die du unweigerlich
irgendwann verlieren wirst. Das ist es wert.

Bis tief in die Nacht waren wir wach. Jetzt höre ich leises Gemurmel und Kichern, frage mich, warum ich nicht noch ein wenig schlafen kann.

Es dauert einen Augenblick, bis ich begreife, dass ich wach werde, dass ich nicht träume – und dass da wirklich jemand redet.

Ich bewege mich, ich bin irritiert. Irgendetwas ist anders. Verschlafen öffne ich meine Augen und sehe als Erstes Levis Bauch. Und meine Hand, die darauf liegt, halb unter dem Shirt, das hochgerutscht ist. Der Schlafsack ist ein großer Klumpen, halb über unseren Beinen. Aber da ist noch mehr, ich drehe meinen Kopf nach oben – und blicke direkt in Pias Augen. In ihre und die von allen anderen, die im Kreis um uns stehen. Die Hitze schießt spürbar in meine Wangen, sie sind bestimmt knallrot.

Wie spät ist es? Warum sind alle wieder da?

Mein Kopf hebt sich, dreht sich zu Levi, aber ich stoße zuerst mit Mo zusammen, der nur anfängt zu schnurren, sich aber nicht die Mühe macht, sich zu bewegen. Langsam setze ich mich auf, reibe mir die Augen. Jetzt verstehe ich das Gekicher. Mo liegt auf Levis Brust, aber leider mit dem Hintern Richtung Kopf. Seine Beine fallen links und rechts jeweils an Levis Hals hinab, sein Schwanz liegt quer über seinem Gesicht und Levis Mund steht offen.

Mein Blick huscht zu Pia, die mit verschränkten Armen dasteht und als Einzige nicht lächelt.

»Guten Morgen. Oder sollte ich lieber sagen Mittag?«, fragt Pia und bittet anschließend die anderen darum, ihre Sachen auszupacken, in die Zelte zu gehen.

Energisch rüttle ich an Levis Arm, was ihm ein leises Stöhnen entlockt und Mo ein Maunzen.

Wie kann man so tief schlafen? Ich kneife ihn in den Arm und schließlich schlägt er seine Augen auf, die er sofort nach mehrmaligen Blinzeln zu Schlitzen verengt.

»Scheiße«, bringt er mit vom Schlaf kratziger Stimme hervor.

»Oh, das würde ich auch sagen«, entgegnet Pia.

»Ich meinte den Kater! Verflucht, Mo! Schieb deinen Arsch woanders hin.« Im Gegensatz zu seinen Worten setzt er Mo ziemlich sanft an der Seite ab. Er richtet sich auf, zerstrubbelt sein ohnehin chaotisches Haar und versucht wie ich, erst mal wach zu werden.

Kurz und zaghaft lächelt er mich an, bevor er zu Pia sieht. Ich kann nicht anders, ich schaue zwischen beiden hin und her und frage mich, was sich da gerade abspielt. Irgendwann seufzt Pia und kniet sich zu uns auf die Decke.

»Könnt ihr mir verraten, was ihr hier macht?«

»Kannst du mir sagen, was ihr schon hier macht?«, fragt Levi.

»Werde nicht frech!«

Ich fummle nervös an einem Ende des Schlafsacks herum, ich kann Levi gerade nicht helfen und ich kann Pia nichts erklären.

»Wir sind hier eingeschlafen.«

Pias Augenbraue schießt nach oben und ihr Gesichtsausdruck schreit förmlich: Was noch? Das ist doch nicht alles!

»Wir sind sehr spät hier eingeschlafen«, sagt Levi vage und ich sehe, wie er anfängt zu grinsen. Aber Pia starrt ihn nur weiter an, bis er aufgibt und sich vorbeugt.

»Ich würde es dir wirklich gerne erklären, aber es ist nicht so einfach. Wir haben lange geredet – okay, ich habe geredet und dann sind wir halt gleich draußen geblieben.«

Oh, es war so viel mehr! Aber wie sollen wir das Pia erklären?

»Es ist nichts passiert, falls du das denkst.«

Kurz sehe ich zu Levi, ziehe die Augenbrauen zusammen. Nichts passiert? Was …? Erschrocken reiße ich die Augen auf und wieder wird mir warm. Ich verstehe. Deshalb war Pia so irritiert und wütend. Nein. Ich schüttle den Kopf und Pia entspannt sich sichtlich.

Levi steht ohne ein weiteres Wort auf, schnappt sich den Schlafsack und die Cap, die von seinem Kopf gefallen ist. Er sieht Pia nicht an, mich auch nicht, aber ich weiß, an wen seine Worte gerichtet sind. »Ich dachte, wir wären mittlerweile an dem Punkt, an dem du mir vertraust.«

Er geht ins Zelt und ich bleibe zurück.

»Ich vertraue ihm«, sagt Pia leise zu mir. »Dir auch. Aber ich muss auf so etwas achten. Ich …« Sie schließt kurz die Augen. »Ihr habt so vieles, das euch beschäftigt, ihr braucht nicht auch noch ein …« Sie beendet den Satz nicht. Sie steht auf. »In einer halben Stunde gibt es Essen.«

Es ist nicht schwer zu erraten, was Pia sagen wollte. Nein, wir brauchen nicht auch noch ein gebrochenes Herz. Aber sind wir ehrlich, was macht eine Scherbe mehr aus auf einem ganzen Haufen davon?

Unauffällig ziehe ich die Jogginghose wieder bis zu den Knöcheln nach unten. Ich schnappe mir Mo und meine Schiene und gehe in mein Zelt, um Sarah Hallo zu sagen und mich umzuziehen. Die Jogginghose ist definitiv zu warm.

Sarah trägt ein Jäckchen über dem Top, aber sie trägt es noch. Abwartend stehe ich da. Genau wie sie. Ich sehe sie an und sage stumm: *Es tut mir leid!*

Sie hört es nicht, aber vielleicht ahnt sie es. Weil sie lächelt und weil ihre Stimme bricht, als sie sagt: »Danke, Hannah.«

Danke! Das Wort durchzieht mich, ich halte es fest, versuche das Gefühl zu speichern, das es auslöst. Wer weiß, wann das je wieder jemand zu mir sagen wird.

Ich habe Levi den ganzen Tag nicht gesehen, deshalb bin ich zu unserem Platz gegangen und seit Sonnenuntergang warte ich auf ihn. Eigentlich ist es sein Platz. Ich will, dass es auch meiner ist.

Ich halte einen Tetrapack Multivitamin in der Hand und trinke aus dem Strohhalm. Mo ist bei Sarah oder bei Lina, wenn er nicht bei mir ist, ist er bei den beiden. Manchmal läuft er auch zu Levi.

Pias Worte gehen mir nicht aus dem Kopf. Die, die sie nicht ausgesprochen hat.

»Hey«, höre ich Levis Stimme und ein Schauer jagt mir über den Rücken, während ich darum bemüht bin, mir meine Erleichterung nicht anmerken zu lassen.

Er hat seine Gitarre dabei und wie gewohnt, setzt er sich neben mich. Ich reiche ihm den zweiten Multivitaminsaft, den ich mitgebracht habe, und schlürfe weiter aus meinem.

»Wurde ich erwartet?«, fragt er, während er seinen Strohhalm befreit.

»Es tut mir leid«, sagt er plötzlich, sodass ich innehalte im Trinken und den Saft sinken lasse. Fragend sehe ich ihn an.

»Es tut mir leid, dass Pia und die anderen … Das war dir bestimmt unangenehm.« Was redet er da? Was soll mir unangenehm sein? Wir haben nebeneinander geschlafen, draußen. Fieberhaft denke ich nach, aber ich sehe das Problem nicht. Und da ich nicht danach fragen oder sagen kann, dass das alles keine große Sache ist, mache ich das Einzige, das mir zur Verfügung steht. Ich tue etwas.

Ohne Vorwarnung greife ich nach Levis Hand und halte sie fest. Dann sehe ich wieder auf den See. Es ist keine große Sache, echot es in meinem Kopf. Dinge ändern sich. Der fremde Junge mit den Tattoos und der Gitarre ist jetzt einfach Levi.

»Hast du es mitbekommen? Hast du alles mitbekommen?« Levi redet nicht drum herum und das schätze ich. Meist macht es ohnehin keinen Sinn.

Nein, ich habe es nicht mitbekommen. Ich war nicht wach. Falls ja, hätte ich kämpfen können – für Izzy. Aber das konnte ich nicht.

Ich bleibe stumm, blicke stur auf den See hinaus, schlucke schwer. Das ist Antwort genug. Levis Hand drückt meine, er hat es verstanden.

Ich hatte immer Angst. Ich hatte Angst vor meinen Worten, vor ihrer Stille. Bis Levi kam. Bis ich erkannte, dass ich reden kann, ohne ein Wort zu sagen.

Levi erzählt und ich höre zu, manchmal sage ich auch etwas – auf meine Art. Sarah hat nicht mehr so oft Albträume, Lina lacht manchmal. Sie hat sich für diesen einen Tag bis heute nicht entschuldigt, sie hat es nie angesprochen, aber ich weiß, es tut ihr leid.

Ich schreibe Izzy jeden Tag.

Seit Levi und ich eine Nacht draußen verbracht haben, hat sich einiges geändert, denn wir haben es danach wieder getan. Wir saßen lange am Lagerfeuer und wir sind einfach geblieben. Am ersten Tag waren wir alleine, am zweiten Tag blieb Sarah und Mo kuschelte sich zu ihr. Irgendwann blieb einer der Zwillinge.

In zwei Tagen ist das Camp vorbei und ich kann meine Wehmut spüren. Dieser Ort der zerbrochenen Dinge hat besser zu mir gepasst, als ich es wahrhaben wollte.

Wir sitzen da, Sarah, Levi und ich. Der Rest ist in den Zelten, Pia hat gerade Gute Nacht gesagt. Da kommt Jana heraus und breitet ihr Schlafzeug aus. Es ist das zweite Mal, dass sie bei uns draußen schläft.

Während das Feuer und das Holz knistern und zischen, höre ich ein Geräusch links von uns.

Lina. Sie steht da, mit ihrem Schlafsack in der Hand, unschlüssig, ob sie vor oder zurück gehen soll.

Schließlich entdecken die anderen sie. Mo miaut. In diesem Moment kommt sie auf uns zu und breitet ihre Sachen neben Sarah aus. Ich sitze mit Levi auf einer Decke, wie beim ersten Mal. Wir schlafen seitdem nebeneinander. Er hält die Albträume fern.

»Gute Nacht, Mo, Levi, Jana, Lina, Hannah.« Sarah sagt jeden Abend jedem von uns hier draußen Gute Nacht. Es ist zum Ritual geworden, das ich sehr genieße. Weil es beruhigend ist, etwas Schönes zu hören, bevor man die Augen schließt.

»Immer kommt der Scheißkater zuerst dran«, meckert Levi leise und ich lache still.

Ja, es tut gut, etwas Schönes zu hören …

Ich würde gerne zu dir gehen, uns eine heiße Schokolade machen mit extra viel Sahne und einfach nur bei dir sein. Ich möchte dich noch einmal lachen sehen, es noch einmal mit dir tun. Ich will deine Tränen trocknen und dich in den Arm nehmen, ich will mit dir feiern und zu dir aufsehen.

Ich will die Zeit zurückspulen und es richtigmachen.

Izzy, ich hätte mich in dein Bett gelegt.

Kapitel 33 – Levi

Es war zu schön, um wahr zu sein.

Das letzte Camp und ich dachte, es wird grauenvoll, schwierig, besonders. Es war viel schlimmer – weil es so viel besser war. Das ist es noch. Macht das einen Sinn?

Ich habe immer eine Art Distanz halten können, ohne dass es sich danach angefühlt hat. Nie zuvor habe ich mich so an die Menschen hier gewöhnt wie in diesem Jahr. Außer natürlich an Max und Josh, die in Sankt Anna auf mich warten. Für ein paar letzte Wochen, bevor ich ausziehe und alles hinter mir lasse.

Wie nennt man es, wenn man Dinge hinter sich lässt, von denen man das gar nicht will?

Letztendlich ändert sich der Ort, nicht mehr. Ich werde beide wiedersehen, ich werde nur woanders wohnen. Gott, das hört sich, selbst wenn ich es nicht laut sage, total beschissen an.

Heute ist der letzte Tag im Camp, die letzte Nacht, morgen früh geht es nach Sankt Anna. In zwei Wochen fängt die Schule an, bis dahin werden die neuen Zimmer eingeteilt, Willkommens- und Informationsveranstaltungen geführt und besucht. Ich werde meine Sachen packen und mich verabschieden.

Hannah stupst mich leicht mit der Schulter an und reißt mich aus meinen Gedanken. Mo liegt auf ihrem Schoß, wir sitzen an unserem Ort. Wie immer die letzten Tage. Hannah hat uns vorhin Müsli gemacht. Es war das Widerlichste, was ich jemals essen musste, und das scheint Hannah richtig amüsiert zu haben. Mir ist immer noch schlecht davon, aber ihr scheint es gut zu gehen.

Sie zeigt auf meine Gitarre.

»Aber nur, weil du es bist«, sage ich und bringe mich samt Gitarre in Position. Meine Hände wissen, was zu tun ist. Ich spiele einfach drauflos, ein Lied nach dem anderen, lasse meine Gedanken schweifen und versuche nicht zu viel an morgen zu denken.

Hannahs Kopf sinkt irgendwann auf meine Schulter und meine Arme werden schwer. Ich stelle die Gitarre ab.

»Weißt du, was mir nicht aus dem Kopf geht? Der Abend am See, als du dieses Papier verbrannt hast und hinterhergesprungen bist, als es dir aus den Händen gefallen ist. So oft ich es durchgehe, ich kann es nicht verstehen. Was stand auf dem Papier? Was war es? Warum ist es so wichtig? Wieso hast du es verbrannt?« Ich muss mich dazu zwingen, den Mund zu halten. Ich bin ein Idiot und das alles geht mich nichts an, aber … Ich kann nicht anders.

Hannah macht keine Anstalten, mir in meiner Unwissenheit zu helfen, aber wie könnte sie auch?

Abends gehen wir zurück, es ist Zeit fürs Essen. Mo ist immer der Erste am Tisch, er weiß mittlerweile sehr genau, wann etwas für ihn abfällt.

Hannah bleibt vor ihrem Zelt stehen.

»Komm, wir müssen uns beeilen. Wir kommen zu spät und heute gibt es Pizza!« Pizza zum Abendessen! Das ist wie eine Liebeserklärung aus Pias Sicht.

Aber Hannah schüttelt den Kopf. Sie geht in ihr Zelt und kommt mit leeren Händen wieder heraus. Sie nimmt meinen Arm und zieht mich wieder Richtung See.

»Du weißt schon, dass das die falsche Richtung ist. Die Pizza wartet auf der anderen Seite auf uns.«

Hannah zieht mich weiter.

Sie hält am See, an der Stelle, an der ich sie das erste Mal sah. Dort, wo … Kann das sein?

»Was tun wir hier?«

Ohne ihre Augen abzuwenden, greift sie in ihre Hosentaschen, sie zieht links Streichhölzer heraus und rechts Papier.

Ihre Hände wischt sie an ihrer Jeans ab, dabei schaut sie mich kurz entschuldigend an. Das Papier sieht leicht wellig aus.

Sie gibt es mir.

Vorsichtig nehme ich es entgegen, falte es auseinander und das, was ich lese, schnürt mir die Kehle zu.

»Briefe an Izzy«, sage ich mehr zu mir als zu Hannah und kann meinen Blick nicht abwenden von dem Papier in meinen Händen. Bis sie es mir langsam abnimmt und zum

See geht. Sie entzündet ein Streichholz, hält es an den Brief und sieht zu, wie er Feuer fängt. Sie hält ihn so lange, bis er fast ganz verbrannt ist – dann lässt sie ihn los und ich sehe, wie die Asche sich löst und zu Boden segelt.

Hannah fängt an zu zittern, aber ich kann mich nicht bewegen. Das, was sie mir gezeigt hat, muss ich erst begreifen. Ich muss es aussprechen.

»Dein Name ist Hannah, dies ist dein erstes Jahr in Sankt Anna und du liebst Katzen. Du hast deine Zwillingsschwester bei einem Brand verloren. Ihr Name war Izzy. Du schreibst ihr Briefe und verbrennst sie danach. Für sie.«

Wir bleiben eine Ewigkeit stehen und sehen einem Brief nach, der längst weg ist.

Irgendwann schaffen wir es zurück ins Camp, irgendwann, als es schon dunkel ist.

»Da seid ihr ja«, sagt Sarah, während sie Mo immer wieder zur Seite schiebt.

»Wo wart ihr so lange? Länger hätten wir die Pizza nicht verteidigen können. Zumindest nicht die Salami«, ergänzt Pia grummelig.

Die beiden haben uns unser Essen auf einen Teller auf die Decke am Lagerfeuer gestellt. Ich bin nur froh, dass sie uns überhaupt etwas mitgebracht haben. Mo ist anscheinend ganz verrückt nach der Salami, er versucht verzweifelt zu der Pizza zu gelangen, aber zu unserem Glück kommt er nicht an Sarah vorbei.

Hannah und ich erwidern nichts. Sie, weil sie nicht kann, und ich irgendwie auch. Das, was sie mir zeigte, das, was ich jetzt weiß, sitzt mir im Magen und dennoch greife ich nach der Pizza und beiße hinein. Kalt, labberig und ekelhaft. Aber ich bin mit meinen Gedanken sowieso woanders.

Hannah versucht es gar nicht erst, sie nimmt die Salami von ihrer Pizza und gibt sie Mo, der sie sofort davonträgt und wahrscheinlich in aller Ruhe verputzt.

»Was ist los?«, fragt Pia, aber ich schüttle nur den Kopf. Zum Glück hat Pia genug Taktgefühl und ist klug genug, um verstehen zu können, dass wir beide etwas Zeit brauchen.

»Okay, dann gute Nacht«, sagt sie und sieht mich vorher noch mit ihrem besonderen Blick an.

»Gute Nacht!«, sagt auch Sarah und bei ihrer Stimme schnellt Hannahs Blick nach oben.

»Heute ist die letzte Nacht«, erklärt sie. »Ich würde gerne noch mal im Zelt schlafen.«

Das geht wohl allen so, denn nur Hannah und ich bleiben zurück. Sie beißt sich auf ihre Lippe und atmet tief ein, bevor sie mich ansieht. Ihre Hand hebt sich leicht, ihr Finger zeigt auf mich, auf das Zelt.

»Ob ich auch ins Zelt will? Nein. Du?«

Sie antwortet nicht, sie schiebt den Teller mit ihrer salamilosen Pizza weit genug weg und legt sich hin. Das ist Antwort genug. Ich stelle meinen Teller neben ihren, schnappe mir die Decke und lege sie über uns.

»Du hast gedacht, ich würde nicht bei dir schlafen wollen, oder?« Sie muss nichts sagen oder tun, ich weiß, dass ich recht habe, was ich nicht weiß ist, warum.

Hannah kuschelt sich an mich und mir fallen die Augen zu.

Am nächsten Morgen ist es so weit, es geht nach Hause. Sankt Anna wartet. Ja, für mich ist es zu einem wirklichen Heim geworden. Zu einem, das ich jetzt verlassen muss.

Ich habe verschlafen. Alle laufen wie verrückt hin und her, packen ihre Sachen, gehen zum letzten Mal an den See oder frühstücken noch schnell.

Ich bin zu müde, um mich stressen zu lassen, deshalb gehe ich duschen und versuche wach zu werden. Aber eilig habe ich es damit nicht. Wenn ich wach bin, kriege ich zu viel mit und wenn das passiert, werde ich nur übellaunig oder denke zu viel nach. Über morgen und übermorgen und den Tag danach …

Als ich fertig bin mit Duschen und leider auch wach, gehe ich zurück und sehe, dass fast alle startklar sind. Die meisten Rucksäcke, Koffer und Taschen liegen bereits beim Lagerfeuerplatz, die Zelte sind leer, nur Sarah und Hannah fehlen noch. Jana müht sich gerade mit ihrem Monsterkoffer ab. Zum Glück muss ich nur noch die Gitarre und die Cap schnappen und schon kann es losgehen. Mein Rucksack ist gepackt. Ich setze die Cap auf, nehme den Rucksack und die Gitarre und gehe zu Pia, die auf die Uhr sieht, wahrscheinlich um zu checken, wann wir losmüssen.

»Jana?« Pia dreht sich zu ihr und runzelt die Stirn, als sie erkennt, dass Jana immer noch mit Zelt und Koffer kämpft. »Was tust du da?«

»Die blöden Rollen klemmen«, sagt Jana gepresst, bevor sie mit einem Ruck samt Koffer nach hinten fliegt und auf dem Hintern landet. Leises Gelächter ertönt, aber sie nimmt es mit Humor und lacht mit.

»Würdest du bitte vorgehen? Wir treffen uns am Bus.«

Jana kämpft sich hoch und es sieht so witzig aus, dass selbst ich mir das Lachen verkneifen muss.

»Aber klar«, sagt sie, bevor sie mir die Zunge rausstreckt. Anscheinend konnte ich meine Belustigung nicht besonders gut verstecken.

Jana ruft den anderen etwas zu und langsam setzt sich die Gruppe in Bewegung.

»Hast du Sarah und Hannah gesehen?«, frage ich Pia.

»Sie sind noch im Zelt, ich wollte sie jetzt holen, deshalb habe ich Jana vorgeschickt. Mit ihrem Koffer wird der Vorsprung ohnehin nicht so groß.« Pia verdreht die Augen, versucht genervt auszusehen, aber sie versagt kläglich. Sie mag Jana.

Sarah kommt aus dem Zelt, sie trägt heute wieder ein Shirt, dieses Mal mit Ärmeln und etwas geschlossener, aber wenn ich daran denke, dass sie mit einem Rollkragenpullover hier ankam …

Doch meine volle Aufmerksamkeit liegt bei Hannah, die hinter Sarah erscheint und mich anlächelt. Sie zieht ihren Koffer hinter sich her, sie hat ihre Jeans fast bis zu den

Knien hochgekrempelt. Man sieht ihre Narben. Ihr T-Shirt hat Löcher, vorne drauf steht Hakuna Matata. Ich schüttle lachend den Kopf. Kein T-Shirt dieser Welt würde besser zu diesem Moment passen.

»Hey, ihr zwei! Geht doch schon mal vor, Jana und die anderen sind schon zum Bus gegangen. Ihr holt sie bestimmt ein. Wir kommen gleich nach. Ihr kennt den Weg doch noch, oder?«

»Ja! Bis gleich!«, ruft Sarah uns zu. Hannah winkt kurz.

Als sie weg sind, höre ich Pia seufzen.

»Erinnerst du dich, als ich dir sagte, dass hier jeder sein Päckchen zu tragen hat?«

»Was ist los, Pia?«

»Wieso kannst du nicht ein einziges Mal auf mich hören?«

Kapitel 34 – Hannah

Renn! Aber irgendwann
wirst du eingeholt.

Hakuna Matata heißt, es gibt keine Probleme, alles ist in Ordnung. Izzy hat diesen Spruch geliebt und auch den Zeichentrickfilm dazu. Sie hat immer gesagt: »Alles wird gut! Mach dir nicht so viele Sorgen. Manche Probleme lösen sich von allein.« Heute erschien mir der passende Moment, um Izzys Shirt zu tragen, obwohl ich nie gedacht hätte, dass ich es je wieder anziehen würde. Es fühlt sich komisch an, aber es schmerzt nicht so sehr wie gefürchtet. Und weil nichts schwerer war, als dieses Shirt anzuziehen, habe ich gleich die Hose mit hochgekrempelt. Dabei schlug mir das Herz bis zum Hals.

Schon verrückt, dass dieses Camp, der letzte Ort, an dem ich sein wollte, mich ein Stück gerettet hat. Dass all die kaputten Dinge dort zusammen weniger kaputt waren. Dass ich dort weniger kaputt war …

Wir haben die anderen eingeholt, gehen zusammen zurück zum Bus und ich werfe einen letzten Blick auf den See, der mir in den letzten drei Wochen so viel gegeben und so viel genommen hat. Dieser ganze Ort und auch Levi.

Mo hatte wenig Lust zu laufen, deshalb liegt er jetzt halb auf meiner Schulter und halb auf dem Arm, mit dem ich ihn stütze.

Sarah läuft neben mir, sie ist still, aber sie lächelt. Sie hat ihre Rollkragenpullover in den Koffer verbannt und trägt ein Shirt von mir. So viele Dinge habe ich falsch gemacht, ich bin froh, dass ich in dieser Zeit wenigstens eine Sache gut gemacht habe.

Die Schiene baumelt an der Seite meines Rucksacks herum. Ich brauche sie nicht mehr. Die Schwellung ist weg, mein Fuß fühlt sich gut an, die Tabletten haben geholfen. Pia meinte, ich solle ihn noch schonen und aufpassen beim Laufen, in Sankt Anna würde sich Dana alles ansehen. Dana heißt eigentlich Dr. Winters, aber anscheinend ist in Sankt Anna vieles ein wenig anders als sonst wo. Ich verstehe das, wir sind es ja auch.

Mein Koffer rattert und klappert, während ich ihn über den Waldweg ziehe, über Steine, Gras und Wurzeln. Als der Bus samt Parkplatz in Sicht kommt, bleibt mein Herz für einen Moment stehen. Ich würde gerne hierbleiben, nur noch ein wenig. Ich weiß, das geht nicht, aber deshalb wünsche ich es mir nicht weniger. Ich glaube, die Wünsche, von denen wir wissen, sie werden nie in Erfüllung gehen, wünschen wir uns am meisten.

Der Bus kommt näher und näher, aber von Levi und Pia keine Spur. Ich mache mir keine Sorgen, aber ich bin verwundert. Ja, ich denke, das trifft es gut.

»Sie werden bestimmt gleich da sein«, sagt Sarah, der

nicht entgangen ist, wie oft ich mich umdrehe und nach ihnen schaue.

Jana sorgt dafür, dass unsere Koffer wieder sicher verstaut werden, alle steigen ein.

»Setzt du dich mit mir wieder nach hinten?«

Ja, das wäre schön. Wir sollten so zurückfahren, wie wir herkamen und doch ganz anders. Ich nicke und steige die Stufen des Busses hinauf, mit dem schlafenden Mo und Sarah.

Die anderen setzen sich alle nach vorne, setzen sich zusammen, reden und ja, sie lachen auch. Wenn ich mich an die drückende Stille erinnere, die in diesem Bus umherwaberte, als wir hierherfuhren, und mich jetzt umsehe, liegen Welten dazwischen. Vielleicht auch einfach nur Verständnis. Verständnis kann so viel verändern.

Sarah folgt mir nach hinten. Wir setzen uns in die letzte Reihe, aber dieses Mal nebeneinander, dieses Mal mit Mo, der kein blinder Passagier mehr ist.

Im Bus ist es warm, der Motor läuft bereits seit fünf Minuten. Endlich tauchen Pia und Levi auf. Sie verstauen ihr Gepäck und steigen ein. Pia setzt sich ganz vorne zu Jana. Levi bleibt stehen, sieht mich an und … er setzt sich in die Reihe gegenüber von den beiden. Ich schlucke schwer, hebe Mo von der Schulter auf meinen Schoß und hoffe, dass niemand merkt, dass eben etwas Komisches passiert ist. Ich hoffe es, bis ich Linas Blick begegne, den sie schnell abwendet und Sarahs leise Stimme höre.

»Ist bei euch alles okay?«

Schnell zucke ich mit den Schultern. Die Wahrheit ist,

dass ich es nicht weiß. Es gibt kein Uns. Es gibt Levi und mich und ganz viel zwischen uns. Aber in den drei Wochen dachte ich, dass dieses *ganz viel* weniger geworden ist.

Ohne es zu wollen, drehe ich mich zu Sarah und begegne ihrem Blick. Mitleid. Aber wieso? Weil Levi nicht zu mir kam? Wir sind nicht zusammen, vielleicht sind wir nicht einmal Freunde. Es ist okay, auch wenn es sich nicht so anfühlt.

»Es wird bestimmt alles gut.«

Ich weiß, wie sie es meint, aber ich will es nicht hören. Weil meine Eltern das auch ständig sagten, weil jeder das tat.

Weil es eine Lüge ist.

Weil sie nicht wissen, wie es ist, wenn man nicht aufgefangen werden will und unter einem das Netz gespannt wird, und weil sie nicht wissen, wie es ist, wenn man aufgefangen werden will, aber einfach weiterfällt.

Weil ich manchmal einfach nicht okay sein möchte, weil auch das einfach mal okay ist. Weil Levi zu meinem Okay wurde und ich gerade nicht weiß, wohin mit mir.

Ich setze Mo auf Sarah ab, versuche mich an einem Lächeln und schnappe mir meine Musik.

Die Landschaft zieht an uns vorüber und meine Gedanken fliegen wild umher.

Wenn ich nur wüsste, was aus mir wird.

Irgendwann hält der Bus.

»Wir sind da«, sagt Sarah und holt mich aus meiner Starre. »Soll ich Mo tragen?«

Ich nicke verhalten, dann atme ich tief ein, verstaue den MP3-Player und hebe den Rucksack vom Boden auf. Im Augenwinkel sehe ich Pia, die aufsteht und sich zu uns umdreht.

»Wir sind da! Unser Camp ist zu Ende. Ich glaube, in den drei Wochen hat sich einiges verändert. Wir hoffen, zum Besseren. Vor allem hoffen wir, dass ihr euch ein wenig auf Sankt Anna freuen könnt. Wir werden gleich auf weitere Schüler stoßen, die leider nicht am Camp teilnehmen konnten. Ihr werdet danach von Jana und mir zu euren Zimmern gebracht. Die Einteilung haben wir bereits vor Tagen vorgenommen und Sankt Anna informiert. Diese Zimmer und eure Mitbewohner werden euch bis zum letzten Tag hier begleiten.« Pia lächelt uns aufmunternd an.

»Kommende Woche wird es viele Veranstaltungen geben, die euch auf die Schule vorbereiten. Sie sind verpflichtend. Den Plan dazu erhaltet ihr am Montag nach der offiziellen Führung. Das Wochenende habt ihr also noch frei. Genießt die Zeit, seht euch um, lebt euch ein. Wir treffen uns gleich vor dem Haupteingang.«

Im Bus ist es ganz still, als Pia kurz pausiert. Jeder hängt an ihren Lippen und lauscht ihren Worten.

»Danke für dieses schöne Camp. Danke für alles«, fügt sie leise hinzu, bevor sie als Erste den Bus verlässt. Bei ihren Worten hat sich meine Brust zugeschnürt. Sie haben mich daran erinnert, dass dies nicht normal ist. Dass keiner von uns das ist.

Nacheinander verlassen alle den Bus. Mit jedem Schritt komme ich Levi näher, der immer noch sitzt. Vielleicht kann ich kurz mit ihm reden – auf meine Art. Vielleicht ist ja nichts.

Vielleicht ist auch nichts weiter als ein Wunsch.

Levi steht auf und verlässt ruckartig den Bus, ohne sich umzudrehen und ohne zu warten. Als Sarah und ich draußen ankommen, ist er weg. Wie so vieles in meinem Leben.

Wir schnappen uns unsere Koffer, während Pia uns in zwei Gruppen einteilt: die Jungen und die Mädchen. Jana geht mit den Mädchen nach rechts und Pia mit den Jungs nach links.

»Sankt Anna war mal ein Hospital, seit den Zwanzigern ist es eine Schule. In den Fünzigern wurde das Hauptgebäude erweitert und ein Internat daraus gemacht.« Janas Stimme hallt durch die Flure mit ihren alten Steinwänden und den hohen Deckengewölben. Aber ich höre nur halb zu, meine Gedanken sind woanders.

»Zimmer 28. Lina, Sarah und Hannah«, sagt Jana fröhlich und bleibt vor einer Tür stehen. »Das ist euer Zimmer.« Bis jetzt wussten wir nicht, mit wem wir in ein Zimmer kommen würden, und die Namen von Sarah und Lina zu hören in Kombination mit meinem hat etwas Tröstliches. Lina zeigt kaum Emotionen, Sarah lächelt.

Pia schließt die dunkle Holztür auf, gibt uns je einen Schlüssel und plappert fröhlich weiter. »Eure Sachen wurden von euren Eltern bereits vorbeigebracht, ihr müsst sie nur noch einräumen und die Betten verteilen.«

Sarah und Lina gehen in das Zimmer. Ich möchte ihnen folgen, werde aber von Jana aufgehalten.

»Oh, Hannah? Hier, das ist für dich.« Sie drückt mir einen Brief in die Hand und winkt uns zu, bevor sie mit den anderen beiden Mädchen weitergeht. Sie sind die letzten, die ein Zimmer benötigen.

Ich schließe die Tür, drehe den Umschlag in meiner Hand, aber bevor ich ihn öffne, möchte ich ankommen.

Das Zimmer ist relativ groß, hell und freundlich. Bis mir auffällt, dass es viel mehr ist als das. Vier weitere Türen, die wahrscheinlich zu vier weiteren Zimmern führen. Aus dem linken kommt Lina gerade wieder heraus und sie rollt mit den Augen. »Das ist Hannahs! Da steht ein Katzenklo für Mo drin!« Sie verschwindet im nächsten Zimmer und da sie nicht mehr rauskommt, gehe ich davon aus, dass sie ihres gefunden hat. Sarah hat schon den Raum daneben erobert.

Ich setze mich in Bewegung, ziehe den Koffer mit und betrete mein Zimmer. Ich habe ein flaues Gefühl im Magen.

Ein Bett, ein Schreibtisch, ein kleiner Schrank, ein Fenster. Weiße Wände, helles Laminat, das seine besten Tage hinter sich hat. Klein, aber gemütlich. In der Ecke ist das Klo von Mo. Zwei große Kisten stehen neben dem Bett. Meine Gedanken huschen kurz zu meinen Eltern. Es ist Wochen her, seit ich sie sah. Wochen, seit sie mich fortschickten.

Ich stelle meinen Koffer ab, gehe mit dem Brief wieder hinaus und entdecke neben meinem Zimmer unser Bad.

Im Hauptraum blicke ich mich um. Mittendrin steht eine Couch, sie ist schon durchgesessen und längst nicht mehr richtig blau. Der bunte Teppich wirkt fehl am Platz.

In der Ecke entdecke ich Katzenfutter für Mo.

Ich höre, wie Sarah und Lina Dinge verstauen und auspacken, Mo sitzt bei Lina im Schrank. Das weiß ich, weil sie lauthals flucht und versucht, ihn da rauszubekommen. Ich senke den Blick auf den Brief in meinen Händen und reiße ihn auf. Ein weißes Blatt ohne Linien, eine geschwungene schöne Handschrift.

Ein Brief vom Schulleiter. Der Stempel verrät es und sein Name. Benedikt. Er hat sich als Ben vorgestellt. Eine Zeile lese ich immer wieder: *Bitte komm um sechzehn Uhr in mein Büro.*

Manchmal zerbrechen Dinge. Sie zerfallen in unzählige Teile und werden zu einem Puzzle. Wenn man alle findet, dann kann man sie wieder zusammenfügen. Aber es kann passieren, dass manche auf ewig verloren sind, dass es nicht funktioniert. Dass das Puzzle unvollständig bleibt.

Kapitel 35 – Levi

Manche Päckchen sind größer als andere.

Wir sind wieder in Sankt Anna, aber meine Gedanken kreisen längst nicht mehr um meine Zukunft oder den Tag danach. Nein, sie kreisen um das, was Pia sagte. Sie war nicht wütend, nein, sie war aufgebracht im Camp und deshalb rutschten ihr komische Sätze und Andeutungen heraus, die niemand versteht.

Erinnerst du dich, als ich dir sagte, dass hier jeder sein Päckchen zu tragen hat? Wieso kannst du nicht ein einziges Mal auf mich hören? Levi, wieso tust du das? Wie soll das nur enden?, sagte sie.

Und ich stand da mit tausend Fragenzeichen über dem Kopf und fragte immer lauter, was Pia mir verflucht noch mal sagen will und was ihr Problem ist. Sie hat mir nichts verraten. Es ist, als hätte sie Dutzende, beschissene Puzzleteile vor mir auf den Boden geworfen und gesagt: Viel Spaß beim Puzzeln!, bevor sie geht.

Seitdem kriege ich gedanklich nichts mehr auf die Reihe. Pia macht sich Sorgen und sagt mir nicht warum. Wieso zum Teufel macht sie mich so nervös, wenn sie mir dann nichts erzählt?

Grübelnd tigere ich durch das Zimmer und denke nach. Okay, die Fakten sind: Hannahs Päckchen ist anscheinend riesig. Es macht Pia Sorgen. Hannah ist siebzehn, ist seit Monaten stumm, hat einen Kater, ihre Eltern sind noch zusammen, aber sie hat ihre Zwillingsschwester verloren, sie schreibt ihr Briefe, es war ein Brand und … Ich stocke.

Auf dem Weg zu meinem alten Laptop falle ich fast über meine eigenen Füße. Google öffnet sich und wie benebelt tippe ich Worte wie *Brand, Feuer, Zwillingsschwester* und *Hessen* ein. Meine Augen fliegen über die Ergebnisse. Eine Anzeige nach der anderen schlägt mir entgegen und dann stolpere ich über sechs einfache Buchstaben.

Hannah.

»Brand zerstört Familie«

»Eine Zwillingsschwester verbrennt, die andere ist schuld«

»Tragischer Brand tötet ein Kind«

So viele Artikel, so viele Berichte. Ich lese sie und ich will keinen einzigen davon glauben.

Kapitel 36 – Hannah

Manchmal stehen wir uns
selbst im Weg.

Zu spät. Selbst wenn ich viel zu früh losgehe, schaffe ich es nicht, pünktlich zu kommen und ich weiß nie warum. Dieses Mal könnte es daran gelegen haben, dass Sankt Anna ein Labyrinth ist und ich mich zwei Mal komplett verlaufen habe auf dem riesigen Anwesen. Unsere Zimmer sind in den Nebengebäuden, der Direktor sitzt im Hauptgebäude. Irgendwann habe ich einen Übersichtsplan gefunden und zwei Schüler, die mir den Weg erklärt haben, nachdem ich ihnen den Brief gezeigt habe.

Dennoch, ich bin fünf Minuten zu spät.

Meine Hände schwitzen, ich wische sie an der Jeans ab und klopfe dreimal kräftig an die Holztür.

»Herein«, ertönt eine tiefe und freundliche Stimme, die ich am ersten Tag hier schon gehört habe. An dem Tag, als es ins Camp ging. Zaghaft drücke ich die Klinke herunter und die Tür auf. Danach trete ich ein.

Das Zimmer ist freundlich und hell, die Decken sind hoch, der Boden alt. Ein breiter Schreibtisch aus Massivholz bildet den Kern des Raumes, an der Wand dahinter befindet sich ein gigantisches Fenster. Zwischen Tür und Tisch stehen drei schöne alte Ledersessel.

»Ah, Hannah, nicht wahr? Komm herein, setz dich bitte. Möchtest du etwas trinken?« Der Direktor ist freundlich, kommt mir entgegen und geleitet mich zu den Sesseln.

»Danke, dass du gekommen bist. Ich wollte ein paar Dinge mit dir besprechen.« Er mustert mich aufmerksam und interessiert, seine Augen wirken freundlich. Er trägt legere Kleidung, keinen Anzug oder irgendetwas Förmliches. Er sieht nicht aus wie ein Direktor, dennoch strahlt er Autorität aus. Ich sitze in dem Sessel und knete meine Hände. Ich fühle mich nicht direkt unwohl, aber ich weiß nicht, warum ich hier bin, und das macht mich nervös.

»Mein Name ist Benedikt oder einfach Ben. Wir konnten uns ja bereits vor dem Camp kurz Hallo sagen.« Ein freundliches Lächeln stiehlt sich auf sein Gesicht. »Ich hoffe, es hat dir ein wenig gefallen.« Er schlägt die Beine übereinander und legt seine Hände in den Schoß. Sein Blick ruht weiterhin auf mir.

»Du fragst dich mit Sicherheit, warum du hier bist. Da ich nicht möchte, dass du dir gleich die Finger brichst, kann ich Entwarnung geben, es ist nichts Schlimmes.« Er zeigt auf meine Hände, deren Knöchel weiß hervortreten. Ich verstecke sie schnell unter meinen Beinen und setze mich drauf.

»Deine Eltern waren hier und haben ein paar persönliche Dinge vorbeigebracht. Sie wollten Mo wieder mitnehmen, sobald das Camp vorüber ist. Ich wollte dir nur persönlich mitteilen, dass ich deine Eltern davon überzeugen konnte, das nicht zu tun.«

Meine Augen weiten sich von alleine und mein Herz schlägt so schnell, wie es ihm möglich ist. Mo darf bleiben.

»Mo ist ab sofort offizieller Gast in Sankt Anna, obwohl ich ihn fast eher als unser Maskottchen sehe. Wer weiß, vielleicht wird er das. Alles, was du für seine Verpflegung benötigst, wird dir gestellt. Es ist alles mit deinen Eltern geregelt. Außerdem sehe ich das als Entgegenkommen. Es gibt hier nichts, mit dem ihr nicht zu mir kommen könnt. Und falls du irgendwann möchtest und kannst: Bitte nenn mich Ben.« Er hat sich im Sessel vorgebeugt. Sein Ton ist nicht streng, aber bestimmend. Er sieht mir tief in die Augen und es ist, als müsste ich noch Hunderte von anderen Dingen verstehen, die er sagt und irgendwie auch nicht. Von jetzt auf gleich lächelt er und lehnt sich wieder zurück.

»Danke für deinen Besuch. Ich denke, wir werden uns noch sehr oft sehen.«

Das war's? Ich bin irritiert und brauche einen Moment, um aufzustehen und ihm die Hand zu schütteln. Wie in Trance, mit leerem Kopf und doch irgendwie Tausenden chaotischen Gedanken darin, gehe ich zur Tür.

»Hannah?«

Ich drehe mich um.

»Levis Zimmer hat die Nummer zehn.«

Ben nickt mir zu, bevor er sich erneut an seinen Schreibtisch setzt, als wäre nichts gewesen, während ich sein Büro verlasse und die Tür hinter mir schließe. Wieso sagt er mir das? Woher weiß er, dass ich Levi kenne? So viele Fragen beschäftigen mich, aber dieser eine Satz wiederholt sich immer wieder: Levis Zimmer hat die Nummer zehn.

Levis Zimmer ist auf der anderen Seite, im Jungentrakt. Ich weiß nicht, ob er mich sehen will, ich weiß nicht, was er hat oder ob er etwas hat. Was nicht stimmt. Ich weiß ja nicht einmal, ob ich hingehen möchte.

Seufzend mache ich einen Schritt zur Seite und gleite mit dem Rücken an der Steinwand hinab, bis auf den Boden. Meine Hände müssen meinen Kopf stützen, er ist zu schwer. Es gibt diese Tage, an denen alles zu viel wird, an denen alles unmöglich scheint und zu schwer. An denen die Kraft fehlt, dagegenzuhalten. Davon gab es viele in letzter Zeit. Zu viele.

Ich muss zu ihm.

Meine Hände drücken mich von der Wand ab, ich stehe auf und renne los. Meine Beine tragen mich von Flur zu Flur, durch ein Labyrinth, das ich noch nicht kenne und sich trotzdem vertraut anfühlt. Irgendwann endet das Hauptgebäude, ich erreiche eines der Nebengebäude. Ein Schild mit der Aufschrift *Jungenschlafsäle*, leicht verblasst, metallisch glänzend, prangt daran. Nur zwei Wimpernschläge nehme ich mir Zeit, um zu Atem zu kommen, bevor ich weiterlaufe.

Das Gebäude ist das Gegenstück zu unserem, ist spiegelverkehrt aufgebaut. An jeder Tür finden sich Nummern und ich renne immer schneller. Drei, vier, fünf, sechs. Ich biege um eine Ecke, sieben, acht, neun.

Zehn.

Keuchend bleibe ich stehen, komme nur langsam wieder zu Atem. Mein Herz rennt einfach weiter. Ich denke, weil ich jetzt mit Levi reden muss. Ich muss reden, ohne etwas zu sagen. Wie soll das gehen?

Ich schiebe meine Haare zur Seite und unterdrücke die Tränen, die ich nur zu gerne aus Wut und Frustration weinen würde. Ich hebe meine Hand, langsam, ich möchte klopfen, aber ich stehe nur da mit erhobener Hand, die zusammengeballt wurde. Ich warte.

Stimmen dringen gedämpft durch die Tür. Ich sollte gehen. Aber ich bewege mich nicht.

Wie gelähmt stehe ich da, als die Tür aufgerissen wird und mich zwei fremde Jungs beinahe umrempeln.

»Heilige Scheiße!«, fluchen beide gleichzeitig, weil sie sich mindestens so sehr erschrecken wie ich.

»Wer bist du denn?«, fragt der eine. Er ist etwas korpulenter, während der andere, fast zu dünne Junge fragt, ob sie mir helfen können. Sie haben ein freundliches Gesicht, wirken trotzdem verschmitzt.

»Hört auf zu fluchen und geht endlich!«, ertönt es von weiter hinten im Zimmer und ich ziehe laut die Luft ein. Die beiden wechseln einen Blick und grinsen.

»Levi, du hast Besuch!«

»Ich bin übrigens Josh und das da ist ein Idiot! Du kannst die Hand runternehmen, die Tür ist schon auf.«

»Mein Name ist Max, du Idiot.«

Sie fangen an sich zu streiten, aber ich höre nur halb hin.

Ich versuche an ihnen vorbeizusehen, aber ich bin zu klein dafür. Zögernd nehme ich meine Hand herunter und der Gedanke, dass Hierherkommen eine verdammt schlechte Idee war, wird immer lauter. Ich trete einen Schritt zurück, noch einen …

»Ihr zwei treibt mich in den Wahnsinn! Was ist schon wieder los? Was habt ihr …« Levi stoppt mitten im Satz, als er zu Max und Josh tritt und mich sieht. Als sein Blick meinen trifft.

Es ist still, alles ist so still.

»Wer ist sie denn? Ist das deine … Verdammt, Josh!«

»Wir gehen jetzt!« Josh zieht Max mit sich, nachdem er ihn gekniffen hat, und ich stehe weiter da, ohne erklären zu können warum.

Levi lehnt im Türrahmen, er trägt seine Cap und verschränkt die Arme vor der Brust. Ich sehe es ihm an, er wägt es ab, ob er mich hereinbittet oder wegschickt.

Zwanzig, einundzwanzig, zweiundzwanzig. Ich kann mich nicht davon abhalten, die Sekunden zu zählen.

Levi bewegt sich und ich halte den Atem an. Als er zur Seite tritt und die Tür aufhält, würde ich am liebsten auf die Knie sinken und schluchzen, so erleichtert bin ich. Meine Beine sind aus Blei, als ich in das Zimmer trete. Es ist ähnlich aufgebaut wie unseres, nur viel gemütlicher – wohnlicher. Vor allem chaotischer. Überall liegen CDs, DVDs und Spiele für die Playstation. Eine Chipstüte da, eine Kekspackung hier. Chaotisch, aber nicht dreckig.

Mir ist so schlecht, dabei weiß ich gar nicht, was los ist.

Aber vielleicht ahne ich es.

»Ich würde dich ja fragen, was du hier willst, aber du antwortest sowieso nicht, also spare ich mir das.« Sein Tonfall ist so schroff und kühl, dass jedes seiner Worte mich wie ein Hammerschlag trifft. Levi geht an mir vorbei, setzt sich auf die Couch und zeigt auf den Sessel daneben.

Ich setze mich, auch wenn ich lieber stehen würde.

Levi braucht ein paar Minuten, um sich zu sammeln. Dann ist seine Stimme leise und so wie ich sie kenne. Warm und zerbrechlich und doch so stark. Ganz Levi.

»Meine Familie hat viel Mist gebaut. Meine Mutter, mein Bruder und der ganze verfluchte Rest. Aber ich habe sie immer geliebt. Das tue ich heute noch, auch wenn es sie wahrscheinlich nicht interessiert. Ich hätte ihnen nie wehgetan. Ich dachte … ich dachte …« Er stockt, fährt sich nervös über den Nacken. Bis er mich ansieht.

»Dein Name ist Hannah, das ist dein erstes Jahr in Sankt Anna und du liebst Katzen. Du hast deine Zwillingsschwester Izzy bei einem Brand verloren. Du warst schuld.«

Ich dachte, ich hätte nur dich verloren und auch irgendwie mich. Aber ich merke, dass das Verlieren nie aufhören wird. Es bleibt ein Teil von mir. Weil passiert ist, was passiert ist, werde ich immer wieder etwas verlieren …

Die Frage ist, ob ich das akzeptieren kann.

Kapitel 37 – Levi

Die Furchtlosen können nur das sein – furchtlos.
Aber aus Angst kann Mut werden und die Ängstlichen
können dann so viel mehr sein als das.

Nur kurz flackert Überraschung in ihren Augen auf, aber ich glaube, sie ahnte schon, dass ich es weiß. Danach brauchte ich Zeit für mich, ich bin mir nicht sicher, ob ich sie immer noch brauche. Ich weiß nicht, ob ich Pia dafür verfluche, was sie mir gesagt hat, und ich frage mich seitdem jede Minute, warum sie es tat. Am Ende hat sie vielleicht selbst gemerkt, dass sie damit einen Schritt zu weit gegangen ist. Aber da war es zu spät.

Hannah rührt sich nicht. Sie sitzt stocksteif da. Nur ihre Unterlippe zittert leicht.

»Also stimmt es.«

Sie bekommt ein Nicken zustande.

»Du hast das Feuer gelegt?«

Wieder ein Nicken. Und dieses Mal schließt sie die Augen, das Zittern weitet sich aus, die erste Träne rollt über ihre Wange. Ich schlucke schwer.

»Es war ein Unfall, oder?« Ich erwarte keine Antwort. Das Resultat ist dasselbe: Ihre Schwester starb.

»Deine Eltern waren im Kino. Die Feuerwehr kam an,

als das obere Stockwerk in Flammen stand. Sie konnten euch beide herausziehen, ihr wart bewusstlos. Izzy hat es nicht geschafft. Der Rauch hat euch im Schlaf erwischt. Das Feuer hat sich schnell ausgebreitet.« Mehr kann ich nicht sagen. Verflucht, ich weiß gar nicht, warum ich es tue.

Hannah weint und ich wundere mich, dass es nicht mehr ist. Wenn ich an die Tage im Camp denke, an alle ihre Reaktionen, dann fange ich an zu verstehen. Ihr Päckchen ist riesig und ich kann nicht glauben, dass sie unter ihm bisher nicht zusammenbrach. Zum Glück ist sie es nicht.

Sie steht auf, wischt sich die Tränen weg und geht Richtung Tür. Was zum Teufel …? Ich springe auf.

»Wo willst du hin?« Sie bleibt stehen.

»Auf keinen Fall läufst du jetzt weg. Wir sind noch nicht fertig, verflucht noch mal.« Sie dreht sich endlich um.

»Das Ganze ist verdammt heftig und ich brauchte einfach einen Moment. Aber es war ein Unfall, Hannah. Ein Unfall!« Ich gehe auf sie zu.

»Zeig es mir.«

Ihre Augenbrauen ziehen sich zusammen.

»Zeig es mir. Bitte!«, wiederhole ich. Ich muss es sehen. Als sich ihr Mund leicht öffnet und ihre Augen größer werden, weiß ich, sie hat verstanden.

»In einer halben Stunde, beim Parkplatz.«

Sie geht ohne eine Reaktion. Ich werde da sein. Ich hoffe, sie auch.

Keine fünf Minuten nachdem Hannah weg ist, schnappe ich mir den Schlüssel und gehe aus der Tür.

Das, was ich jetzt tue, wird verrückt. Wahrscheinlich klappt es nicht, aber ich muss es versuchen. Das Nebengebäude liegt hinter mir, ich gehe ins Hauptgebäude, an der Aula vorbei, weiter den Hauptgang hinunter. Eine Biegung, eine zweite.

Ohne nachzudenken und vor allem ohne zu klopfen, öffne ich die große Holztür vor mir, durch die ich schon unzählige Male ging. In neunzig Prozent der Fälle, weil ich irgendeinen Mist verzapft habe.

»Ich brauche dein Auto«, platzt es aus mir heraus, während ich schwer atmend vor Aufregung vor Bens Schreibtisch stehen bleibe.

»Dir auch Hallo«, sagt er freundlich und schlägt eine Akte zu, in der er gerade las. Er wirkt nicht überrascht.

»Entschuldige. Hallo«, sage ich kleinlaut und ein wenig durch den Wind.

»Du brauchst mein Auto?«

»Ja. Leihst du es mir?«

»Nein.«

»Nein?« Wenn ich ehrlich bin, habe ich damit nicht gerechnet. Natürlich ist es logisch, ich habe den Führerschein noch nicht lange und er fährt keinen Trabbi.

»Ben, ich brauche dein Auto wirklich dringend. Ich wäre nicht hier, falls es anders wäre. Falls ich eine Alternative hätte.«

Er steht auf, kommt um den Tisch herum und stellt sich vor mich. Seine schwere Hand legt sich auf meine Schulter, seine Gesichtszüge zeigen so etwas wie Verständnis. Mit seinen Augen mustert er mich, eine kleine Falte entsteht auf seiner Stirn. Man kann förmlich sehen, wie es in seinem Kopf rattert.

»Ich bin mir sicher, dass es dringend ist.« Er seufzt kurz, bevor sich seine Gesichtszüge verändern und er seine Hand von meiner Schulter nimmt. Er geht wortlos zu seinem Schreibtisch, schnappt sich etwas und kommt zu mir zurück. Seine große Hand verdeckt meine komplett, als er mir seinen Autoschlüssel hineinlegt.

»Lass mich das nicht bereuen, Levi. Pass auf dich und Hannah auf.«

Vollkommen überrumpelt starre ich zu ihm auf.

»Woher weißt du, dass ich nicht alleine bin? Du weißt doch gar nicht, wo es hingehen soll.«

»Ich nehme an, es geht um Hannah. Sie war vorhin hier und nach dem, was Pia berichtete …« Er seufzt erneut. »Dass du jetzt vor meiner Tür stehst, bedeutet, es muss etwas mit Hannah zu tun haben. Als der Direktor dieser Schule sage ich Nein, ich müsste es ganz verbieten. Als Freund sage ich, dass ich dir vertraue und nicht wissen will, was ihr vorhabt.«

»Was hat Pia erzählt?«

»Dass du Hannah magst.«

Ich öffne den Mund, um etwas zu sagen, aber was? Es stimmt. Ich mag Hannah. Und ich will alles über sie wissen.

»Und sie mag dich, sonst wäre sie nicht zu dir gegangen, nachdem ich ihr deine Zimmernummer gesagt habe.« Wie immer hat Ben seine Finger im Spiel. Aber das klären wir später.

»Wir fahren zu ihr nach Hause.«

»Wissen ihre Eltern Bescheid?«, fragt Ben, als er zurücktritt und nach seinem Schlüssel greift.

»Nicht dieses Zuhause, Ben.«

Kapitel 38 – Hannah

Wenn wir uns unserer Vergangenheit stellen,
gibt es zwei Möglichkeiten: Sie besiegt uns
oder wir besiegen sie. Wir wissen es erst,
wenn wir es versucht haben.

»Gott, ich schwöre euch, es hat mich lange nichts mehr so genervt wie Hannah, die nicht reden kann«, flucht Lina. »Nichts für ungut! Es ist nur so frustrierend, nicht zu wissen, was los ist«, fügt sie hinzu und lässt sich im Schneidersitz auf den Boden nieder. Mo ist sofort da und legt sich auf ihre Beine.

Ich verstehe sie. Nicht nur für sie ist es so. Ich würde auch so gerne schreien oder reden, aber etwas in mir lässt das nicht zu. Ich sitze auf der Couch in unserem Zimmer und überlege, was ich tun soll. Sarah sitzt neben mir.

»Wenn ich nur helfen könnte«, sagt sie leise.

»Wenn ich nur wüsste, wo sie war«, fügt Lina hinzu.

Irgendwann fangen sie an zu spekulieren, ich höre kaum hin. Meine Gedanken sind halb bei Levi und halb bei Izzy. Sie hängen irgendwo zwischen damals und heute.

Levi will mit mir nach Hause fahren. In das richtige. In das Zuhause, das es nicht mehr gibt. Er will es sehen, hat er gesagt. Aber möchte ich das auch? Was, wenn dadurch alles nur viel schlimmer wird?

Und was wenn nicht?

Ich springe vom Sofa auf, lasse Lina und Sarah, die meinen Namen rufen, hinter mir und renne hinaus. Meine Füße tragen mich aus dem Gebäude, auf den Parkplatz. Dahin, wo niemand ist.

Die Sonne scheint, ein angenehmer Wind weht. Ich stehe da und warte. Alle zehn Sekunden will ich weglaufen, alle zehn Sekunden muss ich mich selbst überreden, stehen zu bleiben. Irgendwann höre ich das Geräusch von Reifen auf Kies und drehe mich um. Ein alter silberner BMW rollt auf mich zu und das kann definitiv nicht Levis Auto sein. Falls er überhaupt eins hat. Trotzdem kommt es neben mir zum Stehen. Levi steigt aus.

»Bist du bereit?«

Ja und nein. Ich schlucke schwer, als Levi mir die Tür aufhält. Ich gleite auf das weiche, dunkle Leder.

Das hier ist so verrückt! Levi setzt sich wieder auf den Fahrersitz, legt den Gang ein und ich spüre, wie der Wagen sich in Bewegung setzt, höre, wie der Motor aufheult.

»Das ist Bens Auto, er weiß Bescheid und …« Levi weiß anscheinend nicht mehr, was er sagen soll, deshalb nickt er nur.

Mir ist klar, wo wir sind und wo wir hinmüssen. Wir brauchen bestimmt zweieinhalb bis drei Stunden.

Es kann gar nicht lange genug dauern.

Jetzt, da ich im Auto sitze und hinausschaue, jetzt, da das Brummen des Motors mich einlullt, ärgere ich mich darüber, nicht wenigstens meine Musik mitgenommen zu haben. Oder den Block. Ich hätte Izzy gerne geschrieben. Ich hätte geschrieben: Izzy, ich bin auf dem Weg. Ich mache eine Zeitreise und ich bin nicht sicher, ob ich bereit dafür bin.

Die Vergangenheit läuft nicht vor dir weg, das kann sie nicht. Aber ich konnte es bisher. Bis Levi kam und mich aufhielt.

Die Autobahnfahrt nimmt kein Ende, dann kommt ein Stau hinzu, der sich aber zeitnah auflöst, und in mir tobt eine Mischung aus Enttäuschung und Erleichterung darüber. Autos ziehen vorbei, Wolken, die Zeit. Mein Kopf lehnt an der Scheibe und ich schaue hinaus. Mit jeder Minute wird mir schwerer ums Herz. Mit jedem Kilometer wird mir schlechter. Levi sagt nichts, er ist so still wie ich und ich denke, es ist meine Schuld. Vielleicht weiß er auch einfach nicht, was er sagen soll. Vielleicht ist er aufgeregt.

Ich habe Angst. Weil ich nicht wirklich weiß, was mich erwartet. Ich habe geschlafen und ich bin im Krankenhaus erwacht – ohne Izzy. Die Heilung hat lange gedauert, die Schmerzen waren schlimm. Meinem Körper geht es gut, der Rest versucht wohl immer noch, ganz zu werden und die Schmerzen sind jetzt einfach andere.

Wir lebten danach im Hotel, bevor es ins neue Haus ging, und meine Eltern haben alles, was sie retten konnten, in Kisten gepackt. Auch meine Sachen. Das, was davon übrig war. Im Hotel habe ich das erste Mal hineingeschaut und ich habe stundenlang geweint, als ich Izzys Shirt fand. Die Kerze und den Block habe ich neu gekauft und dazugelegt.

Atmen, Hannah, atmen.

Ich versuche es! Bei dem Gedanken muss ich leicht lächeln. Ja, ich versuche es. Ich habe nur versucht, seit Izzy fort ist, und meist hat es nicht gereicht. Ich glaube, ich wollte es nie.

Die Skyline von Frankfurt erscheint neben uns, während wir weiter über die Autobahn gleiten, und ich hebe unwillkürlich meinen Kopf. Zu Hause. Immer, wenn ich die Skyline sah, wusste ich, wir sind bald da.

Ich fange an zu schwitzen, mein Magen zieht sich leicht zusammen. Wenn es schon jetzt losgeht, wie wird es sein, wenn wir ankommen?

Wie sieht unser Zuhause wohl aus? Steht es noch? Mum und Dad haben mich davon ferngehalten und ich war so gefangen in meiner kleinen Welt, dass ich es vollkommen ausgeblendet habe. Nicht, weil es mir egal war, sondern weil ohnehin alles zu viel war. Weil ich nicht mit eigenen Augen sehen wollte, was ich getan habe.

Levi wechselt die Spur, ich sehe die Schilder. Wir verlassen die Autobahn. Irgendwann landen wir auf einer Landstraße und gleich müssen wir links rein. Vier Straßen noch. Zweimal abbiegen.

Wir sind da.

Das Auto hält, Levi schaltet den Motor ab und ich kann mich nicht bewegen. Ich habe bereits vor Minuten aufgehört rauszusehen, stattdessen starre ich einfach auf meine Beine. Mir ist kalt. Am liebsten würde ich sitzen bleiben und Levi anschreien, dass er weiterfahren soll. Dass ich nicht hier sein will. Und es stimmt, das will ich nicht. Aber ich muss. Ich muss es sehen. Das bin ich Izzy schuldig.

»Hannah?« Levis Stimme dringt zu mir, er hat sich zu mir gedreht. Nachdem ich den Blick gehoben habe, sehe ich ihn an und erkenne in seinem Gesicht, wie leid es ihm tut. Mit zusammengekniffenen Lippen mustert er mich.

Dann steigt er aus.

Levi öffnet meine Tür und reicht mir die Hand. Er verdeckt die Sicht auf unser Haus.

»Komm! Wir gehen rein.«

Ich zögere.

»Hannah, wir sind nicht so weit gefahren, um das jetzt nicht durchzuziehen!«

Und bevor ich es mir anders überlegen kann, lege ich meine Hand in seine. Er hat recht. Wir sind nicht umsonst hier.

Ich steige aus, auf meine wackeligen Beine, und schließe die Augen, während ich kräftig einatme. Levi macht die Tür zu und schließt Bens Auto ab.

Als ich die Augen öffne, steht Levi noch immer vor mir. Ich hebe den Kopf, sehe zu ihm auf und spüre, dass er meine Hand fester drückt.

»Wir machen das zusammen.« Er dreht sich, geht zur Seite und ich sehe mein Zuhause. Nein, ich sehe ein Haus, ein fremdes Haus, das von einer Absperrung umgeben ist und vor dem lauter Geröll liegt. Ich sehe ein Haus, das auf der rechten Seite noch leicht weiß ist und auf der linken komplett verbrannt. Der Ruß, das Schwarz ist überall, das Dach ist halb weg, die Seite offen. Planen hängen darüber. Es sieht aus wie eine Ruine.

Mir wird schwindelig und ich kralle mich an Levis Arm, um nicht umzukippen. Mein Magen krampft sich zusammen.

Levi hält mich, als wir die Einfahrt hinaufgehen. Hier hat Izzy Fahrradfahren gelernt und ich mir das Knie aufgeschlagen.

Neben der Haustür prangt schmutzig ein kleines Schild: »Willkommen bei Familie Ehlers«. Die Haustür ist nicht zu, vielleicht hat mal jemand versucht einzubrechen. Wer weiß das schon. Ich schiebe sie auf, sie klemmt. Überall Schutt und Dreck. Das Haus ist leer und doch springen mir an jeder Ecke Erinnerungen entgegen.

Es riecht nach Ruß und Staub, nach einer anderen Welt.

Wir gehen durch den kleinen Flur, hinein in das leere Wohnzimmer, das nur noch eine halbe Decke hat. Wir müssen nach oben.

Ich lasse Levi los, gehe zur Treppe, setze einen Fuß vor den anderen, bis ich das Geländer greifen kann. Die Stufen knarzen leicht, ich habe Angst, dass sie mich nicht halten, trotzdem folge ich ihnen nach oben. Links, ich muss nach links. Und ich kriege fast keine Luft. Da ist nichts mehr. Es ist nichts mehr übrig außer Asche und Dreck. Das Zimmer ist weg, die halbe Etage ist es.

»Wir gehen jetzt. Seid brav und macht keinen Unsinn, hört ihr?« Dad gibt erst Izzy, dann mir einen Kuss auf die Stirn. Wir liegen schon im Bett, wir wollten einen Videoabend machen.

»Was sollen wir im Pyjama groß anrichten«, witzelt Izzy und krault Mo hinter den Ohren, der zustimmend maunzt.

»Der Film ist um zehn zu Ende, dann kommen wir direkt heim.«

»Wir sind keine acht mehr, Mum«, sage ich genervt.

»Das wissen wir.« Dad zwinkert mir zu, bevor er das Zimmer verlässt und die Tür schließt.

»Und, was schauen wir? Hannah, was tust du da?« Ich bin aufgesprungen und zünde gerade die Kerze auf dem Tisch zwischen dem Fernseher und Izzys Bett an, weil sie fantastisch riecht und ich sie sehr mag.

»Mum hat gesagt, du sollst sie auslassen, wenn sie nicht da sind.«

Ich verdrehe nur genervt die Augen, ziehe die Vorhänge hinter dem Fernseher zu und schiebe die Kerze ein bisschen nach hinten. Dann zünde ich ein paar Teelichter zusätzlich an, damit wir das Licht ausmachen können.

»Was soll schon passieren, Izzy?«, sage ich fröhlich und krieche wieder ins Bett.

Wir haben einen Film geguckt und wir sind eingeschlafen. Ich bin eingeschlafen. Ich habe Izzy gefragt, was passieren kann. Ich war ein Idiot. Ich bin schuld und sie hat mich gewarnt.

Die Erinnerung lässt mich erbeben, alles, was ich verdrängt habe, kommt hoch und ich kann nicht fassen, dass ich so dumm war. Jetzt sehe ich Schutt und Asche vor mir – vom Brand, der Feuerwehr und dem Löschwasser. Izzy, was habe ich getan?

Ich lasse los und falle.

Ich schreie. Und dieser Schrei ist lauter und schmerzhafter als je etwas zuvor. Er geht mir durch Mark und Bein, erschüttert mich, lässt mich zittern und beben. Er bringt die Mauern in mir zum Wanken und die Tränen, die über meine Wangen fließen, heftiger und schneller als jemals zuvor, werden zu einer Flut. Einer, die jeden Stein hinfortträgt und die Mauern bis in ihre Grundfesten zum Einsturz bringt, sie zerstört. Sie legen mich frei – Tränen und Schrei. Sie legen eine Wunde frei und eine Leere, die tiefer nicht sein könnten.

Und als der Schrei versiegt, ich die Schnitte an meinen Knien vom Aufprall auf den Boden spüre und Levis Arme um mich, fühle ich mich unendlich leer und kraftlos. Ich versinke.

»Es tut mir leid«, flüstere ich heiser. »Es tut mir so leid.«

Es tut mir leid, Izzy!

Es tut mir leid, es tut mir leid!

Kapitel 39 – Levi

Und als der Schmetterling
mit seinem Flügel schlug,
entfachte er einen Sturm.

Hannah liegt in meinen Armen und ich bin überfordert. Sie hat geschrien, sie brach zusammen … ich hörte ihre Stimme. Es waren Worte. Es war nur ein Flüstern, aber ich schwöre, es war da.

Ich halte sie einfach fest, knie mit ihr auf dem Boden, zwischen dem Dreck, zwischen allem, was mal ihr Zuhause war, und ich muss mich zusammenreißen, nicht auch meinen Emotionen nachzugeben. Sie weint so sehr, sie zittert so stark, das alles ist zu viel.

»Schhhh«, bringe ich irgendwie hervor, halte Hannah weiter fest.

Wir bleiben, wo wir sind, und ich werde einen Teufel tun und ihr so etwas sagen wie: *Ist schon gut, ist schon okay* oder *wir sollten aufstehen*. Gut ist gerade ziemlich wenig und wir wissen alle, dass das Wort okay nichts weiter ist als eine große Lüge. Ein Lückenfüller für Gefühle, die wir ohnehin nicht beschreiben können und bei denen wir es gar nicht erst versuchen. Ich stehe erst auf, wenn Hannah das möchte. Wenn sie bereit dafür ist. Verdammt, wenn sie die ganze

Nacht hier sitzen und weinen muss, dann werde ich die ganze Nacht bei ihr sein und sie festhalten.

Irgendwann wird es draußen dunkler. Irgendwann versiegen Hannahs Tränen und sie zittert nicht mehr. Sie liegt schwer in meinen Armen. Vorsichtig schiebe ich ihr Haar zur Seite. Sie ist eingeschlafen. Kein Wunder, bei allem, was gerade auf sie einprasselte.

Ich halte Hannah, während ich aufstehe und fluche leise, weil mein rechtes Bein mit ihr eingeschlafen ist. Ich muss einen kurzen Moment warten, bevor ich sie hochheben und nach unten tragen kann. Ihre Arme hängen schlaff herab, ihr Kopf nach hinten. Leider kann ich es ihr gerade nicht gemütlicher machen.

Ich öffne irgendwie die Tür des Hauses und danach des Autos, und lasse Hannah auf den Sitz sinken. Vorsichtig schnalle ich sie an und bette ihren Kopf so, dass sie bequem liegt. Ich schließe die Tür, steige auf der Fahrerseite ein und lasse nach einem letzten Blick auf sie den Motor an.

Erst auf der Autobahn finde ich die Kraft durchzuatmen. Ich reibe mir übers Gesicht, setze die Cap wieder richtig auf und denke an das, was eben geschehen ist. Ich kann mir das nicht eingebildet haben.

Ich habe ihre Stimme gehört. Nicht nur diesen Schrei. Sie war da.

Es ist später Abend, als wir in Sankt Anna ankommen. Ich parke das Auto, steige aus und trage Hannah hinein. Ben wartet auf uns. Er steht angelehnt an der Mauer da und wirkt müde. Wer weiß, wie lange er schon hier ist. Nur einen Augenblick entgleiten ihm seine Gesichtszüge, als er die bewusstlose Hannah auf meinen Armen sieht.

»Geht es ihr gut?«

Ich nicke. »Es war nur …«

»… zu viel«, beendet Ben meinen Satz und stellt sich vor mich. Er wartet ab.

»Ich bin bald weg, Ben«, ist das Erste, was ich sage, und es ist bescheuert.

»Und was hat das mit Hannah zu tun?«

»Das weißt du genau!«

»Nein, das weiß ich nicht. Und du auch nicht. Mach dir keine Probleme an Stellen, an denen es keine gibt, Levi. Du gehst, aber du bist nicht aus der Welt. Die Päckchen, die wir tragen, verschwinden nie ganz, sie werden höchstens leichter. Bei dir ist es so und wenn wir Glück haben, dann auch irgendwann bei Hannah. Stück für Stück und Tag für Tag.«

»Was willst du mir jetzt sagen, Ben? Spuck es schon aus!«

»Ich will damit sagen, wenn dir etwas an dem Mädchen liegt, wovon ich ausgehe, dann gibst du jetzt gefälligst nicht auf.«

»Klugscheißer«, flüstere ich mit einem Kloß im Hals.

»Ich weiß«, sagt Ben lächelnd. »Komm, wir bringen Hannah auf ihr Zimmer und dann gibst du mir meine Autoschlüssel. Ich hoffe, das Auto lebt noch?«

Ben vertraut mir, aber ein Grinsen kann ich mir nicht verkneifen bei dieser Frage.

Dann erzähle ich ihm alles.

»Ich nehme nicht an, dass ich bei ihr bleiben kann.«

»Du bist ein kluger Junge. Das mochte ich schon immer an dir.«

Als wir vor Hannahs Zimmer stehen, zum Glück kennt Ben die Zimmernummer, klopft er und ich höre, wie Lina flucht, wer um diese Zeit denn bitte was von ihnen will. Sarah öffnet die Tür und ihre Augen werden groß, als sie zuerst Ben, dann Hannah und mich sieht.

»Geht es ihr gut? Was ist passiert?« Sie trägt schon einen Schlafanzug, mit Dutzenden bunten Punkten drauf.

»Hannah hatte einen anstrengenden Tag, aber ihr geht es gut. Morgen wird sie vielleicht eure Hilfe brauchen und eure Gesellschaft«, sagt Ben wieder einmal viel zu kryptisch, während ich mich durch die Tür schiebe.

»Welches Zimmer ist Hannahs?«

»Was zur Hölle …?« Lina stoppt, als sie Hannah sieht, und zeigt auf das Zimmer links von mir. Sie und Sarah folgen mir. Sie machen das Bett frei, heben die Kisten auf den Boden, sodass ich Hannah hineinlegen kann. Mo erschreckt mich, als er ins Zimmer gerannt kommt und mit einem Sprung auf dem Bett landet. Er schnuppert an Hannah, leckt ihr über die Nase, bevor er sich neben ihr zusammenrollt.

Wir verlassen leise den Raum und schließen die Tür.

»Kann mir jetzt endlich jemand verraten, was hier los ist?« Lina hebt trotzig das Kinn, während ich mit Sarah einen Blick wechsle.

»Levi, ich hoffe, ich kann mich auf dich verlassen«, sagt

Ben nur, bevor er uns eine gute Nacht wünscht und geht. Ich weiß genau, was er meint.

»Vielleicht sollte Hannah dir das erklären.«

»Das kann sie ja schlecht.«

»Lina, ich denke Levi …« Aber Sarah wird sofort unterbrochen.

»Ich denke auch, dass Levi jetzt mal was sagen könnte.«

»Hannah geht es so schlecht wegen ihrer Zwillingsschwester, die gestorben ist, okay?«, zische ich wütend.

»Hat es gebrannt?«, fragt Lina für ihre Verhältnisse vorsichtig.

»Woher weißt du das?«

»Ich habe ihre Narben gesehen. Ich bin nicht bescheuert.«

Ich nicke nur.

»Sie muss es euch erzählen. Ich kann es nicht. Gute Nacht.«

Kapitel 40 – Hannah

Ich bin in den Kaninchenbau gefallen.

Meine Augen lassen sich nur schwer öffnen, sie fühlen sich geschwollen an. Mein Hals ist trocken und mein Arm schmerzt. Ich blinzele und schiele nach unten. Mo liegt auf ihm, deshalb tut er wahrscheinlich weh. Vorsichtig ziehe ich den Arm unter ihm weg, was ihn kaum stört. Ich setze mich aufrecht hin.

Wie bin ich hierhergekommen?

Das Letzte, an das ich mich erinnere, ist Levi, der mich auffängt und mich hält.

Das Letzte ist Izzy und dieser eine Satz in meinem Kopf, der sich ständig wiederholt.

Es tut mir leid.

Die Bilder von unserem Haus, von Izzys und meinem Zimmer gehen mir nicht aus dem Kopf. Es ist nichts mehr übrig.

Ich habe geschrien und ich spürte, wie sich etwas in mir veränderte. Ich glaube, ich habe gesprochen und die Worte haben sich so fremd angefühlt, wie meine Stimme sich fremd anhörte.

Ich will etwas sagen, öffne den Mund und probiere es, aber es kommt kein Ton heraus. Vielleicht war das nur ein Traum. Vielleicht habe ich nicht wirklich geschrien und nicht wirklich etwas gesagt.

Mühsam ziehe ich mich auf die Beine und trete aus dem Zimmer. Sarah sitzt auf der Couch und liest in einer Zeitschrift, Lina kommt gerade aus dem Bad und sagt laut: »Guten Morgen, Schlafmütze!«

»Morgen.«

Sarah lässt die Zeitschrift fallen, Lina stolpert und dreht sich dann zu mir. Mein Atem rast, meine Hand schnellt zu meinem Mund. Ich habe etwas gesagt.

»Hast du gerade …? Hat sie gerade …?«, stottert Lina und ich spüre, wie sich Panik in mir ausbreitet. Worte toben in meinem Kopf herum, sie machen keinen Sinn und wollen keinen Satz ergeben. Ich will es erzwingen und es klappt nicht.

»Ruhig atmen, Hannah!« Sarah ist sofort bei mir und nimmt meine Hand. Sie ist der Ruhepol von uns, trotz ihres Päckchens.

»Sag etwas, irgendetwas, damit ich weiß, ich bin nicht verrückt.« Lina läuft auf mich zu. Aber als ich den Mund öffne, kommt nichts heraus.

»Wir sollten ihr Zeit lassen«, sagt Sarah und schiebt Lina in ihr Zimmer.

»Du hast es auch gehört, oder?«

»Ja, und jetzt mach dich fertig.«

Ich gehe wieder zurück in mein Zimmer, ich brauche

einen Moment für mich. Es ist okay, dass es heute nicht mehr klappt. Es ist nichts Neues.

Die Kisten fallen mir ins Auge, ebenso wie mein Koffer aus dem Camp. Ich habe noch nicht wirklich Zeit gehabt, alles auszupacken. Ich ziehe eine Kiste zu mir und entdecke nur die wichtigsten Dinge aus dem Kleiderschrank, deswegen schiebe ich sie zurück und öffne die zweite Kiste. Handtücher, Bettwäsche und – die Kerze. Wieso haben sie mir ausgerechnet diese Kerze eingepackt? Ich schlucke den Kloß im Hals herunter und verstaue die Kerze sofort in einer der Schubladen des Nachttischs. Mum und Dad wissen, was Kerzen angerichtet haben. Sie wissen aber nicht, dass ich sie als Erinnerung behalten musste, als Symbol für etwas, das war.

Ich schnappe mir ein paar Sachen und gehe ins Bad, weiche Lina und Sarah aus. Im Spiegel sehe ich mich an und öffne den Mund, bewege ihn, ohne auch nur ein Wort zu sagen. Die Worte sind in meinem Kopf und ich erinnere mich daran, wie sie klingen. Sogar wie sich meine Lippen dabei bewegten, weiß ich noch. Ich mache die Bewegung, aber es bleibt still.

Frustriert schlage ich mit der Hand auf das Waschbecken.

»Gib nicht auf, kleiner Vogel.«

Oh, Izzy.

Das Wasser der Dusche ist eiskalt und braucht einen Moment, bis es wärmer wird und sich Dampf in dem kleinen Bad bildet. Ich stehe einfach da, mit der Stirn an den

Fliesen und lasse das Wasser an mir herablaufen. Wenn ich könnte, würde ich ewig so stillstehen.

Aber die meisten Wünsche bleiben, was sie sind. Wünsche.

Ich stelle das Wasser ab, trockne mich ab, schlüpfe in neue Sachen und putze mir die Zähne. Die Haare muss ich nicht lange föhnen, aber irgendwie vermisse ich das.

Ein letztes Mal blicke ich in den Spiegel, bewege die Lippen und versuche Töne, Buchstaben und Worte herauszupressen, aber je mehr ich es versuche, desto schwieriger wird es.

Ein weiterer Tag ist beinahe vergangen. Einer, an dem ich mich nur noch schwach daran erinnere, ein paar Worte gesagt zu haben. Die Erinnerung ist da, aber das Gefühl ist nicht geblieben.

»Ich kann nicht mehr«, jammert Lina.

»Das war doch erst die zweite Veranstaltung«, sagt Sarah und verkneift sich ein Lachen, während Lina sie böse anfunkelt.

»Morgen geht's weiter und ich bin jetzt schon müde, wenn ich daran denke!«

Die beiden haben mich gerade von der Internatsärztin abgeholt und erklären mir, was ich verpasst habe in der letzten Veranstaltung. Laut Lina nichts, laut Sarah nur allgemeine Informationen zum Internat und wichtige Details für den Alltag, Ferientermine und dass es im Keller eine Waschküche gibt.

Jana hat mich nach der ersten Veranstaltung abgefangen und hochgeschickt, zum Arzt, weil ich es sonst nur wieder vergesse. Ich hätte es wohl schon gestern machen sollen. Aber meinem Fuß geht es gut, er ist verheilt, ich soll ihn nur schonen und noch keinen Sport treiben.

Während die beiden sich unterhalten, denke ich an den Besuch im alten Haus. Ich denke an Izzy, meine Eltern, an das, was passiert ist, und an das, was aus uns wurde.

Mitten im Gang bleibe ich stehen, balle die Hände zu Fäusten. Ich weiß, was ich tun muss.

Und dieser Gedanke, der zu einem Gefühl wird, breitet sich aus, erinnert mich daran, dass die Mauern weg sind, dass sich etwas verändert hat. Dieser Gedanke, der Izzys Stimme trägt. Dieser Funke, der schon immer da war, weil der Funke ich bin.

»Hannah, was ist los?« Sarah sieht mich irritiert an, Lina ebenso.

Dann tue ich es, ich schließe die Augen, lasse den Gedanken zu einem Wort werden und …

»Danke«, flüstere ich. Meine Stimme – ich erkenne sie kaum wieder. Sie hört sich etwas kratziger an, als ich sie in Erinnerung habe, nicht ganz so weich. Aber sie ist da und sie fühlt sich gut an. Tränen brennen in meinen Augen, mein Mund wird ganz trocken. Ich habe etwas gesagt.

Sarah steigen auch Tränen in die Augen, sie schlägt sich die Hand vor den Mund. Linas Mund steht offen.

»Sag das noch mal«, fordert sie und ich lächle, weil ich nichts lieber tue.

»Danke. Für alles.« Man hört mich kaum, es bleibt ein Flüstern und ich brauche ewig, um die Worte zu sagen, aber es ist mir egal. Am Ende zählt nur, dass ich es tue. Ich spreche. Ich habe etwas gefunden, das ich verloren geglaubt hatte – und damit meine ich nicht nur meine Stimme, nein, ich meine so viel mehr.

Sarah und Lina springen mir in die Arme, zerdrücken mich fast und Lina flucht laut, als auch sie ihre Tränen nicht mehr halten kann.

»Hannah redet. Ich fasse es nicht. Aber wehe, du wirst zur Quasseltante.«

Die beiden lassen mich los, ich drücke sie noch ein letztes Mal, bevor ich mich umdrehe und losrenne. Ich muss etwas erledigen.

Fünf Minuten später stehe ich vor Bens Büro und klopfe. Keine Reaktion. Ich klopfe ein zweites Mal.

Er ist nicht da. Ich will es mir vor der Tür gemütlich machen, als Ben mit einem Sandwich in der Hand um die Ecke biegt und auf mich zukommt.

»Hallo, Hannah! Geht es dir … besser?« Er schließt seine Tür auf, wartet nicht auf Antwort und bittet mich herein. Mein Herz schlägt mir bis zum Hals, ich hole tief Luft und entspanne mich. Ich kann das. Es ist da, das war es schon immer.

»Ja«, sage ich. »Es geht.« Ich nuschele ein wenig, keine Ahnung warum. Ben lässt beinahe sein Sandwich fallen, kann es aber gerade noch retten. Er sieht mich verwundert und erschrocken an.

»Levi hatte recht«, sagt er nur und ich überlege, was er damit meint. »Du kannst es wieder.«

Zaghaft nicke ich. Ich weiß nicht, ob ich es wieder kann, aber ich versuche es.

»Setz dich bitte! Ich muss das auch tun.« Ben legt das Sandwich ab, lockert seine Krawatte. Kurz darauf erfolgt ein kurzes und freudiges Lachen. Wir setzen uns beide und ich warte, bis er das Wort ergreift.

»Entschuldige, Hannah! Das ist nur so unglaublich – unglaublich schön.« Er lächelt freundlich und sein ehrlicher Ausdruck in den Augen wärmt mich von innen.

»Wie kann ich dir helfen?«

Bevor mich der Mut verlässt und mit ihm mein Funke, sage ich ein Wort nach dem anderen, langsam, konzentriert und mit Bedacht. Noch ist es anstrengend. Noch brauche ich Zeit.

»Meine Eltern …« Ich schlucke schwer. »Kannst du … Kannst du sie herholen?« Ich rede so leise, dass Ben sich vorbeugen muss, um etwas zu verstehen.

»Ich soll deine Eltern herbitten?«

Ich nicke.

»Ja, natürlich. Morgen?«

Wieder ein Nicken. Manche Gewohnheiten muss ich erst ablegen.

Du kannst auch einfach Ja sagen, Hannah!

»Bist du sicher?«

»Ja.«

Ich habe mich so oft verloren und gefunden, dass ich nicht weiß, was am Ende übrig geblieben ist. Ich weiß nur, dass ich dich immer festhielt.

Was passiert, wenn ich jetzt loslasse, Izzy? Falle ich oder fällst du?

Kapitel 41 – Hannah

Wenn man den ersten Schritt getan hat,
ist der zweite gar nicht mehr schwer.

»Du bist sicher, dass du das hier machen willst und dass ich bleiben soll?«

Ja, das bin ich. Ich nicke, während ich in Bens Büro auf und ab gehe. Er hat meinen Eltern auf meinen Wunsch hin nicht gesagt, dass ich mit ihnen reden will. Dass ich es wieder kann. Ich war bei dem Telefonat dabei. Er bat sie nur um ein Gespräch, am besten so schnell wie möglich.

Meine Eltern müssten jeden Moment eintreffen.

Alle zwei Minuten wische ich den Schweiß meiner Hände an der Jeans ab, ich fühle mich, als müsste ich mich übergeben. Tausend Fragen tummeln sich in meinem Kopf, tausend Ängste und Gedanken. Im Camp dachte ich noch, meine Eltern wollen mich nicht mehr. Heute bin ich mir nicht so sicher. Aber was, wenn es doch so ist? Was, wenn sie mich wirklich hassen? Ich könnte es verstehen. Ich habe mich selbst gehasst – und ich glaube, ganz wird es nie verschwinden. Ich werde immer schuld sein an Izzys Tod und ich werde es nie vergessen.

Eins, zwei, drei. Es klopft an der Tür. Es ist so weit.

Ben geht nach vorne, öffnet sie und begrüßt meine Eltern, während ich mitten im Raum stehe, unfähig, mich zu bewegen. Meine Zunge fühlt sich taub an, der Druck in meiner Brust wächst. Als ich meine Eltern sehe, legt sich ein Schleier über meine Augen. Aber noch kann ich mich beherrschen. Bis Dad mich wahrnimmt und ich seine Sorge erkenne, bis Mum aufgeregt Bens Hand nimmt und fragt: »Wo ist Hannah? Geht es ihr gut? Ist etwas passiert?« Sie hat mich nicht entdeckt.

»Ich bin hier, Mum«, sage ich leise und kann die Tränen nicht mehr halten.

Alles steht still. Dad wird blass, Mum dreht sich zu mir. Beide sehen mich einfach an und keiner bewegt sich. Es ist so unsagbar ruhig.

»Ich bin hier«, wiederhole ich kraftlos. Das ist der Moment, in dem beide auf mich zukommen, in dem sie mich in den Arm nehmen, Mum aufschluchzt und Dad fragt, ob das wirklich passiert. Das ist der Moment, in dem ich mich kaum noch auf den Beinen halten kann.

Ich weiß nicht, wie lange ich dastehe und weine. Ich weiß nicht, wie lange meine Mum weint und beide mich festhalten und umarmen. Ich werde müde, so müde, wie schon seit Langem nicht mehr, und ruhig. Eine Ruhe, die ich so sehr vermisst habe. Dad löst sich als Erster und versucht, zu Atem zu kommen. Er fährt sich durch die Haare, mustert mich von oben bis unten, bevor er mir einen Kuss auf den Scheitel drückt. Mum bemüht sich um Fassung, aber vergebens. Ihr Mascara ist verschmiert, ihre Wangen rot, Tränen laufen über sie drüber und sie streicht mir immer wieder durch mein Haar.

»Bitte, setzen Sie sich«, bietet Ben irgendwann höflich an. Ich setze mich neben ihn auf den Boden. Ich sitze gerne dort. Meine Eltern schieben die Sessel zusammen und Dad legt seine Hand auf Mums Knie.

»Seit wann …?«, fragt er, ohne den Satz zu beenden.

»Wie …?«, fragt Mum.

Ich schaue zu Ben hoch und nicke ihm zu.

»Danke, dass Sie hergekommen sind. Sie haben viel zu verdauen und bestimmt viel zu bereden, aber zuerst möchte ich einige Worte sagen. Hannahs Fuß geht es gut, ich hatte Sie ja über ihren Unfall informiert.«

Meine Eltern nicken, aber ich denke, gerade haben sie andere Dinge im Kopf.

»Hannah hat gestern zu mir ihr erstes Wort gesagt. Zu Levi, einem Freund, schon früher. Sie sollten etwas wissen.« Ben sieht mich entschuldigend an und ich schüttle den Kopf. Nein! Sie sollen es nicht wissen.

»Ihre Tochter war in Ihrem Zuhause.«

Mum senkt ihr Taschentuch und zieht die Augenbrauen zusammen. »Aber sie war doch gar nicht …«

Dad drückt leicht ihr Knie und sie verstummt. Ich sehe, dass er schluckt.

»Sie haben sie dahingebracht?«, fragt er langsam.

»Ja und nein. Sie wollte es. Ich hätte Sie darüber informieren sollen, aber …«

»Allerdings!«

»Aber Sie hätten es ihr verboten. Und ich glaube, es war wichtig für sie.«

Dieses Argument lässt meinen Dad verstummen. Er sieht mich an und ich nicke. Ja, es war unheimlich wichtig.

»Alles andere wird Ihnen ab jetzt Hannah selbst erzählen können.« Ich spüre Bens große, warme Hand auf meiner Schulter und fasse wieder Mut.

Ich wollte so viel sagen, nein, ich will so viel sagen. So viel, dass ich gar nicht weiß, wo ich anfangen soll. Ich entscheide mich für das Ende, das irgendwie ein Anfang ist, und jedes meiner Worte gleicht einem Schritt von einem Mädchen, das gerade erst Laufen gelernt hat.

»Es tut mir leid«, sage ich. Ich sage es so oft, bis meine Eltern neben mir sitzen auf dem Boden und Ben aus seinem Büro geht, um uns etwas Raum zu geben.

»Ich kann verstehen, dass ihr wolltet, dass ich gehe. Ich wollte euch nie wehtun, ich wollte Izzy nicht wehtun.« Ich schluchze auf, die Worte sprudeln unaufhörlich aus mir heraus, leise und langsam, aber unaufhörlich.

»Mein Schatz, das wissen wir«, sagt Dad und drückt mich an sich. »Das wissen wir.« Und ich höre, was er nicht sagt. Dass er mich liebt und dass es auch ihm leidtut. Dass es eine schwere Zeit war und noch lange sein wird.

Mum drückt meine Hand.

»Ich vermisse sie so sehr.« Es tut so gut, das sagen zu können.

»Wir auch«, sagen beide gleichzeitig. »Dich haben wir auch vermisst«, ergänzt Mum leise.

»Wir wollten einen Videoabend machen«, beginne ich. »Als ihr weg wart, habe ich einfach die Kerzen angezündet. Izzy wollte es nicht, sie hat gesagt, ich soll es nicht tun.« Meine Stimme bricht weg und ich muss einen Moment warten, bevor ich weitermachen kann. Ich schließe die Augen und denke an Levi. Wenn man niemanden ansieht, ist es leichter, hat er gesagt.

»Ich habe es trotzdem getan. Ich trug Izzys Shirt, wisst ihr noch? Und wir sind beide eingeschlafen. Mehr weiß ich nicht. An mehr kann ich mich nicht erinnern.« Meine Hand hat sich in das Poloshirt meines Vaters gekrallt.

»Es war ein Unfall«, sagt er halbherzig. Aber wir beide wissen, auch Unfälle haben eine Ursache. Meist steht am Anfang jemand, der nachlässig handelt oder sich überschätzt. Meist ist ein Unfall keiner. Meist ist es eine logische Konsequenz, die wir nicht wahrhaben wollen.

»Als wir zurückfuhren, sahen wir die blinkenden Lichter der Feuerwehr und den Rauch und mein erster Gedanke war: Bitte lass es nicht unser Haus sein.« Die zitternde Stimme meiner Mum erfüllt den Raum und ich spüre, wie mein Vater für einen Moment den Atem anhält.

»Dein Dad fuhr schneller und schneller, aber dann kam die Absperrung. Wir sprangen aus dem Auto und rannten los. Als ich den ganzen Rauch sah, das Wasser, die vielen Menschen. Das Feuer. Mein Kopf war leer. Da war nur diese Angst. Diese Angst, dass sie mir sagen, dass meine Kinder …« Sie schluchzt lauter als zuvor und ich schaffe es, meine Augen zu öffnen und sie anzusehen. Dad greift nach ihrer Hand.

»Der Krankenwagen war da. Man versuchte uns aufzuhalten, aber ich wollte zu euch. Ich dachte, ich ersticke. Das Atmen fiel mir schwerer und schwerer, meine Hände waren schweißnass, ich …«

»Sie hielten mich fest und ich sagte ihnen, dass wir eure Eltern sind, dass das unser Haus ist. Da war deine Mum schon längst bei euch«, ergänzt Dad ruhig.

»Eure Verbrennungen. Der Rauch. Das Beatmungsgerät. Ich wusste nicht, ob ihr es schafft. Ich konnte nicht klar denken. Auf einmal schrien alle durcheinander, sie mussten Izzy wiederbeleben. Man riss mich fort und ich schrie. Ich schrie und konnte nicht aufhören. Irgendwann fand ich mich in den Armen deines Vaters wieder und hörte einen Arzt sagen ›Es tut mir leid‹. Mehr musste er nicht sagen, ich wusste, Izzy hat es nicht geschafft. Wir fuhren mit dir ins Krankenhaus, ich konnte noch nicht trauern, ich wollte zu sehr, dass du es schaffst. Mo lag neben dir, ein Sanitäter verarztete sein Ohr und seine Verbrennungen, während der Arzt bei dir saß und dich versorgte. Dein Zustand war kritisch, du hast zu viel Rauch eingeatmet, wie Izzy. Aber deine Verbrennungen waren nicht so schlimm wie ihre. Nicht so schlimm – bei Gott, es hat gereicht! In diesem Moment hätte ich alles getan, um dir das zu ersparen. Ich hätte alles getan, um Izzy zurückzuholen.« Mum holt Luft, einmal, zweimal. Sie sieht mir in die Augen und da ist kein Vorwurf zu erkennen.

»Ich erinnere mich so klar an alles. Es hat gewittert. Als wir es dir sagten, regnete es in Strömen. Und das Einzige, was so schlimm war wie der Verlust von Izzy, war, dir sagen zu müssen, dass sie es nicht geschafft hat.«

»Wir mussten es selbst erst verstehen. Und als du aufgewacht bist, als du es erfahren hast, da … In dem Moment haben wir auch dich verloren«, sagt Dad.

»Es war, als hätte Izzy dich mitgenommen. Als hättet ihr euch nicht loslassen können. Du warst still, Hannah. Jeden Tag wollte ich, nein, wollten wir nichts mehr, als dass du wieder redest. Wir wussten, ein Kind haben wir verloren. Als du stumm bliebst, da … da kam mir der Gedanke, dass wir dich auch verloren haben. Nein, schlimmer, dass du dich verloren hast.« Sie schüttelt den Kopf, presst die Lippen zusammen. »Ich wusste nicht mehr, was ich tun soll. Wir wussten es nicht. Dein Dad hat sich zurückgezogen … Trauer kann ein Gefängnis sein. Man kann sich darin verlieren und gefangen bleiben«, flüstert sie und ihre Stimme bricht.

»Es tut mir leid«, wispere ich wieder, weil ich nicht weiß, was ich sonst sagen soll. Weil es wahr ist. »Ich wollte das nicht. Ich dachte, ihr wollt mich nicht mehr, weil ich …« Ich kann nicht zu Ende reden, weil die Arme meiner Mutter mich zu sich ziehen und meinen Vater gleich mit.

»Denk so etwas nie wieder! Wäre Izzy hier, würde sie dir gehörig den Kopf waschen!«

»Wäre Izzy hier, wäre alles anders«, entgegne ich.

»Izzy bleibt immer bei uns.« Dad streicht über meinen Kopf.

Vielleicht hat er recht.

Irgendwann schlafen unsere Beine ein. Ich werde müde,

ich spüre, wie viel Kraft mich das gekostet hat. Dad steht auf, hilft Mum und mir und ich wische die letzten Tränen aus dem Gesicht, als ich zur Tür gehe und schaue, ob Ben noch da ist. Zaghaft lächle ich ihn an.

»Danke.«

»Oh, Hannah. Ich habe gar nichts getan«, sagt er und zwinkert mir zu, während er mir hinein folgt.

»Herr …«, setzt Mum an, aber Ben ist schneller und hebt sofort die Hand.

»Ben, einfach Ben.«

»Danke, dass Sie sich um Hannah gekümmert haben.«

»Ich glaube, der Dank gebührt eher Pia und Jana, die das Camp leiteten. Und Levi.«

»Wer ist dieser Levi eigentlich?« Mein Vater sieht mich mit diesem speziellen Blick an und ich weiß, worauf er hinauswill.

»Ein Schüler von Sankt Anna und ein ehemaliger Betreuer des Camps«, erklärt Ben, aber mein Vater hat nur mich im Blick und ich kann nicht anders, als zu lächeln. Levi ist der Junge mit der scheußlichen Cap, den Tattoos und der schönen Gitarre.

Meine Eltern müssen los, auch wenn sie bleiben wollen und ich nicht will, dass sie gehen.

»Wir sehen uns bald wieder. Vielleicht kommst du uns an einem Wochenende mal besuchen?«

»Ja, das werde ich, Mum.«

»Du redest wieder«, sagt sie ungläubig und nimmt mich

in den Arm, als wir Bens Büro verlassen. Sie sagen Auf Wiedersehen und ich bringe sie hinaus.

Auf dem Weg gehen wir durch die Aula und ich sehe die zwei Jungs aus Levis Zimmer. Ich kneife die Augen zusammen und … da ist sie. Die rote Cap, die ich überall erkennen würde. Aber er ist zu weit weg.

»Levi«, flüstere ich.

»Was hast du gesagt, Schatz?«, fragt Mum besorgt.

»Levi«, sage ich noch einmal. Lauter, aber immer noch viel zu leise. Mein Blick hängt an ihm, er entfernt sich von uns.

»Der Levi?«, höre ich Dads Stimme, aber ich kann nicht antworten.

Jetzt oder nie!

»Levi!« Ich schreie seinen Namen, schreie ihn mit voller Kraft. Er bleibt stehen, rührt sich nicht und ich halte den Atem an.

Dreh dich um.

Dreh dich um.

Dreh dich um.

Dreh dich um.

Der Gedanke läuft in meinem Kopf auf repeat und ich hoffe, dass es hilft.

Er tut es, er dreht sich um. Die Leute gehen zwischen und an uns vorbei, aber ich sehe nur ihn. Sein Blick findet meinen.

Meine Beine setzen sich in Bewegung, ich renne auf ihn zu und komme kurz vor ihm zum Stehen.

»Das Mädchen kennen wir doch«, sagt der eine von Levis Freunden. Ich glaube, er hieß Josh.

Ich lächle und dieses Lächeln ist so ehrlich und frei, wie es das lange nicht war.

Levis grüne Augen fixieren mich. Sie sind wunderschön. Ich glaube, es fällt mir erst jetzt richtig auf.

Er sieht mich an und ich bekomme eine Gänsehaut.

Ich weiß nicht, wann mich zuletzt jemand so ansah. So, als ob ich es wert wäre.

Als ich dich verloren habe, Izzy, da dachte ich, ich habe alles verloren. Ich glaube, es war nicht falsch, denn in dem Moment war es so. Aber was ist, wenn ich alles Stück für Stück wiederfinde? Geht das? Kann man sich selbst verlieren und wiederfinden?

Kapitel 42 – Levi

Manche Wünsche gehen in Erfüllung.

»Sag ihn noch mal.«

Hannahs Lächeln wird größer. »Levi.«

Ich habe es mir nicht eingebildet. Sie hat meinen Namen gesagt. Sie steht vor mir. Sie redet.

Ihre Stimme klingt ganz anders, als ich dachte – und viel schöner.

Ich denke an die Nacht im Camp, an die Sternschnuppen und das, was ich sagte.

»Ich habe mir gewünscht, dass du irgendwann meinen Namen sagst. Dass du vor mir stehst und sagst: Hi, Levi. Dann werde ich antworten: Hi, Hannah! Wir sind aber gesprächig heute.«

Ich möchte es sagen, aber ich bekomme keinen Ton heraus.

Sie hat meinen Namen gesagt. Das ist alles, woran ich denken kann.

»Heilige Scheiße …«, fluche ich nicht sehr galant und ziehe Hannah mit einem Ruck an mich. Ich halte sie und lege mein Kinn auf ihren Kopf. Ich muss mich zusammenreißen, sie nicht noch einhundert Mal zu bitten, meinen

Namen zu sagen. Oder überhaupt irgendwas. Ihre Arme legen sich um mich und ich schwöre, lange hat sich nichts so gut angefühlt.

»Du bist also Levi«, höre ich eine fremde männliche Stimme sagen und lasse Hannah los.

»Ja, das ist er. Und wir sind Josh und Max, falls das jemanden interessiert«, sagt Max frech und Josh zischt verärgert: »Nein, das interessiert keinen, du Idiot!« Er zieht ihn mit sich und wartet etwas weiter abseits.

Nur ungern lasse ich von Hannah ab. Vor mir stehen ein Mann und eine Frau – und sie sehen Hannah verdammt ähnlich.

»Ich bin Paul, Hannahs Vater, das ist meine Frau Laura.« Er reicht mir die Hand und danach schüttele ich die von Hannahs Mum.

Hannah bleibt neben mir stehen, sie greift nach meiner Hand und sofort fühle ich mich ein Stück sicherer.

»Wir haben deinen Namen heute oft gehört und anscheinend gibt es da noch einiges zu erzählen, aber wir würden einfach nur gerne …« Er stoppt und sieht zu Hannah. »Wir würden gerne Danke sagen.«

Ich habe nichts getan, will ich antworten, aber ich habe einen fetten Kloß im Hals.

Plötzlich finde ich mich in der Umarmung von Hannahs Mum wieder und höre ihre Stimme an meinem Ohr. Sie sagt immerzu Danke und ich kann darauf nichts antworten.

Als sie sich von mir löst, weiß ich nicht, was ich tun soll.

»Wir fahren jetzt. Wir sehen uns dann in einer Woche

zum Sonntagsbesuch. Wir rufen dich morgen an, okay?« Hannahs Dad umarmt sie, nickt mir zu und ihre Mum gibt ihr schnell einen Kuss auf die Wange. Sie winken zum Abschied und gehen hinaus.

Währenddessen versuche ich das alles irgendwie auf die Reihe zu bekommen.

»Ich habe mich noch gar nicht bei dir bedankt.«

»Das musst du auch nicht. Dafür gibt es keinen Grund.«

»Mir fallen viele ein«, sagt sie und hält meinen Blick mit ihrem fest. »Die Nacht in der Hütte.«

»Da war ich schuld, dass du überhaupt erst geflohen bist.«

»Nein, warst du nicht und das weißt du. Das Spielen auf der Gitarre, die Momente am See, die Sternschnuppennacht«, fährt sie leise und bedacht fort. »Danke für deine Geschichte.«

»Wenn ich es nicht gewollt hätte, hätte ich nichts davon mit dir geteilt.« Es stimmt, auch wenn ich mich frage, warum ich es tat.

»Danke, dass du mit mir nach Hause gefahren bist.«

Ich drücke ihre Hand, weil ich gerade nichts sagen kann. Weil ich sie vor mir sehe, wie sie schreit und zusammenbricht. Weil jeder Moment mit Hannah Revue passiert und ich daran denke, wie ich sie das erste Mal sah und mich fragte, wer dieses Mädchen ist.

»Levi?«

»Ja?«

»Würdest du heute Abend zu mir kommen und mich abholen?«

Kapitel 43 – Hannah

Jetzt oder nie

Es ist dunkel draußen und ich warte darauf, dass Levi kommt. Sarah ist mit dem Buch auf dem Bauch auf der Couch eingeschlafen, Lina sitzt da und streichelt Mo, während sie mich anstarrt, als wäre ich eine Zirkusattraktion.

»Sag noch mal etwas. Nur ein Wort!«

Aber ich seufze nur und werfe ihr einen genervten Blick zu. Ich kann für heute nicht mehr.

Als es an der Tür klopft, macht mein Herz einen Satz. Ich schnappe mir meine Tasche und die Strickjacke und verschwinde, bevor ich Linas Proteste hören kann.

Levi grinst mich an, als ich gegen ihn pralle.

»Wir haben es aber eilig. Wohin entführst du mich denn? Es ist dunkel, das ist super gruselig.«

Ich boxe ihn in die Seite und ziehe ihn mit. Wir verlassen die schützenden Wände von Sankt Anna, laufen über den Parkplatz zu den Bänken an der Seite. Die Luft ist frisch und lauwarm, die Nacht klar, man sieht bereits einzelne Sterne am Himmel.

»Na los, Hannah. Sag schon! Was hast du vor?«

»Einen Neuanfang.« Ja, das habe ich vor. Ich möchte neu anfangen. Aber ich will nicht vergessen. Ich will weiterhin an Izzy denken und ich will weiterhin mit ihr reden, ihr Dinge erzählen. Aber nicht mehr so. Nicht mehr so, dass es mich zerbricht und zerfrisst. Ich will wieder lächeln, wenn ich an sie denke.

»Neuanfang?«, echot Levi. Wir stoppen an den Bänken und ich lege meinen Rucksack ab.

»Ja. Ich möchte nicht mehr nur traurig sein.« Ich schaue Levi nicht an, aber er bringt mich dazu.

Er hebt mein Kinn an. »Sieh mich an. Bitte!«

Und ich tue es.

»Du weißt, dass das nicht von heute auf morgen klappt, oder?«

Ich beiße mir auf die Lippe und nicke. Ja, das weiß ich.

»Und du weißt, dass du immer auf eine gewisse Art traurig sein wirst. Mal mehr, mal weniger. Manchmal wirst du es für eine Zeit vergessen. Aber letztendlich wird es immer wiederkommen. Es wird irgendwann nur weniger wehtun.«

»Ich muss es versuchen«, krächze ich leise.

»Und ich werde dir helfen. Irgendwann wird es besser sein und irgendwann wird es nicht mehr so wehtun. Dann ist es nur noch ein dumpfer Schmerz, kein reißender.« Levis Finger wandern von meinem Kinn zu meinem Hals auf meine Schulter.

»Ein Neuanfang. Dafür musst du dir erst selbst verzeihen, Hannah. Es kann passieren, dass …« Er beendet den Satz nicht, aber ich verstehe es auch so. Es kann passieren, dass ich das nie schaffe. Levi möchte mich nicht entmutigen, aber er versucht mich vor Enttäuschungen zu bewahren.

»Ich weiß. Damit werde ich aber nicht anfangen. Ich muss erst – Ich muss Izzy loslassen.«

Ich wende mich meinem Rucksack zu, öffne den Reißverschluss und ziehe den Inhalt heraus. Ein Notizblock, Streichhölzer und eine Kerze.

Für einen Augenblick will ich es mir anders überlegen und alles wieder einpacken. Ich will den Rucksack schließen, reingehen und weitermachen, wie bisher. Ich will meine Worte wieder verlieren und trauern. Es tut noch zu sehr weh und Levi hat recht, es wird nie ganz verschwinden.

Dann ist der Augenblick vorbei. Ich möchte nicht mehr weglaufen.

Meine Finger fahren über das Papier, über die Briefe, über die Worte, die ich Izzy die letzten Tage schrieb. Es wird Zeit, sie abzuschicken.

»Bist du sicher, dass ich dabei sein soll?«

»Sonst hätte ich dich nicht gefragt oder dich schon weggeschickt.« Ich will lustig sein, versage aber kläglich, meine Stimme ist ganz dünn, nicht stark. Ich bin es auch nicht.

Blatt für Blatt reiße ich nacheinander aus dem Block, bis er leer ist. Und ich erinnere mich an den Gedanken, dass der Block wirkt, als wäre auf ihm nie etwas geschrieben worden. Es war so viel. Es waren Gedanken, Gefühle, Worte, es waren Erinnerungen, Ängste, Träume, es waren Fragen und manchmal auch Antworten. Auf ihm trafen Schuld und Mut zusammen, Hannah und Izzy.

Ich werfe einen letzten Blick auf die Briefe. Lese den letzten noch einmal durch. Es sind nur drei Sätze. Drei kurze Sätze, die viel mehr sind, als sie scheinen.

Ich stelle die Kerze auf den Boden und knie mich davor.

Das Streichholz liegt fest in meiner Hand, meine Finger greifen es und mit einem Ruck gleitet es am Rand der Packung entlang. Ein Ratschen, ein Zischen. Die Flamme lodert auf. Ein altbekannter Anblick. Ich halte das Streichholz an die Kerze, an den neuen und weißen Docht, warte, bis er sich entzündet. Das Streichholz geht aus und ich lege es auf den Tisch neben die Kerze, die jetzt das einzige Licht bringt und wunderschön flackert.

Sie sieht aus wie die Kerze, die ich damals angemacht habe. Ich habe sie neu gekauft und nie die Kraft gehabt, sie zu entzünden. Ich wollte es nie. Nein, ich wollte nur ständig daran erinnert werden, was sie anrichtete. Was ich anrichtete.

Diese Kerze, die so wunderschön ist und die ich einst liebte, und das Feuer, das so viel zerstört hat.

Ich schlucke schwer, hole zitternd Luft. Levi bleibt ruhig, wartet ab.

»Ich liebe dich, Izzy.«

Weinend lächle ich, lächelnd weine ich.

Ich greife nach dem Papier, ich halte es ewig in meinen Händen.

Ich kann es nicht.

»Wir machen es zusammen«, sagt Levi und legt seine Hand über meine. Er führt das Papier zur Flamme und ich sehe, wie die letzten Worte an Izzy verschwinden. Wir legen das Papier auf den Boden und sehen zu, wie es sich unter dem Feuer krümmt, wie es schwarz wird und vergeht. Wie nichts als Asche bleibt.

Dann nehme ich den Block und halte ihn an die Kerze, jede Seite, jede Ecke. Ich verbrenne ihn, jedes weiße, leere Stück.

»Du wirst ihr nicht mehr schreiben.«

»Nein. Das brauche ich nicht mehr.« Sie hört mich auch so.

Irgendwann ist jeder Zentimeter verbrannt und es wird Zeit für den letzten Schritt. Ich stehe auf, Levi tut es mir gleich. Die Kerze wiegt schwer in meinen Händen, als ich sie aufhebe, und ich zähle innerlich bis zehn, bevor ich sie auspuste. Kurz muss ich mich an die Dunkelheit, die sie hinterlässt, gewöhnen.

Ein paar Schritte weiter steht ein Mülleimer. Die Kerze landet unsanft auf dem Boden, ein lautes Knallen ertönt, als sie aufschlägt.

Levis Arme umfassen mich, ich spüre seinen Atem auf meiner Haut.

»Wenn Izzy nur halb so viel von dir hat, wie du von ihr zu haben glaubst, wäre sie jetzt sehr stolz auf dich.«

»Das hoffe ich«, sage ich nur. »Das hoffe ich.«

Epilog – Hannah

Kurz vor Weihnachten

»Ich kann nicht glauben, dass ich immer vor euch fertig bin«, sage ich lachend, während Sarah mit hochroten Wangen die letzten Sachen in ihren Koffer schmeißt.

»Und ich kann nicht glauben, dass ich mich immer noch erschrecke, wenn du etwas sagst«, erwidert Lina, während sie an mir vorbeigeht, mit Mo auf dem Arm, der auf seinem Kopf mal wieder irgendein Wäscheteil aus ihrer Schublade trägt, weil er dort zu gerne schläft.

Ja, ich rede. Die Worte haben ihren Klang wiedergefunden und ich die Anleitung, um sie auszusprechen. Manchmal vergesse ich, dass ich es wieder kann, aber mit der Zeit wird es leichter. So wie alles andere.

Es ist so viel passiert.

Meine Eltern haben mir erzählt, dass sie unser altes Haus samt Grundstück verkauft haben. Das ist okay, das neue Haus ist jetzt unser Heim. Es war ein Irrtum zu hoffen, der Ort würde etwas ändern, und gleichzeitig zu glauben, er würde es nicht tun. Die Erinnerungen haben wir mitgenommen und Izzy irgendwie auch.

Levis Zimmer befindet sich unweit von Sankt Anna. Er macht eine Ausbildung zum Erzieher und er ist glücklich damit.

Lina, Sarah und ich sind zu Freunden geworden. Aber was mich angeht, sind sie weit mehr als das.

In manchen Nächten liegen wir vor Sarahs Tür, damit sie weiß, wir sind da und niemand kommt herein. Dann braucht sie kein Licht. In manchen Nächten schlafen wir bei Lina, weil sie es mag, auch wenn sie es nicht zugibt.

Es gibt gute und schlechte Tage, aber wir helfen uns und das ist das Wichtigste. Das macht die schlechten Tage weniger schlecht.

Es geht bergauf.

»Kommt schon! Meine Eltern und Levi warten.«

»Verflucht, Mo!«, höre ich Lina schimpfen, während Sarah laut »Fertig!« ruft und samt Koffer vor mir zum Stehen kommt. Keine Minute später schafft es auch Lina, sie hat Mo auf dem Arm.

Die zwei haben keine Familie mehr, dafür haben wir uns. Sie kommen an Weihnachten mit zu mir – Levi auch. Levi wird Gitarre spielen, er hat es versprochen! Vielleicht setze ich mich ans Klavier. Und Mum macht Lasagne. Sie hat gesagt, Dad hat seinen Fotoapparat wieder ausgepackt.

Ich bin nervös, glücklich und aufgeregt. Und ich denke oft an Izzy. Wie es wohl wäre, wenn sie hier wäre.

Als wir draußen ankommen, schneit es. Sankt Anna ist komplett weiß. Die Kälte dringt durch meine Jacke, die Rollen des Koffers sind voller Schnee.

Levi dreht sich zu mir um, als er uns hört, seine Augen weiten sich. Ich weiß, was er sieht. Meine Haare sind wieder blond. Ich habe mir gestern ein Stück von mir zurückgeholt. Ein Stück Hannah und ein Stück Izzy. Es macht mir keine Angst mehr.

Er lächelt und kommt auf mich zu.

»Hi, Levi«, sage ich.

»Hi, Hannah. Wir sind aber gesprächig heute.«

Er bringt mich zum Lachen. Er heilt alte Wunden. Und wenn ich am Anfang dachte, dass kaputte Dinge nichts weiter sind als das, so zeigt er mir, dass man sie reparieren kann. Dass man es versuchen sollte.

Levi zieht mich an sich und gibt mir einen Kuss auf die Stirn. Er grinst mich an.

Ja, ich denke, alles kann gut werden.

Ich werde loslassen, Izzy.

Und ich werde leben. Für uns beide.

Nachwort & Danksagung

Hannahs Geschichte ist geschrieben. Ich möchte jubeln, tanzen und weinen. Denn sie hat mir mehr abverlangt, als ich dachte. Sie hielt viele Höhen und Tiefen für mich bereit und es war so schwer, einen Charakter zu erschaffen, der stumm bleibt. Der so intensiv trauert. Es war schwer, ihn voll und ganz zu beschreiben, ihm eine Stimme zu geben. Das Gleiche gilt für Levi und auch Sarah. Gewisse Themen anzukratzen, ohne den Anschein zu erwecken, es wären Lappalien, es wäre richtig oder normal – das war eine Gradwanderung! Ich kann am Ende nur hoffen, dass ich es irgendwie geschafft habe.

Das alles habe ich natürlich nur mit der Hilfe von wunderbaren Menschen geschafft.

Bevor ich Danke sage, möchte ich ein paar Worte loswerden. Mo ist ein Kater und eine Glückskatze. Die Wahrscheinlichkeit, dass es so etwas gibt, ist mehr als gering, aber nicht unmöglich, auch wenn Glückskatzen fast immer weiblich sind. Hier ging es nicht anders, denn Mo ist etwas Besonderes. Er ist mehr als ein Kater. Er steht für etwas. Er ist Hannahs Halt. Mo erinnert mich an meine Katze Susi, sie war eine Glückskatze und sie war immer bei mir, so wie Mo immer bei Hannah und Izzy war. Mo ist deshalb auch eine.

Denkt daran, dies ist eine Geschichte. Hannah und Levi sind meinen Gedanken entsprungen, aber vielleicht sitzt irgendwo gerade ein Mädchen mit einer Katze am See und lauscht der Musik eines Jungen. Vielleicht. So vieles ist möglich.

Ich danke euch!

Literaturagentur erzähl:perspektive.
Ihr gebt mir Rückendeckung und steht mir mit Rat und Tat zur Seite. Ich fühle mich unendlich wohl bei euch. Besonders dir, Klaus, danke ich für die lustigen Emails und Telefonate, dafür, dass du immer mit Herzblut dabei bist.

Ueberreuter Verlag.
Ihr gebt meinen Büchern und mir ein Zuhause! Ihr habt ein tolles und liebes Team! Von Herzen einen großen Dank an alle, die bei diesem Buch mitgewirkt und es zu dem gemacht haben, was es ist. Besonders an dich, Emily, weil du mir immer geduldig meine Fragen beantwortest und meine Wünsche erfüllst. Weil du an mich glaubst und mich deine kleinen Kommentare wie »toll« und »awww« während des Lektorats beflügeln. Kate und Sandra, ihr seid meine Helden!

Alexander Kopainski.
Wir wissen es alle, ohne ein schönes und vor allem passendes Cover geht nichts! Alex, du schaffst es immer wieder, mich zu verzaubern und das Innere des Buches nach außen zu kehren. Bei dir habe ich nie Angst, ich frage mich immer nur, was du wieder gezaubert hast. Du bist mein kleiner, großer Covergott.

Die Testleser.
Lisa Hermann, Nicole Wakulczyk, Binia Mareike Willkomm, Jacquelin Stumpe, Jennie Lenz, Anna Toll, Kathrin Schlager, Jenny Meyer, Nele Aßmann, Karina Michel, Jenny Klaas, Sandra Vorholzer und Natalie Kanonenberg. Ihr habt vor allem für eines gesorgt: dafür, dass ich nicht aufgegeben habe! Ihr seid der Grund dafür, dass ich den Mut und die Kraft gefunden habe, das Buch so zu schreiben, wie ich es geschrieben habe – und es auch zu beenden. Danke, dass ihr mit mir gelitten und gelacht habt, dass ihr euch Zeit genommen und meine Geschichte als Erstes gelesen habt.

Das Ärzteteam.
Danke an Tessa, Tine, Julia, Julia (ja, es sind zwei) und Mira für die Hilfe bei medizinischen Fragen. Danke an Dr. Agnes Raimann, die es wirklich gibt! Agnes ist eine wundervolle Ärztin und ein zauberhafter Mensch. Sie gehört zur Familie. An dieser Stelle natürlich auch ein Gruß an Dr. Florian Raimann!

Bloggerkollegen & Autorenkollegen.
Durch das Bloggen und Schreiben habe ich unfassbar viele Menschen kennen- und lieben gelernt. Ich habe unzählige Freunde gewonnen. Ich bin für jeden von euch dankbar! Ihr bereichert mich. Schön, dass es euch gibt! Einen besonderen Dank an Stefanie Hasse, Anne Freytag und Marie Graßhoff (die mir die schönsten WhatsApp Voicemails schicken), an Lena Treichel, Melina Kochan, Anna Klewzow, Nica Stevens, Marlena Anders, Janine Balkos, Nina MacKay, Jill-Patrice Lübbert, Hannah Pliestermann, Samira Gläs, Laura-Jane Pyka, Sonja Wagener, Jenny Wäldchen, Lisa Rosenbecker, Alexandra Fuchs, Jil Aimée Bayer und so viele mehr!

Die Leser.
Ihr seid meine Helden und meine tägliche Motivation. Ohne euch wäre nichts, wie es ist. Ich kann euch gar nicht genug für alles danken – für euer Engagement und eure schönen Worte. Manche von euch begleiten mich von Anfang an. Ich denke oft an euch.

Im Herzen dabei.
Michelle König, Olga Reimchen, Sina Mayhack, Katharina Dietz, Nina-Jolie Suffke.

Die Familie.
Weil ihr immer an mich glaubt! Weil ihr so verrückt seid wie ich. Weil ihr mein Halt seid, wenn ich falle.

Der Freund.
Last but not least …! Ich kann mir nicht vorstellen, wie es ohne dich wäre oder wie es das jemals war. Du machst jeden meiner Tage ein Stück besser.

Ich freue mich über jede Nachricht, jede Rezension, jedes Foto und danke euch jetzt schon von Herzen dafür.

Eure Ava

Email: avareed@outlook.de
Blog: avareed.blogspot.de
Facebook: Ava Reed und Avas Bookwonderland
Instagram: avas.bookwonderland und avareed.books
Youtube: Ava reads

Die drei ???®
und die Zeitreisende

erzählt von André Minninger

Kosmos

Umschlagillustration von Silvia Christoph, Berlin
Umschlaggestaltung von eStudio Calamar, Girona, auf der Grundlage der Gestaltung von Aiga Rasch (9. Juli 1941 – 24. Dezember 2009)

Gedruckt auf chlorfrei gebleichtem Papier

Based on characters by Robert Arthur.

ISBN 978-3-440-14835-8
Redaktion: Annemarie Chiappetta
Lektorat: Nina Schiefelbein
Produktion, Layout und Satz: DOPPELPUNKT, Stuttgart
Druck und Bindung: GGP Media GmbH, Pößneck
Printed in Germany / Imprimé en Allemagne

Die drei ???®
und die Zeitreisende

Insektenstachel

»Das perfekte Verbrechen gibt es nicht!« Mit übertriebener Geste deutete die Inspektorin auf den runden, wurmstichigen Holztisch in der Mitte der Bibliothek und genoss ihren Auftritt allzu offensichtlich. Auf dem Tisch befand sich unter einem umgestülpten Weinglas eine Wespe. Auffällig groß und leblos. Die anderen Anwesenden, vier weitere Personen, hatten sich um den Tisch versammelt und lauschten gespannt den Erläuterungen der stark geschminkten Frau mit den markanten, beinahe maskulin wirkenden Gesichtszügen.

»Rufen wir uns das Geschehen vom letzten Sonntag in unser Gedächtnis zurück.« Aus der Innentasche ihres Jacketts zog die Inspektorin einen kleinen Notizblock hervor und rückte dann ihre Brille zurecht. »Ich habe mir genau notiert, zu welchem Zeitpunkt wir auf der Sonnenterrasse von Mrs Brownie zusammengekommen waren: exakt um sechzehn Uhr zwanzig. Ich stand nämlich direkt hinter dem Korbsessel, in dem die besagte Dame saß, und hatte daher die Kirchturmuhr, die man von dieser Position aus hinter den Bäumen deutlich sehen konnte, gut im Blick.«

»Nun spannen Sie uns doch nicht so unnötig auf die Folter, Inspektor«, drängte Mrs Folder, eine korpulente Dame in fortgeschrittenem Alter. Ihr breitkrempiger Sonnenhut sah aus wie das Accessoire einer Hollywood-Diva aus alten Zeiten und verlieh ihr einen Hauch mondänen Glamours.

Mr Finger, ein schmächtiger, in ein luftiges weißes Dinner-

jacket gekleideter Herr, streckte seinen Zeigefinger belehrend in die Höhe. »Müsste die korrekte Anrede nicht ›Inspektorin‹ heißen?«, warf er schulmeisterlich in den Raum, während er seiner Vorrednerin einen missbilligenden Blick zuwarf.

»Lassen wir die Wortklauberei«, entgegnete die Inspektorin großzügig. »Die Emanzipation darf meinetwegen auf höherer Ebene stattfinden. An erster Stelle steht für mich die Überführung des Mörders, der in diesem Fall wirklich gerissen vorgegangen ist. Er schaffte es nämlich, es so aussehen zu lassen, als sei Mrs Brownie an den Folgen eines Wespenstichs – gegen dessen Gift sie höchst allergisch war – verstorben.« Wieder deutete sie auf das umgestülpte Weinglas. »Aber dem war nicht so. Es war Mord!«

»Und was veranlasst Sie zu dieser Behauptung?«, mischte sich nun Doktor Hopper in die Erläuterungen ein. »Ich selbst habe die Obduktion der Verstorbenen vorgenommen. In ihrem Blut fanden sich nachweislich die Spuren des tückischen Wespengiftes.«

Die Inspektorin warf dem Doktor einen abschätzigen Blick zu. »Das bestreite ich auch gar nicht. Fakt ist nur, dass die arme Mrs Brownie nicht durch den Stich dieser Wespe zu Tode kam.«

»Soll das ein Witz sein?«, empörte sich Mr Folder, der Bruder der Verstorbenen. »Ich sah, wie das Insekt angeflogen kam und sich im Nacken meiner Schwester niederließ. Und da ich wusste, dass sich die arme Peggy in diesem Moment wegen ihrer Allergie in Lebensgefahr befand, reagierte ich sofort und beförderte das Tier mittels eines gezielten Schlags

ins Jenseits. Das war ja wohl auch meine verdammte Pflicht! Allerdings muss diese miese Kreatur leider doch bereits vorher zugestochen haben.«
»Das ist zumindest das, was Sie uns glauben machen wollten. Aber das tödliche Gift kann unmöglich von dem Insekt hier auf dem Tisch stammen, da ich das Tier direkt nach der Abholung von Mrs Brownies Leiche einsteckte und im Labor einer eingehenden Prüfung unterziehen ließ. Das Ergebnis ist eindeutig: Das vermeintliche Corpus Delicti enthielt noch sein gesamtes Gift. Da das Insekt also nachweislich *nicht* zugestochen hat, muss das Gift, das zu Mrs Brownies Tod führte, ihr auf eine andere Weise verabreicht worden sein.«
»Das ist doch blanker Unsinn! Sie alle haben gesehen, wie das Vieh sie anflog und ich es erledigt habe!«
»Ich für meine Person habe nirgends eine Wespe herumschwirren sehen, obwohl ich in unmittelbarer Nähe stand«, fuhr die Inspektorin unbeirrt fort. »Und ich denke, dass auch sonst keiner der hier Anwesenden etwas Derartiges bemerkt haben dürfte, Mr Folder. Ach übrigens: Wo befindet sich eigentlich der auffällige Siegelring, den sie während des tragischen Vorfalls am Ringfinger ihrer rechten Hand trugen?« Sie blickte ihn lauernd an.
»Bitte?!« Mit einer auffällig unauffälligen Bewegung vergrub der Angesprochene die Hände in den Taschen seines Jacketts. »Der … der ist mir vor ein paar Tagen abhandengekommen, nachdem ich ihn vor einem Bad im Swimmingpool des Hotels auf meiner Liege abgelegt hatte.«
Die Augen der Inspektorin verengten sich: »Wie schade! So

ein schöner Ring! Dann werden Sie dieses kostbare Schmuckstück ja sicher schmerzlichst vermissen. Haben Sie denn bereits Anzeige erstattet?«

»Dazu bin ich bei all dem Trubel leider noch nicht gekommen«, entgegnete Mr Folder in einem nicht sehr überzeugenden Tonfall. »Aber das sollte ich tatsächlich umgehend in die Wege leiten, Sie haben absolut recht!«

Mr Folders Ehefrau machte eine anklagende Geste. »Was um alles in der Welt bezwecken Sie mit Ihren kryptischen Anmerkungen meinem Mann gegenüber?«, zischte sie mit scharfer Zunge. »Der Ring meines Gatten hat Sie nicht im Geringsten zu interessieren!«

Die Inspektorin lächelte gelassen. »Es ist allzu verständlich, dass Sie Ihrem Mann so beherzt zur Seite stehen, Teuerste – zumal er Sie gestern Abend ins Vertrauen gezogen und Ihnen angekündigt hat, den angeblichen Verlust des Ringes der Versicherung zu melden, obwohl dieser in Wahrheit gar nicht abhandenkam.«

»Was?!« Augenblicklich wich Mrs Folder sämtliche Farbe aus dem Gesicht und ihre Augenlider begannen nervös zu flattern. »Wie kommen Sie denn auf diesen Unsinn?«

»Ihnen beiden scheint nicht bewusst zu sein, wie hellhörig die Zimmer dieses Etablissements sind«, entgegnete die Inspektorin. »Und da ich direkt neben dem Ihren logiere, konnte ich Ihr gestriges Wortgefecht in allen Einzelheiten mitverfolgen.«

Mr Finger horchte interessiert auf. »Was kommt denn jetzt?«

»Die hitzige Debatte begann, weil Mrs Folder das Fehlen des Siegelringes an der Hand ihres Gatten bemerkte. Da er ihn

anscheinend seit Jahren niemals abgelegt hatte, forderte sie von ihm eine plausible Erklärung für das plötzliche Verschwinden.«

»Und wie lautete seine Erklärung?«, wollte Mr Finger wissen, obwohl er die Ausführungen der Inspektorin in keinster Weise in einen Zusammenhang mit Mrs Brownies Tod bringen konnte.

»Nun, Mr Folder weihte seine Gattin in sein Vorhaben ein, den Ring der Versicherung gegenüber als gestohlen melden zu wollen, um die finanziellen Probleme des Paares durch die Versicherungssumme auszugleichen.«

»Ein schäbiger Versicherungsbetrug?«, kommentierte Doktor Hopper verächtlich, während er auf die Bar zuging und sich einen doppelten Bourbon einschenkte.

»So sollte es zumindest aussehen«, kam die Inspektorin nun zum ausschlaggebenden Punkt ihrer Ausführung. »Tatsächlich aber dient Mr Folders zweifelhafte Geschichte, er habe den Ring verschwinden lassen, um einen Versicherungsbetrug zu begehen, einem ganz anderen Zweck: nämlich dem Versuch zu vertuschen, dass dieses Schmuckstück mit dem Tod seiner Schwester in unmittelbarer Verbindung steht.«

Die Frau des Beschuldigten glaubte sich verhört zu haben. »Wie meinen Sie das?«

»Eine exakte Antwort kann ich Ihnen erst geben, wenn die Polizisten in Ihrem Zimmer gefunden haben, was zu suchen ich sie beauftragt habe«, entgegnete die Inspektorin ausweichend.

Wie aufs Stichwort betraten in dem Moment zwei Polizisten die Bibliothek und gingen zielstrebig auf die Inspektorin zu.

»Erfolg auf ganzer Linie!«, strahlte einer der Beamten, reichte seiner Chefin ein kleines Kästchen und verließ umgehend mit seinem Kollegen wieder die Bibliothek.
»Ausgezeichnet«, lobte diese und machte sich sogleich daran, den Inhalt des Kästchens zu begutachten. Triumphierend präsentierte sie zum Erstaunen der Anwesenden Mr Folders vermissten Siegelring.
Einzig Doktor Hopper schien das kaltzulassen. »Bravo«, kommentierte er trocken. »Dann ist es Ihnen ja wirklich gelungen, diesen schäbigen Versicherungsbetrüger zu entlarven. Den mysteriösen Tod von Mrs Brownie klärt dies aber keineswegs auf.«
»Langsam, langsam«, entgegnete die Inspektorin vielsagend. »Denn nun werde ich allen Anwesenden erklären, weshalb ich die Beamten nach dem Siegelring habe suchen lassen.« Erneut deutete sie auf das umgestülpte Weinglas. »Wie ich bereits ausgeführt habe, stammt das tödlich Gift *nicht* vom Stich der vor uns liegenden Wespe. Vielmehr hielt Mr Folder, als er zur Tat schritt, das tote Insekt bereits in seiner geschlossenen Hand, an deren Ringfinger er auch den Siegelring trug. Dieser lässt sich durch ein Scharnier an der Seite öffnen.« Zur Demonstration nahm sie das Schmuckstück zwischen Daumen und Zeigefinger und klappte dann mit der anderen Hand die Oberseite des protzigen Siegels auf. Eine spitze Nadel schnellte hervor.
Den Anwesenden entwich ein überraschtes Raunen.
»Mr Folder drehte unauffällig den Ring in Position«, fuhr die Inspektorin fort, »rief laut: ›Vorsicht!‹, und stach die Nadel, die er mit Wespengift präpariert hatte, in den Nacken

seiner Schwester. Die tote Wespe aus seiner Hand legte er dann vor uns auf den Tisch, um uns alle glauben zu lassen, dass der Insektenstich die Ursache von Mrs Brownies Ableben gewesen sei.«

»Sie kommen sich wohl wie Sherlock Holmes vor, wie?« Blitzschnell zog Mr Folder einen Revolver aus seiner Tasche. Reihum zielte er damit auf die Anwesenden, die erschrocken zurückwichen. Dann sprang er unerwartet auf Mr Finger zu, nahm den schmächtigen Mann hinterrücks in den Schwitzkasten und presste ihm den Revolver an die rechte Schläfe.

»Eine falsche Bewegung von irgendjemandem, und diese dürre Bohnenstange ist ein toter Mann!«, stieß er drohend hervor, während er sich rückwärtsgehend mit seiner Geisel der Eingangstür neben dem Tresen näherte.

»Geben Sie doch auf, Mr Folder«, versuchte ihn die Inspektorin zur Einsicht zu bewegen. »Sie haben absolut keine Chance! Das ganze Hotelareal ist längst von Polizisten umstellt. Sie machen damit alles nur noch schlimmer!«

Doch der entlarvte Mörder schien zu allem entschlossen. Eiskalt blickte er in die entsetzte Runde und lachte verächtlich. »Ich lasse mir von euch nicht dazwischenfunken! Alles oder nichts! Und falls doch jemand versuchen sollte, mich aufzuhalten, knips ich ihm gnadenlos das Lebenslicht aus! Kapiert? Außerdem habe ich –«

WUMMS!

Schwungvoll hatte sich Doktor Hopper, der sich gerade erst an der Bar einen weiteren Drink eingeschenkt hatte, Mr Folder von hinten genähert und ihm mit der halb vollen Whiskyflasche auf die Hand geschlagen. Durch die Wucht des Auf-

pralls entglitt dem Verbrecher die Waffe, schlitterte quer über den Boden und verschwand zwischen den geschnörkelten Standfüßen einer Kommode. Geistesgegenwärtig hechtete die Inspektorin hinterher, bückte sich rasch und holte die Pistole unter dem Möbelstück hervor. Dann zielte sie auf Mr Folder und schoss dem entsetzten Verbrecher zielgerichtet ins Bein.
Mit schmerzverzerrtem Gesicht ließ dieser von seiner Geisel ab und sank ächzend zu Boden.
»Guter Schlag, Doktor!« Die Inspektorin warf dem Arzt einen anerkennenden Blick zu. »Dank Ihres glorreichen Eingreifens haben Sie mir und meinen Kollegen weitere Maßnahmen erspart, sodass der Fall nun gelöst ist und ich tatsächlich noch rechtzeitig meiner Verabredung zum Candlelight-Dinner nachkommen kann! Doch zuvor genehmige ich mir einen kleinen Siegestrunk!« Schmunzelnd tänzelte sie an den Bartresen, goss sich aus einer Karaffe einen üppigen Sherry ein und leerte den Inhalt des Glases mit einem Zug. »Köstlich!«, kommentierte sie anschließend. »Das Zeug hat es in sich und schmeckt mörderisch gut!«
Nach diesen Worten trat sie an den Bühnenrand und wandte sich nun direkt an das gebannte Publikum des voll besetzten Theatersaals. »Ich weiß leider nicht, was *Sie* heute noch so alles vorhaben, verehrte Gäste, daher möchte ich mich kurz fassen: Sollte Ihnen diese Aufführung gefallen haben, dann empfehlen Sie uns doch bitte an Ihre Freunde, Verwandten und Bekannten weiter! Doch falls wir mit unserem Kriminalstück Ihre Erwartungen *nicht* erfüllen konnten, erweisen Sie uns die Ehre und behalten Sie es diskret für sich!«

In diesem Moment erklang Musik und der rote Theatervorhang schloss sich – um sich kurz darauf unter tosendem Publikumsapplaus wieder zu öffnen. Nun stand das gesamte Schauspielensemble in einer Reihe in der Kulisse und verbeugte sich nacheinander vor den Besuchern. Die Menge war begeistert und klatschte sich die Hände wund, während Fotografen nach vorne eilten und ein wahres Blitzlichtgewitter entfachten.

Die drei ??? waren an diesem Premierenabend ebenfalls anwesend. Ihre Plätze befanden sich am Rand der sechsten Reihe. Bei Peter Shaw hielt sich die Euphorie jedoch in Grenzen. Mit einem skeptischen Gesichtsausdruck wandte er sich seinen Freunden zu. »Das Publikum ist ja völlig aus dem Häuschen, Leute. Aber mal ehrlich: Könnt ihr das nachvollziehen? Das Bühnenbild war erstklassig! Aber der Rest …?« Missmutig rümpfte er die Nase.

»Nun hör schon auf, Zweiter«, raunte ihm Bob Andrews zu. »Auch wenn ich ehrlich froh bin, dass unser Detektivunternehmen zum Glück schon weitaus anspruchsvollere Fälle gelöst hat!«

»Ganz deiner Meinung, Bob!«, ließ Justus Jonas mit einem kurzen Seitenblick verlauten. »Aber das Theaterpublikum in Rocky Beach scheint sich offensichtlich mit recht wenig zufriedenzugeben. Klatscht trotzdem höflich weiter, Kollegen!« Er wandte seinen Blick wieder der Bühne zu und bemerkte, dass die Darstellerin der Inspektorin, die am linken Ende der Reihe stand, mit panischem Gesichtsausdruck direkt in seine Richtung blickte. Mehr noch: Sie schien ihn geradewegs mit ihren Augen zu durchbohren! Im selben Moment begann

sich der Vorhang erneut zu schließen. Kurz bevor die linke Vorhanghälfte die Schauspielerin verdeckte, registrierte der Erste Detektiv allerdings noch, dass sie plötzlich kreidebleich wurde und leblos zu Boden sackte.

Premierenfieber

Das Publikum klatschte unaufhörlich weiter.
Justus aber boxte Bob aufgeregt in die Seite. »Hast du das gerade mitbekommen, Dritter?«
»Natürlich!«, gab dieser zurück. »Sicher ein Kreislaufkollaps! Premieren sollen für einige Schauspieler ja der absolute Horror sein!«
Peter war gerade im Begriff, sich ebenfalls zu dem besorgniserregenden Vorfall zu äußern, als die Vorhanghälften erneut zur Seite schwangen und den Blick auf die Bühne wieder freigaben. Das Ensemble verbeugte sich erneut, so als wäre nichts vorgefallen – ein entscheidendes Detail aber hatte sich verändert.
»Die Inspektorin ist nicht mehr dabei!«, entwich es Justus überrascht. »Wie hat man sie denn in diesen wenigen Sekunden unbemerkt von der Bühne geschafft?«
Noch zwei weitere Male wurde der Vorhang geschlossen und wieder geöffnet. Dann endete die Musik, im Zuschauerraum ging das Licht an, der Applaus verebbte schlagartig und die Besucher erhoben sich von ihren Plätzen und verließen den Saal.
»Die haben es aber plötzlich eilig. Außer uns hat anscheinend keiner was vom Zusammenbruch der Hauptdarstellerin mitbekommen«, bemerkte Peter und blickte irritiert den Theatergästen hinterher, die wie von einem Magneten angezogen auf die beiden Ausgänge des Saales zuströmten. »Warum denn so eine Hektik? So spät ist es doch noch gar nicht!«

»Allzu oft bist du bei Theaterpremieren wohl nicht dabei, oder?«, entgegnete Bob ironisch. »Draußen im Foyer warten jetzt Schnittchen und Gratissekt. Das will sich natürlich keiner entgehen lassen!«

»Ach!? Gut zu wissen!«, feixte Peter. »Was machen wir dann noch hier? Auf zum großen Fressen!«

»Macht es euch nicht stutzig, wie überraschend schnell der Vorfall von dem Ensemble unter den Teppich gekehrt wurde, Kollegen?«, warf Justus ein. »Überlegt doch mal: Eine Darstellerin wird plötzlich ohnmächtig und kippt um, der Vorhang schließt sich, geht wieder auf und schon ist sie von der Bühne verschwunden.«

»Und der Rest des Ensembles lässt sich mit einem Hollywood-Lächeln weiterhin beklatschen, als wäre nicht das Geringste passiert!«, fügte Bob hinzu.

»Vielleicht hat der Rest der Truppe ja gar nichts von dem Vorfall mitbekommen. Die waren alle so im Premierenfieber, haben im Applaus gebadet und ins Publikum gestrahlt!«

Justus runzelte die Stirn. »Das halte ich für recht unwahrscheinlich, Zweiter. Ganz zufällig habe ich, nachdem sich der Vorhang wieder geöffnet hatte und die Inspektorin plötzlich verschwunden war, auf die andere Schauspielerin geachtet.«

»Welche *andere* Schauspielerin denn?«, horchte Bob interessiert auf.

»Die in dem Stück die Frau des Mörders gespielt hat: Mrs Folder. Sie war während der ersten Verbeugung bei der Inspektorin untergehakt und somit muss zumindest *sie* den Zusammenbruch mitbekommen haben. Im wahrsten Sinne

des Wortes hautnah. Dennoch ließ auch sie sich nichts anmerken und lächelte breit und professionell ins Publikum! Für mein Gefühl stimmt da etwas nicht und ich sehe nur *eine* Möglichkeit, Klarheit über diesen äußerst seltsamen Vorfall zu erlangen.«

»Wir müssen hinter die Bühne!« Entschlossen erhob sich Bob von seinem Platz und ließ seinen Blick durch den Theatersaal wandern. Außer den dreien hielt sich hier niemand mehr auf. »Und ich empfehle den einfachsten und unkompliziertesten Weg: direkt durch den Vorhang!«

»Du nimmst mir die Worte aus dem Mund, Bob!«, lobte Justus. Er war gerade im Begriff, auf die kleine Treppe zuzusteuern, die auf der linken Seite zur Bühne hinaufführte, als vom Ausgang des Saales unerwartet eine laute Stimme ertönte.

»Würdet ihr jetzt bitte auch hinausgehen? Wir wollen hier sauber machen!«

Die drei Detektive fuhren überrascht herum. Zwei junge Männer hatten den Saal betreten und schoben einen großen Putzwagen vor sich her.

»Aus, Leute!«, raunte Peter seinen Freunden resigniert zu. »Das war's dann wohl mit unserem Vorhaben. Es sei denn, einer von euch hat eine weitere Strategie parat.«

Justus ließ sich von dem Eintreffen des Reinigungskommandos keineswegs aus der Fassung bringen. Zielstrebig ging er zum Ausgang des Theatersaales hinüber und führte seine beiden Freunde mit sich. »Es gibt andere Mittel und Wege, unseren Plan in die Tat umzusetzen, Kollegen. Mir nach!«

Ohne weitere Fragen zu stellen, folgten Peter und Bob ihrem

Freund, der sie über einen kurzen Garderobenflur direkt ins Foyer führte. Hierhin hatte sich die Menge der Premierengäste begeben, um sich über das üppige Buffet herzumachen, das auf einem lang gestreckten Bartresen errichtet war. Unmengen von Spiegeln, Säulen und dunkelroten Vorhängen ließen die Halle eher wie einen Ballsaal erscheinen. Hoch oben hing in der Mitte der Decke ein gigantischer Kronleuchter mit mindestens zweihundert hell leuchtenden Glaskerzen.

Die drei Detektive sahen sich um und Justus erspähte augenblicklich einen Stand, an dem ein Grillmeister mit einer Zange verlockend duftende Steaks wendete, die auf einem Rost vor sich hin brutzelten. Instinktiv verspürte Justus den unwiderstehlichen Drang, sich in die Reihe der hungrigen Gäste zu stellen, doch Bob schien seinen Gedanken erraten zu haben und zog ihn vehement zurück. »Nichts da, Erster! Ich weiß genau, wonach dich jetzt gelüstet, aber wir haben hier zuerst eine Mission zu erfüllen!«

Enttäuscht verzog Justus das Gesicht, während Bob unauffällig zum Sektausschank deutete. Von mehreren Lokalreportern umringt, stand dort ein schlanker Mittvierziger im eleganten Smoking und beantwortete geduldig alle Fragen der wissbegierigen Journalisten, die auf ihn niederprasselten. »Das ist Mr Firhouse, der Intendant des Theaters«, klärte der dritte Detektiv seine beiden Freunde auf. »Ein wahres Allroundtalent. Er hat nicht nur das Drehbuch zu diesem Stück verfasst, sondern ist auch für die Regie, das Bühnenbild und sogar die Garderobenausstattung der Schauspieler verantwortlich. Die Kostüme hat er alle selbst entworfen und per-

sönlich geschneidert! Zumindest stand das so im Programmheft!«
»Schön und gut, Bob«, raunte Peter ihm zu. »Aber über den Zusammenbruch der Schauspielerin können wir den wohl jetzt nicht befragen. Zumindest nicht, solange er von dieser Pressemeute belagert wird.«
In diesem Moment betraten zwei weitere Personen das Foyer, deren unüberhörbar lautes Lachen bereits vom Flur her zu vernehmen gewesen war. Die raumfüllende Präsenz der beiden Damen verfehlte ihre Wirkung nicht. Sofort drehten sich die Anwesenden um und schenkten den beiden Grazien, die ihren Auftritt sichtlich genossen, ihre volle Aufmerksamkeit. Wie auf ein unsichtbares Kommando hin wandten sich auch die Reporter vom Intendanten ab und richteten ihre Kameras und Fotoapparate auf das schillernde Duo.
Mit fragender Miene schlug der dritte Detektiv sein Programmheft auf und warf einen Blick auf die Besetzungsliste.
»Das sind Heather Bedford und Maggie Shatner«, klärte er seine Freunde auf. »Mrs Bedford spielte in dem Stück Mrs Brownie, das Mordopfer, und Mrs Shatner war Mrs Folder, die –«
Noch ehe Bob seinen Satz beenden konnte, spürte er eine Hand an seiner Hüfte, die ihn unsanft zur Seite schob.
»Meine Kehle ist wie ausgetrocknet, Heather! Auf zur Champagnerbar!«
»Na, hören Sie mal!«, fuhr Peter, der ebenfalls »aus dem Weg geräumt« worden war, entrüstet herum und erkannte, dass er Mrs Shatner gegenüberstand.
Diese musterte Peter mit blasiertem Gesichtsausdruck von

oben bis unten und brach dann in ein gekünsteltes Lachen aus, das das komplette Zahnfleisch ihres Oberkiefers freilegte.
»Kennen wir uns?« Ihr arroganter Tonfall machte deutlich, dass sie nicht wirklich daran interessiert war, eine Antwort auf diese Frage zu erhalten.
Justus jedoch wollte sich die Gelegenheit nicht entgehen lassen und entschied sich für die Überrumpelungstaktik. »Sagen Sie, Madam, hat sich die Inspektorin bei ihrem Zusammenbruch auf der Bühne eigentlich schwer verletzt?«
»Was?« Durch das stark geschminkte Gesicht fuhr ein leichtes Zucken. »Sprichst du von Gladys? Gladys Pixie?«
»So ist es«, bestätigte Justus. »Wir sind ernstlich besorgt und könnten diese Premierenfeier wahrlich entspannter genießen, wenn wir Kenntnis über ihr momentanes Befinden erlangen könnten.«
Mrs Shatner schielte ungeduldig zum Sektstand hinüber, in dessen Warteschlange sich ihre Kollegin Mrs Bedford bereits eingereiht hatte. »Die jungen Herren können ganz beruhigt sein. Gladys' Kreislauf kommt schon wieder in Schwung und sie ist bald wieder auf dem Beinen. Das ist bei ihr nichts Neues und schon gar kein Grund zur Sorge. Außerdem neigt sie des Öfteren zu … nun ja, wie soll man es ausdrücken? Zu großer Theatralik! Ja, das trifft es an bestem! Sie wird hier gewiss gleich auftauchen. Und bis dahin kann ich euch nur empfehlen, es mir gleichzutun: Gönnt euch ein Glas Champagner und amüsiert euch!«
Mit diesen Worten steuerte sie raschen Schrittes auf den Sektstand zu.

Die drei Detektive sahen sich fragend an.
»Ein charmantes Wesen«, kommentierte Bob sarkastisch, als sich die Schauspielerin außer Hörweite befand. »Und dazu so kollegial! Scheint ein tolles Arbeitsklima hier zu sein!«
Peter verzog den Mund. »Ein Kreislaufkollaps! Nichts Weltbewegendes, Leute! Und ein großer Hang zur Theatralik!« Er blickte zu Mrs Shatner hinüber. »Dieses Urteil über eine wohl circa siebzigjährige Schauspielkollegin klingt ja nicht gerade wie eine Liebesbekundung, aber immerhin wissen wir nun, dass Entwarnung angesagt ist. Also gibt es nichts weiter aufzuklären, und somit lautet die Devise: Ran ans Buffet!«
»Guter Vorschlag!«, frohlockte Bob und rieb sich hungrig den Bauch. »Bei einem saftigen Steak auf Kosten des Hauses sage ich selbstverständlich nicht Nein und Justus giert ja eh schon lange danach!« Er warf seinem Freund einen belustigten Blick zu. Zu seiner Verwunderung entgegnete dieser jedoch nichts, sondern zupfte stattdessen nachdenklich an seiner Unterlippe.
»Zweiter an Ersten!«, sendete Peter in seine Richtung. »Bist du anwesend oder auf einem anderen Planeten?«
Justus ließ von seiner Lippe ab und senkte die Stimme. »Irgendetwas stimmt da nicht, Kollegen. Und solange ich nicht die absolute Gewissheit darüber habe, ob uns diese Mrs Shatner auch die Wahrheit gesagt hat, gebe ich mich mit ihrer lapidaren Erklärung nicht zufrieden.«
»Verstehe.« Bob verzog das Gesicht. »Also nichts mit Steak essen und hier in aller Seelenruhe auf die Inspektorin warten, richtig?«
Justus nickte, während er seinen Blick noch einmal durch

das überfüllte Foyer wandern ließ. In der Zwischenzeit hatten sich auch die übrigen Mitglieder des Ensembles unter die Gäste gemischt. Bereitwillig gaben sie Presseleuten Interviews, standen für Fotos zur Verfügung oder vergnügten sich ausgelassen an einer der Bars. Mit Ausnahme von Gladys Pixie.

Dann blieben Justus' Augen an Mr Firhouse haften, dem Leiter des Theaters, der sich gerade in eine abgelegene Ecke des Raumes zurückgezogen hatte, um zu telefonieren. Offenbar hatte er das Gespräch beendet, denn er ließ just sein Handy in der Innentasche seines Anzugs verschwinden.

Kurz entschlossen wagte Justus einen Vorstoß. Er signalisierte seinen Freunden, ihm zu folgen, und ging schnurstracks auf den Chef des Theaters zu.

»Dürften wir Sie bitte kurz stören, Sir?« Der Erste Detektiv bemühte sich um einen erwachsenen Tonfall.

»Jederzeit!«, entgegnete der Intendant und zupfte seine rote Fliege zurecht. »Worum geht's denn? Wollt ihr ein Interview?«

»In gewisser Weise schon«, kam Justus ohne Umschweife zur Sache. »Allerdings würden sich unsere Fragen nicht an Sie, sondern an ein Mitglied Ihres Ensembles richten.«

Mr Firhouse lächelte freundlich und machte eine ausladende Geste. »Nur zu, die Herren! Meine gesamte Belegschaft hält sich hier heute auf und ich verbürge mich dafür, dass jeder Einzelne meines Ensembles euch Rede und Antwort stehen wird!«

»Großartig, Sir!«, nahm Justus den Intendanten beim Wort. »Dann würden wir gerne mit Gladys Pixie sprechen!«

»Oh! Ausgerechnet die!« Verunsichert vergrub Mr Firhouse seine Hände in den Taschen seines Anzuges.
Bob stutzte. »Wieso? Geht es ihr vielleicht nicht gut? Oder sehen Sie bei ihr sonst irgendwelche Probleme?«
»Nein, nein, sie ist okay. Aber, nun ja …«, entgegnete der Theaterdirektor ausweichend, »… mit ihr ist es … nicht immer ganz einfach.«
Nun fühlte sich Justus in seiner Vermutung vollends bestätigt, dass hier irgendetwas im Argen lag. »Können Sie uns das näher erläutern?«
Missmutig senkte Mr Firhouse den Blick und schien mit sich zu hadern. Doch schließlich hob er den Kopf und deutete mit einem schweren Seufzer zu einem an das Foyer angrenzenden Flur. »Also schön, kommt mit. Vielleicht könnt *ihr* sie ja dazu bewegen, mit uns zu feiern. Ich bringe euch zu ihr.«
Der Intendant ging voraus, verließ den Raum und wies die drei Detektive an, ihm zu einem schmalen Treppenaufgang zu folgen. Dort angekommen blieb er kurz stehen und stieß einen weiteren Seufzer aus. »Seid ihr für eine Schülerzeitung tätig oder nur auf der Jagd nach Autogrammen?«
Jetzt, kurz vor ihrem Ziel, hielt Justus es für sinnvoller, den eigentlichen Grund ihres Besuchs zu verschweigen. Das Risiko, dass es sich der Theaterchef in letzter Sekunde noch anders überlegen könnte, erschien ihm zu groß. »Ein persönliches Gespräch mit Mrs Pixie wäre natürlich ein Highlight, Sir! Und falls noch ein Autogramm drin wäre …«
Diese Antwort schien Mr Firhouse zu genügen. »Ich bin mir ziemlich sicher, dass Gladys euch nicht enttäuschen wird.

Vermutlich sind begeisterte Fans jetzt genau das, was sie in ihrer Verfassung braucht.«
»Das klingt nun aber wirklich so, als ob irgendetwas vorgefallen sei«, versuchte Bob den Intendanten zu weiteren Informationen zu bewegen.
»Behandelt Gladys wie einen Star, Jungs«, ließ er diese Vermutung kommentarlos im Raum stehen. »Dann wird schon alles wieder gut!«
Die drei Detektive folgten Mr Firhouse in die erste Etage zu einer Tür, an der ein glänzendes Messingschild mit der Aufschrift ›Garderobe 1‹ angebracht war.
Er holte einmal tief Luft und klopfte dann energisch an die Tür. »Gladys?«
Es erfolgte keine Reaktion.
»Gladys!« Er klopfte erneut. »Hallo? Bist du da drin?«
Er griff nach dem Knauf, drehte ihn zur Seite und drückte dann leicht gegen die Tür.
»Abgeschlossen«, bemerkte Justus leise. »Ob da etwas passiert ist?«
Der Intendant winkte gelassen ab. »Das kann ich mir weiß Gott nicht vorstellen!«
»Wie meinen Sie das, Sir?«
Doch bevor der Intendant Peters Frage beantworten konnte, wies Bob auf den Türknauf, der sich langsam wie von Geisterhand drehte …

Hinterhältiger Plan

Die Tür wurde nur halb geöffnet. Mrs Pixie blickte den vieren mit einem trotzigen Gesichtsausdruck durch den Spalt entgegen. Ihr Theaterkostüm hatte sie noch nicht abgelegt, selbst die schulterlange Kunsthaarperücke, unter deren Ansatz sich kleine Schweißperlen gebildet hatten, thronte noch auf ihrem Kopf.

»Was willst du, Frank?«, fragte sie knapp.

Der Theaterchef ignorierte ihren beleidigten Unterton und deutete stattdessen auf die drei Detektive. »Diese Jungs hier, Gladys, sind große Fans von dir und hätten gern ein Autogramm! Sie haben im Foyer auf dich gewartet und mich nach deinem Verbleib gefragt. Da ich dich kenne, dachte ich, dass es besser sei, sie direkt zu deiner Garderobe zu führen, bevor du dich wieder durch den Hinterausgang hinausschleichst, um nicht an unserer Premierenfeier teilnehmen zu müssen.«

»Genau *das* schwebte mir vor!«, erwiderte sie schnippisch. »Was mich jedoch nicht davon abhalten wird, euch die Autogrammwünsche zu erfüllen.«

»Das ist wirklich großherzig, Madam!«, reagierte Bob mit seinem charmantesten Lächeln und setzte gleich noch einen drauf: »Denn offen gestanden hat uns *Ihre* Darbietung am heutigen Abend ganz besonders fasziniert!«

Für einen kurzen Moment lächelte sie stolz, ehe sie sich wieder mit finsterer Miene dem Theaterchef zuwandte. »Du solltest die Presse nicht länger ohne dich auskommen lassen,

Frank. Aber ihr, Jungs, könnt natürlich gerne für einen Moment hereinkommen.« Sie trat einen Schritt zur Seite und gewährte den Detektiven mit einer Armbewegung, die Peter an die übertriebene Gestik eines Stummfilmstars erinnerte, Zutritt zu ihrer Garderobe.

»Viel Erfolg!«, brummte Mr Firhouse vielsagend und trat den Rückweg ins Foyer an.

Als Justus die Garderobentür hinter sich geschlossen hatte, entwich Mrs Pixie ein gequälter Atmer. »Ihr müsst mich entschuldigen, aber ich bin mit meinen Nerven am Ende. Und wenn ich euch gegenüber ehrlich sein darf, bin ich kurz davor, dieses Ensemble für immer zu verlassen …«

Angesichts dieses Geständnisses blieb Peter der Mund offen stehen. »Wie … wie meinen Sie das?«

»Glaubt ihr etwa, ich hätte mich grundlos in meiner Garderobe eingeschlossen?« Ihre Lippen begannen zu zittern. »Ganz besonders an so einem wichtigen Premierenabend? Ich lasse mir diese Unverschämtheiten aber nicht länger bieten!«

Der Erste Detektiv spürte ein Kribbeln in sich aufsteigen. Diese Mission verlief erfolgreicher, als er gehofft hatte. Die Schauspielerin befand sich in einem dermaßen erregten Gemütszustand, dass sie von sich aus bereit war, den drei Detektiven alles mitzuteilen, was sie bedrückte, und es machte beinahe den Eindruck, als würde sie jeden Augenblick mit einem lauten Knall explodieren, wenn sie ihren Ärger auch nur ein paar Sekunden länger für sich behalten müsste.

Und noch ehe einer der drei Detektive irgendetwas hätte entgegnen können, kam der Vulkan in Mrs Pixie tatsächlich zum Ausbruch.

»Wenn auch nur *ein* Mitglied dieses Ensembles glaubt, mir würde die Trennschärfe fehlen, zu erkennen, was in diesem Theater mit mir gespielt wird, hat er oder sie sich gehörig geschnitten!« Mit einer schnellen Bewegung zog die Schauspielerin sich die Perücke vom Kopf und beförderte sie mit einem gekonnten Wurf auf die Ablage ihres Schminktisches. »Ihr habt es heute Abend selbst miterlebt: In der Schlussszene schlägt Doktor Hopper mit der Whiskyflasche dem Mörder den Revolver aus der Hand. Laut Textbuch fällt dann die Waffe zu Boden, ich schnappe sie mir und schieße dem Mörder damit ins Bein, um ihn an seiner Flucht zu hindern.«

»Exakt«, bestätigte Justus. »Das war wirklich einer der packendsten Momente in dieser Aufführung. Wie ist denn dann ihre gerade gemachte Andeutung zu verstehen?«

»Die Abfolge dieses Vorganges erfordert ein Höchstmaß an Präzision! Das Timing ist die Grundvoraussetzung für das Gelingen dieser Szene. Und um dieses einhalten zu können, bin ich auf das zuverlässige Zusammenspiel mit meinen Schauspielkollegen angewiesen. Was diesen Punkt betrifft, war es heute Abend allein meiner Professionalität zu verdanken, dass der miese Plan von Roy Sanders nicht aufgegangen ist!«

»Roy Sanders?«, hakte Bob nach. »Das ist der Schauspieler, der in dem Stück die Rolle des Mörders spielt, richtig?«

»Schauspieler?« Mrs Pixie stieß einen abfälligen Laut aus. »Ein Amateur ersten Grades! Und heute wollte er mich auch noch vor dem Publikum und der gesamten Presse bloßstellen. Aber nicht mit Gladys Pixie! Schließlich habe ich mein Fach von der Pike auf gelernt!«

»Was um alles in der Welt hat er denn angestellt?«, wollte Bob jetzt endlich wissen.
Doch bevor Mrs Pixie antwortete, ging sie zu ihrem Schminktisch, holte sich ein Kosmetiktuch aus einer Pappschachtel und wischte sich damit die Schweißperlen von der Stirn. »Der Schuss, den ich aus der Waffe abfeuere, kommt von einem Tonband und wird gemeinsam mit der Spannungsmusik über die Lautsprecher in den Zuschauersaal übertragen. Dadurch ist das Zeitraster vorgegeben. Mir stehen, nachdem Doktor Hopper dem Mörder die Waffe aus der Hand geschlagen hat, genau fünf Sekunden zur Verfügung, um den Revolver aufzuheben und damit auf Mr Folder zu schießen. Und was macht Roy, dieses Kollegenschwein?« Ohne wirklich eine Reaktion abzuwarten, fuhr sie fort: »Er muss, wenn ihm die Waffe von Leonard Harris – ich meine: Doktor Hopper – aus der Hand geschlagen wird, dafür sorgen, dass sie in meine Richtung fällt. Tatsächlich hat er aber die Waffe mit solch einem Schwung zu Boden geschleudert, dass sie unter den schmalen Spalt der Kommode schlitterte.« Sie rang erregt nach Luft. »Das machte es für mich quasi unmöglich, innerhalb der mir zur Verfügung stehenden fünf Sekunden das Requisit an mich zu reißen, um synchron zum Tonband den Schuss zu simulieren!«
»Was Ihnen aber dennoch vortrefflich gelungen ist!«, meinte Bob anerkennend.
Diese Bemerkung erwiderte Mrs Pixie mit einem stolzen Lächeln. »Gekonnt ist eben gekonnt, Herzchen! Meinem über die Maßen raschen Reaktionsvermögen und meinen filigranen Fingern ist es zu verdanken, dass ich die Waffe rechtzeitig

unter der Kommode hervorziehen konnte, um den Schuss abzugeben, sonst –!«

»Wie?« Peter fasste sich an den Kopf. »Sie glauben, dass dieser Roy Sanders den Revolver *absichtlich* so weit weggeschleudert hat, um Ihnen den Auftritt zu vermasseln? Warum?«

Die Schauspielerin zupfte die goldenen Clips von ihren Ohrläppchen und legte sie in eine Schatulle. »Ich bin dem gesamten Ensemble schon lange ein Dorn im Auge. Einzig und allein deshalb, weil ich durch mein schauspielerisches Talent alle an die Wand spiele und sie neben mir wie Statisten wirken! Es liegt mir halt einfach im Blut! Das kann man *mir* aber doch nicht zum Vorwurf machen!«

Die drei Detektive warfen sich vielsagende Blicke zu.

An Selbstbewusstsein schien es Mrs Pixie, zumindest vordergründig, nicht zu mangeln. Unterschwellig strahlte sie jedoch tiefe Verzweiflung aus.

»Und der gute Frank Firhouse steckt ebenfalls mit drin!«, führte sie ihre Erläuterungen fort. »Als Intendant sollte es eigentlich seine Aufgabe sein, die Truppe zusammenzuhalten. Aber ich spüre schon lange, dass er die Kollegen gegen mich aufhetzt! Wie oft ist mir in dieser Garderobe schon Geld aus meiner Börse abhandengekommen! Und ständig verschwinden Seiten aus meinem Textbuch!«

»Das ist natürlich mehr als seltsam, Madam«, versuchte Justus den Redefluss der exzentrischen Schauspielerin wieder auf eine sachliche Ebene zu bringen. »Aber weshalb sollte ausgerechnet der Intendant ein Interesse daran haben, Sie aus seinem Theater zu vergraulen, wo er Ihnen in diesem Stück doch sogar die Hauptrolle gegeben hat?«

Mrs Pixies Augen verengten sich zu schmalen Schlitzen. »Das ist ja gerade das Widerliche: Der Kerl ist so raffiniert, dass er es trotz aller Intrigen schafft, am Ende sogar als Unschuldsengel dazustehen, wenn die anderen Mitglieder des Ensembles mich zugrunde gerichtet haben – aber *das* natürlich in seinem Auftrag!«
Der Erste Detektiv verschränkte demonstrativ die Arme. »Was aber meine Frage nicht beantwortet, Madam. Mr Firhouse hätte Ihnen ja auch einfach eine wesentlich kleinere Rolle zuteilen können. Deshalb noch einmal: Steht die Tatsache, dass er Ihnen die Hauptrolle gegeben hat, nicht im Widerspruch zu Ihren Anschuldigungen?«
»Wenn du mir eben genau zugehört hättest, wüsstest du, dass ich sehr wohl auf deine Frage eingegangen bin!«, fuhr sie ihn an. »Obwohl ich natürlich weiß, dass mein schauspielerisches Talent absolut einzigartig ist und viele Neider hervorruft, ist mir auch bewusst, dass ich nicht immer die pflegeleichteste Person bin. Ich sage eben geradeheraus, was ich denke, und das empfinden viele Menschen als unbequem. Besonders in diesem Ensemble, wo Oberflächlichkeiten und verlogene Komplimente auf der Tagesordnung stehen. Letztendlich kämpft hier jeder für sich und versucht, die besten Rollen zu ergattern. Das ist mit Fair Play für viele halt nicht zu meistern. Solchen Leuten helfen nur Intrigen und hinterhältige Methoden, um ans Ziel zu kommen! Genau diesen Umstand nutzt Mr Firhouse für seine Zwecke aus.«
»Dann hegen Sie also den Verdacht«, spann Bob den Faden fort, »dass Mr Firhouse Mr Sanders in irgendeiner Form dazu angestiftet hat, den Revolver so weit wegzuschleudern.«

»Du hast es erfasst!« Mrs Pixie strich sich mit der Zunge über die trockenen Lippen. »Ich verwette meine nächste Hauptrolle, dass er ihm, so komisch es auch klingen mag, die Rolle des Inspektors in Aussicht gestellt hat! Und bevor einer von euch auf die Idee kommen sollte, mich abermals nach den Beweggründen zu fragen, stelle ich euch kurz dar, was hier eigentlich Sache ist: Fachlich ist unser Intendant über jeden Zweifel erhaben. Er will großes Theater machen, deshalb besetzt er die Hauptrolle klugerweise mit mir. Aber gleichzeitig ist er ein konfliktscheuer Mensch. Deshalb legt er allergrößten Wert auf absolute Harmonie in seinem Ensemble. Um diese zu erreichen, ist er paradoxerweise nicht gerade zimperlich in der Wahl seiner Mittel. Wenn also ein Ausnahmetalent wie ich nicht in dieses ›Wir-haben-uns-ja-alle-sooo-lieb‹-Konzept passt, nutzt er den Unmut der Kollegen aus und spornt sie zu Attacken gegen mich an, die mich dazu bringen sollen, meinen Hut aus eigenem Antrieb zu nehmen und meine Karriere woanders fortzusetzen.«
»Und …?« Justus zögerte einen Moment, dann entschied er sich doch, Mrs Pixie die provozierende Frage zu stellen. »Und was bewegt Sie dazu, diesen Intrigen dennoch zu trotzen?«
Der bislang schlagfertigen Diva schienen urplötzlich die Worte zu fehlen. Resigniert ließ sie sich auf den Stuhl vor ihrem Schminktisch sinken. Dann suchte sie im Spiegel den Blickkontakt zu den drei Detektiven. »Na ja, ich hänge doch auch an diesem Theater … Und die Sache mit dem Revolver hätte ich eigentlich auch locker weggesteckt, das könnt ihr mir glauben, aber …«

»Aber …?!« Mit einem Mal spürte der Erste Detektiv eine starke Unruhe in sich aufsteigen. Jetzt endlich schien die Schauspielerin auf den Punkt zu kommen, der ihn und seine beiden Freunde überhaupt dazu veranlasst hatte, sie hier in dieser Garderobe aufzusuchen.
»Was ich euch jetzt sage, ist eigentlich unfassbar, aber ich bin mir absolut sicher, dass mir heute Abend ein Mitglied des Ensembles während der Vorstellung irgendeine halluzinogene Droge verabreicht hat.«
»Bitte?!« Bob glaubte sich verhört zu haben. »Und wie soll das vonstattengegangen sein?«
»Ganz einfach: mithilfe der Karaffe, aus der ich mir zum Schluss einen Sherry einschenke. Bei der Flüssigkeit, die ich in dieser Szene trinke, handelt es sich in Wahrheit um Apfelsaft und außer mir trinkt sonst niemand davon.«
In Justus' Hirn begann es fieberhaft zu rotieren. »Und woraus schließen Sie, dass dem Saft eine Droge beigemischt wurde? Könnte es sein, dass Sie nach Ende der Vorstellung etwas gesehen haben, das Sie plötzlich in Angst und Schrecken versetzt hat? So sehr, dass Sie ohnmächtig wurden?«
»Woher weißt du das?« Wie vom Blitz getroffen fuhr Mrs Pixie in die Höhe, während sich ihre Augen vor Entsetzen weiteten. Dann trat sie auf den Ersten Detektiv zu, blieb dicht vor ihm stehen und wiederholte ihre Frage. »Woher weißt du das? Los, heraus damit!«
Erschrocken über Mrs Pixies heftige Reaktion wich Justus einen Schritt zurück. Doch sofort fasste er sich wieder und setzte mit ruhigen Worten zu einer Erklärung an. »Ich saß schließlich mit meinen beiden Freunden im Publikum, Ma-

dam, und hatte das Geschehen auf der Bühne aufmerksam im Blick. Deshalb ist mir nicht entgangen, dass Sie während Ihrer Schlussverbeugung im Zuschauersaal offenbar etwas sahen, was Sie zu Tode erschreckt haben muss. Bislang hatte ich die Vermutung, dass es um *meine Person* ging, da Sie genau in meine Richtung geblickt haben. Mittlerweile bin ich aber der festen Überzeugung, dass es etwas anderes war, das Ihnen einen derartigen Schock versetzt hat, dass Sie einen Ohnmachtsanfall erlitten.«

Mrs Pixie war zu keiner Regung fähig. »Es … es war nichts …«, brachte sie stammelnd hervor. »Wie gesagt … nur eine Halluzination.«

»Und was hat Ihnen die Halluzination vorgegaukelt …?«, versuchte Justus mit ruhiger Stimme in Erfahrung zu bringen.

Die Schauspielerin wandte sich um und trat langsam wieder an ihren Schminktisch heran. Dort löste sie wie in Trance eine Fotografie vom Spiegel und reichte sie dem Ersten Detektiv.

»Diese Aufnahme wurde vor zweiunddreißig Jahren gemacht«, flüsterte sie mit zitternder Stimme. »Das Mädchen, das auf der Schaukel sitzt, ist meine Tochter. Kurz nachdem dieses Foto geschossen wurde, ist sie spurlos verschwunden und seitdem nie mehr aufgetaucht. Über die Umstände ihres Verschwindens kann und darf ich kein Wort verlieren. Und wenn ich es doch täte, würde man mich sofort auf meinen Geisteszustand hin untersuchen lassen. Doch genau darauf scheint es ein Mitglied dieses Ensembles anzulegen …«

Blick in die Vergangenheit

»Moment, Madam«, versuchte Justus noch weitere Informationen aus Mrs Pixie herauszulocken. »Wollen Sie uns damit sagen, dass Sie Ihre Tochter im –«

Die Frage des Ersten Detektivs wurde durch ein lautes Klopfen an die Garderobentür jäh unterbrochen. Die Schauspielerin zuckte kurz zusammen, doch als vor der Tür auch noch laut »Das Wochenblatt!« gerufen wurde, zögerte sie keine weitere Sekunde und rief mit flötender Stimme: »Herein!«

Die Tür wurde geöffnet. Zwei Männer, mit Fotoapparat, Mikrofon und Aufnahmegerät bewaffnet, betraten die Garderobe und bauten sich mit großer Geste vor der sichtlich geschmeichelten Dame auf.

»Das Wochenblatt von Rocky Beach«, wiederholte einer der beiden mit schneeweißer Zahnreihe, während sich der andere ergeben vor Mrs Pixie verneigte.

»Sie waren wieder einfach großartig und das Highlight des heutigen Abends! Wir würden gern ein kurzes Interview mit Ihnen führen! Natürlich nur, falls es Ihnen recht ist!«

Mit professioneller Geschwindigkeit zupfte Mrs Pixie ihre Haare zurecht und klimperte mit ihren angeklebten Wimpern. »Eigentlich wollte ich mich ja gerade meines Kostüms entledigen, aber dem Wochenblatt kann ich einfach keinen Wunsch abschlagen!«

Einer der Reporter blickte die drei Detektive irritiert an und der Schauspielerin wurde augenblicklich klar, welchen Fauxpas sie sich durch diese Äußerung geleistet hatte.

»Die drei Jungs waren ohnehin gerade im Begriff zu gehen!«, versuchte sie die Situation zu retten und wies mit ausgestrecktem Zeigefinger Richtung Garderobenausgang. »Nicht wahr, die Herren?«
Doch so unvermittelt wollte sich Justus nicht geschlagen geben. »Wäre es denn vielleicht möglich, dass wir das Gespräch –«
»Wirklich, ganz reizend von euch«, fiel ihm Mrs Pixie mit süßem Tonfall ins Wort. »Aber ich habe einen anstrengenden Abend hinter mir und die Presse geht vor! Gerne ein anderes Mal, doch für heute ist Schluss!«
»Könnten wir eventuell –«
»Komm schon, Erster.« Der Zweite Detektiv war stinksauer und zog Justus mit zur Tür. Bob folgte den beiden und sie verließen grußlos die Garderobe.
Als er die Tür hinter ihnen geschlossen hatte, blickte Peter seine Freunde entgeistert an. »So etwas Dreistes habe ich ja schon lange nicht mehr erlebt«, machte er seinem Ärger Luft. »Für wen hält die sich eigentlich? Wenn ich nicht so gut erzogen wäre, hätte ich ihr gerne mal in Anwesenheit der Reporter erklärt, was Höflichkeit und gutes Benehmen bedeuten!«
Bob legte ihm beruhigend die Hand auf die Schulter. »Reg dich nicht auf, Zweiter! Bei Promis ist so ein Verhalten völlig normal.«

Das Büro der drei Detektive – ihre Zentrale – befand sich in einem alten Campingwagen, der, versteckt unter einem riesigen Haufen Gerümpel, auf dem Schrottplatz des Ge-

brauchtwarencenters T. Jonas stand, das Justus' Onkel Titus und seine Tante Mathilda betrieben. Dieser Wohnwagen beherbergte alles, was für die Ermittlungen des erfolgreichen Trios von Nutzen war: vom Telefon und Computer über gemütliche Sessel und einen Kühlschrank bis hin zum kompletten Aktenarchiv all ihrer bisher gelösten Fälle.

Als Peter und Justus am nächsten Nachmittag in der Zentrale eintrafen, saß Bob bereits vor dem Monitor. Er wirkte äußerst beschäftigt und winkte zur Begrüßung nur knapp mit der Hand.

»Wenn unser Dritter uns so wenig Beachtung schenkt, steckt meist eine interessante Recherche dahinter«, bemerkte Justus, während er seine Schuhe auszog und sich ächzend in einen der Sessel plumpsen ließ.

Peter trat derweil zu Bob an den Schreibtisch und warf einen Blick auf den Bildschirm. »Das darf doch nicht wahr sein!«, entfuhr es ihm überrascht, nachdem er den Namen im Eingabefeld der Suchmaschine gelesen hatte. »Du machst dich tatsächlich über diese Schreckschraube schlau? Was versprichst du dir denn *davon*?«

Justus wurde sofort hellhörig. »Geht es um Gladys Pixie?«

»Du hast es erfasst, Erster«, bestätigte der Zweite Detektiv mit genervtem Unterton. »Und wenn ich nur daran denke, dass du hinter dem verstörten Geschwafel, mit dem uns diese Grande Dame des Rocky-Beach-Theaters gestern beglückt hat, vermutlich wieder einen neuen Fall witterst, verspüre ich umso mehr den Drang, mir auf der Stelle meine Badesachen zu holen und runter zum Strand zu fahren.«

»Was ist denn in dich gefahren, Zweiter?«, entgegnete Jus-

tus. »Der gestrige Theaterabend mit unserem anschließenden Besuch in der Garderobe war doch äußerst aufschlussreich und schreit geradezu nach einer Aufklärung der merkwürdigen Vorkommnisse!«

»Aufschlussreich?!« Peter lachte kurz auf. »Dann darf ich mal kurz zusammenfassen, ja? Mrs Gladys Pixie wollte uns gestern in einem Endlosmonolog weismachen, dass es sich bei ihrer Person um ein begnadetes und einzigartiges Schauspieltalent handelt. Das allein ist schon ein Witz, denn wenn ich mir als Laie mal ein Urteil erlauben darf, hat mich ihre Darstellungskunst nun nicht so wirklich vom Hocker gerissen. Das gilt allerdings genauso für den Rest des Ensembles.«

Justus grinste breit. »Da kann sich der Intendant ja glücklich schätzen, dass es sich bei dir um keinen Theaterkritiker handelt, Peter. Nicht auszudenken, wenn ein von dir verfasster Verriss in der Presse erscheinen würde.«

»Für ein kleines Stadttheater mag das ja alles im akzeptablen Rahmen liegen«, ließ sich Peter nicht beirren. »Aber diese Mrs Pixie tut so, als würde es sich bei ihr um einen der bestbezahlten Stars Hollywoods handeln, dessen Theaterkollegen und -kolleginnen ihm den Erfolg neiden und ihn deshalb aus dem Weg räumen wollen. Und da wittert ihr beiden gleich einen Fall für die drei ???. Das ist doch lächerlich! Außerdem hat uns Mrs Pixie keinerlei Auftrag erteilt, in dieser Sache zu ermitteln.«

»Aber nur, weil sich uns keine Gelegenheit geboten hat, ihr unsere Dienste als Detektive anzubieten«, entgegnete Justus vehement. »Wenn die Reporter vom Wochenblatt nicht plötzlich vor ihrer Garderobe aufgetaucht wären –«

»Gut, dass du es ansprichst, Erster«, fiel ihm Peter aufgeregt ins Wort. »Mir wäre beinahe der Kragen geplatzt! Am Anfang waren wir für Mrs Pixie noch gut genug, uns ihre ellenlange Leidensgeschichte anzuhören! Ich fand es schon mehr als merkwürdig, dass sie uns gleich so ins Vertrauen gezogen hat, obwohl sie uns überhaupt nicht kannte. Aber als die Presse anrauschte, hatten wir für die Diva von einer Sekunde auf die andere keinen Nutzen mehr und wurden wie lästige Schmeißfliegen auf den Flur gescheucht!« Angesäuert verzog er das Gesicht. »Sorry, Leute, aber für so eine egozentrische Person bin ich nicht bereit, meine wertvolle Freizeit zu vergeuden, geschweige denn, ihr auch noch wie ein Bittsteller unsere Dienste anzubieten!«

»Und wie lautet *dein* Urteil?«, wandte sich Justus unbeeindruckt Bob zu, ohne auf Peters Worte einzugehen.

Der dritte Detektiv blickte irritiert vom Bildschirm auf. »Über Mrs Pixie oder über dein Vorhaben, in dem Fall zu ermitteln?«

»Über beides«, antwortete Justus.

»Offen gestanden, hat Peter für mein Gefühl nicht ganz unrecht, Erster. In der Regel gehen bei mir auch gleich die Klappen runter, wenn ich von jemandem so unverschämt abserviert werde. Durch meinen Job in Sax Sandlers Musikagentur weiß ich aber auch, dass darstellende Künstler eine ganz eigene Spezies sind. Sie lieben es, sich in Glanz und Gloria zu zeigen, und beanspruchen für sich, genial und einzigartig zu sein. Und aufgrund ihres Geltungsdranges haben sie oft wenig Hemmungen, selbst ihr Privatleben der Öffentlichkeit preiszugeben. Auch unter Politikern ist dieses Phä-

nomen weit verbreitet. Illusionen beherrschen diese Welt, und deshalb kann man auch einer Mrs Gladys Pixie eigentlich keinen Strick daraus drehen, wenn sie sich gerne ein wenig wichtigmacht.«

»*Ein wenig* ist aber *reichlich* untertrieben, Bob!«, polterte Peter weiter. »Zumal ich es übrigens auch ziemlich mies finde, wenn jemand seinen Theaterkollegen ein unfaires Verhalten anlastet, aber im Gegenzug genauso unfair gegen sie vorgeht und diese Personen dann auch noch Dritten gegenüber namentlich anprangert! Dabei handelt es sich hier ja offensichtlich nur um einen Verdacht ohne einen einzigen Beweis.« Verächtlich tippte er sich mit seinem Finger gegen die Stirn. »Überlegt doch mal: Aus welchem Grund sollte man denn einer mittelklassigen Schauspielerin in einem Provinztheater während einer öffentlichen Aufführung eine halluzinogene Droge verabreichen? Und wenn es, nur mal angenommen, tatsächlich der Plan gewesen wäre, Mrs Pixie halluzinieren zu lassen, warum dann erst nach Ende der Aufführung?«

»Ich halte ihre Vergiftungstheorie ja ebenfalls für abwegig«, stimmte Justus dem Zweiten Detektiv zu. »Dennoch sollten wir sie nicht vollends ausschließen. Zumindest nicht so lange, bis wir den wahren Grund ihres Zusammenbruchs in Erfahrung gebracht haben.«

»Das ist nicht dein Ernst, Justus!« Peter glaubte, sich verhört zu haben. »Darf ich euch mal daran erinnern, wie sich diese Mrs Shatner und selbst der Intendant über Gladys Pixie geäußert haben? Wenn ihr mich fragt, braucht diese Frau einfach nur extrem viel Aufmerksamkeit und Anerkennung.

Und daher frage ich mich, Erster, wieso gerade du dich ernsthaft mit solch einer Lappalie befassen willst?«

»Könnt ihr beiden mal mit euren Streitereien aufhören?«, unterbrach Bob das Wortgefecht und blickte vom Bildschirm auf. »Ich bin hier nämlich bei meinen Recherchen auf etwas äußerst Bizarres gestoßen, was ich euch auf keinen Fall vorenthalten möchte.«

»Bizarr!« Peter lachte verächtlich. »Dieses Wort beschreibt genauestens den Eindruck, den diese Tante bei mir hinterlassen hat! Dann schieß schon los!«

Bob blickte wieder auf den Bildschirm. »Was im Netz über die berufliche Laufbahn unserer Schauspielerin zu finden ist, kann man ohne Häme als äußerst dürftig bezeichnen. Über ihr Geburtsdatum gibt es verschiedene Angaben, aber wenn man sich für den Durchschnittswert entscheidet, kommt man auf ein ungefähres Alter von fünfundsechzig Jahren. Ihr erstes Engagement hatte sie bereits als Teenager als Nebendarstellerin in einem Kindertheater in Seattle, in dem sie die Rolle eines taubstummen Dienstmädchens verkörperte. Es folgten Auftritte auf diversen Kleinkunstbühnen, bis Mrs Pixie einen gewissen Quentin Kurtz kennenlernte und noch im selben Jahr ein Kind von ihm bekam: Aurora Pixie-Kurtz.«

Mit einem Mal erinnerte sich Justus an Mrs Pixies letzte Worte direkt vor der jähen Unterbrechung durch die Reporter und er spürte ein unbestimmtes Gefühl der Beklemmung in sich aufsteigen. »Das Foto an Mrs Pixies Garderobenspiegel! Ihre Tochter, die damals verschwunden ist!« Sein Herzschlag beschleunigte sich. »Gibt es noch weitere Informationen?«

»Du kannst getrost einen Gang herunterschalten, Justus«, versuchte Bob die plötzliche Aufregung seines Freundes zu bremsen. »Denn wenn ich euch jetzt sage, was sich damals, laut Mrs Pixies Aussagen, vor zweiunddreißig Jahren in New York ereignet haben soll, wirst auch du dich, Erster, kopfschüttelnd von der ganzen Sache abwenden und dein Vorhaben, in dieser Angelegenheit weiterzuermitteln, ganz gewiss begraben.«

Peter schwelgte bereits in Vorfreude. »Ich bin ganz Ohr! Heraus damit!«

»Also schön, ich mache es kurz«, ging Bob zum großen Finale über. »Nach dem zugegebenermaßen mehr als sonderbaren Verschwinden ihrer damals zwölfjährigen Tochter Aurora hat Mrs Pixie ihre felsenfeste Überzeugung kundgetan, dass ihr vermisstes Kind entführt worden sei.« Er holte tief Luft. »Und zwar von einem Zeitreisenden. Direkt in die Zukunft!«

In Luft aufgelöst

Justus benötigte einige Sekunden, um auf Bobs letzte Information zu reagieren. Doch dann trat er an den Bildschirm heran und warf einen interessierten Blick auf die geöffnete Internetseite. »Da ich fest davon ausgehe, dass du dir mit uns keinen Scherz erlaubst, ist damit zu rechnen, dass diese Äußerung von Mrs Pixie auf Hintergründen beruht, über die du uns jetzt sicherlich in Kenntnis setzen wirst, richtig?«

Bob nickte und rief mit wenigen Mausklicks eine weitere Seite auf. »In diesem Artikel berichtet der Autor eines bekannten Klatschmagazins – das aber bereits vor fünfzehn Jahren eingestellt wurde – über nähere Details dieses Falles. Demnach handelte es sich bei Gladys Pixies damaligem Lebenspartner und Vater der zwölfjährigen Tochter Aurora um den Atomphysiker Quentin Kurtz, der seinerzeit in dem amerikanischen Elektronen-Synchrotron *NSLS* auf Long Island beschäftigt war.«

»Elektronen-Synchrotron?«, hakte Peter irritiert nach. »Nie gehört. Was ist das?«

»Ein Zentrum für naturwissenschaftliche Grundlagenforschung, das sich vor allem mit der Entwicklung, dem Bau und dem Betrieb von Teilchenbeschleunigern beschäftigt«, gab Justus in gewohnter Manier sein Wissen zum Besten.

»Teilchenbeschleuniger?« Peter runzelte die Stirn. »Ich scheine ja heute der Doofe unseres Trios zu sein. Diesen Begriff habe ich auch noch nie gehört.«

»Kernphysik ist ja auch nicht jedermanns Steckenpferd«, ent-

gegnete der Erste Detektiv solidarisch, während er Bob heimlich zuzwinkerte. »Bei einem Teilchenbeschleuniger handelt es sich um eine ringförmige Anlage, in der zu verschiedenen Forschungszwecken Atome mithilfe gewaltiger Elektromagneten auf extrem hohe Geschwindigkeit beschleunigt werden. Diese lässt man dann aufeinanderprallen, um herauszufinden, aus welchen Elementen die durch diese Kollision entstandenen Bruchstücke bestehen. Ziel dieser Forschung ist es, die Materie und Antimaterie unseres Universums zu ergründen.«

»Aha«, entgegnete Peter trocken. »Und worin besteht der Sinn dieser Forschung? Ich meine, was hat die Wissenschaft von diesen Erkenntnissen?«

»Hier kommt der weltbekannte Physiker Albert Einstein mit seiner Raum-Zeit-Theorie ins Spiel, der schon in den Zwanzigerjahren des vorigen Jahrhunderts mit seiner Relativitätstheorie dargelegt hat, dass Energie gleich Masse ist«, holte Justus zu einem seiner berühmt-berüchtigten Vorträge aus. »Trotz des ihm verliehenen Nobelpreises wurde seine Theorie von einem Großteil der damaligen Wissenschaftler stark in Zweifel gezogen, da es seinerzeit noch keine technischen Möglichkeiten gab, die Atome in ihre Einzelteile zu zerlegen. Erst durch die Entwicklung und den Bau von Teilchenbeschleunigern konnte Einsteins Theorie mittlerweile wissenschaftlich bewiesen werden. Was damals als pure Science-Fiction abgetan wurde, gehört heute zu den unumstößlichen Fakten naturwissenschaftlicher Forschung. Nach Meinung vieler renommierter Physiker besteht, basierend auf diesem Wissen, durchaus die Möglichkeit, Raum und Zeit zu krüm-

men, sodass die als irrwitzig geltende Idee des Zeitreisens heute nicht mehr nur pure Utopie zu sein scheint.«

»Wie bitte?« Peter schüttelte ungläubig den Kopf. »Die beschäftigen sich in diesem Forschungszentrum allen Ernstes mit Zeitreisen?«

»Das hätte Justus wohl gerne«, schmunzelte Bob. »Vor allem, damit Mrs Pixies Zeitreisentheorie bezüglich ihrer verschwundenen Tochter mehr Gewicht bekommt und wir uns ihres ominösen Falles annehmen. Tatsächlich kommt der Einsatz von Teilchenbeschleunigern vor allem der *medizinischen* Forschung zugute. So werden spezielle Beschleuniger unter anderem auch zur Bestrahlung von Tumoren eingesetzt.«

»*Unter anderem* wohlgemerkt«, entgegnete Justus spitz. »Dennoch versucht man, durch die Forschung im Synchrotron in erster Linie der Entstehung des gesamten Weltalls auf die Spur zu kommen. Was wiederum beinhaltet –«

»Ich danke euch für die ausführlichen Erklärungen …« Schwungvoll erhob sich Peter aus dem Sessel. »Aber in puncto ›Teilchenbeschleuniger‹ ist mein Wissensbedarf nun vorerst gedeckt. Gibt es sonst noch etwas zu berichten, was unseren Ersten zu der Überzeugung bringen könnte, dass Mrs Pixie schlichtweg einfach nicht mehr alle Tassen im Schrank hat?«

Bob richtete seinen Blick wieder auf den Monitor. »Wo war ich stehen geblieben?«

»Dabei, dass Gladys Pixies Lebenspartner seinerzeit beim Elektronen-Synchrotron *NSLS* in Long Island beschäftigt war«, half Justus ihm auf die Sprünge.

»Richtig«, bestätigte Bob. »Auf alle Fälle kann man die Umstände, die zum Verschwinden der damals zwölfjährigen Aurora geführt haben, *mehr* als mysteriös nennen, da sich Mutter und Tochter, Mrs Pixies Aussage zufolge, zu besagtem Zeitpunkt gemeinsam in ein und demselben Raum befunden haben, und zwar in der Küche eines Apartments in New York, das sie erst ein halbes Jahr zuvor mit Quentin Kurtz und Aurora bezogen hatte.« Mit dem Finger wies er auf den Monitor. »Hier ist das gleiche Foto von der Tochter abgebildet, das an Mrs Pixies Garderobenspiegel hängt.«

»Na bitte, wer sagt's denn?« Die Augen des Ersten Detektivs begannen aufgeregt zu leuchten. »Wenn *das* nicht nach einem Fall für die drei ??? klingt, dürft ihr mich in Zukunft ungestraft ›Baby Fatso‹ nennen!«

Peter und Bob lachten amüsiert auf. Es war Ewigkeiten her, dass Justus in der Fernsehserie *Die kleinen Strolche* als ›Baby Fatso‹ mitgewirkt hatte. In seiner Rolle hatte er sich selbst gespielt: einen altklugen Dreijährigen mit dem Wortschatz eines Collegestudenten. Irgendwie war es ihm ohne jegliche Anstrengung gelungen, die Zuschauer stets zu brüllendem Gelächter zu bringen. Heute wusste Justus, weshalb. Ein Blick auf den pummeligen, besserwisserischen kleinen Kerl sprach Bände: Alle Welt lachte sich über ihn schlapp. Der Erste Detektiv wurde nur äußerst ungern daran erinnert.

Umso mehr waren Peter und Bob erstaunt, dass der Erste Detektiv diesen Namen, den er selbst als schwarzen Fleck in seinem Leben betrachtete, jetzt unerwartet ins Spiel brachte.

»Du scheinst auf diesen Fall ja wirklich versessen zu sein«, stellte der dritte Detektiv fest. »Dennoch möchte ich dich

bei aller Zurückhaltung darauf hinweisen, dass uns weder Mrs Pixie noch sonst irgendein anderes Mitglied des Theaterensembles damit beauftragt hat, in dieser Sache Ermittlungen anzustellen.«

Der Erste Detektiv wischte Bobs Einwand mit einer Handbewegung weg. »Was hat Mrs Pixie dazu veranlasst, der Presse gegenüber zu behaupten, ihre Tochter sei in eine andere Zeit entführt worden?« Es klang beinahe trotzig. »Du hattest doch erwähnt, dass der Verfasser dieses Artikels noch weitere Details verrät. Also, erzähl!«

»Kein Problem«, kapitulierte Bob, da er wusste, dass Justus ihm, zumindest rhetorisch, haushoch überlegen war und somit jegliche Einwände zu nichts führen würden.

»Die Geschichte ist derart abgedreht, dass man sie schon fast wieder amüsant finden könnte, wenn das Ganze nicht so bitter wäre.« Er machte eine kurze Atempause. »Wie schon gesagt, war Quentin Kurtz in diesem Elektronen-Synchrotron beschäftigt und genoss dort einen ausgezeichneten Ruf als Atomphysiker. Allerdings kam es mit der Zeit zwischen ihm und seiner Partnerin zu immer stärkeren Spannungen, die Mrs Pixies Angaben zufolge dadurch entstanden, dass Quentin Kurtz von der wahnwitzigen Idee besessen war, Zeitreisen von Menschen nun endlich in die Tat umzusetzen. Er steigerte sich ihr zufolge so sehr in dieses Vorhaben hinein, dass er kaum noch fähig war, an etwas anderes zu denken, und sein privates Umfeld schließlich komplett ausblendete. Für Gladys Pixie war dies ein unerträglicher Zustand, zu dem hinzukam, dass Kurtz von einem Tag auf den anderen fristlos entlassen wurde.«

Justus horchte interessiert auf. »Hat Gladys Pixie den Grund dafür genannt?«

»Na, darauf kannst du ja wohl Gift nehmen, Erster!«, stieß Peter spöttisch hervor. »Wenn so eine Diva dem Reporter eines Klatschmagazins Rede und Antwort steht, kennt sie doch kein Schamgefühl!«

»Interner Diebstahl«, fuhr Bob unbeirrt fort. »Kurtz soll im Namen des Synchrotrons nach und nach eine nicht unerhebliche Anzahl an Apparaturen und technischen Kleinteilen bestellt und diese klammheimlich beiseitegeschafft haben. Der Verdacht lag nahe, dass er sich damit außerhalb des Instituts eine eigene Forschungsstätte errichtet hat. Doch ehe man ihm das nachweisen und ihn dafür zur Verantwortung ziehen konnte, war Kurtz urplötzlich verschwunden. Wie vom Erdboden verschluckt. Auch sein angebliches Labor konnte nicht ausfindig gemacht werden. Kurz darauf verschwand dann auch seine Tochter. Mrs Pixie war ihrer Aussage nach gerade dabei, in besagter Küche gemeinsam mit Aurora Plätzchen zu backen, als das Mädchen völlig aus dem Zusammenhang gerissen erwähnte, dass der Vater mit ihr verreisen werde, und zwar in die Zukunft. Gladys Pixie schob nur kurz ein Backblech in den Ofen, und als sie sich daraufhin umdrehte, war ihre Tochter spurlos verschwunden. Und anscheinend ist sie bis zum heutigen Tag auch nicht wieder aufgetaucht. Ebenso wie Quentin Kurtz. Ende der Geschichte.«

Ein neuer Fall

»Wie, Ende der Geschichte?!« Peters Gesicht war ein einziges Fragezeichen. Er blickte verstört in die Runde. »Da ... da verschwindet ein Kind ... und der Vater des Kindes ebenfalls ... und die Polizei nimmt so eine verrückte Zeitreisegeschichte von einer noch verrückteren Schauspielerin einfach zur Kenntnis und legt den Fall dann zu den Akten?«

Bob schüttelte entschieden den Kopf. »Nein, das nicht. Gladys Pixie wurde vor Gericht regelrecht auseinandergenommen. Sie musste über Jahre hinweg eine wahre Tortur über sich ergehen lassen, da ihr natürlich kein Mensch diese abstruse Geschichte abkaufen wollte. Psychologische wie kriminologische Untersuchungen, ob sie an dem Verschwinden ihrer Tochter in irgendeiner Weise beteiligt gewesen sei, führten letztlich aber zu keinem Ergebnis. Und somit wurden die Ermittlungen nach zehn Jahren schließlich eingestellt. Seitdem gilt Gladys Pixie, zumindest vor dem Gesetz, als unbescholtene Person. Trotz oder, besser gesagt, eher aufgrund des damaligen Medienrummels haftete ihr nach dieser Geschichte dennoch ein zweifelhafter Ruf an. Deshalb kann sie vermutlich sogar froh sein, überhaupt wieder Fuß gefasst zu haben und heute wenigstens in unserem kleinen Stadttheater spielen zu dürfen ...«

Peter horchte verwundert auf. »Was willst du denn damit sagen, Bob?«

Dieser erhob sich vom Stuhl und rieb sich die vom langen Sitzen müden Schenkel. »Die alte Dame, so schräg sie auch

sein mag und sosehr sie hier und da ihren Verschwörungstheorien nachhängt, hat eine Menge durchgemacht. Ich glaube, dass niemand von uns wirklich nachempfinden kann, was es für eine Mutter bedeutet, die eigene Tochter zu verlieren. Was immer auch damals tatsächlich geschehen ist: Wir sollten keine alten Wunden aufreißen. Und deshalb plädiere ich dafür, diesen Vorfall auf sich beruhen zu lassen und –«

»Juuuuuuustus!«

Die Stimme, die vom Schrottplatz in die Zentrale drang, war den drei Detektiven nur allzu vertraut.

»Deine Tante, Just!« Peter rollte genervt mit den Augen. »Bestimmt sollen wir für sie wieder einen Anhänger mit Gerümpel entladen. Darauf habe ich gerade überhaupt keine Lust. Am besten, wir verhalten uns ruhig und tun so, als wären wir nicht da!«

»Wo seid ihr denn?« Mrs Jonas blieb hartnäckig. »Ich habe sensationelle Nachrichten für euch!«

Bob hob argwöhnisch die Augenbrauen. »Ob das eine Falle ist, um uns nach draußen zu locken? Der neueste Trick einer cleveren Geschäftsfrau?«

»Den könnte sie bei uns dann aber nur einmal anwenden«, schlussfolgerte Justus. »Und auf den Versuch lassen wir es jetzt ankommen, Kollegen!« Ohne eine Reaktion abzuwarten, ging Justus voran und trat in den schmalen Gang, der zur offenen Rückwand eines nicht mehr funktionstüchtigen Kühlschranks führte. Dieser diente den Jungen als Ein- und Ausgang ihrer Zentrale, das sogenannte ›Kalte Tor‹ – bestens getarnt, da es von Außenstehenden nur als das wahrgenom-

men wurde, was er scheinbar immer noch war: ein alter Kühlschrank inmitten eines Berges von Schrott und Gerümpel. Peter, der als Letzter herauskam, schloss schnell die Tür hinter sich und ging mit seinen Freunden Justus' Tante entgegen.

Diese hatte sich in der Mitte des Gebrauchtwarencenters positioniert, wedelte aufgeregt mit einer Zeitung und strahlte über das ganze Gesicht. »Da seid ihr ja, Jungs! Ich bin ja so unsagbar stolz auf euch!«

Die drei Detektive hatten nicht den blassesten Schimmer, was Mrs Jonas derart in Verzückung versetzt hatte. Sie war so aufgeregt, dass sich ihre Stimme fast überschlug. »Endlich sieht die Nachbarschaft, dass ihr neben euren Detektivspielen auch etwas für ernst zu nehmende Kultur übrig habt!«

»Ernst zu nehmende Kultur? Wie meinst du das, Tante?«

Mrs Jonas zwinkerte ihrem Neffen amüsiert zu. »Du brauchst euer Kunstinteresse nicht zu leugnen, Justus. Denn jetzt hab ich es schwarz auf weiß!« In bester Laune hielt sie den drei Detektiven das aufgeschlagene Wochenblatt unter die Nase und deutete auf ein großformatiges Foto, das fast ein Drittel der gesamten Seite einnahm.

Bob stach als Erstes die reißerische Überschrift ins Auge. *»Frenetischer Applaus für eine gelungene Premiere!«*, las er überrascht vor. *»Die gestrige Premiere des Kriminalstücks ›Der tödliche Stich‹ im Stadttheater von Rocky Beach –«*

»Das Foto, Junge!«, fiel ihm Mrs Jonas aufgeregt ins Wort und tippte auf das Bild. »Es geht um das Foto!« Es war eine gestochen scharfe Panoramaaufnahme des voll besetzten Theatersaales in Frontalansicht. Am linken Rand der sechsten

Reihe saßen Justus, Peter und Bob mit klatschenden Händen, wenngleich ihre Gesichter wenig Begeisterung zeigten.
»Ist das nicht großartig?« Mrs Jonas war kaum zu bremsen. »Wenn ich das Emily zeige, wird sie euch mit Sicherheit in Zukunft nur noch mit ›Sie‹ anreden!«
Peter verzog das Gesicht. »Ihr beiden kommt auf dem Foto ja recht passabel rüber. Aber mein dämlicher Gesichtsausdruck … Wenn Jeffrey das zu sehen bekommt, zieht der mich noch Monate damit auf!«
Justus kniff derweil die Augen zusammen und inspizierte die Aufnahme auf das Genaueste. Mit offenem Mund konnte er seinen Blick nicht von der Fotografie lösen und begann nachdenklich an seiner Unterlippe zu zupfen. »Das ist ja nicht zu fassen …«
»Du sagst es, Erster!«, stimmte ihm Peter genervt zu. »Da kann man nur von Glück reden, dass ich keine Model-Ambitionen habe. Mit solch einem Foto wäre ich bei jeder Agentur für immer und ewig unten durch!«
Mrs Jonas zeigte für Peters Äußerung wenig Verständnis. »Na, eure Probleme möchte ich haben! Die Tatsache, dass ihr jetzt zur Kulturelite zählt, scheint euch ja nicht im Geringsten zu begeistern! Schade. Trotzdem könnt ihr die Zeitung für euer Archiv behalten. Der Bote hat uns nämlich zwei Exemplare vor die Tür gelegt. Aber nun muss ich zurück in die Küche, ich habe einen Kirschkuchen im Ofen!« Sie wandte sich um und kehrte kopfschüttelnd zum Wohnhaus zurück.
»Dieses Foto …« Peter konnte es noch immer nicht fassen. Er rollte die Zeitung zusammen und schlug sich damit zer-

knirscht auf den Oberschenkel. »Auch Kelly wird Hohn und Spott über mich auskippen, das weiß ich jetzt schon!«
Bob warf Justus derweil einen fragenden Blick zu. »Stimmt etwas nicht, Erster? Du sagst ja gar nichts und machst ein Gesicht, als hättest du gerade einen Geist gesehen!«
Justus wartete, bis seine Tante im Haus verschwunden war, erst dann rückte er mit einer Antwort heraus. »Genau so verhält es sich, Bob. Im wahrsten Sinne des Wortes. Und jetzt ist es unumstößlich: Die drei Detektive *haben* einen neuen Fall!«

Beklemmendes Gefühl

»Wir müssen zurück an den Rechner, Dritter, und den Artikel dieses Klatschmagazins, das vor fünfzehn Jahren eingestellt wurde, noch einmal aufrufen!«

»Kein Problem, Just«, entgegnete Bob und folgte mit Peter dem Ersten Detektiv in die Zentrale. Dort angekommen schwang er sich auf den maroden Drehstuhl und scrollte mit der Maus zum Anfang des betreffenden Zeitungsberichts zurück. »Welche Stelle suchst du genau?«, wollte er wissen, während sich Justus hinter ihn positionierte und nervös mit dem Fuß tappte.

»Ich muss das Foto noch einmal sehen! Die Aufnahme, die auch an Mrs Pixies Garderobenspiegel hing! Und wenn du –« Er hielt augenblicklich inne. »Da ist es!« Sprachlos starrte er auf den Bildschirm. Seine Ahnung hatte sich bestätigt.

»Just!«, konnte sich Peter nun nicht mehr zurückhalten. »Könntest du uns mal an deinen Überlegungen teilhaben lassen? Wieso ist das Foto von Mrs Pixies Tochter plötzlich so wichtig für dich?«

Der Erste Detektiv winkte Peter zu sich heran und machte ein ernstes Gesicht. »Bisher konnte ich es durchaus nachvollziehen, dass ihr dieser egozentrischen Schauspielerin und ihrer abstrusen Zeitreisengeschichte nicht viel abgewinnen konntet, Kollegen. Ihre zwölfjährige Tochter Aurora hat sich vor exakt zweiunddreißig Jahren plötzlich in Luft aufgelöst und soll, laut Mrs Pixies Angaben, mithilfe von Quentin

Kurtz' Wundermaschine gemeinsam mit ihm in die Zukunft entschwunden sein.«

Peter rollte genervt mit den Augen. »Ich dachte, das haben wir alles längst durchgekaut, Erster! Weshalb, in drei Teufels Namen, fängst du jetzt schon wieder damit an?«

»Moment, Zweiter!« Justus hob abwehrend die Hand. »Bevor ich dir darauf eine Antwort gebe, gestatte mir eine simple mathematische Frage: Gesetzt den Fall, dass Mrs Pixies Tochter Aurora, die vor zweiunddreißig Jahren im Alter von zwölf Jahren verschwunden ist, heute unerwartet wieder auftauchen würde, welches Alter müsste sie dann inzwischen erlangt haben?«

Der Zweite Detektiv brauchte für diese Rechenaufgabe nicht lange zu überlegen. »Ungefähr vierundvierzig Jahre.«

»Völlig korrekt«, bestätigte Justus, während Bob, ebenso wie Peter, noch immer keinen blassen Schimmer hatte, weshalb mit einem Mal mathematische Grundschulkenntnisse abgefragt wurden. Doch dann zeigte der Erste Detektiv Erbarmen und ließ die Katze aus dem Sack. »Ich habe mich die ganze Zeit gefragt, was Mrs Pixie während der Abschlussverbeugung so dermaßen in Aufregung versetzt hat, dass sie nach einem kurzen Blick in den Zuschauerraum plötzlich zusammenbrach. Jetzt habe ich dank des Fotografen des Wochenblattes endlich eine Antwort darauf.«

»Die da lautet?« Bob begann auf seinem Drehstuhl hin- und herzurollen.

Justus griff nach der Zeitung, schlug sie auf, legte sie auf die Tastatur des Rechners und zeigte dann abwechselnd auf das Bild im Internet und das auf der Zeitungsseite.

Ungläubig wanderten Bobs und Peters Blicke von einem Foto zum anderen.
»Aber ... das ist doch unmöglich«, stammelte Peter. »Das Mädchen, das direkt hinter uns in der siebten Reihe sitzt ... die sieht ja genauso aus wie die auf dem Foto von Mrs Pixie!«
»Wenn es nur das wäre«, fügte Bob nach einer näheren Betrachtung hinzu. »Die beiden tragen sogar genau dasselbe Kleid und gleichen sich in allen Details wie ein Ei dem anderen ...«
Der Zweite Detektiv wollte das, was er vor sich sah, nicht wahrhaben und suchte krampfhaft nach einer Erklärung, die seine schlimmsten Befürchtungen wieder entkräften konnte.
»Das kann einfach nur ein blöder Zufall sein!«, versuchte er sich und seinen Freunden einzureden. »Ein ähnlich aussehendes Kind, das – aus welchen Gründen auch immer – zum falschen Zeitpunkt am falschen Ort sitzt. Und wir lassen uns deshalb völlig unnötig dazu hinreißen, irgendwelche wahnwitzigen Theorien in Betracht zu ziehen!«
»Ich für meinen Teil kann mich nicht daran erinnern, in diese Richtung etwas geäußert zu haben!«, stellte Justus unmissverständlich klar. »Wobei es mich positiv überrascht, dass du es ebenfalls als unmöglich erachtest, es könne sich bei diesem Mädchen in der siebten Reihe um Aurora Pixie-Kurtz handeln, die urplötzlich wieder aus der Vergangenheit oder Zukunft zurück in die Gegenwart teleportiert worden ist, direkt ins Stadttheater von Rocky Beach.«
»Dennoch wird zumindest Mrs Pixie an dieser Theorie festhalten, Erster«, gab Bob zu bedenken. »Jetzt, da dieses Foto in unserem Wochenblatt veröffentlicht wurde, hat sie doch

erst recht allen Grund, daran zu glauben! Schlimmer noch: Sie wird es als unumstößlichen Beweis ansehen, dass ihre damalige Behauptung der Wahrheit entsprach.«

»Tja …«, murmelte Justus und starrte dabei immer wieder im Wechsel auf die beiden Fotos. »Da wir uns dieses Mal ausnahmsweise einig zu sein scheinen, dass es sich bei diesem Mädchen im Theatersaal *nicht* um Mrs Pixies zeitreisende Tochter Aurora handeln kann, stellt sich die Frage, wer *dann* diese Person ist? Im Gegensatz zu Peter ziehe ich es arg in Zweifel, dass wir es mit einer zufälligerweise gleich gekleideten Doppelgängerin zu tun haben, die sich zudem *noch* zufälliger in einen Theatersaal verirrt hat, in dem ausgerechnet an diesem Abend Mrs Pixie auf der Bühne die Hauptrolle spielt.«

»Dann plädiere ich dafür, in diesem Fall zu ermitteln, Freunde.«

»Wie bitte?!«, riefen Justus und Bob überrascht aus.

Das Gesicht des Zweiten Detektivs strahlte mit einem Mal volle Entschlossenheit aus. Er genoss die Aufmerksamkeit, die ihm seine Freunde jetzt zukommen ließen.

»Darf man fragen, was den plötzlichen Sinneswandel in dir ausgelöst hat?«, erkundigte sich Justus sichtlich irritiert. »Die ganze Zeit wetterst du gegen diese Schauspielerin und versuchst mich mit deinen typischen Totschlagargumenten von dem Vorhaben, uns der Sache anzunehmen, wieder abzubringen. Und jetzt hast du es dir anders überlegt?!«

»So ist es.« Peter ging auf den Sessel zu und ließ sich genüsslich hineinfallen. »Mich wundert ja, dass ihr selbst noch nicht darauf gekommen seid, aber für mich liegt nun völlig

klar auf der Hand, dass eure hochgeschätzte Mrs Pixie selbst hinter alledem steckt!«

»Ach?!«, hakte Justus verwundert nach. »Und welche Motive sollten sie dazu veranlasst haben, diese Geschichte zu inszenieren?«

»Bob hat es doch vorhin bereits vorgetragen. Der erhoffte Ruhm blieb Mrs Pixie verwehrt. Die große, weite Theaterwelt interessiert sich keinen Deut für sie und angesichts ihres Alters wird es wohl auch nicht mehr viele Möglichkeiten geben, das noch zu ändern. Was würde also näherliegen als der Versuch, die Geschehnisse vor zweiunddreißig Jahren wieder aufzuwärmen, um damit in der Öffentlichkeit Aufmerksamkeit zu ernten. Ein letzter kläglicher Versuch, durch Medienpräsenz den Sprung von der Provinzbühne zum Broadway zu schaffen.« Er grinste verächtlich. »Vermutlich sieht sie die Schlagzeilen bereits vor sich: *Begnadete Schauspielerin unter Schock! Zeitreisende Tochter aus der Zukunft wieder aufgetaucht! Hollywood sichert sich die Filmrechte!* Das hätte sie wohl gern! Aber die drei ??? werden ihr einen Strich durch die Rechnung machen!«

Bob horchte verwundert auf. »Und wie?«

»Indem wir noch heute Abend ins Stadttheater gehen, Mrs Pixie nach der Vorstellung abfangen und ihr ganz offiziell den Vorschlag unterbreiten, uns des Falles der aus der Zukunft zurückgekehrten Tochter anzunehmen.«

»Ein interessanter Vorschlag, Zweiter«, entgegnete Justus. »Aber vorausgesetzt, du liegst mit deiner Theorie richtig: Was könnte Mrs Pixies Interesse daran sein, Detektive anzuheuern, wenn sie gerade vor denen etwas zu verbergen versucht?«

»Aber genau darum geht es doch!« Peters Finger begannen auf der Armlehne des Sessels herumzutrommeln. »Mit Sicherheit wird sie auf unser Angebot nicht eingehen, Erster. Denn dann wäre sie ja, wie du so treffend bemerkt hast, äußerst blöd! Wie aber wird sie reagieren, wenn wir ihr nach ihrer Abfuhr mitteilen, in dieser Sache trotzdem, auf eigene Faust, zu ermitteln? Na? Die Antwort darauf kann ich euch jetzt schon geben! Ich wette darauf, dass sie mächtig ins Schwimmen gerät und uns alle erdenklichen Gründe auftischt, weshalb wir uns aus der Angelegenheit heraushalten sollen.« Peter geriet jetzt so richtig in Fahrt. »Ihr werdet schon sehen, wie unangenehm sie werden kann, aus Angst, dass wir ihr auf die Schliche kommen und ihren raffinierten Plan zunichtemachen! Und wenn wir dann –«

»Sag mal«, unterbrach ihn Justus in seinem Redeschwall, »gibt es eigentlich einen speziellen Grund, weshalb du so schweres Geschütz gegen Mrs Pixie auffährst? So aufbrausend erlebt man dich höchst selten.«

Schwungvoll erhob sich Peter aus dem Sessel und pustete sich eine Haarsträhne aus dem Gesicht. »Diese Frau hat uns als Abfalleimer ihrer Psychosen und Lügen missbraucht und uns wie lästiges Geschmeiß vor die Tür verfrachtet.« Er rang empört nach Luft. »Diesem respektlosen Verhalten muss man einen Riegel vorschieben. Und deshalb wird es mir eine Freude sein, Mrs Pixies Lügenkonstrukt aufzudecken und ihr ihre Hollywoodpläne zu versalzen! Das hat sie dann von ihrer Arroganz!«

Der Erste Detektiv war gerade im Begriff, Peter auf einige Logiklücken bezüglich seines Verdachtes hinzuweisen, doch

dann besann er sich und behielt seine Zweifel vorerst für sich. »Schön, Kollegen«, entgegnete er stattdessen mit einem prüfenden Blick auf die Uhr. »Die Aufführung im Stadttheater endet gegen zweiundzwanzig Uhr. Wir werden uns heute Abend eine viertel Stunde vorher dort einfinden, Mrs Pixie vor ihrer Garderobentür abfangen und sie dann mit dem besagten Foto konfrontieren. Alles andere wird sich zeigen. Peter hat für dieses Vorhaben bereits grünes Licht gegeben. Wie sieht es mit dir aus, Bob?«

»Ist diese Frage ernst gemeint?«, vergewisserte sich dieser mit gekünsteltem Erstaunen, fuhr jedoch dann im sachlichen Tonfall fort. »Unter den neuen Voraussetzungen habe ich meine Einstellung zu dieser Geschichte ebenfalls geändert. Die Sache stinkt wirklich mehr als zum Himmel. Und deshalb gebe auch ich mein Okay!«

»Perfekt!« Justus war nun wieder voll in seinem Element. »Damit sind *wir* jetzt am Zug!«

Der Zweite Detektiv rieb sich voller Vorfreude die Hände und deutete dann vielsagend zum Aktenschrank hinüber, in dem Bob in schriftlicher Form all ihre bisherigen Fälle archiviert hatte. »Den Titel dieses Falles, den unser Dritter nach der Aufklärung wie üblich als Akte anlegen wird, kann ich euch jetzt schon verkünden.« Er machte eine kurze Kunstpause. »›Zurück in die Zukunft – Reloaded‹!«

Spurlos verschwunden

Das Stadttheater von Rocky Beach lag mitten in der Stadt, nur drei Straßen vom Zentrum entfernt. In den Jahren seines Bestehens hatte es allerlei Höhen und Tiefen erlebt, war aber noch immer ein ungewöhnlicher und beeindruckender Bau, der erst vor Kurzem renoviert worden war. Von außen sah er aus wie ein griechischer Tempel: Hohe weiße Säulen trugen ein dreieckiges Dach, hinter dem sich eine riesige Betonkuppel emporwölbte. Flache Treppenstufen führten zu einer zweiflügeligen Eingangstür aus Glas und vielfach geschwungenem, verschnörkeltem Eisen. Rechts und links war das prunkvolle alte Gebäude von gesichtslosen Bürofassaden eingeschlossen, und mit seiner breiten Zufahrt sah es aus, als wollte es rückwärts aus der Betonumklammerung herausschlüpfen.

Neben dieser Zufahrt, wo früher glänzende Luxuslimousinen von Schaulustigen und Fotografen umlagert worden waren, hielt, wie schon am vorigen Abend, Peters ziemlich heruntergekommener, aber innig geliebter MG. Die drei Detektive stiegen aus dem Wagen, gingen über die Marmorstufen auf den Eingang zu und betraten das Foyer.

Noch war der Saal bis auf zwei Garderobieren und drei Barkeeper, die auf die bald herausströmenden Theatergäste warteten, menschenleer. Das Personal schien so mit sich selbst beschäftigt zu sein, dass niemand von dem Eintreffen der Jungen auch nur die geringste Notiz nahm. Erleichtert darüber gingen die drei Detektive unauffällig und wie selbstver-

ständlich auf die kleine Tür zu, durch die sie der Intendant am Vorabend zu Mrs Pixies Garderobe geführt hatte, öffneten sie und betraten den schmalen Flur.

»Wir liegen gut in der Zeit, Kollegen«, raunte Justus seinen Freunden zu, während sie auf die Treppe zusteuerten. »Hört ihr? Schlussapplaus und Musik sind gerade im Gange.«

»Dann auf nach oben!« Peter drängte sich vor und nahm beim Ersteigen der Treppe jeweils zwei Stufen auf einmal. Oben angekommen hatte er es plötzlich nicht mehr so eilig. Zögernd blieb er stehen und wartete ungeduldig auf das Eintreffen seiner Freunde.

»Was ist los?«, wunderte sich Bob beim Herankommen. »Erst konntest du nicht schnell genug hier oben sein und jetzt stehst du plötzlich da, als hätte dich der Mut verlassen!«

Peter reagierte gelassen. »Die Antwort auf deine *Frage* lautet: Ich will verhindern, dass uns Mrs Pixie durch irgendeinen Hinterausgang entwischt. Mein Kommentar zu deiner *Bemerkung*: Ganz im Gegenteil! Aber ich frage mich gerade, was wir den anderen Schauspielern sagen sollen, wenn die von uns wissen wollen, weshalb wir hier herumlungern?«

»Nichts einfacher als das, Zweiter!« Schnaufend hatte nun auch Justus das Obergeschoss erreicht. »Die Autogramm-Nummer zieht bei Schauspielern immer!«

»Sehr beruhigend«, entgegnete Peter zynisch. »Von Mrs Pixie haben wir gestern Abend keins bekommen, Erster.«

»Und genau *das* wird unser Aufhänger sein.« Justus hielt kurz inne, spitzte die Ohren und lauschte in Richtung Treppe. »Der Applaus ist verebbt und die Musik spielt auch nicht mehr. Also auf zur Garderobe unserer Diva!«

Als sie ihr Ziel erreicht hatten, wirkte Bob plötzlich etwas angespannt. »Unsere Vorgehensweise ist dieses Mal ja ein wenig speziell«, flüsterte er leise. »Machen wir es daher auf die dezente Art, indem wir hier höflich vor der Tür auf unseren Star warten, oder bevorzugen wir die aufdringliche Tour?«

Peter hatte bereits eine Entscheidung getroffen. Entschlossen trat er an die Tür heran und klopfte *nicht* gerade dezent dagegen.

Doch wie am Abend zuvor erfolgte keine Reaktion.

»Dann heißt es also abwarten, Freunde. Doch die dezente Tour.« Etwas anderes fiel Bob nicht ein.

Wohl aber Peter. Energisch umfasste er den Türknauf und drehte ihn kurzerhand zur Seite. Überraschenderweise war die Tür diesmal unverschlossen und ließ sich, begleitet von einem leisen Quietschen, problemlos öffnen.

»Sesam, öffne dich …« Peter grinste verstohlen, während Justus mit einem Blick feststellte, dass die Garderobe leer war.

Ohne darüber nachzudenken, betrat der Zweite Detektiv den Raum und trat instinktiv an den Schminktisch heran, an dessen Spiegel sich gestern Abend noch das Kinderfoto von Mrs Pixies Tochter befunden hatte. Nun war es verschwunden! Doch noch ehe er sich darüber wundern konnte, vernahm er plötzlich ein Geräusch, das ihn erschrocken herumfahren ließ. An der rechten Seite der Garderobe hatte sich eine weitere Tür geöffnet, in deren Rahmen nun Mrs Pixie stand.

Mit schnellen Schritten rauschte sie heran und packte Peter schroff am Arm. »Was hast du hier zu suchen?«, fauchte sie, während sich ihre langen Fingernägel in seine Haut bohrten.

Der Zweite Detektiv war derart überrumpelt, dass ihm beim besten Willen keine plausible Erklärung einfiel.
»Wir hätten gern ein Autogramm von Ihnen, Madam!«, kam Justus ihm zu Hilfe und betrat mit Bob ebenfalls die Garderobe.
Die Schauspielerin blickte überrascht auf und stutzte. »Moment mal … euch kenne ich doch.«
»So ist es, Verehrteste«, setzte nun auch Bob seinen Charme ein. »Wir waren gestern bereits hier, nachdem wir die Ehre hatten, Sie bei der Premiere bewundern zu dürfen. Doch leider konnten Sie unseren Autogrammwünschen nicht mehr nachkommen, weil das Interview für das Wochenblatt anstand.«
Mrs Pixie ließ von Peters Arm ab und war sichtlich geschmeichelt. Ihr Tonfall verwandelte sich von einer Sekunde zur nächsten in ein betörendes Flöten. »Euch hat meine Darbietung wirklich so gut gefallen, dass ihr heute extra noch einmal wiedergekommen seid? Das erfüllt mich mit Freude! Ich gebe aber auch immer hundert Prozent, muss ich bei aller Bescheidenheit sagen. Halbe Sachen kommen bei mir nicht infrage!«
»Das ist wahr«, ließ Peter verlauten, während er sich über den schmerzenden Arm strich.
Die egozentrische Schauspielerin überhörte diese Spitze und warf theatralisch ihren Kopf in den Nacken. »Die gestrige Premiere hatte mich emotional sehr mitgenommen, aber nach der zweiten Vorstellung bin ich schon etwas entspannter. Dürfte ich euch daher im Foyer zu einem Getränk einladen? Ich muss mich nur kurz umziehen und stoße dann

gleich dazu.« Sie lächelte stolz. »Die Autogrammkarten bringe ich mit!« Sie warf den völlig überrumpelten drei Detektiven einen galanten Handkuss zu und drängte sie forsch zur Tür. »Ich brauche nur fünf Minuten!«

Fünf Minuten später saßen die Jungen im Foyer an einem kleinen Ecktisch und warteten voller Ungeduld auf das Eintreffen der Schauspielerin. Auch heute hatten sich viele Theaterbesucher hier eingefunden, um noch über die Aufführung zu sprechen oder den Abend bei einem Glas Wein gemütlich ausklingen zu lassen.
Peter verrenkte sich den Hals, um an den Leuten vorbei nach Mrs Pixie Ausschau zu halten. Doch bisher hatte sich von den Mitgliedern des Ensembles lediglich Mrs Shatner an der Bar eingefunden und nippte eifrig an ihrem Cocktail. »Seid ihr euch wirklich sicher, dass sie auftauchen wird?«, fragte Peter. »Womöglich hat sie den Braten gerochen und überlegt bereits, wie sie uns ein für alle Mal loswerden kann, wenn ihr versteht, was ich meine …«
Bob zeigte ihm einen Vogel. »Kommt jetzt wieder der große Skeptiker in dir zum Vorschein, Zweiter? Atme tief durch und lass die Sache auf dich zukommen.«
»Du hast gut reden!«, wetterte Peter und zeigte auf die Kratzspuren an seinem linken Arm. »Die alte Raubkatze hat ziemlich scharfe Krallen! Glaub bloß nicht, dass ich mir das gefallen lasse! Und wenn ich –«
»Da bin ich, die jungen Herren!«
Peter brach abrupt ab und fuhr erschrocken zusammen. Wie aus dem Nichts stand Mrs Pixie plötzlich vor ihnen, getarnt

mit einer Sonnenbrille, deren Gläser so dunkel waren, dass man ihre Augen nur erahnen konnte.
Justus erhob sich und wies zuvorkommend auf den freien Plüschsessel, auf den sich die Diva sogleich niedersinken ließ.
»Habt ihr unsere Drinks schon bestellt? Offen gestanden bin ich ziemlich durstig.« Mit den drei Autogrammkarten, die sie wie einen Fächer in ihrer Hand hielt, wedelte sie sich Luft zu. »Die heißen Bühnenscheinwerfer machen uns Schauspielern gewaltig zu schaffen.«
»Wir zogen es vor, auf Sie zu warten, Madam«, entgegnete Justus schnell. »Doch wie ich unseren Freund Peter kenne, wird es ihm bestimmt eine große Ehre sein, sich um die Getränke zu kümmern. Nicht wahr, Zweiter?«
»Wie …? Äh … Ja, natürlich! Orangensaft für alle?«
»Bist du von allen guten Geistern verlassen?«, fuhr Mrs Pixie ihn an. »Du willst wohl, dass ich die Beulenpest kriege?«
Der Zweite Detektiv traute seinen Ohren nicht. »Wie darf ich *das* nun wieder verstehen?«
»Ich leide an einer extremen Allergie gegen Zitrusfrüchte, deren Säure meine Haut sekundenschnell in eine ziemlich abstoßende Mondkraterlandschaft verwandelt!«, entfuhr es ihr laut. »Ich nehme ein stilles Wasser!«
Mit guter Miene zum bösen Spiel folgte Peter der Aufforderung und gab beim Barkeeper die Bestellung auf. Als er vom Tresen zurückkehrte, strafte er Justus mit giftigen Blicken.
»Die Getränke kommen in wenigen Minuten!«
»Dann kann ich euch ja schon die Autogrammkarten überreichen«, gurrte Mrs Pixie und benahm sich beim Verteilen

der Hochglanzfotos so, als handle es sich um unterschriebene Blankoschecks.

Der Erste Detektiv bedankte sich überschwänglich und kam dann zum Kern seines Vorhabens. »Übrigens haben wir heute den Artikel im Wochenblatt gelesen, Madam. Dabei hat uns nicht nur Ihr Interview fasziniert, sondern auch ein Foto, auf dem –«

»Das Magazin hat es schon veröffentlicht?«, entwich es Mrs Pixie so laut, dass sich einige Theatergäste neugierig nach ihr umdrehten.

»Als *Magazin* kann man das Wochenblatt wohl kaum bezeichnen«, konnte sich Peter nicht verkneifen. Doch Mrs Pixie war viel zu sehr mit sich selbst beschäftigt, als dass sie seine Bemerkung wahrgenommen hätte.

»Habt ihr zufällig ein Exemplar dabei?« Sie sah die Jungen auffordernd an.

Bevor Justus ihrem Wunsch nachkam, zog er aus seiner Hemdtasche eine Visitenkarte hervor und schob diese Mrs Pixie über den Tisch zu.

»Das Magazin!«, gierte die Schauspielerin, ohne der Karte auch nur die geringste Aufmerksamkeit zu schenken. »Her damit! Ich muss diesen Artikel unbedingt sehen!« Um ihrer Forderung Nachdruck zu verleihen, nahm sie die Sonnenbrille ab und blickte Justus beschwörend an. Der schickte sich dann auch an, die zusammengefaltete Zeitung hervorziehen, als er aus dem Augenwinkel etwas wahrnahm, das er im ersten Moment für eine Sinnestäuschung hielt. Sein Blick blieb an einem jungen Mädchen haften. Ohne Begleitung stand es am anderen Ende des Foyers und starrte ins Leere.
»Da! Das ist sie!« Justus schoss ein heftiger Adrenalinschub durch den Körper. Er sprang vom Stuhl auf und deutete aufgeregt in die entsprechende Richtung.
»Wer ist wo?«, fragte Peter verdattert. Er erhob sich ebenfalls, um sich einen besseren Überblick zu verschaffen. Und dann sah er sie. »Das Mädchen aus der siebten Reihe! Das Mädchen auf dem Foto in Mrs Pixies Garderobe!« Er verengte seine Augen zu Schlitzen, um auf die Entfernung besser sehen zu können. »Kein Zweifel, sie ist es! Und sie hat auch wieder das gleiche Kleid an …«

Unsichtbare Materie

Als sich auch Mrs Pixie umwandte und das Mädchen erblickte, weiteten sich ihre Augen vor Entsetzen. »Aurora! Gütiger Himmel!«

Der laute Ausruf der Schauspielerin hatte fatale Folgen: Alle Gäste im Foyer fuhren erschrocken herum, traten neugierig heran und bildeten somit ungewollt eine dichte Traube, die den drei Detektiven und Mrs Pixie die Sicht versperrte.

»Alarmstufe Rot!«, rief Justus aufgeregt aus. »Sie darf uns nicht entkommen!«

Wie von der Tarantel gestochen sprangen die Jungen von ihren Stühlen und bahnten sich einen Weg durch die Besucher.

Peter preschte nach vorn und stolperte beinahe über den Rollator eines gebrechlichen Greises, dann erschien das Mädchen wieder in seinem Blickfeld. Es hatte seinen Standort nicht gewechselt und verharrte nach wie vor nahe der Wand neben einem Schaukasten wie eine leblose Schaufensterpuppe. Dieses sonderbare Verhalten veranlasste Peter zum Umdenken. Bevor er sein Ziel erreicht hatte, blieb er mitten im Lauf abrupt stehen und verharrte ebenso wie das Mädchen in seiner Bewegung. Sollte er es jetzt wirklich am Schlafittchen packen und zu seiner vermeintlichen Mutter zerren? Doch noch ehe er eine vernünftige Entscheidung treffen konnte, vernahm er hinter sich Justus' keuchende Stimme.

»Was ist los, Zweiter? Warum tust du denn nichts?«

Justus und Bob kamen herangeeilt und blieben, irritiert von

Peters plötzlichem Innehalten, ebenfalls stehen. Der Abstand zwischen den drei Detektiven und dem Mädchen betrug nicht mehr als fünf Meter.

»Hat sie einen Schutzschild um sich erschaffen oder was ist los, Zweiter?«, wollte Bob wissen. Er wagte einen weiteren vorsichtigen Schritt nach vorn und sah sich das Mädchen genauer an. Dann stutzte er. »Sagt mal, Freunde … bewegt die sich überhaupt oder ist das eine Schaufensterpuppe?«

»Aurora!«

Peter fuhr herum und sah Mrs Pixie heraneilen.

»Haltet sie fest, Jungs! Ich darf sie nicht noch einmal verlieren!« Atemlos kam die Schauspielerin näher.

Justus und Bob drehten sich ebenfalls kurz nach Mrs Pixie um – ein großer Fehler! In diesem Augenblick sprang das Mädchen zur Seite und rannte wie vom Teufel gejagt quer durch das Foyer auf eine Tür am Ende des Saales zu.

Peter reagierte als Erster und sprintete in rekordverdächtigem Tempo hinterher. Doch das Mädchen war schnell! Er sah, wie es die Tür aufstieß, in den dahinterliegenden Flur flüchtete und dort um eine Ecke rannte.

Peter blieb ihm auf den Fersen. Er erreichte ebenfalls die Tür, folgte dem Flur, bog um die Ecke und –

»Halt, junger Mann! So geht das nicht!«

Eine südländisch aussehende Frau in einem weißen Kittel saß hinter einem kleinen Klapptisch und versperrte ihm mit einem ausgestreckten Bein den Weg.

»Das Mädchen! Ist es … ist es da drin?« Peter deutete zu einer der zwei geschlossenen Türen, von der eine mit ›Ladies‹ und die andere mit ›Gentlemen‹ beschriftet war.

»Ganz recht, die kleine Señorita ist da drin!« Gelassen ließ sie zwischen ihren Lippen eine Kaugummiblase zerplatzen. »Sonst noch was?«

»Sie müssen mich da reinlassen!«, bekniete er die Klofrau. »Sonst entkommt sie womöglich noch durchs Fenster!«

Vom Eingang des langen Flures eilten Schritte heran.

»Ganz ruhig, Sportsfreund!«, entgegnete sie. »Hier kommt nicht mal eine Kakerlake raus, ohne zu bezahlen, und zwar in klingender Münze!« Dabei zeigte sie auf einen kleinen Porzellanteller, auf dem sich ein paar Münzen befanden.

Jetzt kamen auch Justus und Bob herbeigelaufen, gefolgt von der atemlosen Mrs Pixie.

»Aurora! Aurooooora!« Die Verzweiflung stand der Schauspielerin ins Gesicht geschrieben. »Wo ist mein Püppchen?«

»Die Señorita in dem dunkelgrünen Kleid?«, vergewisserte sich die Klofrau.

Mrs Pixie nickte aufgeregt.

»Sie ist da drin!«, übernahm Peter die Antwort. »Aber die Señora … will uns da nicht reinlassen!«

»Señora Dominguez, wenn ich bitten darf! Aber ihr könnt ruhig Conchita sagen«, räumte sie großzügig ein. »Nur, was die Geschlechtertrennung angeht, da bin ich sehr penibel. Alles andere wäre ja noch schöner!«

»Jetzt machen Sie endlich Platz!« Ohne Rücksicht stieß Mrs Pixie Señora Dominguez' Bein, mit dem diese noch immer den Weg versperrte, energisch zur Seite, drückte die Tür zur Damentoilette auf und eilte hinein.

Die drei Detektive spitzten gespannt die Ohren. Sie vernahmen mehrfaches Türenklappen, Mrs Pixies verzweifeltes

Rufen nach ihrer Tochter und erneutes Türklappen. Dann kehrte die Schauspielerin auf den Flur zurück. Ihr Gesicht sprach Bände.

»Ist was?« Señora Dominguez verstand gar nichts.

Mrs Pixie war den Tränen nahe. »Was wird hier gespielt? Und wo ist meine Tochter? Habt ihr nun Aurora hier hineingehen sehen oder nicht?«

»Ihre Tochter?«, hakte Señora Dominguez verwundert nach. Sie musterte die Schauspielerin mit einem prüfenden Blick. »Ich möchte Ihnen ja nicht zu nahe treten, Madam, aber dafür erschien mir die kleine Señorita doch ein wenig zu jung.« Unweigerlich musste sie grinsen. »Oder seid ihr ein Spaßteam mit einer versteckten Kamera?«

»Uns ist alles andere als nach Spaß zumute, Conchita«, legte ihr Justus nahe. »Wir müssen dieses Mädchen unbedingt ausfindig machen! Notfalls müssen wir die Polizei einschalten!«

»Jetzt ist aber mal Schluss, ja?« Señora Dominguez platzte der Kragen. »Glaubt ihr vielleicht, ich bin verrückt? Natürlich ist die Señorita da drin! Sie rauschte ja direkt an mir vorbei da rein und das ist noch keine zwei Minuten her!«

»Und wenn sie durchs Fenster getürmt ist?«, stellte Justus die These in den Raum.

Señora Dominguez schüttelte den Kopf. »Ein Fenster suchst du da drin genauso vergebens wie Männer. Die Frischluft kommt durch die Schlitze der Klimaanlage und die sind so schmal wie ein Bierdeckel …«

»Aber wenn Mrs Pixie behauptet, dass sich auf den Toiletten niemand befindet«, schaltete sich nun Bob in die Debatte ein, »dann muss –«

»Dann hat das gar nichts zu bedeuten!«, konnte sich Peter nicht mehr zurückhalten.
Ein kurzes Zucken durchfuhr Mrs Pixies Mundwinkel. »Wie meinst du das?« Argwöhnisch blickte sie Peter an.
»Ganz einfach«, erwiderte der Zweite Detektiv. »Ich habe das Mädchen ebenfalls bis hierher verfolgt. Und da Conchita einen Eid darauf ablegt, dass sie da reingelaufen ist, glaube ich Ihren Worten erst, Madam, nachdem ich mich persönlich davon überzeugt habe.«
»Ganz recht, natürlich ist sie da drin! Oder meint ihr, ich hätte sie etwa in meinem Putzschrank versteckt?« Schwerfällig erhob sich Señora Dominguez von ihrem Klappstuhl und öffnete die beiden Türen des schmalen Schranks. Doch bis auf einige Handtücher und zwei Sprühflaschen mit Reinigungsmitteln war nichts darin vorzufinden. Dann schloss sie die Türen und spuckte ihren Kaugummi in den Abfalleimer. »Und jetzt werden wir noch mal alle gemeinsam in der Damentoilette nachsehen. Aber nur ausnahmsweise!« Doch in dem Toilettenraum befand sich keine Menschenseele.
Während Mrs Pixie nur mit Mühe gegen die Tränen ankämpfte und Señora Dominguez sich verstört an den Kopf fasste, versuchten die drei Detektive, eine Klappe, einen verdeckten Hohlraum oder sonst einen Schlupfwinkel ausfindig zu machen, durch den das Mädchen hätte entwischen können, jedoch ohne den geringsten Erfolg.
»Das verstehe, wer will …« Justus knetete nervös an seiner Unterlippe herum. »Wenn es nicht so absurd wäre, könnte man beinahe annehmen, dass sich das Mädchen in nichts aufgelöst hätte.«

Bob stutzte. »Apropos in nichts auflösen …« Er drehte sich einmal um die eigene Achse. »Wo ist eigentlich Mrs Pixie abgeblieben?«
»Die alte Dame? Aber … aber die war doch eben noch da. Sie stand direkt neben mir!«
»Das habe ich auch gesehen, Conchita!«, bestätigte Peter. »Aber jetzt ist sie weg! Spurlos verschwunden!«
In diesem Moment stieß Señora Dominguez einen spitzen Schrei aus und deutete entsetzt auf den Spiegel über dem Waschbecken!

Schwieriges Frauenzimmer

»Was um alles in der Welt geht hier vor?«, ertönte plötzlich eine dunkle Männerstimme.

Die drei Detektive fuhren erschrocken herum. Unbemerkt hatte Mr Firhouse den Toilettenraum betreten und blickte nun verwundert in die Runde, während Señora Dominguez erleichtert aufatmete.

»Dios mio! Ich hatte Sie zuerst im Spiegel gesehen und dachte schon, der Leibhaftige sei mir erschienen!«

Mr Firhouse grinste. »Das muss dann ja wohl an meinem Gesicht liegen!«

»No, no, so war das nicht gemeint!«, wehrte Señora Dominguez beflissen ab. »Aber erst verschwindet die Señorita, dann die alte Dame …«

»Wer ist hier verschwunden?« Der Intendant horchte interessiert auf. »Mich hat Fallon, die Garderobiere, verständigt. Im Foyer soll es zu einem Tumult gekommen sein. Anschließend sollen ein paar Halbstarke ein junges Mädchen durchs Haus gejagt haben. Gehe ich recht in der Annahme, dass es sich dabei um euch gehandelt hat? Euch kenne ich doch, ihr wart doch gestern schon hier!«

Bob nickte stumm.

»Und wo ist dieses Mädchen abgeblieben?«

»Genau darum geht es ja, Sir!«, ereiferte sich Peter. »Das Mädchen sowie Mrs Pixie sind wie vom Erdboden verschwunden. Hier aus dem Toilettenraum!«

»Also zumindest, was Mrs Pixie betrifft, kann ich euch beru-

higen. Sie ist mir soeben im Flur begegnet. Aber sie war, aus welchem Grund auch immer, ganz schön außer sich! Und von welchem Mädchen ist die Rede?«

Bob wollte schon zu einer Erklärung ansetzen, doch der Erste Detektiv kam ihm schnell zuvor. »Könnten wir diese Debatte vielleicht in Ihrem Büro fortsetzen? Unsere Jacken hängen nämlich noch im Foyer über den Stühlen, und bevor die abhandenkommen …«

»Verstehe, Jungs. Kein Problem. Mein Büro steht euch offen.«

Doch Señora Dominguez war nicht auf den Kopf gefallen. »Habe ebenfalls verstanden«, kommentierte sie trocken. »Nichts für fremde Ohren. Aber das kann mir auch egal sein. Hauptsache, ihr dreht mir keinen Strick daraus und macht *mich* für das Verschwinden der Señorita verantwortlich. Ich mache meinen Job nämlich anständig und lass mir keine üblen Sachen nachsagen.« Mit diesen Worten verließ sie den Toilettenraum und setzte sich im Flur wieder auf ihren Klappstuhl.

Als auch die drei Detektive und Mr Firhouse auf den Flur hinaustraten, wollte sich Justus noch einmal hundertprozentige Klarheit verschaffen. »Sagen Sie, Conchita, nur um alle anderen Möglichkeiten auch tatsächlich ausschließen zu können: Könnte das Mädchen vielleicht doch statt in die Damentoilette auf die Herrentoilette gerannt sein?«

Señora Dominguez lachte hohl. »Na, die hätte ich aber zurückgepfiffen! Aber wenn ihr mir wieder nicht glauben wollt, seht doch selbst nach!«

Diese Aufforderung setzten die drei Detektive sofort in die

Tat um. Doch ein kurzer Blick ließ erkennen, dass auch hier kein Mensch zugegen war. Wie auch immer es dem Mädchen gelungen war, unbemerkt aus der Sackgasse zu entschwinden, blieb ein ungelöstes Rätsel.

Das Büro des Intendanten hätte man ohne Übertreibung auch als Rumpelkammer bezeichnen können. Die Schreibtischplatte war überladen mit Textbüchern, Stapeln von Rechnungen, alten Bananenschalen, Zeitschriften, gebrauchten Kaffeetassen sowie einem Aschenbecher, in dem sich die ausgedrückten Zigarettenstummel bereits auftürmten. Die vollgestopften Bücherregale platzten aus allen Nähten und auf dem durchgetretenen Teppichboden lagen diverse Plastiktüten, aus denen aller erdenklicher Krimskrams quoll.

»Ein wahres Künstlerbüro«, bemerkte Bob belustigt, als er sich einige Minuten später mit Justus und Peter im Storchengang zu dem Sofa begab, das Mr Firhouse für seine Besucher in Windeseile freigeräumt hatte.

Auf dem Weg zu seinem Büro hatten sich die drei Detektive unbemerkt darüber verständigt, dass sie dem Intendanten, was Mrs Pixie betraf, nur so wenig Informationen wie nötig zukommen lassen wollten. In erster Linie sollte es darum gehen, Informationen zu *erhalten.*

»Na, dann legt mal los, Jungs!«, begann Mr Firhouse das Gespräch, nachdem er sich eine Zigarette angesteckt und hinter dem Schreibtisch auf einem durchgesessenen Ledersessel niedergelassen hatte. »Was war das nun für eine ominöse Sache, die da auf der Damentoilette stattgefunden hat?

Und was für ein Mädchen soll wie und wo plötzlich verschwunden sein?«

»Kennen Sie Mrs Pixies Geschichte?«, versuchte es der Erste Detektiv sogleich mit einer Gegenfrage. »Ich meine die, die vor zweiunddreißig Jahren durch die Presse ging.«

Mr Firhouse blies die Wangen auf und ließ dann prustend die Luft entweichen. »Natürlich kenne ich die …« Er machte ein ernstes Gesicht. »Hört mal zu, Jungs: Mrs Pixie ist zwar oft anstrengend und ein wenig durchgeknallt. Als ich vor ein paar Jahren die Leitung dieses Theaters übernahm, ist mir die Entscheidung, ob ich sie in mein Ensemble aufnehmen sollte, wirklich schwergefallen.« Er drückte die halbe Zigarette in dem überfüllten Aschenbecher aus. »Bisher kam es glücklicherweise, bis auf die üblichen Plänkeleien, zu keinen wirklich gravierenden Vorkommnissen mit ihr. Sollte aber wie damals das ganze Brimborium um ihre verschwundene Tochter wieder losgehen, müsste ich mich ernsthaft fragen, ob sie in meinem Ensemble noch länger tragbar ist.«

»Wie meinen Sie das?« Der Erste Detektiv wurde hellhörig. »Würden Sie unter Umständen in Betracht ziehen, ihr den Vertrag zu kündigen?«

Der Intendant räusperte sich. »Das kommt darauf an …«

»Worauf?«

»Unter anderem auf das, was zur Abwechslung mal *ich* jetzt endlich von euch erfahren möchte: Was hat es mit dem Mädchen auf sich, das ihr auf der Damentoilette gesucht habt? Gibt es da eine Verbindung zu Mrs Pixies Geschichte mit ihrer verschwundenen Tochter?«

»Das kann man so nicht sagen«, antwortete der Erste Detektiv ausweichend. »Aber vermutlich haben meine beiden Freunde und ich einen schweren Fehler begangen.«
»Und welchen?«, ließ der Intendant nicht locker.
»Uns ist vorhin im Foyer ein Mädchen begegnet, das eine gewisse Ähnlichkeit mit Mrs Pixies Tochter, so wie sie auf dem Foto an dem Garderobenspiegel aussieht, aufweist. Und dummerweise konnte ich mir nicht verkneifen, die Schauspielerin darauf hinzuweisen …«
Mr Firhouse stieß einen verärgerten Laut aus. »Deshalb war sie so durch den Wind. Das habt ihr ja wirklich toll hingekriegt. Ich gratuliere! Und dann?«
»Waren wir auch noch so intelligent und haben die Jagd auf das Mädchen eröffnet«, erklärte Justus wahrheitsgemäß.
»Ihr habt – was?« Der Intendant konnte es nicht fassen.
»Es tut uns wirklich aufrichtig leid, Sir. Zu allem Überfluss haben wir das Mädchen dann noch aus den Augen verloren und somit auch Conchita in arge Verlegenheit gebracht.«
»Conchita?«, überlegte Mr Firhouse. »Ach, ihr meint Señora Dominguez! Um die braucht ihr euch keine Sorgen zu machen. Der mexikanische ›gute Geist‹ unseres Hauses ist schon seit über zwanzig Jahren in diesem Theater beschäftigt. Die hat hier schon weitaus schlimmere Sachen miterlebt.«
»Gut zu wissen«, erwiderte Justus mit einem Schmunzeln. »Dennoch müssen wir Sie und vor allem auch Mrs Pixie für diesen Fauxpas in aller Form um Verzeihung bitten, Sir. Und ich möchte nochmals ausdrücklich darauf hinweisen, dass es einzig und allein *uns* anzulasten ist, dass die alten Geister wiedererweckt wurden.«

»Weiß das auch Mrs Pixie, oder wird es wieder mal meine Aufgabe sein, mich stundenlang mit ihr auseinanderzusetzen, um ihre Gemütsruhe wiederherzustellen? Ich hoffe, ihr habt ihr das ebenfalls deutlich zu verstehen gegeben und euch bei ihr entschuldigt.«

»Na ja, der ›Blumenstrauß‹ steht noch aus, Sir«, erwiderte Bob kleinlaut. »Aber das werden wir schnellstmöglich nachholen.«

Mr Firhouse lächelte versöhnt. »Aber nicht mehr heute, Jungs. Vorhin auf dem Flur gab sie vor, starke Migräne zu haben. Sie wollte gleich nach Hause fahren und sich ins Bett legen.«

»Verständlich, nach all der unnötigen Aufregung, die wir verursacht haben«, gab sich Justus schuldbewusst. »Ich hebe das nur noch mal hervor, falls Sie tatsächlich aufgrund dieses Vorfalls in Erwägung ziehen sollten, ihr zu kündigen.«

»Nein, nein«, sagte der Intendant plötzlich seltsam bedrückt. »Allerdings hätte dieser Vorfall das Fass wohl durchaus zum Überlaufen gebracht, wenn ihr den Sachverhalt nicht richtiggestellt hättet.«

Bob blieb demonstrativ gelassen. »Dass Mrs Pixie nicht gerade die Pflegeleichteste ist, haben wir ja bereits gestern zur Genüge erleben dürfen. Aber das, was –«

»Mir ist selten zuvor ein so einnehmendes Frauenzimmer begegnet wie sie, das könnt ihr mir glauben.« Mr Firhouse steckte sich eine weitere Zigarette an. »Aus ihrer Sicht handelt es sich bei ihr nicht nur um eine begnadete Schauspielerin, sondern sie ist zugleich auch noch eine verkannte Regisseurin, Dramaturgin, Bühnenbildnerin und Autorin in einer

Person. Falls ihr euch eine Vorstellung davon machen könnt, was ich damit zum Ausdruck bringen möchte.«
»Sie gibt halt immer hundert Prozent!«, bemerkte Peter sarkastisch.
Der Intendant lächelte gequält. »Hör bloß auf, sonst überlege ich mir das mit der Kündigung vielleicht noch anders!«
»Ist es wirklich so schlimm?«, wollte Bob wissen.
»Schlimmer! Dazu kommt noch ihre Paranoia, dass sie hinter jeder Ecke ein Komplott wittert, das sich natürlich stets ausschließlich gegen *sie* richtet. Angeblich legt es hier jeder darauf an, sie aus dem Ensemble zu mobben, inklusive meiner Wenigkeit. Und wie oft hat sie mich in all den Jahren schon hier in meinem Büro aufgesucht, weil ihr angeblich zu Ohren gekommen sei, ich hätte die Absicht, sie im nächsten Stück nicht mehr zu besetzen.«
»Und das war nie der Fall?«, hakte Justus nach.
Der Intendant begann nervös mit einem Feuerzeug herumzuspielen. »Soll ich euch mal sagen, wie es um meine Gutherzigkeit bestellt ist? Bei unserem aktuellen Stück gab es ursprünglich gar keine passende Rolle für Mrs Pixie. Wenn ich rigoros gewesen wäre, hätte ich sie nicht besetzen müssen. Aber was habe ich stattdessen getan, um mir von ihr das anschließende Gejammer nicht anhören zu müssen?«
Die drei Detektive blickten Mr Firhouse fragend an.
»Ich habe noch vor Verkündung des Stücks und Ausgabe der Texte die männliche Hauptrolle des Inspektors in eine Inspektorin umgeschrieben, damit Madame nicht in Tränen ausbricht! Noch weitere Fragen?«
»Noch eine, wenn's recht ist«, entgegnete Justus, während er

sich schwerfällig von der Couch erhob und zu Mr Firhouse an den Schreibtisch herantrat. »Von Ihnen wissen wir ja nun, dass Sie Mrs Pixie gegenüber trotz ihrer egozentrischen Art positiv eingestellt sind und dass sie zum festen Ensemble Ihres Theaters gehört. Sie wollen ihr garantiert nichts Böses.«
Die Augenlider des Intendanten begannen zu flattern. »Worauf willst du hinaus, Junge?«
»Halten Sie es für möglich, dass eventuell ein anderes Mitglied Ihrer Theatertruppe so weit gehen würde, etwas zu tun, das Mrs Pixie dazu veranlassen könnte, aus eigenem Antrieb dieses Theater zu verlassen?«
Mr Firhouse konnte darüber nur den Kopf schütteln. »Das raffinierte Frauenzimmer hat euch doch tatsächlich schon für seine eigenen Interessen eingespannt, und offensichtlich habt ihr das noch gar nicht bemerkt.« Wieder schüttelte er den Kopf. »Aber ich kann Entwarnung geben. Es haben schon mehrere Treffen stattgefunden, in denen ich mit meinem Ensemble darüber diskutiert habe, ob Mrs Pixie mit ihrer exaltierten Art in unserem Team tragbar ist.«
»Ach!?«, blickte Peter interessiert auf. »Und was ist dabei herausgekommen?«
»Alle waren sich einig, dass ohne sie dem Theater der ›Spirit‹ fehlen würde.«
»Sie ist also quasi das Herzstück des Theaters, das alle gleichzeitig hassen und lieben«, ergänzte Justus. »Und deshalb ist keinem hier daran gelegen, sie rauszuekeln. Richtig?«
Der Intendant nickte. »Das ist korrekt! Diese Verschwörungstheorien sind vollkommener Quatsch, reine Hirngespinste …«

Notruf

»... *reine Hirngespinste*«, zitierte der Zweite Detektiv am nächsten Nachmittag die letzten Worte von Mr Firhouse. Die drei Jungen hatten sich in der Zentrale eingefunden, um über die gestrigen Vorfälle zu debattieren und über das weitere Vorgehen in diesem Fall zu beratschlagen.
»Also ... was Mrs Pixies Mobbingfantasien anbelangt, mag die Aussage des Intendanten ja richtig gewesen sein. Aber dass das Mädchen auf Mrs Pixies Foto tatsächlich im Stadttheater aufgetaucht ist, und das bereits zum zweiten Mal, das sind keine Hirngespinste!« Der Zweite Detektiv verfiel in nachdenkliches Schweigen.
»Meiner Ansicht nach hat Mr Firhouse gestern Abend ehrlich und besten Gewissens auf unsere Fragen geantwortet, Kollegen«, übernahm stattdessen Justus das Wort. »Allerdings haben wir ihm ja den wahren Sachverhalt bezüglich des Auftauchens von Mrs Pixies vermeintlicher Tochter verschwiegen. Zum Glück konnte ich ihn mit der Erklärung, es habe eine Verwechslung gegeben, abspeisen, und so wusste er natürlich nicht, dass diese letzte Frage gestern darauf abzielte, herauszufinden, ob eventuell jemand aus dem Ensemble diesen Spuk mit Aurora inszeniert haben könnte. Sicher wären seine Antworten anders ausgefallen, wenn er bei dieser Sache seine Finger mit im Spiel hätte.«
»Da gebe ich dir recht«, stimmte Bob nach kurzer Überlegung zu. »Seit dem Gespräch gestern dürfte auch klar sein, dass er sie einfach nicht mehr besetzt hätte, wenn er die Ab-

sicht gehabt hätte, sie loszuwerden. Den ganzen Schnickschnack, also die verschwundene Tochter urplötzlich wieder auftauchen zu lassen, hätte er also nicht nötig gehabt.«
»Aber die Mitglieder des Ensembles!«, meldete sich Peter nun wieder zu Wort. »Kann der Intendant wirklich hundertprozentig wissen, dass nicht doch einer von denen Mrs Pixie rausekeln will?«
»Stimmt. Wir sollten auf keinen Fall außer Acht lassen, dass sich der Schauspieler Roy Sanders während der Premierenvorstellung die fiese Nummer mit dem Revolver geleistet hat«, rief Bob seinen Freunden ins Gedächtnis zurück. »Das hat ebenfalls nicht in ihrer Einbildung stattgefunden, wir alle haben es ja schließlich auf der Bühne mitverfolgen können.«
»Was neben dem Auftauchen von Mrs Pixies Tochter allerdings eher eine Lappalie darstellt«, ergänzte Justus gedankenverloren.
»Dieses Mädchen …« Peter überkam ein ungutes Gefühl. »Bist du auch wirklich ganz sicher, Just, dass es nach allen Gesetzen der Physik und Logik nicht sein kann, dass es sich bei ihr um Mrs Pixies zeitreisende Tochter Aurora handelt? So von wegen Teilchenbeschleuniger und so?« Er schluckte. »Wie ist es dann aber zu erklären, dass dennoch vor unseren Augen eine Person auftaucht, die eine lebendig gewordene Kopie eines zweiunddreißig Jahre alten Kinderfotos zu sein scheint, und dass diese sich anschließend in einem Raum ohne zweiten Ausgang urplötzlich in Luft auflöst!?«
Zwei Augenpaare blickten erwartungsvoll in Justus' Richtung.

Doch dem Ersten Detektiv blieb nichts als ein resigniertes Schulterzucken übrig. »Es steht für mich außer Frage, auch nur im Geringsten die Theorie in Betracht zu ziehen, dass Aurora nach über drei Jahrzehnten aus der Zukunft zurückgekehrt ist. Aber eine Erklärung habe ich zurzeit für die Ereignisse ebenso wenig.«

»Also«, sagte Bob, »müssen wir überlegen: Woher und vor allem warum ist dieses Mädchen aufgetaucht? Wer zieht einen Nutzen daraus? Und wie konnte sie aus einer Sackgasse ohne erkennbare Fluchtmöglichkeiten spurlos verschwinden? Da wir uns einig sind, dass weder Mrs Pixie noch Mr Firhouse dahinterstecken, können wir das Motiv ›Publicity‹ jetzt wohl ausklammern.«

Justus nickte zustimmend. »Und wir konnten uns bisher eigentlich stets auf unseren detektivischen Instinkt verlassen. Außerdem traue ich weder Mrs Pixie noch Mr Firhouse genügend schauspielerisches Talent zu, solch eine abgekartete Inszenierung glaubhaft rüberzubringen. Ein *weiteres* Motiv können wir übrigens ebenfalls von unserer Liste streichen, Kollegen.«

»Und das wäre?«

»Die Absicht, Mrs Pixie, aus welchem Grund auch immer, in den Wahnsinn treiben zu wollen, Bob«, antwortete Justus. »Denn die Tatsache, dass Auroras plötzliches Auftauchen im Theater vor so vielen Augenzeugen stattgefunden hat, spricht schlicht und ergreifend dagegen. Mehr noch: Auroras physische Anwesenheit ist dank des Fotos im Wochenblatt nun sogar aktenkundig. Demnach kann also niemand mehr behaupten, dass Mrs Pixie an Halluzinationen leidet.«

Peter war ratlos. »Und somit treten wir mit unseren Ermittlungen weiter auf der Stelle. Wir sollten besser –« Das schrille Klingeln des Telefons unterbrach seine weiteren Ausführungen.

Der Erste Detektiv hob den Hörer ab und betätigte die Lautsprechertaste. »Ja, hier Justus Jonas von den drei Detektiven?«

»Justus Jonas«, meldete sich eine ältere Frauenstimme am anderen Ende der Leitung. »Bist du einer von den drei jungen Herren, die mich gestern in meiner Theatergarderobe um ein Autogramm gebeten haben und –«

»Mrs Pixie!«, unterbrach der Erste Detektiv die Schauspielerin. »Was verschafft uns denn die Ehre Ihres Anrufs?«

Aus dem Lautsprecher ertönte ein aufgeregtes Atmen.

»Glaubt mir … ich … ich hätte die Nummer auf eurer Karte nicht gewählt, wenn ich … wenn ich nicht so verzweifelt wäre. Aber ich weiß nicht, an wen ich mich sonst wenden sollte …«

»Sie haben genau das Richtige getan, Madam«, versuchte Justus die Schauspielerin in sanftem Tonfall zu beruhigen. »Womit können wir Ihnen denn helfen?«

Abermals rang Mrs Pixie nach Luft. »Au…Aurora … Meine Tochter … Sie ist … ich meine, sie hat …«

»Bitte, Madam, atmen Sie ganz tief durch. Was ist mit Ihrer Tochter? Hallo? Sind Sie noch dran? So antworten Sie doch!«

Die Schauspielerin hatte größte Mühe weiterzusprechen. »Ihr müsst … ihr müsst zu mir kommen … sofort! Ansonsten kann ich für nichts mehr garantieren …«

Dem Wahnsinn nahe

Der Hollywood Boulevard ist eine *der* Sehenswürdigkeiten in Los Angeles, von denen sich Touristen angelockt fühlen wie die Motten vom Licht. Unter anderem das Chinese Theatre, der Walk of Fame, der die Berühmtesten unter den Berühmten mit goldenen Sternen auf dem Asphalt ehrt, oder die vielen Darsteller, die sich in der Gestalt von Batman, Marylin Monroe oder Michael Jackson gegen Geld für ein gemeinsames Foto anbieten, prägen seit vielen Jahrzehnten das Straßenbild und sorgen für das besondere Flair dieser Vergnügungsmeile.

Als Mrs Pixie am Telefon den drei Detektiven ihre Adresse mitgeteilt hatte, waren die Jungen recht überrascht gewesen, dass die Schauspielerin es sich offenbar leisten konnte, eine Wohnung an dieser Prachtstraße ihr Eigen zu nennen. Doch als sie eine halbe Stunde später dort eintrafen und Mrs Pixie sie völlig aufgelöst in ihr kleines Reich hineinbat, wurde schnell klar, dass sie wahrlich nicht im Luxus schwelgte: Das winzige Einzimmerapartment, das sich in einem maroden Gebäude im ersten Stock über einem Souvenirladen befand, war alles andere als opulent und nur mit dem Nötigsten ausgestattet. So erweckte die Schauspielerin bei den drei Detektiven den Eindruck, dass ihr die noble Wohnanschrift über alles ging und sie dafür sogar in Kauf nahm, auf jeglichen Komfort zu verzichten.

Nachdem Mrs Pixie die Wohnungstür hinter den Jungen geschlossen hatte, stutzte Peter plötzlich.

»Stimmt etwas nicht?«, entgegnete die Schauspielerin und musterte den Zweiten Detektiv eingehend.
»Ich bin mir nicht ganz sicher …« Sichtlich verlegen trat er einen Schritt zurück. »Aber … kann es angehen, dass Sie seit unserer letzten Begegnung ein wenig … nun ja … ich meine, geschrumpft sind?«
Mrs Pixie hielt verschämt inne, während ihre Augenlider nervös zu flattern begannen. »Ist das so offensichtlich?«
Erst jetzt registrierten Justus und Bob, dass ihr Freund mit seiner Beobachtung recht zu haben schien. Die ältere Dame wirkte tatsächlich um einiges kleiner und zierlicher, als sie sie in Erinnerung hatten.
»Deine Bemerkung ist nicht gerade schmeichelhaft«, entgegnete sie mit gesenkter Stimme. »Aber deine scharfe Beobachtungsgabe spricht wiederum für dich. Leider hat mich Mutter Natur nicht mit so langen Beinen beschenkt, wie ich sie mir wünschen würde. Aber dafür gibt es ja gerade für Frauen eine einfache Lösung.« Sie deutete zu einem kniehohen Schuhregal im Flur, in dem sich ein gutes Dutzend Damenschuhe mit auffallend hohen Absätzen befanden. »Die neuen Pumps, die ich gestern getragen habe, waren aber wohl eine Nummer zu klein. Ich habe mir entsetzliche Blasen an den Füßen geholt. Verzeiht mir deshalb bitte, dass ich euch heute so winzig empfange. Ansonsten trete ich niemandem so unter die Augen.«
Die drei Detektive lächelten verständnisvoll, während Mrs Pixie sie in das einzige Zimmer führte und umgehend auf ihr Anliegen zu sprechen kam. »Ihr könnt euch ja gar nicht vorstellen, was ich in den letzten achtundvierzig Stunden durch-

gemacht habe!« Verzweifelt fuhr sie sich mit der Hand durch ihre Haare. »Ich bin kurz vorm Durchdrehen! Und damit sind nicht meine schmerzenden Füße gemeint!«
»Wenn Sie auf das plötzliche Auftauchen Ihrer vor zig Jahren verschwundenen Tochter Aurora anspielen, ist Ihr momentan aus der Bahn geratener Gemütszustand nicht weiter verwunderlich«, entgegnete Justus in altkluger Manier. »Aber es scheint ja seit dem gestrigen Verschwinden dieses Mädchens noch etwas Weiteres vorgefallen zu sein, oder?«
Mrs Pixie reagierte auf Justus' Worte äußerst erstaunt. »Woher weißt du das? Wer hat dir etwas davon erzählt?«
»Moment mal!«, funkte Peter dazwischen. »Warum rufen Sie uns in unserer Zentrale an, bitten uns völlig aufgelöst um unsere Mithilfe und beantworten dann hier Justus' erste Frage mit einer Gegenfrage?«
»Ich … äh … also …«, stammelte sie aus dem Konzept gebracht und blickte die drei Jungen nacheinander fragend an.
»Wir haben das Mädchen auf dem Foto in Ihrer Garderobe schon in der Zeitung wiedererkannt, Madam«, kam Bob Mrs Pixie zu Hilfe. »Und seitdem wissen wir auch, weshalb Sie am Premierenabend auf der Bühne zusammengebrochen sind. Aber das Wissen um Ihre Geschichte und das Auftauchen des Mädchens im Theater im Zusammenspiel haben uns als Detektive auf den Plan gerufen.«
Mit energischen Schritten trat Mrs Pixie an den Tresen der angrenzenden Küchenzeile heran, griff nach dem aufgeschlagenen Wochenblatt und deutete auf das besagte Foto. »Ich habe mir das Magazin natürlich gestern Abend sofort noch besorgt. Das Mädchen in der siebten Reihe … Ich dachte

anfangs wirklich noch an eine Verwechslung. Aber als Aurora dann erneut im Foyer auftauchte und ihr sie bis zur Toilette verfolgt habt, wo sie dann, in die Enge getrieben, keinen anderen Ausweg mehr wusste, als sich … in eine andere Zeit zu katapultieren, da … da hatte ich …« Sie stockte.
»Da hatten Sie *was*?«, wollte der Erste Detektiv ungeduldig wissen. »Etwa die Gewissheit, dass sich Ihre Tochter seit über dreißig Jahren die Kindheit bewahrt hat und biologisch nicht gealtert, also tatsächlich durch die Zeit gereist ist?«
Ein kurzes, verunsichertes Zweifeln huschte über Mrs Pixies Gesicht, ehe es erregt aus ihr herausbrach. »Nun guckt mich doch nicht alle so an, als würde in meinem Oberstübchen was nicht stimmen! Das habe ich schon einmal alles durchmachen müssen.« Ihre Lippen begannen unkontrolliert zu zucken. »Aber ich habe meine Tochter und meinen Mann aus genau diesen Gründen verloren, weil ich eben *nicht* an diese Fantastereien geglaubt habe!«
»Wie jetzt?«, stolperte der Zweite Detektiv über Mrs Pixies letzte Bemerkung. »Glauben Sie nun daran, dass sich Ihr Mann und Ihre Tochter damals in die Zukunft aufgemacht haben, oder nicht?«
Die Schauspielerin wand sich wie ein Aal und schien einen inneren Kampf mit sich zu führen, bevor sie zu einer Antwort fähig war. Mehrmals blickte sie verzweifelt an die Zimmerdecke, als würde dort die Lösung der alles entscheidenden Frage stehen. Aber aus den vereinzelten Feuchtigkeitsflecken, an denen die Farbe vom Putz bröckelte, war nicht das Geringste herauszulesen. Schließlich ließ sie resigniert die Schultern hängen und stieß einen schweren Seufzer

aus. »Ich weiß es nicht. Ich bin hin und her gerissen. Ich kann nur mit Bestimmtheit sagen, dass ich nie wieder die Polizei, geschweige denn die Presse oder sonst jemanden darüber informieren würde. Und … nun, deswegen habe ich euch angerufen.«

»Und wie kommen *wir* zu der Ehre, dass sie uns vertrauen, Madam?«, wollte Justus wissen.

Mit einem Mal strahlten Mrs Pixies Augen. »Es ist Jahre her, dass ich von Fans um ein Autogramm gebeten wurde …« Sie blickte verschämt zu Boden. »Als ihr vor zwei Tagen in meine Garderobe kamt, erschien mir das fast wie eine Offenbarung. Kurz zuvor hatte ich Aurora hinter euch im Zuschauerraum sitzen sehen … Ich war dem Wahnsinn nahe, die alten Wunden rissen wieder auf. Ich wollte es nicht wahrhaben und habe mir zu meinem Selbstschutz eingeredet, das Opfer eines miesen Komplotts zu sein. Hatte sogar für einen kurzen Moment in Erwägung gezogen, ob ihr vielleicht mit jemandem aus dem Ensemble unter einer Decke steckt. Doch als Aurora am nächsten Abend wieder im Foyer auftauchte … da habe ich an eurer Reaktion erkannt, dass ihr aufrichtig seid und mir so etwas Niederträchtiges niemals antun würdet.«

»Das hört man gern«, antwortete Justus geschmeichelt. »Dann lassen Sie uns doch jetzt zu der Frage kommen, weshalb Sie uns vorhin so aufgeregt angerufen und hierhergebeten haben.«

Mrs Pixie verschränkte demonstrativ die Arme. »Bevor ich euch das sage, muss ich euch das Versprechen abnehmen, mit keiner Menschenseele darüber zu sprechen. Absolutes Stillschweigen. Gebt ihr mir darauf euer Ehrenwort?«

»Sie können sich voll und ganz auf uns verlassen, Madam«, bestätigte Bob. »Verschwiegenheit ist das oberste Gebot von Detektiven. Was um alles in der Welt ist denn passiert?«
Die Schauspielerin deutete erneut auf das Foto im Wochenblatt. »Dieses Mädchen ist meine Tochter und keine Doppelgängerin. Das ist mir vollends klar geworden, als sie gestern Abend leibhaftig im Foyer auftauchte. Und letztendlich blieb ihr ja gar keine andere Möglichkeit, als sich in der Damentoilette zu dematerialisieren, nachdem ihr sie wie ein wildes Tier gejagt und in die Enge getrieben habt.«
»Das ist doch –«, hob Peter zum Protest an, aber Justus wies ihn mit einer eindeutigen Handbewegung in die Schranken. »Erzählen Sie weiter, Madam.«
»Ich habe die letzte Nacht kein Auge zugemacht und mir das Hirn zermartert, weshalb Aurora jetzt plötzlich, nach all der langen Zeit, zurückgekehrt ist. Sie will mir doch bestimmt etwas mitteilen. Und heute früh, als die Sonne aufging, hat sie ihrem Namen alle Ehre erwiesen ...«
»Hä? Wie meinen Sie das?«, fragte Peter unsicher.
»Die alten Römer versahen in ihrer Mythologie ihre Göttin der Morgenröte mit dem Namen Aurora«, gab Justus sein Wissen schulmeisterlich zum Besten. »Wenn ich Ihre Bemerkung richtig deute, muss sich beim heutigen Sonnenaufgang also erneut etwas Unerklärliches ereignet haben, richtig?«
Mrs Pixie nickte zustimmend. »In aller Herrgottsfrühe ist sie mir im Traum erschienen und hat mir mitgeteilt, dass wir beide bald wieder vereint sein werden ...«
»Bitte?!« Peter glaubte seinen Ohren nicht zu trauen. »Und

wegen eines Traums haben Sie Alarm geschlagen und uns hierherzitiert? Das darf ja wohl nicht wahr sein!«

»Würdest du mich bitte erst einmal ausreden lassen!«, giftete sie ihn unbeherrscht an. »Erst in der Vollkommenheit erschließt sich der Sinn einer Erklärung!« Um Peter abzustrafen, wandte sie sich demonstrativ an Justus und Bob. »Aurora hat mich vorhin angerufen! Aus der Gegenwart. Und mir ist jetzt schon völlig klar, dass ihr mir kein Wort glauben werdet. Das ist schließlich nichts Neues für mich. Detektive benötigen ja etwas Greifbares. Fakten für ihre Ermittlungen. Wie das Foto in der Zeitung. Stimmt's oder habe ich recht?«

Bob kratzte sich am Kinn. »Nun ja, Madam, einen Beweis in dieser Form werden Sie dieses Mal wohl nicht haben …«

»Wenn du dich da mal nicht irrst«, entgegnete die Schauspielerin geheimnisvoll und deutete zu dem kleinen Telefontisch neben der Couch.

Konserviert

Triumphierend trat Mrs Pixie an das Tischchen heran, drückte auf die Rückspultaste des Anrufbeantworters und ließ das Band zurückfahren.

Bob staunte über das Gerät. »Ein wahres Museumsstück! Das läuft ja noch mit Kassetten!«

»Ganz recht«, erwiderte sie stolz. »Einwandfrei! Und das seit fünfunddreißig Jahren.« Dann drückte sie auf *Play*.

Die drei Detektive hielten den Atem an und lauschten.

»*… hätte mich früher melden sollen, Mom, ich weiß*«, ertönte eine zarte Kinderstimme aus dem Lautsprecher. Ihrem kleinlauten Unterton war das schlechte Gewissen deutlich anzumerken. »*Aber Daddy meinte, das geht in Ordnung. Du glaubst ja gar nicht, was wir alles erlebt haben! Völlig verrückt! Das erzähle ich dir aber später! Hauptsache, du bist uns nicht mehr böse …*«

Ein Knacken, gefolgt von einem Besetztzeichen, machte deutlich, dass die Anruferin aufgelegt hatte.

Die Schauspielerin drückte auf die *Stopp*-Taste und blickte die drei Detektive mit tränenerfüllten Augen an. »Das ist die Stimme von Aurora!«, beharrte sie eindringlich. »Ohne jeden Zweifel. Jede Silbe, jedes Wort stammen von meinem kleinen Schätzchen! Als Mutter weiß ich es nicht nur, ich *spüre* es bis in den kleinen Zeh!« Mit fahrigen Bewegungen zog sie ein Taschentuch hervor und schnäuzte sich damit die Nase. »Aber nun ist sie endlich zurückgekehrt, und wenn ich sie erst wieder in meinen Armen halte, werden alle Richter,

Gutachter und Wissenschaftler, die an meinem Geisteszustand gezweifelt haben, schön blöd aus der Wäsche gucken. Das gebe ich euch schriftlich!«

»Und was genau sollen *wir* jetzt für Sie unternehmen?«, versuchte Justus in Erfahrung zu bringen.

»In erster Linie seid ihr meine Zeugen! Ich habe mich im Internet über euch schlaugemacht und daher weiß ich, dass ihr einen ausgezeichneten Leumund habt. Ihr seid die Einzigen, die ich ins Vertrauen ziehen kann. Und deshalb erteile ich euch außerdem den Auftrag, mich und meine Tochter zu beschützen.«

»Beschützen?« Bob verstand kein einziges Wort. »Warum? Und vor allem, vor wem?«

Mrs Pixie ballte ihre Hand erregt zur Faust. »Liegt das nicht auf der Hand? Ich kenne doch die gierige Medienmeute! Und die Behördenheinis. Und all die großen Wissenschaftler. Wenn die davon Wind kriegen, dass meine Tochter wieder zurückgekehrt ist, werden sie wie Heuschrecken über uns herfallen und vor allem Aurora ins Visier nehmen! Womöglich nimmt man mir von oberster Stelle meine Tochter sonst gleich wieder weg, um dann alle erdenklichen Untersuchungen an ihr vorzunehmen!«

Der Erste Detektiv beschloss, seine Karten vorerst noch verdeckt zu halten. »Alles wird gut, Madam, dafür werden wir sorgen. Allerdings rate ich Ihnen dringlichst, Ruhe zu bewahren. Schließlich haben Sie heute Abend wieder Vorstellung, oder?«

»So ist es«, sagte sie. »Aber ich weiß nicht, ob ich das durchstehe …«

Bob sprach ihr aufmunternd Mut zu. »Ach, kommen Sie! Das schaffen Sie schon! Wenn nicht Sie, wer dann?«

»Und Sie geben doch *immer* hundert Prozent!«, setzte Peter noch einen drauf.

»Also schön …« Sie holte tief Luft und biss tapfer die Zähne zusammen. »Und was werdet ihr tun?«

»Wir werden uns in unserer Zentrale zusammensetzen und dort über die nächsten Schritte beratschlagen. Wenn sich bei Ihnen, Madam, etwas Unerwartetes ereignen sollte, sind wir jederzeit über das Handy oder den Anschluss in unserem Büro erreichbar. Beide Nummern befinden sich auf der Rückseite unserer Visitenkarte. Oder wäre es Ihnen lieber, wenn Peter als Leibgarde bei Ihnen bleibt?«

Wie vom Blitz getroffen, fuhr Peter zusammen – unnötigerweise, wie sich sogleich herausstellte.

»Das Angebot klingt verlockend«, zog Mrs Pixie zögernd in Erwägung. »Aber ich muss bis zur Vorstellung noch meditieren. Telefonischer Kontakt reicht völlig aus.«

Dem Zweiten Detektiv fiel eine Zentnerlast von der Seele.

»Dann dürfen wir uns jetzt von Ihnen verabschieden, Madam?« Justus streckte ihr höflich die Hand entgegen, was Mrs Pixie aber nicht registrierte, da sie zu sehr ihren Gedanken nachhing. »Nur eins noch«, schärfte er ihr von der Türschwelle aus ein. »Was für uns Detektive gilt, gilt in dieser Angelegenheit selbstverständlich auch für Sie.«

Diesmal hörte sie ihn. »Und das wäre?«, fragte sie verwundert.

Justus blickte ihr fest in die Augen. »Absolutes Stillschweigen. Was auch passieren mag: Lassen Sie sich auf keinen Fall

von jemandem dazu hinreißen, auch nur ein Sterbenswörtchen über Auroras Rückkehr zu verlieren.« Er zog die Augenbrauen hoch. »Können wir uns darauf verlassen?«

»Ein Kinderspiel.« Sie zwinkerte ihm aufreizend zu. »Ihr kennt doch mein Motto: ›Einmal Schauspielerin – immer Schauspielerin‹!«

Die drei Detektive wollten sich gerade zum Gehen abwenden, als Justus in Mrs Pixies Wohnungsflur in der Nische auf dem Teppichboden plötzlich einen kleinen Umschlag erspähte.

»An G. Pixie – Streng vertraulich«, stand darauf. Justus zögerte, konnte dann aber seine Neugier nicht im Zaum halten. »Es ist sonst nicht meine Art, Madam, mich in das Privatleben anderer Menschen einzumischen, aber liegt dieser Umschlag da absichtlich auf dem Boden?«

Mrs Pixie sah irritiert nach unten, entdeckte, worauf Justus sie hingewiesen hatte, kam in den Flur und bückte sich interessiert nach dem Briefkuvert. »Den muss mir jemand durch den Türschlitz geschoben haben. Heute Mittag beim Staubsaugen lag er noch nicht da, das weiß ich genau.«

»Steht ein Absender drauf?«, erkundigte sich Bob.

»Nein«, stellte die alte Dame fest, während sie die zugeklebte Lasche löste und eine weiße Postkarte herauszog. Aus ausgeschnittenen Zeitungsbuchstaben hatte der unbekannte Absender nur einen Satz daraufgeklebt: DIE ANTWORT AUF ALL IHRE FRAGEN FINDEN SIE IM IHREN KLEIDERSCHRANK.

Sie runzelte verwundert die Augenbrauen, reichte dem Ersten Detektiv die Karte, machte auf ihren Strümpfen kehrt

und trat mit schnellen Schritten entschlossen auf ihren Schrank zu.
»Was um alles in der Welt hat das denn zu bedeuten?«
Noch ehe einer der drei Detektive sie daran hindern konnte, zog sie an dem kleinen Porzellanknauf, öffnete mit einem Ruck die Tür und –
»Vorsicht!«, schrie Justus panisch. Mit einem Satz sprang er auf Mrs Pixie zu, um die entsetzte Frau zur Seite zu stoßen. Doch er war nicht schnell genug. Aus dem Schrank schoss ein heftiger Strahl hervor und traf, haarscharf über ihrem Kopf, auf einen gegenüber hängenden Wandspiegel, an dem nun eine gelbliche Flüssigkeit hinunterlief.
Die Schauspielerin war zu keiner Regung fähig. Mit weit aufgerissenen Augen starrte sie fassungslos ins Innere des Schranks. Zwischen den oberen Regalbrettern klemmte eine unterarmlange Wasserpistole, deren Abzug mit einer Schnur an der Schranktür befestigt war.
»Sind Sie verletzt?« Mit pochendem Herzen war Peter der Schauspielerin zu Hilfe geeilt und sah sie besorgt an.
Diese schien jedoch noch gar nicht registriert zu haben, was sich soeben ereignet hatte. »Ich … ich bin okay«, waren die einzigen Worte, die Mrs Pixie hervorbringen konnte.
Justus hingegen trat an den Spiegel heran und roch vorsichtig an der hinabrinnenden Flüssigkeit. »Um ein Haar hätte das im wahrsten Sinne des Wortes ins Auge gehen können, und der Rest von Mrs Pixies Gesicht wäre womöglich zumindest für eine Weile ziemlich entstellt gewesen!«
»Ein heimtückischer Säureanschlag«, ließ Peter geschockt verlauten, während er einen vorsichtigen Blick ins Innere des

Schranks riskierte. »Aber bis ein verätztes Gesicht halbwegs wieder ansehnlich ist, bedarf es wohl mehrfacher Operationen, Erster. Über Monate. Mit ›einer Weile‹ ist es da nicht getan.«

Der Erste Detektiv strich mit der Fingerkuppe über die nasse Oberfläche des Spiegels und benetzte anschließend damit seine Zungenspitze. »Ich bleibe bei meiner Behauptung, Kollegen. Dem Attentäter ging es lediglich darum, sein Opfer für eine begrenzte Zeitspanne außer Gefecht zu setzen. Deshalb hat er sich für eine Säure entschieden, deren Wirkung relativ schnell wieder abklingt. Nach einer kurzen Geschmacksprobe wage ich die Behauptung aufzustellen, dass es sich hierbei um Zitronensaft handelt!«

»Zitronensaft!«, rief Peter aus. »Mrs Pixies Allergie gegen Zitrusfrüchte!«

»So ist es.« Justus legte beruhigend seine Hand auf Mrs Pixies Schulter. »Ihre zu engen Stöckelschuhe haben Ihnen einiges erspart, Madam.« Er trat nun ebenfalls an den Schrank heran und begutachtete die Vorrichtung. »Der Attentäter hatte die mit Zitronensaft gefüllte Wasserpistole exakt in Höhe Ihres Kopfes installiert. Dem hat er aber offenbar Ihre Maße inklusive Pumps zugrunde gelegt – und Sie sind noch einmal unbeschadet davongekommen, weil Sie die ausnahmsweise nicht anhatten!«

Die alte Dame ließ sich auf den Sessel sinken und wischte sich über die schweißnasse Stirn. »Was geht hier nur vor sich? Der Terror im Theater, Auroras Rückkehr und jetzt dieser furchtbare Anschlag! Warum geschieht das alles?«

»Wir müssen umgehend die Polizei einschalten!«, forderte

Peter eindringlich. »Wer weiß, was dieser Wahnsinnige als Nächstes plant! Nach dem missglückten Anschlag steht womöglich ein Mord auf seiner Agenda.«

»Keine Polizei!« Mrs Pixie ließ sich nicht aus dem Konzept bringen. »Ihr wisst ganz genau, welch schlechte Erfahrungen ich mit den Gesetzeshütern machen musste! Und außerdem habe ich *euch* als Detektive engagiert! Lasst die Beamten deshalb aus dem Spiel! Haben wir uns da verstanden? Mich befördert man schon nicht so schnell ins Jenseits!«

Angesichts der Vehemenz, mit der die Schauspielerin ihrer Stimme Nachdruck verlieh, gab Justus schließlich nach und kapitulierte. »Also gut, Madam. Vorerst keine Polizei. Dennoch muss ich Peter zustimmen und Ihnen nahelegen, diese Entscheidung noch einmal gründlich und in Ruhe zu überdenken. Denn sobald der Attentäter herausgefunden hat, dass sein tückischer Anschlag missglückt ist, wird er nicht davor zurückschrecken, sich eine neue Teufelei zu überlegen.«

»Schön. Ich werde darüber nachdenken«, entgegnete sie knapp und erhob sich aus ihrem Sessel. »Dennoch macht mich eines, was eure Ermittlungen betrifft, schon ziemlich stutzig.«

»Und das wäre?«, horchte Bob irritiert auf.

»Seit wann hegen Privatdetektive ein Interesse daran, während ihrer Ermittlungen die Polizei hinzuzuziehen? Seid ihr etwa schon am Ende eurer Fähigkeiten angelangt?«

»Ganz im Gegenteil, Madam«, wies Justus diese Unterstellung entschieden von sich. »Doch in diesem Fall würde ich mir gern ein paar technische Möglichkeiten der Polizei zunutze machen.«

Mrs Pixie stampfte wutentbrannt mit dem Fuß auf. »*Ich* bestimme hier die Regeln! Keine Polizei! Wenn die in Erfahrung bringen, dass Aurora –«

»Gut, dass Sie es von sich aus ansprechen«, unterbrach Justus sie beschwichtigend. »Denn über das plötzliche Auftauchen Ihrer Tochter wird dabei kein Sterbenswort über unsere Lippen kommen, darauf geben wir Ihnen unser Ehrenwort. Anders wird es uns nämlich nicht gelingen, endlich Licht in diese dunkle Angelegenheit zu bringen.«

Die alte Dame blickte den Ersten Detektiv mit durchdringenden Augen an. »Du sprichst in Rätseln, junger Mann, und diese Eigenschaft gefällt mir ganz und gar nicht.«

Peter fühlte sich von Mrs Pixies Worten zum ersten Mal voll und ganz bestätigt. »Da sprechen Sie mir aus der Seele, Madam. Aber glauben Sie ja nicht, dass Justus bei Ihnen eine Ausnahme machen wird. Da beißen Sie bei ihm mit voller Wucht auf Granit!«

Als Peter am nächsten Nachmittag zur Besprechung in der Zentrale eintraf, waren Justus und Bob bereits vor Ort. Die Laune des Zweiten Detektivs war nur mittelprächtig. »Du kannst von Glück reden, dass ich in der Zwischenzeit zu Hause zum Rasenmähen abkommandiert wurde, Erster. Eine hervorragende Methode, um Stress und Ärger abzubauen. Das solltest du zur Abwechslung auch mal tun, anstatt nur Ärger bei anderen *auszulösen*!«

»Ärger?« Justus legte eine wahre Unschuldsmiene auf. »Ich habe nicht den blassesten Schimmer, wovon du sprichst?!«

»Wie gesagt, konnte ich bei der Gartenarbeit zu meiner all-

seits geschätzten Ausgeglichenheit zurückfinden und deshalb erkläre ich dir jetzt mit meiner zuckersüßesten Stimme, was du mir bitte niemals mehr antun darfst!«
Bob blickte abwechselnd zwischen Justus und Peter hin und her. »Sagt mal, habe ich irgendwas verpasst?«
Anklagend sah der Zweite Detektiv in Justus' Richtung. »Komm nicht noch einmal auf den Gedanken, mich Mrs Pixie als ihre persönliche Leibgarde anzubieten! Ganz gleich, welchen Horror wir gestern mit ihr erlebt haben, klar? Wenn einer von uns sie beschützen soll, dann in diesem Fall nicht ich! Haben wir uns verstanden?«
»Ach, das meinst du!«, winkte der Erste Detektiv gelassen ab. »Ich dachte schon, du seist dahintergekommen, dass ich dir Jeffrey ausgespannt habe.«
»Wunschdenken!«, parierte Peter sarkastisch und strich sich selbstbewusst über seinen durchtrainierten Bauch. »Dem bist du viel zu korpulent!«
Bob begann unruhig mit dem Fuß zu wippen. »Wenn ihr dann fertig seid, würde ich gern zur Tagesordnung übergehen und euch noch einmal nachdrücklich ins Gedächtnis zurückrufen, dass Mrs Pixie gestern nur um Haaresbreite einem Säureanschlag entgangen ist! Da wir vollzählig sind, kannst du nun bitte endlich erzählen, was du heute Mittag mit Cotta besprochen hast, Just!«
»Mit Cotta?«, war nun auch Peter wieder bei der Sache. »Geht es dabei womöglich um die ›technischen Möglichkeiten‹, über die du gestern mal wieder eine deiner beliebten Andeutungen gemacht hast?«
Der Erste Detektiv nickte. »So ist es. Der Inspektor hat sich

der Sache bereits angenommen und dazu bereit erklärt, Mrs Pixies Telefonanschluss zu überwachen. Auch sie selbst hat inzwischen ihr Einverständnis gegeben.«

»Wie bitte?«, fragte Peter skeptisch. »Die zapfen ihre Leitung an? Wozu? Und wie konntest du den Inspektor und vor allem Mrs Pixie denn dazu bewegen?«

Justus grinste breit. »Indem ich den beiden plausibel machte, dass sich der unbekannte Attentäter womöglich durch einen Telefonanruf bei unserer Klientin vergewissern wird, ob sein Anschlag Erfolg hatte.«

»Eine sehr fragwürdige Vermutung«, entgegnete Bob mit einem Stirnrunzeln.

»So ist es.« Justus legte die Hände aneinander. »Und ich rechne auch nicht im Geringsten damit, dass der Attentäter auf diese Weise mit Mrs Pixie in Verbindung treten wird.«

»Hä?« Peter verstand gar nichts mehr. »Und wozu dann das Ganze?«

»Weil wir, falls ihr es nicht vergessen habt, zurzeit an zwei Fällen arbeiten und ich mir äußerst sicher bin, dass der Säureanschlag und die Rückkehr der zeitreisenden Aurora in keinem direkten Zusammenhang stehen. Doch ehe ich mich weiter dazu äußere, möchte ich eure Meinung zu dieser Kinderstimme auf Mrs Pixies Anrufbeantworter hören. Was sagt ihr dazu, Kollegen?«

»Am besten gar nichts«, entgegnete Peter unsicher. »Diese Schauspielerin schwört ja Stein und Bein darauf, dass es sich dabei um ihre Tochter handelt. Um ihre *zwölfjährige* Tochter. Und ich hatte zumindest nicht den Eindruck, dass da jemand seine Stimme absichtlich verstellt hätte, um kindlich

zu klingen. Bei Filmen ist es ja häufig so, dass Kinderdarsteller von erwachsenen Schauspielern nachsynchronisiert werden, weil die Kleinen es noch nicht schaffen, ihre Texte überzeugend rüberzubringen. Das hört man aber meistens raus, weil die Stimmen doch irgendwie gekünstelt wirken. Meiner Meinung nach war das bei der Stimme auf dem Anrufbeantworter aber *nicht* der Fall. Oder habe ich mich jetzt zu kompliziert ausgedrückt?«

»Ich weiß genau, worauf du hinauswillst, Zweiter«, bestätigte Bob seinem Freund. »Ich bin ebenfalls davon überzeugt, dass da keine erwachsene Stimmenimitatorin am Werk war. Die Stimme klang wie die eines jungen Mädchens, völlig authentisch und ungezwungen. Da war nichts abgelesen oder gespielt. Die Frage stellt sich nur: Wenn es nicht Aurora war, die gestern bei Mrs Pixie angerufen hat, wer war es dann? Ein anderes Kind, das zweiunddreißig Jahre später zufällig zur Verfügung steht und dazu noch genau die gleiche Stimme hat? Nee, Freunde, ausnahmsweise glaube ich dieses Mal Mrs Pixies Worten: dass sie das als Mutter weiß. Oder, wie sie meint, sogar *spürt*. Und da sie hundertprozentig sicher ist, die Stimme wiedererkannt zu haben, sollten wir das als Tatsache akzeptieren. Ganz gleich, ob uns da die Logik einen Strich durch die Sache macht oder nicht.«

Der Zweite Detektiv setzte sich nachdenklich zu Bob auf die Couch und geriet ins Grübeln. »Da taucht vor unseren Augen ein seit mehr als zweiunddreißig Jahren verschwundenes Mädchen auf, das haargenau so aussieht wie das auf dem alten Kinderfoto in Mrs Pixies Garderobe. Sogar die Kleidung ist identisch. Kurz darauf verschwindet dieses Mädchen

spurlos aus einem Raum, aus dem es eigentlich kein Entkommen gibt, und ruft am nächsten Tag bei seiner Mutter an, um ihr mitzuteilen, dass es wieder aus der Zukunft zurückgekehrt ist.« Auf seiner Stirn bildete sich eine tiefe Falte. »Wie erklärt ihr euch dieses Phänomen, wo wir uns doch alle einig darin waren, dass es eigentlich keine Zeitreisen gibt …?«

Erpressung

»Genau. Es gibt keine Zeitreisen, Peter«, mischte sich nun der Erste Detektiv wieder mit Nachdruck in das Gespräch ein. »Aber leider habe ich für das Auftauchen und das Verschwinden des Mädchens noch immer keine plausible Erklärung parat. Dafür sehe ich, was den merkwürdigen Anruf bei Mrs Pixie betrifft, ein kleines Licht am Ende des Tunnels: Das*selbe* und das *Gleiche* sind nicht dasselbe, wobei dasselbe in diesem Fall wohl eher *die*selbe ist und nicht *die* Gleiche.«

»Hä?« Bob schaute verstört zu Peter. »Hast du eine Ahnung, was uns unser Superhirn damit sagen will?«

»Nicht den blassesten Schimmer«, musste der Zweite Detektiv ebenfalls passen. »Aber vielleicht sollten wir es mal mit einem Kniefall versuchen. Könnte sein, dass er sich dann unser erbarmt und sein Fachchinesisch so übersetzt, dass es auch Normalsterbliche verstehen.«

»Also schön, Kollegen.« Justus gab sich großzügig und verzichtete auf eine untergebene Huldigung. »Ich bin mir absolut sicher, dass es für den Drahtzieher des ominösen Anrufs gar nicht vonnöten war, ein Mädchen anzuheuern, das eine frappierend gleiche Stimmlage wie die von Aurora aufweist. Wobei ich anmerken möchte, dass die Chance, solch eine Stimme auftreiben zu können, bei unter eins zu einer Million liegen dürfte und wir diese Theorie somit getrost ad acta legen können. Um Mrs Pixie glaubhaft zu machen, dass es sich bei der Anruferin ohne Zweifel um ihre aus der Zukunft zurückgekehrte und damit nicht gealterte Tochter handelt,

bedurfte es nur eines verblüffend einfachen Tricks. Darauf gekommen bin ich, Bob, weil du vorhin in deinen Schlussfolgerungen von einer *gleichen* Stimme gesprochen hast. So etwas gibt es aber nicht. Jede Stimme ist einmalig, wie der berühmte Fingerabdruck. Aber eine nur beinahe ähnlich klingende Stimme hätte Mrs Pixie schnell als Schwindel enttarnen können. Dieses Risiko konnte und wollte der unbekannte Strippenzieher nicht eingehen. Und somit, Kollegen, liegt für mich der Fall ganz klar auf der Hand: Es war nicht die *gleiche* Stimme, sondern die*selbe*!«

»Aurora?«, fragte Bob verblüfft. »Du meinst die echte Aurora?«

Justus nickte. »Davon bin ich überzeugt.«

»Aber … aber dann muss sie ja *doch* aus der Zukunft zurückgekehrt sein«, überkam es Peter fröstelnd. »Kein Mensch ist schließlich in der Lage, seine Kinderstimme mehr als dreißig Jahre beizubehalten.«

Justus nickte abermals. »Richtig, Zweiter. Kein Mensch. Wohl aber ein technisches Gerät. Und wenn ich an Mrs Pixies alten Anrufbeantworter denke, der ihren Angaben zufolge nach über fünfunddreißig Jahren noch immer nicht seinen Geist aufgegeben hat, haben wir mit ebendiesem Apparat unseren Bewahrer von Auroras Kinderstimme gefunden!«

»Moment mal …«, überlegte Bob. »Vor fünfunddreißig Jahren war Mrs Pixies Tochter neun Jahre alt. Da ist die Wahrscheinlichkeit groß, dass sie von unterwegs öfter mal Nachrichten auf diesem Apparat hinterlassen hat.«

»Ganz genau, Bob!« Der Erste Detektiv war sichtlich in seinem Element. »Und eine dieser alten Kassetten mit Auroras

Mitteilungen an ihre Mutter wird es unserem großen Unbekannten ermöglicht haben, sein infames Spiel zu treiben. Wobei noch zu klären wäre, wie und wann er an dieses Band geraten ist.«

»Und vor allem, falls sich deine Theorie bestätigen sollte, Erster, wie wir dem miesen Kerl das Handwerk legen können«, gab Peter zu bedenken. »Und was ist mit dem Mädchen im Theater? Die steckt doch auch mit drin. Die müssten wir zu fassen kriegen. Dann ist alles andere nur noch ein Kinderspiel!«

»Alles korrekt, Zweiter«, erwiderte Justus. »Und damit kommt Cotta ins Spiel!«

Wie aufs Stichwort klingelte in diesem Moment das Telefon. Als Justus auf das Anrufdisplay blickte, begannen seine Augen aufgeregt zu leuchten. Er hob den Hörer und drückte auf die Lautsprechertaste. »Ja? Justus Jonas von den drei Detektiven?«

»Cotta hier!«, meldete sich eine wohlbekannte Stimme.

»Inspektor!« Vor Aufregung begann Justus an der Telefonschnur zu zupfen. »Mit solch einem schnellen Rückruf hatte ich nicht gerechnet. Sie haben doch nicht schon …?«

»Heute Vormittag ging ein Anruf bei Mrs Pixie ein, den man als äußerst merkwürdig bezeichnen könnte.«

Justus' Herzschlag begann sich zu beschleunigen, doch er gab sich alle Mühe, seiner Stimme einen neutralen Tonfall zu verleihen. »Wie meinen Sie das, Inspektor?«

»Es handelte sich hierbei um den Anruf eines jungen Mädchens, das der Schauspielerin mitgeteilt hat, dass es ziemlich darüber verärgert sei, von niemandem ernst genommen zu

werden. Dann war plötzlich von New York die Rede und einem Schulwechsel. So ganz habe ich das nicht verstanden. Noch viel weniger aber Mrs Pixies Reaktion auf diesen Anruf.«

»Könnten Sie das näher erläutern?«, versuchte Justus in Erfahrung zu bringen.

»Nun ja … die alte Dame beendete das Gespräch ziemlich unvermittelt und vollkommen wortlos.« Cotta atmete tief durch. »Äußerst merkwürdig das Ganze, und ich glaube ja nicht wirklich, dass das etwas mit dem Attentat zu tun hat. Aber vielleicht kannst du mir ja dazu etwas sagen, Justus.«

Der Erste Detektiv zwang sich innerlich zur Ruhe. »Der Anruf des jungen Mädchens steht in keinem Zusammenhang mit dem Anschlag auf Mrs Pixie, Inspektor. Das ist eine vollkommen andere Baustelle. Eine Art Telefonstreich, wie wir von Mrs Pixie wissen. Allerdings wäre es in diesem Fall sehr nett, wenn Sie uns die Adresse mitteilen könnten, von der aus dieser Anruf getätigt wurde. Dann könnten wir dafür sorgen, dass die alte Dame nicht mehr auf diese Weise belästigt wird. Um so etwas muss sich ja nicht gleich die Polizei kümmern.«

Aus dem Lautsprecher ertönte ein tiefes Räuspern. »Ich muss dir wohl nicht extra sagen, dass ich diese Information eigentlich nicht an dich weiterleiten darf. Wenn es sich, wie du mir versicherst, hierbei aber nur um einen dummen Telefonstreich handelt, werde ich mal eine rühmliche Ausnahme machen. Und dabei spielt das Datenschutzgesetz nur eine untergeordnete Rolle, falls du verstehst, was ich dir damit sagen möchte.«

»Sie haben bei uns nicht nur einen, sondern gleich drei gut«, drängte Justus Cotta ungeduldig zur Eile.
»Also schreib mit, du Quälgeist«, entgegnete dieser in rauem Tonfall. »Damit ich endlich in meine Pause gehen kann, mein Magen knurrt nämlich schon wie ein Kampfhund.«
»Stift und Papier liegen bereit. Es kann losgehen!«
Aus dem anderen Ende der Leitung erklang das kurze Piepen eines PCs. »Der Anruf des jungen Mädchens wurde aus dem Cotton Bay Hotel am South Harbor Boulevard in Anaheim getätigt. Nur einen Steinwurf vom Disneyland Resort entfernt. Und zwar aus Zimmer 307, das derzeit von einer gewissen Mrs Cloud-McFerry bewohnt wird.«
Eilig kritzelte der Erste Detektiv die Adresse auf einen kleinen Notizzettel, während Bob und Peter ungläubig näher traten und ihrem Freund bewundernde Blicke zuwarfen.
»Sie haben uns einen großen Dienst erwiesen«, lobte Justus den Inspektor überschwänglich. »Selbstredend behandeln wir diese Information mit größter Diskretion. Doch jetzt wünsche ich Ihnen erst einmal einen guten Appetit! Bis später!«
»Ja, ja«, ließ Cotta nur noch verlauten und beendete das Gespräch.
Als Justus den Hörer aufgelegt hatte, zitterten seine Hände vor Erregung. »Und, Kollegen? Wie habe ich das gemacht?«
Bob bekam den Mund nicht mehr zu. »Eine Fangschaltung unter falschen Voraussetzungen … mein lieber Mann … und statt des Attentäters tappt tatsächlich der Drahtzieher hinter der Aurorageschichte direkt hinein! Woher hast du nur gewusst, dass der noch einmal bei unserer Klientin anrufen wird, Erster?«

»Reine Intuition«, erwiderte dieser mit einem breiten Grinsen.
»Soso«, lachte Peter »Und wann fahren wir zu dem Cotton Bay Hotel, um Aurora und Co unsere Aufwartung zu machen? Zumal mir immer noch nicht ganz klar ist, woher du die Gewissheit nimmst, dass diese unheimlichen Anrufe nichts mit dem Säureanschlag auf Mrs Pixie zu tun haben!«
»Das werde ich euch zu passender Gelegenheit mitteilen, Kollegen.« Justus warf einen prüfenden Blick zur Uhr. »Wenn es der Feierabendverkehr zulässt, müssten wir mit Peters MG in einer Stunde dort sein.«

Am South Harbor Boulevard in Anaheim befand sich ein Hotel neben dem anderen und alle warben um die Gunst der zahlreichen Touristen, die das Disneyland Resort besuchen wollten. Das Cotton Bay Hotel mit seiner rosafarbenen Fassade machte da keine Ausnahme. Das wurde den drei Detektiven bereits klar, *bevor* sie die große Empfangshalle betreten hatten. Erlebnishungrige Kinder und Erwachsene mit ansteckbaren Mickymausohren kamen ihnen schon auf der Auffahrt entgegen, um trotz des fortgeschrittenen Tages noch den Vergnügungspark aufzusuchen.
Die Spur war heiß, dennoch hatten sich die Jungen noch keinen genauen Plan zurechtgelegt, wie sie weiter vorgehen würden. Das wollten sie vor Ort entscheiden. Aus diesem Grund durchquerten sie als Erstes den Eingangsbereich und verschafften sich einen Überblick.
»Ziemlich unübersichtlich hier bei dem Gewusel von Menschen«, bemerkte Bob nach wenigen Sekunden. »Sag mal,

Zweiter, warum zappelst du eigentlich die ganze Zeit so rum?«
»Ich muss furchtbar dringend auf die Toilette«, gab Peter gequält von sich. »Kann einer von euch vielleicht irgendwo ein Toilettenschild sehen?«
Justus und Bob verneinten.
»Dann muss ich kurz am Empfang danach fragen. Ich halte es wirklich kaum noch aus!«
Als Bob den Zweiten Detektiv mit zusammengepressten Beinen zur Rezeption eilen sah, konnte er nur schwer das Lachen unterdrücken. Dennoch knuffte er Justus in die Seite. »Peter sorgt hier gerade für Aufmerksamkeit. Sieh nur, wie prüfend ihn der Mann hinterm Tresen mustert. Eine detektivische Observation geht eigentlich anders.«
»Der Begriff lautet aber nicht grundlos ›Notdurft‹, Dritter«, nahm Justus Peter in Schutz. »Deshalb sollten wir ausnahmsweise großzügig darüber hinwegsehen.«
In diesem Moment kehrte der Zweite Detektiv vom Empfang schon wieder zurück – mit einem noch auffälligeren Watschelgang.
»Gibt's hier etwa keine Toiletten?«, wunderte sich Bob. »Wenn du hier jetzt in die Hose machst, dann –«
»Volltreffer!«, zischte Peter aufgeregt und deutete unauffällig zum Empfangstresen hinüber. »Die Frau da mit der dunklen Sonnenbrille, die eben vor mir an der Reihe war, hat sich bei dem Mitarbeiter erkundigt, ob für die Zimmernummer 307 Post hinterlegt worden ist!«
»Ist das dein Ernst!?« Der Erste Detektiv traute seinen Ohren kaum. »Bist du dir sicher, dass du dich nicht verhört hast?«

»Ich stehe zwar gerade wortwörtlich unter Druck, Erster, aber davon sind meine Ohren zum Glück nicht betroffen. *Zimmer drei-null-sieben*«, bekräftigte er mit Nachdruck. »Kein Zweifel!«

Aus den Augenwinkeln beobachteten die Jungen, wie die Frau auf einen abseitsstehenden Pflanzkübel mit einer üppigen Kunstpalme zuging, dort stehen blieb und ihrer Handtasche ein Handy entnahm. Ihr Alter war auf die Entfernung schwer zu schätzen, doch war sie vermutlich um die vierzig. Sie trug ein knielanges Sommerkleid und flache Sandalen, und auf ihrem Kopf thronte ein breitkrempiger Sommerhut. Vorsichtig schlichen die drei Detektive näher und positionierten sich in sicherem Abstand hinter einer großen Veranstaltungstafel.

Nachdem die Frau eine Nummer ins Handy getippt hatte, verstrichen einige Sekunden, doch schließlich hatte sie den gewünschten Teilnehmer am anderen Ende der Leitung.

»Was gibt es?«, ließ die Frau ziemlich unfreundlich, aber dennoch leise verlauten. Dann lauschte sie einen kurzen Moment, ehe sie schroff entgegnete: »Ich habe Sie für Ihre Mithilfe bereits fürstlich entlohnt.«

Wieder entstand eine kurze Pause. »Hören Sie mal zu«, fauchte sie in das Gerät. »Das ist Erpressung, falls Ihnen das nicht bewusst sein sollte. Das kann mit Gefängnis bestraft werden.« Die Frau wechselte ihr Handy von einem Ohr zum anderen und zuckte kurz zusammen. »Polizei? Was soll das heißen?« Nach wenigen Atemzügen lenkte sie schließlich ein. »Also schön, Sie gieriges Biest. Da ich morgen abreisen werde, müssen Sie zu mir ins Hotel kommen. Morgen Vor-

mittag um elf. Wir treffen uns in der Lobby.« Ohne sich zu verabschieden, beendete die Frau das Gespräch und ließ das Handy wieder in ihrer Handtasche verschwinden. Dann setzte sie sich in Bewegung und schlenderte gelassen auf den Fahrstuhl am Ende der Halle zu.

Justus begann nachdenklich an seiner Unterlippe zu zupfen.

»Was machen wir jetzt?«, wurde er von Bobs Frage aus seinen Gedanken gerissen. »Sollen wir hinterher?«

Der Erste Detektiv schüttelte langsam den Kopf. »Sosehr es mich in den Fingern juckt, die Geschichte um die zeitreisende Aurora sofort aufzuklären – aber es scheint noch jemand Drittes darin verwickelt zu sein. Habt ihr gerade in dem Gespräch das Wort ›Erpressung‹ vernommen? Möglicherweise macht sich diese weitere Person aus dem Staub, wenn sie mitbekommt, wie wir jetzt schon eingreifen. Also sollten wir das tunlichst vermeiden, Kollegen.«

»Du meinst allen Ernstes, wir sollen bis morgen Vormittag um elf Däumchen drehen?«

»Nein, wir werden natürlich die Zeit nutzen, um unauffällig weitere Informationen über die Bewohnerinnen von Zimmer 307 einzuholen. Außer der Dame mit dem Hut wohnt dort höchstwahrscheinlich auch ein Mädchen. Und dann sollten wir eine gewisse Person schonend auf das große Finale morgen vorbereiten, bei dem sie natürlich dabei sein muss.«

»Sprichst du etwa von Mrs Pixie?«

»Du hast es erfasst, Bob. Das ist mein Part, wenngleich mir das nicht wirklich behagt. Und dich, Dritter, würde ich in der Zeit bitten im Internet noch einige dringende Recherchen zu betreiben.«

»Kein Problem!« Bobs Augen leuchteten interessiert auf. »Zuerst brauchen wir aber die Information, wer in Zimmer 307 wohnt. Hast du schon eine Idee, Just, wie wir das in Erfahrung bringen?«

Peter verkniff gequält das Gesicht. »Tut ihr, was ihr tun müsst, Leute! Aber ich für meine Person muss jetzt erst mal nur eins: auf die Toilette! Und laut der freundlichen Auskunft des Mannes vom Empfangstresen befindet die sich im Keller unter der Lobby!«

Mit diesen Worten eilte er durch die Halle, während Justus und Bob sich über seine skurrile Gangart köstlich amüsierten.

»Aber nicht nur unser Zweiter wird sich bald sichtlich erleichtert fühlen«, prophezeite Justus mit einem zuversichtlichen Lächeln, »sondern ebenso unsere Klientin, der wir bereits heute Abend einen ersten Erfolg unserer Detektivarbeit präsentieren können, wodurch zumindest für Mrs Pixie innerhalb des Theaterensembles wieder Frieden einkehren wird.«

Bobs Grinsen endete abrupt. »Wie meinst du *das* denn, Erster? Hast du nebenbei etwa auch noch die Hintergründe des Attentats durchschaut?«

»Ich kann dir vorerst nur so viel mitteilen, dass ich mich gleich noch einmal mit Inspektor Cotta kurzschließen werde, um ihn heute Abend zu einer Sondervorstellung, die direkt im Anschluss an die Hauptvorstellung stattfinden wird, einzuladen.«

Die Maske fällt

Als die drei Detektive an diesem Abend im Stadttheater von Rocky Beach eintrafen, wurden sie im Foyer schon ungeduldig von Inspektor Cotta erwartet. Sein Unmut war ihm an seinem angesäuerten Gesichtsausdruck bereits von Weitem anzusehen.

»Guten Abend, Inspektor«, flötete Justus, als hätte er nichts davon bemerkt, und streckte dem Beamten freundlich die Hand entgegen. »Schön, dass Sie es einrichten konnten, der Veranstaltung hier beizuwohnen. Ich kann Ihnen mit an Sicherheit grenzender Wahrscheinlichkeit versprechen, dass Sie es nicht bereuen werden, Ihren wohlverdienten Feierabend hierfür geopfert zu haben!«

»Am Telefon hast du dich vorhin ja wieder mal äußerst bedeckt gehalten«, knurrte Cotta, während ihm die Barkeeper hinter ihrem Tresen irritierte Blicke zuwarfen. »Könntest du mich zumindest *jetzt* mal kurz in die Sachlage einweihen, wenn ich schon so vertrauensselig nach deiner Pfeife tanze? Außerdem scheint das Personal zu fürchten, dass hier etwas nicht stimmt, weil die Polizei im Haus ist. Wenn sich das herumspricht, bricht womöglich noch Panik aus!«

»Diesbezüglich brauchen Sie keinerlei Sorge zu haben, Inspektor! Mr Firhaus, der Intendant dieses Hauses, ist genauestens über unser Vorhaben im Bilde. Er wartet bereits hinter der Bühne darauf, eine bestimmte Person für uns abzufangen, und wird sie geradewegs zu Mrs Pixies Garderobe führen. Und genau dorthin werden auch *wir* uns nun schleunigst

begeben.« Er warf kurz einen prüfenden Blick auf seine Armbanduhr. »Die Vorstellung ist in diesen Augenblicken zu Ende. Deshalb bleibt leider keine Zeit für weitere Erklärungen. Sie erfahren ja ohnehin gleich alles. Wenn Sie uns jetzt bitte folgen würden ...«

Cotta war zu überrumpelt, um zu widersprechen, und folgte den drei ??? durch eine Tür und eine Treppe hinauf, die sie in den langen, spärlich beleuchteten Flur führte, in dem sich die Garderobenräume befanden.

»Ich habe Mrs Pixie ebenfalls darüber informiert, dass wir heute Abend hier auftauchen werden, und sie gab uns die Erlaubnis, in ihrer Garderobe auf sie zu warten.« Mit diesen Worten öffnete Justus wie selbstverständlich die Tür der »Garderobe 1« und betrat, gefolgt von Peter und Bob, den Raum. Inspektor Cotta folgte den dreien kopfschüttelnd.

»Dass ich mich zu solchen Spielchen hinreißen lasse, gefällt mir ganz und gar nicht, Justus. Ich verlange –«

Weiter kam er nicht, denn in diesem Augenblick öffnete sich die Tür und Mrs Pixie trat ihren Gästen entgegen. »Guten Abend, Inspektor«, sagte sie spitz, während sie sich ihrer Perücke entledigte und diese auf die Ablage ihres Schminktisches legte. »Hallo, Jungs! Das war eine Vorstellung ... Nur der halbe Saal war voll und nach dem letzten Akt fiel der Vorhang nur ein einziges Mal. Nun ja. Welchem Grund verdanke ich denn nun eure Aufwartung?« Sie warf dem Inspektor einen argwöhnischen Blick zu. »Justus hat lediglich erwähnt, dass ich mit einer großen Überraschung zu rechnen habe, aber mir steht heute eigentlich nicht mehr der Sinn danach, überrascht zu werden.«

Plötzlich waren vom Flur her Schritte zu vernehmen und eine Stimme, die den drei Detektiven nicht unbekannt war.
»Was hat das zu bedeuten, Frank?«, wetterte die Frau. »Hier geht es doch …«
»… in die Höhle des Löwen, ganz genau!«, beendete Justus den Satz, nachdem Mr Firhouse mit einer sichtlich aufgebrachten Dame die Garderobe betreten hatte.
»Maggie? Frank?« Mrs Pixie entglitten die Gesichtszüge. »Wird das hier eine Vollversammlung? Was soll ich denn jetzt davon halten?«
»Das würde mich ebenfalls interessieren!«, wurde der Intendant von seiner Begleitung angeraunzt. »Aus welchen Grund hast du mich hierhergeführt, Frank?«
»Um alle Anwesenden hören zu lassen, dass Sie ganz offensichtlich ein Problem mit der richtigen Verwendung von ›m‹ und ›n‹ haben, Mrs Shatner«, wandte sich Justus direkt der Schauspielerin zu. »Und zu unserem Glück unterläuft Ihnen dieser Fehler nicht nur in mündlicher, sondern auch in schriftlicher Form, wie etwa in dem Hinweisschreiben, in dem Sie Mrs Pixie aufgefordert haben, ›im ihren Kleiderschrank‹ nachzusehen, wo Sie zuvor die heimtückische Falle mit dem Zitronensaft installiert hatten.«
»Ich weiß nicht, was du da faselst«, entgegnete Mrs Shatner gereizt. »Das betrifft sowohl meinen angeblichem Fehler als auch deine bösartigen Unterstellungen mit den Anschlag. Mit beiden Anschuldigungen befindest du dich gehörig auf den Holzweg!« Sie lachte triumphierend. »Wen soll ich eine tückische Falle gestellt haben? Doch nicht Mrs Pixie! Warum sollte ich?«

Der Erste Detektiv entschied sich für die schonungslose Gangart. »Weil Sie Ihrer Kollegin den Sonderstatus, den Mrs Pixie in diesem Theater genießt, aufs Übelste missgönnen. Das ging bereits aus Ihren Äußerungen während der Premierenfeier hervor, als wir Sie nach Mrs Pixies Befinden fragten. Dabei war Ihre Verachtung kaum zu überhören. Und um Mrs Pixie aus dem Ensemble zu vertreiben, griffen Sie zu ziemlich drastischen Mitteln. Sie entnahmen in Mrs Pixies Garderobe den Wohnungsschlüssel aus ihrer Handtasche, machten davon einen Wachsabdruck und verschafften sich mit einem Nachschlüssel Zutritt zu ihrem Apartment, um im Kleiderschrank die allergieauslösende Falle zu installieren.«

»Dein Gequatsche ist absolut irrsinnig!«, ging Mrs Shatner zum Frontalangriff über. »Und völlig haltlos.«

»Wenn Sie sich da nur nicht täuschen, Madam«, konterte der Erste Detektiv gelassen. »Denn selbst wenn das fehlerhafte Schreiben, das Sie in der Wohnung Ihrer Kollegin hinterlassen haben, vor Gericht als Beweis nicht standhalten sollte, besitze ich etwas, das Sie eindeutig und unumstößlich als Täterin identifiziert!« Mit großer Geste griff er in seine Jackentasche und holte einen kleinen Gegenstand hervor, den er Mrs Shatner direkt unter die Nase hielt.

»Was soll das sein?«, fragte sie betont gelangweilt, doch das Flattern ihrer Augenlieder zeigte, wie nervös sie nun war.

Justus genoss die ungeteilte Aufmerksamkeit aller Anwesenden sichtlich. »Dies, Madam, ist ein sogenannter Datenstick, auf dem die Aufzeichnungen der Überwachungskamera aus Mrs Pixies Wohnung gespeichert sind. Es ist ganz deutlich

darauf zu erkennen, wie Sie, Mrs Shatner, das Wohnzimmer Ihrer Widersacherin betreten, den Kleiderschrank öffnen und darin die Wasserpistole installieren! Leugnen ist daher absolut zwecklos!«

Mit einem Mal begann Mrs Shatners selbstsichere Fassade zu bröckeln. Mit weit aufgerissenen Augen starrte sie auf den Datenstick in Justus' Hand und rang verzweifelt nach passenden Worten.

»Du wirst es wahrscheinlich nicht verstehen, Gladys, aber deine unersättliche Gier nach Aufmerksamkeit, die Selbstverständlichkeit, mit der du jedes Mal die Hauptrolle verlangst, deine Wichtigtuerei bei den Proben und deine Rücksichtslosigkeit den Ensemble gegenüber …« Ihre Lippen verengten sich zu einem schmalen Strich. »Da musste dir doch einmal jemand dem Riegel vorschieben und dir eine Lehre erteilen, die dich vielleicht endlich einmal zun Umdenken bewegt.«

Mrs Pixie war zu keiner Regung fähig.

Bob hingegen spürte eine unbändige Wut in sich aufsteigen. »Sie können von Glück reden, dass Mrs Pixie dank eines Zufalls haarscharf von Ihrem Säurestrahl verfehlt wurde, denn wenn sie ihre Stilettos nicht ausgezogen hätte, dann …«

»Nun mal langsam«, fuhr Mrs Shatner aufgeregt dazwischen und entblößte dabei ihre obere Zahnfleischreihe. »Im Tank der Wasserpistole war doch nur Zitronensaft. Daran stirbt doch kein Mensch! Ich wollte einfach nur, dass ihr Gesicht übersät ist mit Pusteln und Beulen, sonst nichts!«

»Verstehe! Damit sie einige Tage nicht auftreten kann!«, schlussfolgerte Bob. »Sie scheinen nicht besonders gebildet

zu sein, aber wenn Sie wenigstens in Ihrem Theaterstück besser aufgepasst hätten, wäre Ihnen bekannt, dass ein allergischer Schock zum Tode führen kann. Woher wussten Sie überhaupt von Mrs Pixies Allergie gegen Zitrusfrüchte?«

»Diese Frage kann ich dir beantworten, Bob!« Justus trat einen Schritt auf Mrs Shatner zu und sah sie durchdringend an. »Sicher hat Mrs Pixie dies dem Ensemble gegenüber hin und wieder selbst beiläufig erwähnt, aber spätestens seit dem Zeitpunkt, als Peter für uns alle im Foyer Orangensaft bestellen wollte und Sie, Mrs Shatner, in Hörweite neben uns am Tresen standen, wussten Sie Bescheid.«

»Tja, Maggie. Das war heute leider deine letzte Vorstellung!«, meldete sich Mr Firhouse zu Wort. »Zumindest in meinem Theater! Du hast genau fünf Minuten, deine Sachen zu packen, und dann begleitest du den Inspektor aufs Revier und machst dort ein schriftliches Geständnis. Ich möchte dich in meinem Umfeld nicht noch einmal sehen!«

Bei diesen Worten schenkte Justus dem staunenden Inspektor sein schönstes Lächeln. »Na? Habe ich Ihnen zu viel versprochen, Sir?«

Cotta strahlte wie ein Honigkuchenpferd. »Alle Achtung, Junge! Da hast du mal wieder hervorragende Arbeit geleistet. Wobei ich vermute, dass sich auf deinem Datenstick nicht der geringste Beweis befindet. Du hast geblufft, gib es zu!«

»Korrekt! Sie haben voll ins Schwarze getroffen!«, grinste Justus breit. »Aber da ich wusste, dass Mrs Shatners grammatikalische Schwäche alleine vielleicht nicht als Beweis ausreicht, habe ich zu diesem Kniff gegriffen.«

»Was sich als sehr erfolgreich erwiesen hat«, lobte der Ins-

pektor. »Wie dem auch sei: Ich nehme die Attentäterin jetzt mit aufs Revier. Euch – und auch Ihnen, Mrs Pixie und Mr Firhouse – wünsche ich noch eine friedliche Nacht. Wir hören wieder voneinander!« Mit diesen Worten verließ er mit einer Maggie Shatner, der sämtliche Farbe aus dem Gesicht gewichen war, die Garderobe.

Mrs Pixie, die während der ganzen Zeit regungslos dagestanden hatte, stieß einen tiefen Seufzer der Erleichterung aus. »Was sagt man dazu. Maggie Shatner. Also, auf sie hätte ich am allerwenigsten getippt, obwohl ich bei der Nachricht, in der ›n‹ und ›m‹ verwechselt wurden, eigentlich selbst hätte draufkommen müssen. Diese Macke von ihr geht mir schließlich schon lange auf die Nerven!«

»Tja, Sie üben Ihren Beruf als Kriminalistin eben nur auf der Bühne aus«, konnte sich Peter seinen Kommentar nicht verkneifen. »Und das kann meinetwegen gerne so bleiben – oder legen Sie es etwa darauf an, uns arbeitslos zu machen?«

»Nein, nicht im Geringsten!«, antwortete die Schauspielerin amüsiert. »Und eure Arbeit ist ja auch noch nicht beendet, die Sache mit Aurora hat sich ja leider noch nicht aufgeklärt.«

Justus senkte seine Stimme. »Auch in dieser Angelegenheit gibt es für Sie interessante Neuigkeiten, Madam. Aus Sicherheitsgründen schlage ich allerdings vor, dies besser nicht hier zu besprechen. Unsererseits sind noch ein paar Recherchen vonnöten, aber spätestens morgen Vormittag werden wir Sie über alles informieren. Bitte vertrauen Sie uns und haben Sie noch ein wenig Geduld!«

Mrs Pixie verzog das Gesicht. »Geduld ist nicht gerade eine

meiner größten Stärken, aber ihr wisst ja, eine Gladys Pixie beherrscht ihre Rolle immer hundertprozentig. Einmal Profi – immer Profi!«

Am nächsten Morgen brachen die drei ??? frühzeitig mit Peters MG in Richtung Anaheim auf.
Im Auto überbrachte Bob seinen beiden Detektivkollegen eine unerwartete Nachricht. »Dein Vorschlag, Erster, noch einmal im Internet nach Quentin Kurtz, aber diesmal in Verbindung mit dem Namen Cloud-McFerry zu recherchieren, war ein Volltreffer! Allerdings brachte dieses Ergebnis einen tragischen und gleichzeitig überraschenden Aspekt ins Spiel, mit dem wohl keiner von uns gerechnet hat, unsere Klientin vermutlich inbegriffen.«
»Und der wäre?«, fragte Justus knapp.
»Es handelt sich um eine ziemlich kurze, zurzeit noch kaum beachtete Anzeige, was sich unter Umständen aber bald ändern könnte.«
Peter bog auf den Highway ab und blickte dabei in den Rückspiegel zu Bob. »Was denn für eine Anzeige?«
»Eine Todesanzeige«, erklärte Bob in sachlichem Tonfall. »Quentin Kurtz verstarb vor drei Wochen im Alter von zweiundachtzig Jahren in einer kleinen, abgelegenen Dorfgemeinde in Schottland.«
»Das darf doch nicht wahr sein …« Der Zweite Detektiv hatte plötzlich Mühe, sich auf den Verkehr zu konzentrieren. »Dann ist er damals also nicht in die Zukunft gereist, sondern hat sich mir nichts, dir nichts nach Europa abgesetzt? Mit oder ohne Tochter?«

»In dem schottischen regionalen Tageblatt war darüber nichts weiter zu finden«, sagte Bob. »Nur diese unscheinbare Todesanzeige mit den knappen Worten: ›Wir trauern um unseren geliebten Quentin. A. McFerry.‹ Das war alles. Keine weiteren Angaben über Verwandte oder sonst wen.«
»Warum sollte Bob eigentlich so plötzlich im Netz nach weiteren Informationen über Mr Kurtz suchen?«, wandte sich Peter an Justus. »Die Sache über sein kürzliches Dahinscheiden konntest du doch unmöglich vorausahnen, oder?«
»Natürlich nicht«, entgegnete der Erste Detektiv. »Mir ist vielmehr aufgefallen, dass Mrs Pixie im Grunde immer nur von ihrer verschwundenen Tochter sprach, aber niemals von dem ebenfalls verschwundenen *Vater* dieses Kindes.«
»Stimmt«, fiel es nun auch Peter auf. »Und hatte Bob nicht auch recherchiert, dass es kurz vor dem Verschwinden von Mr Kurtz und Aurora zu Streitigkeiten zwischen Gladys Pixie und dem Vater ihrer Tochter gekommen war?«
Bob nickte zustimmend. »Was meint ihr denn, wie Mrs Pixie unsere Nachricht aufnehmen wird? Oder glaubt ihr, sie weiß das alles bereits?«
»Das glaube ich nicht«, mutmaßte der Erste Detektiv. »Allerdings wirkte sie heute Morgen, als ich sie anrief, um ihr Instruktionen für unsere jetzige Zusammenkunft im Cotton Bay Hotel zu geben, für ihre Verhältnisse schon recht zugeknöpft, aber ihr wisst ja, wie sie manchmal sein kann. Und sie war natürlich auch erstaunt über das, was ich ihr für unser jetziges Treffen aufgetragen habe.«
»Welchen Auftrag hast du Mrs Pixie denn erteilt?« Peter betätigte den Blinker und wechselte die Fahrspur.

»Dass sie bei unserem Showdown nur dabei sein darf, wenn sie sich bis zur Unkenntlichkeit verkleidet.«

»Sie soll sich verkleiden?!«, entfuhr es Bob. »Wozu das denn?«

»Weil das zu meinem Plan gehört und die Falle eventuell sonst gar nicht zuschnappt. Ganz einfach!«

»Verstehe. *Ganz einfach*. Ein Plan und eine Falle«, zeigte sich Peter über Justus' spärliche Auskunft wenig begeistert. »Aber im Gegensatz zu uns hast du Mrs Pixie doch sicher in dein Vorhaben einweihen müssen, oder? Ich meine, die wird dir doch, um den Grund dieses seltsamen Auftrags zu erfahren, sicherlich ein Loch in den Bauch gefragt haben!«

Der Erste Detektiv grinste vielsagend. »Genau so war es. Dennoch verfügt sie über keinerlei Informationen, die ihr nicht auch schon längst habt. Ich habe unserer Klientin lediglich in Aussicht gestellt, endlich Antworten auf all die Fragen zu erhalten, die sie nun seit über dreißig Jahren quälend mit sich herumschleppt. Die Bedingung dafür war der unabdingbare Kostümzwang. Und *das* hat sie akzeptiert. Es kann also nichts mehr schiefgehen.«

Kurze Zeit später hielten die drei Detektive in der Lobby des Cotton Bay Hotel nach Mrs Pixie Ausschau.

»Oh nein! Das darf doch nicht wahr sein!« Peter stöhnte, schlug sich gegen die Stirn und deutete fassungslos zu einer Bank hinüber. »Jede Wette, dass sie das ist! Auffälliger geht's ja wirklich nicht!«

Bob rieb sich irritiert die Augen. »Bist du dir wirklich sicher, Zweiter? Mrs Pixie würde sich doch wohl für so eine wichtige Mission niemals als Charlie Chaplin verkleiden, oder!?«

»Kommt nur mit, ihr werdet schon sehen, dass sie es ist!«

Zielstrebig durchquerte Peter die Empfangshalle und steuerte, gefolgt von Justus und Bob, auf die Bank zu. »Guten Morgen, Madam!«, begrüßte er sie mit einem überfreundlichen Unterton in seiner Stimme. »Das ist ja wirklich ein originelles Kostüm!«

»Mrs Pixie?« Bob blickte verwundert in das weiß geschminkte Gesicht, über dessen Oberlippe ein schwarzer Schnauzbart klebte. »Sind Sie es wirklich?«

Die Schauspielerin reagierte sichtlich enttäuscht. »Wieso habt ihr mich denn *so* schnell erkannt? Ich habe doch nun wirklich *alles* gegeben: schwarzer Anzug, Schnurrbart, Melone, Spazierstock und die typischen Clownschuhe!«

»Sie sehen auch wirklich fantastisch aus«, log Justus, »und passen fabelhaft in dieses Ambiente! Wir müssen unbedingt später ein gemeinsames Foto machen und –«

»Just!« Bob berührte den Ersten Detektiv aufgeregt am Arm. »Da kommt Mrs Cloud-McFerry aus dem Fahrstuhl!«

Alarmiert fuhren Justus und Peter herum. Die Frau, die am vorigen Abend das Telefonat mit dem Erpresser geführt hatte, blickte kurz auf ihre Armbanduhr und ging dann gemächlich auf einen Tresen zu, an dem Kaffee und kalte Erfrischungsgetränke ausgeschenkt wurden. Wieder trug sie die dunkle Sonnenbrille, doch auf den Sommerhut mit der breiten Krempe hatte sie heute verzichtet.

»Also, Madam, wir machen das wie vereinbart«, erteilte der Erste Detektiv Mrs Pixie noch einmal seine Instruktionen. »Wir gehen jetzt in Stellung, während Sie hier sitzen bleiben und hinzukommen, sobald ich Ihnen das Zeichen gebe. Alles klar?«

Die Schauspielerin nickte. »Habe verstanden. Aber könnt ihr mir nicht wenigstens schon einmal einen kleinen Hinweis geben, wer diese Frau ist und was das hier alles zu bedeuten hat?«

»Die Stunde der Wahrheit rückt schneller näher, als Sie vermuten, Madam«, versicherte ihr Justus. »Doch bitte haben Sie noch ein klein wenig Geduld. Und ihr, Kollegen, kommt! Es geht los!«

Unauffällig näherten sich die drei dem Getränkeausschank, an dem sich die Frau in der Zwischenzeit einen Kaffee bestellt und auf einem Barhocker niedergelassen hatte.

Bob lotste seine Freunde in eine Ecke der Hotellobby, von der aus sie die Dame gut im Blick hatten, die Observierte sie jedoch selbst nicht sehen konnte.

Die Minuten verstrichen, ohne dass eine weitere Person in Erscheinung trat. Unruhig blickte die Frau immer wieder auf ihre Armbanduhr und nahm hin und wieder einen Schluck aus dem Kaffeebecher. Plötzlich weiteten sich Peters Augen und er starrte beinahe paralysiert auf die Person, die gerade die Empfangshalle betrat. »Das glaube ich nicht …«

Justus und Bob erging es ähnlich.

Mit forschen Schritten näherte sich eine schlanke, dunkelhaarige Frau, die den drei Detektiven nicht unbekannt war. Sie schritt auf den Tresen zu, an dem Mrs Cloud-McFerry auf ihrem Barhocker saß, blieb direkt vor ihr stehen und hielt ihr demonstrativ die Handfläche unter die Nase.

»Ich hoffe, Sie haben etwas für mich?«

Die Frau stellte seelenruhig ihren Kaffeebecher ab, öffnete ihre Handtasche und zog ein kleines Kuvert hervor.

Für Justus war dies der entscheidende Moment einzugreifen. Er zog seine Freunde mit sich und betrat mit ihnen die Szenerie. »Guten Morgen, Conchita!«, begrüßte er die Mexikanerin mit überschwänglicher Freundlichkeit.
Señora Dominguez erstarrte zu einer Salzsäule.
»Was hat das zu bedeuten?«, wandte sich die andere Frau der Mexikanerin zu. Sie nahm ihre Sonnenbrille ab und blickte den drei Detektiven in die Augen. »Wer seid ihr? Und was fällt euch ein, uns zu belästigen?«
»Mein Name ist Justus Jonas und das sind meine beiden Detektivkollegen Peter Shaw und Bob Andrews. Und Sie sind Mrs Cloud-McFerry, wenn ich mich nicht irre.«
Die Frau verzog keine Miene. »Detektive? Was soll das denn bedeuten?«
»Das bedeutet, dass wir Ihnen auf die Schliche gekommen sind«, entgegnete Justus mit Genugtuung. »Ihnen und zumindest einer Ihrer Komplizinnen. Dank der Geldgier von Señora Dominguez klärt sich nun endlich, wie die vermeintliche Aurora so urplötzlich aus der Damentoilette verschwinden konnte.«
»Ich habe mir nichts zuschulden kommen lassen!«, verteidigte sich die Mexikanerin und gestikulierte wild mit den Händen. »Mir hat Mrs McFerry gesagt, dass es sich nur um ein kleines Krimispielchen handeln würde!«
»Verstehe, ein kleines Krimispielchen«, entgegnete Justus. »Und ich kann mir auch ganz genau ausmalen, wie die Anleitung zu diesem Spiel gelautet hat: Wenn das Mädchen den Flur entlanggerannt kommt, wird es in die Herrentoilette verschwinden. Sie aber sagen den nachkommenden Spie-

lern, dass sie selbstverständlich die Damentoilette aufgesucht hat.«

»Genau so war es«, bestätigte Señora Dominguez offenherzig.

Peter stutzte. »Aber wir haben doch anschließend auch auf dem Herrenklo nachgesehen. Da war doch niemand!«

»Das ist richtig …« Vor seinem geistigen Auge ließ Justus noch einmal die Geschehnisse des besagten Abends Revue passieren und mit einem Mal kam ihm die Erleuchtung. »Aber natürlich! Eigentlich ein ganz simpler Trick! Erinnert ihr euch, Kollegen? Nachdem Mrs Pixie aus der Damentoilette wieder herauskam, witzelte Conchita herum und öffnete den kleinen Putzschrank im Flur, um uns zu demonstrieren, dass sich das Mädchen auch darin nicht befinde. Anschließend lotste sie uns dann gemeinsam in die Damentoilette, damit wir uns *alle* darin noch einmal umsehen konnten. Diesen Moment nutzte das Mädchen, schlich aus dem Herrenklo und versteckte sich *dann* erst in dem kleinen Putzschrank, in dem wir natürlich kein zweites Mal mehr nachgesehen haben!«

»Du hast es ganz genau erfasst!«, staunte Señora Dominguez. »Und man kann es mir ja wohl nicht übel nehmen, dass ich zu den ersten fünfzig Dollar, die mir Mrs McFerry für meine gelungene Scherzeinlage vorab gezahlt hat, anschließend noch einen weiteren Fünfziger haben wollte, als mir klar wurde, dass irgendwas faul ist an dem angeblichen Scherz, für den ich engagiert wurde. Denn besonders heiter wirkte die Situation wirklich nicht.«

»Fünfzig Dollar Gage!« Peter stieß einen erstaunten Pfiff aus.

»Da haben Sie für die Bezahlung Ihrer Komplizin ja richtig was springen lassen, Mrs McFerry!«
»Ich bin keine Komplizin!«, protestierte Señora Dominguez. »Ich hielt das anfangs wirklich alles für einen Spaß, aber dafür war eure Reaktion viel zu ernst. Ich wurde von dieser Frau hereingelegt. Und dass sie Dreck am Stecken hat, ist mir endgültig klar geworden, als ich ihr gestern am Telefon mit der Polizei drohte. Nach diesem Bluff war sie plötzlich doch bereit, mir einen zweiten Fünfziger zu zahlen – auf den ich aber gern verzichte. Ich will mir nämlich keinen weiteren Ärger einhandeln. Und wenn ihr Amigos nichts dagegen habt, würde ich mich jetzt gern verabschieden!«
In diesem Moment nahm Peter hinter sich eine Bewegung wahr. Als er sich umdrehte, blickte er geradewegs in Mrs Pixies Gesicht, auf dem trotz der Maskerade ein versteinerter Ausdruck zu erkennen war. Verängstigt wie ein kleines Kind, kam sie mit vorsichtigen Schritten näher und ging zögernd auf Mrs Cloud-McFerry zu. Dann blieb sie dicht vor ihr stehen und blickte ihr fassungslos in die Augen. »Aurora …?«
Mrs Cloud-McFerrys Gesichtszüge erstarrten und wirkten mit einem Mal wie eingefroren.
Sekunden verstrichen.
Die beiden Frauen sahen sich einfach nur an.
Weitere Sekunden …
Mrs Pixies Lippen begannen unkontrolliert zu zittern. Schließlich konnte die Schauspielerin ihre Tränen nicht mehr zurückhalten und begann bitterlich zu weinen.

Unsichtbar

Während Mrs Pixies Weinen in tragisches Schluchzen überging, blickte sich Justus um und bemerkte ein Elternpaar mit zwei kleinen Kindern, das sich fröhlich und vergnügt dem Getränketresen näherte. Aus diesem Grund trat er langsam an Mrs Cloud-McFerry heran und flüsterte ihr leise zu: »Ich möchte Ihnen ja nicht zu nahe treten, Madam, aber hielten Sie es nicht für sinnvoller, wenn wir gemeinsam Ihr Zimmer aufsuchen würden?«
Mrs Cloud-McFerry sah den Ersten Detektiv an, nickte stumm und bedeutete den Jungen und Mrs Pixie, ihr zum Fahrstuhl zu folgen.
Erst in diesem Moment registrierten die Detektive, dass Señora Dominguez die Gunst der Stunde genutzt hatte, um sich aus dem Staub zu machen.
»Lasst uns Conchita einfach vergessen, Kollegen«, raunte Justus seinen Freunden leise zu, während sie hinter Mrs Pixie und Mrs Cloud-McFerry hergingen. »Sie war nur ein Rädchen in einem fiesen Plan und ist eigentlich harmlos.«
Peter feixte. »Sie könnte mit ihrer Toiletten-Showeinlage glatt auf der Bühne auftreten. Ich habe ihr die Nummer wirklich abgekauft!«
»Ging mir ebenso«, stimmte Bob zu, während sich vor ihnen die Türen des Lifts öffneten und sie gemeinsam mit den beiden Damen die Kabine betraten.
Während der Fahrt in den dritten Stock sprach niemand ein Wort.

Erst nachdem sie Mrs Cloud-McFerrys Hotelzimmer betreten hatten, wurde das Schweigen gebrochen.
»Nun?« Mrs Cloud-McFerry streifte ihre Sandalen ab und schob sie mit dem Fuß vor das Bett. »Worum geht's? Fasst euch bitte kurz, die Zeit läuft mir nämlich davon!«
Peter glaubte sich verhört zu haben. »Soll das ein Witz sein? Sind Sie jetzt Mrs Pixies Tochter Aurora oder habe ich da unten in der Lobby etwas missverstanden?«
»Sieh dir ihr Gesicht mal etwas genauer an«, empfahl Bob dem Zweiten Detektiv. »Dann erübrigt sich deine Frage.«
Justus deutete auf einen Sessel neben der Zimmerbar. »Möchten Sie Ihrer Mutter nicht einen Platz anbieten oder soll sie hier weiter im Raum herumstehen?«
»Setz dich, Mum«, entgegnete Mrs Cloud-McFerry schroff. »Aber jetzt erst mal zu euch: Was wollt ihr mit mir besprechen?«
Justus entschied sich für deutliche Worte. »Weshalb haben Sie und Ihr Vater Ihrer Mutter so übel mitgespielt und sie vor zweiunddreißig Jahren glauben lassen, Sie seien gemeinsam in die Zukunft geflohen?«
Mrs Cloud-McFerry verschränkte energisch die Arme. »Ich war damals zwölf. Mein Vater hat mich auf eine Reise mitgenommen. Ich war ihm dankbar dafür und offen gestanden habe ich den Entschluss, mitzugehen, bis heute nicht bereut.«
»Weil es damals so viel Streit gegeben hat, richtig?«, baute ihr der Erste Detektiv eine Brücke.
»Viel Streit ist noch stark untertrieben. Es war die Hölle und kaum mehr auszuhalten. Soll ich euch Beispiele nennen?«

Mrs Pixies Finger krallten sich in die Sessellehnen. »Halt den Mund, Aurora! Du warst damals ein kleines Mädchen und viel zu jung, um das objektiv betrachten zu können! Und Erinnerungen verklären sich nach all der langen Zeit.«

»So ein Unsinn! Je älter man wird, desto öfter erinnert man sich an seine Kindheit!«, brach es jetzt wie ein Wasserfall aus Mrs Cloud-McFerry heraus. »Aber du hast immer nur an dich und deine Karriere gedacht! Du hast Daddy niemals ernst genommen, dich immer über seine Arbeit lustig gemacht und seine Vision mit Füßen getreten, anstatt ihn zu unterstützen. Meinst du etwa, ich habe von euren ständigen nächtlichen Auseinandersetzungen nichts mitbekommen, in denen du ihm vorgeworfen hast, er solle sein Geld lieber in deine Karriere investieren, als weiterhin an seinem Lebenstraum festzuhalten? Wir standen dir doch immer nur im Weg und du warst ständig weg, um Kontakte zu knüpfen und deinen Erfolg voranzutreiben. Daddy war immer für mich da, und wenn du weg warst, hat er mich mit ins Synchrotron genommen, aber selbst darauf warst du eifersüchtig!«

»Ich denke, das genügt«, versuchte Justus, den Vorhaltungen ein Ende zu machen. »Die Vergangenheitsbewältigung können Sie später gerne fortsetzen, ohne uns. Die bisherigen Ausführungen genügen, um zu verstehen, weshalb Sie damals mit Ihrem Vater nach Schottland gingen.«

Mrs Pixies Tochter sah Justus irritiert an. »Was redest du da von Schottland?«

Bob horchte interessiert auf. »Na, dorthin ging doch Ihre ›Reise‹.«

»Unsinn! Mein Vater hat seine Erfindung damals vollenden können. Er hat den Zeitreise-Transmitter erschaffen und sich gemeinsam mit mir auf den Weg gemacht.«
»In die Vergangenheit oder in die Zukunft?«, fragte Justus provokant.
»In die Zukunft«, entgegnete sie schnippisch.
Justus grinste breit. »Ohne Träume wäre das Leben nur halb so schön, Mrs Cloud-McFerry. Und deshalb sollte man jedem seine Illusionen lassen. Auch ich liebe Gedankenspiele und aus diesem Grunde würde es mich brennend interessieren, wie die Szene in diesem Zimmer mit uns enden wird. Denn wenn Sie Ihre Zukunft bereits kennen, dürfte Ihnen die Antwort auf meine Frage nicht schwerfallen.«
Mrs Cloud-McFerry ließ sich nicht überrumpeln. »Damit kann ich dienen: Meine zwölfjährige Tochter Angela wird hier in wenigen Minuten an die Tür klopfen, und dann werden wir beide verschwinden. In eine andere Zeit.«
»Das ist mir als Antwort zu dürftig«, provozierte Justus sie erneut. »Mich würde viel mehr interessieren, ob Sie sich vor Ihrem Aufbruch in Zeit und Raum mit Ihrer Mutter wieder versöhnen oder ihr zumindest die Hoffnung darauf in Aussicht stellen werden.« Er sah auf Mrs Pixie, die kreidebleich in ihrem Sessel saß.
Für den Bruchteil einer Sekunde war in Auroras Gesicht ein Anflug von Verunsicherung zu erkennen. Doch dann lachte sie kurz auf. »Werden wir jetzt etwa sentimental? Da bist du bei mir an der falschen Adresse!«
»Soll mir auch recht sein«, entgegnete Justus. »Darf ich Ihnen dennoch mal meine Sicht der Lage schildern?«

»Nur zu!«
»Als vor zweiunddreißig Jahren herauskam, dass Ihr Vater Quentin Kurtz nicht nur persönliche Probleme mit Ihrer Mutter, sondern außerdem im Synchrotron in Long Island eine Vielzahl hochtechnischer Apparaturen auf die Seite geschafft hatte und eine Polizeifahndung bevorstand, sah er keinen anderen Ausweg, als sich umgehend ins Ausland abzusetzen. Ob er damals tatsächlich eine funktionstüchtige Zeitmaschine entwickelt hatte oder Ihrem kindlichen Gemüt dies nur einreden wollte, sei mal dahingestellt. Auf alle Fälle hat er Sie in seine kurzfristigen Reisepläne eingeweiht, woraufhin Sie sich in der New Yorker Wohnung von Ihrer Mutter mit den Worten verabschiedeten, Sie würden nun zusammen mit Ihrem Vater eine Reise in die Zukunft antreten.«
»Ja, und?« Mrs Cloud-McFerry presste ihre Lippen fest aufeinander.
»Wir haben in den damaligen Zeitungsberichten nachlesen können, wie Mrs Pixie das Verschwinden ihrer Tochter beschrieben hat«, fuhr Justus fort. »›Nachdem ich das Backblech in den Ofen geschoben und mich dann wieder umgedreht hatte, war Aurora plötzlich wie von der Bildfläche verschwunden.‹«
»Genau so war es!«, ließ Mrs Pixie unvermittelt von ihrem Sessel aus verlauten. »Ich sehe alles noch ganz genau vor mir!«
»Verständlich, Madam«, pflichtete Bob der Schauspielerin bei. »Und nach dem unerklärlichen Verschwinden Ihrer vermeintlichen Tochter aus der Damentoilette im Theater vor einigen Tagen kann ich mir nun zumindest ansatzweise vor-

stellen, wie Sie sich damals gefühlt haben müssen. Zwar wurden wir in der Damentoilette bewusst getäuscht, während die kleine Aurora damals einfach auf vermutlich natürliche Weise verschwand, aber der Effekt war wohl ähnlich! Mrs Cloud-McFerry, Ihre Mutter hat sich nun zweiunddreißig Jahre lang das Gehirn zermartert, weil sie sich fragte, was wirklich mit Ihnen geschehen ist«, ließ Bob seinen Gefühlen freien Lauf. »Zweiunddreißig Jahre zwischen Hoffnung, Verdrängung, Wahnsinn und Verzweiflung, während Sie heirateten und selbst Mutter wurden. Und trotzdem konnten Sie Ihrer eigenen Mutter in all den Jahren nicht vergeben, dass sie der vermeintlich großen Karriere wegen ihre Familie vernachlässigte und Ihren geliebten Vater verletzt und verspottet hat. Kürzlich verstarb dann Ihr Vater, was Ihnen anscheinend dermaßen zusetzte, dass Sie die aberwitzige Idee fassten, sich an Ihrer Mutter zu rächen, indem Sie Ihre eigene Tochter, die Ihnen wie aus dem Gesicht geschnitten ist, dazu benutzten, ihr vorzugaukeln, dass Quentin Kurtz doch kein Spinner sei, sondern seine Zeitmaschine tatsächlich entwickelt habe. Sozusagen als letzte Ehrerbietung an ihn und seine Zeitreisevisionen.«

Mrs Cloud-McFerry lachte auf. »Findest du es nicht verdammt überheblich, zu behaupten, Zeitreisen gäbe es nicht? Bestimmt gehört ihr auch zu denen, die allen Ernstes behaupten, der Mensch sei die Krone der Schöpfung und das einzige intelligente Lebewesen im Universum, wie?«

»Keineswegs«, entgegnete der Erste Detektiv trocken. »Doch war es wirklich nötig, Ihre Tochter dafür zu benutzen, Ihrer Mutter vorzugaukeln, Sie seien nach zweiunddreißig Jahren

aus der Zukunft zurückgekehrt – nur, um sich an ihr zu rächen? Und mithilfe alter Anrufbeantworterkassetten, die Sie aus Ihrer Kindheit noch besaßen und auf denen Sprachnachrichten mit Ihrer Kinderstimme konserviert waren, die Illusion zu erzeugen, Sie seien in all den Jahren nicht gealtert?«

Plötzlich klopfte es an der Zimmertür. Mrs Cloud-McFerry trat auf den Flur, öffnete die Tür und kehrte dann, gefolgt von einem etwa zwölfjährigen Mädchen mit tropfnassen Haaren, ins Zimmer zurück.

»Wir haben Gäste, Angela«, stellte sie ihrer Tochter die Besucher vor. »Das sind … äh … also … das ist …«, sie wies mit der Hand in Richtung Sessel, »… das ist deine Oma.«

Schüchtern trat das Mädchen näher und blickte Mrs Pixie fragend an. »Wieso siehst du denn aus wie Charlie Chaplin?«

Die Schauspielerin lächelte verzaubert und strich zärtlich über die nassen Haare ihrer Enkeltochter. »Du kannst dir nicht vorstellen, wie gern ich dir die ganze Geschichte darüber erzählen möchte. Und noch viel lieber würde ich von *dir* ganz viele Geschichten hören …«

Mrs Cloud-McFerry klatschte bestimmt in die Hände. »Jaja-ja. Aber bevor wir uns noch weiter beschnuppern, gehst du erst mal schnell ins Bad und föhnst dir deine Haare. Wie oft habe ich dir gesagt, dass man nach dem Schwimmen nicht mit nassen Haaren herumlaufen soll!«

»Ist gut, Mom!«, entgegnete Angela und drückte Mrs Pixie ein Küsschen auf die Wange. »Du siehst toll aus, Oma.« Dann wandte sie sich um und ging über den Flur ins Badezimmer. Kurz darauf war das leise Summen des Föhns zu hören.

»Sie sieht wirklich haargenau so aus wie du vor zweiunddreißig Jahren«, sagte Mrs Pixie entrückt und blickte ihre Tochter zärtlich an. »Kein Wunder, dass ich sie für dich gehalten habe. Und ich würde alles dafür geben, wenn wir wieder zusammen sein könnten …«

Mrs Cloud-McFerry atmete tief aus. »Ich werde darüber nachdenken, Mum. Versprochen.«

In diesem Moment ertönte Angelas Stimme aus dem Badezimmer. »Muuuum! Kannst du mal kurz kommen?«

»Es wird nicht lange dauern«, sagte Mrs Cloud-McFerry und verschwand eilig in den Flur.

Mrs Pixie war zu Tränen gerührt und schenkte den drei Detektiven ihr schönstes Lächeln. »Ihr glaubt gar nicht, wie dankbar ich euch bin! Ich fühle mich wie neu geboren und könnte die ganze Welt umarmen!«

Aus unerklärlichen Gründen überkam den Ersten Detektiv plötzlich ein ungutes Gefühl, und ohne nachzudenken, trat er auf den Flur und lauschte. Hinter der geschlossenen Tür des Badezimmers war noch immer das monotone Summen des Föhns zu hören.

»Mrs Cloud-McFerry? Ist alles in Ordnung?«

Er erhielt keine Antwort.

Nun kamen auch Peter und Bob heran.

»Hallo? Mrs Cloud-McFerry!«, rief Justus noch einmal. Dann drehte er am Knauf und öffnete langsam die Tür. Der Föhn lag auf dem Boden des Badezimmers und summte vor sich hin.

Mrs Cloud-McFerry und ihre Tochter Angela aber waren spurlos verschwunden.

Peters Nackenhaare richteten sich auf. »Just … Wo sind die beiden hin? Sind sie etwa doch mit der Zeitmaschine …?«
»Unsinn, Zweiter!« entgegnete Justus leise. Dennoch begann er, nachdenklich an seiner Unterlippe zu zupfen …

Die drei ???®

ten, sprangen in die Wanne und brachten das Wasser zum Überschwappen.

Ich habe nicht früher geantwortet, weil ich mit Anfragen nach diesem Paper überschwemmt wurde und jetzt erwäge, es statt an Ihre Zeitschrift an das *International Journal of Cell Research* zu schicken.

Während sie ihre aufgedrehten blau-gelben Söhne badete, widerlegte sie jeden Kritikpunkt der anonymen Gutachter. Sie schrubbte und spülte, bis die Jungen wieder fleischfarben waren. Sie trocknete sie ab, setzte sich dann an den Computer und hämmerte einen Brief an den Herausgeber in die Tasten.

Die ganze angemahnte Verifizierung und Rechtfertigung meiner Methoden einmal beiseitegelassen geht es um zwei fundamentale Punkte. Der erste ist die Kernaussage des Papers, die den Gutachtern entgangen zu sein scheint: dass es nämlich keine »korrekte« Morphologie der Granulae in dieser Drüse gibt, sondern dass vielmehr die jeweilige Fixativ-Puffer-Additiv-Kombination bestimmt, welche Konstituenten erhalten bleiben und welche zerstört werden.

Der zweite Punkt ist philosophischer Art und betrifft das Konzept des Artefakts. Jedem, der einige Erfahrung in diesem Metier hat, sollte klar sein, dass man immer nur mit Artefakten befasst ist und dass sich jemandes Fähigkeiten als Morphologe/Wissenschaftler weitgehend daran bemessen, wie gut er oder sie darin ist, Artefakte zu erzeugen und zu interpretieren.

Aus meiner Sicht lautet die Frage nicht: Ist eine gegebene Struktur ein Artefakt? Sie lautet vielmehr: Können die Bedingungen, unter denen ein gegebenes Artefakt hervorgebracht wird, Aufschluss über die eigentliche Natur einer bestimmten Organelle geben, die sich nicht in ihrer natürlichen Form analysieren lässt? Wir haben es hier mit dem biologischen Äquivalent der Unschärferelation zu tun, und alle Feinstruktur-Morphologen und -Zytochemiker sollten sich dessen bewusst sein.

Jake brachte ihr ein Glas kaltes Mineralwasser mit einem Limettenschnitz.

»Schlafen alle?«, fragte sie.

»Machst du Witze?« Er küsste seine Frau auf die feuchte Stirn. »Sag's, wenn du fertig bist«, sagte er. »Es ist ein toller Sternenhimmel heute.«

Der Mann vom Sicherheitsdienst war schon durch. Lottie zog den Chirurgenkittel aus und steckte ihn in eine Plastiktüte, zusammen mit einem dreckigen Laborkittel und einem Paar dicker Socken, das sie noch vom Winter hier hatte; sie würde das alles zu Hause in die Waschmaschine stecken. Die Laborsachen wusch sie immer spätabends oder frühmorgens, wenn die Kinder schliefen; sie sollten nichts sehen oder riechen. Auch nachdem sie die Arbeitsflächen zweimal feucht gewischt hatte, roch es im Raum immer noch nach Blut, Urin und Fixativ. Sie wischte die Arbeitsflächen noch mal. Obwohl eigentlich kein besonders vorsichtiger Mensch, war sie im Labor pingelig und unnachsichtig mit jedem, der es nicht war. Einmal hatte ein Doktorand eine hochgradig ätzende Flüssigkeit in einem offenen Becher stehen lassen, und der Mann vom Reinigungspersonal hatte den Becher umgeworfen und das Zeug mit Papiertüchern aufgewischt. Ihm musste Haut auf die Finger transplantiert werden. Lottie wollte nicht mehr mit dem Doktoranden arbeiten, er musste sich ein neues Thema und einen neuen Betreuer für seine Doktorarbeit suchen.

Sie brachte den Plastikmüllsack mit Rattenteilen in den Kühlraum. Bis auf ein paar Katzen und ganz selten mal einen Affen enthielten die meisten schwarzen Müllsäcke hier Ratten – Ratten, denen Tumore in den Kopf implantiert worden waren, die ihr ganzes kurzes Leben lang Zigarettenrauch eingeatmet oder ihr eigenes Körpergewicht an Saccharin oder Natriumnitrat gefressen hatten, deren Föten *in utero* androgenisiert oder östrogenisiert worden waren. Sie dachte, welch unvorstellbares, unrattenhaftes Schicksal diese Tiere erlitten hatten – man müsste ihnen in jeder Stadt ein Denkmal errichten.

Strähnen lösten sich aus ihrer improvisierten Hochsteckfrisur. Sie versuchte, sie wegzublasen, da sie nicht mit den Händen ihr Gesicht berühren wollte. Sie schloss ihr Labor ab und ging duschen.

Während das warme Wasser auf sie herabprasselte, betrachtete sie ihren Körper mit einer gewissen Neugier und ohne nennenswertes Vertrautheitsgefühl, als wäre sie eine Leiche für die Medizinstudenten – was sie eines fernen Tages auch zu sein gedachte. Die könnten sich glücklich schätzen, sie jetzt zu bekommen: eine zweiundvierzigjährige Frau mit nur geringem Übergewicht, zwei, drei Kilo höchstens – Jake fand, eine Frau müsse ein paar Hügel und Täler haben (aber Fett war der Feind des Anatomen, denn es machte das Arbeitsterrain schlüpfrig und infiltrierte die

Organe). Ja, jetzt wäre der beste Zeitpunkt, sie zu sezieren: die Muskeln ihrer langen Bjornstad-Beine gut abgezeichnet (ihre Mutter hatte noch mit siebzig kräftige, ansehnliche Beine), alle wesentlichen Strukturen an ihrem Platz, nichts Schlimmeres als ein paar Verbrennungen und Verfärbungen an den Händen, ein paar glänzende Dehnungsstreifen auf den (immer noch ziemlich straffen) Brüsten und am Bauch, eine lange weiße Kaiserschnittnarbe von ihrem Letztgeborenen, Davy, der wegen Sauerstoffmangels schnell hatte geholt werden müssen. Das Problem war eine Nabelschnurumschlingung gewesen.

Hatte Davy Saltos geschlagen oder irgendeine intrauterine Erkundungsmission unternommen? Auch jetzt, zwei Jahre später, war sie immer noch besorgt um ihn. Er war ein lebhaftes Kind, schmal und langgliedrig, immer in Bewegung. Einer, der alles erforschen musste. Lottie hatte die Steckdosen sichern und die Kühlschranktür zubinden müssen. Um den Fernseher hatte sie ein Holzgitter angebracht, nachdem der Reparaturdienst telefonisch mitgeteilt hatte, jemand habe Münzen tief in den Kassettenschacht gesteckt.

Ihre Tochter Evelyn, die manchmal mit Davy auf den Spielplatz ging, nannte ihn eine Springbohne; einmal war er vom Klettergerüst gefallen und hatte sich den Arm gebrochen. Und bei einem Besuch des Whitney Museums mit Jake und Simon war er in ein Exponat von Drahtgeflechthäusern gerannt; Draht hatte seine Wange durchschnitten wie ein hartes Ei. Jake war so geistesgegenwärtig gewesen, gleich mit ihm zu einem plastischen Chirurgen zu gehen.

Um Simon, ihren Fünfjährigen, sorgte sie sich weniger. Er war stämmig und kräftig und hatte mehr Sitzfleisch. Seine Wissbegier und Streitlust trieben einen manchmal zur Verzweiflung, aber man konnte ihn an einer längeren Leine führen als Davy; Simons Streifzüge spielten sich in seiner Fantasie ab.

Wenn Jake nachmittags noch länger in der Schule blieb, um Orchesterproben zu leiten oder privaten Instrumentalunterricht zu geben, hielt Simon am Wohnzimmerfenster Ausschau nach ihm. Noch ehe Jake den Motor abstellen konnte, war Simon schon an der Fahrertür und wartete, dass sein Vater ihm die Quer- oder Pikkoloflöte oder Geige übergab. So aufrecht, langsam und vorsichtig, als balancierte er es auf seinem Kopf, trug Simon das Instrument in dessen Kasten um die Motorhaube herum, über den Rasen und die Stufen hinauf. Wenn Jake mehrere Instrumente dabeihatte, legte Simon den Weg mehrmals zurück, und Jake ließ ihm die Freude.

Danach brachte Simon eine Flasche Sellerie-Soda mit zwei Trinkhalmen und ein selbst zubereitetes, in zwei Hälften geschnittenes Erdnussbutter-Marshmallow-Sandwich ins Wohnzimmer.

Was würde aus diesen Kindern werden? Evelyn war ja schon fast erwachsen, aber die beiden Kleinen … Wenn man seine Kinder mit Mitte zwanzig bekam, ging einem schon mal durch den Kopf, dass man als Eltern vielleicht nicht immer zusammenbleiben würde, aber dass man immer da sein würde, nahm man für selbstverständlich. Lottie war zweiundvierzig, Jake einundvierzig. Sein Vater war mit einundvierzig an Krebs gestorben.

Draußen war die Nacht heiß und so stickig, als hätte jemand die Atmosphäre aus der Stadt abgepumpt. Sie ging mit ihrer Wäschetüte an dem schlafenden Parkplatzwächter vorbei, Abe Bazile, einem Haitianer in den Fünfzigern, dem vor ein paar Monaten ein Kind an Leukämie gestorben war. Er saß auf einem Klappstuhl auf dem Gehweg, ganz knochige Vorsprünge und dunkle Höhlungen, wie eine aufgelassene alte Mine. Als sie aus der Parklücke fahren wollte, ohne ihn zu stören, hatte der alte Kombi mehrere Fehlzündungen, ein bedrohliches Geräusch in der Großstadtnacht, und sie verfluchte Jake, der versprochen hatte, die Karre zur Reparatur zu bringen, verfluchte dann ihre Familienfinanzen. Abe sprang auf, nahm verlegen Haltung an und rief ihrem Wagen ein »Nacht, Doc!« hinterher.

Sie fuhr die Amsterdam Avenue hinauf, vorbei an den dunklen Gebäuden der Columbia University, dann auf der 125th Street nach Westen. Es war halb drei Uhr morgens, und die Geschäfte waren beleuchtet, aber vergittert. Ein dünner Typ in einem irisierenden roten Shirt ging in Schlangenlinien den Bürgersteig entlang, auf der Schulter einen Ghettoblaster, der schallend laut verkündete: »Umfragen ergeben: Reagan schafft es!« Der Mann verschwand in einem Hauseingang, als ein Polizeiwagen langsam am Bordstein entlangrollte. Sie passierte das A-OK-Pfandleihhaus, gelb erleuchtet und verrammelt, drei Alkoholika-Läden, eine Kentucky-Fried-Chicken-Filiale, ein Nachtlokal namens *This Bitter Earth*. Heiße, klagende Saxophon-Klänge kamen aus der offenen Tür. Eine stattliche Nutte im silbernen Paillettenkleid verhandelte mit einem Freier, der einen Kopf kleiner war als sie. Ihre dick gepuderte Haut glänzte von Schweiß. Lottie fragte sich, ob die Frau krank war. Lottie fragte sich, ob die Frau ein Mann war.

In der erleuchteten Stadt, wo selbst die dunklen Flüsse manchmal rötlich oder bleich oder grau wirkten, verdünnt durch die Reflexion künstlichen Lichts, fühlte sie sich nach

Einbruch der Dunkelheit nie wirklich wohl. Das Beunruhigendste war nicht die Kriminalität, nicht die streckenweise erschütternde Armut, waren nicht die jähen Geräuschexplosionen – es war die bedrängende Fremdheit mächtiger Gebäude, harter Kanten, einer vertikalen Landschaft.

Lottie wartete an einer roten Ampel, fuhr dann erleichtert auf den West Side Highway auf und gab Gas. Die enge City blieb hinter ihr zurück, und die Bebauung lockerte sich auf; der Hudson zwischen ihr und den Felsklippen der Palisades gab ihr plötzlich ein Gefühl von Raum und Weite. Die ferne, aber immer näher kommende Brücke glich einem Paar blaufunkelnder Berggipfel mit einem sanften Tal dazwischen. Feuchte, warme Luft wurde, als sie noch weiter beschleunigte, durch die offenen Fenster hereingepresst, ein autogenerierter Wind: Ihre Klimaanlage hatte sich vor einem Monat verabschiedet. Nur wenige Fahrzeuge waren unterwegs. In der dampfigen Nacht, allein auf dem leeren Highway, fuhr sie in einem Wagen voller Zeugs: M&Ms-Verpackungen, einer von Evelyns bonbonrosa Lippenstiften, zerknitterte Notenblätter, Kinderkekskrümel und zwei Schnuller – einer mit zerbissenem, spröde gewordenem Latex-Mundteil – auf dem Rücksitz.

Außer für ihre beträchtliche Familie trug sie noch die Verantwortung für Labortechniker und für Doktoranden, die bei ihr promovierten. Einen hatte sie vor ein paar Monaten von einem verstorbenen Kollegen geerbt. Der junge Mann war ein Student aus Sri Lanka, diesem geplagten Land. Er war schon acht Jahre am Institut, ohne seine Doktorarbeit zu einem befriedigenden Ende zu bringen. Einmal hatte er Lottie zum Essen in seine schäbige Wohnung in East Harlem eingeladen. Den ganzen Abend hatten seine

Frau und seine sechs Kinder sich verzweifelt bemüht, einen guten Eindruck auf sie zu machen. Lottie hatte versucht, mit einem der Jungen Mikado zu spielen, aber seine Hände zitterten so, dass sie es aufgeben mussten.

Weniger belastend, aber nicht minder verpflichtend waren ihre Lehrveranstaltungen für Medizinstudenten, ihre Mitwirkung in diversen Gremien und der Publikationszwang. In der Hoffnung (jedenfalls galt das für Lottie), damit etwas zusätzliches Geld zu machen, planten sie und ihre Freundin Olivia derzeit die Erstellung eines Biologiebuchs für die Highschool, dessen Zielgruppe nicht nur junge Männer, sondern auch junge Frauen waren. Vielleicht würden es ja ein paar fortschrittliche Teile der USA als Lernmittel einführen. New York? Chicago? Kalifornien? Es würde ihr zweites gemeinsames Buch sein.

Wann sie sich das alles aufgeladen hatte, konnte sie gar nicht sagen – langsam, unmerklich vermutlich, wie die ein, zwei Pfund, die sie jedes Jahr zugenommen und die sie einfach übersehen hatte, bis sie dann eines Tages in einen inneren Spiegel geblickt und mit Erstaunen eine in jeder Hinsicht gewichtige Person gesehen hatte, verantwortlich, solide, eine Matrone. Wer, ich, Lottie?

Es war aber doch nicht alles nur Ballast, oder? So wie die Steine, mit denen man Katzenbabys ersäufte?

Nein, sagte sie sich, sie war ausgefüllt und fest am Kai der Welt verankert.

Und ihre Arbeit entsprach ihr, fast wie genetisch vorbestimmt. Sie war von Anfang an ein beobachtendes, leidenschaftlich neugieriges Kind gewesen, das stundenlang auf Sommerwiesen lag und das Tun und Treiben von Eidechsen, Insekten und Würmern studierte. Mit zwölf hatte sie einmal einen ganzen Tag auf einem Baum gesessen, durchs Fernglas geschaut und ihre Augen überanstrengt, um mitzubekommen, wie Spatzenjunge schlüpften.

Und doch war sie auch durch eine Serie von Zufällen da gelandet, wo sie jetzt war. Sie hatte nur Tage nach dem College-Abschluss geheiratet, dann in der langen Pause bis zum Graduiertenstudium Evelyn bekommen, als Labortechnikerin gearbeitet und sich von ihrem Mann getrennt und war so aus dem universitären Rhythmus gefallen. Sie hatte ihr Graduiertenstudium im Januar begonnen, einem ungünstigen Monat, und der Professor, ein international bekannter Experte für die neue Technik der Elektronenmikroskopie, hatte sein Kontingent an Doktoranden schon voll und wollte sie nicht annehmen. Im Februar kam es in einem kleinen zentralafrikanischen Land, von dem sie noch nie gehört hatte, zu einem Staatsstreich, und einer der Doktoranden des Professors, ein Afrikaner mit einem Regierungsstipendium, packte seine Sachen und flog nach Hause, obwohl die Universität ihn davon abzuhalten versuchte. Sie erinnerte sich noch an das Foto von ihm in der Studentenzeitung: eine unförmige Gestalt, dick eingemummelt gegen den Winter von Wisconsin, lächelnd und winkend.

Unsicher war sie wieder zu dem Professor gegangen, aber der sagte, er halte dem Afrikaner den Platz frei. Als der Afrikaner eine Woche später gehängt wurde, ging sie noch einmal hin. Der Professor nahm sie widerwillig an, unter der Bedingung, dass sie das Projekt des Afrikaners zu Ende führte: Er hatte an Speicheldrüsen von Ratten geforscht.

Ignace Sezibera hatte er geheißen. Viele Studierende trauerten um ihn, und sie hatte ein diffuses schlechtes Gewissen, war ihm aber auch dankbar – beides seltsame Gefühle.

Und sie vergaß ihn nie ganz. Aber sein Projekt wurde ihr Projekt, und sie führte es zu Ende, fand dann einen Weg, darüber hinauszugehen, ihren ganz eigenen Weg, und die Arbeit war spannend.

Es dauerte zu lange, bis sie merkte, dass das, was sie spannend fand, die meisten Menschen langweilte. Es beeindruckte die Leute, dass sie Wissenschaftlerin war, aber Genaueres wollte niemand hören.

»Wirklich *sehr* interessant«, sagte die Frau eines Dekans auf einer Cocktailparty in Charleston, wo Lottie einen Vortrag gehalten hatte, »ich treffe nicht so viele Wissenschaftler*innen*.«

»Sie machen uns allen Ehre«, erklärte eine reifere Frau in einem roten Strickkleid, die sich als Ex-Präsidentin eines Washingtoner Kapitels der *National Organisation of Women* vorstellte.

»Erzählen Sie mal, was machen Sie *konkret?*«, drängte sie ein breitbrüstiger Mann mit einem dicken Rubinring. Ein anderer Gast hatte ihr gesagt, der Mann sei Operntenor.

»Na ja«, sagte Lottie vorsichtig. »Das klingt für Sie vielleicht komisch, aber ich erforsche Speicheldrüsen von Ratten. Die sind wichtiger, als man gemeinhin denkt.«

»Ach«, sagte die Frau des Dekans.

»Möchten Sie's wirklich genauer wissen?«

Alle nickten emphatisch.

»Also, ich beginne gerade ein faszinierendes Projekt. Sie müssen wissen, das Rattenmännchen hat einen Zelltyp, der bestimmte Enzyme sekretiert, die es beim Weibchen nicht gibt. Wenn sich aber die männliche und die weibliche Speicheldrüse unterscheiden, könnte es sein, dass dieser Unterschied mit der Fortpflanzung zu tun hat. Und tatsächlich ist *eine* meiner Hypothesen, dass er für die Kopulation relevant ist.« Lottie musterte ihre Zuhörer. »Jetzt fragen Sie sich bestimmt, warum er dann im Maul sitzt?«

»Mmmmm«, summte der Tenor geradezu.

»Wie Sie vielleicht wissen, gehört zu den Dingen, die Tiere vor der Kopulation tun, ausgiebiges *Lecken*. Das Männchen leckt ...«

»Ah, *Lecken*«, sagte der Tenor.

»Lecken«, sagte Lottie.

»Ich dachte zuerst, Sie meinen *Locken*«, sagte die Ex-NOW-Präsidentin.

»Sie hat ›Lecken‹ gesagt«, sagte der Tenor. »*Lecken*. Verstehe.«

»Also, das Männchen leckt den Vaginalbereich oder, genauer gesagt, das Perineum des Weibchens. Und eins der Enzyme, die sich in der männlichen Speicheldrüse finden, ist das sogenannte Kallikrein, das Kinine produziert – Sie kennen das ja, wenn man eine Wunde oder eine Infektion hat, dann wird das Gewebe da rot und schwillt an. Das kommt daher, dass Kinine gebildet werden, die die Wände der Blutgefäße durchlässig machen und die Schwellung hervorrufen. Ich habe gerade einen Forschungsmittelantrag zu Folgendem gestellt: Meine Hypothese lautet, dass das Kallikrein des Männchens zur Kininbildung aus den weiblichen Sekreten im Perineum und in der Perinealregion des Weibchens führt. Und dass diese Kinine wiederum ein Anschwellen und eine vorübergehende Reizung bewirken, die das Rattenweibchen empfänglicher machen. So eine Art natürliches Aphrodisiakum, wenn Sie so wollen ...«

Der Tenor fuhr sich mit der Zunge langsam im Uhrzeigersinn über die Lippen. Lottie starrte ihn einen Moment lang irritiert an, merkte dann aber, dass die Geste sich nicht an sie richtete, ja, dass sie ihm wahrscheinlich nicht mal bewusst war, so entrückt wirkte er. Sie sprach weiter, beschwingter jetzt:

»Einer unserer Versuche wird nun darin bestehen, Männchen die Speicheldrüsen zu entfernen, sie dann zu paarungsbereiten Weibchen zu setzen und zu schauen, ob die Weibchen *präsentieren*. Das tun Rattenweibchen nämlich, wenn sie paarungswillig sind – sie gehen ins Hohlkreuz und recken das Hinterteil hoch.« Lottie dachte: Was soll's? Es war eine Party, und sie hatte eine Schwäche für Sänger. Also beugte sie sich vor und reckte ihr Hinterteil in die Höhe. »Das Weibchen bietet sich an und wird daraufhin vom Männchen bestiegen. So weit klar?« Sie bückte sich noch tiefer.

Die Ex-NOW-Präsidentin nickte so vehement, dass ihre Lesebrille, die ihr an einer elastischen Schnur um den Hals hing, auf ihrem strickkleidverhüllten Busen hüpfte.

Die Frau des Dekans lächelte. »Mir hat am besten das mit dem Kinin und dem Kallikrein gefallen. Das klingt wie Stoffarten.« Sie befingerte den Baumwollstoff ihres Rocks.

»Hübsch, Ihr Kostüm«, sagte die Ex-NOW-Präsidentin. Es war weiß, mit einem Muster von roten Rosen an einem Spalier.

»Selbst genäht.« Die Frau des Dekans errötete.

Der Tenor starrte immer noch in die Ferne, als dächte er über die Implikationen von Lotties Experiment nach. Aus einem Impuls heraus richtete Lottie sich auf und drehte sich um. Drei Meter hinter ihr, an der improvisierten Bar, stand ein junger Mann mit langem, krausem schwarzem Haar und silbernen Armreifen an den nackten, rasierten Armen und blies dem Tenor Küsschen zu.

Lottie fuhr jetzt vom Highway ab, auf eine fast unbeleuchtete Landstraße, die sie in- und auswendig kannte. Das Sträßchen war von großen schattenspendenden Bäumen gesäumt, die streckenweise eine Art Blätterdach bildeten; Simon nannte es den »Bäume-Tunnel«. Die Luft, die durch die Seitenfenster hereinkam, war jetzt kühler, angenehmer, und sie atmete sie mit offenem Mund und dem gesamten Körper ein. Obwohl die Felder und Wiesen dunkel und die mächtigen Bäume nur vage Schemen im Mondlicht waren und sie nur ab und zu mal das Nachtlicht auf der Eingangsveranda eines fernen Farmhauses oder den beleuchteten Verkaufsraum einer Tankstelle sah, wusste sie genau, was wo war; sie konnte schon fast mit den Poren »sehen«. Es war ein sanftes, vertrautes Dunkel. Auf solchen Straßen waren sie in ihrer Kindheit in Michigan von Verwandtenbesuchen nach Hause gefahren: ihr Vater am Steuer, ihre Mutter neben ihm, manchmal den Kopf an seiner Schulter, neben ihrer Mutter, an die Seitentür gelehnt, eine der jüngeren Schwestern ihres Vaters, meistens Alma, von deren Haut und Mantel ein schwacher, süßlicher Duft ausging. (*Lily of the Valley* und *Shy Violet* stand etwa auf den Etiketten der Farbglas-Parfümfläschchen auf Tante Almas Frisiertisch.) Auf dem Rücksitz saß Lottie neben ihrer geliebten Großmutter, die einen farbigen Hut trug und aus deren dunkler Haarkrone sich jetzt einige Strähnen gelöst hatten. Auf der anderen Seite ihrer Großmutter drängten sich Lotties Bruder und ihre beiden Schwestern, halb sitzend, halb übereinanderliegend wie Geschwister eines Wurfs; sie erinnerte sich noch an die Wärme und den Geruch ihrer Körper, ihr Atemgeräusch im Dunkeln, ihr gelegentliches leises Aufstoßen oder Furzen. Damals hatte sie in dem großen Haus gewohnt, als älteste Tochter von Mr. Kristin, dem Bürgermeister, und Jeanie Bjornstad Kristin, der Lehrerin, und Evelyn Kristins Lieblingsenkelkind: Alle sagten, sie sei das gescheiteste Kind der First Family (*Zu gescheit für ein Mädchen. Wird ihr am Ende nur Probleme bringen).* Würde es ihr am Ende Probleme bringen? Jetzt, in ihren Vierzigern, wohnte sie in einem Ort, der große Ähnlichkeit mit dem hatte, in dem sie aufgewachsen war – ländlich, von Landwirtschaft lebend, presbyterianisch, leuchtend von frischer, grellweißer Farbe, gelben Forsythien und knalligen Tigerlilien, Pflanzen, die strenge Winter überdauerten und dann, wenn die Zeit gekommen war, auf eine Art explodierten, die etwas Stolzes und Selbstbewusstes, ja, fast schon Wildes hatte. Im Frühling roch die Luft nach Apfelblüten – ein Duft, der sie immer traurig machte – und im Frühsommer nach Flieder. Heute war sie die Wissenschaftlerin, die mit den Kindern aus zwei Ehen und noch einem weiteren, einem dunkleren, das immer für den halben Sommer auftauchte, einem Ehemann, der Jude war (auch wenn er, das musste man ihm lassen, das spitzenmäßige Highschool-Orchester – es genoss überregionales, ja sogar landesweites Ansehen – gegründet hatte und sonntags *gratis* den Chor in der Unitarier-Kirche begleitete), mit zwei klapprigen Autos und einem Haus, das dringend gestrichen, und einem Rasen, der dringend gemäht werden musste.

Als sie ihre geschotterte Einfahrt fuhr, kläfften die Hunde kurz und waren dann still, als sie erkannten, was auch immer Hunde dieser Tage erkannten: den Rhythmus von Frauchens Motor? Den Geruch ihrer Puffer und Fixative? Sie stieg aus und streckte sich im Mondlicht. Die Nacht war voller winziger, ineinandergreifender Geräusche – Insekten und Frösche, die fernen, monotonen Rufe einer Nachtschwalbe, das unruhige Hin und Her der Hunde hinterm Haus. Sie machte ein paar langsame, schmerzhafte Kniebeugen, dachte wehmütig an ihre Cheerleader-Zeit. Nahm dann Handtasche, Wäschetüte und Aktenmappe und ging, nachdem sie die Hunde kurz gestreichelt hatte, durch die Hintertür hinein.

In der Küche brannte das Nachtlicht. Auf dem Boden lagen ein paar aufgeschlagene Malbücher nebst Buntstiften. Verstreute Murmeln – zwei, drei glommen im Schummerlicht. Ein Schokodoppelkeks, zertreten und verschmiert. Der Abendessenstisch war nicht abgeräumt. Sie blickte auf den Plan am Kühlschrank, um festzustellen, wer für das Geschirr zuständig war. *Sie*. Die Unordnung machte ihr weniger aus als die Tatsache, dass Lebensmittel einfach draußen herumstanden. Sie stellte die Margarine und die Milch in den Kühlschrank, bemerkte dabei die FINGER-WEG-Zettel in der Schrift ihrer Stieftochter Ruth auf zwei zugedeckten Schmortöpfen – wahrscheinlich Sachen für das schicke Essen, das sie am Samstagabend mit ihrem Vater zubereitete.

Durch die offene Tür zum Zimmer neben der Küche hörte sie das leise Atmen der Mädchen. *Mädchen, Plural, immer noch da, das dunkelhaarige. Ruth war nirgends hingeflogen*. (Diese Gedanken, ihre Stieftochter betreffend, kamen schwarmweise über sie wie Mücken. Sie wollte sie loswerden, sie ärgerten sie, zehrten an ihrem Selbstwertgefühl, und sie wollte auch Ruth loswerden, wollte sie wegschlagen, *klatsch*.) Für Evelyn war es hart, immer im August ihr Zimmer mit Ruth teilen zu müssen, aber es ging nicht anders; mit vierzehn konnte man Ruth nicht mehr zu den

Jungen stecken, und man konnte ihr auch nicht zumuten, auf dem Wohnzimmersofa zu schlafen wie ein Übernachtungsbesuch. Für Ruth war es auch nicht leicht, zumal sie von Natur aus sehr ordentlich war und Evelyns chaotische Art, in der sie Lottie so ähnlich war, zutiefst verachtete. Der einzig ordentliche Teil des Hauses war Ruths Zimmerhälfte – als wäre ein magischer Kreis darumgezogen worden. Auf dem Bauch liegend, die Arme an den Seiten schlief Ruth geradezu in Habachtstellung, das Decklaken glatt bis an den Hals gezogen, das schwarze Haar in zwei langen, strammen Zöpfen, ihre rosa Ballettschläppchen sorgsam ausgerichtet vor dem Bett. Sie war dünn, dunkel und knochig, im Begriff, ziemlich groß zu werden.

Evelyn mit ihren achtzehn Jahren war größer als alle in der Familie außer Jake. Sie war von Natur aus stattlich, wie eine Wikingerkönigin – Leute sagten manchmal, sie habe Ähnlichkeit mit Liv Ullmann, was sie sehr freute. Auf der anderen Seite des Zimmers drehte sie sich in ihren verwurstelten Laken und murmelte vor sich hin. Lottie schloss leise die Tür.

Oben im Schlafzimmer lag Jake in Unterwäsche da und schlief, einen Arm um Davy, den anderen aus dem Bett gehängt. Er schnarchte leise im Mondlicht. Sie zog Davy vorsichtig unter seinem Arm hervor, befühlte die Windel des Kleinen – trocken – und trug ihn in sein Gitterbett. Simon lag in seinem Bett, mit dem neuen Baseballhandschuh, den ihm Jake geschenkt hatte, und seinem Kassettenrekorder. Das waren ihre braunhaarigen Kinder, eine Kreuzung zwischen ihnen beiden, alles an ihnen wie blank poliert, diese Augen, hinter denen sie beinah die Blau-Gene sehen konnte, diese strahlende Haut. Im Bad putzte sie sich die Zähne, erfrischte sich mit etwas Duftwasser, pinkelte dann leise in die Kloschüssel, in der schon reichlich Pipi stand (nachts spülten sie nicht, um niemanden zu stören) und klappte den Klodeckel zu.

Sie zog ihr Nachthemd aus, schlüpfte neben Jake ins Bett – er roch leicht nach Schweiß und Davys Babypuder – und schmiegte ihre alkoholgekühlten Brüste an seinen warmen Rücken. Sie befeuchtete zwei Finger mit Spucke und massierte damit ihre Klitoris. Die andere Hand schob sie unter den elastischen Bund seiner Boxershorts. Er war feucht und weich. Behutsam streichelte sie die behaarte Haut seiner Oberschenkel, den runzligen Hodensack, die zarte Haut seines Penis. Sie fühlte ihn langsam erblühen wie eine Nachtblume.

»Lottie«, sagte er und drehte sich noch halb schlafend zu ihr. »Liebling.«

Sie küsste ihn auf die Augenlider.

Sie half ihm aus Unterhemd und Unterhose und ließ beides neben das Bett fallen. Verschlafen küsste er ihren Hals, ihre Brüste, ihren Bauch. Dann hievte er sich über sie und drang langsam in sie ein. Sie lag auf dem Rücken, fuhr mit den Fingern durch sein dickes Haar – Davys Haar ließ schon die gleiche Textur erahnen – und blickte durchs Oberlicht auf die funkelnden Sterne.

Lottie erwachte um elf Uhr vormittags von einem jähen Schwall von Rockmusik, wie ein Rohrbruch. Sie lief ans Fenster. Ruth war auf dem vorderen Rasen, im schwarzen Gymnastikanzug, und machte vor einem voll aufgedrehten Riesenradio ihre Ballettübungen. Was sollten die Warnicks denken, das nette alte Ehepaar von gegenüber, wenn diese schwarzhaarige Kindfrau in Lotties Vorgarten die Beine in die Luft streckte und die ganze Gegend mit Musik beschallte, als fände hier ein Nachbarschaftsfest statt. »Mach das hinten!«, rief Lottie, den Kopf aus dem Fenster gestreckt. Ruth tat, als hätte sie nichts gehört.

Nach kurzem Abwarten streckte Lottie auch noch die Arme aus dem Fenster und winkte und fuchtelte, um Ruths Aufmerksamkeit auf sich zu ziehen. Das Mädchen schien sie gar nicht zu sehen, obwohl es genau in Lotties Richtung blickte. Lottie nahm die Tageszeitung, die Jake offenbar schon gelesen hatte, rollte sie zu einem Papierknüppel zusammen und dann wieder auseinander. Sie riss ein paar Seiten in Fetzen und warf diese aus dem Fenster. Sie segelten in der warmen Sommermorgenluft dahin und dorthin, und ein paar landeten ganz in Ruths Nähe, ohne dass das Mädchen etwas zu bemerken schien. Lottie brüllte zweimal Ruths Namen, griff sich dann in einem Wutanfall eine Flasche Handlotion vom Schminktisch und schmiss sie nach dem Radio. Sie traf weder das Radio noch Ruth.

Ruth machte das Radio etwas leiser. Sie blickte zu Lottie hinauf.

»Was soll das? Hörst du mich nicht? Siehst du mich nicht?«

Ruth schüttelte den Kopf.

»Mach das aus!«, brüllte Lottie.

Ruth stellte das Radio noch ein bisschen leiser.

»Du hast mich nicht gesehen? Das glaube ich dir nicht. Ich bin hier, direkt vor dir! Ich lasse Zeitungsfetzen aus dem Fenster fallen! Was hast du gedacht, was das ist? Schnee?«

Das Mädchen begann, Pliés zu machen.

»Ich *rede* mit dir!«

»Ich *höre* dir zu. Was muss ich denn tun, strammstehen?«

»Ein bisschen Respekt zeigen«, sagte Lottie.

»Und überhaupt, was willst du denn? Ich mache meine Übungen.«

Lottie atmete tief durch. »Mach sie hinten. Ich will, dass du das Radio leise stellst und deine Übungen hinten im Garten machst.«

»Ich geh nicht nach hinten. Da ist überall Hundescheiße.«

»Dann benutz eben die Gymnastikmatte.«

»Will ich nicht. Hinten *stinkt*'s. Und ich mag die Musik laut. Warum kann ich sie nicht laut machen? Es ist doch schon nach elf. Willst du denn den ganzen Tag schlafen?«

Lottie, Kopf und Arme aus dem Fenster gestreckt, musste an etwas denken, was sie gelesen hatte: über eine französische Selbstmörderin, die vom Dach von Notre-Dame gesprungen war. Sie war genau auf eine amerikanische Touristin gefallen, die unten stand, und beide Frauen waren umgekommen.

Lottie atmete wieder tief durch und sagte, sanfter jetzt: »Was ist los, Ruth? Hm? Mach bitte das Radio aus und komm ins Haus. Ich möchte mit dir reden.«

»Ich aber nicht mit dir!«, schrie Ruth. »Ich geh nicht ins Haus! Außerdem ist das sowieso kein Haus – es ist ein Schweinestall!« Sie drehte die Musik voll auf.

Lottie, außer sich vor Wut, sah den Kombi in die Einfahrt biegen und halten. Jake winkte ihr und Ruth, ging dann ums Auto herum, um Davy aus dem Kindersitz zu helfen. Die Hunde sprangen aus dem Auto, und Simon, der seinen Baseballhandschuh trug, folgte Evelyn nach hinten zum Kofferraum. Davy tapste hinter Simon her, versuchte, ihm den Baseballhandschuh wegzunehmen, und fiel hin. Jake warf Ev die Schlüssel zu. Sie öffnete den Kofferraum und begann, Einkaufstüten auszuladen, während Jake Davy aufhalf, der aussah, als weinte er. Mit der freien Hand bedeutete Jake Ruth, das Radio leiser zu stellen. Sie machte weiter Hampelmänner. Langsam wie in einer Pantomime oder einem Stummfilm, begleitet jetzt von Punkrock, einer Snare Drum und einer E-Gitarre in einem monoton bummernden Viervierteltakt, wanderten alle – Jake, der mit der einen Hand Davy festhielt und mit der anderen eine Bewegung machte, als drehte er einen Türknauf, Evelyn, die zwei Einkaufstüten schleppte, Simon, der ein Netz Orangen hinter sich herschleifte – Richtung Rasenmitte. Ruth machte jetzt *Battements tendus*.

Jake bedeutete Ruth, dass sie kommen und tragen helfen solle. Sie schüttelte den Kopf und zeigte auf Lottie. Jake lächelte zu Lottie hinauf, wandte sich dann wieder Ruth zu. Er winkte sie wieder herbei, aber sie drehte sich weg und stampfte mit dem Fuß auf. Lottie sah ihr wutverzerrtes Gesicht. Jake ging hin und machte das Radio aus, und als ob der Stummfilm plötzlich zum Tonfilm geworden wäre oder als ob Lottie zuvor den Realitätsbezug verloren und ihn jetzt schlagartig wiedererlangt hätte, stand Ruth mitten auf dem Rasen, stampfte mit dem Fuß im rosa Ballettschläppchen auf und schrie mit überschnappender Stimme: »Ich hasse sie! Ich hasse sie! Ich hoffe, sie fällt tot um!«

»Ich wollte ja nur, dass sie es leiser stellt«, sagte Lottie zu Jake. Er siebte gerade Mehl für einen Waffelteig. Evelyn, die ein weißes Oversize-T-Shirt über einem Neckholder-Top und Shorts trug, presste auf dem elektrischen Entsafter Orangen aus. Es gab ein schwirrendes Geräusch, wenn sie die Orangenhälften mit dem Handballen auf den Kegel drückte.

Lottie sagte: »Es war so laut, dass es ein Wunder ist, wenn nicht alle Kühe in der Gegend eine Fehlgeburt erlitten haben.«

Er grinste und klopfte ein paarmal mit dem Sieb an den Schüsselrand, um das Mehl zu lockern. »Lass sie einfach. Sie fängt sich schon wieder.«

»Es macht mich rasend, wenn sie mir den Tod wünscht.«

»Sie meint es nicht so.«

»Sie *meint* es so.«

»Na ja, jeder wünscht doch jedem mal den Tod.«

»Oh, Jake, sie redet nicht mit mir. Sie schaut mich nicht an.«

»So ist sie eben. Sie schmollt. Mit mir macht sie das auch.«

»Aber mich macht es rasend.«

»Na ja, genau das weiß sie.«

Lottie gab Eier in eine Schüssel und schlug sie mit dem Schneebesen. »Ich bin sicher, sie lässt mich immer noch dafür büßen, dass du nicht mehr mit ihrer Mutter zusammen bist. Dabei weiß sie, dass es nicht meine Schuld ist.«

»Sie weiß es, und sie weiß es nicht.«

»Vielleicht sollte ich mal mit ihr reden.«

Evelyn schnitt noch vier Orangen durch. »Sie scheint nicht gerade zum Reden aufgelegt, wenn du mich fragst.«

»Dich frage ich nicht.«

»Was bin ich denn hier, eine Statue?« Evelyn nahm ihrer Mutter den Schneebesen aus der Hand und hielt ihn hoch. Er zitterte und vertropfte Ei. »Sehe ich irgendwem ähnlich?«

Lottie rief: »Du kleckst den Boden voll! Herrgott, Evelyn, fang du jetzt nicht auch noch an!«

Ruth stürmte mit dem rosa Handlotion-Fläschchen herein. »Sie hat Sachen nach mir geschmissen.« Sie stellte sich neben ihren Vater. »Findest du's richtig, dass sie Sachen nach mir schmeißt?«

»Ich habe das da nicht nach dir geschmissen! Ich habe es nach dem Radio geschmissen! Du hast mich einfach nicht beachtet! Du wolltest einfach nicht hören!«

»Was heißt, ich *wollte* nicht? Ich konnte dich nicht hören! Ich konnte dich auch nicht sehen. Die Sonne hat mich geblendet!«

»Das ist doch Quatsch!«, rief Lottie. »Du hast immer tausend Begründungen für alles, aber das sind doch alles faule Ausreden. Warum sagst du nicht gleich, es war Sonnenfinsternis, darum konntest du mich nicht sehen?«

»Willst du etwa sagen, ich lüge? Willst du das sagen?«

»Ja!«, schrie Lottie. »Das will ich sagen.«

»Schatz, bitte«, setzte Jake an. Beide sahen ihn an.

»Ihr Lieben, hört auf, alle beide. Hört auf damit. Ruth, mach deine Übungen nicht vor dem Haus. Mach sie hinten oder geh raus auf irgendeine Wiese. Und stell das Radio höchstens auf halbe Lautstärke. Sonst erleiden noch alle Kühe eine Fehlgeburt.«

»Wir haben keine Kühe! Sie ist eine Kuh! Du bist immer auf *ihrer* Seite.«

»Nenn sie nicht eine Kuh!« Jake seufzte gequält. Dann legte er seiner Tochter die Hand auf die Schulter. »Ich bin nicht immer auf ihrer Seite. Sie soll keine Sachen nach dir werfen.«

»Ich habe das Ding nicht nach ihr geworfen! Wenn ich es nach ihr hätte werfen wollen, hätte ich sie getroffen.«

 »Lottie«, sagte Jake mit flehendem Blick. »Ich möchte

nicht, dass du Sachen nach ihr wirfst. Und wenn du das da nicht nach ihr geworfen hast, dann möchte ich nicht, dass du Sachen *in ihre Nähe* wirfst. Wenn du willst, dass Ruth dich beachtet, dann geh runter und sprich sie an.«

»Genau«, sagte Ruth grinsend.

»Schluss jetzt.« Jake nahm die Hand von Ruths Schulter. »Hast du mich verstanden?«

Evelyn schnitt noch zwei Orangen durch und drückte Hälfte um Hälfte auf die Presse. Es schwirrte und schwirrte.

»Du presst zu viele Orangen aus«, sagte Lottie. »Das reicht jetzt.«

Ev zuckte die Achseln, hörte aber auf. Sie standen in der stillen Küche.

Schließlich legte Lottie den Schwamm, den sie ergriffen hatte, wieder in die Spüle und trocknete sich die Hände an der Schürze ab. Sie streckte Ruth die rechte Hand hin. »Komm her, Kälbchen.«

Ruth sah Lottie an.

Lottie streckte ihr immer noch die Hand hin.

Ruth blickte auf ihre Füße in den grasfleckigen Ballettschläppchen. Sie stellte einen Fuß auf die Zehenspitzen, ließ ihn wieder hinunter. Ohne Lottie anzusehen, drehte sie sich von ihr weg und marschierte zur Tür hinaus.

Beim Frühstück versuchte Lottie zu demonstrieren, dass sie Vergangenes vergangen sein ließ, während Ruth ihr einsilbig antwortete. Danach holte Jake seine Querflöte und Evelyn ihre Geige, und sie begannen, im Wohnzimmer Telemanns *Kanonische Sonate Nr. 1 in G-Dur* zu spielen. Jake spielte in Latzhosen, barfuß und der Hitze wegen mit bloßem Oberkörper, und wiegte sich mit seiner Platinflöte, schweißüberströmt, die Augen halb geschlossen. Ev, in einem sinnlichen Halter-Top und geblümten Shorts, das Haar eine leuchtende Wolke, Finger- und Zehennägel frisch zartrosa lackiert, stand da und konzentrierte sich auf die Noten. Sie führte den Bogen leicht und anmutig, als wäre er ein Zauberstab. Nach einer Weile schob Ruth geräuschlos ein paar Bilderbücher und eine Flasche Babypuder beiseite, um vor den Musizierenden eine zwei mal zwei Meter große Fläche freizuräumen. Sie fand ein grünes Geschenkband von einer Schachtel Pralinen, die einer von Jakes Schülern mitgebracht hatte, und band es sich um den Hals. Sie machte ein halbes Dutzend Pirouetten und begann dann mit einer hübschen sommerlichen Improvisation, tat, als ob sie Blumen pflückte und nach fliegenden Bienen oder Vögeln haschte. Beim Tanzen wich alles Verkniffene aus ihrem Gesicht, und ihr eckiger Körper wurde weicher. Sie schien entspannter, kaum mehr als ein Kind, das zu Musik tanzte, ganz darin aufging, mit sich und der Welt im Reinen. Simon stand auf seinem Stuhl und wedelte gekonnt und fröhlich mit den Armen, dirigierte, wie er es seinen Vater oft hatte tun sehen und auch den Maestro in der Carnegie Hall, als Jake ihn in sein erstes richtiges Konzert mitgenommen hatte. Davy beobachtete Simon, sprang dann von Lotties Schoß und ahmte seine Armbewegungen nach. Simon warf ihm einen giftigen Blick zu. Lottie lehnte sich langsam in ihrem alten Sessel zurück, legte die Füße auf den Fußhocker und ließ die Mühsal des Morgens ein wenig zurückweichen, wieder heranfluten und wieder zurückweichen, konnte sie aber nicht dazu bringen, ganz ins Meer hinaus zu verschwinden.

ZWEITER TEIL

LOTTIES VATER WAR INGENIEUR, mittlerweile im Ruhestand, und von einem explosiven Temperament, das auch das Alter nicht gedämpft hatte. Da er zwei Amtszeiten lang Bürgermeister und später dritter Vizepräsident eines großen amerikanischen Automobilkonzerns gewesen war, stand zu vermuten, dass er in der Öffentlichkeit ein anderes Verhalten zeigte, aber diese Seite von ihm hatte sie kaum je gesehen – außer, wenn er ihr Sachen erklärte, vom Mixmaster bis zum Atom, dann machte er sorgfältige Zeichnungen und sprach sanft und geduldig. Als Kind hatte sie monatlich *Science Kits* bekommen, die ihr Vater per Post bestellte: Metallbaukästen und Vulkanausbruch-Sets und Gyroskope und Schwungräder und Schleim-Labore. Einmal, als er an einem ganztägigen Ingenieurskongress in Detroit teilnahm, gab er ihr zehn Dollar, zeigte ihr, wo die Wissenschaftsmuseen waren, und ließ sie allein hingehen. Sie fühlte sich erwachsen und war fasziniert. Ihr Dad hatte gewollt, dass sie Krankenschwester würde, vielleicht sogar Ärztin. *Er* hatte Arzt werden wollen, aber damals war kein Geld da gewesen.

Erst als Erwachsene begriff sie: Ihre Mutter war mit ihr schwanger geworden, und um zu heiraten, hatte ihr Vater das College-Studium sechs Monate vor dem Abschluss abgebrochen. Um es doch noch zu Ende zu bringen, fehlte das Geld. Er hatte nie Kinder gewollt. Aber er hatte ein sehr ausgeprägtes Verantwortungsbewusstsein. Die ersten Jahre lebten sie in einem alten Farmhaus, das er billig gekauft hatte. Es regnete durch, auf die zweijährige Lottie. Es gab keinen Strom. Ein Plumpsklo. Sie hatte es schrecklich gefunden, den eiskalten, kratzigen Holzsitz nachts im Dunkeln, das raue Zeitungspapier zum Abputzen. Warum hatte sie sich diese Sauberkeitserziehung gefallen lassen? Damals war sie so stolz gewesen. Aber dann hatte das neue Baby, Adele, immer bei ihren Eltern im warmen Bett geschlafen, Lottie, das »große Mädchen«, hingegen allein. Wenn sie Pipi machen musste, gab es dafür einen Nachttopf. Aber manchmal hatte sie aus Wut ins Bett gepinkelt, schön warmes Pipi. Dann wurde es kalt, und sie schrie nach ihrer Mutter. Ihr Vater hatte gebrüllt.

Sie hatte eine frühe Erinnerung, die ihr nie jemand bestätigt hatte. Aber es hatte sie auch niemand je widerlegt, also hatte sie sie nie als falsch ausgesondert. Dad fuhr den Wagen, Mom, auf dem Beifahrersitz, hielt das neue Baby, einen Jungen. Lottie, drei, saß mit Adele hinten. Dad parkte bei der Kirche, und ihre Eltern stiegen aus, Mom mit dem Baby im Arm. Adele fing an zu weinen, und Lottie schnitt lustige Grimassen, um sie aufzuheitern. Adele weinte und weinte. Es wurde dunkel. Ihre Eltern kamen wieder, ohne das Baby, obwohl der Körper ihrer Mutter durch das fehlende Gewicht in sich zusammengesunken war.

Danach hatte sie nie wieder ins Bett gepinkelt.

Als Kind hatte sie Adele gefragt, ob sie sich auch daran erinnere: nein.

 Lottie hatte ihre Mutter gefragt, die sich abwandte und

mit hängenden Schultern wegging. Aber ihre Mutter wandte sich oft ab und ging weg; sie schrie nie, und nur einmal hatte Lottie sie weinen sehen.

Kurz nach der Fahrt zur Kirche zogen sie weit weg, von der Oberen Halbinsel auf den »Fausthandschuh«, in ein geräumiges Haus mit Spülklosett in Sleeping Bay, das so hieß, obwohl es dort gar keine Bucht gab, und sie kehrten nie mehr an ihren alten Wohnort zurück, ja, niemand nannte je dessen Namen, es war, als hätten sie nie dort gelebt. Lottie wusste den Namen nicht mehr, so als wäre es der Nachname eines der Männer, die Adele dann später heiratete – vier bislang, und sie ließ sich schon wieder scheiden.

Ihre Mutter musste sehr fruchtbar gewesen sein, denn sie bekam noch eine dritte Tochter, Bridget, die sie Bridge nannten, und noch einen Sohn (wenn es den ersten denn wirklich gegeben hatte), Gerry. Gerry blieb und wurde ein unbeschwerter, gesprächiger, molliger Junge, der schrille Klamotten liebte und sich kaum je die Haare kämmte. Gerrys entspannte Art wurmte ihren Vater, und er ließ nichts unversucht, um ihm auf die Sprünge zu helfen. Am schlimmsten trafen ihn Gerrys mäßige sportliche Fähigkeiten und bescheidenen schulischen Leistungen. An heißen Wochenendnachmittagen stand ihr Vater in einer alten Baseballuniform hinten im Garten und übte stundenlang mit Gerry Fangen und Werfen, rief die ganze Zeit »Schnell, Handschuh runter« oder »Schnell, Handschuh hoch« oder »Schnell, Körper zum Ball«. *Schnell, schnell, schnell.* In der gleißenden Sonne schien Gerry den Ball meistens fallen oder wegspringen zu lassen, und dann schrie ihr Vater »Nicht träumen!«, »Tempo!«, »Bewegung!«, und oft endete die Trainingssession damit, dass Gerry schmerzhaft vom Ball am Körper getroffen wurde.

Seine Schulnoten verbesserten sich durch die Nachhilfe des Bürgermeisters ebenso wenig. »Zeig mir alles, was du machst, zeig mir jeden Schritt.« »Mach, was ich dir sage! Mach genau, was ich dir sage!« Diese Sessions kulminierten gewöhnlich in einer Tracht Prügel: Gerrys Flehen und Schreien hallte durchs Haus, bis ihre Großmutter, die seit dem Umzug ins große Haus bei ihnen wohnte, zum Einschreiten gebracht werden konnte.

Auch wenn es manchmal danach aussah, erhob ihr Vater doch nie die Hand gegen eines der Mädchen, vielleicht, weil er der Meinung war, dass sie in die Zuständigkeit ihrer (oder seiner) Mutter fielen, aber er strafte sie manchmal mit tagelangem Schweigen. Einmal, als Lottie gerade »die Eisdusche« bekam, schlich Gerry sich in ihr Zimmer, um sie mit dem einen oder anderen Witz aufzuheitern, und lachte so laut über seine eigenen Pointen, dass ihr Vater nach oben kam und ihn an den Haaren hinauszerrte.

Für richtig schwerwiegende Vergehen verhängte ihr Vater Verbannung: Als Gerry bei einer Englischschularbeit beim Abschreiben erwischt worden war, wurde er zu Tante Paula geschickt, einer der sechs Schwestern ihres Vaters. Adele, die sich zu einer umwerfenden Schönheit entwickelte, landete bei Tante Gilda, als an Frühlingsabenden Trauben von Jungen unter ihrem Fenster schmachteten und ihrem Vater eine Packung Noppenkondome in die Hände fiel. Und Bridge, drei Jahre jünger als Adele, kam zu Tante Letitia, nachdem sie sich betrunken und eine eigene Musikkomposition auf den hellblauen Lack des Familienautos gemalt hatte.

Obwohl befristet, machten diese Verbannungsstrafen Lottie Angst. Als Kind hatte sie gegen die immer negativeren Erwartungen ihres Vaters rebelliert, indem sie gut in der Schule war, aber sie hatte dafür von ihm nie ein lobendes Wort zu hören bekommen. Hatte er Angst gehabt, sie zu verziehen? Unwahrscheinlich, obwohl sie es gern glauben wollte.

Mit sich selbst war er genauso streng, er neigte dazu, sich zu überfordern und in Depressionen zu verfallen: Als er in mittleren Jahren einen Herzinfarkt erlitt, konnte ihn sein Arzt nicht dazu bringen, ein sich allmählich steigerndes Ertüchtigungsprogramm einzuhalten. (Sowieso wusste er mehr als die Ärzte.) Stattdessen begann er, einen knallharten Trainingsplan zu befolgen, der für Rekruten bei der Army galt. Zwei Wochen nach seinem ersten Infarkt hatte Lottie, als sie den Abendessenstisch deckte, oben das Bump-Bump-Bump seiner Seilspring-Einheit gehört, wie ein Metronom, das den Takt für Bridge vorgab, die auf dem Wohnzimmerklavier Tonleitern übte. Nach ein paar Tonleitern hörte sie ihn nicht mehr. Sie rannte nach oben und fand ihn auf dem Fußboden sitzend, die Hände auf die Brust gepresst – er hatte sein Unterhemd aufgerissen –, das Springseil um die Füße gewickelt. Trotz des zweiten Infarkts, kreideweiß vor Schmerz, bestand er darauf, selbst ins Krankenhaus zu fahren.

Ihre Mutter, Jeanie Kristin, geborene Bjornstad, sechs Jahre älter als ihr Vater, war nicht im Mindesten daran interessiert, irgendjemandem strenge Maßstäbe aufzuerlegen. Selbst ihre Kinder nannten sie Jeanie. Inbegriff der schlanken, kühlen Blonden, galt sie als die Ortsschönheit, obwohl sie etwa dreißig war, als sie dorthin zogen. Und sie galt auch als Intellektuelle, weil sie einen Master an einem State College gemacht und vor ihrer Heirat irgendwo an einer Highschool Englisch unterrichtet hatte. In dem großen Haus, als

Mrs. Kristin, verbrachte sie die Zeit mit Lesen und Kettenrauchen. Freundlich und gleichmütig – was auch immer ihre Kinder taten, war für sie in Ordnung – schimpfte sie nie mit ihnen, tröstete sie aber auch nicht besonders. Wenn Lottie traurig oder beunruhigt war, tätschelte ihre Mutter ihr gewöhnlich das Knie und erklärte, das gehe vorbei. »Que será, será«, sagte sie und wandte sich wieder ihrem Buch zu.

Eine klare Erinnerung, fast wie gemeißelt: Mit elf oder zwölf saß Lottie hinten im Garten, nahe der fliegengeschützten Veranda, wo ihre Mutter bei dem warmen Wetter saß und las. Moondust, die Angorakatze, putzte sich auf dem kühlen grauen Steinboden den Schwanz – die Katze würde sterben und durch eine andere ersetzt werden und diese durch eine weitere, allesamt weiße Angorakatzen namens Moondust –, und der weiße, süße Geruch von Apfelblüten aus dem Garten mischte sich mit dem allgegenwärtigen Zigarettenrauch. Lottie hörte ein leises Schluchzen, gedämpft, aber intensiv.

»Jeanie?« Ungläubig blickte Lottie von draußen auf ihre Mutter. Lottie presste die Nase ans Fliegengitter.

Tränen liefen über Jeanies entrücktes Gesicht – sie las und wischte sich die Augen.

Jeanie sah kurz auf und wedelte ein paarmal mit der Hand, wedelte wohl eine Fliege weg oder vielleicht auch den Rauch und die Hitze. Oder war sie es, Lottie, die sie wegwedeln wollte? Dieser Gedanke beunruhigte Lottie. Jeanie las und weinte weiter.

In dieser duftend-beißenden Luft stand Lottie lange auf den Stufen außerhalb der Veranda, das Gesicht ans Fliegengitter gepresst, unbeachtet.

Was hatte ihre Mutter zum Weinen gebracht? Nur das

Buch? Allein, unsichtbar, ging Lottie wieder ins Haus. Im Spiegel in der Diele sah sie die roten Abdrücke des Fliegendrahts auf ihrer Nase und ihren Wangen.

Ihre Mutter hatte sie nach Charlotte Brontë genannt, deren Romane voll waren mit weinenden, gequälten Gouvernanten und verheirateten Männern, nach denen sie sich verzehrten und auf die sie tugendhaft verzichteten. Sie war ihrer Großmutter dankbar, dass sie aus Charlotte »Lottie« gemacht hatte. Das fand Lottie einen peppigen Namen – er hatte so etwas Kraftvolles.

Ihre Großmutter, die Mutter ihres Vaters, eröffnete einen kleinen Laden für Damenhüte und war bald im Ort respektiert, ja sogar ein bisschen gefürchtet. Aufmerksam und scharfzüngig, hatte sie einen Arbeiter angezeigt, der auf kommunalem Grund und Boden rostige Wasserrohre verlegte; die Leitungsbaufirma hatte daraufhin den Auftrag verloren. Einmal, im Sommer, hatte sie, während ihre Enkelkinder am Ufer des Potowatami River spielten, Risse in den Pfeilern der örtlichen Brücke entdeckt, die im Frühjahr die Inspektion bemerkenswert glatt bestanden hatte; der Brückeninspektor und der Präsident des Bauunternehmens wurden wegen Korruption angeklagt. Als der Veterinär und der Kinderarzt sich nicht damit befassen wollten, wie giftig das Rattengift war, das der Schädlingsbekämpfer im Park auslegte, bombardierte Lotties Großmutter die Zeitungen mit Leserbriefen, die eine Untersuchung der Schädlingsbekämpfungsmethoden im ganzen Staat und die Verhängung von Geldbußen nach sich zogen.

Lottie erinnerte sich, wie ihre Großmutter im Winter morgens die Vogelfutterstellen inspiziert hatte. Evelyn Kristin war so groß wie Lottie, eins fünfundsiebzig, schlank und aufrecht trotz des üppigen Busens, den auch ihr langer, dunkler Lammfellmantel nicht kaschierte. Mit einer Schale voller Meisenknödel und Sonnenblumenkerne marschierte sie in hohen Gummistiefeln durch den tiefen Schnee, das volle Haar zu einem tiefen Zopfknoten geschlungen, auf dem Kopf einen schicken selbstentworfenen Hut, ein Glocken-, Barett- oder Pillbox-Modell in Schwarz, Kastanienbraun oder Rot. Nach der Morgenrunde machte sie dann ihren Enkelkindern die Lunchboxen fertig und brachte sie manchmal zu Fuß zur Schule, ehe sie mit dem Bus ins Zentrum zu ihrem Laden fuhr.

Lottie bewunderte ihre Großmutter für ihre finanzielle Unabhängigkeit. Obwohl sie einen Teil des Eigenkapitals für das Haus beigesteuert hatte, bestand sie darauf, Lotties Mutter Miete für ihr Zimmer zu zahlen – sie gab Jeanie das Geld hinter dem Rücken ihres Sohns –, und sie konnte es sich leisten, ihre Enkelkinder mit spektakulären Geschenken zu verwöhnen. Nachdem Lottie einmal einen ganzen Tag in einem Baum gesessen und ein Purpurgimpelweibchen beim Eierlegen beobachtet hatte, kaufte ihre Großmutter ihr ein Fernrohr und ein Baumhaus.

Die Großmutter war größtenteils fürs Kochen zuständig und machte viele Kleidungsstücke für die Kinder selbst. Sie war genial in dem, was sie »Nachnähen« nannte: Wenn Lottie in einem Schaufenster etwas sah, das ihr gefiel, kaufte Grandma den Stoff und nähte eine fast identische Kopie.

Im Haus wohnten auch immer ein, zwei unverheiratete Schwestern ihres Vaters. Lottie erinnerte sich, wie sie neue Tanzschritte probierten, sich Wasserschlachten lieferten oder sich gegenseitig mit Plätzchenteig bewarfen. Für Lottie rochen sie frisch, da sie so an den Geruch von Zigarettenrauch und Katzenhaar gewohnt war. Sonntagmorgens rieb Lottie den Schwestern ihres Vaters den Rücken mit Parfüm aus farbigen Glasfläschchen ein und massierte ihnen die Hände und Füße mit Lotion. Alma, die jüngste der Tanten, hatte prachtvolles erdbeerblondes Haar, und wenn sie großmütig gestimmt war, ließ sie es sich von ihrer Nichte bürsten. Lottie wusch, legte und kämmte auch das Haar ihrer Großmutter, das bis in deren hohes Alter seinen rot schimmernden Mahagoniton behielt.

In Erwachsenenjahren war Lottie der Gedanke gekommen, dass ihre Mutter – als Einzelkind, das seine Eltern schon als Teenager durch einen Autounfall verloren hatte – sich in dem großen, von der lebhaften Sippschaft ihres Ehemannes wimmelnden Haus womöglich wie eine Untermieterin gefühlt und Trost und Gesellschaft in ihren Büchern gefunden hatte. Oder vielleicht hatte sie sich auch durch die Bücher geschützt gefühlt, abgeschirmt, betäubt. Lottie wusste es nicht. (Wie hatte ihre Mutter diesen Jungen weggeben können, wenn sie ihn denn weggegeben hatte?) Ihre Mutter hatte nie ein hartes Wort für eine der Verwandten ihres Mannes gehabt, sie ließ sie tun, was sie wollten, und las.

Einmal, als Lottie dreizehn war, waren sie alle an einer lokalen Badestelle, außer Gerry, der zur Strafe für irgendetwas zu Tante Lisa geschickt worden war. Lottie hatte sich von ihrem Taschengeld einen Hotdog gekauft und war damit ins Wasser gegangen. Ihr Vater machte mit ihren beiden Schwestern einen Spaziergang, und ihre Mutter lag lesend und rauchend in einem Liegestuhl. Lottie paddelte mit einer Hand auf der Stelle und hielt den halb aufgegessenen Hotdog in der anderen. Sie verschluckte sich und bekam keine Luft mehr. Um ihre Mutter auf sich aufmerksam zu machen, fuchtelte sie mit den Armen und platschte mit den Beinen. Sie wollte den Rest des Hotdogs und des Brötchens nach ihrer Mutter werfen, hatte aber nicht die Kraft dazu. Hustend und würgend fühlte sie, wie ihr komisch im Kopf wurde und dass sie gleich untergehen würde, ohne dass es jemand merkte. Sie kämpfte darum, oben zu bleiben, es vor sich zu behalten, das Bild ihrer Mutter, das jetzt zweidimensional und fern war wie ein altes Foto von einer schlanken Frau in einem Liegestuhl, mit Sonnenglitzern auf dem blonden Haar, so blond wie Lotties, und dem hellen, eingeölten Körper. Das Bild war flimmerig, vom Zigarettenrauch und der Sonne, es war überbelichtet, die Gestalt verschmolz mit dem grellen Himmel. Dieses Bild im Kopf, verlor Lottie das Bewusstsein.

Hinterher erzählte man ihr, ein Mann, der in ihrer Nähe im Wasser stand – ein Fremder (und Fremde waren in diesem kleinen Ort selten) –, habe sie gepackt und herausgezogen und von hinten die Arme um sie geschlungen und ruckartig von unten Druck auf ihre Rippen ausgeübt, um das Stück Hotdog hinauszubefördern. Ihr Vater war außer sich, ihre Mutter wie betäubt, und der Fremde bekam gerade mal ein Dankeschön und ein Päckchen Lucky Strikes, das ihm in die Hand zu drücken ihre Mutter geschafft hatte.

Nachdem ihr Vater ihr ausreichend ins Gewissen geredet hatte (was er untypisch liebevoll, erleichtert, ja, regelrecht leise tat) und Lotties Schreck verflogen war, dachte sie monatelang über den Vorfall nach. Nur ein Arzt hätte wohl einen so raffinierten Erste-Hilfe-Griff gekannt, und tatsächlich hatte zu der Zeit in Detroit ein Ärztekongress stattgefunden, aber es schien doch eine allzu glückliche Fügung, dass ein Arzt, dem es dort zu heiß und zu langweilig war, ganz allein hundert Meilen zu ihrer alten Badestelle zurückgelegt hatte. Eine Zeit lang fühlte sie sich als etwas Besonderes, als wäre sie gerettet worden, weil sie eine Bestimmung zu erfüllen hatte, eine Mission wie die von Jeanne d'Arc oder von Madame Curie, und im Rückblick dachte sie, wenn sie eine andere Sorte Kind gewesen wäre, hätte sie wahrscheinlich zu Gott gebetet, dass er ihr sagte, was das war, wenn es denn stimmte. Aber ihre Familie war nicht gläubig; Lottie wuchs in der Überzeugung auf, dass kein Erwachsener an Gott glaubte, dass Gott so war wie der Weihnachtsmann, eine Geschichte, die Erwachsene erfanden, damit ihre Kinder brav waren, und dass das alle Erwachsenen wussten. In ihrer Familie wurde nicht gebetet; man dachte lange und tiefgehend über Dinge nach, man las, man diskutierte beim Essen über große Themen. Nach einer Weile verblasste die Aura, und Lottie dachte nicht mehr so viel an die Sache, wünschte sich einfach nur die üblichen Dinge – dass Charlie Hart, der eine Straße weiter wohnte, sie liebte und dass sie in der Neunten Cheerleader werden dürfte. Wenn sie als Erwachsene an den Vorfall dachte, sah sie sich untergehen, unsichtbar, und dann war da ein Grusel- und Einsamkeitsgefühl, das sich nicht vertreiben ließ.

Charlies Sippschaft, Norweger, Dänen und Deutsche (fast der ganze Ort teilte das gleiche genetische Erbe), war ein Clan von leisen, groß gewachsenen Menschen, hellhaarigen Eisbären, verhalten und tapsig, bis auf Charlie – er schien die gesamte Ration der Familie an Anmut und viel von der ihr zugeteilten scheuen Warmherzigkeit mitbekommen zu haben. Klar, Charlie konnte schweigsam sein, als ob Reden nicht männlich wäre, schon mit acht, neun, zehn hatte er das an sich, aber er war physisch überbordend: Oft ging er mit Lottie und ihren Geschwistern zur Schule und machte dann die ganze Zeit Schattenboxen oder dribbelte mit einem imaginären Basketball. Manchmal umfing er Lottie und hielt ihre Handgelenke, sodass sie – ohne Schläger, ohne Ball, bei besetzten Bases – einen Superschlag führen konnte. Gerry, Adele und Bridge rannten dann umher und berührten Bäume. Einmal legte er praktisch die ganze Strecke von Lotties Haustür bis zum Schulportal Rad schlagend und auf den Händen laufend zurück, während die anderen nach besten Kräften Purzelbäume vorwärts und rückwärts machten. Bei jedem anderen hätte so etwas als Angeberei gegolten, aber bei Charlie war es einfach ein Ausbruch körperlicher Energie und Strahlkraft, das Trompeten des Schwans. Alle, selbst ältere Kinder, tröteten mit. Und obwohl er gut aussah, war er kein bisschen überheblich oder eingebildet: Er hatte eine alberne Seite, einen schrägen Humor, der immer überraschend kam, und das entzückte Lottie.

Charlie Hart, Charlie Hart, sie ist vernarrt in Charlie Hart. Auch wenn es in der Schule einiges an Neckereien hervorrief: Lottie, beargwöhnt wegen ihrer guten Noten und ihrer naturwissenschaftlichen Interessen, erfuhr Bestätigung dadurch, dass er sie mochte – Charlie, Teamkapitän, Star.

Sie bewunderte ihn mit dem Blick der zukünftigen Anatomin.

Als sie frischgebackene Teenager waren, hatte sie von einem anderen Mädchen gehört, wenn man Jungen beim Tanzen den Nacken massiere, bekämen sie einen Steifen, aber sie hatte in der Bibliothek keinen Beleg für eine neuronale Verschaltung von Nacken und Penis finden können. Sie tanzten im Kristin'schen Keller – *Hold me close, hold me tight/Make me thrill with delight* –, und Charlie sagte, es passiere durchs Tanzen. Charlie sagte, es passiere durch so ziemlich alles. Dann sagte er, es passiere dadurch, ihr nah zu sein, sie anzuschauen, an sie zu denken.

Ab vierzehn gingen sie immer in einen hügeligen Teil des Anwesens ihres Vaters, wo sie durch Tannen, Weißbirken und ein paar hohe Blaubeersträucher abgeschirmt waren. Sie ging gern bei Tag hin. Einmal nahm sie ihr Exemplar von *Gray's Anatomy* mit und sagte: »Komm mal aus mir raus, Charlie. Ich will dich sehen.«

Er pumpte.

»Bitte! Echt jetzt!«

»Nachher.«

»*Jetzt*, wo du noch *voll* da bist!« Sie stemmte sich auf die Ellbogen hoch.

Er pumpte langsamer, sein Atem ging weniger rau; er stöhnte. Dann lachte er und kam aus ihr heraus. Er stand auf, sein Penis prall und glänzend. Es war Herbstbeginn, und in der Ferne sah sie abgeerntete Maisfelder, die dürren Stängel, noch nicht als Futter geschnitten, fahl in der Sonne. Als sie dasaß und ihn ansah, bückte er sich, seine Erektion schräg zur Sonne gerichtet, und ging in den Handstand, sein Penis nun schräg zum Erdboden zeigend. Er umrundete sie einmal langsam auf den Händen, Gesicht und Geschlechtsorgan rot.

»Angeber«, sagte sie lachend. Sie legte sich auf den Bauch und küsste ihn leidenschaftlich auf den Mund. Sie ging auf die Knie hoch und nahm seinen Penis in den Mund, aber er verlor das Gleichgewicht und fiel auf sie drauf. Sie lachten und kullerten zusammen im Gras herum, und sie barg seinen Kopf in ihrem Schoß und küsste ihn wieder, küsste den blonden Flaum auf seiner Oberlippe, küsste die versprengten Härchen auf seinen Wangen, mied drei Mitesser auf seinem Kinn. Sie platzierte seinen Kopf sachte auf dem Erdboden, ging wieder auf die Knie, saugte eine ganze Weile an seinen Brustwarzen, umfuhr seinen Bauchnabel mit der Zunge, arbeitete sich langsam abwärts. Sie sah ihm dabei unverwandt ins Gesicht, das geliebte, strahlende Gesicht. Seine Augen waren zugekniffen, als hätte er Schmerzen, seine Lippen öffneten sich spasmisch, und aus ihm heraus kamen Geräusche wie von einem Zug und auch ein paar Tränen, während sie ihm ganz langsam einen blies.

Sie mochte es, Charlie beim Sex zum Weinen zu bringen. Wenn der Coach ihn auf die Bank schickte, verzog er keine Miene. Einmal, beim Training, als er die Hände am Boden hatte, war ihm ein Teamgefährte mit Stollen auf den kleinen Finger getreten, und er hatte geschrien – der Finger war dreifach gebrochen und musste gerichtet werden, Lottie hatte ihn in die Notaufnahme begleitet –, aber nicht geweint. Und doch konnte sie ihm Tränen entlocken, indem sie ihre Zunge das Vorhautbändchen seines erigierten Penis umspielen ließ – das »Fremulum«, sie hatte all die Wörter gelernt –, ganz, ganz leicht, und dann innehielt, innehielt, ihn durch diese süße Folter zu Tränen trieb und dann saugte, saugte, bis er wimmernd kam.

»Du bist so – so – offen«, sagte Charlie zu ihr. »Im Umkleideraum reden die Jungs immer drüber, wie sie's schaffen, zur ersten Base zu kommen, zur zweiten … Für mich klingt das alles so albern und so weit weg. Von uns sag ich kein Wort. Ich hab das Gefühl, ich hab das große Los gezogen. Wieso bist du so, so … so, wie du bist?«

Sie wusste, sie war sexuell draufgängerisch, sie wusste, es war ungewöhnlich, dass sie Charlie gegenüber keine Befangenheit oder Scham verspürte. Warum war sie so anders? Stimmte mit ihr etwas nicht? Sie sagte ihm nicht, dass sie Angst hatte, wie ein Junge zu sein und nicht wie ein Mädchen oder sogar wie ein Mann und nicht wie ein Junge. Vielleicht gab es ja nicht mal viele Männer, die so waren wie sie. Vielleicht war sie ja abnorm.

Von all dem sagte sie nichts. Stattdessen sagte sie, was ebenfalls wahr war: »Ich will alles wissen, über meinen Körper, über deinen Körper, ich will alles ausprobieren, was es gibt, und ich will es alles mit dir ausprobieren.«

Er schüttelte den Kopf, wie um ihn klarzukriegen. »Du bist nicht von dieser Welt. Du kommst von einem wilden Planeten.« Dann sagte er: »Ich liebe diesen Planeten.«

Trotzdem dauerte es lange, bis sie herausfanden, wie sie sie selbst zum Orgasmus bringen konnten; sein ganzes Stoßen nützte da nichts. Sie entdeckte eine kleine Stelle oberhalb ihres Scheideneingangs: Wenn sie die rieb, fühlte sie, wie sie ganz warm und feucht wurde. Im Sitzen spreizte sie ihre Schamlippen und glaubte, zwischen einem weiteren kleinen Schamlippenpaar eine Art winzige rosa Erbse hervorstehen zu sehen. Das kleine Etwas versteckte sich vor ihr. Am nächsten Tag brachte sie einen Vergrößerungsspiegel mit, und als sie sich eine Weile geküsst hatten und Charlie den Finger in ihrer Vagina hatte, nahm sie den Spiegel hervor, und gemeinsam sahen sie das Etwas, eine kleine Meereskreatur in der klaren, warmen Flüssigkeit. Scheu verschwand sie wieder. Lottie legte den Zeigefinger dorthin, wo sie gewesen war, und rieb sachte und ruhig. Die ganze Umgegend begann zu pulsen. Charlie beugte sich hin und sah zu. Als eine schmerzhafte Lust durch sie hindurchbrandete, stieß sie plötzlich eine klare Flüssigkeit aus, die ihm in Nase und Augen spritzte. »Hey!«, rief er freudig und triumphierend. Hatte sie gepinkelt? Das konnte ja wohl nicht sein. Sie leckte über sein Gesicht. Es schmeckte wie extrem verdünnte Pisse. Müsste es ihr peinlich sein? Aber er schien begeistert. Und von da an betrachtete Charlie einen Nachmittag nicht als gelungen, ehe sie ihr »scheues Mäuschen in seinem Häuschen«, wie Charlie sagte – er war ziemlich gut mit Wörtern –, fanden und sie es rieb oder er es leckte, bis es hervorschaute. Und dann, wenn ihre Vagina zu zucken begann, ging die Verzückung mit einer wahren Flüssigkeitsfontäne einher. Lotties Geysir! Manchmal fragte sie sich, ob das bedeutete, dass sie ein Mann war. Wenn sie abspritzte. Aber meistens war es einfach nur toll.

Am Ende eines heißen, reglosen Juli, in dem Jahr, als sie sechzehn war (und es aussah, als würde Alaska wirklich der neunundvierzigste Staat der USA werden, und sie und Charlie zu »Volare« – auf Italienisch! – tanzten), ruderte ihr Vater, einen schützenden Strohhut auf dem schütteren blonden Haar, sie und Bridge und ihre Mutter zu der kleinen Insel mitten im Fluss hinaus. (Adele war bei Tante Virginia, und Gerry hatten sie zwecks »Charakterbildung« in ein Erlebniscamp geschickt.) Lottie hatte eine Latzhose und ein weites Sweatshirt an. Die anderen trugen kurzärmlige T-Shirts über Badesachen. Dicke Sonnenmilch klebte die hellen Härchen ihrer Arme und Beine an der Haut fest.

»Wie hältst du's aus, an so einem Tag so dick eingepackt zu sein?«, fragte ihr Vater. Seine langen, schlanken Arme glänzten, und an seinen Wimpern hingen Schweißperlen. Er hielt im Rudern inne, um sich unwirsch das Gesicht mit einem großen, feuchten Taschentuch abzuwischen.

»Ist ja Baumwolle, das Sweatshirt«, sagte Lottie verlegen.

»Aber schwimmen kannst du darin nicht. Ich habe dich diesen Sommer noch nicht schwimmen sehen. Du, Jeanie? Ist sie schon mal geschwommen?«

Ihre Mutter sah von ihrem Roman auf und nahm die Zigarette aus dem Mund. »Was?«

»Ist Lottie in diesem Sommer schon mal geschwommen? Hast du sie schwimmen sehen?«

»Lottie, bist du in diesem Sommer schon mal geschwommen?« Jeanie sah verwirrt drein. »Warum frage ich sie das, Hank? Warum fragst *du* sie nicht?«

»Klar bin ich geschwommen. Ich war doch schwimmen, oder?« Lottie sah Bridge an.

Bridge nickte. Im Geist sah Lottie Adele und Gerry ebenfalls nicken.

Sie fing an zu singen, »Row, Row, Row Your Boat«. Ihre Stimme klang hoch und dünn und kindlich in ihren Ohren. Die einzigen Geräusche in der Stille des Tages waren das Platschen der Ruder ihres Vaters, sein leises Ächzen und ihre hohe Stimme. Es war erleichternd, als Bridge einstimmte und die Melodie mit der rechten Hand auf ihrem Oberschenkel »spielte«. Sie sangen im Kanon, bis ihr Vater das Boot am Steg festmachte. Bridge sprang hinaus. Lottie stemmte sich vorsichtig hoch, schwitzend.

Jeanie breitete ein großes rosa Bettlaken auf dem Boden aus. Als sie dasaßen und aßen, sagte Lotties Vater, der in Gedanken mit irgendetwas beschäftigt schien, zu Lottie: »Dein Schuh ist offen.«

Sie trug schwarz-weiße Oxfords.

»Hat sie denn keine Sandalen, Jeanie? Besitzt dieses Mädchen keine Sommerschuhe?«

»Was?«, fragte Jeanie.

»Keine Sommerschuhe? Keine Sommersachen? Gehst du denn nie mit ihr einkaufen?«

»Ich gebe dir doch Geld?«, sagte Jeanie zu Lottie. »Du hast dir doch Sachen gekauft, Schätzchen?«

Lottie sagte: »Klar. Ich war zweimal mit Grandma einkaufen.«

Ihr Vater biss in ein Gürkchen. »Ach so, na gut. Aber binde dir den Schuh zu.«

Lottie saß auf dem rosa Laken, die Beine in der Latzhose V-förmig von sich gestreckt. In ihrem weiten Sweatshirt beugte sie sich vor, um ihren rechten Schuh zuzubinden. Nur ihrer Mutter, die aufs Wasser hinausblickte, entging, dass Lottie nicht an ihren Fuß kam. Schwerfällig zog sie das linke Bein an und manövrierte den Fuß mit dem offenen Schuh auf das linke Knie. Rasch band sie den Schuh zu.

Das sonnengerötete Gesicht ihres Vaters lief dunkler an. Er erhob sich, stand einen Moment da, die Hände in den schlanken Hüften, und bedeutete dann Lottie, ihm zu folgen. Mühsam kam sie hoch. Er ließ sie stehen, ging noch mal zurück und tippte Jeanie ein paarmal auf die Schulter. Zu dritt entfernten sie sich ein Stück von Bridge, die sich hinlegte und die Augen zumachte. Ihr Vater sah finster drein, ihre Mutter rauchte, Lottie stand da, die Hände auf dem Bauch.

Schließlich schrie ihr Vater: »Du bist doch angeblich so wahnsinnig intelligent. Reicht dein Grips nicht aus, um zu verhüten?«

»Wir verhüten ja.«

»Womit denn? Mit Zahnpasta? Verstopfst du seinen Schwanz mit Zahnpasta?«

»Gummis«, sagte Lottie. »Wir benutzen Gummis.«

»Schnipsgummis?« Er lachte sarkastisch. »Kaugummis? Wie dämlich seid ihr zwei denn?«

Jeanie sagte zu ihrem Mann: »Pannen passieren nun mal, Schatz.« Sie setzte hinzu. »Du weißt das doch. Immerhin sind sie fruchtbar.«

Ihr Vater brüllte, sie sollten wieder ins Boot steigen, sie führen nach Hause.

Nach einem stummen Abendessen versammelten sie sich zu viert im großen, holzgetäfelten Arbeitszimmer ihres Vaters (Bridge spielte im Wohnzimmer Klavier und ging dann ins Bett). Tür und Fenster waren verriegelt, dunkelgrüne Rollos bis auf die Fensterbretter herabgelassen, die durchscheinend cremefarbenen Gardinen ganz zugezogen. Ihr Vater marschierte auf zwei großen Perserteppichen auf und ab und wischte sich Gesicht und Nacken mit einem frischen weißen Taschentuch, das in einer Ecke sein blau eingesticktes Monogramm HSK trug.

Ihre Großmutter stand aufrecht jenseits seines großen Schreibtischs und beobachtete ihren Sohn. Ihre Stirn und Nase glänzten, ihr Haar war geflochten und wie eine Tiara vorn aufgesteckt. Ihr beiger Leinenhosenanzug – sie schien für ein geschäftliches Meeting gekleidet – knitterte in der Hitze. Eine Schreibtischlampe mit einem grünen Glasschirm erhellte die quadratischen Goldohrclips ihrer Großmutter und die ordentlichen Stapel von Schriftstücken, Broschüren und Ordnern auf dem Schreibtisch ihres Vaters.

Hinter ihrer Großmutter saß Lottie barfuß auf dem kühlen Holzboden, den Rücken an der getäfelten Wand. Unter ihren Armen und auf ihrem Bauch hatte ihr gelber Hausmantel dunkle Schwitzflecken.

Auf einer hölzernen Sitzbank am anderen Ende des Zimmers saß ihre Mutter, allein, in leichten Sommerhosen und einer losen weißen Bluse. Nur Jeanie, in Rauch gehüllt, schien in der drückenden Hitze nicht zu schwitzen.

»Warum hast du es deiner Mutter nicht gesagt?«, schrie ihr Vater Lottie im Flüsterton an. »Warum nicht deiner ach so geliebten Großmutter?«

Er marschierte auf die andere Seite des Schreibtischs und dolchte mehrmals mit dem Zeigefinger auf Lotties Großmutter ein. »In dieser Stadt kann doch keine Spatzenfeder zu Boden fallen, ohne dass du es weißt. Die Mutter dieses Mädchens hat ja alle Hände voll damit zu tun, das Tun und Treiben von Madame Bovary und Anna Karenina zu verfolgen. Wer wird noch mal bei Thomas Hardy schwanger?« Er sah seine Frau an.

»Alle«, gab Jeanie spitz zurück.

»Du hast fünf – vier Schwangerschaften hinter dir!«, schrie er Jeanie an und wandte sich dann wieder seiner Mutter zu. »Und *du* sieben!«

»Lass sie«, brachte Lottie flüsternd heraus.

»Ruhe, oder du gehst auf dein Zimmer! Und wir entscheiden ohne dich, Miss!« Er schlug die Hände zusammen. Ein paar Papiere oben auf den Stapeln erzitterten. Er ging zu Lottie, hockte sich vor sie hin und packte sie am Kinn. Lottie hielt still und versuchte, ihm in die Augen zu sehen; ihre Kehle war trocken, und sie musste immer wieder schlucken.

»Du schämst dich nicht mal?«, flüsterte er. Sein Atem roch sauer, seine Finger pressten sich in ihre Kieferpartie.

Sie wollte zurückweichen, war aber schon an der Wand. Sie sah die kleinen Flüssigkeitsseen in den inneren Winkeln seiner hellblauen Augen, die krisseligen rosa Äderchen, die feine dunkle Schraffur unter den Augen. Ihre Stimme erschreckte sie, obwohl kaum Atem dahinter war. »Alles, was ich mit Charlie mache, ist okay.«

»Was? Was?«, rief ihre Mutter besorgt vom anderen Ende des Zimmers aus.

Ihr Vater schüttelte angewidert den Kopf, lockerte aber seinen Griff ein wenig, als er sagte: »Miss Intelligenzbestie hier sagt, alles, was zwischen ihr und Charlie vor sich geht, sei in bester Ordnung.«

Jeanie berührte die Stelle zwischen ihren Schlüsselbeinen, als fühlte sie nach einem kleinen Goldkreuz oder etwas Ähnlichem, das da nicht war.

»Entwürdige das Kind nicht«, sagte ihre Großmutter.

»Sie hat sich selbst entwürdigt. Sie hat die ganze Familie entwürdigt.« Kurz waren die Augen ihres Vaters voller Schmerz. Dann verengten sie sich, und Lottie sah nur noch seine hellen Wimpern, an denen ein paar Sandkörner hingen. »Ta-ta-ta-ta.« Seine Spucke flog ihr ins Gesicht, als er den Hochzeitsmarsch intonierte. »Ta-ta-ta-ta. Hier kommt der Bürgermeister mit seiner Tochter, der Hure.«

Lottie zuckte zusammen.

»Wie kannst du's wagen, sie eine – sie *so* zu nennen!«, rief ihre Großmutter und stellte sich auf die Fußspitzen. »Du entschuldigst dich sofort – dem Mädchen steht eine Entschuldigung zu –«

Ihre Mutter fasste sich ein Herz. »Hank, bitte. Bitte. Du weißt doch, du weißt doch wohl noch – was uns passiert ist …«

»Was ist euch passiert?«, fragte Lottie.

»Ruhe jetzt, alle miteinander!« Ihr Vater brüllte jetzt regelrecht. »Hat Charlie dich beschwatzt? Hat er dir irgendwelchen Blödsinn eingeredet?«

»Charlie mich beschwatzt?«, rief Lottie in verblüfftem Ton und versuchte, ihr Gesicht seiner Hand zu entziehen. An seiner Schläfe schien eine dünne, hart aussehende Ader bedrohlich zu pulsen. Lottie befürchtete, er könnte einen Schlaganfall oder einen weiteren Herzinfarkt bekommen und sterben.

»Steht ihr zu! Steht ihr zu! Was ihr zusteht, ist eine ordentliche Tracht Prügel! Ich lasse mich nicht zum Narren ...«

»Wir waren alle drei blind, Schatz«, rief Jeanie beschwörend.

»Wieso drei? Soll das heißen, ich hätte darauf achten sollen, wie groß die Brüste meiner Tochter sind? Wie ihr Bauchnabel in die Gegend steht?« Während er seine Frau anschrie, nahm er die Hand von Lotties Kinn und stand auf. Lottie warf ihrer Mutter einen dankbaren Blick zu, dann ihrer Großmutter, und verkniff es sich, ihr schmerzendes Kinn zu reiben.

»Was machen wir jetzt?«, sagte ihre Großmutter. »Das ist doch die Frage.«

»Nicht so laut«, sagte ihr Vater, obwohl er der Einzige war, der schrie. »Was soll das heißen, ›Was machen wir jetzt?‹«

»Es gibt verschiedene Optionen.« Ihre Großmutter sprach mit fester Stimme.

»Ach ja?«, fauchte er.

Lottie erhob sich mühsam vom Fußboden und ging schwerfällig hinüber zu der Sitzbank, wo Jeanie saß, neben sich ein Tablett mit einem Krug Eiswasser und vier Gläsern.

»Lässt sie es wegmachen? Gibt sie es zur Adoption frei? Ziehen wir das Kind auf?« Die stramme Haar-Tiara ihrer Großmutter schien auf ihrem Kopf zu wippen, während sie sprach.

»Ich lasse das Baby nicht wegmachen. Ich gebe es auch nicht weg.« Lottie stand da, den Krug in der Hand.

Jeanie nahm ihrer Tochter den Krug aus der Hand und goss ihr ein Glas Wasser ein. »Niemand gibt das Kind zur Adoption frei«, sagte Jeanie.

»Weiß es Charlie?«, fragte Lotties Vater.

Das kalte Wasser belebte sie wieder, und sie sagte nickend: »Klar.«

»Und seine Familie?«

»Nein.«

»Sagt er, du hast *verschiedene Optionen?*«

Lottie schüttelte den Kopf.

»Was sagt er dann?«

»Ich weiß nicht, welche Relevanz das hat«, sagte ihre Großmutter.

»Er ist ja nur der Vater«, sagte ihr Vater.

»Er ist noch ein Junge«, sagte ihre Großmutter.

»Ich wüsste aber gern, was der gute Charlie dazu sagt. Ich weiß, der ›Junge‹ ist kein großer Redner. Aber immerhin hat er uns in diese Scheiße geritten.«

»Mach dich nicht über ihn lustig«, sagte Lottie.

»Ich sollte Hackfleisch aus ihm machen. Machen das Väter in Büchern nicht so?« Er sah seine Frau an. »Wo ist Charlie überhaupt?«, fragte er Lottie. »Warum ist er nicht hier?«

»Warum sollte er hier sein?«, fragte ihre Großmutter.

»Er ist bei seiner Familie«, sagte Lottie.

Ihr Vater zeigte auf ihren Bauch. »Seine Familie ist *hier*. Er trägt Verantwortung.«

Lottie sagte steif: »Er wollte ja kommen, aber ich habe Nein gesagt. Ich habe ihn gleich angerufen, als wir vom See zurück waren.«

»Warum hast du Nein gesagt? Warum jetzt plötzlich?«

»Ich dachte, es reicht mir schon, mit euch zu streiten.«

»Worüber streitest du denn mit ihm?«

»Er will mich heiraten und an der Esso-Tankstelle arbeiten.«

Ihr Vater nickte ein paarmal. »Du willst ihn nicht heiraten?«

»Doch. Aber ich will nicht, dass er die Schule schmeißt. Football ist alles für ihn. Es gibt Colleges, die ihn wollen, und dabei ist er noch nicht mal in der Zwölften.«

Ihr Vater sagte: »Er glaubt, seine Familie würde ihm auch nicht helfen?«

»Wieso ›auch nicht‹?«, fragte ihre Großmutter.

»Er will nicht, dass ihm irgendjemand hilft«, sagte Lottie.

»Warum nicht?«

Wider Willen musste Lottie lächeln. »Er sagt, es ist sein Doppelbier.«

»Sein Doppelbier? Das sagt Charlie?« Jeanie schüttelte den Kopf, lächelte aber ebenfalls.

»Von mir aus kann er's sein Bockbier oder sein Sauerbier nennen«, sagte ihr Vater.

Ihre Großmutter sagte: »Lottie geht nicht von der Schule ab. Ich kenne da einen Arzt in Cincinnati …«

 »Sie ist doch mindestens im siebten Monat.« Jeanies

Lächeln war verschwunden. Sie nahm die letzte Zigarette aus dem Päckchen und zerknitterte das Papier und das Zellophan.

»Vielleicht können sie ja trotzdem noch … außerdem hat er doch auch Erfahrung mit … Unterbringung.«

Lottie legte die Arme um ihren Bauch.

Ihre Großmutter kam zu ihr herüber und berührte ihr Haar. »Du wirst noch andere Kinder kriegen. Ich habe mein letztes mit sechsundvierzig bekommen.« Sie streichelte Lottie Stirn und Wangen.

Lottie wollte sie jetzt nicht ansehen.

Schließlich sagte ihre Großmutter: »Jede Jungstute braucht ihren Auslauf! Was ist mit dem Schulabschluss? Was ist mit dem Studium? Wer weiß, was du werden könntest? Sag du's ihr, Jeanie. Du hast einen Master!«

Jeanie klopfte mit der Zigarette auf die Holzbank. »Ich kann nicht«, sagte Jeanie. »Ich kann ihr nicht raten, was sie tun soll.«

In der ersten Augustwoche wurde Bridge in ein Musik-Camp in Nord-Vermont geschickt, und im Haus wurde es still.

Ihr Vater hatte seit dem Abend, an dem sie sich in seinem Arbeitszimmer versammelt hatten, nicht mehr mit Lottie gesprochen. Ihre Mutter ließ brennende Zigaretten an verschiedenen Stellen im Haus zurück, und ihre Großmutter nähte Lottie wollene Winterkleider »für danach«. Lottie wusste nur eins: dass sie ein lebendes, atmendes, sich bewegendes Wesen in sich trug, das sie beschützen musste. Sie vermisste Charlie: Er hatte einen Sommerjob, der darin bestand, kleinen Kindern das Tennisspielen beizubringen, und wenn sie ihn abends sah, stritten sie oft, weil er immer noch darauf bestand, von der Schule abzugehen und sie zu heiraten. Lottie war sich nicht sicher, was sie tun sollten, wenn das Baby da war. Sie wusste, sie würde selbst von der Schule abgehen müssen, hatte aber die Vorstellung, irgendwann den externen Highschool-Abschluss zu machen und bis dahin in ihrem Elternhaus zu wohnen und irgendetwas zu arbeiten. Sie hoffte, wenn das Baby erst da wäre, würde ihr Vater es lieben und Charlie bei ihnen einziehen lassen. Charlie sagte, sie sei auf jeden Fall gescheiter als er, deshalb müsse sie auf der Schule bleiben. Ihre Großmutter wollte nichts davon hören, dass Lottie die Schule abbrechen sollte, und war auch nicht der Meinung, dass Charlie es tun sollte. Ihre Großmutter fand manchmal, sie solle das Kind weggeben, und dann wieder, dass Lotties Mutter und sie es ja großziehen könnten. Zum ersten Mal in ihrem Leben mied Lottie ihre Großmutter. Ihr Vater schien zutiefst unglücklich und immer wütend.

Nach der Arbeit im Tennis-Camp kam Charlie gewöhnlich zum Abendessen, und später gingen sie dann im Dunkeln spazieren. Wenn sie nicht darüber stritten, was sie tun sollten, landeten sie ohne viele Worte auf dem Plätzchen, wo sie immer Sex gehabt hatten; da waren die Birken, geisterhaft bei Nacht, und Lottie dachte daran, was sie hier getan hatten. Und sie bereute es nicht. Obwohl sie gelesen hatte, dass Sex dem Baby nicht schaden würde, ließen sie sich jetzt nieder, um zusammen zu schweigen, und oft zog Lottie ihre Hose herunter, und Charlie legte behutsam die Hände auf ihren Bauch oder auch seine Wange oder sein Ohr. Ihr Bauch war ganz warm, und sein kühles Gesicht und seine kühlen Hände waren wohltuend.

Obwohl sie sich nicht einigen konnten, war Lottie nicht unglücklich und auch nicht einsam. Sie hatte ja Gesellschaft. Wenn sie zu Hause Musik anhatte – und manchmal lag sie im Bett, bei geschlossener Tür und leise laufendem Radio, *»To be loved! To be loved! Oh, what a feeling to be loved«* –, wand oder drehte sich das Baby. War es eine Hula-Hoop-Tänzerin? War es ein Turner? Manchmal glaubte sie unter ihrer Bauchdecke einen Fuß oder eine winzige Faust zu erkennen. Und wenn sie mitten in der Nacht von den Bewegungen des Babys aufwachte, sang sie ihm ein Schlaflied. Bei Tag erklärte sie der Ungeborenen, wie das Blut durch die menschlichen Herzkammern floss, wie Fische unter Wasser atmeten, warum es regnete. Charlie nannte den Ungeborenen ihren Football und ihre Home Base und einmal, warum auch immer, ihr Pumpernickelbrot.

Am vorletzten Abend, ehe Lottie mit dem Zug zu ihrer Tante Paola in Whitefish, Montana, fahren sollte, um bis zur Entbindung dortzubleiben, fühlte sie, als sie die Treppe zu ihrem Zimmer hinaufging, einen Schwall Flüssigkeit zwischen den Beinen. Ihr Kleid wurde nass, ihre bloßen Füße waren es schon. Da waren dunkle, geleeartige Klumpen auf den Stufen.

War das das berühmte Platzen der Fruchtblase, vier Wochen zu früh? Aber warum die Blutklumpen? Ein jäher, krampfartiger Schmerz überfiel sie, und sie hielt sich den Bauch. Erschrocken zog sie Kleid und Unterhose aus und wusch sich im oberen Bad Beine und Füße mit Wasser und Seife. Sollte sie sich auch zwischen den Beinen waschen? Aus Angst, dem Baby zu schaden, ließ sie das Blut zwischen ihren Beinen, wie es war, zog einen Monatsgürtel mit einer Binde und eine frische Unterhose an und schlüpfte in einen leichten Seersucker–Morgenrock, den ihr ihre Großmutter genäht hatte. Sie steckte die dreckigen Sachen in eine Papiertüte, nahm einen Eimer und ein paar Lappen aus dem Schränkchen unterm Waschbecken, und begann, auf Knien die Treppenstufen zu wischen. Der Krampfschmerz kam immer wieder, und sie biss sich auf die Innenseite ihrer Wange, um nicht zu schreien.

Ihre Mutter und ihre Großmutter kamen aus dem Arbeitszimmer ihres Vaters.

»Was machst du da?«, rief ihre Großmutter die Treppe hinauf. »Steh auf! Hörst du?«

Als Lottie sich am Geländer hochzog, ergoss sich ein zweiter Schwall von dunklerer Flüssigkeit ihre Beine hinab.

Der örtliche Gynäkologe war gerade im Urlaub in Vancouver. Der Hausarzt horchte mit seinem Stethoskop, konnte aber keinen Herzschlag des Babys hören.

»Hat nicht viel zu bedeuten«, versuchte er sie alle in seinem Sprechzimmer zu beruhigen. »In den großen Kliniken haben sie die Ausstattung …«

Sie fuhren nach Detroit, alle Autofenster offen, ihr Vater, ihre Mutter und ihre Großmutter vorn, Lottie auf dem Rücksitz liegend, unterm Po eine Gummiunterlage und ein Moltontuch auf einem Kissen. Damit das Gewicht des Babys nicht auf ihren Gebärmutterhals drückte, waren ihre Füße hochgelagert und ragten aus dem Fenster. Jeanie goss Lottie kleine Mengen Gin in einen Pappbecher und reichte sie ihr nach hinten. Lottie hob den Kopf und trank, um die Wehen zum Aufhören zu bringen.

Sie hörten nicht auf.

Lottie sah zwischen ihren Füßen hindurch nach draußen. Der Himmel war diesig rötlich grau, von den Lichtern von Detroit und dem Smog aus den Schornsteinen.

Sie verlagerte ihr Gewicht von einer Pobacke auf die andere, in der Hoffnung, dass das Baby strampeln würde.

Einen Monat zuvor hatten Charlie und sie eine Aufführung von *Die Piraten von Penzance* im Stadtpark gesehen. Als die Trommeln loslegten, hatte das Baby wie wild getreten und geboxt. Sie hatte Charlies Hand auf ihren hüpfenden Bauch gelegt.

Jetzt bat sie ihren Vater, das Radio anzustellen. Laut.

Down at the end of Lonely Street at Heartbreak Hotel.
Oh, I'll be so lonely, baby.
I'll be so lonely, I could die.

Nichts bewegte sich außer den vorbeigleitenden Scheinwerfern.

Um zwei Uhr morgens kamen sie in der überfüllten Notaufnahme an. Benebelt vom Gin umging Lottie drei kleine Kinder, die im Wartebereich auf dem Fußboden saßen und gebackene Bananen und Spare Ribs aßen.

Sie ließ sich vorsichtig neben Jeanie auf einer Bank gleich beim Eingang nieder und wartete, während ihr Vater und ihre Großmutter sich zur Anmeldung vorarbeiteten. Zwischen mächtigen Wehen schlief sie.

In dem großen Untersuchungsbereich saßen oder lagen Leute auf Transportliegen. Ein sonnenverbrannter, sommersprossiger Assistenzarzt rollte Lottie zu einer Untersuchungsliege hinter einem Vorhang. »Sind Sie sicher, dass es kein Urin war? Welche Farbe hatte es? Irgendwelche Gewebeklumpen?« Er schloss die Augen und tastete ihren Bauch ab. Dann setzte er einen Metallhelm auf, aus dem ein Stethoskop hervorkam wie ein Auge auf einem Stiel, beugte sich über sie und presste das kalte Auge auf ihren Bauch. Er horchte eine ganze Weile, bewegte den Kopf zu einem anderen Teil ihres Bauchs hin, horchte wieder, bewegte erneut den Kopf. In dem lauten Raum ging er um die Liege herum und horchte von der anderen Seite. Schließlich rief er einen anderen Assistenzarzt, schlank, mit Bürstenschnitt und dunkelrandiger Brille, herbei und übergab ihm den Helm.

»Geht's dem Baby gut?«, fragte Lottie, als der zweite Arzt sich über sich beugte.

»Sch-sch«, machte der Sommersprossige nicht unfreundlich, den Zeigefinger auf den Lippen.

Als der Schlanke mit Abhören fertig war, riefen sie eine zierliche, weißhaarige Schwester hinzu, die auch so einen Helm trug. Sie hörte Lotties Bauch ab, schüttelte dann den Kopf.

»Wir brauchen eine Liegendaufnahme«, sagte der erste Assistenzarzt.

Eine Pflegehelferin rollte sie hinunter in die Radiologie.

»Schaden die Röntgenstrahlen dem Baby?«

»Kann ich nicht sagen«, sagte die Pflegehelferin. »Weiß ich nicht.«

Unterdessen strömte noch mehr Blut zwischen Lotties Beinen hervor.

Ein weißbekittelter Mann, der es auch nicht wusste, half ihr auf den Resopaltisch und bewegte das Röntgengerät über ihrem Bauch auf und ab, ging dann weg und stellte sich hinter eine Schutzwand. »So bleiben! So bleiben! Okay, jetzt können Sie sich bewegen.«

Aber sie konnte es nicht. Das Gewicht des Babys verengte ihre Brust, lag auf ihrem Herzen, sodass es sich nicht zu pumpen traute. Nichts in ihr bewegte sich, selbst ihr Gehirn schien die Arbeit eingestellt zu haben, um dem Baby nicht zu schaden. Sie war zu Stein geworden.

Sie hängten sie an einen Wehentropf. Die Krämpfe kamen jetzt öfter, sie konnte nicht stillliegen. Jemand sagte, sie solle sich entspannen.

»Geht's dem Baby gut?«

»Schön durch den Mund atmen.«

Zwischen den dicht aufeinanderfolgenden Wehen stellte sie sich Wachteln im Gesträuch vor, Seeschwalben in der Arktis, Flamingos in Florida, ein Finkenweibchen in einer großen Eiche auf ihrem Familienanwesen – alle im Begriff, riesige Eier zu legen. Sie stemmte sich hoch und presste.

Stuhl ging ab.

Eine Schwester brachte eine Bettpfanne und schob sie ihr unter. Der Geruch verteilte sich in dem kleinen Raum. Würde sie ihr Baby in die Bettpfanne hinauspressen?

Eine Schwester wischte sie mit Jodlösung ab. Jemand wechselte das Laken.

Ein stämmiger Arzt kam herein, gefolgt von drei Medizinstudenten in kurzen weißen Jacken. Sein Haar war von einer Stoffkappe bedeckt, und über Mund und Nase trug er eine grüne Maske, sodass sie sein Gesicht nie richtig sah. Er hielt die Hände vor sich, und eine Schwester streifte ihm Handschuhe über. Er fühlte nach dem Baby. Es tat weh, und Lottie presste heftig gegen seine Hand an. »Versuchen Sie zu warten«, sagte er mit einem starken französischen Akzent und drückte zwei ihrer nackten Zehen, freundlich, aber energisch.

Eine Schwester reichte ihm ein langes, metallenes Instrument.

»Was ist das?«, fragte Lottie flehend.

Sie fühlte etwas Kaltes in sich. In dem stillen Raum hörten alle das schreckliche Knacken brechender Knochen.

»Was haben Sie getan?«, rief Lottie. »Was war das?«

»Pressen«, sagte der Arzt sanft.

Lottie setzte sich auf, hielt sich an jemandem fest … wo war ihre Großmutter? Wo war ihre Mutter? Wo war Charlie? … und presste das Baby hinaus.

Als die Assistenzärzte, Studenten und Schwestern sich in dem vollkommen stillen Raum zusammenscharten, sah Lottie kurz eine offene kleine Hand, einen blutigen Fuß. Ihr war, als steckten sie das Baby in einen schwarzen Plastiksack.

Zwei Pflegehelferinnen rollten Lottie in ein Zweibettzimmer, in dem bereits eine Frau in den Vierzigern mit einer rotbraunen Perücke im Bett saß und im Radio *The Right to Happiness* hörte. Ein kleiner Ventilator surrte auf dem Nachttisch der Frau, ohne das Haar der Perücke in Unordnung zu bringen.

Die beiden Pflegehelferinnen stellten die Transportliege neben das andere Bett und hoben Lottie vorsichtig hinüber. Ihre Großmutter küsste sie auf die Stirn. Jeanie dankte den Pflegehelferinnen und der Krankenschwester, die etwas auf ein Klemmbrett schrieb. Lotties Vater stand in der Tür, eine starre, große Gestalt.

»Entschuldigung, Sir.« Charlie stürmte an ihm vorbei, das breite Gesicht bleich bis auf die blauen Augen und ein paar Pickel auf der Stirn. In der Hand hielt er drei rote Rosen in grünem Seidenpapier. Sein Vater, ein kräftiger grauhaariger

Mann in Jeanshemd und Arbeitshosen, stand draußen, den Hut in der Hand, und blickte zu Boden.

»Scheißkerle!«, spuckte Lotties Vater hervor.

Wie um zu bestätigen, dass das stimmte, auch wenn niemand wusste, gegen wen es sich richtete, nickte Charlies Vater draußen im Flur ein paarmal. Charlie zog vor Jeanie den Kopf ein und schrumpfte noch weiter in sich zusammen, als er an Lotties Großmutter vorbeikam. Er trug einen marineblauen Blazer, den Lottie und er ein paar Monate zuvor gekauft hatten und der ihm jetzt schon zu klein war: Der Stoff spannte um seine immer noch breiter werdenden Schultern, und die Ärmel endeten ein ganzes Stück oberhalb seiner kräftigen Handgelenksknochen.

Charlie legte die Rosen neben Lotties Kopfkissen, richtete sich dann auf und presste sich die Fäuste auf die Wangenknochen, knetete die Haut dort, als wollte er sie über seine Augen schieben. Versuchte er, nicht zu weinen, fragte sich Lottie und dachte, wie erstaunlich, denn aus ihr war jeder Tropfen Flüssigkeit entwichen, auf der Treppe herausgeplatscht, mit dem Baby herausgeblutet, und ihre Augen waren voll Sand.

Ihre Großmutter stellte die Rosen in ein Wasserglas auf dem Nachttisch und ging hinaus. Die Rosen standen da, zu lang für das Glas, staksig. Jeanie driftete davon und machte die Tür zu. Die Väter gingen. Endlich waren sie allein, bis auf Lotties Zimmergenossin.

Charlie zog die Vorhänge um das Bett zu, sodass die Zimmergenossin sie beide nicht mehr sehen konnte. Dann kniete er sich neben Lotties Bett.

Sie zitterte. Charlie nahm ihre Hände und küsste sie, rieb sie dann eine Weile. Lottie zitterte immer noch. Er ging ins

Bad, kam mit zwei sauberen Handtüchern wieder und legte sie auf die Bettdecke.

Ihre Zähne klapperten.

Er zog den Blazer aus und legte ihn ihr um, und als sie immer noch zitterte, nahm er ihn wieder weg, zog dann sein verschwitztes Hemd und sein Unterhemd aus und half Lottie, beides überzuziehen. Er zog ihr auch den Blazer wieder an und knöpfte ihn zu. Mit bloßem Oberkörper am Bett kniend rieb er unter der Decke ihre Füße und Unterschenkel. Er zog seine Socken aus und zog sie ihr an.

Sie schnatterte so heftig, dass es sie fast schon schüttelte.

Charlie knöpfte Blazer und Hemd wieder auf, zog sein T-Shirt bis zu ihrem Hals hoch, band ihr Krankenhausnachthemd auf und küsste ihre geschwollenen, gänsehäutigen Brüste.

Dann stieg er aufs Bett, kniete sich über sie und ließ sich, das Gewicht auf Händen und Knien, langsam hinab, als wollte er einen Liegestütz machen, und legte seine bloße, verschwitzte Brust sachte wie eine feucht-heiße Kompresse auf Lotties Brüste und ihren schlaffen Bauch.

Sie schloss die Augen. Sie schlang die Arme um seinen Rücken und Nacken. Lag zitternd da, lauschte dem Radio ihrer Bettnachbarin und dem trockenen Surren des kleinen Ventilators und hielt sich an Charlie fest.

Zehn Tage nach ihrer »Entbindung« fing die Schule wieder an. In der Büchertasche, die Lottie mit sich durch den Unterrichtstag schleppte, befanden sich Stilleinlagen, zwei Ersatzunterhosen und Riesenmonatsbinden, um die blassgelbe Flüssigkeit aufzusaugen, die jetzt, da der Blutstrom versiegt war, aus ihr herauskam. Gehen und Sitzen waren immer noch schmerzhaft und ebenso der Stuhlgang, trotz der Sitzbäder und der Magnesiummilch zum Abführen.

Hatte der Arzt ihr Vorne und ihr Hinten zusammengenäht? Sie beantwortete die üblichen Fragen auf den Gängen – ja, es *war* affenheiß, ihre Ferien waren todlangweilig gewesen, sie konnte es nicht erwarten, mit der Schule fertig zu sein –, redete aber kaum mit jemandem außer mit Charlie, und auch mit ihm nicht viel.

Wussten es die anderen? Woher konnten sie es wissen?

Ihre Mit-Cheerleaderinnen glaubten offenbar aus irgendeinem Grund, dass sie einen Bänderriss erlitten hatte, denn eine von ihnen riet ihr, eine elastische Binde drum zu lassen, und eine andere pries den örtlichen Chiropraktiker. Gegen Ende des Monats legten die Mädchen zusammen und kauften ihr eine Orchidee an einem Plastikarmband, damit sie sie als Zuschauerin beim ersten Spiel der Saison tragen konnte. »Wir hoffen, du machst bald wieder ordentlich Stimmung!« Auf der Karte war ein dickes Baby, das eine orangefarbene Rassel schwang.

Die Karte mit dem Baby musste Zufall sein, ihre Mit-Cheerleaderinnen waren weder grausam noch hintersinnig.

In Englisch lasen sie den ganzen September und bis in den Oktober hinein die romantischen Dichter – zu selbstdramatisierend für Lotties Geschmack, sie fürchtete, nie wieder ein Meer von Narzissen sehen zu können, ohne an Geben und Nehmen denken zu können. Eines Morgens, als sie auf ihrem Platz gerade ihre Notizen zu »Hyperion« noch einmal durchsah, ließ jemand einen zusammengefalteten Zettel vorn in ihre tief ausgeschnittene Bluse fallen. Sie drehte sich schnell um. Hinter ihr war ein Gedränge von

Jungen und Mädchen, die sich beeilten, auf ihre Plätze zu kommen, bevor es klingelte. Sie fischte ein kleines, steifes Quadrat von mehrfach gefaltetem Schreibpapier heraus.

Vor der nächsten Stunde ging sie auf die Toilette, um die Botschaft zu lesen. Mädchen drängten sich vor dem kleinen Spiegel und schwatzten. Anna-Rose Jorgmann, auch eine der Cheerleaderinnen, flüsterte Lottie zu: »Oh Mann! Ich hab garantiert alles durchgeblutet!«

Lottie setzte sich auf ein Klo und faltete das Blatt auf. Da standen vier getippte Strophen, mittig angeordnet, und darunter eine Art Fußnote.

I
O was nur quält dich, arme Lot?
So abgezehrt und elendsbleich?
Steckt dir im Arsch sein dicker Schwanz
gar knüppelgleich?

II
Hob er dich auf sein trabend Ross
Und hört seither nicht wieder auf
Zu rammen in das Möselein
Den Bengel dir

III
Ich seh die Lilie deiner Stirn
Vor Angstschweiß und vor Fieber klamm
Oder ist's weil voll dir ins Gesicht
Er jauchzend kam?

IV
Sah seine Lippen in dem fahlen Licht,
Aus denen hungrig Stöhnen drang,
Hat er beknabbert deine Klit,
An Vaters Hügelhang?

Als sie bei der letzten Zeile des Gedichts angekommen war, schrie sie auf.

»Was ist?«, rief Anna-Rose durch die Trennwand zwischen den Kabinen.

»Nichts.«

»Periode? Keine Periode?«

»Hier drin ist ein Weberknecht.«

»Madame Curie hat Angst vor Spinnen?«

»Ich war nicht drauf gefasst.«

An Vaters Hügelhang.

Sie las die Zeile dreimal.

Sie sah das Hügelplätzchen mit den Birken vor sich, wo sie sich immer geliebt hatten. Hatte jemand sich hinter den Bäumen versteckt und sie beobachtet?

Sie las, was am Fuß der Seite stand:

Anmerkungen der Variorum-Ausgabe: Dieses Gedicht ist in mehreren Entstehungsstadien und in verschiedenen Versionen erhalten. Alle Fassungen wurden etwa gleichzeitig niedergeschrieben, vermutlich im September 1819. Die obige Fassung ist als eine zu bewerten, die einer endgültigen Reinschrift sehr nahekommt, wenn auch der Dichter nach Fertigstellung der Strophen mit Bleistift folgende Änderungen hinzufügte, die er später wieder ausstrich.

Strophe I, Zeile 3: dicker] mächt'ger Zeile 4: gar knüppelgleich] 'nem Knüppel gleich
Strophe II, Zeile 3: zu rammen in das Möselein] zu stoßen hart und tief hinein Zeile 4: Bengel] Schwengel
Strophe III, Zeile 4: jauchzend] diesmal

Was war eine »Variorum-Ausgabe«? Es gab in der Oberstufe nur einen Typen, Nathaniel Burden, und vielleicht noch ein Mädchen, Katie Gann, die so hochgestochenes literarisches Zeug draufhatten – na ja, eventuell noch zwei, drei andere –, aber von denen war niemand bei ihr in Englisch. Wie viele Leute waren hieran beteiligt? Hatte sich der ganze Kurs hinter den Birken versteckt? Hatten sie sich alle bei Bier und Kartoffelchips getroffen und das Machwerk ausgebrütet? *Wisst ihr noch, wie er sie in den Arsch gefickt hat? Iii-gitti. Das muss rein. Und wie er's ihr so lange besorgt hat, dass Alicia-Mae sich in die Hose gepinkelt hat?*

Vielleicht hatte ja eins der Mädchen, die sich im Toilettenvorraum die Haare kämmten, mitgemacht. Vielleicht ja Anna-Rose Jorgmann. Wenn Lottie in der Klokabine blieb, bis alle weg waren, würde sie zu spät in Analysis kommen. War jemand aus ihrem Analysis-Kurs dabei gewesen? Sie wollte nach Hause und ins Bett.

An diesem Abend wartete Lottie nach dem Training auf Charlie. Weil sie es nicht ertragen konnte, jemanden von ihren Mitschülern zu sehen, stand sie ein paar Blocks von der Schule entfernt hinter dem Maschendrahtzaun eines Parks, beim Eingang. Es war kalt und halbdunkel. Sie stand an einem fast kahlen Baum. Klar, sie hätte sich bei sich zu Hause mit Charlie treffen können – ihre Eltern, ihre Großmutter und Adele waren bei einem Klavierabend, wo Bridge spielte. Ihr Vater hatte ihr verboten, mit Charlie allein zu sein, aber was ihr Vater ihr verbot, kümmerte sie wenig. Tatsache war, dass es sie zwar ärgerte, wie ein Kind behandelt zu werden, ihr aber ansonsten nicht viel ausmachte, nicht mit Charlie allein im Haus zu sein. Sie hatte schon eine ganze Weile keine Lust mehr auf Sex, und das eine Mal, als sie es probiert hatten, hatte es wehgetan und sie hatten es gelassen.

Charlie spazierte fröhlich pfeifend vorbei, und sie wollte ihn am liebsten schlagen, rief aber leise seinen Namen.

»Was gibt's?« Charlie kam in den Park, nahm sie in den Arm und küsste sie auf die Wange.

Lottie holte das Gedicht aus ihrer Büchertasche und bezog dann wieder Wache am Zaun.

»Hast du das geschrieben?«, flüsterte er.

»Spinnst du?« Sie zog das hektografierte Unterrichtsexemplar von »La Belle Dame Sans Merci« aus der Büchertasche und hielt es neben die getippte Version. »Das hat irgendein Idiot geschrieben«, flüsterte sie.

Charlie las beides, die Augen im Dämmerlicht zusammengekniffen.

»Meinst du, jemand hat uns gesehen?«, sagte Lottie leise, als er fertig war.

Charlie schüttelte den Kopf.

Lottie sagte: »Ich glaube, jemand hat gesehen, wie …«, sie sprach noch leiser, »… wir's gemacht haben.«

Er schüttelte heftig den Kopf. »Wie wir *was* gemacht haben? Meinst du, jemand hat gesehen, wie ich in dein Gesicht gekommen bin? Jemand hat mich knabbern sehen, an deiner … Dings?«

»Es ist doch hügelig, da, wo wir Liebe gemacht haben.« Er

konnte sie wegen des Winds nicht verstehen, und sie musste es noch mal sagen.

»Hang kann man's nicht nennen.«

»Es gehört aber meinem Vater.«

»Das ist reine Wahrscheinlichkeit.« Er griff nach dem hektografierten Blatt. »Da, schau, Lot, es kommt direkt aus dem Gedicht:

Da schlummerten wir ein im Moos,
Und träumte ich – ach, weh, so bang!-
Den letzten Traum, der je mir kam,
Am kalten Hang

Und zwei Strophen später kommt es noch mal –«

»Warum grinst du?«, fragte sie. »So komisch ist es doch wirklich nicht.«

»Weiß nicht.«

Sie blickte durch den Maschendrahtzaun die Straße entlang und zischte dann: »Dir gefällt das mit dem knüppelgleichen Schwanz!«

Charlie antwortete nicht. Sie legte die Hände auf sein heißes Gesicht: Er war rot geworden.

Sie trat ein Stück zurück.

Er folgte ihr.

»Glaubst du, wenn ich nicht die Treppe raufgegangen wäre? Dann wäre es vielleicht nicht passiert? Wenn ich unten im Gästezimmer geschlafen hätte?« Sie fuhr mit den Fingern einer Hand über den feuchten Bund seiner Sweatpants. Sie fühlte die Kräuselfalten des Trikotstoffs und seine warme Haut. »Als ich im Dezember die Grippe hatte, habe ich ein paar Aspirin genommen. Kann es was damit zu tun haben? Und zweimal habe ich ein Glyzerinzäpfchen benutzt.« Irgendwie war es ihr peinlich, von Zäpfchen zu sprechen.

Er nahm ihre Hand von seiner Hose weg und hielt sie in seinen Händen. Überall lagen braune Blätter, manche mit Raureif darauf. Unter Charlies und Lotties Füßen knirschte es, als träten sie auf kleine Knochen.

»Glaubst du, wenn man noch nicht geboren ist, fühlt man keinen Schmerz, wenn man stirbt?« Lottie kamen die Tränen.

»Was?«

»Glaubst du, es war ein Junge oder ein Mädchen?« Sie griff wieder nach seiner Hose und zog daran wie ein Kind am Rock der Mutter. »Ich hab einen Fuß gesehen. Und eine Hand. Manchmal wache ich mitten in der Nacht auf und hab das Gefühl, sie haben was in mir drin gelassen.«

»Lottie …«

»Es könnte doch ein Finger abgebrochen sein, ohne dass es jemand gemerkt hat.«

Sie zog ihn hinter einen Schuppen, in dem Sportgerätschaften lagerten, hockte sich hin, zog sich ungeschickt die Unterhose aus und spreizte die Beine.

Er sah sich hastig um.

»Da unten … ist da … riecht es da … irgendwie faulig … da unten?« Als sie seinen Kopf zwischen ihre Beine zog, fiel sie rücklings auf den gefrorenen Boden, und die Blätter knisterten unter ihr.

Charlie ging auf die Knie, machte seine Jacke auf, legte sie so über sie, dass sie sie von der Taille abwärts bedeckte, steckte dann den Kopf unter das Jackenzelt, zwischen ihre Beine, und atmete ein paarmal tief durch die Nase ein. Er küsste die Innenseiten ihrer Schenkel.

Sie schob seinen Kopf langsam von sich weg. »Da ist nichts, oder?«

Er schüttelte den Kopf.

Sie richtete sich auf, Blätter und gefrorene Erde im Haar, am Po und den Oberschenkeln, zog die Unterhose wieder hoch und weinte.

Während der nächsten Tage durchkämmte sie Keats, brachte aber nur zwei Zeilen als Erwiderung zustande:

Fick dich mit wilder Vermutung ins Knie,
Blödmann, auf einem Gipfel in Darien.

Charlie schrieb sorgfältig:

Kümmere dich um deinen eigenen scheiß
Schwanz und stopf dir's Maul damit.

Aber da war niemand, den sie mit diesen Hervorbringungen hätten konfrontieren können, und Lottie riss die Zettel allesamt in kleine Fetzen und fürchtete, dass ihr das dreckige Gedicht nie aus dem Kopf gehen würde.

DRITTER TEIL

1959

»Warum gerade Michigan?«, wurde Charlie von einem kleinen Reporter mit welligem Haar, randloser Brille und einer gelben Fliege gefragt. »Warum nicht Notre-Dame oder die Northwestern oder Nebraska?« Bei jeder Universität, die er nannte, stach er mit dem Bleistift in die Luft.

»Stimmt es, dass Sie über fünfzig Angebote bekommen haben«, fragte ein anderer Reporter, eine brennende Zigarette zwischen den Lippen.

Charlie lächelte und blickte auf seine glänzenden Schuhe.

»Sie sind doch seine Freundin«, sagte der Mann zu Lottie, und dabei wippte seine Zigarette. Sie fragte sich, ob sein Oberlippenbart Feuer fangen würde. »Hatte er wirklich fünfzig Angebote? Hundert? Oder nimmt mich da jemand auf den Arm?«

»Ich *bin* seine Freundin!« Lottie strahlte. »Aber ich kann nicht für ihn sprechen.«

Es war ein frischer Februarnachmittag in ihrem letzten Highschool-Jahr. Der Erdboden lag unter einer Schneekruste, die Nadeln der Bäume waren überfroren, und von den Fenstersprossen wuchsen Eisblumen über die Scheiben. Im kleinen Wohnzimmer der Harts verhängten zwei Fotografen das Erkerfenster mit einem Bettlaken, um das

Sonnenlicht zu dämpfen. Fünf Reporter mit Notizblöcken, Bleistiften und einem Tonbandgerät interviewten Charlie, der in seinem Winteranzug steif auf dem Sofa saß. Neben ihm saß Lottie, in einem neuen blauen Wollkleid über einem Petticoat, den sie immer wieder platt zu drücken versuchte, und marineblauen Strümpfen an einem Strumpfhaltergürtel. An seiner anderen Seite thronte sein sechsjähriger Bruder, Ad, der wegen Windpocken nicht in der Schule war. Ad, groß für sein Alter, trug einen Flanellbademantel mit aufgedruckten Figuren aus der Kindersendung Howdy Doody. Alle paar Minuten langte er unter ein Pyjamabein, um sich zu kratzen. Als seine Hand unter dem Bund der Pyjama-Hose abwärts zu wandern begann, ergriff Charlie sie und hielt sie fest.

Glänzende Pokale drängten sich auf dem Kaminsims, und an den Wänden hingen Teamfotos und diverse Zeitungsartikel, die Lottie für Charlie ausgeschnitten und gerahmt hatte. Über die Überschrift hatte sie jeweils in Rot den Namen der Zeitung und das Schuljahr getippt:

The Ojibwa, Junior-Jahr, 1957:
CHARLIE HART – EIN ZAUBERER
The Wolverine, Junior-Jahr, 1957:
HART LÄUFT 70 YARDS ZUM TOUCHDOWN

In einigen Artikeln hatte Lottie bestimmte Wörter mit pfauenblauer Tinte umkringelt: »Kontrolle«, »fließend«, »leicht«. Einen langen Artikel, in dem Charlie nur en passant erwähnt wurde, hatte sie über der Überschrift zusammengefasst und dem noch einen eigenen Kommentar hinzugefügt:

Der Verfasser, der den Highschool-Football für die *Detroit Free Press* beobachtet, nennt Charles Hart einen »Jungen aus Michigan, den man im Auge behalten muss«, und seinen Laufstil »elegant« und »ästhetisch«, beides Wörter, die im Zusammenhang mit Football selten benutzt werden.

Da hing auch eine Collage, die sie gemacht hatte: Auf steifem, mit Goldpapier beklebtem Karton umgaben aus Zeitungen ausgeschnittene Beinamen und Attribute – »der Berglöwe«, »der Weiße Panter«, »der Blitz«, »eine Kreuzung aus Samson und David«, »halb Odysseus, halb Achilles – aber wo ist seine Ferse?« – neue Fotos von Charlie in Aktion.

Ein Reporter mit einem Füllhalter hinterm Ohr fragte Charlie: »Wie fühlt es sich an, wenn man in seinem letzten Schuljahr persönlich vierundachtzig Punkte gemacht hat?« Ein kleiner Reporter stellte sich auf die Zehenspitzen und sagte: »Und Sie haben es ins All-Midwest- und ins All-American-Highschool-Auswahlteam geschafft! Wie ist das für Sie, Charlie?«

Charlie lächelte und nickte mehrmals.

»Herrgott, es fragt Sie doch keiner, ob Sie Mitglied der kommunistischen Partei sind!«, rief der Reporter mit der gelben Fliege. »Geben Sie uns ein bisschen Futter! Sagen Sie uns wenigstens, warum Sie sich Michigan ausgesucht haben!«

Charlie wurde rot. Er zeigte auf die Trophäen auf dem Kaminsims und strich mit der Hand über eine. Seine Finger schimmerten in der Sonne. »Michigan war immer gut zu mir.«

Die Reporter schrieben das auf.

»*Du* warst gut zu Michigan!«, rief Lottie aus.

Sie schrieben auch das auf.

Charlie runzelte die Stirn.

Beide Fotografen schossen Fotos vom stirnrunzelnden Charlie. Sie knipsten den Kaminsims aus verschiedenen Winkeln, und ein Reporter nahm die Trophäen nacheinander in die Hand und notierte sich die Inschriften.

»Warum haben Sie sich für Football entschieden? Sie sind doch auch im All-County-Baseballteam! Sie könnten doch alles machen! Warum gerade der Sport, wo man so viel auf die Knochen kriegt?«

Nach kurzem Schweigen sagte Charlie schüchtern: »Ich hatte immer das Gefühl, dass Football das ist ... was ... wofür ich gemacht bin.«

»Was?«, fragte der Mann mit dem Tonbandgerät. »Was hat er gesagt?«

Lotties Vater verknipste einen ganzen Film, als Charlie beim Leichtathletik-Meeting des Bundesstaats in ihrem Abschlussjahr einen neuen Highschool-Rekord über eine Meile aufstellte (4:24). Zwei Fotos, von der zwanzigsten Reihe im Stadion aus gemacht, zeigten verschwommen winzige Läufer beim Endspurt. Die meisten anderen waren gestellt: Charlie in seinen verschwitzten weißen Laufshorts und einem T-Shirt, den einen Arm um Lottie, den anderen mit der Trophäe – einem goldenen Mann in vollem Lauf – emporgereckt.

Es gab ein Foto von Lottie, wie sie mit ausgebreiteten Armen allein dastand und die Trophäe auf dem Kopf balancierte.

 Aber das Foto, das ihr am besten gefiel, war eine versehentliche Doppelbelichtung, die Verschmelzung eines Bilds von Charlie, wie er seine glänzende Trophäe in Brusthöhe vor sich hielt, und eines Bilds von Lottie mit dem goldenen Mann in Augenhöhe vor sich. Charlie und Lottie sahen darauf aus, als hätten sie einen gemeinsamen Körper, einen einzigen weiß gekleideten Rumpf mit Streifen verschiedener Breite und Dichte und einen Satz muskulöser, dunkler Beine.

Dieses missglückte Foto war ihr peinlich, aber sie fand es auch erregend; obwohl sie nicht hätte sagen können warum, kam sie sich darauf nackt und prachtvoll vor.

Sie schloss die Highschool als Zweitbeste ab und durfte bei der Abschlussfeier die Eröffnungsrede halten, eine Ehre, die sie ihrer Meinung nach ebenso sehr der Tatsache verdankte, dass ihr Vater Bürgermeister war, wie ihrem Notenschnitt; das Schulische lag ihrem Herzen derzeit eher fern. Und Nathaniel Burden, den sie immer noch verdächtigte, dieses »Gedicht« geschrieben zu haben, war der Jahrgangsbeste und Abschlussredner. Groß, dunkelhaarig und krummschultrig, ein Schriftsteller in spe, las er bei der Abschlussfeier aus »Invictus«

Egal, wie schmal das Tor, wie groß,
Wieviel Bestrafung ich auch zähl,
Ich bin der Meister meines Los'
Ich bin der Käpt'n meiner Seel

und dann aus Kiplings »Wenn«

Ist dein die Welt und alles, was darin ist,
Und mehr noch, dann bist du ein Mann, mein Sohn

Und das alles erschien ihr pseudomitreißend und hurra-optimistisch; also hatte er vielleicht doch nicht dieses demütigende Machwerk über sie verfasst.

Obwohl ihre Großmutter anbot, dazu beizutragen, dass Lottie zum Studium hingehen könne, wo sie wolle, war sie entschlossen, mit Charlie zu gehen, der alle Chancen hatte, der beste Runningback zu werden, den die University of Michigan je gehabt hatte. Also nahm sie ein Stipendium dieser Universität an. (Burden habe dort ebenfalls ein Vollstipendium bekommen, erzählte ihr jemand.)

Vor allem war Lottie erleichtert, die Highschool hinter sich zu haben. Sie fühlte sich gerädert und verängstigt, ihr Glaube an ihre Unbesiegbarkeit war für immer dahin. Sie dachte an ihren toten Sohn (sie war sich sicher, dass das tote Baby ein Junge gewesen war). Und der Schatten dieses vor langer Zeit vielleicht weggegebenen Bruders lag auf ihr. Hatte sie kein weiteres Geschwisterchen gewollt? Hatte sie das Gefühl gehabt, ein Junge wäre zu viel Konkurrenz? Der Sommer war heiß, und sie saß antriebslos im Gras und sah zu, wie Charlie Runden lief und über Hürden setzte, als wäre er aus einer anderen Welt.

Sie bewarb sich bei der Cheerleader-Truppe und schaffte es, Ersatzmitglied zu werden, nicht schlecht für eine Studienanfängerin. Dankbar, dass drei Studentinnen-Verbindungen sie aufnehmen wollten – neue Leute mochten sie? –, trug sie das Tri-Delta-Abzeichen aus Gold und Perlen mit Stolz, aber irgendwie auch mit dem Gefühl, eine Hochstaplerin zu sein.

Charlie *war* aus einer anderen Welt. Als Freshman-Runningback brach er den NCAA-Rushing-Rekord, indem er es in nur gut zweihundert Versuchen auf fast zwölfhundert

Yards brachte, und in jedem seiner ersten neun Spiele auf College-Niveau erlief er jeweils über hundert Yards. In seinem Sophomore- und seinem Junior-Jahr erzielte er jeweils über vierzehnhundert Rushing-Yards, schaffte es beide Male in die All-American-Auswahl und galt als heißer Favorit für die Heisman Trophy in seinem Senior-Jahr.

Lottie partizipierte an seiner Aura, wenn sie mit ihm zusammen war: Galt der Applaus nicht auch ihr, wenn sie nach dem Samstagnachmittag-Spiel zum Abendessen in der College-Cafeteria erschienen? Öfter jedoch verstummten die Leute und wurden befangen, wenn Charlie einen Raum betrat, und dann dachte sie, dass auch die Stille etwas mit ihr zu tun hatte. Obwohl sie wusste, dass es nur ihr guter alter Charlie mit seinem verlässlich steifen Schwanz war, war es, wenn sie sich liebten, Zeus als Schwan oder Zeus als Stier oder Zeus als Schlange oder Zeus als Kuckuck, der in sie eindrang. Dass er nicht fremdging, erstaunte sie: Er hätte jede Göttin haben können.

Doch wenn sie allein war, führte sie im Kopf ständig Selbstgespräche. Sie saß in Lehrveranstaltungen und fragte sich, was sie überhaupt an der Universität machte. Aber irgendwo anders wäre es auch nicht besser. In Laborkursen und naturwissenschaftlichen Vorlesungen war das Entfremdungsgefühl nicht ganz so stark, also besuchte sie davon so viele wie möglich, in der Hoffnung, dass sie ihr wieder ein Interesse an der Welt vermitteln würden. Und als sie täglich die Entwicklung des Hühnchens durch das kleine Fenster verfolgte, das sie in die Eierschale geschnitten und mit durchsichtigem Klebeband verschlossen hatte, und als sie den Druck zu kalkulieren lernte, den die Lunge verschiedener neugeborener Säugetierjunge brauchte, um sich zu entfalten (»Der erste Atemzug ist schwer, der zweite ist leichter.« – Sie hoffte, dass das stimmte), und als sie Regenwasser und den weißen Belag ihrer Zähne unter dem Mikroskop untersuchte und damit Antoni van Leeuwenhoeks Beobachtungen im ausgehenden siebzehnten Jahrhundert wiederholte, da regte sich ihr altes Staunen über das Leben wieder, so wie das Gefühl in einen eingeschlafenen Fuß zurückkehrt, schmerzhaft, schubweise, ungleichmäßig, aber schließlich bis in jeden Zeh reichend.

Kurz vor den Weihnachtsferien in Lotties Junior-Jahr gab ihr Professor für vergleichende Anatomie den Studierenden Katzen zum Sezieren. Ihre war eine pechschwarze Straßenkatze mit grünen Augen, das räudige Fell mit Fixativ angeklatscht, der ausgehungerte Körper platt gedrückt von den anderen, die im Lagerbehälter auf ihm gelegen hatten. Sie beschloss, die Katze über die Weihnachtsferien zu ihren Eltern mitzunehmen und dort daran zu arbeiten. Der Kadaver stank nach Formaldehyd, aber die gummierte Segeltuchtasche, in der sie ihn beförderte, dämpfte den Geruch so weit, dass er die Mitpassagiere auf der langen Busfahrt nicht belästigte.

Ihre Großmutter umarmte sie und Charlie am Busbahnhof, und ihre Mutter lächelte und schniefelte, und ihr Vater nickte ihr zu und schüttelte Charlie förmlich die Hand. (Würde ihr Vater das bis in alle Ewigkeit so machen? Und würde sie bis in alle Ewigkeit steif zurücknicken?) Charlie legte sein und Lotties Gepäck in den Kofferraum, aber die Segeltuchtasche behielt Lottie bei sich.

Es war ein kalter Dezembertag, und das fahle Licht schwand schon, obwohl es erst vier Uhr nachmittags war. Zwei Tage zuvor waren vierzig Zentimeter Schnee gefallen, und die Schneepflüge hatten ihn an den Straßenrändern aufgetürmt, glitzernde Barrikaden, grau in der einsetzenden Dämmerung.

Sie saß vorn im Wagen, zwischen ihrem Vater, der fuhr, und Charlie.

Jeanie öffnete das Seitenfenster einen Spalt und zündete sich eine Zigarette an, beugte sich dann vor und verwuschelte Lotties Haar. Lottie langte hin und drückte die Hand ihrer Mutter.

»Gut siehst du aus«, sagte Lotties Großmutter. »Tut dir nicht leid, dass du nicht aufs Radcliffe gegangen bist?«

Lottie schüttelte den Kopf und presste das Bein fester an Charlies.

»Riechen tust du nicht so gut«, sagte ihr Vater.

Lottie lachte.

»Was für Weihnachtsgeschenke hast du denn da drin?« Er wollte die schwarze Tasche mit dem Ellbogen anpuffen, aber Lottie, die es geahnt hatte, blockierte seine Bewegung mit dem Unterarm. Sie erklärte es.

Als sie Charlie schließlich absetzten, tränten allen die Augen. Lottie wunderte sich. Wieso war das im Bus nicht passiert? Jeanie drückte ihre Zigarette aus, und sie kurbelten alle Fenster hinunter.

»Das da bringst du nicht mit ins Haus«, sagte ihr Vater, als sie in die Einfahrt einbogen.

»Ich will sie sezieren.«

»Nicht in meinem Haus.«

»Ich mach's in meinem Zimmer.«

»Mach's an der Uni.«

Lottie strich sanft über den kleinen Körper in der Tasche. »Ich will aber nicht drei Wochen warten.«

Ihr Vater pfiff abschätzig. »Warum so eilig? Bist du im Rückstand? Ist das schon überfällig?«

»Nein«, sagte sie stolz. »Ich bin nicht im Rückstand. Im Gegenteil, ich bin früh dran.«

Ihr Vater nickte ein paarmal. »Dann kann es ja warten.«

Lottie atmete inmitten der Formaldehyd-Dämpfe tief ein. »Kann es nicht. Es ist mein Weihnachtsgeschenk – an mich selbst. Ich will die Ferien über sezieren und zeichnen.«

»Was denn zeichnen, Schätzchen?«, fragte Jeanie. »Ich wusste gar nicht, dass du zeichnen kannst.«

»Die Katze. Ich zeichne die Katze. Ich soll zeichnen, was ich sehe, Schicht um Schicht, beim Sezieren.« Lottie nahm ein in fleckiges Papiertüten-Papier eingebundenes Buch aus ihrer Büchertasche und öffnete es bei einem *U-of-Michigan*-Lesezeichen. »Zuerst schneidet man durch die Haut und schaut sich das an und kratzt das Fett weg – viel Fett wird da nicht sein –, und dann sieht man die Bauchmuskulatur. Ich hab das schon bei einem Schweinefötus gemacht. Da sind drei Schichten über dem Magen und dem Gedärm: Sie halten den Bauchinhalt an Ort und Stelle. Die Schwerkraft zieht nämlich alles nach unten, deshalb müssen die Muskeln ganz schön fest sein, weil sie alles sind, was bei der Katze zwischen den Eingeweiden und der Außenwelt ist. Und überhaupt bei allen, nur diese dünne Schicht …«

»Das ist ein Laborbuch«, sagte ihr Vater. »Es ist so gedacht, dass man diese Sachen in einem Labor macht, nicht in einem Wohnhaus.«

»Henry«, sagte ihre Großmutter. »Das Mädchen begeistert sich dafür.«

»Vor ein paar Jahren hat sie sich für Sex begeistert. Nicht in meinem Haus!«

Da war es. Nach kurzem Schweigen sagte Lottie bitter: »Dann will ich bitte wieder zum Busbahnhof.«

Ihr Vater straffte die Schultern. Er legte den Rückwärtsgang ein und begann, den Wagen langsam aus der verschneiten Einfahrt zu manövrieren. Das linke Hinterrad fuhr sich fest und drehte durch. Er fuhr ein Stück vorwärts und wieder rückwärts, vorwärts und rückwärts. Er rammte den Leerlauf rein, stieg murmelnd aus, ging in die Garage und kam wieder heraus, mit einem Brett (kurz bekam es Lottie mit der Angst), das er hinter das festsitzende Hinterrad schob. Nach mehreren schweigenden Anläufen sprang das Rad aus der Furche, und er stieß langsam auf die Straße hinaus.

»Ich finde meine Zigaretten nicht«, sagte Jeanie. »Halt an.«

»Wann gibst du das Rauchen auf?«, fragte Lottie.

»Henry, halt sofort an!«, sagte ihre Großmutter.

»Warum hast du das nicht vorhin gesagt, als wir festsaßen?«

Ihre Großmutter ignorierte ihn. »Steig aus, Lottie, und geh nach drinnen.«

»Sie nimmt dieses Tier nicht mit ins Haus!«

»Was ist denn schon dabei?«, sagte ihre Großmutter.

»Es ist Weihnachtszeit«, sagte ihr Vater. »Leute werden auf ein Festtagsgläschen vorbeikommen. Wahrscheinlich kommt auch eine Abteilung der Antivivisektionisten-Gesellschaft.«

Jeanie schüttelte den Kopf. »Die waren an Thanksgiving da.«

»Bist du Antivivisektionist?«, fragte Lottie.

»Ich will nicht, dass das ganze Haus nach Formaldehyd stinkt. Da kannst du gleich überall *hinpissen*.«

»Was ist denn das für eine Ausdrucksweise!«, sagte ihre Großmutter. »Lass die Katze im Auto, Lottie.«

Lottie hielt die Tasche fest in den Armen.

»Es passiert ihr nichts«, sagte ihre Großmutter.

Lottie rührte sich nicht.

»Die National Rifle Association wird kommen«, sagte Jeanie. »Die Katze ist nicht zufällig erschossen worden? Das wäre vielleicht sogar ein Plus.«

»Dann nimm sie eben mit!« Die Stimme ihrer Großmutter wurde rau. »Steig einfach aus und warte vor dem Haus!«

Ihr Vater hielt am Bordstein, und Lottie stieg aus. Sie stand auf dem geräumten Bürgersteig, die Tasche an den Körper gepresst. Der Wind blies losen Schnee von den schulterhohen Büschen zwischen dem Bürgersteig und ihrem Grundstück und von den Blaufichten auf dem weißen Rasen. Er wirbelte Schnee vom Dach des großen weißen Hauses auf, das ein Stück zurückgesetzt stand. Schnee stach auf ihrer Gesichtshaut. Sie hörte ihren Vater im Auto schreien, überlagert vom Wind. Sie ging auf und ab und bewegte die Zehen in den Stiefeln. Sie sah ihren Atem wie kleine Wolken oder Geister im Dunkel verschwinden.

Nach einer Weile schaltete ihr Vater die Scheinwerfer an. Als ihre Mutter ihr Seitenfenster ein Stück herunterkurbelte, hörte Lottie ihren Vater brüllen: »Von mir aus soll sie sich den Arsch abfrieren!« Ihre Mutter kurbelte das Fenster sofort wieder hoch.

Lottie wollte nicht weinen. Im Dunkeln stampfte sie mit ihren Eisfüßen auf. Sie ging weiter auf und ab, die tote Katze in den Armen wiegend.

Schließlich stieg ihr Vater bei laufendem Motor aus. Er machte den Kofferraum auf und ließ Lotties Koffer auf den

Gehweg plumpsen. »Du kannst in dein Zimmer gehen, aber lass diese stinkende Katze auf der Veranda. Mach diese ganze Schweinerei auf der Veranda!« Dann fuhr er den Wagen mit seiner Mutter und seiner Frau wieder in die Einfahrt und in die Garage.

Am nächsten Morgen erschien Lottie auf der Veranda, plump wie ein Raumfahrer, angetan mit roten Ohrenschützern, einer wollenen roten Gesichtsmaske, einem alten kunstfellgefütterten Mantel von Charlie und kunstfellgefütterten Handschuhen, um den feinen Schnee und Dreck wegzufegen, der durch die Fliegengitter hereingeweht war. Sie staubte die Plastikschonbezüge der verschossenen Sitzmöbel ab. Ihre Großmutter schaufelte eine neue dünne Schneeschicht von den schon mehrfach freigeschaufelten Verandastufen und ging dann in die Garage, einen elektrischen Heizofen holen.

»Geht's?« Lottie nahm ihrer schnaufenden Großmutter den Heizofen ab.

»Vor fünfzig Jahren ging es besser.«

Während der Wind die Seiten ihres Laborbuchs umblätterte und der Heizofen ein stetes Rattergeräusch machte, als ob Hagel auf Metall prasselte, holte Lottie im guten Morgenlicht vorsichtig die steife Katze aus der Tasche. Sie legte sie behutsam auf ein altes Brotschneidebrett auf dem Bridgetisch.

Es war eine Katze, kein Kater. Den langen Zitzen nach zu urteilen, hatte sie noch geworfen, kurz bevor sie »euthanasiert« worden war. Lottie zählte die Zitzen. Sie vermaß ein dunkelrotes, maulbeerartiges Hautmal dorsal der zweiten Zitze. Sie zog die gummiartigen Lippen des Tiers zurück und zählte die gelben Zähne. Sie trug diese Befunde in ihr

Laborbuch ein, obwohl das nicht verlangt wurde; sie hatte gelesen, dass Madame Curie immer umfassende Notizen gemacht hatte. Sie schloss die Augen und befühlte die Katze mit ihren kältetauben Händen (die Handschuhe musste sie ausziehen, damit fühlte sie gar nichts), und es stach an zwei Fingern, als das Formaldehyd in kleine Schnitte und Kratzer drang. Das Fell war struppig. Die Katze schien ganz harte, dunkle Hügel und Senken zu haben. *Wahrlich: Und ob ich gleich wanderte im finsteren Tal.*

Sie hielt die Hände ein paar Minuten vor den Heizofen, drehte dann die Katze behutsam auf den Rücken und setzte mit dem Skalpell einen kleinen Schnitt am Bauch. Sie führte das Blatt einer Schere ein und schnitt gerade nach oben und unten.

Es war das größte Tier, das sie je geöffnet hatte. Mit eifrigen, aber vorsichtigen Händen zog sie die Haut weg. Da waren die stumpf gräulich braunen Bauchmuskeln, angeordnet wie im Lehrbuch beschrieben, der Faserverlauf des Obliquus externus in die eine Richtung, der des Obliquus internus rechtwinklig dazu. Da waren die wenigen dünnen, gelblich bräunlichen Fettadern im Muskelgewebe. Sie berührte die glänzende Maserung.

Kurz schien es ihr, als wäre das ganze Tier mit Öl gesalbt.

Sie wischte sich die Augen mit dem Ärmel.

Dann säuberte sie ihre Hände mit einem Lappen und skizzierte die Muskeln langsam mit Bleistift. Ihre Finger waren schon wieder steif vor Kälte.

Sie arbeitete weiter und wärmte sich ab und zu die Hände an einem Becher Tee.

Wenn der Tee kalt wurde, schüttete sie ihn durch eins der Fliegengitter nach draußen und goss sich neuen ein. Jeanie brachte ihr eine Tasse Suppe und füllte die Teethermosflasche im Lauf des Nachmittags zweimal auf. Ihre Großmutter kam mit einem Schinken-Käse-Sandwich und hielt es ihr zum Abbeißen hin. Sie küsste ihrer Großmutter die Finger. Evelyn berührte Lotties Wange.

»Du bist so kurzatmig, Grandma. Was ist los mit dir?«

»Ich bin sechsundsiebzig.«

»Ist das normal mit sechsundsiebzig? So pfeifend zu atmen?«

Ihre Großmutter zuckte die Achseln. »Ich hatte mal Asthma, aber schon lange nicht mehr.«

»Geh zum Arzt, Grandma.«

»Ich bin gesund.« Sie zögerte. »Vielleicht wirst du ja Ärztin?«

Lottie lachte. »Darauf solltest du nicht warten.«

»Denk mal drüber nach.«

»Im Moment denke ich über diese Katze nach.«

Am nächsten Morgen schlitzte Lottie, obwohl es nicht zur Aufgabe gehörte, den Dünndarm mit einem Skalpell auf. Darin waren ein Brei aus grüner und brauner Nahrung und Schleim. Sie spülte ihn mit Leitungswasser heraus und gab die Brühe dann durch ein großes Sieb. Auf dem Siebboden fand sie platte weiße Würmer, durchscheinend, einige ziemlich lang. Außerdem waren da auch noch kürzere, runde, gelbliche Würmer, zusammengerollt und an beiden Enden spitz zulaufend. Sie zählte sie und steckte beide Arten in getrennte Umschläge, um sie später in der Uni unterm Mikroskop zu studieren. Innen hatte der ausgespülte Darm umlaufende kleine Falten, wie die ihrer Finger, wenn sie faltig vom Formaldehyd waren. Sie machte eine Zeichnung davon.

Sie öffnete den Brustkorb und fand die beiden schwammigen Lungenflügel, schwarz meliert. Eine Großstadtkatze! Sie fühlte sich wie Sherlock Holmes. Nancy Drew. Nachdem sie die Luftröhre abgeschnitten hatte, drückte sie mit den Fingern auf die Lungenflügel, und ein blasiges Luft-Schleim-Gemisch kam heraus.

Das Herz war dunkelbraun, gräulich braun, wie eine winzige Faust.

»Hast du wirklich die ganze Woche … da draußen hingepinkelt?«, rief Jeanie aus, als sie eines Spätnachmittags mit der letzten Thermosflasche des Tages kam.

»Was?«

»Wenn dich jemand gesehen hätte! Findest du's nicht kindisch, es deinem Vater so heimzuzahlen?«

»Wovon sprichst du?«

In der Dämmerung zeigte ihre Mutter auf die großen filigranen Inseln von gelbem Schnee dort, wo Lottie ihren Tee hingeschüttet hatte.

Am Ende der Ferien setzte Lottie die Katze wieder zusammen wie ein Puzzle und nahm sie mit zur Universität.

Im Senior-Jahr, während eines nicht sonderlich wichtigen Sonntagnachmittagsspiels, wurde Charlie, der während seiner gesamten Sportkarriere nur unbedeutende Verletzungen gehabt hatte, unter einem gegnerischen Guard, zwei Tackles und einem End begraben. Sein Bein war merkwürdig verrenkt, und er wurde schreiend vom Feld getragen. Sie operierten ihn bis drei Uhr morgens.

Als er im Aufwachraum zu sich kam, zog er seine Hand aus Lotties, setzte sich benommen auf und fühlte nach seinen Beinen. Er fuhr mit den Händen darüber, bis hinab zu den Füßen. Dann schaffte er es, das verletzte Bein ein klein wenig anzuheben. »Was haben sie gemacht, weißt du's? Wie steht's mit mir? Sag! Hat dir irgendjemand irgendwas gesagt? Was?« Seine Stimme war heiser und ängstlich, seine Artikulation verwaschen.

Sie schüttelte den Kopf. Sie fasste seine Hand und küsste sie, aber er zog sie weg. Sie ging zur Schwester, die sich gerade über einen anderen Patienten beugte. Lottie wartete. Lottie erklärte. Nach einer gefühlten Ewigkeit erschienen drei Ärzte in grüner OP-Kleidung zusammen mit der Schwester an Charlies Rollliege. Die Männer wirkten abgekämpft, einer hatte gerötete Augen. Der Verantwortliche, ein Hüne mit buschigen stahlgrauen Augenbrauen – der Teamarzt, erkannte Lottie –, sprach knapp, aber nicht unfreundlich, sagte etwas von einer schwereren Nervenschädigung und einer gerissenen Poplietal-Arterie und machte für Charlie eine schematische Zeichnung all seiner Verletzungen auf einem linierten Block.

»Was heißt das?«, drängte Charlie und schlug den Block schon fast weg. »Was ist Sache?«

Der Teamarzt hielt den Block fest, nickte ein paarmal. »Sie werden gehen können. Da bin ich mir sicher. Es wird eine Menge Physiotherapie brauchen, aber Sie werden gehen können.«

»Gehen?«

»Ja. Bestimmt. So gut wie sicher. Wir haben schon befürchtet, Sie würden einen Rollstuhl oder einen Gehwagen brauchen, aber ich glaube, das Bein wird halten. Vielleicht bleibt nicht mal ein Hinken. Ja, es wird Sie eine Menge Arbeit kosten, aber wahrscheinlich bleibt nicht mal ein Hinken.«

Charlie packte den Mann vorn am Kittel. Selbst jetzt, mit

gestreckten Beinen auf der Rollliege sitzend, war Charlie größer und kräftiger als irgendjemand sonst im Raum. »Wann kann ich wieder spielen? Das will ich wissen. Wann?« Seine Stimme war rau und undeutlich.

Selbst auf dem Footballfeld hatte sie Charlie nie jemanden bedrohen sehen, und es machte ihr Angst.

»Lassen Sie mich los«, sagte der Arzt kaum hörbar. »Ich kann nicht mit Ihnen reden, wenn Sie mich an der Kehle gepackt halten.«

Charlie hielt den Mann nicht an der Kehle gepackt, aber noch einige Minuten lang am Kittel. Der Arzt stand da, bleich und in Gefahr, das Gleichgewicht zu verlieren, und als er immer noch nichts sagte, nur die Lippen vorschob und wieder zurücknahm, ließ Charlie ihn los.

Der Arzt rieb sich den Hals, als hätte Charlie versucht, ihn zu erwürgen.

Eine Weile sagte niemand etwas. Dann sagte der Teamarzt: »Das ist jetzt hart.« Die anderen beiden Ärzte schauten weg. Charlie und Lottie sahen den Teamarzt an. Irgendwo piepte ein EKG-Gerät.

»Wir haben getan, was wir konnten, Charlie. Aber Sie haben … das ist … man kann es nicht anders sagen … das hier ist eine Verletzung, die das Karriereende bedeutet.«

Der Arzt mit den roten Augen murmelte: »Tut mir leid. Tut mir wirklich leid.«

Der dritte Arzt sagte nichts.

»Wie können Sie sich da so sicher sein?«, rief Lottie aus. »Sie wissen nicht, wie hart Charlie arbeiten kann! Er ist total diszipliniert. Er lässt sich nie unterkriegen.«

Keiner der Ärzte sah Lottie an.

 »Warum kann er's nicht versuchen? Ich meine, wenn ihm

Physiotherapie helfen kann, wieder zu gehen, warum kann sie ihm dann nicht helfen, wieder zu spielen? Das ist doch unlogisch.«

»Kein Coach dürfte Sie je wieder aufs Feld lassen«, sagte der Teamarzt zu Charlie. »Das wäre – Beihilfe zum Selbstmord.«

Einen Moment lang sagte niemand etwas. Charlie kniff die Augen zusammen, wie um besser sehen zu können.

»Haben Sie Fragen, Charlie? Sie müssen ja jede Menge Fragen haben.« Der Teamarzt wedelte mit dem Block. »Möchten Sie meine Diagramme noch mal sehen?«

Charlie schüttelte den Kopf.

»Ich komme heute Nachmittag noch mal vorbei, Charlie. Sie werden schon noch Fragen haben. Jetzt versuchen Sie erst mal zu schlafen.« Er streckte Charlie die Hand hin. Charlie machte keine Anstalten, sie zu ergreifen. Schließlich ließ der Teamarzt die Hand sinken, und die drei Männer wandten sich zum Gehen.

Lottie sagte: »Das ist nicht das letzte Wort, Charlie. Es ist nur das erste. Wir werden mit anderen Ärzten reden.« Lottie griff nach Charlies Hand, aber er zog sie wieder weg. Sie sagte zu den Ärzten, die sich bereits entfernten: »Ich will die Diagramme sehen. Ich will genau wissen, was los ist.«

Die drei Männer drehten sich nicht um.

»Kann ich die Diagramme haben?« Sie lief hinter ihnen her. »Ich will diese Diagramme.«

Draußen, im Flur vor dem Aufwachraum, herrschte der Teamarzt sie an: »Warum machen Sie ihm etwas vor? Warum helfen Sie ihm nicht, sich dem zu stellen?«

»Die Diagramme. Bitte, können Sie mir die Diagramme geben?«

»Sie verschwenden unsere Zeit. Sie verstehen sie ja doch nicht. Sie haben ja keine Anatomiekenntnisse.«

Sie wollte »Doch!« schreien, aber womit kannte sie sich denn wirklich aus? Mit der Anatomie der Katze, des Schweinefötus.

Lottie fragte sich, ob der Mann mit den roten Augen etwas Ansteckendes hatte.

Aber sie bekam die Diagramme. Wieder im Aufwachraum, betrachtete sie sie. Sie hatte nur eine vage Ahnung, was der Arzt da gezeichnet hatte, aber sie blickte unverwandt darauf, als enthielten diese Seiten eine Lösung des Problems. Charlie schien zu schlafen, aber sie war sich nicht sicher. Wenn er schlief, wollte sie ihn nicht wecken. Wenn nicht, wusste sie nicht, was sagen.

Sie nahm die Zeichnungen mit, suchte nach einer Toilette und wusch sich mit einer Hand das Gesicht. Dann wanderte sie eine Zeit lang ziellos im Krankenhaus umher, vorbei an Zimmern, in denen Familien plauderten und aßen, Zimmern, in denen Patienten stöhnten – reagierte denn niemand darauf? –, einem Schwesternzimmer voller rosa und blauer Luftballons und Obstarrangements und Körbchen mit Blumen und Wimpeln, auf denen stand: GLÜCKWUNSCH! DER FRISCHGEBACKENEN MOMMY! EIN PRACHTBABY! Ihr kamen die Tränen, und sie biss sich, um sie zurückzuhalten, auf die Lippe, als kämen sie aus ihrem Mund.

Im Familienwartebereich saßen Charlies Eltern mit seinem Bruder Ad und den Zwillingsmädchen. Lottie ging rein und umarmte sie alle, ohne dass jemand etwas sagte. Schließlich sagte Charlies Mutter, die Ärzte seien da gewesen und hätten es ihnen gesagt; sie fing an zu weinen. Lottie drückte ihre Hand und sagte laut: »Die sind nicht allwissend. Es sind nur drei Chirurgen. Michigan ist nicht die ganze Welt.« Lottie erhob die zusammengerollten Diagramme wie einen Schlagstock.

Inzwischen hatte man Charlie aus dem Aufwachraum gebracht, und alle schleppten leise Stühle in sein Zimmer, um sich hinzusetzen und ihm beim Schlafen zuzusehen. Lottie wartete, ohne zu wissen worauf. Charlies Mutter flüsterte seinem Vater zu, dass sie sich keinen neuen Traktor leisten könnten, egal, welche Marke oder welches Modell, und sein Vater sagte, er glaube, sie könnten es doch. Dann schwiegen beide. Ad arbeitete sich durch einen Stapel Comicheftchen auf seinem Schoß, und die Zwillinge saßen auf dem Boden und spielten ein Geschicklichkeitsspiel, und als sie davon genug hatten, nahmen sie ein Kartendeck heraus, und Ad setzte sich zu ihnen auf den Boden, und sie spielten Leben und Tod und dann ein Quartettspiel.

Als Charlie am späten Nachmittag mit schmerzverzerrtem Gesicht aufwachte, ging Lottie zum Schwesternzimmer und schaffte es nach einer Weile, sich Gehör zu verschaffen. Die Schwester sagte, sie müsse auf einen Assistenzarzt warten. Lottie ging in Charlies Zimmer zurück und sah seinen Schmerzgrimassen zu, und nach ziemlich langer Zeit erschien endlich ein Assistenzarzt, und Lottie bat um ein Schmerzmittel für Charlie. Der Assistenzarzt sagte, er habe Tylenol verordnet, und als Lottie sagte, das wirke doch offensichtlich nicht, sagte der Assistenzarzt etwas von gesunden jungen Menschen, die man ja nicht zu Süchtigen machen wolle. Lottie erklärte einigermaßen entnervt, dass Charlie weder Alkohol trank noch rauchte, dass er, ob krank oder gesund, nie das Training versäumte und einmal ein entscheidendes Spiel mit Grippe und 39,5 Fieber gemacht habe, und schließlich folgte sie dem Assistenzarzt ins Schwesternzimmer, wo er ein paarmal telefonierte, mit wem wusste sie nicht, und wiederum nach ziemlich langer Zeit wurde für Charlie eine Pumpe eingerichtet, mit der er per Knopfdruck eine morphinartige Flüssigkeit in seinen Venenzugang leiten konnte. Er schien Angst zu haben, sie zu betätigen, doch nachdem ihm die Schwester beruhigend zugeredet hatte, probierte er es ein, zwei Mal aus und machte es dann etwas öfter, aber immer noch zurückhaltend. Irgendwann wurden die Grimassen weniger, und er schlief wieder ein.

Was emotional in Charlie vorging, wusste niemand, aber Lottie sagte sich, jetzt, wo die Pumpe installiert war und er schlief, hatte sie wenigstens etwas für ihn getan. Sie konnte gehen.

Es war Montagabend. Ihre Cheerleader-Uniform und die Seiten mit den Diagrammen in einer Papiertragetasche – sie trug Jeans und ein Sweatshirt, die ihr jemand gebracht hatte –, verließ sie das Krankenhaus zum ersten Mal, seit Charlie vor dreißig Stunden eingeliefert worden war. Die Arme gegen die Nachtkälte um den Oberkörper geschlungen ging sie am Rand des Parkplatzes entlang, versuchte, sich zügig zu bewegen, obwohl sie sich wacklig fühlte. Straßenlaternen beleuchteten die großen, kahlen Bäume nur schwach. Im Rinnstein wirbelten dürre Blätter.

Sie ging in ein italienisches Restaurant, das sie gut kannte, ein freundliches Lokal mit einem Pizzeria-Teil, den Studenten frequentierten, einem gehobeneren Gastraum mit Kerzen auf den Tischen und einem großen Nebenraum für private Feiern oder Veranstaltungen. In dem Nebenraum war sie schon ein paarmal gewesen – die Cheerleader hatten dort eine Party gemacht, und einmal hatte ihn die Botanik-Abteilung für ein großes Abendessen gebucht. Sie setzte sich an den Pizzeria-Tresen und bestellte eine Pizzaschnitte und eine Cola. Wann hatte sie zuletzt etwas gegessen? Es waren ein paar andere Studenten da, aber niemand, den sie kannte, und offenbar auch umgekehrt.

Gleich darauf sagte sie noch mal, sie wolle eine Pizzaschnitte und eine Cola, unsicher, ob sie schon bestellt oder es nur gedacht hatte. Sie fühlte sich angespannt und unruhig und sehr müde und hielt sich am Hocker fest, als könnte sie sonst hinunterfallen.

Während sie wartete, betrachtete sie die farbigen Bilder an den Wänden. Es waren überwiegend Reproduktionen von Fotos, die Ruinen zeigten – sie erkannte das Forum Romanum. Da war auch ein Bild von einer schwarzen Gondel und eins von einem Wandgemälde: der heilige Franziskus, wie er den Vögeln predigte. In dem Gastraum links von ihr speisten einige wenige Paare, die meisten Tische waren frei, die rot karierten Tischtücher fröhlich, aber einsam und verlassen. Das Besteck funkelte, und mitten auf jedem Tisch stand eine Flasche Wein, die unten strohummantelt war.

Im Nebenraum zu ihrer Rechten sprach ein Mann laut. Es klang, als ob er betete oder irgendeine Beschwörung rezitierte.

Sie verließ ihren Hocker und ging durch einen kurzen Gang zu einem Türbogen. In der rauchigen Luft lag ein süß-herber Geruch. Gras. Eine Gruppe von Leuten hatte ihre Tische und Stühle im Halbkreis arrangiert, und vor ihnen stand ein großer, dunkelhaariger Mann in schwarzem Hemd, schwarzer Hose und einem langen, offenen schwarzen Mantel. Es war Nathaniel Burden von der Highschool. Sie hatte ihn im Lauf der Jahre ein paarmal auf dem Campus gesehen; sie hatten sich zugenickt, aber nie miteinander gesprochen. Jetzt hielt er in einer Hand ein dünnes schwarzes Buch, in das er aber kaum je schaute. In der anderen hielt er eine dunkle Pfeife. Burden sprach mit tiefer, lauter Stimme:

Welche Wurzeln greifen, welches Gezweig wächst
Aus diesem steinigen Schutt? Menschensohn,
Du kannst es nicht sagen oder raten, denn du kennst
nur
Einen Haufen zerbrochener Bilder, wo die Sonne brennt
Und der tote Baum keinen Schutz gewährt und das
Und der trockene Stein kein Rauschen des Wassers.

Vielleicht war sie kurz eingeschlafen. Das Nächste, was sie hörte, war

Ich will dir Furcht zeigen in einer Handvoll Staub.

Sie dachte an ihre Großmutter und das staubige, kieselige Geräusch ihres Atems, und sie bekam es mit der Angst.

Dann wechselte Burden in den Falsett:

»Meine Nerven sind heute Abend schlecht. Ja, schlecht.
Bleib bei mir.
Sprich mit mir. Warum sprichst du nie? Sprich.
Woran denkst du? Was denkst du?

Und im Bühnen-Flüsterton:

Ich denke, wir sind in der Rattengasse,
Wo die toten Menschen ihre Knochen verloren.

Während er weiterrezitierte, glommen seine traurigen Augen wie seine Pfeife, wenn er daran zog. Er hob und senkte die Arme, die weiten schwarzen Ärmel wie flatternde Flügel.

Sie rang die Hände.

Obwohl sie den Sinn von Burdens Worten nicht verstand, war sie vom Auf und Ab seiner Stimme, die sich immer wieder veränderte, wenn er die verschiedenen Sprecher darstellte – im Falsett schien er die Perspektive einer verstörten, gebrochenen Frau einzunehmen –, fasziniert und abgestoßen zugleich. In der dicken Luft des Raums fühlte sich ihre Lunge eng an, sie merkte, dass ihr Herz unregelmäßig schlug, und sie verspürte Angst – Angst um Charlie und eine eigene, sich an nichts festmachende Beinahe-Panik.

Was ist das für eine Stadt über den Bergen,
Risse und Reformen und Brüche in der violetten Luft?
Zusammenstürzende Türme
…
Unwirklich

Weil Lottie darauf bestand, brachte Charlie die Ärzte am University of Michigan Hospital dazu, ihm beim Einholen einer zweiten Meinung behilflich zu sein. Also wurden seine Patientenunterlagen und Röntgenbilder ans Hospital for Special Surgery in New York und ans Massachusetts General Hospital in Boston geschickt. Aus dem Nordosten kam nichts, was neue Hoffnung machte, wenn auch das Mass

General einen Termin bei einem Kniespezialisten anbot, um die Befunde zu überprüfen. Charlie sagte, das sei nur Zeit- und Geldverschwendung.

Ein Sportgeschäft in Grand Rapids bot Charlie eine Stelle als Verkäufer an, und eine Firma in Detroit wollte ihn als Werbeträger für ihre Motorradhelme. Lottie dachte, das mit den Helmen sei ein makabrer Scherz, aber die Firma schickte noch einen Brief und dann ein Telegramm.

Charlie stand zu sehr unter Schock, um irgendwelche Pläne zu machen. Er wusste nur eins: Er wollte weg aus Michigan.

VIERTER TEIL

1963 Sie flogen über flaches, mit braunem Gras bewachsenes Land. Vom Flugzeug aus waren alle Überlandstraßen in Texas schnurgerade und gitterförmig angeordnet. Dunstige Flüsse sahen aus wie S-Kurven, und es waren nicht viele. Lottie weinte.

In der kleinen Universitätsstadt in Südwesttexas, wo Charlie ein Graduiertenstudium in Wirtschaftswissenschaften beginnen sollte – der Trainer der Michigan-U und jemand aus der Verwaltung hatten gemeinsam ein paar Strippen gezogen –, mieteten sie einen bescheiden möblierten Bungalow in einer Straße mit ähnlichen Bungalows. Lottie verteilte in der Küche einige der Hochzeitsgeschenke, die immer noch per Post kamen – den Mixer, den Dampfkochtopf, den Toaster, das Waffeleisen und das Betty-Crocker-Kochbuch. Sie breitete Schätze ihrer Großmutter – Häkeldeckchen, Tischtücher mit Applikationen und bunte Strickdecken – über die nichtssagenden Möbel und dekorierte die Wände mit einem rätselhaften Stickmustertuch, das Jeanie auf einem Flohmarkt aufgelesen hatte – die in Schwarz gestickte Inschrift lautete »Das kleinste Haar wirft seinen Schatten« – Goethe, und ein paar Postern aus ihrem Wohnheimzimmer. Ihr Lieblingsposter war eine hochgewachsene, maskierte Venezianerin mit tiefem Dekolletee, die inmitten eines farbenprächtigen Aufgebots von Kostümen stand.

Lotties Trauer war eigenartig. Sie konnte immer noch nicht recht glauben, dass ihre Großmutter tot war, der Gedanke verblüffte sie geradezu. Ihre Eltern hatten lauter windige Begründungen aufgefahren, warum ihr niemand von der Krebserkrankung erzählt hatte – Lottie habe auch so schon ein schweres Jahr gehabt, mit Charlies »Unfall« und allem, man habe gewollt, dass sie sich ganz auf ihr Studium konzentrieren könne, und warum ihr die bevorstehende Abschlussfeier verderben? Niemand habe damit gerechnet, dass die Krankheit »so schnell fortschreiten« würde. Adele war auf dem College und hatte auch nichts gewusst, Gerry und Bridge hingegen waren zu Hause gewesen, aber sie waren ja noch halbe Kinder und hatten sich den Wünschen ihrer Großmutter und ihres Vaters gefügt. Als die Familie ohne Evelyn zu Lotties Abschlussfeier erschien, fand Lottie heraus, was los war. Aber da war ihre Großmutter schon nicht mehr wiederzuerkennen: Evelyn hatte fast ihr ganzes schönes Haar und sogar einiges an Körpergröße verloren (unglaublich, sie schien regelrecht geschrumpft) und war nur noch zeitweise bei Bewusstsein. Lottie stellte binnen weniger Tage eine Trauzeremonie auf die Beine, damit ihre Großmutter dabei sein konnte. Evelyn lag in ihrem Bett, das zur Feier des Tages ins Wohnzimmer gebracht worden war. In der feierlichen Stille legten Charlie und Lottie das Ehegelübde ab, kontrapunktiert vom mühsamen Lufteinsaugen der Großmutter. Hinterher beugte Lottie sich über das Bett, und ihre Großmutter nahm Lotties Gesicht zwischen ihre zitternden Hände und gab ihr einen Kuss.

Charlie und Lottie machten eine dreitägige Hochzeitsreise zu den Niagarafällen, und während dieser Zeit starb Lotties Großmutter.

Charlie war selbst mit Trauern beschäftigt. Geblieben waren ihm ein leichtes, kaum wahrnehmbares Hinken, ein gewisses Maß an Schmerzen beim Gehen und eine diffuse graue Stimmung, die man, wenn man ihn nicht kannte, fast schon für seine stille Art hätte halten können. Aber Lottie kannte ihn. Ein Teil von Charlie, der trotz seiner abgeschotteten Herkunftsfamilie weich und neugierig gewesen war, eine Art Tür oder Fenster, hatte sich in eine Mauer verwandelt; er war härter geworden, war verständlicherweise wütend.

Trotz der Düsternis genoss Lottie das häusliche Zusammensein mit einem geliebten Menschen und seinen Eigenheiten: Charlie wischte seine Kekskrümel immer in ein leeres Milchglas und stellte dieses dann geistesabwesend unters Bett oder neben das Klo. Er hängte seine Handtücher sorgsam zum Trocknen über die Türen, und wenn sie sie nicht herunternahm, konnte man am Ende der Woche keine Tür im ganzen Haus mehr schließen. Diese ganz speziellen Spuren seiner Anwesenheit lösten in ihr eine Aufwallung leicht gereizter Zärtlichkeit aus, ähnlich der Reaktion eines Tiers, das die matschigen Pfotenabdrücke seines Gefährten entdeckt. Sie amüsierte sich über die Zuggeräusche, die er beim Orgasmus machte, und sie mochte den Geruch, den er auf den Laken hinterließ. Sie war stolz darauf, Teil dieser nicht auf Rosen gebetteten Paarbeziehung zu sein.

Eines Abends, als Charlie gerade den Nachtisch aß, reichte ihm Lottie eine irgendwo herausgerissene Seite. »Schau mal, die Anzeige, Schatz.«

Er hielt eine Gabelvoll Bananenkuchen hoch. »Komische Konsistenz …«

»Er ist mit grob gemahlenem Maismehl gemacht. Ich hab neulich Pelé im Fernsehen gesehen, und da dachte ich, ich versuche mich mal an einer brasilianischen *sobremesa*.«

»Mach nicht auf Schickimicki.« Dann wurde sein Ton sanfter. »Ich mag deine übliche Küche.«

»Aber ich muss mal was Neues ausprobieren, sonst wird es mir langweilig.«

»Wie wär's mit *Pfeffernüssen?* Meine Mom sagt dir bestimmt gern, wie das geht.« Er las die Zeilen, die sie umkringelt hatte:

Med. Lab-tech. Gesucht, Billingsville, Texas … Wo der Himmel blau ist und das Land weit! VZ-Tätigk. in regem ländl. Krankenhauslab., allg. Aufgaben. Erf. bevorzugt, Ref. erforderl. Bewerbung an Dr. A. A. Mihiner, TE3-7000 App. 761

»Woher hast du das?«

»Aus so einem Blättchen, das in der Bibliothek auslag …«

»Gab wohl nichts Besseres zu lesen«, sagte Charlie grinsend.

»Sie brauchen jemanden an *unserem* Krankenhaus!«

»Sie brauchen jemanden in *unserer* Bowling-Halle.« Sein Grinsen wurde schmaler. »Ich fange Montag an.«

»Du hast noch einen Job angenommen? Was für einen?«

»Fegen. Fenster putzen. Pins aufstellen.«

»Du – fegen? Fenster putzen?!«

»*Du* fegst. *Du* putzt Fenster.« Er musterte sie. »Du denkst immer noch, ich bin so eine Art Prinz, stimmt's?«

Sie fühlte sich schwer. »Du solltest nicht noch mehr Arbeit annehmen.«

»Ich muss.«

»Musst du nicht …«

»Solange du mehrmals die Woche frühstücken gehst und im Supermarkt Zeug kaufst, das wir nicht brauchen, wie diesen Maismehlscheiß, muss ich wohl.«

»Charlie!« Sie war immer noch verblüfft von seinem schroffen neuen Selbst. »Du gönnst mir die paar Dollar nicht?«

»Die paar Dollar fehlen uns nun mal.«

Sie nahm die Kaffeekanne, um ihm nachzugießen, aber er schüttelte den Kopf. Sie stand da, die Kanne in der Hand. »Es macht mich fertig, den ganzen Tag zu Hause zu sein. Ich hab nicht mehr das Gefühl, Teil der Welt zu sein.«

»Im Diner zu frühstücken gibt dir das Gefühl, Teil der Welt zu sein? «

Was konnte sie diesem Mann sagen, der seine Welt für immer verloren hatte? Dass es ihr etwas bedeutete, dort zu sitzen und Pfannkuchen mit Speck zu essen, zwischen indigenen, farbigen und weißen Arbeitern, dass sie sich dadurch vitaler fühlte, irgendwie frei. Aber das genügte nicht. Sie stellte die Kanne wieder auf den Herd. »Nein, Charlie, tut es nicht, ich traure den Sachen nach, die ich früher gemacht habe. Weißt du noch, wie ich die Katze seziert habe? Wie ich den Hai geöffnet habe, in dem die Föten waren?« Sie hatte die Arme um die Brust geschlungen und wiegte sich.

»Du kannst ja den Speicher ausräumen. Vielleicht findest du da was Wertvolles.«

»Ich will eine Aufgabe.«

»Einen Haushalt zu führen ist doch eine große Aufgabe.«

»Das sagtest du schon. Ich meine, eine Aufgabe, die mir entspricht.«

»Du hast doch ein gutes Auge: Du stellst diesen Spiegel hierhin und diese Blumen dahin. Du machst es hier schön.«

»Oh, Charlie! Ich denke manchmal an diese eine Dozentin, die ich hatte, die für Mikroskopie, Thalia Cheek. Sie war geschieden, mit drei Söhnen. Ich bin ihr eines Abends spät auf dem Campus begegnet, ein paar Tage nach … nachdem du ins Krankenhaus gekommen bist.« Sie senkte immer die Stimme, wenn sie von seiner Verletzung sprach, als wäre diese ein schambesetzter Defekt. »Ich bin draußen herumgelaufen, unruhig vor Sorge, und sie war auf dem Weg ins Labor, um ein Experiment zu Ende zu führen. Alle fragten immer nach dir, aber sie fragte einfach nur, ob ich mitkommen und ihr helfen wolle. Ich habe ein paar Laborgläser gespült, Zeug abgemessen, Wasser gekocht, aber danach ging es mir besser. Weißt du, wenn ich so was jeden Tag tun könnte … ich kann es ja wieder aufgeben, wenn es unser Leben stört. Dieser Job klingt einfach wie für mich gemacht – *allgemeine Aufgaben*. Da könnte ich eine Menge lernen.«

»Für dich gemacht? Du hast doch überhaupt keine Erfahrung.«

»Da steht, Erfahrung *bevorzugt!* Ich lerne schnell!«

»Und was ist mit Kindern? Ich dachte, du willst Kinder. Willst du etwa Kinder haben und in einem keimverseuchten Labor arbeiten?«

Lottie zog die Augenbrauen zusammen. »Damit befasse ich mich, wenn dieser glückliche Fall je eintritt.« Sie räumte den Tisch ab, stellte Charlies Tasse und Untertasse unsanft in die Spüle.

Sie warf den übrigen Bananenkuchen weg.

»Jemand hätte den doch noch essen können«, sagte Charlie.

»Ich habe ihn für *dich* gemacht.«

»Sorry«, fauchte er zurück.

Seine Grobheit. Seine Aggressivität. Das ging so nicht weiter. »Jedenfalls habe ich morgen ein Vorstellungsgespräch.«

»Warum hast du mir nichts davon gesagt?«

»Ich sag's dir doch jetzt! Meinst du, ich würde mich über einen hypothetischen Fall mit dir streiten wollen?«

Charlie stand auf.

»Herrgott, Charlie, ich hab das Gefühl, ich bin nur noch ein Schatten und verdumme und hab nur schlechte Laune. Ich kann so nicht weitermachen!«

Er ging zur Haustür hinaus, und Lottie lief ihm nach, die dunkle Schotterstraße entlang. Es machte sie traurig, dass er so leicht einzuholen war, und sie fasste seine Hand. »Bitte«, sagte sie. »Bitte.«

Nach einer Weile ließ er zu, dass sie seine Hand hielt, und sie gingen zusammen ein paar Blocks weit, drehten dann um und gingen wieder nach Hause.

Sie würde zu dem Vorstellungsgespräch gehen. Wenn sie den Job bekam, würde er sich daran gewöhnen.

Lottie wusch das Geschirr ab, zerstreut, aber auch ärgerlich, und verspritzte dabei Spülwasser an die Wand, auf ihre Hose und auf den Boden.

An einem Morgen im März erschien Lottie, sauber bis unter die Fingernägel und nervös, zu ihrem ersten Arbeitstag in dem Kliniklabor. Sie trug ein dunkles Kostüm, geschmückt von einer Gold-und-Granatbrosche, die sie von ihrer Großmutter geerbt hatte, und einen kleinen roten Glockenhut auf dem hochgesteckten Haar.

»Sind Sie die Neue?« Die junge Frau, die sie im Flur empfing, trug eine Harlekinbrille mit blauem Gestell und einen weißen Kittel, auf dessen Brusttasche in Stickschrift *LuAnne Lucas, Labortechnikerin* stand. Ihr Haar war zu einem glatten, dunklen Pagenkopf geschnitten. Sie war breitschultrig und überhaupt breit gebaut, und ihre Füße steckten in blank geputzten schwarzen College-Slippern mit glänzenden Pennys auf dem Rist.

Lottie sagte: »Ich hoffe, ich bin die Neue. Ich habe erst noch zwei Wochen Probezeit.«

LuAnne knallte mit ihrem rosa Kaugummi. »Na ja, ich zeig Ihnen das Wichtigste. Aber die Schuhe da –« Sie blickte auf Lotties schwarze Pumps. »Bloß keine Absätze, auch keine halbhohen, da tun Ihnen die Füße höllisch weh. Und dieses Outfit! Sie sehen aus, als wollten Sie zu einem Tee-Kränzchen.«

Lottie wurde rot.

»Ziehen Sie was Bequemes an, Mädchen! Das hier ist ein Labor! Also, ich erkläre Ihnen jetzt ein paar Sachen, mal so ins Unreine.« Sie senkte die Stimme, flüsterte schon fast. »Mit Mihiner müssen Sie sich gutstellen, ist nicht so leicht, weil er manchmal rumbrüllt und dann wieder versucht, einem untern Rock zu fassen –« LuAnne sah sich ängstlich um.

»Ach?«

»Aber wenn Sie gute Arbeit leisten, kauft er Ihnen vielleicht ein Geschenk. Sie müssen dafür sorgen, dass er als unfehlbar dasteht, und Sie dürfen ihm nie widersprechen.«

»Klingt ja wie ein Drache.«

LuAnne lachte. »Tatsächlich heißt er bei uns der ›Schnappdrache‹.« Sie sah sich wieder wachsam um. »Aber er kann wirklich unangenehm werden.« Sie öffnete die Tür zu einem großen Raum mit grünen Wänden; durch den Raum zogen sich schwarze Arbeitstheken mit eingelassenen Edelstahlbecken. Probenbehälter mit Flüssigkeiten in lebhaften Farben standen in Holzständern auf den Arbeitsflächen. Eine Probenserie ging wie eine Farbtafel von trüb Blassgelb über Narzissengelb bis zu leuchtend Orange. Bunsenbrenner, Mikroskope und Boxen mit Pipetten und Petrischalen waren ordentlich auf den Arbeitsplatten aufgereiht. In einer entfernten Ecke surrte eine Zentrifuge. An den Wänden hingen Schilder:

SICHERHEIT ZAHLT SICH AUS

NOTDUSCHE BEI VERÄTZUNGEN

NOTFALL-AUGENDUSCHE: ZUR AUGENSPÜLUNG PUSH-HEBEL BETÄTIGEN

FEUERLÖSCHDECKE: IM NOTFALL RUCKARTIG AN METALLBÜGEL ZIEHEN. DECKE FÄLLT HERAUS.

Ein Fenster am hinteren Ende des Raums ging auf den Garten der kleinen Krankenhauskapelle hinaus.

»Das ist der einzige Arbeitsplatz mit Aussicht, und den hat Angela. Wenn sie geht, ist es meiner!« LuAnne reckte die Faust und grinste.

Angelas Arbeitsplatte war peinlich sauber. Die Wörter *Glaube* und *Liebe,* in schwarzer Schönschrift auf weißem Papier, klebten vorn an einer großen elektrischen Schreibmaschine, die auf einer Seite der Arbeitsfläche stand. Neben der Schreibmaschine sah Lottie Farbfotos von drei kleinen Kindern.

»Hey, sind das Tränen da in Ihren Augen?«, fragte LuAnne.

Lottie wischte sich rasch mit dem Handrücken über die Augen.

»Was ist denn jetzt kaputt? Den Platz können Sie wirklich nicht haben. Angela ist am längsten da.«

»Nein, nein!«, sagte Lottie lachend. »Es ist nur, weil ich wieder in einem Labor bin.«

»Was?«

»Es fühlte sich an wie …«, Lottie suchte nach Worten, »… zu Hause sein.«

»Sie sind ja eine verrückte Nummer«, sagte LuAnne gutmütig und reichte ihr eine Box mit Papiertüchern. Lottie wischte sich die Augen. »Ich wette, Sie sind so eine, die nicht genug zu tun kriegen kann und partout alle Blutproben auswerten will und dem Boss um den Bart geht. Hab ich's erfasst?« LuAnne grinste.

»Dem Boss um den Bart gehen tue ich nicht.«

»Nichts für ungut. Also, wie gesagt, denken Sie dran, das hier ist ein Labor, okay? Ihre Vorgängerin hat an ihrem Platz gefrühstückt und mittaggegessen, und am Ende hatte sie Hepatitis.«

»Ach?«

»Ist wohl Ihr Lieblingswort! Hören Sie, es kann leicht passieren, dass man sein Sandwich auf die Arbeitsplatte legt und dann in den Mund steckt. Ich wasche mir tausendmal am Tag die Hände.« Sie hielt Lottie ihre roten, fleischigen Hände hin.

»Die Handbücher und Verfahrensanweisungen sind alle in dem Regal dahinten, und in dem Schrank hier finden

Sie Material.« LuAnne schloss einen dunkelgrünen Metallschrank auf; darin waren Stapel von beigen Kartons mit Aufschriften wie ZERBRECHLICH, GEFÄHRLICH, GIFTIG. Dunkelbraune Reagenzien-Flaschen mit vergilbten, handbeschrifteten Etiketten standen auf einem hohen Bord.

»Das da ist mein Platz.« Auf die Arbeitsplatte hatte LuAnne ein Schild geklebt, das besagte: LEIH DEINEN FREUNDEN KEIN GELD. DAS FÜHRT ZU GEDÄCHTNISVERLUST. Daneben klebte ein Cartoon aus einer Zeitschrift; er zeigte ein glückliches Bakterien-Elternpaar, das auf einem Wohnzimmersofa saß, während seine Bakterien-Babys auf dem Teppich liegend fernsahen. »Wir bieten Neisserien das perfekte Zuhause.«

»Was ist da drin?« Lottie zeigte auf eine Holztür mit einem Glasfenster, das auf der anderen Seite grün verhängt war.

»Oh, das ist so ein Kämmerchen, wo Mihiner forscht.«

»Ach? Woran arbeitet er denn?«

»Er lässt da drin Freiwilligen Wasser auf die Stirn tropfen. Will wissen, wie viele Tropfen pro Minute ideal sind, um einen Menschen in den Wahnsinn zu treiben.«

»Arbeitet er für die Regierung?«

»Sind Sie Kommunistin?« LuAnne prustete los. »Hab Sie nur aufgezogen. Ich weiß nicht, was er macht, er hat's niemandem hier gesagt.«

Am Abend erzählte sie Charlie: »Die Frauen im Labor waschen sich den ganzen Tag die Hände mit Desinfektionsmittel. Alle haben Dermatitis. Ich wollte Angela nicht die Hand geben. Sie hat gesagt: ›Keine Angst – das kriegt man nicht einfach so, das muss man sich verdienen.‹ Lottie lachte, Brathuhn kauend. Dann wurde sie ernst. »Und weißt du, Charlie, dort ist alles streng farbkodiert. Die Ärzte sind durchweg weiße Männer, und sie tragen Weiß und essen in einer Cafeteria für sich. Und in der anderen Cafeteria tragen wir Laborkräfte Weiß und die Röntgentechniker und Inhalationstherapeuten auch. Und es gibt da einen schwarzen Techniker, und er trägt Weiß, und man hat das Gefühl, da stimmt was nicht. Die Leute hinter der Essensausgabe sind alle schwarz und auch die Frauen an der Kasse, und sie tragen allesamt hellgrüne Uniformen. Und dann sind da die Tigua und die Kickapoo, die machen die Putzarbeit und tragen Blau. Charlie, ich rede mit dir ...«

Lottie hatte noch nie eine Nadel in einen Menschen gestochen. Keine ihrer Kolleginnen schien je irgendetwas lernen zu müssen, sie waren durchweg Alleskönnerinnen. Morgens beobachtete sie LuAnne ganz genau beim Blutabnehmen. Aber bei ihrem ersten eigenen Patienten, einem vierzigjährigen Schwarzen mit einer Unterschenkelamputation rechts infolge von Diabetes, traf Lottie zweimal die Vene nicht. Blut tropfte auf das blaue Kliniknachthemd des Mannes.

»Dreimal daneben, und Sie sind raus«, sagte er knapp. Er trug eine Brille mit dicken Gläsern.

In dem großen Krankensaal sahen fünf weitere Patienten von ihren Betten aus missmutig zu.

Ihre Lippen waren trocken. »Und was ist mit Fouls?«

Er schüttelte den kurz geschorenen Kopf.

Vier Betten weiter saß auf einem Hocker ein weißer Mann in einem dreiviertellangen weißen Kittel. Er winkte sie jetzt zu sich. Eins von LuAnnes Gesetzen fiel ihr ein: *Kurzer Kit-*

tel, kurzer Du-weißt-schon-was, ist gleich »in der Ausbildung«. Zu alt für einen Medizinstudenten. Vielleicht ein Arzt im Praktikum?

Was wollte er von ihr? Sie musste sich konzentrieren. Aber irgendwie hatte er etwas Gewinnendes: Er war Ende zwanzig, trug das dicke schwarze Haar zu einem Pferdeschwanz zurückgenommen und hatte klare haselnussbraune Augen. Der junge Mann löste gerade eine große Blutdruckmanschette vom Oberschenkel eines Patienten, der, wie sie plötzlich merkte, keine Arme hatte.

Ihr war, als würde sie jeden Moment das Gleichgewicht verlieren.

Der Mann im Dreiviertelkittel winkte sie wieder zu sich, jetzt mit seinen beiden langen, schlanken Händen.

»Sie sehen aus, als ob Sie ein Flugzeug in einen Hangar dirigieren«, rief sie ihm gereizt zu, als könnte ihre Gereiztheit ihr Halt geben. »Was wollen Sie?« Sie heftete den Blick auf die Venen ihres Patienten und setzte sich auf dem Hocker zurecht.

»Kommen Sie her«, rief er ihr zu.

»Sie gehen wohl besser noch mal in die Aufwärmzone«, sagte ihr Patient.

Unwillkürlich sah sie ihn finster-beleidigt an. Er sagte: »Warum hören Sie nicht auf den Coach? Er hat Ahnung.«

»Bringen Sie das Blutentnahme-Besteck mit«, sagte der Mann im weißen Kittel.

»Was wollen Sie von mir?«, fragte sie halb seufzend, halb fauchend, als sie ihm aus dem Krankenzimmer in einen kleinen Materialraum folgte, wo sich gefaltete Laken und grüne Schaumgummilatschen ordentlich auf den Metallborden stapelten. Er machte die Tür hinter ihnen zu.

»Wer sind Sie?«, herrschte sie ihn an. »Warum bringen Sie mich so in Verlegenheit?«

»*Ich* bringe *Sie* in Verlegenheit? Glauben Sie, die Patienten hätten nicht allesamt gemerkt, dass Sie tief in der Scheiße sitzen?« Abgesehen von den großen braunen Augen war sein Gesicht hager und hart, die Haut uneben und narbig. Aber in seiner Haltung lag eine gewisse Autorität.

Sie wandte den Blick von ihm ab. Das eine kleine Fenster ging auf einen großen Obst- und Gemüsegarten hinaus, selbst vom fünften Stock aus erkannte man die hellgrünen Wassermelonen und leuchtend gelben Kürbisse. Ein Patient in einem blau gestreiften Bademantel goss die Pflanzen mit einer Brausegießkanne.

»Hier, legen Sie den Schlauch an.« Er zog den weißen Kittel aus. Darunter trug er ein hellgrünes kurzärmliges Hemd und ein dickes elastisches Silberarmband mit einem eingravierten Sankt Georg im Kampf mit dem Drachen. Er ließ einen langen, drahtigen Muskel an seinem Oberarm hervortreten.

»Das ist nicht Ihr Ernst«, sagte Lottie.

Er zog den Stauschlauch mit der rechten Hand selbst zu. »Jetzt klopfen Sie auf die Vene, bis sie hochkommt. Da, sehen Sie? Jetzt die Kanüle nehmen und ausziehen«, er grinste, »ich meine, das Zellophan und diese kleine Plastikhülle abmachen. Und der Rest ist jetzt ganz einfach.«

Mit zittrigen Fingern führte sie die Kanüle dicht an seine hervorgetretene Vene. Er legte seine Finger auf ihre, hielt sie ruhig.

»Prima! Jetzt rein!«

Und sie schaffte es: Das dunkelrote Blut floss in das Röhrchen mit dem lila Anschluss.

Euphorisch grinste sie ihn an.

»Okay. Jetzt die Kanüle langsam rausziehen.« Er nahm seine Finger von ihren, und sie zog die Kanüle heraus. Er zeigte auf die Mullpads; nachdem sie ein Pad ausgepackt hatte, drückte er es auf seine linke Ellbogenbeuge. »Jetzt ein Pflaster.«

»Wer sind Sie?«, fragte sie. »Ein Engel?«

»Nur ein bescheidener Dienst-am-Nächsten-Leistender.« Er lachte und zeigte auf den Stuhl, wo sein Kittel lag. Auf dem Brusttaschen-Schildchen stand DR. GEORGE KENADJIAN. »Mein Schwert zu Ihren Diensten. Ich bin Assistenzarzt in der Pädiatrie.«

»Was machen Sie hier? Ich weiß gar nicht, wie ich Ihnen danken soll?«

»Versuchen Sie's noch mal an meinem anderen Arm, damit Sie sicher sind, dass Sie den Bogen raushaben.«

»Im Ernst?«

»Und ob. Legen Sie den Schlauch an. Okay, jetzt die Vene hervorklopfen. Neue Kanüle.«

»Ich glaub's nicht, dass Sie mich das tun lassen.« Sie sahen zu, wie das dunkle Blut in das Röhrchen schoss. »Mannomann, haben Sie tolle Venen!«

»Sie machen mir keine Avancen, oder?«

Sie wurde rot.

»Aus Gewissensgründen muss ich Ihnen sagen, ich habe normale Venen. Sie sind hier in einer Abteilung für Gefäßprobleme, wo alle Patienten lausige Blutgefäße haben.«

»Habe ich ängstlich geguckt? Hat man mir angesehen, dass ich keine Ahnung hatte, was ich da tue?«

»Ja.« Langsam breitete sich ein Lächeln über sein mageres Gesicht. »Und außerdem kenne ich Ihren Patienten. Er ist ein verschlossener, angespannter Mensch, und er kommt an seine Grenzen.«

»Sie waren sich so sicher, dass ich die Vene wieder nicht treffen würde?«

»Machen Sie nicht so ein Ding draus.«

»Wie hat der Mann, bei dem Sie vorhin waren, seine Arme verloren?«

»Eigenbeschuss. Halbblind ist er auch noch.«

»Oh«, sagte sie. »Oh.«

Er nickte. »Ich glaube, es war im Koreakrieg, aber gefragt habe ich nicht.«

»Wie ertragen Sie das?«

Er zog eine Grimasse. »Für ihn ist es schwerer als für mich.«

Sie nickte. »Wie nimmt man ihm Blut ab?«

»Man sucht sich eine oberflächliche Vene.« Er zog sich einen Schuh und Socken aus und fuhr mit dem Finger von einer Vene zur nächsten und wieder zu einer anderen. »Möchten Sie mal versuchen, in diese Vene an meinem Knöchel zu kommen? Hier. Nehmen Sie eine Butterfly-Kanüle. Ignorieren Sie den Geruch.« Er zeigte auf seinen nackten Fuß und grinste wieder.

»Sie sind wirklich unglaublich!« Sie beugte sich eifrig über seinen Fuß. Dann sah sie zu ihm auf. Er hatte Grübchen.

»Konzentrieren Sie sich auf das, was Sie tun.«

Sie sah wieder auf seinen Fuß, desinfizierte dann die Haut über der Vene mit einem Alkoholtupfer, führte die Kanüle ein und drückte die Flügel zusammen. Etwas Blut floss ins Röhrchen. Sie öffnete die Flügel, und als das Röhrchen zu einem Viertel voll war, zog sie die Kanüle heraus und klebte ein Mull-Pad auf seinen Fuß.

»Diese Chance kriegen Sie nicht jeden Tag – so tolle Venen wie meine.« Er lachte.

Sie wuschen sich die Hände am Edelstahlbecken.

Sie sagte: »Was macht ein Assistenzarzt der Pädiatrie auf einer Gefäßstation?«

»In diese Gefäße kommt man oft schwer rein. Kinderärzte lernen, in die kleinsten Venen zu kommen. Darum wird hier fast jeden Tag jemand von uns dazugerufen.« Dann sagte er: »Eine Frage – und verzeihen Sie, wenn ich mich danebenbenehme. Warum sind Sie Labortechnikerin? Sie wirken doch intelligent. Haben Frauen heutzutage nicht die Möglichkeit, Ärztinnen oder Wissenschaftlerinnen zu werden?«

»Ich will nichts werden«, gab sie zurück. »Ich verdiene nur ein bisschen Geld.« Aber die Frage brachte sie aus dem Konzept.

Als sie wieder auf die Station hinausgingen, dankte sie ihm herzlich.

Er sagte: »Sie haben ganz brauchbare Finger.«

Als sie Charlie an diesem Abend von ihrem Tag erzählte, sagte sie nichts von George Kenadjian. Hatte sie das Recht, sich zu einem Mann hingezogen zu fühlen, der nicht ihr Ehemann war? Er sah nicht so gut aus wie Charlie, aber er hatte so etwas Lebendiges, oder wie LuAnne sagen würde, er hatte einen Puls.

Ein paar Tage hoffte sie, ihm wieder zu begegnen, und achtete besonders darauf, was sie trug, und ob sie Lippenstift drauf hatte oder nicht.

Aber sie sah ihn nicht.

Lottie entwickelte rasch eine Routine. Morgens ging sie als Erstes auf die Stationen und nahm Blut ab, nahm Abstriche und sammelte Urinproben ein. Im Labor zentrifugierte sie die Blutproben zu einer klaren Serumschicht, einer dünnen gelben Schicht von weißen Blutkörperchen und einer dunklen, schweren Schicht von roten Blutkörperchen, und saugte dann das Serum mit einer Pipette auf. Sie gab die Testprobe auf einen Glasträger, inkubierte sie mit dem Reagenz, gab dann das Substrat hinzu und färbte die Probe oder maß sie in einer Küvette im Spektrophotometer. Sie impfte das Abstrichmaterial mit einer Impföse auf dem Nährboden aus. Nach der Mittagspause wertete sie die Kulturen vom Vortag und die Gram-Färbung aus. Wenn da ein Pathogen war, identifizierte sie es und machte Sensitivitätstests. Sie übernahm dringende Diagnostik-Notfälle, und bevor sie nach Hause ging, kontrollierte sie noch mal alle Stationen und die Notaufnahme.

Wo auch immer Lottie im Lauf des Tages war – Dr. Mihiner, der aussah wie ein etwas klein geratener Rugby-Spieler, pflegte unvermittelt aufzukreuzen. Wenn sie etwa in einem Krankenzimmer einen Rachenabstrich nahm, pflügte er wulstlippig heran. Oder sie entnahm gerade im Labor eine Erregerkolonie von einer Platte und beimpfte damit Zuckernährmedien in Reagenzgläsern, und plötzlich schaute er ihr über die Schulter. Starrte er auf ihre Brüste? Eines Nachmittags entdeckte sie ihn dabei, wie er das Laborjournal inspizierte, nachdem sie gerade ihre Ergebnisse eingetragen hatte. Am häufigsten aber sah sie ihn in der Cafeteria, kein Wunder, angesichts seines stämmigen Körpers und seines fleischigen Gesichts. Er hatte struppige braune Augenbrauen und tiefliegende dunkle Augen, und er rasierte sich den Schädel (gelegentlich sah sie hinter einem Ohr etwas grauen Flaum). In seinem langen Laborkittel schien er eher zu schreiten oder zu marschieren als zu gehen.

Vor allem in den Mittags- und Kaffeepausen lernte sie ihre Laborkolleginnen besser kennen. LuAnne war mit einem rundlichen Inhalationstechniker namens Oliver verlobt, der eine ebenso lockere Art hatte wie sie. Wenn sie nicht mit ihm zu Mittag aß, zeigte sie den anderen Frauen Besteck- und Geschirrkataloge. »Ich habe keine Rosinen im Kopf«, sagte sie. »Ich habe Suppentassen im Kopf.«

»An deiner Stelle würde ich Oliver im Auge behalten«, sagte Trixie.

»Wie weit würde er denn kommen mit dem Bauch?«

Trixie war geschieden und hatte einen sommersprossigen vierjährigen Sohn, den Lottie in der Klinik ein paarmal gesehen hatte. Er war schüchtern und hatte rote Augen. Trixie, ehemalige Wettkampfschwimmerin, hatte einen Langstreckenläufer geheiratet, dem sie bei einem großen Sportevent begegnet war, und an ihrem dritten Hochzeitstag war er mit einer Diskuswerferin auf und davon, ohne eine Nachsendeadresse zu hinterlassen.

Trixies Eltern waren wohlhabend, und sie hätte nicht arbeiten müssen, hatte den Job aber angenommen, um einen Mann zu finden. LuAnnes Oliver hatte Trixie ein paarmal zu verkuppeln versucht, und sie waren zu viert ausgegangen, aber Trixies Blick war stur auf die Tür zur Ärzte-Cafeteria gerichtet. Sie kam mit großen Goldohrreifen, in eleganter Kleidung und hochhackigen Schuhen zur Arbeit. Auf den Fluren und beim Mittagessen ließ sie ihren Laborkittel immer offen, damit ihre hübschen Kleider und die Konturen ihrer erwartungsvollen Brüste sichtbar waren.

Angela war unverheiratet. Sie lebte mit ihrer alten Mutter und ihrer verwitweten Schwester in einem kleinen Bungalow. Sie war eine fromme Katholikin, und als Dr. Mihiner eines Tages frotzelte, der Ausschlag auf ihren Händen, das seien wohl Stigmata, nannte sie ihn einen Drecksprotestanten und verlor beinahe ihren Job. Obwohl sie in Wirklichkeit weniger Erfahrung mit der Welt draußen hatte, verstand sie sich als eine Art ältere Schwester oder mütterliche Freundin und gab den anderen Ratschläge in Sachen Haushalt und Kleidung und wie sie ihre »Galane« bei der Stange halten könnten.

Lottie war diesen Frauen freundlich gesinnt und daher enttäuscht, dass deren Gespräche sie nicht interessierten und dass ihre Kolleginnen, als sie die Laborroutinen erst einmal beherrschte, nicht mehr gewillt schienen, ihr etwas beizubringen.

»Warum färben sich die Zuckernährmedien verschieden, je nach dem Pathogen?«

»Damit man unterscheiden kann, was was ist.«

»Ja, aber wie kommt das?«

»Ist eine komplizierte chemische Reaktion«, sagte Trixie. »Wie steht mir ›Periwinkle‹?« Sie wackelte mit den Schultern. »Irrer Name, oder? Ist gerade *die* Farbe.«

LuAnne gestand, dass sie nicht mehr wisse als nötig und auch gar nicht mehr wissen wolle. »Du bist ein seltener Vogel«, sagte sie zu Lottie. »Du wirst davonfliegen.«

»Ich will nirgends hin«, sagte Lottie.

Einmal ging die Zentrifuge kaputt, und Lottie besorgte sich einen Schraubenzieher und begann, sie auseinanderzunehmen.

»Rühr sie nicht an!«, sagte Angela. »Gehört nicht zu deinem Job.«

Sie nahm sie trotzdem auseinander, und es kostete sie eine Stunde herauszubekommen, was das Problem war, und eine weitere halbe Stunde, sie wieder zum Laufen zu bringen. Als sie gerade fertig war, kam Dr. Mihiner herein. »Sie haben die repariert?« Er hängte ein Reagenzglas in die Zentrifuge, und als es ordentlich zentrifugiert wieder herauskam, schien er verblüfft. Die anderen Labortechnikerinnen waren ihr gegenüber, so schien es Lottie, etwas distanzierter als vorher – bis auf LuAnne, die lächelte und mit den Armen flatterte.

Mit der Zeit ging Lottie dazu über, sich beim Essen zu beeilen und den größten Teil ihrer Mittagspause in der Bibliothek zu verbringen. Manchmal saß dort Dr. Mihiner, rund und seufzend, und las. Ihr ging auf, dass sie ihn umso seltener sah, je selbstsicherer sie wurde.

Einmal stand er auf, als sie hereinkam, und reichte ihr einen Übersichtsartikel mit dem Titel »Jüngste Fortschritte im mikrobiologischen Labor«. Sie war überrascht und erfreut und bedankte sich mehrfach. Ein paar Wochen später erzählte er ihr von einem Gewebekultur-Experiment, an dem er arbeitete, und erbot sich freiwillig, ihr den Aufbau zu zeigen.

Lottie ging in seine kleine Kammer, wo er ihr seine Arbeit freudig erregt erklärte.

Eines Tages erschien er in der Cafeteria und bedeutete ihr gebieterisch mitzukommen. Sie ließ ihr volles Essenstablett auf dem Tisch zurück. Trotz ihrer Größe – sie überragte ihn um einige Zentimeter, war aber schlanker und leichter und fühlte sich weniger substanziell – merkte sie, dass sie auf jeden seiner Schritte zwei, drei kleinere machte, als trüge sie eine Fußfessel.

Auf dem Flur sagte Mihiner: »Sind Sie die, die die Blutgase macht?«

Lottie schüttelte emphatisch den Kopf. Und als salutierte sie vor einem Sergeant, sagte sie: »Lottie Hart, Sir.«

»Ich weiß, wer Sie sind«, sagte Mihiner. »Ich habe Sie eingestellt. Was lesen Sie da?«

Lottie zeigte ihm einen Mikrobiologie-Text.

»Ein bisschen Wissen ist eine gefährliche Sache …«, sagte Mihiner im Davonschreiten.

Am Ende der Mittagspause kehrte sie ins Labor zurück. Als sie an Mihiners Büro vorbeikam, hörte sie durch die geschlossene Tür seine sonore Stimme, laut und zornig. Ihm antwortete eine dünnere, panische Stimme. Lottie sah im Geist eine Grille verzweifelt die Beine aneinanderreiben, während der Winter nahte. Was gesagt wurde, konnte sie nicht verstehen.

Ein paar Minuten später kam Trixie, die die Blutgase machte, ins Labor geschlichen, rot im Gesicht, setzte sich auf ihren Platz und sah aus dem Fenster. Als Mihiner weg war, begann sie, wütend mit Büchern herumzuknallen und unsanft mit Laborgläsern zu klappern.

Lottie wollte fragen, was denn passiert sei. Sollte sie die unglückliche Trixie in den Arm nehmen? Aber Lottie wusste nicht, wie sie sich einer tobenden Frau nähern sollte, die sie sah, aber ignorierte. Lottie hatte niemand je so angebrüllt, niemand außer ihrem Vater. Aber ihr Vater wusste, dass sie etwas im Kopf hatte. Wie dachte Mihiner über *sie?* Würde sie irgendwann an der Reihe sein, von ihm niedergemacht zu werden? Sie hoffte, nichts zu vermasseln, wenn Trixie denn etwas vermasselt hatte. Es konnte durchaus sein, dass Trixie gar nichts verkehrt gemacht hatte – sie war kompetent, wenn auch einfallslos – und einfach nur bei Mihiner irgendwie in Ungnade gefallen. Nicht sicher, ob sie es herausfinden wollte, machte Lottie sich daran, ihren Aufgaben auf den verschiedenen Stationen nachzugehen. Und sie sollte nie erfahren, was zwischen Mihiner und Trixie vorgefallen war. Während der nächsten Tage dachte sie, auch wenn sie keinen Beweis dafür hatte, dass die anderen Labortechnikerinnen es wussten, und am Ende war sie sich bei keiner mehr sicher, woran sie mit ihr war.

Lottie saß auf der Bettkante und erbrach sich in den grauen Plastikpapierkorb, den Charlie sich gerade noch geschnappt hatte. Er saß neben ihr und hielt ihr das Haar aus dem Gesicht. »Hast du eine Spange? Tut's auch ein Gummiring? Ich hol dir ein Glas Wasser.«

»Ich will nichts von dem stinkenden Wasser. Da ist Öl drin.« Sie würgte wieder. »Vielleicht sogar irgendwas Radioaktives.«

»Sei nicht albern«, sagte er. »Ich trinke das Wasser doch auch. Wahrscheinlich hast du dir im Krankenhaus irgendwas eingefangen. Du musst diesen Job aufgeben.«

Es war das erste Mal, dass er von sich aus ihren Job erwähnte.

»Es macht mir nichts aus, im Labor zu arbeiten, Charlie, ehrlich. Wenn du mehr Geld verdienen würdest, wäre ich in diesem Haus begraben.« Sie legte den Arm um ihn.

»Du empfindest unser Haus als Grab?« Er sah gekränkt aus, während er ihr Mund und Kinn mit Papiertaschentüchern abwischte.

»Na ja, nicht speziell unser Haus.«

Früh am nächsten Morgen klingelte es an der Tür. Einen Becher Kaffee in der Hand stand da die Nachbarin von gegenüber, eine große, vollbusige Frau in einer Strickjacke über einem sonnenblumengemusterten Kleid, und lud sie für den Abend zu einer Party ein. Hinter ihr tigerte ein schwarzer Labrador auf der Eingangsterrasse hin und her.

Der Geruch von Ladja Kowiezcas heißem Kaffee traf Lottie wie ein Schlag in die Magengrube, und sie schaffte es gerade noch, die Fliegentür aufzureißen und über den Rand der Eingangsterrasse zu kotzen. Der Labrador sah besorgt zu.

»Sie braucht einen Arzt«, sagte Charlie.

»Ich brauche eine Schaufel, das brauche ich«, sagte Lottie.

Am Abend war das Wohnzimmer der Kowiezcas mit rosa und blauen Papiergirlanden und Heliumballons geschmückt, und die Nachbarn gratulierten Lottie und Charlie und sagten, es würde das erste Baby seit sieben Jahren sein, das in der Straße geboren würde.

Hinterher saß Charlie im Bett, ein Kissen hinterm Kopf, und beobachtete, wie sie sich auszog.

»Lass es«, sagte sie. »Ich kriege noch nicht mal meinen BH auf.«

»Ich mach's, Tollpatsch«, sagte er grinsend.

»Du siehst mich an, wie ich Blutausstriche ansehe.« Sie machte die Decken- und die Nachttischlampe auf ihrer Seite aus.

Er langte herüber und machte die Nachttischlampe wieder an.

»Herrgott, Charlie, man sieht doch noch gar nichts!«

Er öffnete ihren BH, drehte sie zu sich und musterte ihre Brüste.

»Willst du ein Lineal? Ein Maßband?«

Er nahm ihre Brüste von unten in seine großen Hände.

»Eine Waage?« Sie grinste. »Hey, erinnere ich dich an Ladja Kowiezca?«

Charlie sagte. »Meinst du, es stimmt?«

Sie zuckte die Achseln, und ihre Brüste hoben sich ein wenig und fielen wieder in seine Hände.

»Fühlst du dich so wie … damals?«

»Da hatte ich Angst. Keine Ahnung, wie ich mich gefühlt habe.«

Er zog sie behutsam zu sich herunter, streifte ihr den Unterrock über den Kopf ab und vergrub seine Nase in ihrer Achselhöhle.

»Was machst du?« Sie fuhr ihm mit den Fingern durchs blonde Haar.

Langsam und vorsichtig, als wäre er ein mächtiger Hirsch mit einem ausladenden Geweih, schmuste er sich über ihre Brüste zu ihrem Bauch hinab. Begann, ihr die Strumpfhose hinunterzustreifen.

Sie hob den Po an, um ihm zu helfen, und wand die Beine aus den Beinteilen. Er drehte sie auf den Bauch, schloss die Augen und fuhr mit der Nase langsam ihre Wirbelsäule hinab.

Sie kicherte. »Was treibst du da?«

»Wieso? Ich treib's doch gar nicht.«

»Was *machst* du, Scherzkeks?«

»Ehrlich jetzt?«

»Mhm.«

»Ich nutze all meine Sinne, um ihn aufzuspüren.«

Sie war gerührt, aber auch betroffen, weil sie daran denken musste, wie sie vor so langer Zeit im kalten Herbstlaub seinen Kopf zwischen ihre Beine gezogen hatte. Sie versuchte, einen leichten Ton anzuschlagen. »Da schnupperst du jedenfalls an der falschen Ofentür.« Aber der Witz erstarb. Sie klang wie LuAnne, dachte sie. Lottie drehte sich auf den Rücken, legte die Arme um Charlies Kopf, zog sein Gesicht an ihres und küsste ihn vehement auf den Mund. »Vergiss ihn«, sagte sie. Sie griff nach seinem Penis, der sich in ihrer Hand wie ein Teleskop ausfuhr.

Charlie schüttelte den Kopf. »Ich bums da drinnen nicht rum.«

»Er ist doch ein einziges großes Vielleicht, Charlie. Vielleicht ist er da. Vielleicht bleibt er da.«

Sie saugte an seinen Brustwarzen.

»Weinst du?«, fragte er sie.

»Lass uns Liebe machen.«

»Warum weinst du?«

»Komm in mich rein, Charlie.«

Er schüttelte den Kopf.

»Was ist die Idee dahinter? Dass ihn das Leben herumstoßen soll, aber nicht sein Vater?« Charlie grinste. »Wusste gar nicht, dass ich so tiefschürfende Sachen denke.«

»Allein schon die Aussicht, Vater zu werden, hat einen Philosophen aus dir gemacht. Soll das heißen, wir schlafen nicht mehr miteinander, bis er geboren ist?«

»Glaubst du, da drin ist wirklich ein Baby?«

»Ich weiß nicht«, sagte sie.

»Wir könnten in die Notaufnahme gehen?«

Nie wieder. »Wir haben ja um neun einen Termin.« Nach kurzem Schweigen sagte sie: »Warum sagst du immer ›er‹? Wünschst du dir einen Jungen?«

 »Ich hör dich nicht ›sie‹ sagen.«

»Ich denke, dass das – das andere Baby –, dass es vielleicht ein Junge war. Jungen sind empfindlich.«

»Glaubst du?«

»Frühgeburten, Totgeburten – beides bei Jungen viel häufiger. Jede Art von Neuralrohrfehlbildungen – Spina bifida, Anenzephalie …«

»Du hast dich da echt reingekniet«, sagte er ernst.

Sie redeten die ganze Nacht. Vom Bett aus, einander im Arm haltend, sahen sie zu, wie die aufgehende Sonne Orange, Pink und Gold am weiten Horizont ausrollte. Langsam zog sie ihre leuchtenden Bänder ein, um einen aufsteigenden Feuerball zu bilden.

Obwohl Charlie fand, sie solle sofort telefonisch mit der Arbeit Schluss machen, statt noch eine Erkältung oder Schlimmeres zu riskieren, kündigte Lottie im Krankenhaus mit zwei Wochen Frist.

An ihrem letzten Tag luden die anderen sie in der Mittagspause ins Hounddog ein und erhoben Milchshakes auf ihr Wohl. Das Dessert war eine Schichttorte mit der Aufschrift LOTTIES ERSTEM ALLES GUTE! in Weiß auf der Schokoladenglasur. Lottie glaubte eine Träne in Angelas Auge auszumachen, aber vielleicht war es ja auch eine in ihrem eigenen. Es ärgerte sie, dass sie inzwischen so nah am Wasser gebaut hatte. Sie hatten zusammengelegt und ein Geschenk für das Baby gekauft, ein Schachtelmännchen in Gestalt eines Clowns mit einem rot gepunkteten Hemd und einem traurigen Gesicht. Es freute Lottie, beunruhigte sie aber auch irgendwie. War es nicht vermessen, Geschenke für ihn oder sie anzunehmen, als wäre eine Lebendgeburt etwas, das man vernünftigerweise erwarten konnte, ja, fast schon eine definitive Tatsache? Zu Hause brachte Lottie das Schachtelmännchen gleich auf den Speicher. Warum unnötiges Zeug im Haus herumstehen haben?

Eine Woche später kam mit der Post ein in Packpapier eingewickeltes Buch. Es war *»Mikrobenjäger«* von Paul de Kruif, und auf der Titelseite stand in penibler schwarzer Handschrift ALLES GUTE, MRS. HART, unterschrieben mit Dr. Arlow A. Mihiner.

Von einer schlanken jungen Frau wurde Lottie rasch zu einer Person, der man Platz machte, die massiv war, robust – ach, wenn sich doch das Baby als genauso robust erweisen würde! Sie war froh und stolz, offiziell schwanger zu sein, ein Anrecht auf einen Sitzplatz im Bus oder auf den Vortritt in der Kassenschlange zu haben. Wenn ein Kind fragte, ob es ihren Bauch berühren dürfe, strahlte Lottie. Sie kaufte sich eine dicke, kartonierte, schwarz-weiß marmorierte Kladde, in die sie in raumgreifender Schrift schrieb: »dunkle Flecken im Gesicht«, »Linea nigra (dunkle Linie vom Nabel bis zum Schambein) aufgrund von Chloasma oder Melasma …«, »Besenreiser, Krampfadern …« Sie weidete sich an jeder Form von Beschwerden und äußerer Veränderung. Und sie meldete Charlie und sich zum ersten Geburtsvorbereitungskurs im Ort an.

Neben ihrer wachsenden Angst und freudigen Erregung – Er tritt! Er tritt! – verspürte sie ab und zu ein diffuses Verlustgefühl. Das milde Klima nicht gewohnt dachte sie, es sei der nördliche Herbst, der ihr fehlte, und sie forschte in Tourismus-Prospekten nach den wenigen Orten in Texas, wo man bunt verfärbtes Laub sehen konnte. Sie hatten Namen wie Naturschutzgebiet Lost Maples, Herbstwandergebiet Winnsboro … Aber sie waren Hunderte Meilen entfernt, und ohne Reservierung ging gar nichts wegen des Ansturms.

Lag es daran, dass sie so weit von ihren Eltern weg war, machte ihr das ein wenig zu schaffen? Sie hatte von Frauen gehört, die ihre Mütter im Kreißsaal dabeihaben wollten. Jemand hatte ihr sogar von einer Erstgebärenden erzählt, die versehentlich den Namen *ihrer* Mutter auf der Geburtsurkunde angegeben hatte. Aber Jeanie wirkte doch manchmal gar nicht wie Lotties richtige Mutter, mehr wie eine Figur aus einem der Bücher, die sie ständig las – las ihre Mutter denn nie eine Biografie, etwas Historisches, etwas Reales? Und sie wollte ihre Mutter mit ihrem ewigen Rauch nicht um sich haben und schon gar nicht ihren Vater mit seiner Gereiztheit, seiner Krittelei.

In der Stadt gab es ein Sears-Kaufhaus, und sie gingen zwar hin, um sich Sachen anzuschauen, aber Lottie war doch zu abergläubisch, um auch nur einen Stubenwagen zu kaufen, bevor das Baby da war. Und das Material, aus dem die Strampelanzüge waren, fühlte sich rau an oder nach Plastik, und die Nähte standen hervor. Bei Bump, dem Umstandsmode- und Babykleidungsgeschäft am Ort, genügte auch nichts ihren Ansprüchen, nicht mal die Strampler, die sie sich nicht leisten konnte – obwohl sie nicht dahinterkam, was daran auszusetzen war.

Lottie träumte, dass ihre Großmutter auf ihrer alten Singer eine Babydecke aus purem Gold für sie spann. Sie erwachte zum Platzen glücklich.

Und dann weinte sie.

Lottie saß im Bademantel am Küchentisch, trank eine Tasse Tee und guckte eine fiktionalisierte TV-Serie über die erste Astronautengruppe, die Mercury 7. Scott Carpenter landete nach beendeter Mission mit seiner Raumkapsel im Atlantik. Die Kapsel begann rasch zu sinken. »Holt mich hier raus! Holt mich hier raus!«, flehte Carpenter.

Plötzlich waren ihr Schoß und ihre Beine nass. Sie blickte auf ihre Füße in den rosa Frotteepantoffeln. Sie zog einen anderen Stuhl heran, hievte ihre Füße darauf, öffnete den Bademantel und inspizierte ihre nassen Beininnenseiten. Keine Klumpen, kein Blut. Sie berührte ihre Schenkel, hielt die nassen Finger ans sonnige Fenster. »Klar! Klar!« Sie küsste ihre nassen Finger.

Im Krankenhaus wartete Charlie auf dem Flur, während sie ihr das Schamhaar abrasierten und einen Einlauf verpassten. Nachdem sie sich gewaschen und abgetrocknet hatte, betupfte Lottie ihre Schenkel, ihre Pobacken und die Haut hinter ihren Ohren mit einem Freesien-Parfüm, das ihre Großmutter immer benutzt hatte.

»Bitte lassen Sie ihn rein«, sagte sie.

Die Schwester wackelte mit den Nasenflügeln und schüttelte den Kopf.

»Ich brauche ihn!«

Die Schwester sagte: »Sie brauchen ein einfaches Baby. Und jetzt keine Ablenkung.«

»Er sagt kaum was!«

Der Anästhesist ging hinaus und nahm Lotties Patientenkarte mit. »Ich dachte, vielleicht sind Sie das ja, als ich den Namen gesehen habe«, sagte er zu Charlie. »Ich war auf der Michigan, Abschlussjahrgang …«

 »Charlie! Charlie!«, schrie Lottie durch die offene Tür.

Er kam hereingerannt.

Und mit ihm der Gynäkologe, fast so groß wie Charlie, rothaarig und -bärtig und mit einem roten Halstuch.

Lottie umklammerte Charlies Hand.

Der Gynäkologe sagte: »Mir sind schon Ehemänner im Wartebereich ohnmächtig geworden.«

»Bitte«, sagte Lottie.

»Sind Sie je in Ohnmacht gefallen?«, fragte er Charlie.

»Bei meiner Beinverletzung.«

»Ich bürge für ihn«, sagte der Anästhesist. »Dieser Mann war der beste Runningback ...«

»Sie spielen Profi-Football?« Der Gynäkologe sah Charlie jetzt interessiert an.

Charlie schüttelte grimmig den Kopf.

Der Gynäkologe zuckte die Achseln.

»Er war unglaublich«, mischte sich der Anästhesist ein. »Die Fans auf den Tribünen haben geheult, als er damals zu Boden gebracht wurde. Ich habe mich betrunken ...«

»Meine Herren, bitte!« Die Schwester stampfte mit dem Fuß auf.

Der Gynäkologe postierte sich zwischen Lotties Beinen. »Okay, Kumpel, ziehen Sie Handschuhe an, aber pronto, und einen Kittel«, sagte er zu Charlie.

Lottie fühlte einen Schmerz, als ob ihr die Eingeweide herausgerissen würden. Sie wollte nur eins: loslegen und alles aus sich herauspressen, all diese Leute aus dem Raum hinauspressen. Selbst Charlie.

»Noch nicht, warten Sie!«, rief ihr der Gynäkologe gelassen zu.

Wie sie es im Geburtsvorbereitungskurs gelernt hatte, begann sie zu hecheln, den Blick auf Charlie geheftet, der in der Ecke stand: Jemand band ihm von hinten den Kittel im Nacken und in der Taille zu, und jemand anders half ihm mit den Handschuhen.

Lottie erschauerte in mächtigen Wellen.

»Okay, meine Liebe, jetzt dreimal richtig fest pressen, das ist alles, was es braucht.« Der Gynäkologe postierte Charlie neben sich.

Sie hielt sich an den Seiten der Liege fest und presste mit aller Kraft.

»Da ist der Kopf!«, rief Charlie. »Er schaut mich an! Er hat leuchtend blaue Augen.«

»Alle Babys haben blaue Augen«, sagte die Schwester.

»Da kommt die rechte Schulter«, sagte der Arzt. »Fangen Sie ihn wie einen Football, Charlie!«

»Ist er am Leben?«, fragte Lottie.

Charlie fing das Baby mit seinen beiden behandschuhten Händen auf und barg es in einer einzigen fließenden Bewegung an seiner Brust, die Schultern gekrümmt.

»Zeig her! Zeig her!« Lottie stemmte sich auf die Ellbogen hoch.

Als der Arzt die Nabelschnur abklemmte, wand sich das blutige, kahlköpfige, rundliche kleine Mädchen in Charlies Armen und schrie.

Lottie stieß ebenfalls einen Schrei aus. Sie streckte die Arme aus, und Charlie übergab ihr das lebende Kind, und sie hielt es hoch über ihren Kopf und schwebte mit dem Baby empor, aus dem Bett, durchs ungeöffnete Fenster und weit hinaus, der Sonne entgegen.

Ein seltsamer kleiner Schatten oder eine Gegenströmung: Sie fühlte eine gewisse Verwirrung, eine leichte Verärgerung, ja, sogar ein bisschen Scham – weshalb? Weil das Baby kein Junge war? Ihre Reaktion war Lottie so peinlich, dass sie mit niemandem darüber reden konnte – nicht mit Ladja Kowiezca, die sie im Krankenhaus besuchen kam, mit einem Geschenk, bestehend aus einer rosa Plastiktasse nebst ebensolchem Teller und Löffel. Nicht mit Trixie McKloskey im weit offenen Laborkittel über einem schmeichelnden roten Pulli, durch den ihre Nippel lockten. Nicht mit LuAnne, die auf Lotties Bett saß, mit Kaugummi knallte und Witze riss – *Schon gehört, Marlene Dietrich hat sich so oft liften lassen, dass sie jetzt einen Bart hat?«* –, den Arm um die Schultern eines zufriedenen, stämmigen Oliver. Und schon gar nicht würde sie mit ihrem Vater über ihre Enttäuschung reden. Er sagte am Telefon, »Eine Enkeltochter« und setzte dann hinzu, »wie nett«. Noch nicht mal mit Charlie. Wo war ihre Großmutter? Würde »Der Weiblichkeitswahn« oder »Das andere Geschlecht« etwas zu ihrem Demütigungsgefühl zu sagen haben? Diese Bücher, von denen im Fernsehen die Rede war, gab es nicht im Krankenhauskiosk und auch nicht auf dem Büchereiwagen, den eine ehrenamtliche Helferin jeden Morgen umherkarrte. Und die dringenden körperlichen Bedürfnisse des Babys zogen Lotties Aufmerksamkeit schnell von ihrem eigenen Innenleben ab, bald war das einzige Buch, auf das sie sich konzentrieren konnte, Dr. Spocks Erziehungsratgeber.

Zu Hause dann schrie Evelyn mitten in der Nacht bitterlich – wusste sie, dass sie kein Junge war? –, und das Einzige, was half, war Bewegung. Lottie schaffte es irgendwie, ihr schreiendes Baby in den Kindersitz zu schnallen, und setzte dann so schnell wie möglich rückwärts aus der stockfinsteren Einfahrt. Sobald das Auto sich bewegte, beruhigte sich Ev, und gleich darauf schlief sie ein. Wenn Lottie aber an einer Ecke oder an einer der beiden Ampeln im Ort halten musste, fing Evelyn an zu maunzen. Also hielt Lottie sich an die Highways, die um diese Zeit leer waren. Ihre Benzinrechnung stieg, und Lottie hatte Angst, am Steuer einzuschlafen und sie beide umzubringen. Sie weckte Charlie, und er übernahm es, nachts mit Evelyn umherzufahren, da Lottie stillte und ihren Schlaf brauchte.

Tagsüber wirkte Ev sonnig, robust und friedlich. Sie war kräftig wie Charlie, blond und blauäugig wie ihre beiden Eltern und auf eine stille Art lieb.

Robust, robust, sagte sich Lottie, aber das hielt sie nicht davon ab, Evelyn ständig zu umglucken. Wenn Ev lächelnd die Ärmchen nach einem Schatten, nach einer Libelle, nach Charlies Trophäen ausstreckte, streckte auch Lottie die Hand aus, als wäre da womöglich eine Gefahr, die sie abwenden konnte. Als der Postbote sich angewöhnte, nach Evelyns Schläfchen zu kommen, machte Lottie sich plötzlich Sorgen wegen möglicher Briefbomben, und wenn die Nachbarinnen vorbeikamen, um »unseren kleinen Krokus«, »unser Butterblümchen«, »unsere gelbe Rose von Texas« zu halten, ließ Lottie sie sechzig Sekunden Hände waschen, bis zu den Ellbogen, und stand, wenn sie das Baby hielten, direkt daneben, die Arme an die Seiten gepresst, damit sie sie nicht sicherheitshalber ausstreckte.

Erst, als Evelyn ihr Gewicht verdoppelt und dann verdreifacht hatte und nachts durchschlief, glaubte Lottie wirklich, dass das Kind real war, dass es ihrs war, dass es leben würde.

Es ärgerte sie, dass Evelyn, sobald sie krabbeln konnte, schnurstracks auf Charlie zusteuerte – mochte denn jeder

Jungs lieber? Sie sagte sich, klar, sie war die ganze Zeit da wie die Sonne oder der Mond, während Charlie kurz erschien, ein strahlend heller Komet am Nachthimmel. Es war doch sicher gut für ein Kind, mehr als eine Bindung zu haben? Es war doch wichtig, dass ein Mädchen seinen Vater liebte, oder?

Wenn Evelyn schlief, nahm Lottie sich das Buch vor, das ihr Dr. Mihiner geschenkt hatte, über berühmte »Mikrobenjäger«. Es war in einem überschwänglichen Stil geschrieben, voller Ausrufezeichen, aber was diese Männer gemacht hatten, die sie guten Teils schon aus ihren College-Kursen kannte – die ersten Mikroskoplinsen geschliffen, das Geheimnis der Gärung gelüftet, die Syphilis besiegt –, war aufregend. Frauen kamen in dem Buch nicht vor, es sei denn, in Gestalt von Madame Pasteur:

> Wieder einmal wälzte er [Louis Pasteur] sich schlaflos in seinem Bett und flüsterte seiner Frau zu, was er hoffe, was er fürchte. Sie konnte ihm nicht raten, aber sie tröstete ihn; sie konnte alles verstehen. Ihr Verständnis war unschätzbar für ihn.

Oder Frau Metschnikow:

> Flugs war er [Elias Metschnikow] in Wien, Olga und die Kinder an den Rockschößen, Schritt haltend so gut sie konnten … Es galt, den angesehenen Professor von der Richtigkeit der Theorie zu überzeugen, dass wir gegen Bazillen nur deshalb immun sind, weil wir wandernde Zellen im Blut haben, die die Mikroben verzehren.

Sie identifizierte sich mit den Wissenschaftlern. Aber dann fiel ihr wieder ein, dass sie kein Mann war, und sie fühlte sich klein und beschämt. Vielleicht würde sie ja eines Tages ein Buch über Wissenschaftlerinnen schreiben – gab es überhaupt welche außer den beiden Curies, Marie und deren Tochter Irène? Sie sah eine Kindergeschichte vor sich, in der sie von einer Kutsche ins Labor gebracht wurde, einer Kutsche, gezogen von Ratten, geflügelten Ratten, und gelenkt von ihrer Großmutter. Sie würde sie ihrer Tochter vorlesen – sie hatte eine Tochter, sie, Lottie!

Unterdessen fand sie eine Babysitterin ein paar Blocks vom Krankenhaus entfernt und arbeitete wieder als Labortechnikerin. Sie brauchten dringend Geld, und Charlie erhob keine Einwände.

Morgens stellte sie ihm seine Cornflakes hin und malte mit einem orangefarbenen Filzstift ein Herz auf eine Papierserviette. Wenn sie zur Haustür hinausging, die fröhlich glucksende Evelyn in einer Babytrage vor ihre Brust geschnallt, und dann zu Fuß eine Straße weiter, um den Bus zur Babysitterin zu nehmen, und dann allein noch mal zwei Blocks zum Krankenhaus marschierte, hörte sie sich oft vor sich hin summen: *»Oh, what a beautiful morning!«*

An einem Winterabend kam Lottie von einer Doppelschicht – Angela und Trixie fehlten beide wegen Grippe –, und fand das Haus dunkel und kalt vor. Oben lief der Fernseher.

»Charlie?«

Sie knipste eine Lampe an, öffnete Evelyns Snuggly und hob sie heraus. Sie knöpfte Evelyns rote Überjacke auf und legte das Kind, noch mit Jacke und Leggings, in den Laufstall im Wohnzimmer.

»Kalt.« Evelyn zog sich hoch und stand an den Gitterstäben.

Lottie machte alle Lampen im Wohnzimmer und die Deckenlampe in der Küche an. Das Thermometer im Flur zeigte zehn Grad.

Sie ging in den Keller, um den Heizkessel zu befühlen. *Kälter als ein Eisbärarsch.*

Oben in ihrem Schlafzimmer war kein Licht, außer dem vom Fernseher. Ein Interviewer in einem Schaffellmantel und mit Karakulmütze und Handschuhen hielt sein Mikrofon einem Footballspieler hin, der anderthalbmal so groß war wie er. Der Spieler hatte die Hände unter seinem dünnen Nummer-11-Trikot und pumpte mit den Fingern. Er rieb sich mit den Fäusten über die breite Brust. Seine Hände wirkten wie panische Tiere, die Deckung suchten.

»Der Football fühlt sich an wie ein Stein«, antwortete der Spieler mit einem Südstaatenakzent. »Man kann ihn nicht werfen. Meine Receiver können ihn nicht fangen. Und mit diesen albernen Schuhen hat man keine Haftung.«

Sie knipste Licht an und schaltete den Fernseher aus.

Charlie schlief im Mantel unter einer Quilt-Decke, die ihre Großmutter genäht hatte. Sie war tiefblau mit großen roten und weißen Hibiskusblüten in der Mitte.

»Charlie.« Sie rüttelte an seiner Schulter.

Er drehte sich von ihr weg.

Sie rüttelte wieder. Er drehte sich auf den Bauch.

»Meine Güte, Charlie, hier drin ist es eiskalt! Bist du krank?« Sie fühlte seine Stirn und mit der anderen Hand ihre eigene. Kein Unterschied, und einen verrückten Moment lang war sie erleichtert. »Was ist los? Hast du die Heizölfirma angerufen?«

Er schüttelte den Kopf.

Sie ging hinunter in die Küche und rief den Heizöl-Notdienst an.

Sie trug Evelyn nach oben und packte sie neben Charlie unter die Decke.

Lottie schaute auf den toten Fernsehbildschirm.

Ev krabbelte über die Brust ihres Vaters auf die andere Seite des Betts.

»Sie fällt runter!«, rief Lottie.

Charlie schwang einen Arm wie einen Fanghaken, verfehlte Evelyn aber. Sie fiel kopfüber auf den Boden und schrie.

Lottie rannte ums Fußende des Betts und hob sie hoch. Evelyn schrie immer noch, versuchte sich Lotties Griff zu entwinden und zu Charlie zu gelangen.

Er setzte sich langsam auf und nahm sie. Evelyns rote Jacke und blonden Haare leuchteten im Kontrast zu seinem grauen Gesicht.

Lottie tastete Evelyns Kopf ab, dann ihre Arme und Beine und ging hinunter in die Küche, Eis holen, das sie in ein Geschirrtuch wickelte. Doch sobald sie es an Evs Stirn hielt, wand sich das Kind und schrie in Charlies Armen.

Lottie gab auf und setzte sich aufs Bett.

Als Evelyn sich beruhigt hatte, gab Charlie sie ihr. Lottie drückte sie an sich und setzte sie dann auf den Fußboden.

»Was ist los, Charlie? Warst du auf Sauftour?« Er trank kaum je Alkohol, aber sie konnte sich keine andere Erklärung denken.

Charlies Gesicht wirkte wie aus verwittertem Holz geschnitzt.

 »Gott, Charlie, was ist mit dir?«

Um die Aufmerksamkeit ihres Vaters auf sich zu lenken, zog Evelyn an der Decke. Lottie griff in die Tasche und gab ihr einen Schlüsselbund. Evelyn klimperte mit den Schlüsseln.

»Du hast die Heizölrechnung drei Monate nicht bezahlt.«

Er nickte.

Klimper-Klimper.

»Warst du an der Uni?«

»Ja.«

»Warst du im Fitnesscenter?«

»Nicht heute.«

Evelyn warf die Schlüssel durchs Zimmer. Sie rutschten unter den Fernsehtisch.

»Warum nicht?«

»Ich gehe montags, mittwochs und freitags hin.«

»Slüssel, Slüssel«, rief Evelyn fröhlich, hüpfte am Bett auf und ab und zeigte in die betreffende Richtung.

»Nicht jeden Tag? Ich dachte, du gehst jeden Tag.«

»Ich stehe nicht im Training.« Er lachte rau.

»Na und? Trainiere irgendwas. Geh schwimmen. Du sollst doch schwimmen. Für dein Bein.«

»Ich bin ein Teammensch.«

»Slüssel, Slüssel«, schrie Evelyn.

»Es gibt doch ein Schwimmteam«, überschrie Lottie Evelyn. »Wahrscheinlich gibt es sogar ein gottverdammtes Geherteam.«

»Hör auf zu fluchen«, sagte Charlie, aber durch Evelyns Geschrei hörte sie ihn kaum. »Seit wann fluchst du?« Dann sagte er: »Ein Geherteam? Wovon redest du? Ich kann ja kaum normal gehen.« Lottie ging auf alle viere, fischte die Schlüssel unter dem Fernsehtisch hervor und gab sie

Evelyn in die ausgestreckte Hand. Charlie guckte auf den dunklen Fernseher.

»Musst du heute Abend in die Bowlinghalle? Hast du zu viel gearbeitet? Vielleicht arbeitest du ja einfach zu viel.«

Klimper-Klimper.

»Mach dir um mich keine Sorgen«, sagte Charlie lächelnd.

Idiotischerweise lächelte sie zurück.

Im Mantel wärmte sie in der Küche ein Fläschchen und erhitzte eine Dose Nudelsuppe mit Pute. Am Vorabend hatte sie, bevor sie zur Arbeit ging, ein Hühnchen aufgetaut. Mit einer schicken Füllung wäre es vielleicht genau das Richtige, um seine Stimmung zu heben. Wenn er ein Stimmungstief hatte. Sie fand eine Packung Reis-Pilaw im Hängeschrank und setzte Wasser auf.

Als es an der Haustür klingelte, gab sie dem Ölmann einen Scheck über zweihundert Dollar und sah zu, wie er den Tankwagen in die Einfahrt manövrierte.

Charlie stand über die Spüle gebeugt und patschte sich kaltes Wasser ins Gesicht.

»Ich muss in zwanzig Minuten in der Bowlinghalle sein.«

»Iss ein bisschen Suppe. Sie ist schon warm.«

»Heb sie mir auf. Ich esse was, wenn ich wieder da bin.«

Charlie kam um elf zurück, Schnee im Haar und auf dem Mantel. Einen Moment lang dachte sie, er sei bei dem Footballspiel aus dem Fernsehen gewesen, aber das Spiel hatte in Nebraska stattgefunden. Sie schaute durchs Wohnzimmerfenster hinaus: Nasser Schnee fiel. Sie schüttelte den Kopf, versuchte, ein Gefühl von Unwirklichkeit abzuschütteln.

»Wer hätte das gedacht, Schnee in Texas.« Sie schöpfte die Putensuppe, die sie zum zweiten Mal an diesem Abend warm gemacht hatte, in Suppenteller und setzte sich hin. »Wie war's bei der Arbeit?«

»Gut.«

Sie kaute einen Cracker.

Er fragte: »Mit Evelyn alles okay?«

»Schläft. Sie hat ein regelrechtes Ei auf der Stirn, ein Osterei, rot und schwarz und blau. Da, wo sie draufgefallen ist.«

»Ich kann nicht mal mehr ein Kind fangen. Mein eigenes Kind.«

Lottie zuckte zusammen. »Ansonsten geht's ihr gut.«

Er seufzte.

Sie nahm einen Löffel Suppe und wartete, dass er abkühlte. »Waren viele Leute beim Bowlen?«

»Nur vier.«

»Cracker?« Sie hielt ihm den Teller hin.

»Nein. Danke.«

Sie nickte.

»Tja, ich habe heute im Labor in fünf Kulturen beta-hämolysierende Streptokokken nachgewiesen. Sie nennen mich schon die Strep-Queen.« Sie lächelte. »Soll ich dir noch was aufgeben? Damit die Suppe in deinem Teller schön heiß bleibt?«

Charlie schüttelte den Kopf.

»Wo bist du, Charlie? Schmeckt dir die Suppe nicht? Ist einfach nur Campbell's. Aus der Dose.«

»Doch«, sagte er. »Schmeckt prima.«

»Dann iss.«

»Ich hab ja was davon gegessen«, sagte er gähnend. »Hab nicht so großen Hunger.«

»Dann probier jetzt mal das Hühnchen. Das wird dir

schmecken. Ich hab eine Soße dazu gemacht.« Sie ging an den Backofen und holte den schwarzen Bräter heraus. Sie nahm den Deckel ab, und eine Wolke von duftendem Dampf wallte in die Küche. Sie spießte das Hühnchen mit einer Bratengabel auf und transferierte es aufs Tranchierbrett.

»Dunkel oder hell?«, fragte sie.

Charlie war auf seinem Stuhl eingeschlafen.

»Shit, Charlie«, sagte sie laut.

Sie räumte die Küche auf und sah nach Evelyn, die oben in ihrem Bettchen sachte und gleichmäßig atmete. Sie nahm sich die Zeitung vor. Auf Seite eins war eine Story über eine Frau, die ihren Mann und ihre zwei kleinen Kinder erschossen hatte. Dann ein Artikel über Schneestürme in Texas. Eine kurze Meldung mit Opferzahlen, Vietcong, Südvietnamesen, Amerikaner. Sie konnte sich nicht konzentrieren.

Sie weckte Charlie, der sich nach oben schleppte.

Sie duschte, putzte sich die Zähne und legte sich neben ihm ins Bett. Er schlief auf dem Rücken, atmete schwer. Sie knöpfte seine gestreifte Schlafanzugjacke auf und rieb ihre Brüste an seiner Brust. Sie knöpfte seinen Hosenschlitz auf und nahm seinen Penis in den Mund. Sie saugte und saugte. Er berührte ihr Haar. Sie saugte. Sie sah auf den Wecker auf dem Fensterbrett. Er hatte Leuchtziffern und -zeiger. Nach fünf Minuten fühlte sie, wie Charlie eine Erektion bekam. Sie nahm den Mund von seinem Penis, setzte sich rittlings auf ihn und griff nach seinem Penis. Er war schlaff. Sie kniete sich zwischen seine Beine und machte sich wieder ans Werk. Nach fünf weiteren Minuten fasste er ihr Gesicht mit den Händen und hob ihren Mund von seinem Penis. Er drehte sich auf den Bauch. Mit schmerzender Kieferpartie saß sie da und schaute über den Wecker hinweg aus dem Fenster, in den dichten Schneefall.

Da sie kurz nach Evelyns Geburt eine Brustentzündung bekommen und ihre Brüste mit Eisbeuteln gekühlt hatte, erinnerte sie sich an das Kribbeln und Stechen ihrer Brustwarzen viel deutlicher als an die Tatsache, dass Indira Gandhi Premierministerin von Indien geworden war. Irgendwie wusste Lottie schon, dass Gandhi die erste Frau weltweit war, die ein so wichtiges Amt innehatte. War Indira mit Mahatma verwandt? Sie hatte nicht groß darüber nachgedacht.

Evelyn hatte vierzig Grad Fieber gehabt, als der Texas Tower Sniper vom Turm der Universität von Texas vierzehn Menschen erschoss und damit der erste einer endlosen Serie von Schul- und Universitätsamokläufern wurde. Das Baby biss in Lotties Brustwarzen, schmerzhaft, bei drei Stillsitzungen hintereinander. Lottie begann daraufhin mit dem Abstillen, obwohl Evelyn untröstlich schrie, ihr Fläschchen auf den Boden warf und durch die Bluse an Lotties Schulter sowie an ihrem Hals und Haar zu saugen versuchte.

Unruhen, Plünderungen und Einsätze der Nationalgarde quer durch die Staaten ereigneten sich in einem fernen Winkel von Lotties Bewusstsein, während sie im Supermarkt den Vitamingehalt verschiedener Gerber-Babybreigläschen verglich und zur Musikberieselungsversion von »I Want to Hold Your Hand« mitsummte. Lottie hatte keine Ahnung, ob die Beatles populärer waren als Jesus. Aber sie konnte ziemlich genau sagen, was Evelyn gegessen hatte, nur vom Geruch ihres Stuhls her; ihr war gar nicht klar gewesen, wie gut Stillbabys rochen.

Eine Woche nach dem Schneefall wachte Lottie auf und fragte Charlie: »Ist es wegen Evelyn?«

Charlie saß im Bett und schaute aus dem Fenster.

»Charlie, ist es – liegt's an meinem Körper?«

»Was?« Er wandte sich ihr nicht zu.

»Na ja …« Ihre Stimme war leise, aber sie zwang sich weiterzusprechen. »Ist dir klar, dass wir nie mehr Sex haben, schon seit … schon ziemlich lange …« Sie flüsterte auf seinen Rücken und seinen Hinterkopf ein. »Klar, wir haben beide so viel zu tun, aber trotzdem … Ich ziehe mich immer im Bad aus.« Musste sie von den rissartigen weißen Linien auf ihren Hüften und ihrem Bauch sprechen? Von ihren schlaffer gewordenen Brüsten und Pobacken – obwohl ihre Beine noch straff waren?

Sie stieg aus dem Bett, ging an die Kommode, zog unterm Nachthemd einen Schlüpfer an, setzte sich dann neben Charlie aufs Bett, streckte ein Bein und streifte gemächlich das Strumpfhosenbein darüber. »Stört's dich?«

»Was?«

»Mein Körper. Seit ich Evelyn bekommen habe.«

»Ich seh keinen Unterschied«, sagte Charlie lächelnd.

Sie berührte ihn leicht an Wange und Stirn, umfasste dann sein Kinn. »Guckst du mich überhaupt noch an, Charlie?«

Er entzog sich. »Natürlich.« Er tätschelte ihre Schulter.

Ihr schoss durch den Kopf, dass er eine andere hatte, aber sie tat den Gedanken als ein Zeichen von Panik ab.

Am nächsten Morgen, bevor sie zur Arbeit ging, fragte sie Charlie, wie es mit seiner Masterarbeit laufe. Er lag im Bett, und die Rollos waren noch heruntergelassen.

 »Welche Masterarbeit?«

»Was soll das heißen, welche Masterarbeit? ›Die Ökonomie des College-Footballs‹!« Sie riss so fest an den Rollos, dass sie ganz hochschnappten. Graues Morgenlicht fiel herein.

»Sie haben das Thema nicht angenommen.« Er machte beim Sprechen die Augen nicht auf.

»Nicht angenommen? Warum nicht!«

»Es war zu weit gefasst.«

»Warum hast du's dann nicht eingeengt?« Seine Arbeitslatzhose, sein graues T-Shirt und seine Unterhose lagen neben dem Bett auf dem Boden, und sie hob die Sachen auf. Sie rochen muffig.

»Ich hab keine Lust mehr, über College-Football zu schreiben.«

»Was redest du da? Wann haben sie dein Thema abgelehnt? Setz dich auf, Charlie, Himmelherrgott.«

Er zog die blau-weiße Hibiskusdecke so zurecht, dass sie ihm glatt und ordentlich bis ans Kinn ging. »Vor drei Monaten.«

»Warum hast du mir nichts davon gesagt?«

»Hab ich ja.«

»Das kann nicht sein! Unmöglich.«

»Hab ich aber.«

»Was habe ich gerade gemacht, als du's mir gesagt hast?«

Nach einem Weilchen sagte er: »Ich glaube, du hast gelesen … irgendein Buch über labortechnische Methoden.«

Sie setzte sich neben ihm aufs Bett. »Habe ich zugehört? Hattest du meine Aufmerksamkeit?« Sie entschuldigte sich mehrmals, nahm dann seine Hand und führte sie an ihre Lippen. Sie war schlaff, als wäre sie im Dampfkochtopf weich gegart worden. »Hast du ein anderes Thema gefunden?«

»Ich recherchiere gerade.«

Sie nickte. »Und du bist *sicher*, dass du mir erzählt hast, dass sie dein Thema abgelehnt haben?!«

»Ich glaub schon.«

»Aber du bist dir nicht *sicher*.«

»In meiner Erinnerung hab ich's dir erzählt.« Er zog die Decke stückchenweise noch höher, bis sie Kinn und Unterlippe bedeckte. Würde er sie ganz hochziehen und einfach verschwinden?

Sie nickte wieder. »Und was ist dein neues Thema?«

»Ich hab doch gesagt, ich denk noch nach.«

»Ist das hier«, sie patschte aufs Bett, »dein Think-Tank?« Und dann fing sie wieder an, sich zu entschuldigen.

Als sie an diesem Abend von der Arbeit kam, ging sie direkt nach oben, ohne sich oder Evelyn die warme Jacke auszuziehen. Sie machte das Deckenlicht im Schlafzimmer an. »Charlie, du musst dich dran gewöhnen, dass die Leute kein Autogramm mehr von dir wollen …«

Er stand langsam auf, blinzelnd, und latschte in seinem verschossenen Streifenpyjama schwerfällig aus dem Zimmer. War er massiger geworden, sein Fleisch schlaff? Einmal hatte sie in einem Naturfilm über Winterschlaf einen riesigen Braunbären durch verschneites Gestrüpp in eine dunkle Höhle tapsen sehen.

Noch immer Evelyn auf dem Arm, die »Cha-Cha-Pa! Cha-Cha-Pa!« rief, als wäre es ein lateinamerikanisches Tanzlied, folgte ihm Lottie die Treppe hinunter, machte hinter ihm Licht an. »Wenn wir nur jemand Berühmten kennen würden, der nicht mehr berühmt ist …«

 »Was redest du da?«

»Jeder würde sich doch elend fühlen, wenn er von einem Jemand zu einem Niemand wird.« Sie folgte ihm ins Wohnzimmer.

Charlie lachte. »Das ist dein Problem, nicht meins.« Er streckte seinen schweren Arm aus und wischte die Trophäen, eine nach der anderen, lässig, fast schon spielerisch vom Kaminsims. Sie landeten knallend und scheppernd auf dem Dielenboden.

Evelyn in ihren Armen gluckste entzückt.

Lottie setzte sie in den Laufstall, ging dann in die Hocke, sammelte die Trophäen auf und brachte sie vorsichtig zum Sofa. Sie holte einen Lappen und wischte Staub vom Kaminsims, nahm sich dann die Trophäen vor und strich mit dem Lappen so sachte über die Dellen und Kratzer, als wären es Wunden.

»Du hättest eine von ihnen heiraten sollen und den Mittelsmann überspringen.«

»Ich kümmere mich um sie, weil es *deine* sind! Weißt du das denn nicht?«

Er ließ sich langsam im Relaxsessel nieder und lehnte sich zurück, den Kopf an einem Häkeldeckchen, das ihre Großmutter gemacht hatte, die Augen geschlossen. Sein ganzer Körper zitterte leicht, als wäre er ein alter Mann.

»Ist es, weil du nicht mehr Football spielen kannst? Es muss sehr hart sein, etwas aufzugeben, das man immer machen wollte. Vielleicht fühlt sich da ja alles andere bedeutungslos an, irrelevant.« Sie wischte sich die feuchten Augen mit dem Handrücken. »Du wirst etwas finden, Charlie. Wenn nicht Ökonomie, dann was anderes, was dich reizt. Und nach einer gewissen Zeit wird es sich ganz natürlich anfühlen, sogar schön …«

Charlie furzte.

Er schien von dem Geräusch genauso verdutzt wie sie. Einen Moment lang sah er verlegen aus.

»Nomma! Nomma!« Evelyn machte fröhliche Prustgeräusche, hüpfte im Laufstall und streckte die Arme nach ihrem Vater aus.

Das Baby wurde zum Mittelpunkt von Lotties Leben. Wenn sie auch kein Junge war, war Evelyn doch das Inbild eines »richtigen amerikanischen« Babys: Blond, rosig und blauäugig hatte sie zuerst ausgesehen wie das Baby in der Ivory-Seifenwerbung, dann wie das Kleinkind auf der Zwieback-Packung, und jetzt schien sie auf dem Weg, das Breck-Shampoogirl zu werden. Wo sie auch hingingen, wurde Evelyn bemerkt und bewundert, und Lottie, die sich sonst so im Schatten fühlte, von Charlie nicht gesehen und nicht beachtet, sonnte sich darin. Sie nähte ihrer Tochter komplizierte Kleidchen, backte Kekse in Form von Teddybären, Schweinchen und Elefanten und redete mit ihr wie mit einer Erwachsenen. Evelyn wirkte tagsüber gelehrig und frühreif, begriff schnell, was Lottie wollte, aß ohne Sperenzchen, ließ sich problemlos baden und kopierte Lotties Worte und Intonation zu ihrer beider Entzücken. Sie liebte Zahlen und Buchstaben und malte sie recht erfolgreich auf, den Buntstift in der Faust.

Aber sie war eigensinnig, was ihren Stuhlgang betraf, weigerte sich oft, wenn sie aufs Töpfchen sollte. Lottie versuchte es damit, ihr ein M&M zu versprechen, wenn sie sich auf den Topf setzte, und dann noch eins, wenn sie ihr großes Geschäft machte. Ev nahm das erste M&M, stand dann vom Topf auf und verzichtete auf das zweite. Lottie ließ sie, auf dem Klo sitzend, Buchstaben auf einen Block malen, und das gefiel ihr, aber ihr Geschäft machte sie nur in etwa einem Viertel aller Fälle ins Klo.

Eines Montagmorgens, als sie, nachdem beide Manöver fehlgeschlagen waren, seit einer Viertelstunde im Bus zur Arbeit saßen, bekam Evelyn auf dem Schoß ihrer Mutter diesen konzentrierten, entrückten Gesichtsausdruck. Sie grunzte ein paarmal leise. Dann grimassierte sie und wurde weiß im Gesicht. Langsam verbreitete sich der Geruch. Eine Frau im Waschbärmantel rechts und ein Mann in Postbotenuniform links neben ihnen standen auf und zwängten sich zum Heck des vollen Busses durch. Drei Frauen, die auf Lotties und Evelyns Höhe standen, gingen nach vorn, wobei eine sich entschuldigte. Obwohl noch weitere Leute einstiegen und jeweils mehrere Personen sich einen Haltegriff teilten, hatte sich der Gang vor Lottie und Evelyn geleert, und neben ihnen war auf jeder Seite ein Platz frei.

Das passierte in jener Woche noch ein weiteres Mal. In der nächsten Woche hielt Evelyn im Bus an sich, bis zum Freitag, da begann sie, auf Lotties Schoß sitzend, wieder leise zu grunzen. Lottie verpasste ihr ein Paar Ohrfeigen. Während sie ihr stinkendes, schreiendes Kind zu beruhigen versuchte, sah sie im Geist alle Fahrgäste aussteigen und zur Polizei gehen.

Lottie kaufte mehrere Bücher, aber nichts funktionierte. Schließlich, eines Freitagabends, als sie von der Arbeit zurück war, nahm sie voller Wut ihrer über Zweieinhalbjährigen (wurden Mädchen nicht angeblich früher und leichter sauber als Jungen?) die Windel ab und ließ sie nackt im Haus herumlaufen.

»Was machst du?«, fragte Charlie vom Sofa aus, wo er im Liegen die Zeitung las.

»Was interessiert's dich?«, schrie Lottie in seine Richtung.

Sooft Evelyn urinierte oder Stuhlgang hatte, rief Lottie »Böses Kind!«, stippte sie mit der Nase hinein und setzte sie auf den Topf. Am Montag war sie sauber.

(Jahre später setzte die Erinnerung daran Lottie dermaßen zu, dass sie der mittlerweile zum Teenager gewordenen Evelyn nie erzählte, wie ihre Sauberkeitserziehung verlaufen war, und die zwei Kinder, die sie noch bekam, beide Jungen, versuchte sie gar nicht erst, mit dem Töpfchen zu trainieren, sie wollte noch nicht mal Hunde zur Stubenreinheit erziehen, weshalb die immer draußen bleiben mussten.)

Doch damals, in jener zur Neige gehenden Charlie-Zeit, hatte Lottie das Gefühl zu tun, was getan werden musste: Ihr Leben war beschissen genug, sie konnte ihr Kind nicht morgens auf dem Weg zur Arbeit noch eins draufsetzen lassen.

Im Labor zu arbeiten schaffte wenigstens Klarheit in ihrem Kopf, gab ihr das Gefühl, etwas Sinnvolles zu tun, wenn es auch nicht gerade eine Berufung war. (Hatten Frauen überhaupt eine Berufung außer der Mutterschaft? Sie hatte das beunruhigende Gefühl, tagtäglich ihre natürliche Berufung zu verraten.)

Aber die Nächte …

Neben Charlie liegend, der einfach nur schlief wie tot, fühlte Lottie sich allmählich selbst tot; sie versuchte, in ihrem Ehebett zu masturbieren, aber es weckte ihn nicht auf, geschweige denn, dass es ihn erregte. Ihre Brustwarzen fest zu drücken löste keine Gefühle in ihrem Uterus mehr aus – ihr taten nur die Brustwarzen weh. Ihre Klitoris zu reiben, selbst mit reichlich Spucke am Finger, brachte nichts, nur ein Gefühl von Wundsein, und schließlich verpasste sie sich selbst einen Harnwegsinfekt mit diesem Spielchen – sie hatte ja keinen Geschlechtsverkehr, was sonst konnte es also gewesen sein? – und musste zum Gynäkologen und Antibiotika nehmen. Oft lag sie stundenlang wach, unruhig, verwirrt. Oder sie las die halbe Nacht, konnte sich aber nicht richtig konzentrieren.

An einem Montagmorgen meldete sich die Babysitterin krank, und Charlie musste in die Uni, also nahm Lottie Evelyn mit zur Arbeit, obwohl sie noch nie gesehen hatte, dass jemand ein Kind mitbrachte. Es gab eine zum Labor hin offene Garderobe, die alle Labortechnikerinnen benutzten, und hier saß Evelyn still wie eine Puppe auf Lotties zusammengefalteter Jacke am Boden, machte Puzzles, die Lottie für sie eingesteckt hatte, und irgendwelche Kreaturen aus der Knete, die Lottie in einem Plastikbeutel aufbewahrte, damit sie nicht austrocknete. Zum Glück tauchte Mihiner an diesem Tag nicht im Labor auf, die anderen Labortechnikerinnen hielten den Mund, und LuAnne passte auf Ev auf, wenn Lottie auf eine Station musste. In der Mittagspause war Ev verständlicherweise unruhig, also erkundete Lottie mit ihr Teile des Krankenhauses, die sie für unbedenklich hielt – den Gemüsegarten, den Kiosk, die Bücherei, die Cafeteria. Auf ihrem Streifzug stieß Evelyn auf einen Ort, von dessen Existenz Lottie gar nichts gewusst hatte: das Bereitschaftszimmer. Dort gab es sechs Liegen, einen Kühlschrank, eine kleine Kochplatte, einen Fernseher, zwei Toiletten und Waschmöglichkeiten. Ein Mann in Lotties Alter schlief auf einer der Liegen, und Lottie und Ev fanden es aufregend, in dem Raum umherzuschleichen, ohne ihn aufzuwecken.

In jener Nacht im Bett kam einer hellwachen, übermüdeten Lottie der Gedanke, dass sie ja vielleicht manchmal mit ihrer Tochter in dem Bereitschaftszimmer schlafen könnte. Es schien nicht sehr wahrscheinlich, dass das einfach so gehen würde, ohne dass es Ärger gab, aber dennoch … In der folgenden Woche packte sie Sachen zum Wechseln für sie beide ein, gab Ev am Morgen bei Betty-Jo ab, holte sie nach einem Achtstundentag im Labor wieder ab und ging mit ihr in die Krankenhauscafeteria, um zu Abend zu essen. Ev »kannte« das Krankenhaus jetzt, fühlte sich also heimisch, und doch war es ein Abenteuer. Lottie hinterließ Charlie eine Nachricht auf dem Anrufbeantworter und hörte nichts von ihm. Sie und Evelyn legten sich ganz hinten im Bereitschaftszimmer zusammen auf eine Liege. Assistenzärzte im ersten Jahr (allesamt Männer), die Bereitschaftsdienst hatten, waren die Einzigen, die kamen und gingen, und solange sie zwischendurch ein Stündchen ungestört schlafen konnten, schienen sie die Frau und das kleine Kind hinten im Raum gar nicht zu bemerken. Und Ev, inzwischen sauber und eine gute Schläferin, war die ganze Nacht still und unauffällig! Einen bitteren Moment lang dachte Lottie, dass sie nie wieder irgendjemandes Aufmerksamkeit auf sich ziehen würde, nirgends, aber dann wurde ihr klar, dass diese jungen Männer, Zombies nach Sechsunddreißig-Stunden-Schichten, auch dann nicht angesprungen wären, wenn mitten in der Nacht die Models von den *Playboy*-Doppelseiten in ihrer ganzen nackten Pracht im Bereitschaftszimmer aufgetaucht wären. Lottie beruhigte sich. Und ein, zwei Mal die Woche übernachteten sie im Krankenhaus.

Betty-Jo, die Evelyn an den Werktagen betreute, berichtete, die Kleine esse und trinke gut und spiele hingebungsvoll, sowohl allein als auch mit anderen Kindern. Das beruhigte Lottie noch mehr, munterte sie auf – Lottie und Ev, tagsüber mit beiden Beinen im Leben stehend, nachts ab und zu auf Abenteuer aus. Mutter und Tochter. Klar, die meisten Wochentagsnächte und die Wochenenden verbrachten sie zu Hause bei Charlie, aber Charlie ging oft weg, weiß der Himmel wohin. Sie bekam es nicht aus ihm heraus. Sie versuchte, nicht zur Kenntnis zu nehmen, wie traurig sie war.

Sie wurde jetzt oft beauftragt, auf der Station für vaskuläre Erkrankungen Blut abzunehmen – sie war inzwischen, man glaubte es kaum, ein Ass im Blutabnehmen. (Und es tat gut, ein Ass in irgendwas zu sein!) Und eines Nachmittags war da plötzlich, wie ein aus dem lange Zeit leer gewesenen Hut eines Zauberers gehüpftes weißes Kaninchen, dieser George Kenadjian wieder am Blutabnehmen. Kenadjian trug eine schwarz-weiße Bandana um den Pferdeschwanz, und der weiße Kittel spannte um seine muskulösen Arme. Sie erinnerte sich an die Haut seiner Arme, als sie nach einer Vene gesucht hatte. Kenadjian bemerkte sie nicht, schien ganz Konzentration: Er entnahm Blut an einem Ohrläppchen, und sie sah, dass der Patient vierfach amputiert war. Sie konzentrierte sich auf den Patientenfuß, in den sie gerade eine Butterfly-Kanüle einzuführen versuchte. Nach einem Weilchen sah sie wieder zu Kenadjian hinüber. Er stand gebückt da, und sie sah die straff gespannte Rückseite seines Kittels.

Sie wurde feucht!

Wie lange nicht mehr …

Nach der Blutentnahme, als sie am Stationszimmer vorbeiging, winkte sie zu ihrer eigenen Überraschung Kenadjian zu. Er sah sie einen Moment durchs Fenster rätselnd an, winkte dann zurück.

Ängstlich und ermutigt zugleich betrat sie das Stationszimmer.

Er machte Notizen.

»Wie geht's?«, fragte sie so lässig wie möglich.

Er blickte auf, sah sie an, schien aber verwirrt, ja, fast schon ratlos, wo er sie hintun sollte.

Sie verlagerte ihr Gewicht aufs andere Bein. »Ich kann jetzt, was Sie mir beigebracht haben.«

»Ach ja?« Er lächelte.

Sie schob ihren Pulli-Ärmel hoch und klopfte auf ihren Bizeps ...

»Ah«, sagte er. »Ah, okay.« Und jetzt war klar, dass er wusste, wer sie war. »Das ist lang her und weit weg«, sagte er. »Ich war im ersten Jahr, vielleicht im zweiten ... Wie läuft's denn so?«

Sie nickte.

Eine Schwester mit einem voluminösen Afro sah zu ihnen herüber. »Sie ist die beste Blutabnehmerin auf der Station.«

Lottie wurde rot ob des Kompliments. Sie zeigte auf Kenadjian und sagte: »Hier steht mein Lehrer.«

Kenadjian sagte: »Ich war selbst noch Anfänger. Aber Blutabnehmen, das war mein Ding.« Er übergab seine Blutproben der Schwester, musterte dann Lottie und nahm die Proben wieder an sich. »Sie arbeiten immer noch im Labor?«

Sie nickte, verlegen, weil ihr wieder einfiel, dass er sie damals gefragt hatte, warum sie es nicht anstrebe, Ärztin oder Wissenschaftlerin zu werden.

Er sagte: »Wie wär's, wenn ich Sie hinbegleite? Dann können Sie mir erzählen, wie es inzwischen so gelaufen ist.«

Lottie erstarrte ein bisschen, lächelte aber.

»Wie heißen Sie noch mal? Ich weiß Ihren Namen nicht mehr.«

»Lottie Hart«, sagte sie.

»Lustiger Name. Also, gehen wir, Lotta Heart.«

Lottie lächelte weiter, rührte sich aber nicht vom Fleck.

»Was ist?«, fragte er lachend. »Haben Sie einen geheimen Weg, den Sie nicht verraten wollen?«

»Sie hat Angst«, sagte die Schwester. »Lassen Sie ihr einen Moment Zeit.«

»Ich hab keine Angst«, log Lottie mit aller Kraft.

»Dann kommen Sie«, sagte Kenadjian.

Sie gingen nebeneinander durch die vollen Flure, ohne etwas zu sagen. Sie hatte das Gefühl, sich durch ein elektrisches Feld zu bewegen. Eine Pflegehelferin rollte einen Patienten in der Mitte des Flurs auf sie zu, und Lottie und George wichen nach verschiedenen Seiten aus. Zu Lotties Erleichterung trafen sie sich hinter der schiebenden Pflegehelferin wieder. Alle Beteiligten lachten.

Kurz vor dem Labor gab Kenadjian ihr die Blutproben und sagte: »Haben Sie Lust, heute Abend zu mir zum Essen zu kommen?«

»Wir haben doch noch keine zwei Worte gewechselt.«

Er lachte. »Aber ich erinnere mich jetzt an Sie, wirklich.«

Sie brachte ein »Ich erinnere mich an *Sie*« heraus und nahm die Blutproben aus einer Hand in die andere. »Aber ich kann nicht – zum Essen kommen. Ich habe ein Kind.«

»Er isst nichts?« Kenadjian grinste.

»Sie.«

»Noch besser.«

»Ich meine, ich bin verheiratet.«

»Na ja, ich auch, in gewisser Weise. Meine Frau hat mich verlassen.«

Lottie fühlte, wie sie errötete: eine Aufwallung von Hoffnung. »Sie sind also allein. Ich nicht. Nicht wirklich allein.«

»Kommen Sie heute Abend vorbei. Dann können Sie mir von Ihrer Ehe erzählen. Oder auch nicht. Sie müssen es mir nicht erzählen. Bringen Sie Ihr Kind einfach mit. Wie alt ist sie denn?«

»Drei«, sagte sie atemlos. »Dreieinhalb.«

»Achtzehn Uhr.« Er schrieb seine Adresse auf einen Zettel. »Irgendwelche Lebensmitteleinschränkungen? Allergien? Laktoseintoleranz? Zöliakie?«

Sie schüttelte den Kopf. »Ich muss es mir überlegen.«

»Nein, müssen Sie nicht.«

»Doch.«

»Sie haben *mich* doch angesprochen.«

Sie errötete noch mehr.

Er berührte eines der Blutprobenröhrchen in ihrer Hand. »Achtzehn Uhr.« Und damit ging er.

Während des restlichen Nachmittags fragte sich Lottie besorgt, was Ev wohl ihrem Vater über den Abend erzählen würde. Sie plapperte gern und viel, es war unabsehbar, was sie sagen würde, und es gab auch keine Möglichkeit, die Geschichte zurechtzubiegen. Ausgeschlossen, dass Lottie einer Dreijährigen sagte, sie solle ihren Vater anlügen, das würde Evs Beziehung zu Charlie belasten und ihre Beziehung zu Lottie ebenfalls, und außerdem war gar nicht klar, ob man sich bei einer Dreijährigen überhaupt darauf verlassen konnte, dass sie lügen würde. Am Ende befand Lottie, dass sie doch wohl ein Recht darauf hatte, mit jemandem zu Abend zu essen, oder nicht? Und vielleicht würde das, was Evelyn erzählte, ja sogar irgendeine Art von Bewegung in den Lähmungszustand zwischen ihr und Charlie bringen. Lottie schaffte es, die besorgten Gedanken abzustellen, aber nur mit Mühe.

Kenadjian wohnte in einem Backstein-und-Holzschindelbungalow, kaum größer als das Haus, das Charlie und Lottie gemietet hatten. Evelyn streckte sich und drückte die Klingel. Als Kenadjian sie begrüßte, versteckte Evelyn sich hinter Lottie. Drinnen waren die Flurwände mit gelber Seidengaze verhängt, auf der kleine, runde Spiegel saßen. Die Wohnzimmerwände bedeckte grob gewebtes Leinen. An den Küchenwänden hingen große Poster – Gandhi im weißen Dhoti, Martin Luther King jr., der eine Bibel hochhielt, ein anonymer Schwarzer, der beim Verlassen eines Greyhound-Busses niedergeknüppelt wurde. Überall lagen Bücher und Zeitschriften: auf der Treppe, um die Stuhlbeine herum, auf dem alten schwarzen Stutzflügel und auf dem Esstisch.

»Wo sind die Trofeen?«, fragte Ev und sah sich im Wohnzimmer um.

Lottie zeigte auf das Deko-Leinen. »Schön, die Wände.«

»Hat meine Frau gemacht.«

»Sie hat das gewebt?«

»Und die Schablonenmuster oben sind auch von ihr.«

»Trofeen! Trofeen!«

»Die meisten Leute haben keine Trophäen«, sagte Lottie zu ihrer Tochter.

»Was für Trophäen? Was meint sie?«

»Mein Mann ist … war Footballspieler.«

»Trofeen«, sagte Evelyn.

»Ah«, sagte er. »Na ja, ich habe einen Phi-Beta-Kappa-Schlüssel!«

»Echt?!«, sagte Lottie.

»Ist ja nicht direkt eine Trophäe.«

Ev schien verwirrt.

Lottie sagte: »Er spielt nicht mehr, mein Mann. Er wurde verletzt.«

»Tut mir leid«, sagte George höflich. Dann setzte er hinzu: »Ist mir peinlich, dass ich gesagt habe, ich hätte einen Phi-Beta-Kappa-Schlüssel.«

»Stimmt es denn nicht?« Lottie war enttäuscht.

»Doch, es stimmt, aber es ist primitiv.«

»Ich will die Trofeen sehen«, sagte Evelyn wieder.

»Ich will den Phi-Beta-Kappa-Schlüssel sehen«, sagte Lottie.

»Ich weiß nicht genau, wo er ist. Vielleicht oben im Schlafzimmer. Wie gesagt, es ist ja keine richtige Trophäe.«

»Doch«, sagte Lottie. »Es ist eine richtige Trophäe.«

»Wie auch immer, ich zeige Ihnen mal den oberen Stock.« Er bedeutete ihnen vorauszugehen. Lottie wollte nicht noch mehr von den Wanddekorationskünsten seiner Frau sehen, aber diesen Schlüssel, den wollte sie sehen. War es ein richtiger Schlüssel? Konnte man damit irgendwas öffnen? Evelyn nahm, halb gehend, halb kletternd, die Treppe in Angriff, und Lottie hinter ihr hielt eine Hand vorgestreckt, um ein eventuelles Hintenüberkippen zu bremsen. Vor dem ungemachten Kingsize-Bett im Schlafzimmer schien Evelyn unsicher. »Rauf? Rauf?«

George half nach. Einen halben Meter unter der Decke zog sich ein schabloniertes Muster von Ananasfrüchten als Bordüre über die cremefarbenen Wände.

»Ananas sind ein altes Symbol der Gastfreundschaft«, sagte George. »Ich weiß – normalerweise findet man sie im Esszimmer.«

Evelyn zog zwei Zeitschriften unter der Bettdecke hervor. »Vorlesen!« Sie schwenkte eine Zeitschrift zu ihrer Mutter hin.

»Meine Frau lebt jetzt in einer Kommune. Einer religiösen Kommune. Ihre Eltern sind aus Indien.« Zu Evelyn sagte er: »Das sind Zeitschriften für Erwachsene. Laaangweilig!« Er schloss die Augen und schnarchte ein paarmal.

»Vorlesen! Vorlesen!«, quengelte sie ihre Mutter an.

»Die sind nicht für Kinder«, sagte Lottie.

Kenadjian nahm Das *Journal of the American Medical Association*, das Evelyn in der Hand hielt – vorne drauf war Chagalls *Grüner Geiger* –, und setzte sich aufs Bett. Er schlug das Heft bei einem Artikel auf, der die Überschrift trug: »Intrauterine Morbidität und Mortalität«.

»Sie wollen ihr *das* doch nicht vorlesen?«, sagte Lottie, über seine Schulter blickend.

Er schüttelte den Kopf und hielt die Zeitschrift höher: eng bedruckte Seiten. »Keine Bilder«, sagte er zu Evelyn. »Nur vorne drauf.«

»Lies das vorne«, sagte Ev.

»Es ist kein Kinderbuch. Er hat keine Kinderbücher.«

»Unten?«, fragte Ev. »Sind die Kinderbücher unten?«

Er schüttelte den Kopf.

»Im Kinderzimmer?« Ev hüpfte auf dem Bett herum.

»Musst du mal?«, fragte Lottie.

Kenadjian sagte: »Hier gibt's kein Kinderzimmer. Ich habe keine Kinder.«

Ev schien verwirrt. »Und du bist ein Arzt für Kinder?«

»Das fragen mich die Mütter auch andauernd.«

»Lies!«

»Es reicht jetzt, Evelyn«, sagte Lottie.

Ev fand noch etwas unter der Bettdecke und zog es hervor. Ein Buch, groß, ledergebunden und mit Goldschnitt, aufgeschlagen bei einer reich kolorierten Zeichnung. Sie zeigte einen Inder mit einem enormen erigierten Phallus, der gerade ins Hinterteil einer auf allen vieren kauernden, vollbrüstigen Inderin eindrang. Die Frau, die einen tropfenförmigen roten Edelstein auf der Stirn trug, war dem Leser zugewandt und lächelte. Ev zeigte auf den Mann auf dem Bild und dann auf George.

»Nein!« Kenadjian entriss ihr hastig das Buch. »Nein, das bin nicht ich! Ganz sicher nicht!« Er lächelte verlegen und hielt das Buch hinter seinem Rücken. »Tut mir wirklich sehr leid!«, sagte er zu Lottie.

Evelyn versuchte kreischend, an das Buch zu kommen.

»Was ist das?«, fragte Lottie ärgerlich.

George hielt es jetzt hoch über seinen Kopf. »Das Kamasutra. Entschuldigen Sie bitte. Es ist ein sehr altes Buch. Im Grund ist es ein religiöses Buch.«

»Gib mir den Stock-Mann!«

Lottie nahm George das Buch ab. »Nie gehört«, sagte sie und blätterte darin.

»Das hat ein zölibatärer Mönch geschrieben«, sagte George.

»Gib mir das Popo-Buch!«, schrie Evelyn.

»Das ist kein Kinderbuch, Schätzchen«, sagte Lottie.

Kenadjian errötete unter seiner dunklen Haut. Er nahm Lottie das Buch aus den Händen und legte es in ein Fach oben in seinem Schrank.

»Gib mir das Vagina-Gesicht!«, kreischte Evelyn.

»Woher weißt du denn so was?«, schrie Lottie ihre Tochter an. »Jetzt reicht's, ich hab gesagt, es reicht!« Lottie bückte sich, um Evelyn vom Bett zu heben. Evelyn, die um sich trat und schlug, traf Lotties Gesicht mit dem Fuß. Lottie schrie auf und packte Evelyns Beine.

»Schau mal!«, sagte Kenadjian. Er zog eine weiße Stiftlampe aus seiner Hosentasche und ließ sie – »Abrakadabra!« – aufleuchten.

Evelyn schrie und wehrte sich immer noch.

Er griff sich seine schwarze Arzttasche vom Bücherregal und nahm eine silberne Stimmgabel heraus. »Schau mal! Schau, hier!« Er schlug die Stimmgabel an seine Hand, um sie in Schwingung zu versetzen. Er zeigte ihnen einen Hammer mit orangefarbenem Gummikopf, und noch immer brüllend sah Evelyn, wie er die Stiftlampe, die Stimmgabel und dann den Hammer hoch in die Luft warf und damit zu jonglieren begann.

Mit offenem Mund staunend verstummte Evelyn.

Lottie sagte: »Ich bin beeindruckt.«

»Da bin ich aber froh.« Kenadjian jonglierte weiter. »Ich hatte schon befürchtet, das Kamasutra hätte Sie endgültig verprellt.«

»Darauf war ich einfach nicht gefasst«, sagte sie gereizt.

Wie redete man mit einem Mann, der nicht Charlie war?

Er ging mit ihnen wieder hinunter, in die Küche, wo der Tisch für drei Personen gedeckt war, und während er vier Fleischspießchen grillte, füllte er etwas, das aussah wie ein Miniatur-Glasturm, mit Karotten, drückte einen Knopf, und voilà, Saft. Evelyn war fasziniert von dem Grrrruuuusch-Geräusch, das die Karotten beim Zerkleinern machten (wenngleich sie den Saft nicht probieren wollte), und Kenadjian entsaftete drei Ladungen für sie, bis ihm die Karotten ausgingen. Lottie hatte einen solchen Apparat noch nie gesehen und es juckte sie in den Fingern, ihn auseinanderzunehmen. Nach dem Essen servierte Kenadjian Pfefferminztee mit frischer Minze und Zucker darin und parallelogrammförmiges Gebäck, klebrig von Honig. Für Evelyn hatte er einen kleinen Becher Vanilleeis. Während des gesamten Essens gingen sie beide ständig auf Evelyn ein, und Lottie war dankbar dafür, auch wenn Kenadjian davon nichts hören wollte. »Sie ist ein tolles Kind«, sagte er.

»Ja, aber sie ist auch ein Gesprächskiller.« Lottie bekam immerhin mit, dass er aus einer armenisch-amerikanischen Familie stammte, dass er Quäker war, und dass er sich um die Anerkennung als Kriegsdienstverweigerer aus Gewissensgründen bemühte. Ein armenischer Quäker. Sie wusste nichts über die Armenier und auch nichts über die Quäker. Er war wohl so groß wie sie oder vielleicht ein paar Zentimeter größer. Er hatte olivfarbene Haut – narbige olivfarbene Haut, einen dunklen Oberlippenbart und diese haselnussbraunen Augen.

»Was tun Sie, wenn Sie doch eingezogen werden?«, fragte sie.

Sein dunkles Gesicht wurde noch dunkler. »Ich weiß nicht. Bleibt immer noch das Gefängnis. Oder Kanada. Was will Ihr Mann denn tun?«

»Er ist untauglich.«

»Wie hat er das denn hingekriegt?«

 »Sein Bein. Ich sagte ja schon, er hatte eine schwere

Sportverletzung. Er wollte sich eigentlich freiwillig melden«, sagte Lottie defensiv.

»Im Ernst?«

»Finden Sie das so abwegig?«

»Sie nicht? Wie ist denn Ihre Einstellung zu diesem Krieg?«

»Ich weiß nicht.« Sie senkte die Stimme. »Ich habe mich immer an Charlies Einstellung gehalten.«

»Kommen Sie nächsten Donnerstag mit zu einem Gegenkultur-Treffen. Es findet bei einem der Kinderärzte statt, Sam Appelfeld. Er ist New Yorker. Ein Arzt, der in Vietnam war, wird sprechen, einen Film zeigen … Evelyn kann mitkommen, es werden noch andere Kinder da sein …«

Evelyn klatschte in die Hände.

Lottie strich Evelyn übers Haar. »Ich versuche, den Krieg von ihr fernzuhalten.«

»Es gibt dort eine Betreuerin, die mit den Kindern im Souterrain malt und spielt, während der Film läuft. Diese Abende sind sehr gut organisiert. Bevor sie gehen, spenden die Teilnehmer Geld für medizinische Versorgungsgüter für den Vietcong.«

»Das ist ja merkwürdig …«

»Was ist daran merkwürdig?«

»Den Vietcong zu unterstützen.«

»Wer unterstützt denn den Vietcong? Wir helfen verwundeten Menschen. Wieso ist das merkwürdig? Wir sind doch Ärzte.«

Sie sagte: »Woher wissen Sie, dass das Geld in medizinische Versorgungsgüter geht?«

»Wir verpacken das Zeug und verschiffen es. Mit Nahtgut können sie uns nicht erschießen.«

»Oh doch! Sie flicken ihre Soldaten zusammen und schicken sie wieder in den Kampf!«

»Sie meinen, wir sollten ihre Soldaten verbluten lassen?«

Sie musste daran denken, wie sein Blut in die Glasröhrchen in ihren Fingern geflossen war. »Ich weiß nicht.«

Sein Gesicht wurde hart. »Meine Aufgabe ist es, Leben zu retten, egal wessen.«

Sie zuckte die Achseln. »Ich muss über diese Vietcong-Sache nachdenken.«

»Ja, das sollten Sie. Kommen Sie mit mir zu dem Treffen. Es wird aufschlussreich sein. Und auf diese Weise treffen wir uns wieder.«

Lottie sagte nichts. Ihr Verlangen machte sie befangen.

»Ja! Ja!« Evelyn wippte auf dem Sofa.

George sagte zu Lottie: »Was sagen *Sie?* Ich bin die Sorte Mann, der Gegenseitigkeit braucht.«

Sie blickte auf den Teppich unter ihren Füßen. Ihre Antwort fühlte sich halb aus ihr herausgepresst an. »Die haben Sie.«

An einem sonnigen Werktagnachmittag warteten Lottie und Evelyn vor dem Haupteingang des Krankenhauses auf Kenadjian. Mutter und Tochter trugen leichte weiße Sommerkleider und Perlenketten und hatten je einen weißen Pulli dabei, für die Abendkühle. Lottie fächelte sich mit dem *Longhorn Herald* vom Morgen, und Evelyn, feucht im Gesicht, stellte sich immer wieder auf die Spitzen ihrer neuen Sattelschuhe, als wären es Ballettschuhe.

»Du willst sie doch nicht gleich abschubbern.« Lottie küsste den auf und ab wippenden Kopf ihrer Tochter, ohne dass das schmale weiße Band in Evelyns Haar verrutschte.

Kenadjian, in Jeans und einem langärmligen, blauen Freizeithemd und mit Sonnenbrille, stieg aus seinem knallgrünen Volkswagen. Hinten auf das Auto hatte jemand, Lottie fragte nicht, ob es seine Frau gewesen war, zwei fast lebensgroße Figuren gemalt, die sich küssten: einen olivhäutigen Mann mit bloßem Oberkörper und abgeschnittener Latzhose und eine schlanke Frau in einem fuchsienroten Mummuu mit Gardenien im langen, dunklen Haar. Die sandalenbeschuhten Füße der beiden schienen auf einem länglichen Stoßstangenaufkleber zu ruhen, der da besagte: MAKE LOVE, NOT WAR.

Kenadjian lächelte breit, nickte Lottie ein paarmal zu und fuhr Evelyn übers Haar, was Evelyn für selbstverständlich zu nehmen schien. Das überraschte Lottie, die schnell nachsah, ob Evelyns Haarband noch richtig saß. Kenadjian öffnete die Wagentür. Er bückte sich, um Evelyn – was sie tatsächlich zuließ – in einen Kindersitz auf der Rückbank zu heben.

»Sie haben einen Kindersitz?«, sagte Lottie.

Er lachte.

»Ich meine, ist das kinderärztliche Standardausrüstung?«

Er schüttelte den Kopf.

»Sie haben ihn für sie gekauft?«, fragte Lottie. »Sie haben den Sitz extra für Evelyn gekauft?«

Er nickte.

Sie fühlte, wie ihr innerlich warm wurde.

»Finden Sie das anmaßend?«, fragte Kenadjian.

»Ich finde es toll.«

Doch gleich darauf drehte sie die offenen Hände zweifelnd hin und her.

»Ach, kommen Sie«, sagte er. »Sind Ihre Gefühle immer so zwiespältig?«

Sie sagte ruhig: »Was erwarten Sie denn? Ich bin verheiratet und mit einem Mann unterwegs, der nicht mein Mann ist. Wie sollen meine Gefühle da sein?« Plötzlich war sie sehr traurig.

Sie verließen das Krankenhausgelände. George fuhr eine Weile auf dem Highway dahin, und Evelyn plapperte sich in den Schlaf. George folgte einer staubigen Hauptstraße mit einer Tankstelle, einem Gemischtwarenladen, einem Pizza-Imbiss und einer Bar. Auf dem Parkplatz der Bar standen ein Dutzend schwarze Motorräder, die meisten mit US- oder Konföderierten-Fahnen daran und eins mit einer Piratenflagge.

Ein paar Blocks weiter veränderte sich die Gegend. Da waren Ranch- und Split-Level-Häuser, jedes auf ein paar Morgen sandigem Land. Sie fuhren an einem grünen Park vorbei, der von kreiselnden Sprengern bewässert wurde. Ein granitener Büffel graste da, bewacht von einem granitenen Indianer mit granitenem Federkopfschmuck. Am Fuß der Statuen wuchsen gelbe und lila Bougainvilleen.

Zwei Blocks weiter parkte Kenadjian zwischen einem Volvo und einem weiteren Volkswagen, beide mit Arzt-Kennzeichen.

Er machte den Kindersitz los und hob ihn heraus. Evelyn schlief weiter, ihr Kopf hing schief und ihr Haarband hatte sich gelöst. Lottie machte eine ordentliche Doppelschleife. Mit ihrem und Evelyns Pulli und seiner Jeansjacke folgte sie Kenadjian den von rot blühenden Kakteen gesäumten Plattenweg entlang und die Eingangsstufen hinauf. Eine braun-grüne Eidechse huschte über das verwitterte Holz des Hauses und den grauen Klingelknopf. Sie glitt vorsichtig die Stufen hinab und verschwand im steinigen Vorgarten. Die Tür war offen. Im verrauchten Wohnzimmer lief auf einer Stereoanlage ein Vivaldi-Konzert. Der Gastgeber, ein stämmiger, kahlköpfiger, weißbärtiger Mann mit lockigen weißen Haaren auf Armen und Beinen, kam sie begrüßen. Appelfeld trug Bermudashorts und ein türkises Shirt mit einer orangefarbenen Sonne, die auf Palmen herabsengte. Evelyn war aufgewacht, und George stellte den Kindersitz auf den Boden. Lottie schnallte ihre Tochter los. Appelfeld drückte George beidhändig die Hand.

George machte sie bekannt.

»Freut mich, Sie beide kennenzulernen.« Appelfeld drückte Lottie herzhaft die Hand und bückte sich, um Evelyn zu begrüßen, die sich die Augen rieb und aus dem Kindersitz kletterte.

Appelfeld legte Kenadjian den Arm um die Schultern. »Ich lasse ihn *alles* für mich machen. Wenn George die Spinalflüssigkeit auszählt oder die Röntgenbilder deutet, weiß ich, dass es richtig gemacht wird.«

Als sie ihn Kenadjian loben hörte, überlief Lottie ein freudiger Schauder. Sie zupfte an ihrer Perlenkette, um es zu verbergen, und schaute weg.

Lottie und Kenadjian brachten Evelyn ins Souterrain, wo eine Babysitterin ein Grüppchen Kinder mit Taco-Chips, Würstchen und Wassermelone versorgte.

Im Wohnzimmer ließ jemand die Rollos herunter, und ein Weißer in den Zwanzigern mit einem Feuermal auf der Wange zog behutsam eine Filmleinwand herab. Leute suchten sich Sitzgelegenheiten. Lottie entdeckte eine junge Frau mit einem Button: SILVIA PLATH FOR PRESIDENT. Die meisten Anwesenden waren in Lotties Alter und paarweise da, und einige Paare waren gemischtrassig. Eins war weiß und schwarz, eins weiß und mexikanisch, eins weiß und indigen Und ein Paar war schwarz und asiatisch. Sie versuchte, nicht hinzustarren. Gab es nicht Gesetze gegen so was? Die Atmosphäre war irgendwie aufgeladen. Waren diese Menschen in Gefahr? Sie hatte das Gefühl, sie beschützen zu müssen. Sie fühlte sich irgendwie selbst in Gefahr. Wie weiß ihre Welt doch war! Was *sie* tat, war falsch. Was sie in Erwägung zog. Ehebruch. Sie hatte ja noch gar nichts getan, rief sie sich in Erinnerung. Charlie hatte sie gesagt, sie werde im Krankenhaus übernachten. Und sie hatte ja vor, im Krankenhaus zu übernachten, also war es die Wahrheit. Irgendwie. Aber plötzlich fühlte sie sich in Gefahr, als wäre es das Antikriegstreffen, das sie gefährdete, als wären es diese Paare, und sie hatte den Impuls, Kenadjian zu sagen, sie müssten weg von hier.

Gleichzeitig war sie extrem neugierig und sog alles mit den Augen auf. Viele der Frauen trugen bunte Perlen und Blumen als Schmuck. Lottie kam sich komisch vor mit ihrer klassischen Perlenkette. George und Lottie saßen zusammen auf einer bestickten Klavierbank, wobei Lottie sorgsam darauf achtete, zwischen sich und ihm einige Zentimeter Platz zu lassen, auch wenn das hieß, dass sie ganz an der seitlichen Kante sitzen musste.

Dr. Appelfeld schüttelte dem Mann mit dem Feuermal die Hand und stellte ihn als Dr. J. Austin Penforth vor, Psychiater aus Yale. Dr. Penforth sprach ernst über seine jüngste Informationsreise nach Nordvietnam, wo er Inbrunst und Entschlossenheit vorgefunden habe, aber auch extremes physisches Leiden. Den Nordvietnamesen und dem Vietcong
 fehle es vorn und hinten an medizinischem Material. Er bat,

die technischen Mängel und die Propaganda-Untertöne des Films zu entschuldigen. Leider sei dies der einzige Film, der Livematerial über medizinische Einheiten des Vietcong enthalte.

Das Licht wurde ausgemacht, und der Filmprojektor surrte los. Minutenlang sah man nur verschwommene Bilder, dann fokussierte die Kamera auf einen Mann und eine Frau in blutbefleckter Uniform und mit weißlichem Mundschutz, beide über etwas gebeugt – anscheinend ein offener Bauch, aus dem Blut empor und nach allen Seiten spritzte. Der Projektor surrte eine ganze Weile, ehe das stoßweise Spritzen nachließ und dann aufhörte.

Im Film sagte jemand etwas in einer Sprache, die wohl Vietnamesisch war.

In der nächsten Szene saß ein dunkelhäutiger vietnamesischer Junge, der etwa zwölf sein mochte und eine grünbraune Tarnuniform trug, auf einem Metalltisch, und ein kniender Mann mit einem weißlichen Tuch vor Mund und Nase schnitt das linke Hosenbein des Jungen und den darunter befindlichen schmutzigen, verkrusteten Verband auf. Zum Vorschein kam eine große, nässende, mit geronnenem Blut bedeckte Wunde. Der Arzt krempelte das rechte Hosenbein des Jungen hoch: Das linke Bein war eineinhalbmal so dick wie das rechte. Nachdem er die Wunde mit einem Schlauch gespült hatte, tauchte der Arzt ein Militärmesser in einen Eimer mit einer Lösung und machte sich mit schnellen Schnitten an der nassen offenen Wunde im dunklen Bein des Jungen zu schaffen. Der Junge kniff die Augen fest zusammen, hielt sich den Mund zu und saß ganz still.

Die Kamera schwenkte auf eine zahnlose Frau in einem schmutzigen weißen Ao dai, die ein in himmelblaue Seide gewickeltes Bündel im Arm hielt. Ein Mann in Khakizeug bedeutete ihr, dass er das Bündel untersuchen wollte. Sie sah nicht auf, drückte aber das Bündel fester an sich. Ein Handgemenge entspann sich zwischen dem Mann und der Frau, und schließlich hatte er das Bündel an sich gebracht und öffnete es, und zum Vorschein kam … ein toter Hund? Ein totes Baby? Lottie konnte es nicht klar erkennen.

Der Film war vorbei. Ein paar Leute klatschten zögerlich. Dr. Penforth stand auf und bat um Spenden für den Kauf von Skalpellen, Klemmen, Nahtmaterial, Spritzen, Anästhetika, Venenkathetern und Magensonden, Vitamin K und Heparin, Medikamenten aller Art, insbesondere Antibiotika, sowie Blut- und Plasmakonserven. Besonders dringend würden moderne Verbrennungsbehandlungsmittel für die Napalm-Opfer benötigt.

Als Dr. Penforth und Dr. Appelfeld Leinwand und Projektor beiseiterollten, sagte Lottie zu Kenadjian, sie müsse jetzt nach Hause.

»Sie sollten noch bleiben. Es gibt eine Fragerunde. Das sind gut informierte Leute, ein bisschen humorlos, aber anständig.«

»Ich muss Evelyn ins Bett bringen.«

Kenadjian ging nach unten, Evelyn holen. Als er sie heraufbrachte, war ihr Kleid vorn voller Wassermelone-Flecken, und Lottie war das peinlich, obwohl ihr auch peinlich war, dass es ihr peinlich war. Im Bad versuchte sie, die Flecken aus Evelyns Kleid zu waschen, aber Evelyn schrie, »Nass! Nass! Du machst mir ganz kalt!«, und Lottie drehte den Wasserhahn zu und versuchte, das Vorderteil des Kleids mit einem Handtuch zu trocknen.

 Kenadjian legte einen Scheck in einen braunen Korb auf

dem Couchtisch. »Das ist von uns beiden«, sagte er zu Lottie. Im Korb lagen noch mehrere gefaltete Schecks und zwei zugeklebte weiße Umschläge.

»Sie haben doch meinen Namen nicht auf diesen Scheck geschrieben?«, fragte Lottie.

Er schüttelte den Kopf.

Draußen sagte sie: »Haben Sie keine Angst vor dem FBI?«

»Doch.«

Es war jetzt dämmrig und kühl. Kenadjian trug den Kindersitz, und Lottie trug Evelyn mit dem Gesicht nach vorn, weil ihr Kleid nass von Wasser und Melonensaft war. »Kalt«, sagte Evelyn.

»Halten Sie diesen Film für glaubwürdig?«, fragte Lottie, während Kenadjian den Kindersitz befestigte.

»Ich bin sicher, dass es ihnen an medizinischem Material fehlt …«

»Glauben Sie, die Patienten waren echt? Diese Frau mit dem toten Bündel … Wo soll das gewesen sein?«

»Mama, nicht!«

»Was?« Dann merkte sie, dass sie Evelyn fest an sich presste. Sie lockerte die Umklammerung. »In der Medikamentenwerbung nehmen sie doch immer Models … Ich will ja nicht sagen, dass diese Leute aus der Werbeindustrie sind, aber sie könnten doch vom Vietcong eingesetzt worden sein.«

»Die Wunden sind echt: Schau her, das ist Krieg. Könnten da auch irgendwelche Tricksereien im Spiel sein? Möglich. Ich traue keiner Regierung.«

Sie übergab ihm Evelyn. »Warum gehen Sie dann zu so was?«

»Ich möchte auch die Lügen der Kleinen hören, nicht nur die der Großen.«

Er schnallte Evelyn in den Sitz. Es wehte jetzt ein leichter Wind, und der Vollmond stand am Himmel.

Als sie an dem dunklen Park vorbeifuhren, versperrten plötzlich vor ihnen zwei Sägeböcke die Straße. Kenadjian bremste ab und hielt, und Evelyn fing an zu schreien.

»Sie ist schon wieder ganz müde.« Lottie drehte sich um, um sie zu beruhigen. Im dämmrigen Park schien ein Mann in schwarzer Lederkluft und mit einem weißen Strumpf über dem Kopf rittlings auf der Büffelstatue zu sitzen. Sie zeigte ihn Kenadjian.

Plötzlich röhrten Motoren und Reifen quietschten, und im Scheinwerferlicht ihres Wagens stieg Staub auf. Männer mit Federkopfschmuck und Kriegsbemalung im Gesicht postierten ihre Motorräder im Leerlauf vor den Sägeböcken.

»Was ist da los?«, fragte Lottie.

»Runter!«, flüsterte Kenadjian.

Lottie rührte sich nicht. »Ist wahrscheinlich ein Football-Team oder irgendein Studentenverbindungsritual.«

»Runter hab ich gesagt …«

»Regen Sie sich doch nicht gleich auf …«

»Los, verdammt.« Er fummelte an ihrem Gurt herum.

»Vielleicht ist es eine Demonstration.« Aber sie half ihm, den Gurt zu öffnen, und ging auf die Knie, wobei sie den Rock ihres weißen Kleids vom Wagenboden weghielt. Sie legte den Kopf so auf den Sitz, dass sie aus dem Seitenfenster schauen konnte.

Hinten schrie Evelyn immer noch.

»Sch-scht, Schätzchen, alles gut …« Lottie konnte ihre Tochter nicht erreichen.

 Kenadjian legte den Rückwärtsgang ein, aber jetzt waren

auch hinter ihnen Motorräder. Ein paar Männer hielten brennende Fackeln.

Jemand sprang auf die Haube des Volkswagens und begann, darauf herumzuhüpfen. Jemand anders sprang aufs Dach.

»Aufhören! Ihr drückt den Wagen ein!«, schrie George durchs Seitenfenster.

Ein Mann stieg aufs Trittbrett auf Kenadjians Seite.

Lottie ging durch den Kopf, dass sie wohl Angst haben sollte, aber das Ganze hatte so etwas Unwirkliches, wie eine Szene aus einem Western.

Kenadjian sagte: »Hey, Jungs, wir haben doch nicht Halloween. Was ist Sache?«

»Bist du Indianer? Bist du Vietnamese?«

Es rumste und rumste, als der Mann weiter auf dem Blechdach über ihnen herumsprang.

»Sehe ich vietnamesisch aus?«, sagte er zu dem Kerl, dessen Gesicht dicht vor seinem war, und brüllte dann durchs Fenster den Kerl über ihnen an: »Runter da! Sie machen mein Auto kaputt!«

»Antworte.«

»Ich bin Amerikaner. Ich bin armenischer Amerikaner.«

»Was hast du auf dieser Commie-Party gemacht?«

»Welcher *Commie*-Party? Das war nichts Kommunistisches. Das war eine Party von Ärzten und Pflegekräften … Hey, wissen Sie, wie Sie alle zusammen aussehen? Sie sehen aus wie die Boston Tea Party.«

»Du da auf den Knien. Bist du dem Schwätzer hier seine Frau? Bist du Krankenschwester?«

Lottie schüttelte den Kopf. Sie bemühte sich um einen würdevollen, ja, strengen Ton. »Ich bin Labortechnikerin.«

»Du siehst aus, als gäb's gleich eine Bruchlandung.« Der Mann lachte.

»Wir müssen nach Hause«, sagte Kenadjian. »Sie muss ihre Tochter ins Bett bringen.«

Der Mann auf dem Trittbrett sah den Mann auf der Haube an und der wiederum den Mann auf dem Dach. Schließlich sagte der erste Mann: »*Sie* kann heimfahren. Du steigst aus.«

Kenadjian zögerte.

»Tun Sie's nicht«, flüsterte Lottie. Sie packte ihn am Arm. »Sie könnten Ihnen was tun.«

»Ihnen passiert nichts. Evelyn passiert nichts. Fahren Sie einfach nur schleunigst los.«

»Woher wissen Sie das? Sie wissen doch nicht –«

»Was gibt's da zu flüstern? Mund halten, alle beide.« Der Mann schob sein Gesicht noch näher an Kenadjians heran.

»Was soll das alles?«, fragte George. »Was wollen Sie?«

»Du begleitest uns zu dieser Teeparty … Wir wollen eure Freunde kennenlernen.«

»Das sind alles Leute, die im Krankenhaus arbeiten. Sie kümmern sich um Sie und Ihre Familien!«

Der Mann packte George am Haar.

»Lassen Sie mich los!«, schrie George und versuchte, den Kopf wegzuziehen.

Lottie schrie auf.

»Jetzt kümmern *wir* uns um *die*.« Der Mann machte Anstalten, Kenadjian an den Haaren durchs Fenster zu ziehen.

George stieß den Mann mit der linken Hand vor die Brust und versuchte, mit der Rechten den ersten Gang einzulegen. Er betätigte mit einem Fuß die Kupplung, mit dem anderen das Gaspedal. Lottie schob für ihn den Schalthebel vorwärts. Sie betete, dass sie den Motor nicht abwürgten. Als der Wagen mit einem Ruck anfuhr, riss der Mann George eine Handvoll Haare aus, bevor er vom Trittbrett fiel.

Kenadjian schrie auf. Lottie fasste das Lenkrad. Kenadjian drückte aufs Gas. Das Bummern auf dem Dach hörte auf, als der Mann mit einem Schrei seitlich vom Wagen fiel. Der Mann auf der Haube hielt sich an den Scheibenwischern fest. Der Wagen rammte ein parkendes Motorrad und einen Sägebock, der ins Dunkel flog. Kenadjian übernahm wieder das Steuer, und sie fand den Scheibenwischerknopf und drückte ihn. Der Mann umklammerte das Wischerblatt, das abging und in seiner Hand blieb. Er hielt sich am anderen Wischerblatt fest, als George beschleunigte. Lottie schnappte sich Evelyns Thermosflasche aus ihrer Tasche, zog den Metallbecher ab und warf ihn nach dem Kerl, schraubte dann den Verschluss ab und versuchte, zuerst das Wasser nach ihm zu schleudern und dann die Thermosflasche selbst, aber der Winkel war ungünstig, und sie traf nicht. Trotzdem rutschte er rückwärts über die Haube hinunter, und sie spürte nichts – vielleicht hatten sie ihn ja nicht überrollt.

Schweiß rann ihr von den Schläfen herab, und als sie ihn mit den Händen wegwischen wollte, sah sie, dass ihre Finger zitterten.

Ein paar Meilen weiter fuhr Kenadjian zu einer Tankstelle und hielt auf dem dunklen Parkplatz dahinter. Er lehnte sich ans Lenkrad. Lottie drückte ihm den Saum ihres weißen Kleids auf die Kopfhaut. Wenn der Stoff nass und dunkel wurde, schob sie ihn vorsichtig ein Stück weiter – wie ihre Großmutter, wenn sie Seide unter das Nähmaschinenfüßchen geschoben hatte. Schließlich blutete es nicht mehr.

»Warum höre ich Evelyn nicht?«, flüsterte er heiser. »Wo ist Evelyn?«

Lottie drehte sich so jäh um, dass sie schon glaubte, sie hätte sich ein Gefäß am Hals zerrissen. »Sie schläft. Evelyn schläft.« Sie fing an zu kichern.

»Wir müssen Appelfeld warnen«, flüsterte er. »Ich muss die Polizei rufen.«

Sie kicherte immer noch. »Glauben Sie, wir haben den Kerl getötet?«

»Ich hoff's.« Er schüttelte den Kopf, und die Wunde fing wieder an zu bluten. Lottie zog im Sitzen ihren Halbunterrock aus und reichte ihn ihm. George ging zur Telefonzelle, ihren weißen Unterrock um den Kopf. Lottie lachte immer noch vor sich hin. Durch die Autoscheibe sah sie ihn gebeugt in der schummrig beleuchteten Zelle stehen. Sie hoffte, dass ihn sonst niemand sah. Hinter ihm funkelte der Himmel von weißen Sternen, die zu blinken oder sich irgendwie zu bewegen schienen, und sie merkte, dass ihr Schweiß in die Augen lief. Sie kicherte weiter, konnte nicht aufhören, es war halb Kichern, halb Wimmern.

Sie sah ihn Münzen einwerfen. Er wählte. Wartete. Hängte ein. Dann warf er noch mal Münzen ein und wählte wieder. Diesmal sah sie ihn sprechen. Nach ein paar Minuten hängte er ein, kam rasch aus der Telefonzelle – das Licht ging aus – und, nervös nach allen Seiten blickend, zum Auto zurück. Er öffnete die Fahrertür, stieg schnell ein und schloss und verriegelte die Tür.

»Haben Sie Appelfeld erreicht?« Sie flüsterte.

»Ist niemand drangegangen. Ich habe die Polizei benachrichtigt.«

Sie nickte. Sie musste Charlie anrufen. Sie hatte ihm gesagt, sie würde mit Evelyn im Krankenhaus übernachten. Aber jetzt wollte sie nach Hause. Lottie sah sich gründlich um – was war das da für ein Schatten? Und der dort? Aber keiner der Schatten bewegte sich.

»Ich muss meinen Mann anrufen.«

Er nickte im Dunkeln. »Ich komme mit.«

»Nein. Bleiben Sie bei Evelyn.«

Nur ihr eigener Schatten bewegte sich, als sie ausstieg, in die Telefonzelle ging und wählte. Was sollte sie sagen? Sie würde auf Zeit spielen, improvisieren, wenn sie zu Hause war. Aber es nahm niemand ab.

War denn niemand erreichbar?

Er würde stinkwütend werden, und das mit Recht. Sie würde irgendwas erfinden.

Und doch konnte sie nicht aufhören, hysterisch vor sich hin zu lachen.

Um ein Uhr morgens hielt Kenadjian in Lotties Einfahrt und schaltete die Scheinwerfer aus. Sie hatte Schluckauf.

»Soll ich mit reinkommen und es erklären?«

»Sind Sie verrückt? Mit meinem Unterrock um den Kopf – was genau wollen Sie meinem Mann da erklären?«

Er nahm den Unterrock ab und gab ihn ihr. Sein Kopf blutete nicht mehr. »Gott, es tut mir so leid. Das alles tut mir so leid.«

»Er ist nicht mein Vater. Ich weiß noch nicht mal, ob er zu Hause ist. Tut Ihr Kopf weh?« Sie konnte nichts gegen das Hicksen machen.

»Nein. Nein, er ist taub.« Er bewegte eine Hand auf sie zu, und sie wich zurück, blickte nervös auf die dunklen Häuser.

»Ich gehe jetzt besser rein«, sagte Lottie.

Er öffnete seine Wagentür.

»Nicht«, sagte sie. »Ich komme allein klar.«

»Wie wollen Sie denn die Haustür aufkriegen, mit Evelyn auf dem Arm? Sie müssen sie ja die Stufen rauftragen, und dann? Was machen Sie dann? Sie auf die Steinplatte legen, während Sie die Schlüssel rauskramen?«

»Ich gehe zuerst die Tür aufmachen.« Doch als sie ausstieg, merkte sie, wie wacklig sie war. Sie hatte Angst, mit dermaßen wackligen Beinen Evelyn zu tragen.

Gummibeine.

Sie machte schnell die Autotür zu, damit die Innenbeleuchtung ausging. Warum hatte sie solche Angst? Es war albern, ein schlechtes Gewissen zu haben. Sie war mit einem Kollegen zu einem Meeting gegangen, und die Dinge waren aus dem Ruder gelaufen. Ihr war nichts passiert. Ihrer Tochter war nichts passiert. Punkt.

Sie überließ es Kenadjian, Evelyn loszuschnallen und zu tragen, die Stufen hinauf, durch die Haustür in die dunkle Diele und ins Obergeschoss. Charlie lauerte nicht auf sie, ja, wartete nicht mal. Lottie dirigierte George zu Evelyns Zimmer, und er legte Evelyn in ihrem melonensaftfleckigen Kleid behutsam auf ihr Bett. Lottie brachte ihn eilends wieder nach unten.

»Gute Nacht«, flüsterte er in der dunklen Diele in dem Moment, als sie »Psst!« zischte. Zuletzt streifte sein Gesicht ihres, und sie roch das Blut an ihm und den intensiven rauchigen Geruch seines getrockneten Schweißes. Sie schloss die Haustür leise hinter ihm.

Lottie roch ihn an dem Unterrock in ihren Händen und an dem Kleid, das sie trug.

 Oben im Gang hörte sie Charlies tiefes, gleichmäßiges

Atmen. Sie wollte nicht mit Georges Geruch an sich in ihr Schlafzimmer gehen. Sie nahm eine leichte Decke aus dem Wäscheschrank und breitete sie über Evelyn.

Lottie ließ kaltes Wasser ins Waschbecken, stand dann in ihrem weißen BH und ihrer Unterhose da und schrubbte an den steifen Flecken und Streifen von getrocknetem Blut in ihrem Kleid und ihrem Unterrock herum. Die Seife glitschte ihr immer wieder ins Waschbecken. Sie hatte Mühe, sie herauszufischen. Sie versuchte, die nassen Partien des Kleids trocken zu föhnen. Sie erwischte nicht alles, und an einer Stelle war immer noch der Umriss eines Blutflecks, obwohl sie das Innere wegbekommen hatte. Sie rollte Kleid und Unterrock zusammen und stopfte das Ganze zwischen ein paar Schrankboxen in einem von Evelyns oberen Fächern.

Lottie setzte sich aufs Bett ihrer Tochter und sah ihr beim Atmen zu, beobachtete, wie ihre Brust sich unter dem fleckigen Kleid leicht hob und senkte und ihre hellen Wimpern Schatten auf ihre Wangen warfen. Im Mondlicht zählte Lottie acht Sommersprossen auf Evelyns Wangen.

Evelyn hätte etwas passieren können.

Lottie holte ein weißes Badehandtuch aus dem Schrank auf dem Gang und legte es sich um die nackten Schultern. Ihre Beine zitterten immer noch, und ihr war ein bisschen schwindelig. Sie setzte sich im Gang auf den Boden, die Beine angezogen, den Kopf zwischen den Knien.

Vielleicht, wenn sie etwas Süßes aß … Am Geländer Halt suchend tastete sie sich unsicher die Treppe hinab. Warum hatte Charlie kein Licht für sie angelassen? Sie hätte ja hinfallen können, mit Evelyn auf dem Arm. Verdiente sie kein Licht? Dann fiel ihr wieder ein, dass sie ja gesagt hatte, sie käme nicht nach Hause. Sie knipste eine Stehlampe im

Wohnzimmer an und das Deckenlicht im Esszimmer. Im Brotkasten waren ein paar harte Scheiben Schwarzbrot, im Kühlschrank eine Packung sauer riechende Milch, ein Topf mit Blumenkohlsuppe, die sie neulich Abend gemacht hatte, ein ungeöffnetes Glas Mango-Chutney und ein Glas Maxwell-House-Kaffee. Sie sah die Mutter mit der Flechtfrisur in *Geheimnis der Mutter* vor sich, wie sie in ihrer Fernsehküche mit der gemalten Gartenkulisse im Fenster Kaffee in weiße Tassen goss. *Gut bis zum letzten Tropfen.*

Wo war ihre Großmutter?

Lottie hatte plötzlich den Drang zu rufen: »Jemand zu Hause?«

Sie war diese Woche drei Abende zu Hause gewesen, und einmal war Charlie nicht da gewesen, einmal war er gegangen, als er sie beide gesehen hatte, und beim dritten Mal hatte er mit Evelyn geredet, aber nicht mit ihr.

Er hatte sich von ihr abgewandt. Sie hatte sich von ihm abgewandt. Sie hatte ihr gemeinsames Kind in Gefahr gebracht.

Als sie durch die beiden beleuchteten Räume zurückging, stellte sie sich die Einrichtung ohne die Häkeldeckchen, Kissen und Quilts ihrer Großmutter vor. Mit den angelaufenen Trophäen und den alten Zeitungsausschnitten an den Wänden würden die Räume aussehen wie der Eingangsbereich eines heruntergekommenen Hotels.

In der Diele roch sie wieder einen Hauch von Blut und das herbe Aroma von Kenadjians getrocknetem Schweiß. Sie zwang sich, das Dielenfenster und die drei Wohnzimmerfenster aufzumachen.

Jetzt legte sie sich ins Bett, ohne Charlie zu berühren, und er wachte nicht auf, und ihr war, als wäre sein Geruch verschwunden und die Decke, die Laken, ihr Kopfkissen und ihr ganzer Körper mit diesem fremden neuen Geruch getränkt. Sie stieg aus dem Bett und ging in Evelyns Zimmer, und als sie sich über ihr schlafendes Kind beugte, um es zu küssen, kam selbst aus Evelyns Haar Kenadjians Geruch.

Als am nächsten Morgen Kenadjian ins Labor kam, flüsterte Lottie: »Ich kann Sie nicht mehr sehen.«

»Kann ich Ihnen nicht verdenken. Ich weiß, wie Sie sich fühlen müssen.« Er hatte einen kleinen Verband am Kopf. »Ihr Mann war bestimmt außer sich.«

Sie sagte nicht, dass Charlie vermutlich immer noch außer sich war, im Traumland. »Sie wissen nicht, wie ich mich fühle«, sagte sie. »Sie haben kein Kind!«

Er senkte den Kopf. »Ich dachte nicht, dass es irgendwie gefährlich werden könnte, Lottie, ich könnte mich sonst wohin beißen.«

Sie verstand, »Sie können mich sonst wohin beißen«, und war erst mal perplex.

»Wie geht's ihr?«

»Was? Ganz okay.«

»Ich hab sie gern. Ich würde nie wollen, dass ihr was passiert …«

»Psst! Wenn uns jemand hört!« Lottie sah sich um. Niemand da. Dann ging sie ganz ans hintere Ende des Labors und blickte seitwärts aus dem Fenster, dorthin, wo Evelyns Babysitterin wohnte, auch wenn man das Haus von hier aus nicht sehen konnte. Sie öffnete die Tür zum Gang. Eine freiwillige Helferin schob einen Bücherwagen vor sich her. Lottie machte die Tür leise wieder zu.

»Ist Appelfeld was passiert?«, fragte sie ihn. »Ist irgendjemandem auf dem Treffen was passiert?«

»Ums Leben gekommen ist niemand, aber es gab ein Handgemenge, und ein paar Leute sind in der Notaufnahme gelandet. Niemand aus der Pädiatrie.« George schüttelte den Kopf und zuckte zusammen.

Sie verspürte den Impuls, sein schmerzverzerrtes Gesicht zu berühren. Es zu streicheln. Sie fühlte, wie ihr eigenes Gesicht heiß wurde. »Wenn ihr irgendwas passiert wäre«, sagte sie erregt. »Ihr Vater ist ein kranker Mann!«

»Und was ist mit mir? Ich bin fast skalpiert worden!« Er lüftete seinen Kopfverband. Darunter war die Kopfhaut blass und haarlos, mit roten Flecken, wo die Stiche saßen.

»Es musste genäht werden?«

Er nickte. »Ich habe Sie angelogen. Jemand aus der Pädiatrie war in der Notaufnahme. *Ich*. Es hat wieder angefangen zu bluten, nachdem ich Sie verlassen hatte.«

»Ach, das tut mir leid. Oje. Tut es weh?«

»Nicht sehr«, gestand er.

Sie berührte ihn am Kinn. Sie sah sich noch einmal nach allen Seiten um und küsste ihn dann leidenschaftlich. Er erwiderte den Kuss und zog sie an sich.

Sie atmete wieder seinen dunklen, rauchigen Geruch ein. Sie fühlte, wie sie sich an ihn drängte, Brüste, Becken, Zunge. Es fühlte sich an, als wollte sie in ihn hineingelangen, ihn in sich hineinholen; ihr war seltsam im Kopf, fast schon schwindelig. Sie zwang sich, ein wenig zurückzuweichen. »Du weißt gar nicht, wie unglücklich ich bin«, flüsterte sie und versuchte, das Gleichgewicht wiederzufinden. »Mein Mann spricht kaum noch mit mir. Die Hälfte der Zeit ist er nicht zu Hause. Ich weiß nicht, wo er ist. Ich weiß nicht, was in ihm vorgeht.«

 »Oh, Lottie. Liebe Lottie.«

Sie flüsterte und heulte gleichzeitig. »Ich weiß nicht, ob er Depressionen hat, ob er eine andere hat oder ob er mich einfach nur nicht mehr liebt.«

»Wie lange geht das schon so?«

»Seit Monaten.«

Er sagte: »Zieh zu mir und kümmere dich um mich.«

Sie schüttelte den Kopf. »Du vergisst Evelyn.«

»Ohne Evelyn gilt das Angebot nicht.«

Lottie lachte.

»Du brauchst einen Mann, der ein paar Scherze in seiner Arzttasche hat.«

Als er sich mit einem Winken verabschiedete, flüsterte Lottie: »Aber keine Scherze darüber, dass wir bei dir einziehen sollen.«

Obwohl niemand irgendetwas sagte, befürchtete Lottie jeden Tag, dass Charlie irgendwie Wind von ihrer Teilnahme an dem Treffen oder ihrem »besonderen Verhältnis« zu George Kenadjian bekommen hatte, und mied ihr Zuhause daher erst recht. Beim einzigen Mal in jener Woche, dass sie Charlie sah, machte er gerade mit den angesammelten Zeitungen Feuer im Wohnzimmerkamin, und alles, was er sagte, war: »Ich wünschte, dieser verdammte Krieg wäre vorbei.« Sie war sich nicht sicher, welchen Krieg er meinte.

Auch Kenadjian ging sie möglichst aus dem Weg. Doch wenn Lottie morgens Blut abnahm, unterrichtete George gerade Medizinstudenten auf der Station. Wenn sie in der Krankenhausbibliothek eine Labormethode nachschlug, war er im Leseraum und studierte eine Fachzeitschrift.

Eines Nachmittags war sie noch beauftragt worden, im Privattrakt des Krankenhauses einen Rachenabstrich zu nehmen. In einem Raum für Brandverletzungen befand sich ein einzelner Patient, der an Kopf und Armen dicke Verbände hatte.

»Können Sie den Mund aufmachen?« Trotz ihres Erschreckens und ihres Mitleids bemühte sie sich um einen freundlichen, aber entschiedenen Ton.

Die Mumie schüttelte den Kopf.

»Können Sie die Lippen überhaupt bewegen?«

Der Patient ergriff ihre Hand und führte sie langsam an den Teil seines bandagierten Gesichts, wo seine Lippen gewesen sein mussten.

Es machte sie verlegen und furchtbar traurig. »Ich weiß nicht, wie ich bei Ihnen einen Rachenabstrich nehmen soll«, sagte sie sanft. »Ich rufe jemanden hinzu.« Sie dachte an Kenadjian.

Der Patient nahm ihr mit der verbundenen Hand das Wattestäbchen aus den Fingern, öffnete den Mund weit und tupfte geschickt seinen Rachen ab.

»Sie – Sie kleiner Strolch!«, entfuhr es ihr.

Als sie nach Feierabend mit Evelyn im Bus nach Hause saß, fing Lottie an zu lachen. Ein Paar Leute starrten sie an, aber sie lachte weiter.

Sobald sie es einmal schaffte, nicht an Kenadjian zu denken, drohte dieses graue, taube Gefühl, das sie monatelang gehabt hatte, sich auf sie zu legen wie ein Leichentuch, und sie konnte es nicht ertragen. War sie in ihn verliebt?

Eines Nachts, drei Wochen nach dem Treffen bei Appelfeld, fuhr sie atemlos aus einem Albtraum hoch, in dem sie und Evelyn sich unter einem riesigen weißen Wal hervorkämpfen mussten, der auf ihnen gestrandet war und sich bäumte und mit der Schwanzflosse schlug. Ein kleiner hölzerner Pinocchio rannte schreiend um das Ganze herum.

Im Dunkeln im Bett sitzend versuchte sie, sich zu beruhigen. Sie hatte *Moby Dick* nie leiden können. Charlie atmete laut neben ihr. All diese Männer und nichts als Mord und Chaos. Aber sie war Pinocchio-Fan und fand es toll, dass er log, um nicht in die Schule zu müssen, obwohl sie immer gern zur Schule gegangen war. Sie hatte Evelyn vor Kurzem den Original-Pinocchio vorgelesen.

Sie brauchte jemanden, der einen Witz machte. Sie stand unsicher auf, und als ihre Augen sich adaptierten, fing sie an zu packen. Sie zog die Schubladen geräuschlos auf, nahm ihre Kleider von den Bügeln, faltete sie und legte sie in den Koffer.

Sie ging in Evelyns Zimmer und packte die Sachen ihrer schlafenden Tochter. Lottie dachte an Rotkäppchens Mutter – oder war es die Großmutter? –, wie sie den Kuchen und den Wein in den Korb packte. Lottie hatte nur drei Stunden geschlafen und fühlte sich alt und kraftlos und innerlich taub.

Als hätte sie das Ganze geplant, schaffte sie es, alles Wichtige in den Gepäckstücken unterzubringen, die sie zur Verfügung hatte. Sie vergaß weder Throwes, Evelyns Affen, noch Downey, den Teddy, und auch nicht ihre eigenen beiden Kartons mit fachlichen Notizen und Unterlagen. In einen extra Koffer packte sie die Quilts, Deckchen und Stickmustertücher ihrer Großmutter. Die drei Erinnerungsalben, die sie für Charlie angelegt hatte, ließ sie da, obwohl es sie schmerzte, als ließe sie einen jungen, hoffnungsvollen und liebenden Teil ihrer selbst zurück. Diese Alben musste Evelyn bekommen. Aber es war kein Platz mehr dafür.

Würde Charlie sie vernichten? FÜR EVELYN AUFHEBEN! schrieb sie in großen, grimmigen Lettern auf drei Zettel und steckte je einen davon wie ein Lesezeichen in jedes Album.

Sie wusch sich im Bad das Gesicht mit kaltem Wasser. In ihrem Kopf war ein Comic-Bild von Rotkäppchen, wie es durch den Wald hüpfte. Sie klebte Kenadjians Adresse und Telefonnummer mit Klebeband innen an die Haustür und trug dann die schlafende Evelyn, so wie sie war, im Schlafanzug, zum wartenden Taxi.

Der graue Himmel wurde zusehends heller. Während der Fahrer ihr Gepäck im Kofferraum verstaute und dann ihre Kartons auf den Vordersitz stellte, rötete sich der Horizont. Ihre Tochter murmelte in ihren Armen. Als Lottie gerade erst ein paar Blocks von dem Haus entfernt war, in dem sie mit Charlie gelebt hatte, schob sich die Sonne groß und rot in den weiten graublauen Himmel.

FÜNFTER TEIL

DAS LEBEN IN KENADJIANS HAUS erwies sich anders als alles, was sie bisher gekannt hatte; sie konnte ihr Glück kaum fassen.

Früher, als Tochter des Teilzeitbürgermeisters einer Kleinstadt, hatte sie gelegentlich Leute bei sich zu Hause ein und aus gehen sehen, den einen oder anderen Farmer mit Problemen oder Geschäftsmann, der mit der Handelskammer im Zwist lag. Aber die waren abends gekommen, hatten in dem Wohnzimmer Platz genommen, das die Familie nie benutzte, und waren rasch ins Büro ihres Vaters vorgelassen worden. Am nächsten Morgen beim Frühstück hatte ihr Vater dann kein Wort darüber verloren, als wäre Verschwiegenheit eine Bedingung, um Bürgermeister zu sein. Ihre Großmutter hatte gesagt, ihr Sohn habe immer Arzt werden wollen und benehme sich jetzt, als hätte er den hippokratischen Eid geleistet. Gerry hatte gewitzelt, ihr Dad arbeite in Wirklichkeit für die CIA. Ihr Vater hatte das Gesicht verzogen und gegrinst, aber nichts verraten. Beim Essen hatte er dann ein bisschen über wissenschaftliche Themen geredet, wenn er guter Laune war, oder Jeanie hatte von einem Buch erzählt, das sie gerade las, oder ihre Großmutter hatte sich über ein öffentliches Projekt ausgelassen, das schiefgelaufen war, oder über einen lokalen Amtsträger, der sich unlauter verhalten hatte. Ansonsten hatten sich die Gespräche um Hausaufgaben oder Kleidung gedreht, und normalerweise hatte alles im Familienkreis stattgefunden.

Kenadjians Haus hingegen war *bevölkert*, ein permanenter Schauplatz von Treffen und Lesungen. Hier gab es Zusammenkünfte von potentiellen und anerkannten Kriegsdienstverweigerern, wo junge Männer aus der Verfassung oder aus Thomas Paines *Gesunder Menschenverstand* vorlasen und über Martin Luther Kings Haltung zum Vietnamkrieg oder die Berrigan-Brüder oder Benjamin Spock (»unser Ben« nannte ihn Sam Appelfeld) oder die Drei von Fort Hood diskutierten.

An einem Abend standen Leute auf und trugen Gedichte vor. Georges Lieblingsdichter war William Carlos Williams. »Er ist nämlich Arzt, aus New Jersey, meinem Heimatstaat.« Und dafür mochte sie jetzt New Jersey. Eine Frau, die beim psychiatrischen Dienst war, deklamierte Passagen aus T. S. Eliots *Das wüste Land*, und Lottie erkannte Verse wieder, die Nathaniel Burden in der Nacht, als Charlie ins Krankenhaus gekommen war, in der verrauchten Pizzeria von sich gegeben hatte, aber der Unterschied war: Der Frau in Georges Haus zuzuhören machte Lottie keine Angst, sie fand es interessant und aufregend und fühlte sich gestärkt.

An ihrem ersten Wochenende hier übernahm eine neu gegründete Organisation, die sich versuchsweise NOW nannte, die Räumlichkeiten, und junge Frauen und ein paar Männer, insbesondere George, redeten sich in Rage über Frauenrechte.

Obwohl Lottie die Jüngste war und am wenigsten vorzuweisen hatte und manchmal verschüchtert reagierte, ja, sogar in Ehrfurcht erstarrte, gaben ihr diese Treffen doch neue

Energie nach den zehrenden Monaten ständiger Sorge um Charlie; sie erhellten ihr anstrengendes, einsames Leben.

Auf Georges Drängen forderte sie sogar die Bewerbungsunterlagen auf Zulassung zum Graduiertenstudium an. Anatomie hatte sie im Grundstudium interessiert und ebenso Physiologie, und sie bewarb sich an einigen Universitäten, obwohl sie selbst nicht wusste, ob es ihr ernst war. Vielleicht tat sie es ja nur Kenadjian zuliebe oder um sich zu vergewissern, dass sie das Zeug hatte, eines Tages *jemand* zu sein, zumindest in ihrer Fantasie. Jemand wie diese Männer – es waren hauptsächlich Männer – oder wie die Frauen, die bei dem NOW-Treffen in Kenadjians Wohnzimmer gesprochen hatten.

Aber Studieren war ja gar nicht möglich. Wie könnte sie Evelyn ihrem Vater wegnehmen? Und insgeheim hoffte Lottie immer noch auf die Versöhnung mit Charlie.

Die körperliche Erregung, wenn sie Kenadjian so geschickt hatte Blut abnehmen sehen, der erotische Reiz, wenn er sich über einen Patienten gebeugt und der weiße Kittel sich über seiner Kehrseite gespannt hatte – das war irgendwie weg. Lottie schlief auf dem Wohnzimmersofa und Evelyn im Gästezimmer oben. Kenadjian war irritiert, weil Lottie darauf bestand, Miete und Kostgeld zu zahlen. Sie erklärte ihm, ihre Großmutter habe es so gehalten. Das machte es für ihn auch nicht viel einleuchtender, aber Lottie sagte, nur so würde sie bleiben. Er hatte ihr eine Kommode in seinem Zimmer freigeräumt und für Evelyn eine im Gästezimmer, und beide blieben Tag um Tag leer. Lottie lebte aus dem Koffer und stürzte ans Telefon, sooft es klingelte. Sie nahm Kenadjians Notfall-Anrufe mitten in der Nacht entgegen. Aber sie weigerte sich, mit ihm zu schlafen.

Er sagte: »Ich komme mir vor wie eine Durchgangsstation.«

»Ich kann nicht, ich werde nicht … in deinem Zimmer schlafen … bis ich … bis ich's kann. Evelyn ist auch noch nicht so weit. Dass ich … das kann.«

»Meine Güte, ich möchte ja nur, dass du deine Sachen auspackst.«

Sie konnte nicht auspacken. Nicht mal einen symbolischen Koffer. Sie, die immer und überall alles ausgepackt hatte, wenn sie und Charlie ihre Familien in Michigan besuchten. Selbst als sie einmal für ein Strandwochenende alle drei in einem Motel-Zimmer nächtigten, hatte sie alles in Schubladen getan, ihre Toilettensachen im Medizinschränkchen untergebracht und den Motel-Diener die Koffer wegbringen und irgendwo anders verstauen lassen. Die Illusion des Dauerhaften.

Die Illusion des Nicht-Dauerhaften. Wenn sie nicht auspackte, würde Charlie vielleicht anrufen, würde er alles ungeschehen machen, seine Abwendung von ihr, seine Depression, wenn es das denn war, seine Totenhaftigkeit. »Nomma! Nomma!«, würde Evelyn drängeln, wenn Lottie ihr eine tolle Geschichte erzählt hatte. Und sie, Lottie, würde Charlies Kindheitsliebe sein, seine beste Freundin, seine Geliebte; sie würde Charlies Verletzung ungeschehen machen, sie würde ihren Sohn wiederbekommen, heil und lebendig …

Nach der ersten Woche waren ihre Unruhe und ihr schlechtes Gewissen wegen Charlie so stark, dass sie anrief – niemand nahm ab, obwohl es halb elf Uhr abends war. Sie rief in der Bowlinghalle an – er hatte seinen Job aufgegeben. Sie rief wieder zu Hause an, um halb zwölf und um Mitternacht. Als George oben seine Leselampe ausmachte und wenige Minuten später zu schnarchen begann, wählte Lottie nervös die Nummer der Taxifirma.

Die Nacht war warm und schwarz, mondlos, mit nur wenigen Sternen in großen Abständen am weiten, tiefhängenden Himmel. Es waren keine anderen Autos unterwegs, und als das Taxi schnell durch die stillen, vertrauten Straßen fuhr, hatte sie das bizarre Gefühl, über einen Friedhof zu fahren. Sie bat den Fahrer, sie in einer halben Stunde wieder abzuholen. »Nicht vergessen, ja?«

Allein stand sie, reglos wie eine Statue, vor dem vollkommen dunklen Haus. Warum sollte ihr bange sein? Sie hatte hier gewohnt, hier hatten sie ihr Kind gezeugt. Aus Angst, im Dunkeln zu fallen, bewegte sie sich so langsam den Weg zur Haustür entlang wie eine alte Frau, kramte dabei in ihrer Handtasche nach der kleinen Taschenlampe, die sie immer mit sich führte. An der Haustür klingelte sie mehrmals – ihr Mann hatte einen festen Schlaf –, und obwohl sie das unverkennbare Gongen hörte, klopfte sie auch noch an. Nach einer Weile ging sie die Stufen hinunter, vorsichtig über den ungemähten Vorderrasen und seitlich ums Haus herum. Hinten drückte sie die schnarrende Klingel am Kücheneingang und hielt sie gedrückt, bis ihr der Finger wehtat.

Lottie ging die geschotterte Einfahrt entlang. In der Nachtstille knirschten die Steinchen unter ihren Füßen. Sie richtete ihr Taschenlämpchen aufs Garagenfenster, wischte dann eine Scheibe mit einem Papiertaschentuch: Drinnen waren ein Rasenmäher und eine Schaufel oder vielleicht auch eine Forke und ihre beiden alten Fahrräder.

Kein Auto.

Zumindest tat er nicht stur so, als hörte er sie nicht.

Und er hing auch nicht tot überm Lenkrad, bei laufendem Motor.

Wo war der Mistkerl? Während sie über den Vorderrasen zurück und die Haustürstufen hinaufging, dachte sie, dass *er* bestimmt nicht auf jemandes Wohnzimmersofa schlief, seinen Krempel in Koffern.

Sie schloss die Haustür auf, roch das dumpfige Dunkel. Als sie nach dem Dielenlichtschalter tastete, bewegte sich etwas im Schatten bei dem Sessel mit dem Schonbezug. »Charlie! Charlie!«

Das Haus hatte sich ein panisches Echo zugelegt.

Was auch immer da davongehuscht war, war klein, eine Maus vielleicht. Sie knipste im Wohnzimmer Licht an, trat ein paarmal gegen den Volant des Sessels, ging dann wieder in die Diele und leise die teppichbezogene Treppe hinauf, in das stille Obergeschoss, zu den ungemachten, leeren Betten. Sie zog die Kommodenschubladen ihres Mannes auf – ebenfalls leer. War das hier ein verlassenes Haus? In der untersten Schublade fand sie Bündel unsortierter, sauberer Socken sowie mehrere Unterhemden und -hosen, vermischt mit ungefalteten Kopfkissenbezügen und Handtüchern.

Sie ging ins Zimmer ihrer Tochter und machte das Bett.

In der Kloschüssel stand stinkende, alte Pisse. Sie drehte den Hahn der Badewanne auf, und das Wasser schoss braun und stoßweise heraus.

Um weitere kleine, spitzzahnige Kreaturen – wenn das eben eine kleine, spitzzahnige Kreatur gewesen war – zu verscheuchen, machte sie die Tür zum Speicheraufgang geräuschvoll auf und zu, knipste das Licht an und aus, trampelte die Treppe hinauf. Was wollte sie überhaupt dort oben? War es ein zwanghafter Drang, bis in jeden Winkel vorzudringen? Oder erwartete sie, ihn von den Dachbalken baumelnd vorzufinden? Da waren eine dreckige Sturmlaterne mit rotem Glas, ein Karton mit verschimmelten Jura-Büchern, eine erstarrte Arbeitshose – Hinterlassenschaften von Vormietern. In einer Ecke lag eine verstaubte Schachtelmännchen-Schachtel auf der Seite. Sie drückte einen Knopf, und hervor sprang der Clown im verschossenen gepunkteten Kittel und mit traurigem Gesicht. In der Nähe lagen ein paar winzige, getrocknete Köttel. Sie sah sich ängstlich um, aber nirgends flog oder hing etwas.

In einer entfernten Ecke lag ein Haufen staubiger weißer Gipsschalen, Körperabformungen, die Charlie während der Schwangerschaft von ihr gemacht hatte. Er hatte ihr stolzes nacktes Selbst mit Olivenöl eingeschmiert und dann mit Gipsbinden umwickelt. Als sie jetzt eine der Gipsformen aufhob, zerbröckelte der Rand.

Sie ging die Speichertreppe hinunter, dann die Treppe ins Erdgeschoss hinab und durch das Wohn- und das Esszimmer in die Küche, wo sie den Kühlschrank öffnete. Ein übel riechender Schwall schlug ihr entgegen, und obwohl sie die Tür sofort wieder zumachte, konnte sie den Gestank doch nicht einsperren. Er musste von einem in braunes Papier gehüllten Päckchen kommen, das ganz allein im zweiten Fach lag, Hackfleisch, das sie an einem ihrer letzten Tage hier gekauft hatte.

Sie machte das Licht in der Küche aus und ging ins Esszimmer, zögerte, ging in die Küche zurück. Sie öffnete den Kühlschrank ganz schnell, nahm das ungeöffnete Glas Mango-Chutney aus dem Türfach und warf die Kühlschranktür wieder zu. Nachdem sie sich vergewissert hatte, dass das Glas wirklich noch ungeöffnet war – der Deckel rührte sich nicht –, wusch und trocknete sie es ab und steckte es in ihre Handtasche. Dann machte sie die Lampen wieder aus, in der Küche, im Esszimmer, im Wohnzimmer. Im Dunkeln öffnete sie die Haustür und fand sich einem großen, kräftigen Mann gegenüber, der mit erhobenem Arm dastand. Sie schrie auf.

»Hey, ich wollte nur nach Ihnen gucken, ob auch nichts passiert ist.« Es war der Taxifahrer, jetzt mit bittend gefalteten Händen. »Sie wollen doch nicht die ganze Nachbarschaft aufwecken.«

Erst, als er sie vor Kenadjians schlafendem Haus abgesetzt hatte und sie schnell nach oben schlich und Evelyn in ihrem Bett liegen sah, den Daumen im Mund, beruhigte sich Lotties Herz wieder.

Am Morgen rief sie in der Uni an.

Ja, sicher, Mr. Hart unterrichtete noch, gerade jetzt habe er eine Lehrveranstaltung. Ob es sich um einen Notfall handle.

Ah ja, ob sie ihm in dem Fall etwas ausrichten lassen wolle.

Nein, er sei nicht gerade erst zurückgekehrt, er sei gar nicht weg gewesen. Sie sei doch seine Frau, oder? Ach so, wer sie denn dann sei.

Im Geist erdrosselte ihn Lottie mit dem Telefonkabel, weil ihm sogar seine eigene Tochter egal war.

An diesem Abend, als Evelyn im Bett war und George noch nicht aus dem Krankenhaus zurück, setzte sich Lottie steif aufs Wohnzimmersofa, die bloßen Füße in Buddha-Manier vor sich gekreuzt, und rief ihre Eltern an.

 Ihre Mutter nahm ab. »Ja? Hallo? Wer ist da?«

Lotties Mund war voll Asche. »Kannst du … kannst du Dad bitte sagen, er soll auch drangehen?«

»Lottie?« Jeanies hauchige Stimme war von nervöser Hast getrieben, als sie fragte: »Bist du okay? Geht's euch gut?«

»So weit alles okay, Mom. Wir sind alle gesund.«

»Oh, da bin ich ja froh.« Jeanie trat ein Stück vom Telefon weg und rief: »Hank, geh mal ran, es ist Charlotte. Ist aber nichts, keine Sorge.«

»Ich hab nicht gesagt, es ist nichts.«

»Hast du nicht? Ist was?«

Lottie grub die Fingernägel in den geblümten Bezugsstoff des Sofas. »Mom, hast du was von Charlie gehört?«

»Wir sprechen nur mit ihm, wenn wir dich anrufen und er abnimmt, Liebes.«

»Haben die Harts was gesagt?«

»Was meinst du? Sie sind nicht gerade groß im Erzählen, deine Schwiegereltern.« Lottie sah im Geist ihre Mutter lächeln. »Alberta habe ich gestern im Supermarkt getroffen, sie hatte Ad dabei und hat gesagt, ›Er isst eine Menge‹.« Er ist ja jetzt sechzehn und eins neunzig oder fünfundneunzig. Sie ist fast geplatzt vor Stolz.« Jeanie bremste sich. »Worum geht's denn, Liebes? Hätte sie mir was sagen sollen?« In ihrer Stimme war jetzt etwas Schrilles. »Ich gehe mal eben nachsehen, wo dein Vater bleibt.«

Lottie fragte sich ein weiteres Mal, ob es für das hier eine beste Formulierung gab.

Ihr Vater nahm ab. »Sorry. Was kann ich für dich tun, Lottie?«

»Bist du da, Mom?«

»Ja, Liebes. Ich bin in meinem Arbeitszimmer. Dein Dad ist in der Küche.«

»Sie hat keine Landeanweisung erbeten.«

Lottie musste lachen.

»Das Gespräch kostet Geld«, sagte ihr Vater.

»Du warst es doch, der das Ganze aufgehalten hat, Hank. Braucht ihr Geld, Liebes? Möchtest du auflegen und noch mal per R-Gespräch anrufen? Braucht sie Geld, Hank?«

»Woher soll ich das wissen? Lässt du sie jetzt mal reden?«

»Ich zahle das Gespräch, Dad.« Lottie konnte das Lachen nicht abstellen. »Bitte lass Mom in Ruhe.«

»Werd nicht frech, junge Dame. Ich bin immer noch dein Vater.«

»Ich weiß, Dad. Ich bin wohl ziemlich unter Stress.« Sie biss sich auf Wange und Lippen, bis sie das Lachen unter Kontrolle hatte. »Ich habe – schlechte Neuigkeiten. Charlie und ich trennen uns. Also, vielleicht. Sieht so aus. Ich bin letzte Woche ausgezogen.«

Sie glaubte ihren Vater sagen zu hören, »Was für eine Familie«, während ihre Mutter gleichzeitig fragte: »Wo ist Evelyn? Wer hat Evelyn?«

»Keine Angst, Mom. Sie ist bei mir.«

»Möchtet ihr nach Hause kommen, Liebes, du und Evelyn? Wir haben jede Menge Platz. Wo wohnst du denn jetzt?«

»Danke, Mom. Aber ich wohne bei einem Freund.« Sie stemmte die bloßen Füße gegen die andere Armlehne des Sofas, als wollte sie sich abschnellen. »Er ist Arzt. Kinderarzt. Es ist nicht so, wie es klingt. Ich schlafe auf dem Wohnzimmersofa. Er schläft in seinem Schlafzimmer.«

Ihr Vater machte ein Geräusch, das wie das Grollen eines Tiers klang.

»Ich hab nicht verstanden, was du gesagt hast, Dad.«

 »Ich auch nicht«, sagte Jeanie schrill. »Versuch mal, deutlicher zu artikulieren, Hank, wenn es etwas ist, das wir verstehen sollen.« Zu Lottie sagte sie hastig: »Ein Glück, dass du was zum Wohnen hast, auch wenn das mit dem Sofa unbequem klingt.«

»Von wegen nicht verstehen …« Die Stimme ihres Vaters war wie eine gespannte Feder. »Erst«, er musste zur Unterstreichung einmal in der Nähe der Sprechmuschel auf den Hörer geklopft haben, »erst lässt du dich von Charlie schwängern und verlierst das Kind und bleibst trotzdem bei ihm. Und jetzt«, er klopfte zweimal, »jetzt hast du ein Kind und gehst zu einem anderen Mann.«

»Hank …«

»Wenn du Geld willst, vergiss es. Ich finanziere deinen Unfug nicht mehr.«

»Ich brauche dein Geld nicht … ich kann selbst für mich und Evelyn sorgen …«

»Mithilfe deines Doktor-Freunds …«

Lottie sah ihren Vater höhnisch grinsend vor sich. Sie zwang sich, langsam und ruhig zu sprechen. »Er hilft mir nicht, jedenfalls nicht finanziell. Glaubst du mir nicht, wenn ich sage, da läuft nichts Sexuelles zwischen uns?« Sie verspürte den Drang, sich die Kleider vom Leib zu reißen, Kenadjian im Krankenhaus anzurufen und ihm zu sagen, er solle schleunigst nach Hause kommen und auf der Stelle mit ihr ins Bett hüpfen.

»Du vergisst, dass du uns alle monatelang wegen deiner Schwangerschaft belogen hast«, sagte ihr Vater. »Selbst deine Großmutter.«

»Das ist Jahre her. Sie war sechzehn, Hank. Sie hatte Angst«, sagte Jeanie.

»Die hat sie jetzt vermutlich auch.«

»Hank, es ist keine Sünde, Angst zu haben, wir sollten ihr helfen, wenn sie Angst hat, sollten wir doch, Hank? Liebes, was ist denn vorgefallen, dass du Charlie verlassen hast? Wollte er Evelyn loswerden?«

»Evelyn loswerden? Wovon redest du?«

»Hat er dich geschlagen?«

»Charlie mich schlagen?« Lottie war dankbar und aufgebracht zugleich. »Tatsache ist, ich weiß nicht, was mit Charlie los ist. Er liegt immerzu im Bett. Nicht, dass da was zwischen uns stattfindet, ich meine, stattfand.« Als Lottie sich diesen letzten Satz sagen hörte, fühlte sie sich so gedemütigt, dass sie dachte, sie müsste womöglich ihren Vater und sich selbst erdrosseln. »Ich meine, er hat nicht mehr mit mir geredet. Redet immer noch nicht mit mir.«

Ihr Vater sagte: »Du redest zu viel, du redest dich geradewegs in ein unerträgliches Gefasel rein.«

Lottie schrie: »Ich habe in bester Absicht angerufen, nicht, um mich runterputzen zu lassen. Ich habe es aus Höflichkeit getan, damit ihr's nicht von den Harts erfahrt. Falls sie es wissen.«

»Schrei bitte deinen Vater nicht an«, sagte Jeanie.

»Du ziehst wieder zu Charlie, verstanden? Du bist eine verheiratete Frau, du hast ein Kind …«

»Sag du mir nicht, was ich zu tun habe! Ich weiß nicht mal, ob Charlie mich zurückhaben will«, ihr blieb die Stimme weg, und sie war einen Moment still, »selbst *wenn* ich zurückgehen wollte. Hör zu, Dad, bist du auf meiner Seite oder gegen mich? Bist du mein Vater oder mein Feind?«

»Hank, bitte antworte nicht gleich …«

 »Warum sollte Charlie dich nicht zurückhaben wollen?

Evelyn ist doch Charlies Kind, oder? Was ist das überhaupt für eine Geschichte mit diesem Arzt?«

»Du glaubst, Evelyn sei nicht von Charlie? Du glaubst, ich könnte mit jemandem schlafen ... du glaubst, ich könnte ein Kind von jemandem haben, der nicht Charlie ist?« Lottie trat gegen die Armlehne des Sofas.

»Hört ihr zwei jetzt bitte damit auf!« Ihre Mutter klang, als bräche sie gleich in Tränen aus. »Das hilft Lottie nicht, und dir, Hank, tut es bestimmt auch nicht gut. Lottie, Liebes, gib uns bitte deine Telefonnummer, wir rufen dich zurück, wenn ... wenn wir uns beruhigt haben.«

Lottie schrie: »Der Mann ... der, bei dem ich hier wohne ... er heißt ...« Sie senkte die Stimme, weil ihr wieder einfiel, dass Evelyn oben schlief und weil sie sich auf ihr erwachsenes Selbst besann. »George Kenadjian, Dr. Kenadjian, so könnt ihr ihn nennen, oder nein, ihr könntet ihn George nennen, wenn er drangeht ...«

»Jeanie, wir wollen diese Telefonnummer nicht. Ich spreche nicht mit ihrem Liebhaber. Du hast ja ihre Nummer auf der Arbeit, das reicht.«

»Hank, bitte ...«

»Deine Mutter und ich legen jetzt auf. Leg auf, Jeanie.«

»Ich will mich nur noch von ihr verabschieden, Hank, bitte.« Jeanies Stimme zitterte.

Als ihr Vater den Hörer aufknallte, klang es, als schlüge der Wind eine Tür zu.

Als der Knall nicht mehr nachbebte, sagte Jeanie: »Du musst ihn entschuldigen. Es nimmt ihn mit. Er ist es nicht gewohnt, wie ihr heutzutage lebt. Ihr Jüngeren, meine ich.«

»Glaubst du, mich nimmt es nicht mit? Glaubst du, ich bin es gewohnt, meinen Mann zu verlassen?«

Jeanie sagte: »Er ist um die Jahrhundertwende geboren. Er ist nicht mehr so flexibel, kann sich nicht mehr anpassen. Versuch's mal von seiner Warte zu sehen. Du bist jetzt die Erwachsenere.«

Lottie wollte fragen, wann er denn je flexibel gewesen sei. Wann er sich je angepasst habe. Aber sie wollte ihrer Mutter nicht noch mehr aufbürden.

»Gib mir deine Telefonnummer, Liebes. Ich spreche gern mit ... deinem Freund.«

»Er ist *ein* Freund, Mom.« Lottie gab ihrer Mutter die Telefonnummer durch.

Sie hatte Charlie zwar anzurufen versucht und war dort gewesen, aber sie hatte ihm keine Nachricht hinterlassen, weder telefonisch noch schriftlich. Sie wollte, dass *er sie* anrief, von sich aus. Sie brauchte ein Zeichen, dass er sie noch liebte. Spielte er irgendein Spielchen? Aber Charlie spielte keine Spielchen, nicht solche. Schließlich war es Evelyns »Schnupfen«, der Lottie aufrüttelte, ihre Entschlossenheit, auf einen Anruf von Charlie zu warten, ins Wanken brachte. Jetzt war das Entscheidende, dass er zeigte, dass er seine Tochter liebte. Evelyn schniefte oder seufzte ständig, und ihre Augen und ihre Nase liefen. George fragte sich, ob sie vielleicht gegen irgendetwas im Haus allergisch war. Die Vorstellung, dass Evelyn lauter mögliche Allergene unter die Haut gespritzt würden, brachte Lottie dazu hinunterzuschlucken, was auch immer sie hinunterschlucken musste – Stolz, Wut, Fassungslosigkeit, Schmerz –, und Charlie die Nachricht zu hinterlassen, er solle seine Tochter anrufen. Evelyn gehe es schlecht, sagte sie.

Gleich am nächsten Morgen rief er an. Lottie, die vorgehabt hatte herauszufinden, was bei ihm vor sich ging, und möglichst zu einer Verständigung, vielleicht sogar Wiederannäherung zu kommen, explodierte. »Was ist los mit dir? Wo hast du gesteckt? Ich habe mitten in der Nacht bei dir angerufen ... ich war im Haus ...«

»Du warst in *meinem* Haus?«

»Ich war in *unserem* Haus!«

»Ist dir klar, dass das Einbruch ist?«

»Willst du mir erzählen, du warst bei einem Anwalt? Oder siehst du einfach nur zu viel fern? Wo warst du sonst noch? Oder warst du etwa mitten in der Nacht bei einer Anwältin?« Lottie lachte bitter.

»Gib mir meine Tochter.«

»Und was ist mit mir? Meinst du nicht, du schuldest mir eine Erklärung?«

»Wofür? Dafür, dass du mich verlassen hast?«

»Du warst ein abwesender Ehemann, ein abwesender Liebespartner, ein abwesender Vater ...«, schrie sie, bis sie merkte, dass Evelyn in der Küche stand, mit Tränen in den Augen und Laufnase. »Ich dachte, du bist oben«, flüsterte Lottie. Sie reichte den Hörer ihrer Tochter, die sich mit dem Rock das Gesicht abwischte, ins Telefon schniefte und so leise etwas sagte, dass Lottie es nicht verstand.

Charlie musste das Richtige geantwortet haben, denn Evelyn lächelte. Binnen Minuten kicherte sie. »Echt? Toll!« Sie klatschte entzückt in die Hände und ließ dabei den Hörer fallen. Lottie fischte ihn auf und hielt ihn ihrer Tochter hin, die ihn ihr aus der Hand riss. »Daddy? Daddy?«, sagte sie beunruhigt – und gab der Sprechmuschel ein paar schmatzende Küsse.

Lottie ging nach draußen und setzte sich auf die Vordertreppe, wo sie die Worte ihrer Tochter nicht verstehen, aber ihren munteren Tonfall hören konnte.

Für Charlie musste es ein Gespräch von Rekorddauer sein.

Lottie schoss der Gedanke durch den Kopf, dass ihre Tochter flirtete.

Schließlich hörte Lottie nichts mehr, und dann erschien Evelyn mit gerötetem Gesicht in der Tür, um ihre Mutter für die mageren Formalitäten ans Telefon zu holen.

»Lässt du mich's wissen, wenn du's deinen Eltern sagst?«, fragte Lottie Charlie mit Roboterstimme.

»Was kümmert's dich?«

Sie schüttelte den Kopf. »Ich kenne sie fast mein Leben lang.«

Als sie auflegte, sagte sie: »Dein Vater ist mir zuvorgekommen.«

Sie fühlte sich beraubt, als ob alle, die sie von klein auf kannte, sie verließen, sich gemeinsam von ihr entfernten, oder als fiele sie allein durchs dunkle Weltall, ohne Verbindungsleine zu irgendetwas, die warme grün-blaue Erde unendlich fern, stecknadelkopfgroß. Sie hob die lächelnde Evelyn hoch und drückte sie so fest an ihre Brust, dass die Kleine aufschrie.

Lottie packte aus.

Während der Tage und Wochen nach dem Telefonat fühlte Lottie sich benommen, als ob sie gerade aus Platons dunkler Höhle ins helle Licht hinausgetreten wäre und ihre Augen nicht scharfstellen könnte. George sah sie gar nicht, und wenn sie Charlie bei der Babysitterin sah, auf neutralem Boden, wo die Evelyn-Übergabe stattfand, erschien er ihr verschwommen, manchmal riesig, meistens schemenhaft, unwirklich.

Anfangs nahm Charlie Evelyn ein, zwei Tage die Woche, nach einer Weile dann nur noch einen Vor- oder Nachmittag. Lottie forderte kein Geld. Einmal sagte Evelyn etwas von einer Frau, die bei Cha-Cha-Pa putze, aber Lottie wusste nicht, ob es eine Freundin oder eine Putzfrau war. Sie stellte keine Fragen, aus Angst, Charlie könnte ihr Evelyn wegnehmen wollen. Da sie bei George wohnte, würde ein Richter ihr wahrscheinlich das Sorgerecht aberkennen.

Sooft Lottie Charlie traf, suchte sie sein verbissenes Gesicht auf die befürchteten Anzeichen psychischen Zerfalls ab. Aber er war stets sorgfältig rasiert, seine Khakihosen und farbigen Sportshirts waren sauber und manchmal frisch gebügelt.

Andererseits war da im Segeltuch seines rechten Turnschuhs ein Loch, aus dem sein großer Zeh, bedeckt von einer schmutzigen weißen Socke, hervorguckte. Die Socke wechselte, das Loch blieb.

Eines Nachmittags bei Betty-Jo war Evelyn noch oben im Bad, und Lottie und Charlie warteten allein im Wohnzimmer. Er stand vor Betty-Jos Regal aus Hohlkammersteinen und weißen Brettern und inspizierte ihre wenigen Bücher.

»Sie hat geschlafen«, sagte Lottie.

Charlie befingerte den Einband eines Buchs.

»Und gegessen auch«, sagte Lottie.

Er trug seinen Ehering nicht. Sie befingerte ihren.

»Ich gebe ihr eine leichte Jacke mit.«

Charlie nickte sparsam. Ein Fremder hätte denken können, dass Charlie ein Bibliophiler war, oder dass sie beide Spione waren, die in einem Code kommunizierten, dass da durch das minimale Beugen und Strecken seines Rückens und durch ihre steife Kopfhaltung in dem angespannten Schweigen Botschaften hin- und hergingen.

Evelyn kam die Treppe heruntergerannt und flog in Charlies ausgebreitete Arme. Grinsend schwang er sie, während sie an seinem Hals hing, einmal im Kreis herum und hob sie dann auf seine Schultern.

Als sie das sah, erinnerte sich Lottie, wie sie selbst am Abend ihres fünfzehnten Geburtstags an Charlies Athletenhals gehangen hatte. Er hatte ihr kleine goldene Ohrringe geschenkt, und sie hatte sie stolz und glücklich getragen, als sie mit ihm auf den Jahrmarkt ging. Am Abend zogen sie sich hinter dem dunklen Stallgebäude eines Farmers aus, hörten, wie drinnen die Pferde in der Streu raschelten und schnaubten, wie ein nervöses Tier wieherte und gegen die Stallwand trat. Es war eine warme Frühlingsnacht, und im leichten Wind lagen der grüne Geruch von Bäumen und das schwere, dunkle Aroma frisch gewendeter Erde. Charlie, nur in Socken und Turnschuhen, hatte sie hochgehoben, die Hände unter ihren Pobacken, und trug sie, die seinen Hals umschlang, auf einem mondbeschienenen Feld auf und ab, biss sie in die Schultern, knetete ihren Po, pflügte ihren Schoß. Die Erde war schwarz, und als er richtig in Fahrt kam, schien der Boden plötzlich schief, in Bewegung: Es war ein Gefühl von Gefahr und Ekstase. Sie landeten, beide feucht, auf der weichen, kräftig riechenden Erde. Als sie sich zu Hause zum Schlafengehen auszog, war ein Ohrring weg, und obwohl sie gleich am nächsten Morgen überall suchte, wo sie gewesen waren, fand sie ihn nicht wieder.

»Ich bringe sie um sechs.«

Sie hatte dem Ohrring lange nachgetrauert.

»Charlie, warte …«

Er drehte sich um, das Gesicht ihr gegenüber verschlossen. Sie verspürte plötzlich eine dunkle Eifersucht auf ihre Tochter.

»Wo … wohin geht ihr?«, fragte Lottie.

Die fröhlich wippende Evelyn auf den Schultern sah er Lottie kaum an. »Was geht's dich an?«

»Red nicht so vor ihr …«

»Sag du mir nicht, wie ich reden soll. Sag, was du willst, sonst bin ich weg.«

»Nichts Besonderes, ich dachte nur, ob ihr ins Kino geht oder zu Hause bleibt oder … oder was?«

»Worauf willst du raus?«

»Was bist du denn so misstrauisch? Ich bin's, Lottie.«

Charlie schaute weg, ob vor Schmerz oder vor Ungeduld konnte sie nicht erkennen.

Sie fuhr sanfter fort: »Ich will ja nur wissen – als ihre Mutter –, ob da jemand bei dir ist.«

»Du fragst, ob ich mit jemandem zusammenlebe?«, fauchte er.

Lottie zuckte zusammen. »Ich … ich schlafe im Wohnzimmer.«

Er zuckte die Achseln.

Ihr Gesicht wurde heiß. »Ehrlich gesagt, ich mache mir Sorgen, dass du schläfst und sonst niemand da ist und Evelyn sich selbst überlassen ist.«

Er drehte jetzt den Kopf nach rechts und links und küsste Evelyns Beine. »Wofür hältst du mich?«

Wenn Charlie sie wieder bei der Babysitterin ablieferte,

klammerte Evelyn sich unter Tränen an sein Hosenbein oder seinen Gürtel. Manchmal musste Lottie sie immer noch schreiend in den Kindersitz in Georges Volkswagen schnallen, wo sie dann auf der Heimfahrt einschlief.

Wenn Lottie richtig Pech hatte, heulte Evelyn immer noch, wenn sie in Georges Einfahrt hielten, und dann konnte Lottie damit rechnen, sie eine halbe Stunde im Wohnzimmer auf und ab tragen und auf sie einflöten zu müssen: »So ist's gut. Ja. Ist ja alles gut. Sch-sch … Nächste Woche siehst du ihn ja wieder.« Lottie hatte Angst, George würde es nicht dulden, dass sein bisschen Ruhe und Frieden von ihrem und Evelyns Leid geflutet wurde.

Eines Abends, als Lottie, erschöpft von einem Nacht- und einem Tagdienst im Labor, ihre weinende Tochter umhertrug, stolperte sie. Sie schaffte es, aufs Sofa zu fallen.

»Gib sie mir«, sagte George.

Erleichtert übergab sie sie ihm. Aber Evelyns Weinen wurde zu wildem Geschrei und brach dann abrupt ab, als sie die Zähne in Georges Wange schlug. Er schrie auf und versuchte, ihren Kopf wegzuschieben, aber sie knurrte ihn an und ließ seine Wange nicht los. Tränen in den Augen steckte er den Zeigefinger in seinen eigenen Mund und drückte von innen gegen ihre Zähne. Da schlug Lottie Evelyn zweimal fest ins Gesicht.

Evelyn jaulte auf, wand sich aus Georges Armen und kroch unters Klavier.

»Du beißt nicht, hörst du!«, schrie Lottie, die sich und ihre Tochter schon auf der Straße kampieren sah. Ein kleines Oval von winzigen rötlichen Schlitzen war auf Georges Wange erschienen.

Evelyn trat gegen ein Bein des Klaviers.

»Du zerkratzt den Lack!«

»Der ist sowieso schon zerkratzt«, sagte George; eine feine Linie von Blut mäanderte jetzt kinnwärts. »Das Klavier ist alt, keine Sorge.«

»Hör jetzt auf zu toben und komm da raus!« Lottie hockte sich hin und griff nach Evelyn, aber die wich noch weiter zurück und schrie aus vollem Hals.

»Lass sie sich beruhigen.« George berührte seine nasse Wange.

Evelyn schrie weiter.

»Wenn du's so schlimm findest, dich von deinem Vater zu trennen, kannst du nächstes Mal einfach dortbleiben, meinetwegen leb doch ganz bei ihm!«

»Bist du verrückt, Lottie? Sei still. Was redest du da?«

Evelyn schrie und schnappte nach Luft.

»Tut mir leid, Süße. Ich hab's nicht so gemeint, wirklich nicht. Aber du darfst George nicht beißen! Du darfst niemanden beißen!«

Evelyns Brustkorb pumpte schwer.

Zerknirscht sah Lottie zu, wie George sich mit einem Papiertaschentuch das Blut vom Gesicht wischte. Seine Hand mit dem Zellstofftuch schien von einer zweiten, weniger substantiellen Hand mit einem Papiertaschentuch überlagert, und ihr wurde klar, dass sie vor Erschöpfung doppelt sah.

George kniete sich neben Lottie auf den Fußboden. »Du hattest einen Wutanfall«, sagte er zu Evelyn. »Erwachsene haben auch manchmal Wutanfälle. Wenn deine Mutter einen hat, haut sie dich und schreit Sachen, die ihr hinterher leidtun. Wenn du einen Wutanfall hast, weinst du und schreist und, na ja, beißt mich.« Er versuchte zu grinsen.

»Ich nehme zurück, was ich gesagt hab.« Lottie tat, als ob sie Wörter aus der Luft klaubte, sie in ihren offenen Mund zurückwarf und demonstrativ hinunterschluckte. »Um nichts in der Welt würde ich dich bei jemand anderem wohnen lassen. Nicht bei Cha-Cha-Pa und bei gar niemandem. Nicht, bevor du erwachsen bist und selbst eine Familie hast …«

Evelyn lag auf dem Rücken und hackte mit den Fersen auf den Teppich ein.

Und dann, plötzlich, war sie eingeschlafen, Daumen im Mund und einen Finger im Ohr. Lottie holte eine Decke, kroch unters Klavier und deckte sie zu, legte sich dann neben ihr auf den Boden und machte die Augen zu.

Nach einer Weile trug George die schlafende Evelyn nach oben in ihr Bett, und Lottie wankte zum Sofa.

Am nächsten Tag kroch Evelyn wieder unters Klavier, schaukelte mit dem Oberkörper und gab weinerliche Laute von sich. Ihr Blick war abwesend. Lottie kniete sich neben das Klavierbänkchen und redete ihr zu, da herauszukommen, befahl es ihr schließlich.

George setzte sich neben Lottie auf den Boden. Auf seinem Gesicht war eine quadratische Mullkompresse mit fleischfarbenem Fixierpflaster befestigt. »Ev, Schätzchen, hör mal, vielleicht fühlst du dich ja schlecht, jetzt, wo du mich gebissen hast.« Er zeigte auf den Verband auf seinem Gesicht. »Kinder beißen manchmal. Ich bin Kinderarzt, ich verarzte Kinder, und ab und zu beißt mich mal ein Kind. Es hat wehgetan, klar. Es tut immer noch weh. Aber du wirst es nicht wieder tun. Außer mir wirst du in deinem ganzen Leben keinen Menschen beißen.«

 Sie guckte in seine Richtung, sagte aber nichts.

George sagte auch nichts, saß einfach nur da. Nach einer Weile sagte er schließlich: »Woher ich weiß, dass du niemanden mehr beißen wirst?« Er sagte: »Ich kenne dich.« George entkreuzte die Beine und streckte sie aus. »Du wirst manchmal traurig sein, und du wirst manchmal wütend sein. Aber beißen wirst du nicht mehr.« Und dann sagte er: »Ich bin Kinderarzt, ich weiß das.«

Kurz darauf kroch sie unter dem Klavier hervor und auf seinen Schoß.

Und in dem Moment war Lottie von Verlangen erfüllt.

Oh ja, seine Gesprächigkeit und Umgänglichkeit und Kultiviertheit, das intellektuelle Leben in seinem Haus, das alles hatte ihr viel bedeutet. Und bedeutete ihr immer noch viel. Aber das genoss sie wie die Gegenwart eines schönen, ja, prächtigen zahmen Geschöpfs, eines Rad schlagenden, sich spreizenden Pfaus, der an einer hübschen, langen Kette lag.

Jetzt war urplötzlich das alte Begehren wieder da, ein ganz anderes Tier, etwas, das damit kaum in Zusammenhang stand, vielmehr irgendwie damit verbunden war, wie er seine Arme entblößt hatte, damit sie Nadeln hineinstechen konnte, wie er für ihre Butterfly-Kanüle den Socken vom Fuß gezogen hatte. Jetzt reagierte sie auf ein wenig bekanntes, aber grundlegendes Naturgesetz: dass das liebevolle Verhalten eines Mannes dem Kind einer Frau gegenüber ein Aphrodisiakum war. Stärker als das Horn eines Nashorns. Ein Verband auf dem Gesicht des Mannes, zumal wenn die Wunde von dem Kind verursacht worden war und er sie bereitwillig ertrug – dieser Verband legte sich um das Nashorn-Horn und machte es noch potenter, ließ die Wunde und das Horn hart und dick und honiggolden werden. Das löste bei der Frau eine Art Schmelzen aus, ein Schwellen, ein Sehnen … Georges Stimme, als er mit Evelyn unter dem Klavier sprach, hatte sanft, ja, sogar ein bisschen bekümmert geklungen. Es hatte Sicherheit darin gelegen. George hatte geklungen wie ihr Vater in seinen raren besten Momenten, wenn er ihr langsam und geduldig erklärte, wie die Elektronen rasend schnell um den Atomkern kreisten oder warum es blitzte und donnerte, wenn ein Gewitter über ihnen war. An diesen Vater erinnerte sie sich nur dunkel. George mit seinem zerbissenen Gesicht, wie er demütig dasaß und versuchte, seinen Verstand zusammenzunehmen, auf gütige Art eine wilde Szene unter Kontrolle zu bringen, damit ihr Leben und das ihres Kindes erträglich wäre: Dieser George erregte sie.

In dieser Nacht, als er Evelyn zum Schlafen nach oben getragen hatte und am Küchentisch über seinen Büchern saß, leckte Lottie sein Ohr und liebkoste dann mit der Hand seine Genitalgegend, bis sie fühlte, wie er steif wurde.

»Was wird das?«, fragte er.

»Eine Erektion.«

»Sehr witzig. Was du da machst, frage ich. Was du im Sinn hast. Ich frage nicht, was ich im Sinn habe.«

»Oben«, sagte sie. »Komm mit nach oben.«

Unsicher folgte er ihr. »Ich habe Evelyn grade zum Schlafen gekriegt«, flüsterte er. In seinem Schlafzimmer schloss sie die Tür ab und drückte zur Kontrolle die Klinke. Sie stand ein Weilchen da und horchte, hörte aber nichts. Dann fing sie an, ihn auszuziehen. Er wollte sie ebenfalls ausziehen, aber sie schüttelte den Kopf. »Ich will alles machen, lass mich machen.«

Als sie ihn ausgezogen hatte, zog sie sich aus.

»Lottie, liebe verrückte Lottie, was ist los? Du hast so was noch nie getan. Nicht, dass ich was dagegen hätte. Weißt du, dass ich dich noch nie nackt gesehen habe?« Er trat einen Schritt zurück und betrachtete sie genauer. »Du bist wunderschön.«

Lottie hatte noch nie einen anderen Mann als Charlie nackt gesehen. George war kleiner als Charlie, sein Penis war dunkler und stand aus seinem schwarzen Schamhaar hervor wie ein Wickelrohr. Und seine Eier waren behaart. Sie konnte den Blick nicht losreißen. Schließlich sagte sie, um etwas zu sagen: »Du stehst auf Schwangerschaftsstreifen?«

»Ich brauche keine Jungfräulichkeit – du bist wunderbar.«

Er kniete sich hin und begann, die Innenseiten ihrer Schenkel zu küssen.

Sie trat ein Stück zurück und bedeutete ihm, still zu sein. Sie zeigte auf die Tür. Sie horchten beide.

»Lottie, Liebe, ich will ja einem geschenkten Gaul nicht ins Maul schauen«, flüsterte er. »Aber so geht das nicht. Das ist zu nervenaufreibend. Wir müssen aus dem Haus oder Evelyn muss aus dem Haus oder beides. Wenn es dir ernst ist. Ist es dir ernst?«

Zur Antwort kniete *sie* sich hin und stimulierte seine Eier mit der Zunge, und als sie schließlich seinen Penis in den Mund nahm, stöhnte er und kam.

Und entschuldigte sich.

»Wofür?«, flüsterte sie. »Wofür entschuldigst du dich?«

»Ich hab nichts für dich getan. Nichts von dem, was ich für dich tun wollte.«

Während sie einander immer noch gegenüberknieten, nahm sie seine beiden Hände. Sie wusste die Antwort auf seine Frage nicht – war es ihr ernst? Ein bizarrer Gedanke kam ihr immer wieder: *Er sieht überhaupt nicht aus wie Charlie*.

»Ich habe keine Probleme«, sagte er. »Ehrlich. Aber da waren ganz schön lange immer nur ich und meine rechte Hand.«

»Psst.« Sie legte wieder das Ohr an die Tür. Minutenlang rührten sie sich beide nicht.

»Zieh dich an«, zischte er. »So will ich das nicht.«

Sie zogen sich an. Sie gingen hinunter und setzten sich Hand in Hand auf das Sofa im schummrig beleuchteten Wohnzimmer.

»Warum?«, flüsterte er. »Warum wolltest du nicht, dass ich dich anfasse?«

»Ich weiß nicht.«

»Was ist hier Sache?«

»Du hast so viel für mich getan, du hast so viel für uns beide getan.«

»Ist das die Bezahlung?«, fragte er.

»Nein.«

»Ich will keine Bezahlung in Sex.«

»George, du bist erst der zweite Mann, mit dem ich in meinem Leben geschlafen habe.«

»Und du hast noch nicht mal mit mir geschlafen …«, sagte er.

»Du bist der erste Mann außer Charlie, dem ich je … einen geblasen habe.«

Er nickte, schwieg, schien nicht zu wissen, was er mit dem anfangen sollte, was sie sagte. »Trotzdem, ich befürchte immer noch, dass das Ganze hier was mit Dankbarkeit zu tun hat.«

»Na ja, ich *bin* dir dankbar – aber das ist nicht alles.« Und sie hob ihren Rock und zeigte ihm ihre Unterhose, deutete auf den nassen weißen Baumwollsteg zwischen ihren Beinen.

»Ein Regenwald?« Er grinste. »Oder aber du hast dir in die Hose gepinkelt.«

»Es regnet nicht aus Dankbarkeit.«

»Ich will in diesen Regenwald«, sagte er. Er legte die Hand auf den nassen Stoff in ihrem Schritt und drängte mit den Fingern, immer die Treppe im Blick. »Ich will, dass *du* kommst. Wie kommst du? Kommst du überhaupt? Du hattest doch einen Ehemann …«

»Ich habe einen Ehemann«, sagte sie grimmig.

Er presste immer weiter die Finger in ihren Schritt. »Läuft es mit ihm so, dass du ihm einen bläst und selbst nicht kommst?«

»Sprich nicht so über Charlie! Du verkennst ihn total. Ich bin fast immer gekommen.«

Während er mit einer Hand ihren Schritt bearbeitete, zupfte er mit der anderen durch ihr Kleid und ihren BH an ihren Brustwarzen und behielt dabei irgendwie die Treppe im Auge. Er hielt inne und sagte: »Das ist pubertär. Ich will ja was für dich tun. Aber nicht so.«

Er nahm sie in die Arme und küsste sie aufs Haar. »Das ist wie auf der Highschool«, flüsterte er. »Ich meine, ich weiß, du bist meine weiße, angelsächsische Protestantin von der Upper Peninsula«, sagte er zu ihr. »Aber trotzdem, kein Highschool-Sex.«

Sie hielten einander in den Armen, den Blick zur Treppe gerichtet. »Ich bin keine Protestantin«, sagte sie.

»Was dann?«

»Ich bin gar nichts. Ich bin damit aufgewachsen, dass Gott so was ist wie der Weihnachtsmann. Nur Kinder glauben an ihn.«

»Ich weiß fast nichts über dich. Ich bin einsam«, sagte er seufzend. »Ich bin echt einsam. Ich habe lange Zeit meine Frau vermisst, nachdem sie gegangen war. Und jetzt vermisse ich *dich*, Lottie. Ich will, dass du mir nah bist. Du bist mir sehr wichtig und Evelyn auch.«

Sie bekamen noch ein paar Stunden Schlaf – George in seinem Zimmer, Lottie auf dem Sofa –, bevor George zur Arbeit musste. Und dann war Evelyn wach, und Lottie brachte sie zur Tagesbetreuung und ging ins Krankenhaus.

In der nächsten Nacht hatte George Dienst, und sie telefonierten flüsternd. »Hast du Angst, du könntest schwanger werden? Wolltest du deshalb nicht mehr von mir? Ich benutze gern ein Kondom, wenn du nicht die Pille nehmen willst. Oder nimmst du die Pille? Du könntest auch ein Pessar nehmen. Ich weiß nicht mal, wie du verhütest.«

»Die Pille nehme ich bestimmt nicht. Warum sollte ich meinen Hormonen dazwischenfunken? Warum erfinden sie nicht mal etwas, das *deinen* Hormonen dazwischenfunkt?«

»Ey! Langsam!«, sagte er. »Ich sag nicht, du sollst sie nehmen! Ich will mich nur vorbereiten, Bescheid wissen. Du hast ja bislang noch nicht mal mit mir in einem Bett geschlafen.«

»Bis es was Ernstes mit uns ist, bis wir heiraten wollen, will ich Evelyn nichts zumuten.«

»Weißt du denn, was bei Charlie läuft?«

»Nein.« Sie wollte nicht darüber nachdenken. »Aber ich will Evelyns Probleme nicht noch vergrößern.«

 »Okay, dann zieh noch nicht in mein Schlafzimmer. Aber

lass uns eine Nacht woanders zusammen verbringen«, flüsterte er. »Eine ganze Nacht zusammen. Das sind wir uns schuldig.«

Lottie antwortete nicht.

George sagte bitter: »Du packst deine Koffer nicht wirklich aus, was?«

Eine Woche später sagte Lottie: »Okay, du hast recht, vielleicht würde ein Ortswechsel ja helfen.« Sie setzte hinzu: »Es liegt bestimmt dran, dass Evelyn im Haus ist, vielleicht auch daran, dass es dein Haus ist – das Haus deiner Frau.«

»Haus meiner Frau?«

»Na ja, von ihr ist doch die Innendekoration – das Grobleinen, die Ananas.«

Lottie rief die Babysitterin an, und nach dem Abendessen packten sie und George je eine kleine Tasche, und Lottie packte eine für Evelyn, und sie lieferten die Kleine samt ihren Stofftieren bei der Babysitterin ab.

Während George die Schlüssel für das Motelzimmer holte, saß Lottie in sich zusammengesunken im Volkswagen, bei laufendem Motor.

In dem Zimmer befanden sich ein Bett, zwei Nachttische mit Bibeln, ein Fernseher, ein Schreibtisch mit einer verschossen blauen Schreibunterlage und ein Stuhl. Auf der Kommode stand eine gedrungene perlmuttrosa Vase mit roten Plastikrosen, und überm Bett hing ein goldgerahmter Druck: ein weißer Junge, der einem schwarzen Jungen vor einem Staketenzaun seinen schmerzenden Zeh zeigte. Norman Rockwell.

Lottie spreizte zwei Lamellen der Jalousie, um den

dämmrigen Parkplatz auf Charlies babyblauen Chevy abzusuchen. Ein großer schwarzer Wagen fuhr am Fenster vorbei, und einen Moment lang dachte Lottie, es sei der alte Lincoln ihres Vaters.

Während Lottie am Telefon mit ihrer Tochter sprach, packte George die Picknickbox aus. Auf dem Schreibtisch platzierte er eine Flasche Rotwein, eine Schale mit Obst sowie einen runden Laib Brot und eine Rolle Ziegenkäse auf einem Holzbrett.

»Lass dir von Betty-Jo was vorlesen, Süße«, sagte Lottie ins Telefon.

Aus der Hosentasche zog George einen weißen Umschlag und Zigarettenpapierchen, und er legte beides neben den Aschenbecher auf dem Nachttisch.

»Warte mal kurz, Schätzchen.« Die Hand über der Sprechmuschel flüsterte Lottie George zu: »Hör mal. Hörst du dieses Geräusch? So ein Klicken?«

George horchte. Hielt dann den Hörer an seine Brust. »Was befürchtest du?«

»Weiß nicht.«

»Glaubst du, das Telefon wird abgehört?«

»Das ist zu abwegig, oder, George?«

»Ja.«

»Du glaubst nicht, dass Charlie Beweise suchen könnte, um sie mir wegzunehmen?«

»Er wird Evelyn doch sowieso kaum nehmen, geschweige denn, sie dir wegnehmen.«

Lottie nickte grimmig. »Vielleicht hört ja jemand das Telefon ab, weil du die Anerkennung als Kriegsdienstverweigerer willst …«

 Er stöhnte. »Lottie. Wir sind hier allein. Nicht mal das

FBI könnte so schnell ein Telefon anzapfen.« In den Hörer sagte er. »Evelyn, haust du mit irgendwas ans Telefon? So klack-klack, klack-klack?« Er nickte ein paarmal. »Womit? Mit einer Gabel?« Er gab den Hörer einer ärgerlichen Lottie, die hineinrief: »Warum haust du denn mit einer Gabel ans Telefon?« Dann sagte sie: »Ich kann jetzt nicht. Morgen erzähl ich dir zwei Geschichten. Leg jetzt sofort die Gabel weg!«

George sagte: »Um Himmels willen, erzähl ihr doch eine Geschichte!«

Lottie hielt die Sprechmuschel zu. »Das macht dir nichts aus?«

»Nein«, brummte er. »Sie ist ein Kind, hast du das vergessen? Ich geh solange duschen.«

Als George wieder aus dem Bad kam, tupfte Lottie gerade White Shoulders auf ihre Brüste, ihren Po und die Innenseiten ihrer Oberschenkel.

»Wie kam die Gutenachtgeschichte an?« Sein schwarzes Haar war lang und nass glänzend.

»Ich habe ihr von Louis Pasteur erzählt.«

»Zum Einschlafen?«

»Vom Pasteurisieren.«

»Und das hat funktioniert?«

»Milch wirkt beruhigend. Mich jedenfalls hat die Geschichte beruhigt.«

Er lachte und drehte den Korkenzieher in den Korken der Weinflasche. »Wie läuft's mit den Bewerbungsunterlagen? Für die Unis?«

Das Ploppen des Korkens ließ sie zusammenfahren, und sie guckte ängstlich auf die geschlossene, mit der Vorlegekette gesicherte Tür.

Er schüttelte den Kopf ob ihrer Schreckhaftigkeit. »Tust du irgendwas für die Bewerbungen?«

»Ich habe ein paar akademische Leistungsnachweise hinschicken lassen. Und ein paar ehemalige Professoren um Empfehlungsschreiben gebeten.«

»Gut. Bei einer Zusage kannst du's immer noch verschieben. Da ist nichts Verwerfliches dran.«

Sie fühlte sich innerlich verwirrt. »Meinst du, ich kann das? Weiterstudieren?«

Er nickte.

»Ich brauch was zu trinken«, sagte sie.

Er goss zwei Gläser ein. »Also dann, auf uns!« Auf dem durchgelegenen Bett sitzend, beim Rattern der Klimaanlage, stießen sie mit dunklen Gläsern an. »Auf die Pasteurisation!« Er grinste.

»Auf die Fermentation! Auf die Vakzination!« Sie bemerkte plötzlich, wie schlank seine Hände waren, von denen eine das Weinglas hielt. Sie wirkten fast schon feminin.

Er stellte das Glas ab. »Ich mache mir Sorgen wegen uns.« Er legte den Kopf auf ihre Schulter. »Sag mir, was du möchtest, was ich tun soll.«

»Probier einfach was, und ich lass dich wissen, wie sich's anfühlt.«

»Gib mir einen Tipp ...«

»Oh, George ...« Sie küsste seinen nassen Kopf und registrierte, dass sie dabei ihren Kopf beugen musste.

»Fühlst du ... bin ich ...« Er sah ängstlich auf. »Findest du mich anziehend?«

»Ist das Kautabak da in dem Umschlag?«

Er lachte. »Du bist ein echtes Landei! Das ist Gras. Willst du mal probieren?«

»Ich bin kein Landei. Wie ist denn ein Landei?«

»Unschuldig, wenn du so willst. Ich mein's liebevoll. Ein Kind vom Land eben. In manchem bist du richtig wild. In anderen Dingen wieder total naiv.« Er nahm den Umschlag vom Nachttisch.

Sie hatte nie auch nur eine Zigarette geraucht, ihre Mutter war ihr ein abschreckendes Beispiel gewesen, und Charlie hatte immer trainieren müssen. Sie wollte nicht als Dummchen rüberkommen, und sie konnte ja wohl davon ausgehen, dass ein Arzt ihr nichts geben würde, was schlecht für sie war. Sie streckte gespielt lasziv die Zunge heraus und sagte in, wie sie hoffte, weltklugem Ton: »Wird es mich in ungeahnte Höhen und Tiefen befördern?«

»Es könnte dich entspannen.«

»Ich probier's.«

Er drehte auf einem Stück Alufolie einen Joint, knickte dann die Folie V-förmig und kippte die übrigen Flocken und Körnchen wieder in den weißen Umschlag. Er zündete den Joint an, inhalierte tief und reichte, während er den Rauch drinnen behielt, Lottie den Joint. »Du hast meine Frage nicht beantwortet«, sagte er.

Sie nahm einen tiefen Zug und musste sofort husten. Mit brennender Kehle hustete sie ein paarmal. »Ich *bin* ein Landei!«, brachte sie hervor und rannte ins Bad. Sie gurgelte, um das wunde Gefühl im Hals zu lindern.

Nach ein paar Minuten kam sie mit einem Glas Wasser wieder heraus und setzte sich auf die Bettkante.

»Du hast mir nicht geantwortet«, sagte er zu ihr. »Ich vermute mal, das ist eine Art Antwort.«

»Worauf hab ich nicht geantwortet?«

»Findest du mich anziehend?« Er sagte es laut.

»Wieso fragst du? Findest *du mich* anziehend?«

»Ich dich? Ob ich dich anziehend finde? Klar! Dein Körper ist sinnlich. Deine tiefblauen Augen … ich liebe dein dickes Haar.« Er kämmte mit den Fingern durch ihr Haar. »Du bist nicht schön, dein Mund ist zu groß. Aber hey, gelobt sei das Unvollkommene.« Seine Augen wurden feucht. »Aber was ist mit mir? Ich frage nach mir!«

»Klar finde ich dich auch anziehend. Ich bin nur nicht an dich gewöhnt.«

»Wir kennen uns seit Monaten! Hör zu, man findet jemanden anziehend oder nicht. Ich habe noch nie gehört, dass jemand sich an jemanden gewöhnen musste.«

»Wenn dein Ehepartner kürzlich gestorben wäre, müsstest du dich an jemand anderen gewöhnen.«

»So fühlst du dich?«

»Ich kenne Charlie praktisch mein Leben lang.«

Er nickte mehrfach.

»Lass mich noch mal ziehen«, sagte sie.

»Vielleicht solltest du's lieber genug sein lassen?«

»Was?«

»Vielleicht sollten wir's mit dem Dope genug sein lassen.«

»Wenn du meinst, es könnte damit lockerer laufen … Ich möchte ja gern … dass es lockerer läuft.« Sie seufzte.

»Ich möchte auch, dass es lockerer läuft. Ich will ihn nicht einfach nur reinstecken, Lottie. Ich will, dass du auf mir fliegst wie eine Fahne! Ich will dein Mast sein!« Er lehnte sich ans Kopfteil, grinste und inhalierte wieder. Er hatte eine stramme Erektion. Sie streckte die Hand nach dem Joint aus, hievte die Beine aufs Bett und ließ sich neben ihn sinken.

Sie rauchten ein Weilchen. »Mach die Augen zu«, sagte er.

»Warum?«

»Überraschung.«

Sie hörte ihn aufstehen und in Richtung Schrank gehen.

»Darf ich die Augen aufmachen, um mir noch was reinzuziehen?« Es gefiel ihr, wie das Wort »reinzuziehen« klang. Sie sagte es noch mal. Sie wollte die Augen aufmachen, um das Zimmer zu sehen, denn sie fühlte sich irgendwie unverankert, driftend; doch als sie die Augen öffnete, schien das Zimmer zu schwanken. Und alles verlangsamte sich.

»Sei vorsichtig mit dem Zeug«, rief er ihr zu.

»Was kann denn passieren? Was kann denn passieren?«

»Du könntest dich wiederholen.«

»Mein Denken wird so ... dickflüssig, gallertartig. Ich habe das schreckliche Gefühl, dass du weißt, was ich denke. Als hätte ich keine Privatsphäre.« Und sie dachte nicht gerade liebevoll über ihn.

»Rauch nicht mehr weiter«, rief er. Er war am anderen Ende des Zimmers, über seine Tasche gebeugt.

»Warum nicht?«

»Dir könnte schlecht werden.«

»Du meinst, ich könnte kotzen? Kotzen?«

»Hör auf. Du klingst wie die Gans in *Wilbur und Charlotte*.«

»Ich bin die Spinne.«

»Mach einfach die Augen zu und sei still. Und lass die Finger von dem Joint.« Dann sagte er: »Okay, jetzt kannst du gucken.« George stand lächelnd vor ihr. Sein Lächeln schien irgendwie schief, aber sie sagte sich, dass das wohl von dem Gras kam.

Er hielt ihr einen hellblau-weißen Stoffdelfin mit Wackelaugen und einem dunkelblau aufgestickten Lächeln hin. Er war so groß wie ein Chihuahua.

»Ist der süß.« Lottie fragte sich, ob ihre Augen auch wackelten.

»Schau ihn dir mal genau an.«

»Warum? Verwandelt er sich in einen Frosch?«

Auf der einen Vorderflosse des Tiers steckte ein goldener Spiralring mit einem Delfinkopf am einen Ende und dem Schwanz am anderen. Das Schnabelmaul des Delfins war leicht geöffnet, und um den Hals hatte er ein erhabenes Goldhalsband.

Sie zog den Ring vorsichtig von der Stoffflosse. »Der ist ja wunderschön. Wunderschön.«

»Lies das Kärtchen.«

Ein kleiner Umschlag klebte am Schwanz des Tiers. Darin steckte ein cremefarbenes Kärtchen, auf das George geschrieben hatte: »Du bist meine erste Wal.«

Sie lachte los. Es klang zu laut, und sie versuchte, leiser zu lachen. Sie versuchte, den Ring auf den Ringfinger ihrer linken Hand zu stecken, aber da saß ihr Ehering. Und sie bekam ihn nicht ab: Er saß bombenfest. Sie steckte den Finger in den Mund, versuchte dann, den Ring loszudrehen. Er rührte sich nicht. Schließlich steckte sie den Delfinring auf den Ringfinger ihrer rechten Hand.

Ihre Augen liefen über, und sie spürte etwas Nasses zwischen den Beinen. Sie befühlte das Laken unter sich mit der Hand. Es schüttelte sie vor Lachen. »Glaubt man so was, ich hab gepinkelt!?« Sie lachte und lachte und pinkelte weiter.

»Geh aufs Klo!«, brüllte George.

Sie rannte los, pinkelte unterwegs weiter.

Nach ein paar Minuten kam sie mit einem Handtuch wieder, legte es auf den nassen Fleck auf dem Bett und setzte sich darauf. »Tut mir leid.«

Er wedelte ihre Entschuldigung weg.

Sie hielt die Hand vor sich und betrachtete den goldenen Delfinring, während sie gleichzeitig lachte und weinte. »Er ist toll! Ganz toll!« Sie erhob ihr Glas weit in die Höhe.

Er stieß mit ihr an, und sie tranken.

»Ich darf doch sagen, du bist mir so ein kleiner Pisser?« Er setzte sich neben ihr auf den Bettrand und legte den Arm um sie. »Ich komme mir schon ein bisschen vor wie im Arbeitsurlaub, wenn du jetzt hier ins Bett pinkelst.«

Sie lachte wieder los und goss sich noch mehr Wein ein. »Ich habe noch nie einen Mann angepinkelt. Hat dich je eine Frau angepinkelt? Wie lange kennst du deine Frau schon? … Okay, Moment, warte, ich weiß es wieder: erst, seit ihr beide sechzehn wart. Du hast sie auf einer Kajaktour durch den Grand Canal … Grand Canyon …« Sie giggelte. »Sie ist deine Wildwest-Liebe. Kann ich deine Midwest-Liebe sein?« Sie giggelte immer noch. »Stell mal dein Glas ab. Hier hast du was Besseres.« Sie kniete sich neben ihn und schob ihm ihre Brustwarze in den Mund. Er saugte daran, bis sie hervorstand. Sie bugsierte seinen Kopf zu ihrer anderen Brustwarze. »Meinst du, ich könnte eine Perlenkette an das Ding hängen?«

»Bitte?«

Sie fuhr ihm mit der Hand durchs Haar. »Was ist das für Haar, das auch dann noch lockig bleibt, wenn es nass ist?«

»Das ist armenisches Haar. Ich bin nicht wirklich ein Nachfahre von Sitting Bull.«

»Lutsch weiter«, sagte sie. »Oh Gott, das war echt die schrecklichste Nacht meines Lebens. Und dann hat Charlie geschlafen, als ich heimkam, und ich hab ihm nie erzählt, was passiert war. Hast du's deiner Frau erzählt?«

»Welche Nacht? Die mit den Indianern? Als mir der Typ die Haare ausgerissen hat?« Er holte kurz Luft und saugte dann weiter.

»Mmmm ...«

»Ich hab's ihr erzählt.«

»Du siehst aus, als würdest du schwimmen«, sagte Lottie. »Du weißt doch, wie die Leute alle paar Züge den Kopf aus dem Wasser drehen?« Sein Kopf sah schmal aus. Das war ihr noch nie aufgefallen. Er sah aus wie ein behaarter Aal. Sie machte die Augen zu. »Sagtest du, du hast's ihr erzählt? Warum?«

»Erschien mir ganz natürlich ... Hey, ist das für dich erregend? Wenn ich so sauge?«

»Weiß nicht. Mach noch bisschen weiter. Ich wette, das Käsebrett war ein Hochzeitsgeschenk, stimmt's? Stimmt's?«

»Weiß ich nicht mehr.«

»Klar, weißt du nicht mehr. Sag, was glaubst du, wie hoch die Wahrscheinlichkeit ist, dass deine Frau grade mit einem Typen aus dieser Kommune zusammen ist, und dass sie genau das Gleiche machen wie wir, jetzt, in diesem Moment?«

»Ich will nicht drüber reden, was meine Frau mit einem anderen Typen macht.«

»Bist du immer noch heimlich in sie verliebt?«

»Willst du, dass meine Erektion flöten geht?«

»Sagtest du nicht, sie sei ungemein verlässlich? Okay, okay, wie waren eure Flitterwochen?«

»Ich will nicht über meine Flitterwochen reden.«

»Ach komm.«

»Nein! Das ist ungefähr so wichtig wie die Frage, wie viele Leute schon hier in diesem Zimmer geschlafen haben ... Hör mal, willst du einen Streit vom Zaun brechen?« Er zeigte auf seine Erektion. »Ich will nämlich wirklich da rein, ich will unbedingt in dich rein.«

Sie zeigte auf ein paar dunklere Flecken auf seinem Penis. »Was ist das?«

»Das ist mein Schwanz! So was hast du doch schon gesehen. Hatte Charlie nicht auch so einen ähnlichen, oder war seiner wie der von einem griechischen Gott? Entschuldigung, wie der von Wotan.«

»Die Flecken. Ich rede von den Flecken.«

»Das ist vermutlich ein Gleitgel-Ausschlag von der vielen Selbstbefriedigung.«

»Bist du sicher? Warst du mit deiner … warst du mit … mit jemand zusammen?«

»Glaubst du, ich habe eine Affäre mit meiner Frau? Sie ist in Idaho. Mein Schwanz ist zwar lang, aber …«

»Ist das die Sorte sarkastische Sprüche, die du loslässt, wenn du sauer wirst?«

»Ich bin nur ungeduldig. Meinst du, ich bin die Wichserei nicht irgendwann mal leid?«

Sie saßen Auge in Auge da, und er hatte ein Bein um ihres gehakt. Plötzlich sah er aus wie ein Frettchen, und sie war sich nicht sicher, ob sie das gesagt oder nur gedacht hatte.

Sie musste ein bisschen für sich sein. Sie war es gewohnt, den Kopf kurz an Charlies Brust zu vergraben, um zu verschnaufen, aber George war zu schmal.

Sie zog ihn auf sich. Kleine Eidechse. War ihr etwas entschlüpft? Er reichte nicht mal aus, um sie zu bedecken, geschweige denn, sie vor seinem Blick abzuschirmen. Ihre Schultern waren an seinen Schultern, ihre Brüste an seiner Brust.

Sie fühlte seine Erektion an ihrem Schamhaar. Er schmiegte

sie an ihren Unterleib. Ihr war schwindelig. Sein Penis mit der fleckigen Vorhaut hatte ausgesehen wie ein brandblasiger Feuerwehrhelm. Hoffentlich hatte sie das nicht gesagt. Plötzlich juckte es sie von seinem Körperhaar.

Er schob sich hinab und züngelte eine Weile an ihren Genitalien herum. Eine Natter.

»Ist das gut so, Lottie?« Er hielt inne.

»Frag nicht, mach einfach!« Sie schloss die Augen und verzog das Gesicht.

Gleich darauf fragte er: »Tut dir das weh?«

»Nein … nein, mach einfach weiter!«

Er berührte ihre Schamlippen mit den Fingern. »Du bist total trocken …«

»Hör um Himmels willen auf zu reden! So komme ich nie in Fahrt!« Sie begann zu weinen, obwohl sie genauso gut hätte lachen können.

Du kleiner Wurm, du Mickerling.

»Immer sachte«, sagte er. »Keine Eile.« Er leckte und leckte.

Bei dir wird Geduld zu einer Untugend, dachte Lottie.

Er gab ihr ein paar Papiertücher, um ihre Augen zu trocknen, und drehte sie dann auf den Bauch. Er fuhr mit den Händen über ihren Rücken. »Du bist total verspannt.« Er bearbeitete ihre Schulterblätter mit den Handballen und klopfte mit den Fäusten an ihrer Wirbelsäule entlang. Er presste die Finger in ihr Kreuz.

Verzieh dich, dachte sie im Einschlafen.

George weckte sie um sechs Uhr morgens, damit sie Evelyn holen konnten, bevor sie zur Arbeit mussten. Lotties Rachen und Zunge waren wund.

»Sorry.« Sie sah ihn nicht an, richtete dieses eine Wort zum Fußboden hin, damit George ihren Morgenatem nicht roch.

»Die Wahrheit ist die Wahrheit. Du willst mich nicht.«

»Warum ist die Wahrheit das, was ich tue, wenn ich voll mit Dope bin?«

Er nahm ihre Hand mit seinen beiden Händen. Das Weiße seiner sanften braunen Augen war gerötet, als hätte er gar nicht geschlafen.

Sie drehte den Kopf weg. »Ich muss mir die Zähne putzen.« Sie entzog sich ihm und ging ins Bad.

Im Auto, im grauen Frühlicht, befürchtete sie, dass sie ihr Leben lang nicht von Charlie loskommen würde.

Ein paar Monate später wurde Lottie in der Mittagspause angepiept. Sie solle eine Routine-Blutabnahme an einem VIP-Patienten in der Notaufnahme durchführen. Ärgerlich und nervös, weil Notaufnahmen sie immer beklommen machten, stellte sie rasch ihr Blutabnahmebesteck zusammen und machte sich auf die Suche nach dem Patienten.

»Wo ist Acht-null-drei-sechs-sieben?«, fragte sie die Oberschwester, eine dickbeinige Frau in den Sechzigern. »Soll jemand Prominentes sein.«

Die Oberschwester zeigte auf ein Abteil voller Erwachsener. Ein schmaler achtjähriger Junge lag wimmernd und hustend da, und ein Orthopäde gipste ihm das rechte Bein bis zum Oberschenkel ein. Das Kind war außergewöhnlich hübsch, mit sehr heller Haut, fast schon blauschwarzen Haaren und Augenbrauen und großen, angstvollen schwarzen Augen. Er hatte Hämatome auf der Stirn und um den blassen Mund herum. Er klammerte sich an die Hand einer dicken schwarzen Frau mittleren Alters, die einen prall sitzenden, orangefarbenen Haushaltskittel und einen zu engen knallgrünen Mantel trug.

»Das wird doch wieder, Herr Doktor, oder?« Die Angst in den Augen des Jungen fand ihr Echo in der Stimme der Frau. Sie massierte dem Jungen mit der freien Hand unablässig Hinterkopf, Nacken und Schultern.

Die anderen – ein grauhaariger Mann in einem Dreiteiler und ein fleischiger Mann in schwarzen Sportshorts und Sportshirt – blickten ängstlich auf den Arzt, dessen rotbraunes Haar und randlose Brille mit feuchtem Gips bespritzt waren. Er nickte und gab einen Grunzlaut von sich.

»Ist das ein Kinderstar?«, fragte Lottie außer Hörweite dieses Netzes von Menschen, in dem der Junge gefangen wirkte, und richtete ihre Spritze und ihre Röhrchen.

Die Schwester schüttelte den Kopf. »Der Vater ist im Gemeinderat, ein erfolgreicher Anwalt, der der Schule jedes Jahr einen Haufen Kohle spendet und dem Krankenhaus auch. Das da ist der Rektor der Schule, und der andere ist der Sportlehrer. Die Frau ist, glaube ich, die Hausangestellte. Der Junge hat sich das Bein an drei Stellen gebrochen.«

»Großer Gott«, sagte Lottie. »Wie ist das passiert?«

»Auf einer Wippe. Er ist runtergefallen, und ein anderes Kind hat ihm den Balken aufs Bein gedonnert. Spielplatzunfall.«

Lotties Brustkorb zog sich zusammen. Hatte Betty-Jo Evelyn jederzeit unter Kontrolle? Dann fragte sie: »Warum hustet er?«

Die Schwester zuckte die Achseln. »Er ist afebril. Die Lunge ist frei. Vielleicht ja die Nerven.«

 Lottie sprach sanft mit dem Jungen, während sie ihm

den Venenschlauch anlegte. »Das pikt nur ganz kurz. Einen Splitter rauszumachen ist viel schlimmer.« Der Junge schien sie nicht zu beachten. Er ließ sie mit seinem Arm verfahren, als wäre dieser ein Gegenstand.

Doch als sie daranging, einen Rachenabstrich zu nehmen – der Junge hustete, also warum nicht? –, schloss er plötzlich krampfhaft den Mund und schien noch mehr Angst vor ihr zu haben als vor dem Orthopäden.

»Was ist denn dein Lieblingslied?«, fragte ihn Lottie. »Wir können es ja zusammen singen. Meine kleine Tochter und ich singen beim Arzt immer ganz laut: La! La! La! La!«

Er blickte zu Boden.

»Wenn es eher dein Ding ist«, Lottie sah zweifelnd drein, »tut es auch ein Anfeuerungsruf. Mach den Mund so weit auf, dass ich bis in deine Zehen gucken kann: Gebt's ihnen, nicht verzagen! Los, Michigan, ihr könnt sie schlagen! Wie heißt deine Schule?«

Der Sportlehrer sagte: »Saybrook.«

»Gebt's ihnen, nicht verzagen, los, Saybrook, ihr könnt sie schlagen!«

Der Junge wich auf der Liege immer weiter zurück, als Lottie sich mit dem Abstrichtupfer seinem Mund näherte.

»Halt still!«, schrie der Orthopäde das Kind an.

»Muss das wirklich sein?« Die dicke schwarze Frau in dem Haushaltskittel sah Lottie leiderfüllt an. »Er ist ganz durcheinander.«

»Na ja, er hustet«, sagte Lottie. »Hat ihm jemand in den Hals geschaut?«

Der Junge hielt sich den Mund mit der Hand zu.

Die Frau streichelte ihm die Wangen. »Lass die Frau Doktor mal schauen, Schätzchen. Sie ist eine nette Frau.«

Unvermittelt schrie Lottie laut. Vor Überraschung klappte dem Jungen der Unterkiefer herunter, und Lottie konnte den Tupfer einführen und wieder herausziehen.

Die Schwester pfiff anerkennend. »Woher haben Sie denn diese Technik?«

Der Orthopäde sagte im Ton widerwilliger Anerkennung: »Warnen Sie mich nächstes Mal vor.«

Der Junge trat ihr mit dem unverletzten Bein in den Bauch.

Sie krümmte sich und hielt sich den Bauch, konnte aber ihr Grinsen nicht verbergen.

Im Labor nahm sie eine Impföse und strich die Abstrichprobe auf einer Agarplatte und der Vollständigkeit halber auch noch auf einer Schokoladenagarplatte aus. Sie legte die Platten in den Inkubator.

Sie zentrifugierte das Blut und maß die Senkungsgeschwindigkeit. Sie gab einen Tropfen Blut auf ein Zählgitter unter einem Deckglas und begann, die weißen Blutkörperchen pro Zählquadrat auszuzählen. Sie zählte Blasten, Monozyten, Lymphozyten, eosinophile und basophile Granulozyten. Sie hatte immer große Freude an den verschiedenen Formen und Namen gehabt.

In letzter Zeit jedoch dachte sie öfter, dass sie vielleicht alle Blutkörperchen gezählt hatte, die zu zählen ihr in diesem Leben aufgegeben war. Was auch immer das bedeutete. Als ob es irgendwo da draußen einen großen Plan für sie gäbe und sie den ersten Teil des Plans nun erfüllt hätte und zu Teil zwei übergehen müsste. Nein, sie konnte ewig weiter Blutkörperchen zählen, aber es hatte nichts Spannendes mehr. Sie lernte nichts mehr. Manchmal kam es ihr sogar vor, wie für einen Wäscheservice zu arbeiten. Sie drehte die

Runde mit dem Lieferwagen und sammelte die Dreckwäsche ein. Sie sortierte sie und steckte sie in Maschinen, gab hier Seifenpulver dazu und dort Bleichmittel, jener Haufen wurde trockengereinigt. Es gab ein paar mysteriöse Flecken, die sie mit einigen wenigen bekannten Lösungsmitteln anging; entweder sie funktionierten oder eben nicht. Dann trocknete sie alles, bügelte und faltete es und schickte es raus. Und am nächsten Tag kam alles wieder.

Sie wollte nicht immer Anweisungen befolgen, anderer Leute Ideen umsetzen. Sie war sich zwar nicht sicher, dass es in einem Graduiertenstudium ganz anders wäre, aber wenigstens würde sie auf einen höheren akademischen Grad hinarbeiten.

Was sollte sie mit Evelyn machen? Wie sollte sie sich und ihre Tochter ernähren?

Es gab Stipendien. Vielleicht konnte sie ja eine Assistentenstelle kriegen.

Dachte sie über ein Graduiertenstudium nach, weil es mit George vorbei war?

Sie dachte über ein Graduiertenstudium nach, weil sie über ein Graduiertenstudium nachdachte.

An diesem Abend setzte sie höfliche Briefe mit der Nachfrage auf, ob die beiden Collegeprofessoren tatsächlich Empfehlungsschreiben für sie verschickt hatten. Sie formulierte einen Schrieb für Mihiners Sekretärin, sie möge doch den Chef bitten, ihr ein Zeugnis über ihre Tätigkeit als Labortechnikerin auszustellen. Wagte sie, es in Worte zu fassen? *Sie hoffe, ein Graduiertenstudium absolvieren zu können*. Sie lag wach und stellte sich vor, wie sie inmitten ihrer Kommilitonen (und es waren alles Kommilito*nen*), umgeben von Laborgefäßen und Bunsenbrennern, dieses erhitzte und jenes pipettierte: »Ist heute Mäusetag oder Kaninchentag oder Affentag?« Am Morgen ging Lottie nach einer schlaflosen Nacht euphorisiert zur Arbeit.

Bis zur Mittagspause hatte ihr Mihiner per Hauspost ein hingekritzeltes »Viel Glück!« zukommen lassen und nach Namen und Adressen der Hochschulen gefragt. Hocherfreut schickte sie sofort ein DANKE in großen Lettern zurück. Die Einzelheiten kämen morgen.

Im Labor nahm sie, vor sich hin summend, die Platten aus dem Inkubator. Zwei waren die Kulturen von dem Jungen mit den Beinfrakturen, und diese sah sie sich zuerst an, um den Fall los zu sein. Auf der Blutagarplatte hatte sich eine normale Flora ausgebildet, und sie legte die Platte beiseite, nachdem sie den Bewuchs im Laborbuch vermerkt hatte. Als sie sich die Schokoladenagarplatte vornahm, die zur Anzucht von *Hämophilus* gedacht war, merkte sie, dass sie in der Eile versehentlich eine Thayer-Martin-Platte inokuliert hatte. Die sah von der Farbe her genauso aus, diente aber zum Nachweis von Neisserien, die man im Rachenabstrich von Kindern kaum je fand. Doch zu ihrer Überraschung wuchs da etwas in mittelgrauen, glänzenden, leicht mukoiden Kolonien. Wenn sie vor lauter Hast eine falsche Platte inokuliert hatte, konnte sie dann nicht auch versehentlich irgendwelche Kontaminanten mitaufgebracht haben?

Mit einer Öse entnahm sie eine Kolonie von der Platte und emulsifizierte sie in einem Tropfen destilliertem Wasser, den sie auf den Objektträger pipettierte. Sie ließ die Probe lufttrocknen und erhitzte sie dann in der Flamme eines Bunsenbrenners. Mit einer Zange tunkte sie den Objektträger in ein kleines Gefäß mit Kristallviolett-Farbstoff und spülte ihn dann mit destilliertem Wasser. Sie tunkte und spülte, tunkte und spülte, machte dann die Gegenfärbung mit rot färbendem Safranin, spülte den Objektträger noch ein letztes Mal und tupfte ihn dann mit Löschpapier ab.

Nach der Gram-Färbung legte sie den Objektträger unters Mikroskop und stellte scharf, in der Erwartung, Stäbchen verschiedener Länge zu sehen. Doch was da in den Fokus schwamm, waren blaue Diplokokken – kaffeebohnenförmig.

Die einzigen Pathogene, die so aussahen, waren *Neisseria meningitidis* und *Neisseria gonorrhoeae*. Konnte es sein, dass das Kind Meningitis hatte? Bis auf den Husten hatte es überhaupt nicht krank gewirkt. Sie lief schnell hinunter in die Notaufnahme, aber der Junge war natürlich schon entlassen worden. Ein Arzt, der ihn kurz gesehen hatte, versicherte ihr, er habe keinerlei Krankheitssymptome gezeigt, und Meningokokken gehörten oft zur normalen Besiedelung des Nasen-Rachen-Raums gesunder Individuen. Das sei in Rekrutencamps häufig festgestellt worden. Sie war beeindruckt und beruhigt und ging wieder ins Labor, wo sie eine weitere Kolonie von der Platte entnahm und damit Röhrchen mit Zuckerlösungen impfte: Glukose, Maltose, Sucrose in einem Ständer. Sie stellte die Röhrchen für vierundzwanzig Stunden in den Inkubator. Vielleicht würde eine ordentliche Nachtruhe die Dinge ja geraderücken.

Als sie die Röhrchen am nächsten Tag herausnahm, erwartete sie, dass die Glukose und die Maltose sich von Rot in Gelb umgefärbt hätten, was das Vorhandensein von *Neisseria meningitidis* bei einem gesunden Kind anzeigen würde.

Doch nur die Glukose hatte die Farbe gewechselt. Sie schlug in ihrem Laborhandbuch nach, weil sie dachte, sie müsste sich irren. Sie irrte sich aber nicht. Dass nur die

Glukose gelb wurde, geschah ausschließlich bei *Neisseria gonorrhoeae*.

Der Junge hatte Gonorrhoe? Im Rachen? Unmöglich! Wie konnte sie eine solche Verunreinigung eingebracht haben?

Mit Plastikhandschuhen schüttelte sie ihren Mülleimer, um sehen zu können, ob der Müll vom Vortag noch darin war. Als ob das etwas nützen würde.

Vielleicht war das Wattestäbchen ja von vornherein verunreinigt gewesen? Hatte sie dem Kind ein dreckiges Wattestäbchen in den Rachen gesteckt? Absurd! Sie hatte überhaupt erst zweimal Gonorrhoe-positive Rachenabstrichkulturen gesehen, und die letzte vor einem Monat.

Während sie die Proben des Tages von den verschiedenen Stationen bearbeitete, ging ihr das Problem der positiven Kultur nicht aus dem Kopf. In ihrer Pause saß sie auf einer Bank im Krankenhauspark, löffelte mechanisch ihr Joghurt und las immer wieder denselben Satz in ihrem Gewebekultur-Buch.

Konnte sie selbst Trägerin sein, eine Lottie mit Typhus? Eine Lottie mit Gonorrhoe?

Vielleicht gingen die anderen beiden positiven Kulturen ja auch auf sie zurück?

Ach, jetzt mach aber mal einen Punkt.

Sie würde von dem Jungen noch einen zweiten Rachenabstrich nehmen müssen. Dann fiel ihr wieder ein, was er für ein Theater gemacht hatte, als er den Mund aufmachen sollte. Hatte er die Gonorrhoe verstecken wollen?

Wo war er jetzt? Doch wohl in der Schule. Oder zu Hause. Sie rief die Patientenverwaltung an und gab die Aktennummer durch.

Die Akte war nicht da.

George kam erst nach Hause, als Evelyn schon schlief. Lottie servierte ihnen beiden Spaghetti: Sie bemühte sich, einigermaßen auf seine Bedürfnisse einzugehen. Er kam in die Küche und küsste sie fast schon väterlich auf den Hinterkopf.

Sobald sie konnte, erzählte sie ihm von der Sache.

George kaute nachdenklich. »Es hat nicht unbedingt was zu bedeuten, dass das Kind den Mund nicht aufmachen wollte. Die Hälfte der Kinder weigert sich, den Mund aufzumachen. Kinderärzte müssen Rachenabstriche oft unter Narkose nehmen. Willst du meine Meinung hören?«

»Klar.«

Er verdrückte die letzten Spaghetti und wischte die Soße mit einem Stück Brot vom Teller. »Man muss noch einen Abstrich nehmen und den Jungen auf Penicillin setzen. Warum hast du ihn nicht gleich auf Penicillin gesetzt?«

Sie lachte. »Ich fühle mich geehrt, dass du mir Verschreibungsbefugnis zubilligst. Ich fand es schon heldenhaft, dass ich ohne Anweisung einen Abstrich gemacht habe.«

»Wer ist der Pädiater, dem das entgangen ist?« Er stand auf, um abzuräumen.

»Ich habe nicht auf seinen Namen geachtet.«

»Andererseits hat es natürlich was für sich, dass jeder, der diesem Kind jetzt noch seinen Schwanz in den Hals steckt, kriegt, was er verdient.«

»Oh Gott, George …« Sie versuchte, sich nicht einen Riesenpenis im zarten Mund dieses Kindes vorzustellen, und stand auf, um abzuwaschen. »Was ist mit der Sensibilisierung gegen ein Antibiotikum bei einem Kind? Das ist doch ein klinisches Problem, oder? Und wir wissen ja gar nicht sicher, ob er etwas hat.«

»Hör auf, wie eine Wissenschaftlerin zu denken. Du kannst ein Kind nicht mit einem Mundvoll Tripper sitzen lassen, während du hin- und herüberlegst.«

»Ich denke wie eine Wissenschaftlerin?!« Sie war entzückt.

»Rede mit den anderen Labortechnikerinnen darüber. Es ist entweder ein exotisches Missgeschick oder aber ein Problem der öffentlichen Gesundheit und ein Fall von Kindesmissbrauch – wobei die gute Nachricht ist, dass Rachen-Gonorrhoe oft von selbst wieder verschwindet.«

Am nächsten Morgen erzählte sie Trixie, Angela und LuAnne von der Sache und zeigte ihnen ihre Platten, Objektträger und Zuckerlösungen. »Vielleicht war's ja was in der Luft? Ich habe mit diesem Wattestäbchen mehrere Minuten herumgefuchtelt, bevor ich's einführen konnte.«

Angela sagte: »Ich kenn dich doch. Du bist sehr vorsichtig. Du würdest nie was kontaminieren.« Die anderen nickten zustimmend.

Sie beugte den Kopf wie bei einem Ritterschlag.

Was tun wegen dieses Jungen?

Sie schaute in Mihiners Büro vorbei, aber die Sekretärin sagte, er sei für den Rest der Woche verreist. Er habe die Briefe in ihrer Sache unterschrieben, und sie seien bereits rausgegangen. Lottie strahlte die Sekretärin an und ließ sich dann den ersten freien Termin am Montag geben.

Nach der Arbeit kaufte Lottie sich eine Karte der USA und klebte sie in Evelyns Zimmer an die Wand. Mit weißen Reißzwecken markierte sie die fünf Universitäten, an denen sie sich beworben hatte. Sie hoffte inständig, dass fünf Bewerbungen reichten, um eine Zusage zu erbringen.

Lottie verlor sich in Träumen von einem neuen Leben – in der Wissenschaft. Allerdings fragte sie sich ab und zu, ob ein höherer akademischer Grad ihre Heiratschancen zunichtemachen würde. Thalia Cheek, ihre Biologieprofessorin am College, war geschieden. Im Krankenhaus gab es drei Fachärztinnen: eine Kinderärztin und eine Psychiaterin, beide unverheiratet, und eine Radiologin, geschieden. Lottie hatte gehört, dass die einzige Assistenzärztin, eine Gynäkologin, Männern, mit denen sich etwas ergeben könnte, nur sagte, sie »arbeite im Krankenhaus«.

Wenn sie daran dachte, wie gern Evelyn George inzwischen hatte, und dass sie sie ein weiteres Mal aus ihrer gewohnten Umgebung würde herausreißen müssen, egal, ob es mit dem Graduiertenstudium klappte oder nicht, schwor sich Lottie, nie wieder mit einem Mann zusammenzuziehen, es sei denn, es wäre fürs Leben.

Und was würde es bedeuten, Evelyn so weit von Cha-Cha-Pa weg zu verpflanzen? Sie freute sich immer auf den einen Vor- oder Nachmittag pro Woche, an dem sie ihn sah – immerhin *war* es einmal pro Woche –, und sie heulte nicht mehr, wenn er sie zur Babysitterin zurückbrachte. Sie schien sich an ihr neues Leben gewöhnt zu haben. Angenommen, Lottie landete in einem anderen Teil der Staaten? Könnte sie eine unbegleitete Fünfjährige in ein Flugzeug setzen? Die Airlines beauftragten Stewardessen mit der Betreuung von Kindern, hatte sie irgendwo gelesen. Aber wie sollten sie sich auch nur halbwegs regelmäßige Flüge leisten können? Vielleicht würde Charlie Evelyn ja in den Sommerferien nehmen.

Es hatte keinen Sinn, sich wegen Evelyn Sorgen zu machen, wenn noch nicht mal klar war, ob Lottie irgendwo angenommen würde.

Am Montag um zwölf ging sie in Mihiners Büro. Seine Sekretärin sagte, er werde um eins da sein, habe dann aber einen Termin. Und ihr Termin? Irgendwas schiefgegangen. Sie beschloss, zu warten und ihn abzufangen. Auf dem Flur studierte Lottie das Anschlagbrett. Leute suchten Tutorenjobs, Mikroskope, Mitbewohner. Jemand bot Pferdeserum zum Verkauf an. Jemand anderes behauptete, Gedichte über wissenschaftliche Themen für jeden Anlass verfassen zu können. Was könnte sie tun, um ein bisschen Extrageld zu verdienen? Dr. Mihiner schritt zielstrebig auf sein Büro zu.

»Sir … Sir …«

»Was ist?« Er sah sie stirnrunzelnd an. Plötzlich sah sie im Geist seinen langen weißen Kittel in einer Schleppe enden, getragen von Wesen, die halb Labortechnikerinnen, halb Mäuse waren.

»Danke, dass Sie die Briefe für mich geschrieben haben.«

Er winkte ab. »Sie haben hier gute Arbeit geleistet.«

Sie lächelte und nickte mehrmals. »Sir, ich frage mich, was mit diesem Jungen ist, von dem ich die Kultur angelegt habe. Der mit … der vielleicht … Sie wissen schon …«

Er schien sich nicht zu erinnern.

»Der kleine Junge mit dem Problem …«

Er sah auf die Uhr.

»Der mit der Geschlechtskrankheit!«, schrie sie schon fast. »Sie wissen schon, im Mundraum.«

Mihiners Gesicht wurde dunkelrot, und er zischte. »Wir sprechen nicht auf dem Flur über Patienten! Das verstößt gegen Ethik und Anstand.«

Sie sah sich um. »Hier ist ja niemand.«

Er war schon an ihr vorbei und durch sein Vorzimmer marschiert. Lottie eilte ihm hinterher.

Er hatte ein geräumiges Büro mit mehreren großen, sauberen Fenstern, die auf Wiesenflächen und mattblauen Himmel hinausgingen. Sie war noch nie hier drinnen gewesen, seltsam eigentlich, wo hatte ihr Vorstellungsgespräch stattgefunden? In der Raummitte stand ein mächtiger Nussbaumschreibtisch mit einem goldfarbenen Astrolabium und einem Kompass darauf. Drei kakaofarbene Lederdrehstühle mit Messingnieten waren in großem Abstand voneinander und vom Schreibtisch angeordnet. Hinter ihnen befand sich eine Nussbaum-Regalwand mit dicken, dunklen Büchern und gebundenen Zeitschriften. Im Zentrum der Regalwand stand ein gerahmtes, vergrößertes Farbfoto von Dr. Mihiner beim Händedruck mit Dwight D. Eisenhower, beide in Khaki-Uniform. Dr. Mihiner hatte volles, dunkles Haar und war genauso groß wie der General. Lottie starrte das Foto verblüfft an.

»Setzen Sie sich«, sagte jetzt Mihiner. Der Stuhl hinterm Schreibtisch stand erhöht.

Sie empfand es weniger als Einladung denn als Befehl. Dr. Mihiner selbst blieb neben seinem Stuhl stehen.

Als sie sich auf dem übergroßen Stuhl niederließ, gab das Leder unter ihrem Körper mit einem langen Seufzer nach, was ihr peinlich war. Sie setzte sich etwas anders hin, und das Leder seufzte wieder. Sie beugte sich vor. »Ich weiß den Namen des Jungen nicht, aber er war vor zehn Tagen in der Notaufnahme. Sie müssen meine Kulturen doch gesehen haben. Alle Laborergebnisse gehen ja über Sie.«

Er sichtete irgendwelche Papiere auf seinem Schreibtisch, hielt aber inne und sah sie an. »Das ist der einzige Verstoß, den Sie in diesem Krankenhaus begangen haben.«

»Wie meinen Sie das, Sir?«

»Wie kommen Sie dazu, eine Rachenabstrichkultur ohne Anweisung zu machen?«

»Er hat gehustet …«

»Wie wär's mit Sputumkulturen? Röntgen? Operieren Sie auch?«

»Ein Rachenabstrich ist eine kostengünstige, nicht-invasive Maßnahme …« Ihre Stimme bebte.

»Wenn Sie das nächste Mal Arzt spielen, rate ich Ihnen, die Approbation zu haben, sonst müssen Sie sich nämlich einen anderen Job suchen.«

»Aber es war wichtig …«

»Sagt wer?« Er klatschte mit der Hand auf den Tisch. »Das Ganze war ein Zufallstreffer! Jeder Affe hätte Tests veranlassen können, von denen dann einer positiv gewesen wäre …«

Sie stand auf und beugte sich über den Schreibtisch zu ihm hin. »Sagen Sie mir, ob der Junge behandelt wurde oder nicht. Hat man herausgefunden, wer – wer ihm das angetan haben könnte?« Sie konnte nicht glauben, dass sie ihn einem Verhör unterzog.

»Es steht mir nicht frei, das mit Ihnen zu erörtern.«

»Wie meinen Sie das?« Er war jetzt ein kleines bisschen größer als sie, und sie fragte sich, ob er auf den Zehenspitzen stand.

»Ich sehe mich an die ärztliche Schweigepflicht gebunden.«

»Aber ich arbeite hier im Krankenhaus! Ich habe den Rachenabstrich genommen!«

Dr. Mihiner betrachtete von jenseits des Schreibtischs aufmerksam ihr Gesicht und ihren Hals. »Wie das Leben so spielt, hat ihn der Orthopäde prophylaktisch auf Penicillin gesetzt, sobald er ihn gesehen hat.«

»Prophylaktisch? Wieso?«, fragte Lottie alarmiert.

Mihiner lachte in sich hinein. »Gegen Wundinfektion, junge Frau! Der Junge hatte einen komplizierten Bruch. Ich habe selbst noch eine Kultur angelegt, nachdem ich Ihre Ergebnisse gesehen hatte, konnte sie aber nicht bestätigen.«

»Bevor Sie verreist sind?«

»Ja.«

»Aber da war er schon drei oder vier Tage auf Antibiotika.«

»Sie hätten mich früher informieren müssen.«

»Ich wollte erst sicher sein ...«

»Wir sind hier kein Forschungslabor! Das ist kein theoretisches Problem!«

Lottie setzte sich langsam hin. »Ich dachte, ich sollte eine so schwerwiegende Anschuldigung nicht erheben, ohne sicher zu sein.«

»Es ist nicht Ihr Job, sicher zu sein. Das ist mein Job. Und Sie sind nicht diejenige, die gegebenenfalls irgendwelche Anschuldigungen erhebt. Auch das ist mein Job. Sie kennen einfach Ihren Platz nicht, wie? Es ist gut, dass Sie hier rauskommen. Hoffen wir, dass Sie hier rauskommen. Sie haben, offen gestanden, ein ganz schönes Problem verursacht.«

»Glauben Sie, ich werde fürs Graduiertenstudium angenommen?«

Er zuckte die Achseln. »Ich habe ein prima Empfehlungsschreiben verschickt.« Er lächelte sie an.

Sie lächelte glücklich zurück. Dann schüttelte sie den Kopf. »Sie hätten sowieso nichts gefunden, auch wenn ich Sie sofort informiert hätte. Sie haben doch gesagt, der Junge wurde auf Antibiotika gesetzt.«

»Üblicherweise lässt sich auch nach vierundzwanzig

Stunden noch etwas nachweisen, ja sogar nach achtundvierzig Stunden«, sagte Mihiner.

Sie war übervorsichtig gewesen. Frau, die sie war. Sie fühlte sich wie in einem Flugzeug in zu steilem Sinkflug.

Dr. Mihiner entnahm seiner Schreibtischschublade eine Handvoll perfekt gespitzter Bleistifte und spitzte sie einen nach dem anderen erneut in seinem elektrischen Bleistiftspitzer. Es machte ein Mahlgeräusch. »Seine Eltern toben wegen angeblicher Stümperei des Krankenhauses. Sie haben einen Privatdetektiv angeheuert. Der Junge behauptet, nie mit irgendjemandem Verkehr gehabt zu haben. Und Sie müssen es unterlassen, die Sache in der Öffentlichkeit herauszuposaunen. Die Familie – jede Familie – hat ein Recht auf Privatsphäre.«

Sie dachte darüber nach. »Aber es ist ein Verbrechen. Müsste man es nicht melden? Zumindest dem Jugendamt?«

Er runzelte ärgerlich die Stirn, wobei sich seine ganze Kopfhaut bewegte wie eine Gummimaske. »Wie ich schon sagte, möchten die Eltern lieber den Privatdetektiv seine Arbeit machen lassen, ohne Einmischung des Gesundheits- oder Jugendamts …«

»Ich möchte meine Ergebnisse in der Patientenakte vermerken.«

»Wir verdanken dieser Familie viel …« Er sah sie jetzt direkt an, und seine Augen blitzten gefährlich.

Sie musste an Yul Brynner als Pirat denken.

»Sie sind ein stures kleines Ding«, sagte er finster.

Sie richtete sich auf ihrer Schreibtischseite auf. »Ich bin genauso groß wie Sie«, flüsterte sie. »Vielleicht ein, zwei Zentimeter größer. Oder kleiner. Größenmäßig nehmen wir uns nichts.« Als sie sich mit ihm über ihre relative Körpergröße debattieren hörte, fürchtete sie, es sei ein Anzeichen von desorganisiertem Denken.

Er straffte sich. »Wenn Sie die Sache melden, demütigen Sie damit eine unserer besten Familien. Sie schrecken gewöhnliche Leute davon ab, ins Krankenhaus zu kommen, wenn sie glauben, sie könnten eine Geschlechtskrankheit haben …!«

»Sir, bei allem Respekt, ich glaube, hier wird etwas vertuscht.«

Mihiners Gesicht wurde puterrot. »Ich versuche hier, Ihnen den Arsch zu retten, junge Frau, der ist nämlich ganz schön gefährdet! Sie scheinen nicht zu begreifen, dass Sie aller Wahrscheinlichkeit nach einen Fehler gemacht haben. Laborirrtümer gibt es wie Sand am Meer. Warum wollen Sie Ihren noch dadurch verschlimmern, dass Sie ihn in der ganzen Stadt verbreiten? Wo bleibt denn Ihr Einfühlungsvermögen in andere Menschen?«

»Ich möchte bitte die Akte.«

»Hochmut ist in der Wissenschaft fehl am Platze, und jungen Frauen steht er erst recht nicht gut an. Sie riskieren einen jähen Fall, Miss. Und wenn Sie irgendetwas melden, werde ich persönlich dafür sorgen, dass Sie dieser Fall tatsächlich ereilt.«

»Geben Sie mir einfach die Akte.«

»Finden Sie sie doch.«

Am nächsten Tag rief Mihiner sie im Labor an. »Sie passen hier nicht her, Mrs. Hart. Sie sind nicht fähig, als Mitglied eines Teams zu agieren. Wenn ich Sie wäre, würde ich mir Gedanken über einen Berufswechsel machen. Wenn Sie diese Ergebnisse weitermelden, wird Ihnen nämlich gekündigt, und ich garantiere Ihnen, dann bekommen Sie in keinem Krankenhaus auch nur einen Job als Putzkraft, geschweige denn, im Labor.« Er hielt kurz inne. »Und das Graduiertenstudium können Sie vergessen.«

Aber er hatte seine Beurteilung doch schon geschrieben. War es denkbar, dass er die Hochschulen kontaktierte und sie widerrief?

Während sie den Rest des Tages auf Autopilot durchs Krankenhaus geisterte, spuckte sie ihm im Geist Erwiderungen ins Gesicht. »Ich bin nicht fähig, als Mitglied einer Sträflingskolonne zu agieren!« »Ich habe es satt, in einer Marschkapelle zu marschieren.« »Nehmen Sie Ihren Tambourstab und stecken Sie ihn sich in den Arsch.«

Sie schrieb an die fünf Universitäten, wo sie sich beworben hatte, und fragte, ob sie für einen Studienplatz schon während des laufenden Semesters berücksichtigt werden könnte.

Und wenn sie Mihiner einfach umging und ihren Befund direkt dem Gesundheitsamt meldete? Würde Mihiner ihr die Zukunft verbauen?

Vielleicht hatte sie ja einen Fehler gemacht.

Zwei Wochen später bekam Lottie von der University of Wisconsin die Zulassung für Physiologie Mitte des Semesters. George brachte eine Piccolo-Flasche Sekt mit.

Sie tippte einen kurzen Brief ans Gesundheitsamt wegen des Laborergebnisses für den Abstrich des Jungen, aber Tage vergingen, ohne dass sie ihn abschickte.

Weil sie sich ihr Studium durch einen Job als wissenschaftliche Hilfskraft zu finanzieren gedachte, wollte die Hochschule noch ein Arbeitszeugnis von ihrem bisherigen Arbeitgeber.

 Sie dachte immer wieder an Evelyn: Wenn so etwas bei

ihr festgestellt worden wäre, würde Lottie dann nicht polizeiliche Ermittlungen wollen? Ein Messer würde sie wollen oder eine Pistole.

Aber diese Eltern gingen ja laut Mihiner einen anderen Weg, ihren eigenen. Ging es Eltern nicht immer an erster Stelle um das Wohl ihres Kindes?

Indem sie einen Studienplatz in Wisconsin annahm, stellte sie nicht Evelyns Wohl obenan, sondern ihr eigenes.

Vielleicht waren ihre Laborergebnisse ja falsch.

Sie bat Mihiner um ein Arbeitszeugnis. Die Laborergebnisse legte sie beiseite. Er kam ihrer Bitte nach.

Sie fuhren durch ein staubtrockenes Texas, das, als sie sich Louisiana näherten, sanfter und grüner und schließlich zur blühenden Landschaft wurde. Im Zickzack, in Schleifen und Schlangenlinien, bummelnd und trödelnd, arbeitete Lottie sich gemächlich Wisconsin entgegen. Sie wollte es sehen, dieses This-land-is-my-land, dieses ruhige, sanft hügelige, duftende Land. Evelyn wurde wie viele kleine Kinder schnell autokrank, daher fuhren sie mit offenen Fenstern, und ihr Haar wehte, und die Socken und die Unterwäsche, die Lottie am Vorabend gewaschen hatte, flatterten an der improvisierten Wäscheleine hinten in dem gebrauchten VW-Bus, den sie für die Reise erstanden hatte. Der alte Hippie-Bus hatte sie praktisch nichts gekostet; vor ein paar Jahren war er außen himmelblau angemalt worden, mit einer orangefarbenen Tentakelstrahlen-Sonne, einem zitronenlimonadenfarbenen Mond und Schwärmen von flamingoroten Sternschnuppen, alles gleichzeitig am Himmel und ziemlich verschossen. Nicht mehr der psychedelisch-provozierende Kifferbus, der er Mitte der Sixties gewesen sein musste, wirkte er jetzt eher wie ein verkaterter, verpennter alter Zirkuswagen, was Lottie ganz okay fand. Trotz der vielen frischen Luft mussten sie oft anhalten, gewöhnlich nur für ein trockenes Würgen, manchmal aber auch für mehr, und dann fuhr Lottie mit ihrem säuerlich riechenden Kind zu einer Tankstelle oder einem Schnellimbiss – »Was ist Kotzen, Mommy? Warum kotz ich?« –, wo sie Evelyn wusch und umzog und ihr eine Cola oder Pfefferminzdrops und hin und wieder auch einen Plastikring oder ein Armband oder eine Halskette aus einem Automaten spendierte. Evelyn liebte Schmuck; wenn ihre Mutter ihren kleinen Körper mit einem neuen Exemplar bestückte, geriet sie in Verzückung und wollte es nicht mehr ablegen, nicht mal im Bett oder in der Badewanne. Oft schlief sie dann, die Plastikperlen an ihrem Hals oder Handgelenk befingernd, gnädigerweise im Bus ein, und Lottie konnte ungestört die Landschaft betrachten, während sie euphorisch dahinfuhr, beflügelt vor allem von ihren Hoffnungen.

Der Akzent der Einheimischen wurde üppig und dicht wie wuchernder Baumbehang aus Louisianamoos, aus dem da und dort ein spezielles Wort oder eine Wendung hervorstach wie eine schöne exotische Blüte: Beignets oder Lagniappe oder auch Boutonniere. Lottie drehte und wendete die Wörter im Mund: Sie fühlten sich eigentümlich weich und glatt an. Sie sang sie als ein fröhliches Nonsense-Mantra vor sich hin, und Evelyn machte ausgelassen mit.

An Picknicktischen am Straßenrand schnitt Lottie mit einem Tranchiermesser Honig- und Wassermelonen, legte die großen, gebogenen Schnitze auf Küchenpapier und aß sie mit den Händen, wobei ihr der Saft die Nase färbte und aus dem Mund lief. Sie spießte für Evelyn ein paar quadratische Stücke auf Zahnstocher, aber die Kleine wollte ihr Gesicht im Fruchtfleisch suhlen wie Mommy, und so wurden sie beide nass und klebrig – fruchtig duftende Kreaturen, die sich aneinanderkuschelten, sich mit den Nasen stupsten, zusammen wohlig grunzten.

Im Auto aß Lottie, während sie die vorbeiziehende Landschaft bewunderte, packungsweise Kinosüßigkeiten: Lakritz- und Gummibonbons und Mini-Waffelröllchen. »Ev-Schätzchen, ich hab dir deine Lieblingsschokokirschen gekauft.«

Evelyn verschmierte ihr ganzes Gesicht mit Kirschsaft und Schokolade und das Auto ebenfalls, und Lottie ließ sie einfach machen.

Doch als die Tage vergingen, ließ die gute Laune des Kindes nach. »Wann sind wir da?« Wie ein quengeliges Kistenteufelchen interpunktierte Evelyn jetzt die Fahrt mit dieser Frage.

»In vier Tagen. Zähl, wie oft die Sonne untergeht.«

Wenn Ev zählte, dann jedenfalls nicht laut.

Einmal glaubte Lottie ihre Tochter »Cha-Cha-Pa« murmeln zu hören, aber sie war sich nicht sicher.

Sie fuhren auf kleinen Straßen entlang der Grenzen der Bundesstaaten, denn Lottie wollte nicht nur Arkansas und Oklahoma sehen, sondern auch Dorothys Kansas und Missouri. Sie hatte es sich reizvoll vorgestellt, die Zehen in Hucks und Jims Fluss zu tunken, aber in Wirklichkeit sah der Mississippi so braun und verschmutzt aus, dass sie nicht mal einen Schuh auszog. Lottie fuhr langsam an einer Elendssiedlung vorbei, deren ungestrichene Holzhütten so rudimentär und uralt wirkten, als bestünden sie aus erodierten Gebeinen. Es waren keine Erwachsenen zu sehen, nur barfüßige Kinder in viel zu großer, verschossener und abgetragener Kleidung, vorwiegend aus Jeansstoff und derben Baumwollmaterialien, saßen vor den Häusern und guckten auf die Straße jenseits der kaputten Latten schiefer Zäune. Ein weißhaariger Junge, etwa so alt wie Evelyn, trug nur ein kurzes Hemd, sodass, als er die Verandastufen hinabstieg, seine Genitalien wippten. Evelyn starrte ihn an. Der Junge starrte seinerseits auf Lottie und Evelyn in ihrem ehemals knallbunten Zirkuswagen.

»Macht der Junge da eine Scheidung?«, fragte Evelyn Lottie. »Sind die Kinder gescheidet?«

Jenseits der Hütten und Klohäuschen wuchsen üppige, großblättrige Tabakpflanzen aus der gelben, dünn aussehenden Erde, endlose Tabakfelder, nur einmal durchbrochen von einem handgeschriebenen Schild: ANGELWÜRMER ZU VERKAUFEN.

Später an diesem Tag mussten sie einen Umweg durch staubige Felder machen, um eine unordentliche Reihe schwitzender schwarzer Männer zu umfahren, die im Pyjama zu arbeiten schienen. Mit Spitzhacken und Schaufeln reparierten sie ein kaputtes Stück Straße. An jedem Ende der Reihe stand ein Weißer in einer olivgrünen Uniform mit gezogener Pistole Wache. Wenn sie näher heranführe, würde sie dann am Boden eine Kette sehen?

Als Lottie in der dritten Nacht im Motel halbherzig begann, Evelyn *Der Zauberer von Oz* vorzulesen, biss Evelyn sich an der Tatsache fest, dass Dorothy nicht bei ihren Eltern lebt. Hatten die sich »weggetrennt«? War der Vater gestorben? Hatte die Mutter ihn getötet?

Während eines Unwetters, bei dem der helle Tag dunkel wurde und der Regen auf das metallene Wagendach drosch und in Wellen gegen die Windschutzscheibe schlug, sodass es schien, als würden sie in einem seltsamen Meer im Mittleren Westen ertrinken, schrie Evelyn plötzlich los, packte Lotties Arm und hörte nicht auf zu schreien.

»Lass los, Evvie! Das ist nur Wasser. Hab keine Angst. Du musst meinen Arm loslassen!« Lottie fuhr so langsam, dass die Tachonadel kaum von der Null weghüpfte, und starrte, übers Lenkrad gebeugt, angestrengt in das strömende Dunkel, während die Scheibenwischer wild arbeiteten.

Aber sie konnte ihr schreiendes Kind nicht abschütteln. Immer wieder zeigte es auf die schwarze Windschutzscheibe, an der sich die Regenschwälle brachen.

Da war noch eine hektische Bewegung, außer der der Scheibenwischer.

Nicht sonderlich vertraut mit dem Auto fummelte Lottie an den Schaltern herum und schaffte es, die Wischer langsamer zu stellen, dann wieder schneller und schließlich aus. In dem sintflutartigen Regen fuhr sie dorthin, wo sie das Bankett vermutete, sprang hinaus und rannte auf die Beifahrerseite der Frontscheibe, wo ein dunkler Vogel am Hals eingeklemmt war und noch immer mit den Flügeln schlug. Obwohl blind vom Regen, konnte sie den Wischer abklappen, doch der nunmehr befreite Vogel flog nicht davon, sondern rutschte nur zu Boden. Im Bus hielt sie den patschnassen, verrenkten, zitternden Vogel im warmen Nest ihrer Hände, wo er nach schwachen Fluchtbewegungen starb.

Am Straßenrand parkend warteten sie, dass das Unwetter aufhörte. Evelyn weinte stoßweise, während Lottie, völlig durchnässt, in ihren Taschen und Kisten nach Handtüchern wühlte. Der nasse Vogelleichnam lag in einem leeren Popcorn-Eimer, den Lottie für Müll aufgehoben hatte, im Fußraum.

Als der Regen aufgehört hatte, nahm Lottie ihre kleine Pflanzschaufel und begrub den Vogel – der so leicht war, dass sie zweimal nachsah, ob er noch in dem Popcorn-Eimer lag – am Straßenrand.

Ev setzte sich auf das matschige Grab. Lottie dachte, wie dreckig Evelyns Beine jetzt waren und wie dreckig sie das Auto machen würden, aber das Auto war schon dreckig, also sagte sie nichts.

»Was ist ›tot‹?«, fragte Evelyn.

»Der Vogel ist tot, Schätzchen.«

»Was ist tot?« Evelyn sah sie nicht an.

»Na ja, das bedeutet wohl, dass man seine Beine oder seine Flügel nicht mehr bewegt, dass das Blut nicht mehr zirkuliert – sich nicht mehr durch den Körper bewegt –, dass man nicht mehr atmet …«

»Stirbst du mal, Mommy?«

»Ja, aber noch ganz lange nicht.«

»Und Cha-Cha-Pa?«

Lottie wartete einen Moment. »Ja, Daddy auch. Aber noch ganz lange nicht.«

Evelyn weinte ein bisschen. Plötzlich sagte sie: »Ich sterb nicht?«

»Alle Lebewesen sterben.«

»Bin ich ein Lebewesen?«

Lottie nickte.

Matschverschmiert stand Evelyn auf und stampfte auf das Grab. »Du bist gemein!«

»Warum? Was hab ich getan?«

 »Du hast den Vogel gesterbt.«

»Ich habe den Vogel nicht ›gesterbt‹. Ich habe gar nichts getötet. Er hat sich da im Scheibenwischer verfangen. Komm jetzt, wir fahren weiter.«

Aber Evelyn rührte sich nicht von der Stelle. Sie grub die Füße in die nasse Erde und stand untröstlich da, die Augen zu, die Arme seitlich am Körper. Schließlich musste Lottie ihr steifes, dreckiges Kind hochheben und, während es um sich trat, in den Bus tragen.

SECHSTER TEIL

ES SCHNEITE SELBST IN IHREN TRÄUMEN während der sechs Jahre, die sie in Wisconsin lebte. Von ihrer gemieteten Wohnung im Obergeschoss aus pflegte Lottie zu beobachten, wie der dicke Dackel ihrer Vermieterin die freigeschaufelte Eingangstreppe hinuntertrottete. Zwischen den hohen Schneewällen beidseits des Eingangswegs wirkte er in seinem orangeroten Strickpullöverchen wie ein furchtloser Polarforscher, wenn er schnüffelte und scharrte und sich im Kreis drehte und wieder zurückging, ehe er schließlich das Bein hob, um wacklige gelbe Linien in den Schnee zu pissen.

Jeden Werktagmorgen sah Lottie zu, wie Evelyn, angetan mit Gesichtsmaske, Jacke und Leggings in Dunkelblau und dazu knallroten Gummistiefeln, ebenjenen vereisten Weg entlang zum wartenden Schulbus rannte. Vor dem Einsteigen drehte Evelyn sich noch einmal um, blickte zu ihrer Mutter hinauf und winkte ihr ernst und entschlossen.

Bei diesen Minustemperaturen lernte Lottie, ihre Ratten zu anästhesieren, ihnen durch stumpfe Dissektion die Speicheldrüsen zu entfernen, die Wundränder zu adaptieren und mit kleinen Metallklammern zusammenzufügen. Nachdem Lottie eine Ratte verloren hatte, weil deren Temperatur postoperativ stark abgesunken war, nahm sie ein paar warme Pantoffeln, die Evelyn zu klein geworden waren, kleidete sie mit alten Baumwollunterhosen aus, nähte Druckknöpfe so an, dass die Pantoffeln partiell verschließbar waren – wenn ihre Großmutter sie jetzt sehen könnte! –, und band sich diese Mini-Babytragen vor den Bauch. Wenn jetzt ein anästhesiertes Tier Probleme zu haben schien, steckte Lottie es in einen ihrer Pantoffelbeutel – nicht gerade das Standardverfahren. Vermutlich sah sie aus wie ein Känguru mit zwei Babys.

Was ihr schier das Herz zerriss, waren die Momente, wenn sie Evelyn mitten in der Nacht allein lassen musste. Lottie schlich sich dann auf Zehenspitzen hinaus, öffnete die Tür zwischen der oberen und der unteren Wohnung, damit die Vermieterin es hörte, wenn Evelyn rief. Beklommen ging Lottie dann zu Fuß zur Universität, durch stechenden, Schnee vor sich hertreibenden Wind, der klang wie Evelyns Rufen. Ihre Lippen schützte eine halbzentimeterdicke Schicht Lippenpomade, und sie trug einen weißen Parka und ein weißes wollenes Kopftuch, um für eventuelle Autofahrer sichtbar zu sein. So sichtbar wie eine wandernde Schneewehe. Alle acht Stunden, viereinhalb Tage die Woche, betrat sie mit ihrem Schlüssel das Labor, um bei ihren Ratten Vaginalabstriche zu machen. Das Thema ihrer Doktorarbeit: *Haben die Speicheldrüsen eine endokrine Funktion?* Sie lernte, die Ratten mit Zeige- und Mittelfinger und Daumen im Genick zu halten, so wie die Mütter ihre Jungen im Maul trugen. Die Ratten beruhigten sich, und Lottie zog normale Kochsalzlösung in eine stumpfe Pipette auf, drehte das Tier auf den Rücken, führte die Pipette in die Vagina ein, drückte etwas Flüssigkeit hinaus, saugte sie dann samt Zellen wieder ein und brachte sie auf einem Objektträger auf.

Nach einer gewissen Zeit schnurrten die Ratten immer, wenn sie Lottie kommen sahen. Sie liefen ihren Arm entlang, lagen still in ihrer Hand und warteten darauf, auf den Rücken gedreht zu werden.

Obwohl die anderen Studenten frotzelten und Lottie sich in späteren Jahren selbst scherzhaft Dr. Rat Westheimer nannte, nach der bekannten Sexualtherapeutin Dr. Ruth Westheimer, war ihre Methode in der Forschung zu oralen Kontrazeptiva üblich, und es schien, als wäre sie tatsächlich an etwas dran. Denn ohne die Speicheldrüsen verlängerte sich der Brunstzyklus der Ratten. Also mussten die Speicheldrüsen der Ratten etwas produzieren, das den Reproduktionszyklus beeinflusste. Speicheldrüsen, von denen man annahm, dass sie nur Spucke hervorbrachten – konnten die etwas mit Sex zu tun haben? Am Ende, nach vielen Replikationen, hatte sie nichts Definitives gefunden.

Eines Tages hing an einem Anschlagbrett auf dem Campus die Ankündigung, dass Nathaniel Burden einen Abendvortrag für Schauspiel- und Filmstudenten halten werde. Angekündigt als Drehbuchautor und Dozent für Englisch in Berkeley besaß er laut Kurzbiografie einen PhD der University of Iowa, hatte einen Gedichtband mit dem Titel *Die Zähne des Geparden* und einen Roman namens *Treibende Kraft* veröffentlicht sowie zwei Drehbücher geschrieben. Lottie war beeindruckt. Burden sei, so hieß es da, »Anti-Establishment-Schriftsteller, Nonkonformist und unter dreißig«.

Er konnte allenfalls zwei Minuten unter dreißig sein.

Hatte er dieses Highschool-Machwerk geschrieben und in ihren Ausschnitt fallen lassen? Die abgestandene alte Frage.

War ein Mann – nein, ein Junge – nicht unschuldig bis zum Beweis des Gegenteils?

Zudem war Burden eindeutig intelligent und ihr vage vertraut, eine Art dunkles Gegenstück zu Charlie, ein Anti-Charlie. Klar, sie hatte Burden damals kaum bemerkt: ein dürrer, dunkler Junge mit gestelzter Ausdrucksweise und gestelztem Gang. Sie hatte ihn in der Highschool einmal auf einem Spielfeld gesehen, ein feuchtes, neugeborenes Kalb, dem die Beine weggrätschten, sodass es, zack, am Boden lag.

Neugierig (warum nicht?) gab sie ihren trübweißen Parka zur Aufhellung in die Reinigung und engagierte eine Babysitterin. Am Abend des Vortrags trug sie den Parka über einem grünen Rock mit dazu passendem Twinset – *farngrün*, stand auf dem Etikett, das erinnerte sie an Trixie McKloskey, die Labortechnikerin, und deren Versuche, sich einen dicken Fisch zu angeln. Ein paar filigrane Jadeohrringe, die ihrer Großmutter gehört hatten, baumelten an ihren Ohren, als Lottie die paar Blocks zum Schauspiel-Gebäude ging. Es fing wieder an zu schneien.

Eine kleine Schar Interessierter war erschienen und verteilte sich großzügig im Hörsaal: Jungen mit gebleichtem Haar und Lederjacken, Mädchen ohne Lippenstift, mit weißem Lidschatten und Glitzer im Gesicht. Ein schwarzes Mädchen mit einem feurigen Afro trug lange, dreieckige Kristallohrhänger, auf die in Schwarz SNCC gestempelt war. Eine vollbusige, glatthaarige Blonde in einem tief ausgeschnittenen T-Shirt hatte mit violettem Nagellack RAUS AUS NAM quer über die Dünen ihrer Brüste gemalt.

Lottie hatte nicht das Gefühl, jemanden von diesen Studierenden schon mal gesehen zu haben. Sie kümmerte sich um ihre Tochter, machte ihre Rattenexperimente, ging in Lehrveranstaltungen und betreute ihre Übungsgruppen, für alles, was sonst noch auf dem riesigen Campus passierte, war sie schneeblind.

Ein schmaler junger Mann mit einem schwarzen Vollbart und einer randlosen Brille betrat das Podium und stellte sich als Vorsitzender der Schauspielstudentenvereinigung vor. Er sprach ein paar einführende Worte zu Nathaniel Burden, las ein paar Zeilen aus dessen Büchern vor und fügte hinzu, dass Burden sich auf vielen Antikriegs-Teach-ins engagiere. Das spärliche Publikum applaudierte, und Nathaniel hievte sein langes Selbst auf die Bühne und erhob Zeige- und Mittelfinger zum V-förmigen Friedenszeichen.

Er trug einen schwarzen Rollkragenpullover, lose schwarze Hosen und schwarze Lederboots. Er hatte mehr Körpermasse oder Muskeln, als sie in Erinnerung hatte, war aber immer noch schlank, wie er da groß und dunkel und selbstsicher stand und den Zuhörern für ihr Kommen dankte. »Es gibt täglich mehr von uns Spinnern und Freaks – wir bekehren die Leute in wundersamem Tempo –, und wir werden diesen verdammten Kriegstreiber aus dem Amt jagen!«

Das Publikum applaudierte wie wild und skandierte: »Raus aus Nam! Raus aus Nam!«

Die schwarze Studentin mit dem Afro stand auf, reckte die Faust und rief: »Alle Macht dem Volk!«

Nathaniel erwiderte ihre kämpferische Faustgeste. »Es tut gut, in einem freundlich gesinnten Teil vom Herzen Amerikas zu sein«, überbrüllte er die Stimmen und den Beifall per Mikrofon.

Lottie empfand den ganzen Lärm als abstoßend und war froh, dass Evelyn wohlbehütet zu Hause war.

Als die Studierenden schrien und trampelten, hatte Lottie die Vision, dass das Gebäude um sie herum explodierte und sie alle blutend, benommen und verloren im fallenden Schnee standen.

Die Leute beruhigten sich allmählich, nachdem Burden mit erhobenen Armen mehrfach darum gebeten hatte. Ein säuerlich dreinblickender Hausmeister rollte eine Tafel zu Nathaniel, der unverzüglich ein großes Friedenszeichen draufmalte. »General Westmoreland nennt unser Zeichen einen ›Hühnerfuß‹!«

Die Studenten höhnten und buhten. Einige wenige skandierten, »Nieder mit Westy! Nieder mit Westy!«, und andere riefen »Wir gehen nicht hin! Wir gehen nicht hin!«.

Der Hausmeister zog, ohne den Redner oder die Zuhörer anzusehen, die an der Decke befestigte Rollo-Leinwand herunter und schlurfte von der Bühne.

Die Lichter wurden herabgedimmt, und noch ehe im Saal wirklich Ruhe eingekehrt war, begann Nathaniel mit der Vorführung eines Films, zu dem er das Drehbuch geschrieben hatte: Ein junges Paar ging durch den Wald, am Himmel flogen Vögel in V-Formation, Fasane wurden aus dem Gebüsch aufgeschreckt, ein intelligent aussehender Fuchs beobachtete die beiden von einer Wiese aus.

Margaret, härmst du dich über
Goldenhain, der sich entblättert?

rezitierte eine weibliche Stimme.

Eine männliche Stimme sagte,

Geladen ist die Welt mit Gottes Herrlichkeit
Ausflammen wird sie wie Glast von gerütteltem Flitter.

Lottie war zufrieden mit sich, weil sie erkannte, dass die Verse von Gerard Manley Hopkins waren, aber es erstaunte sie, dass Burden ausgerechnet einen mystischen Priester zitierte. Und es verblüffte sie auch, dass der Film so viel mit Natur zu tun hatte. Während sie zusah, wie sich die Blätter der Bäume im Film verfärbten, musste sie sich verlegen eingestehen, dass sie irgendwie erwartet hatte, Burden hätte etwas über *sie* geschrieben. Aber das Paar war ein allgemeines Beispiel, und der Film endete unerwartet mit einem Mord. Lottie war enttäuscht und verwirrt.

Der Vorsitzende der Schauspielstudentenvereinigung verkündete, Nathaniel Burden habe sich netterweise bereiterklärt, noch für Fragen zur Verfügung zu stehen.

Lottie, die eine fünfzehnjährige Babysitterin ablösen musste, stand widerstrebend auf (sie hatte gehofft, noch ein paar Worte mit Burden wechseln zu können, aber nun ja, vielleicht war es ja besser so) und ging durch den Mittelgang zum hinteren Hörsaalausgang. Burden beantwortete gerade die Frage eines Studenten, doch plötzlich rief er: »Lottie? Lottie Kristin? Bist du das?« Sie drehte sich um. Er winkte, bedeutete ihr, nach vorn zu kommen. Sie errötete.

»Ja? Du bist's? Lottie Kristin? Ich hör dich nicht dahinten.«

»Ja!«, sagte sie laut. »Ich bin's.«

»Geh nicht! Bitte, warte!«

Die anderen Studierenden musterten Lottie neugierig

und – so vermutete sie – neidisch. Sie setzte sich hinten im Saal wieder hin, verlegen und geschmeichelt und froh, dass sie das farngrüne Ensemble trug. Und den Parka hatte reinigen lassen. Nathaniel ließ noch eine weitere Frage zu und erklärte dann die Veranstaltung für beendet. Eine wartende Gruppe, zu der auch der Vorsitzende der Schauspielstudentenvereinigung gehörte, gar nicht beachtend, kam er den Mittelgang entlang.

»Wie schön, dass du gekommen bist! Ich hatte ja keine Ahnung, dass du hier bist! Was machst du hier? Können wir noch was trinken gehen?« Er fasste ihre beiden Hände.

»Ich kann nicht. Ich hab der Mutter der Babysitterin versprochen, dass ich um halb elf zu Hause bin.«

»Du hast ein Kind?« Er schien enttäuscht. »Ich hatte gehört, du lebst getrennt.«

»Tu ich auch.«

»Klar, warum solltest du kein Kind haben? Was bin ich dumm!«

»Ich habe eine neunjährige Tochter.«

»Eine Tochter! Ein Mädchen! Kann ich sie kennenlernen?«

Lottie lachte. Er schien so froh, sie zu sehen, dass sie selbst offener und herzlicher wurde. »Evelyn schläft, hoffe ich jedenfalls. Möchtest du noch auf einen Drink mit zu mir kommen?«

»Und ob!«

»Sorry, Leute, ich hab Feierabend.« Burden lächelte den Studierenden zu, die ihm durch den Mittelgang gefolgt waren – und ihm jetzt zum Teil Bücher zum Signieren hinstreckten –, und half Lottie in den Parka. Lottie überkam der Impuls, die Bücher selbst zu signieren, als Nathaniel sie zur Tür hinausdirigierte.

 Draußen herrschte dichtes Schneetreiben. Ein Dreiviertelmond beleuchtete den fliegenden Schnee und ließ den aufgehäuften alten Schnee glitzern, als wäre er mit Glimmer durchsetzt. Einzelne Studenten bewegten sich in einem Labyrinth von freigeschaufelten schmalen Pfaden über den Campus. Lottie und Nathaniel gingen mitten auf den gepflügten Straßen. Er hielt sie am Ellbogen, und weiße Atemwölkchen erschienen, vermengten sich und lösten sich wieder auf, während sie miteinander redeten.

Nachdem sie die Babysitterin bezahlt und hinausgelassen hatte, wandte sie sich wieder Nathaniel zu, der ein großes Poster im Flur betrachtete. Darauf war eine maskierte Frau mit hochgestützten Brüsten im tiefen Dekolletee eines schwarzen Kleids.

»Daran erinnere ich mich. Das Poster hattest du doch schon im College, oder? Gefällt mir.«

Lottie fühlte sich geschmeichelt, obwohl sie sich nicht erinnern konnte, dass er auch nur ein einziges Mal in ihrem Zimmer gewesen wäre.

»Ich hatte was mit einem Mädchen auf deinem Stockwerk«, sagte er, als läse er ihre Gedanken. »Deine Tür war offen, und ich hab reingeschaut.«

»Mit wem? Wer war das Mädchen?«

»Weiß ich nicht mehr. Wahrscheinlich war ich sowieso nur einmal mit ihr aus.« Nathaniel setzte hinzu: »Sachen, die mit *dir* zusammenhängen, weiß ich noch.«

Lottie dachte an das Gedicht. Hatte er es geschrieben? Vielleicht hatte er ja damals in der Highschool für sie geschwärmt. Jungen, die in Mädchen verknallt waren, hatten manchmal an deren Zöpfen gezogen oder von hinten durch den Pullover die BH-Träger schnappen lassen. Pubertäres Zeug eben, aber Burden war eigentlich nie einer von den beliebten, sich als welterfahren aufspielenden Jungen gewesen. Wobei das Gedicht ja schon welterfahrenes Getue war. Wenn er in sie verknallt gewesen war, machte es das weniger schlimm, wenn er das Gedicht verfasst hatte? Rüpelig und dämlich, ja, aber nicht unbedingt boshaft?

Er hatte von der Bühne aus ihren Namen gerufen, sie fast schon bekniet zu warten. Es hatte ihr ein Gefühl der Wichtigkeit gegeben. Lottie errötete. »Willst du wirklich meine Tochter sehen?«

»Sie ist doch *dein* Kind.«

Wann war sie vor diesem Abend das letzte Mal rot geworden?

Sie führte Nathaniel durch den Flur, vorbei an der kleinen Küche, wo sich dreckiges Geschirr in grauem Wasser in der Spüle stapelte, vorbei am Wohnzimmer mit den abgewetzten Sitzmöbeln und ins dunkle Schlafzimmer. Sie nahm die Taschenlampe von Evelyns Nachttisch und beleuchtete damit ihre schlafende Tochter, deren Haar auf dem Kissen ausgebreitet war.

Nathaniel flüsterte: »Das ist Eppie, als Silas Marner sie zum ersten Mal schlafend vor seinem Kamin erblickt.«

Lottie lächelte glücklich und verkniff sich ein *»Sie heißt Evvie, nicht Eppie.«* Weil das Angeberei gewesen wäre. Sie erinnerte sich gut an das Buch, das sie in der Neunten hatten lesen müssen.

»Es ist Rumpelstilzchens Kammer voll Gold.«

»Übertreib's nicht«, sagte Lottie lachend.

Sie führte ihn in die Küche und öffnete eine Flasche billigen Weißwein.

»Entschuldige die Unordnung.« Sie fischte in dem dreckigen Spülwasser und förderte zwei Gläser zutage.

»Du solltest mal meine Wohnung sehen«, sagte Nathaniel fröhlich glucksend.

Sie spülte die Gläser und trocknete sie ab, erstaunt, wie gelöst sie sich fühlte. Sie legte einen zwei Tage alten Laib Graubrot und ein großes Stück extrascharfen Cheddar auf ein Schneidebrett, das er ins Wohnzimmer trug. Sie folgte ihm mit Tellern und Papierservietten.

Er machte eine ausholende Armbewegung, die das Sofa, auf dem er saß, die beiden dicken Polstersessel und mehrere Sitzkissen mit einem Wildwuchs von Zeitungen, Wissenschaftszeitschriften und Kinderbüchern einschloss. »Nettes Zimmer.«

»Du stehst auf Original-Heilsarmee-Stücke?«

»Na ja, es ist gemütlich, so einladend.« Er deutete auf ein Stickbild an der Wand. »*Das* ist ja schön.« Es zeigte ein norwegisches Dorf: eine kleine silberne Kirche, eine rote Backsteinschule, ein paar braune, graue und rosa Häuser, Wiesen in verschiedenen Grüntönen, das Ganze an einem graublauen Fjord.

»Das hat meine Großmutter gemacht. Du sagst heute Abend all die richtigen Sachen.« Sie lachte. »Du hast nicht gesagt, ob *du* verheiratet bist.«

»Komm, setz dich neben mich.«

»Beantworte zuerst meine Frage.«

Er lachte. »Ich denke darüber nach, es nicht mehr zu sein. Ich habe vor zwei Jahren eine Studentin von mir geheiratet. Keine besonders gute Studentin leider.« Er legte die Stirn in Falten und krümmte die Schultern, schaffte es, gleichzeitig traurig und clownesk auszusehen.

»Oh. Tut mir leid.« Sie konnte sich Nathaniel nicht in einer Ehe mit einer mittelmäßigen Studentin vorstellen.

»Braucht dir nicht leidzutun. Wir werden beide wieder heiraten. Ich glaube, weder sie noch ich werden uns lange an die ganze Sache erinnern. Aber behalt es für dich. Ich hab's ihr noch nicht gesagt.« Er lächelte breit. »Setzt du dich jetzt zu mir? Ich hab dir ehrlich geantwortet.«

Sie setzte sich ein Polsterkissen weiter hin.

Er hielt die Weinflasche ins Lampenlicht und studierte das Etikett. Er goss sich ein bisschen Wein ein, kostete und fuhr sich dann mit der Zunge über die Lippen. »Der ist ganz gut.«

»Was redest du? Er ist fürchterlich.«

Er grinste. »Na ja, ich bin einfach so froh, dich zu sehen.«

»Du klingst überhaupt nicht mehr wie du. Du warst immer so reserviert, sogar arrogant. Jetzt bist du geradezu überschwänglich.«

»Veränderung allerorten. Du hast auch nicht grade viel geredet, jedenfalls nicht mit mir. Von der Highschool hab ich dich als unnahbar in Erinnerung – und in Michigan hab ich dich kaum je gesehen. Tatsache ist, es freut mich total, dass du nicht den Rest deines Lebens mit diesem Sportidioten verbringst.«

Lottie wurde wieder rot. Es freute sie, dass er über Charlie herzog, von dem schon seit Monaten kein Cent für Evelyn gekommen war, obwohl sie ihm mehrmals geschrieben hatte.

»Wie kam's, dass ihr den Knoten durchschlagen habt?«

Sie brauchte einen Moment, um zu verstehen, was er meinte. »Ich möchte nicht über Charlie reden«, sagte sie.

»Yeah, okay, er war ein Arschloch.«

Plötzlich machte es sie unsicher, neben ihm auf dem Sofa zu sitzen, nicht zufrieden mit seiner Charlie-Charakterisierung. Aber auch nicht unzufrieden.

»War nicht so gemeint.«

»War es wohl.«

»Na ja, ich hab mich eben immer für dich interessiert.«

Nathaniel goss sich Wein nach; ihr Glas war noch voll. Er zog einen Wildlederbeutel und eine kunstvoll geschnitzte schwarze Holzpfeife aus der Hosentasche.

»Magst du ein bisschen Hasch mit mir rauchen?«

Sie schüttelte den Kopf. »Das eine Mal, dass ich«, sie hielt inne und beschloss, locker und familiär zu klingen statt technisch-sachlich, »das eine Mal, dass ich Pot geraucht habe, bin ich eingeschlafen.«

»Macht's dir was aus, wenn ich's tu?«

Sie zögerte. »Das ist hier keine Opiumhöhle. Wird meine Tochter morgen früh den Geruch bemerken?«

»Nur, wenn sie's selbst schon geraucht hat.« Er stopfte die Pfeife und presste das Hasch mit den Fingern in den Pfeifenkopf. »Und wir können ja notfalls die Fenster aufmachen.« Er grinste.

Sie verzog das Gesicht. »Die Heizung kostet mein Geld.« Dann sagte sie: »Wow, das ist ja eine hübsche Pfeife.«

Er gab sie ihr. Das Holz fühlte sich schön glatt an. Sie hielt die Pfeife ins Licht. Zwei ineinander verschlungene Schlangen bildeten den Stiel. Am Kopf waren zwei Geierköpfe und dazwischen, das Rund bildend, zwei Eidechsen, eine auf der anderen, und zwei Affen, die sich gegenseitig die Genitalien leckten. (Vielleicht würde sich der Schnitzer für Lotties Experimente interessieren?)

Sie gab ihm die Pfeife zurück. »Wieso machen die Geier nichts?«

»Die schauen zu, nach Geierart.«

Sie lachte.

Er leerte sein Glas – sie füllte es ihm wieder – und zündete sich die Pfeife an. Lottie roch Phosphor, dann den würzigen Geruch von Haschisch.

»Rauchst du viel davon?«, fragte sie.

»Ich konsumiere Drogen wie ein Drehbuchschreiber und trinke wie ein Poet.« Er rückte auf dem Sofa näher an sie heran. »Ich meine die amerikanische Sorte – Berryman, Lowell, Delmore Schwartz. Ist es okay, wenn ich den Arm um dich lege?«

»Ich weiß nicht. Ich weiß ja gar nicht, was für ein Mensch du bist.«

»Ach nein?«

Sie verkniff es sich zu sagen: »Warum packst du nicht einfach die Wahrheit auf den Tisch?« Stattdessen sagte sie: »Vielleicht solltest du mir was über dich erzählen.«

»Tja, ein Kritiker erklärte in einer Rezension meines Romans *Treibende Kraft:* ›Wenn du ein Buch schreibst, sagt es etwas über dich und deinen Charakter, und du bist der Einzige, der nicht weiß, was es sagt‹.«

»Was sagt das Buch denn laut dem Kritiker über dich?«

»Dass ich eine brutale Schreibe habe und ein widerlicher, gefühlloser Kotzbrocken bin.« Nathaniel grinste oder zog eine Grimasse, genau konnte Lottie es nicht sagen.

»Stimmt das?«

»Dass ich eine brutale Schreibe habe? Ja. Jedenfalls versuche ich, knappe, dichte Sätze zu schreiben, die den Leser treffen wie Peitschenhiebe.«

»Ich meine, stimmt das, was er über deinen Charakter sagt? Über dich als Person? Bist du ein widerlicher, gefühlloser Kotzbrocken?«

 »Der Typ kennt mich ja gar nicht. Er ist mir nie begegnet.

Welches Recht hat ein Kritiker, jemandes Charakter runterzumachen? Ich würde es dir doch nicht erzählen, wenn ich es für wahr hielte. Es ist Verleumdung. Aber eine interessante Verleumdung.«

Sie sah ihm ins Gesicht und sagte: »Hast du dieses Gedicht geschrieben?«

»Welches Gedicht? Die Gedichte in dem Film? Ich wollte, die wären von mir.«

Sie schüttelte den Kopf. »Ich weiß, dass die von Hopkins waren.«

»Du warst immer schon ein Schlaumeierchen. Also, welches Gedicht meinst du dann?«

»Es gab da so ein Gedicht auf der Highschool, eine obszöne Version eines Keats-Gedichts. Dachtest du an Keats, als du amerikanische Dichter erwähnt hast?«

»Er ist kein amerikanischer Dichter.« Er kehrte die Handflächen nach oben und zuckte die Achseln.

»Das weiß ich«, sagte sie verärgert.

War er defensiv? Lottie wünschte, das Licht wäre heller, damit sie sein Gesicht besser sehen könnte. »Das Gedicht, von dem ich spreche – es war über Charlie und mich. Jemand hatte es getippt und zusammengefaltet und hat es mir dann vorn in die Bluse fallen lassen.«

»Beneidenswertes Gedicht.« Er schüttelte den Kopf. »Es muss ja der Hammer gewesen sein, wenn du dich nach all den Jahren noch dran erinnerst.«

»Es ging um Ficken und Knabbern. Du warst der Einzige, der Grips genug hatte, um es zu schreiben.«

»Ich fühle mich geehrt. Aber wenn es auch nicht unter meiner Würde ist, einem Mädchen ein paar Verse zuzustecken, bin ich doch kein Pornograf.«

Sie stellte sich vor, dass sie die Taschenlampe aus Evelyns Zimmer holte und ihm damit voll ins Gesicht leuchtete. Würde er den Kopf einziehen und sich unter seiner Jacke verstecken, als fotografierte man ihn auf der Treppe des Gerichtsgebäudes?

»Lottie, ich weiß davon rein gar nichts. Es tut mir echt leid, dass du so ein abscheuliches Erlebnis hattest.« Er legte ihr die Hand auf die Schulter.

»Es war fies und hat mich verletzt, weil ich noch so jung war. Ich dachte immer, du hättest es geschrieben.« Ihr kamen die Tränen, ohne dass sie wusste warum, und sie wischte sie mit der Papierserviette weg.

»Das Gedicht muss ja voll reingehauen haben.«

Die Tränen flossen immer noch. »Jetzt erscheint es mir einfach nur blöd und mies. Aber damals war ich so ungeschützt.«

Nathaniel legte die Arme um sie. Er war ungefähr so groß wie Charlie, aber schlanker, weniger muskulös. Er hob ihr Haar an und küsste ihren Nacken über dem Halsbündchen. Sie schmiegte das Gesicht in seinen Pullover. Sie weinte, warum auch immer. Er küsste sie sachte und nahm ihr Gesicht zwischen seine Hände.

»Es tut mir leid, dass du das durchmachen musstest.« Er berührte die Tränen auf ihrem Gesicht. Fuhr mit den feuchten Fingern über ihre Kinnpartie, ihren Hals hinab zum Pulli-Ausschnitt.

Er küsste sie wieder.

Sie küsste ihn zurück.

»Arme Lottie«, sagte er. Er leckte sich die Finger ab.

Sein Mitleid mit ihrem jungen Selbst rührte sie. Sie sehnte sich so danach, von jemandem in den Armen gehalten zu werden, den sie kannte. Sie setzte sich über ein vages Misstrauen hinweg und lehnte sich an ihn.

»Du Liebe.« Er drückte sie an sich, schob dann sachte ihren Kopf zurück und küsste sie mit Inbrunst.

Sie erwiderte seinen Kuss ebenso traurig wie leidenschaftlich.

Er küsste ihren Hals, und dann küsste er durch den Pulli ihre Brüste. »Ist das okay?«, fragte er. Er schob die Hände hinten unter ihren Pulli und machte sich an der Schließe ihres BHs zu schaffen.

»Ich weiß nicht«, sagte sie wieder. Er schaffte es, ihren BH zu öffnen, und sie sank in die Sofapolster, obwohl ihre Tränen immer noch flossen. »Ich weiß nicht.« Er zog ihr den Pulli über den Kopf.

Hätten wir Welt genug und Zeit,
wär deine Scheu mir keine Schändlichkeit.

Nathaniel flüsterte ihr die Verse heiser ins Ohr, während er ihr aus dem BH half, ihr dann den Rock hinunterzog und gleichzeitig seinen Hosenreißverschluss zu öffnen versuchte.

Die Liebe mag der Pflanze gleich
träg wachsen weiter als ein Kaiserreich
und hundert Jahre gäb ich gern
fürs Lob der Augen, deiner Stirn …

»Ich bin nicht scheu«, sagte sie. »Bin ich nicht. Du machst zu schnell.« Waren diese Verse von Keats? Waren sie von Burden? Sie atmete seinen heißen, verbrannt riechenden Atem ein. Sie hatte die Augen jetzt offen und sah die knochigen Schrägen seiner Schultern, sein dunkles Haar und eine sich anbahnende, etwa vierteldollargroße kahle Stelle auf seinem Oberkopf.

Zweihundert Jahre sei die Frist
bis jede Brust gepriesen ist
und dreißigtausend für den Rest …

»Du bist schon so lange in meinen Fantasien«, sagte er keuchend. Er schob seine langen Finger zwischen ihre Beine. Drei Dinge registrierte sie gleichzeitig: dass seine Hände kalt waren, dass er ihr, obwohl sie ihn seit Beginn der Highschool »kannte«, eine unbekannte Größe war, eine Black Box, und dass da plötzlich im Durchgang zum Wohnzimmer etwas hell schimmerte – war das Evelyn mit ihrem Blondhaar und ihrem weißen Nachthemd? Dann war es weg.

Sie setzte sich jäh auf und griff nach ihrem Pulli. Zog ihn sich über den nackten Oberkörper.

»Was ist?«, flüsterte er und öffnete dabei seine Gürtelschnalle.

Sie zischte: »Da ist meine Tochter! Zieh dich an!«

Er sah sich um. »Hier ist niemand.«

Lottie zog ihren Rock hoch, schnappte sich den BH vom Boden und versteckte ihn unter einem Sofapolster. Sie rannte in Evelyns Zimmer. Ihre Brustwarzen unter dem Pulli waren steif.

Ihre Tochter lag im Bett, auf dem Rücken. Ihr Atem ging schnell und flach, und sie hatte die Augen fest zu.

 Lottie richtete die Taschenlampe aufs Bett, ans Kopfteil,

dann neben Evelyns Gesicht aufs Kopfkissen. »Evelyn?«, flüsterte sie.

Das Kind rührte sich nicht, schien nur die Augen fester zuzukneifen, als der Lichtstrahl sich ihnen näherte.

»Komm schon, Ev, schläfst du? Lüg mich nicht an.« Lottie sprach leise, besorgt und genervt zugleich.

Was hatte Lottie gesehen, wenn nicht Evelyn? Was hatte Evelyn gesehen? Sie hatte den Impuls, ihre Tochter wach zu rütteln.

Im Wohnzimmer saß Nathaniel auf dem Sofa, in dunklen Shorts und mit einer Erektion. »Gehen wir ins Schlafzimmer. Deine Schlafzimmertür kannst du doch abschließen, oder?«

Lottie zitterte. »Du musst gehen!«, flüsterte sie. »Zieh dich an, aber schnell. Es war ein großer Fehler von mir, dich hierher mitzunehmen, wenn meine Tochter im Haus ist.«

»Wovon redest du? Ich soll gehen? Mich anziehen? Was glaubst du, wen du vor dir hast?«

»Psst! Ich bin sicher, dass meine Tochter uns gesehen hat.«

»Ich hab niemanden gesehen.« Er dämpfte seine Stimme nicht.

»Du hattest den Rücken zur Tür.«

»Tja, blöd, wenn sie uns gesehen hat, aber was geschehen ist, ist geschehen, da kann man nichts machen.« Er zeigte auf seine Erektion. »*Dagegen* können wir was machen.«

»Das ist jetzt nicht der Moment für Witze. Zieh dich einfach an und geh.«

»Wer macht denn Witze? Ich warte seit tausend Jahren.« Er sprang sie an, und sie landeten mit einem dumpfen Geräusch am Boden, Nathaniel auf ihr.

»Au, mein Rücken!« Halb schrie sie und halb flüsterte sie. Was tat er da? Sie bekam es plötzlich mit der Angst. »Nathaniel, hör sofort auf damit! Lass den Scheiß!«

Er zog an ihrer Unterhose, schob die Finger zwischen ihre Schamlippen, versuchte, sie offen zu halten und seinen Penis in sie hinein zu rammen.

»Runter von mir! Was ist in dich gefahren? Meine Tochter kann jeden Moment reinkommen!« Sie versuchte, ihm geräuschlos ins Gesicht zu schlagen.

Er stieß ihren Kopf auf den harten Boden. Sie spürte einen scharfen, heißen Schmerz im Genick, als wäre ein Blutgefäß geplatzt. Das konnte doch nicht wirklich geschehen. Sie biss ihn in den Arm, und er knallte ihren Kopf wieder auf den Boden, und es wurde dunkler im Zimmer, und sie lag ganz still. Sie fühlte ihr Herz in ihrer Brust beben. Was würde er mit ihr machen? Würde er ihren Kopf wieder auf den Boden knallen? Würde sie das Bewusstsein verlieren?

Als sein Penis in sie hineinglitt, stieß er stöhnend etwas hervor. Es klang wie »Endlich« oder »Endlich drin!« Sie glaubte »Meine Prinzessin« gehört zu haben, aber vielleicht hatte sie sich auch verhört. Er pumpte, vor und zurück, vor und zurück, und drückte ihre Schultern mit einem Arm nach unten, während sie sich unter ihm wand und sich loszumachen versuchte.

Er hob ihren Pulli an, stülpte ihn ihr übers Gesicht, biss an ihren Brüsten herum und stöhnte.

Passierte das wirklich ihr?

»Du tust mir weh, Herrgott! Runter! Meine Tochter …«

»Wie könnte ich dir wehtun, du feuchtes Ding …«, singsangte er im Rhythmus seiner Stöße. »Du überströmend nasses …«

»Komm nicht in mir, hörst du?«

»Du rattenscharfe, heiße Lottie, du!« Er hatte jetzt ihre Brust im Mund und schien sie verschlingen zu wollen.

»Bitte, bitte, komm nicht in mir …« Sie sah ihn durch das Maschengewebe ihres Pullis.

Sein Atem wurde langsamer, sein Pumpen ebenfalls. Er zog ihr den Pulli ganz aus und warf ihn durchs Zimmer, glitt langsam aus ihr heraus, kniete rittlings über ihr. Sein erigierter dunkler Penis tropfte, seine Eier saßen auf ihren Brüsten auf.

»Bist du gekommen?«, flüsterte sie. »Oh Gott, bist du gekommen?« Sie hatte Angst, gleich zu schreien.

»Das ist *dein* Saft, nicht meiner.«

»Sicher?«

»Siehst du nicht meinen Schwanz?« Er bewegte sich so, dass sein Penis dicht vor ihrem Gesicht war.

»Aber Männer erschlaffen nicht immer sofort.«

»Was für ›Männer‹? Meinst du Superschmock?«

Warum gehst du nicht hin und fickst *ihn,* wollte sie schreien. »Ich meine, die Detumeszenz kann ein paar Minuten dauern.« Sie kam sich lächerlich vor, als sagte sie in einer Lehrveranstaltung etwas auf. Sie wollte in einer Lehrveranstaltung sein und etwas aufsagen. Wie konnte sie ihn loswerden? Schreien konnte sie nicht, denn dann käme Evelyn an, und was könnte Evelyn schon machen? Vielleicht würde er Evelyn sogar etwas tun. Dieser Gedanke versetzte sie in Panik. Vielleicht würde er Evelyn vergewaltigen, wenn er mit ihr fertig war. Sie wollte sagen, *Mach mit mir, was du willst, aber lass meine Tochter in Ruhe*. Nein, nein. Sie durfte nichts sagen, durfte ihr Tochter nicht erwähnen. Sie versuchte, streng zu klingen, befehlend, autoritär. »Los jetzt, weg da.« Sie konnte kaum den Kopf bewegen, er drückte ihre Stirn eisern nieder.

»Detumesziere du mich doch.«

»Wovon sprichst du?«

Er packte ihre Hände, hielt sie über ihrem Kopf am Boden fest und streifte dann mit seinem Penis über ihre Stirn, Nase und Lippen.

»Nimm das Ding weg! Bist du verrückt?«

»Ich bin rücksichtsvoll: Du willst doch nicht, dass ich in dir komme.«

»Hier ist ein Kind im Haus!«

»Sie schläft. Und wenn sie uns bei der Liebe sähe? Ist doch besser als die Leichensäcke im Fernsehen.«

»Liebe? Du nennst das Liebe?«

Er versuchte, ihr seinen Penis in den Mund zu schieben, aber sie biss die Zähne aufeinander und drehte den Kopf weg. »Melk mich, melk mich«, flüsterte er. »Lass mich dir Milch und Honig sein, Süße.«

»Runter von mir, du Arsch!« Sie rammte ihm die Knie in den Hintern.

Er ohrfeigte sie heftig. »Mach jetzt, hörst du?« Er zog einen ihrer Arme herab und bog ihn ihr hinter den Rücken.

»Hör auf! Du brichst mir den Arm!«

Er bog ihren Arm noch weiter hoch. Kurz sackte das Zimmer weg. Vielleicht würde sie wirklich bewusstlos werden. Was würde dann mit ihr passieren? Was würde mit Evelyn passieren?

»Spiel jetzt auf meiner Flöte.«

»Das meinst du nicht ernst!«

Er ruckte noch einmal an ihrem Arm.

 »Ich kann dir keinen blasen, wenn ich ohnmächtig bin«,

flüsterte sie. Sie rappelte sich auf die Knie hoch und nahm seinen Penis in den Mund. Er schob ihn ihr tief in den Rachen, und sie würgte.

»Sorry«, sagte er. »So besser?« Er bewegte sich ein paarmal sachter vor und zurück. »Weißt du, ich will das ganz genau sehen. Schließlich hab ich so viel an dich gedacht.«

Er lockerte den Griff um ihren Arm ein bisschen – »So« –, setzte sich aufs Sofa, zog sie am Kopf hoch, führte ihren Kopf zwischen seine Beine.

»Jetzt leg los, Lottielein. Gescheites kleines Lottielein. Mach den Mund auf. Mach ihn schön weit auf für den lieben Nathaniel. Ich schieße dir meine Ladung gradewegs bis ins Gehirn! In dein bezauberndes Gehirn!« Er stieß ihr seinen Schwanz wieder so tief in den Rachen, dass sie husten musste. Ihr war schlecht, und sie befürchtete, dass sie erbrechen und ersticken würde, wenngleich nicht einmal diese Angst sie von dem Schmerz in ihrem Arm ablenken konnte. Er stöhnte rhythmisch und bearbeitete mit der freien Hand ihre Brustwarzen. »Aaah, Lottie. Ah, du herrliche Fotze, du!« Als ihr die heiße Flüssigkeit in Mund und Kehle schoss, ließ er ihren Arm los. Im Zurückweichen griff sie sich das Brotmesser vom Couchtisch, drehte sich dann zu ihm und spuckte ihm sein Sperma voll ins Gesicht.

Er öffnete verdutzt die Augen.

»Ich schwöre bei Gott, ich steche zu, wenn du näher kommst!« Schlotternd und hustend hielt sie das Messer vor sich.

Er berührte mit dem Zeigefinger seine nasse Wange. Dann zog er seine Shorts hoch und wollte sich auf sie stürzen. Sie schwang die Klinge nach seinem Arm, dann nach seiner Kehle. Er riss den Kopf zurück, versuchte dann, seinen Hals zu sehen. Ein bisschen Blut lief seinen weißen Ellbogen hinab.

Lotties Zähne klapperten. Sie versuchte ebenfalls, seinen Hals im Schatten seines Kinns genauer zu erkennen.

Er sah sie an, als hätte sie ihn verraten.

»Ich hab dich verfehlt. Das da ist nur ein Kratzer. Halt still, dann hört es auf zu bluten.« Sie bückte sich, ohne ihn aus den Augen zu lassen, hob ein paar Papierservietten vom Boden auf – die Teller und Servietten waren bei ihrem Kampf heruntergefallen – und warf sie ihm zu.

Sie sah das Messer in ihrer Hand zittern.

»Du bist ja total irre!« Er presste die Papierservietten auf seinen Ellbogen und an seinen Hals, aber das Bluten an seinem Arm hörte nicht auf.

»Raus hier! Du verblutest schon nicht. Mach, dass du rauskommst, bevor ich dich töte!«

Er zog sein Unterhemd aus und versuchte, es um seinen Arm zu binden. Mit einer Hand konnte er keinen Knoten machen.

»Ich bring dich um, du unkoordiniertes Arschloch«, zischte sie, immer noch schaudernd.

Er hob das Kinn – sie glaubte, da eine dunkle Perle zu sehen –, befühlte seine Kehle und musterte dann seine Finger. »Mein Hals, mein Hals!« Wie ein verängstigtes Kind reckte er ihr seinen Hals hin, das Unterhemd über den ausgestreckten Händen wie eine Gabe. Er sagte beschwichtigend: »Hör mal, lass uns den Abend noch mal neu anfangen. Vielleicht hab ich ja zu viel getrunken, zu viel geraucht …«

»Du Schwein, nimm deinen Pullover und deine Hose und verzieh dich!« Das Messer noch immer in der Hand hob sie seinen Pullover vom Boden auf und warf ihn ihm zu.

»Immer mit der Ruhe. Hey, ich bin's, der gute alte Nathaniel! Mein Verstand hat ausgesetzt. Aber mir mein eigenes Sperma ins Gesicht zu spucken ist auch nicht gerade nett. Vielleicht haben wir uns ja beide etwas vergessen.« Er wollte nach dem Messer greifen, und sie schwang die Klinge vor ihm durch die Luft. Er zuckte zurück.

Als er den Rollkragenpullover über den Kopf zog, glaubte sie ihn sagen zu hören: »Die Art der Gnade weiß von keinem Zwang.« Aber das konnte nicht sein.

»Kommst du mir mit Scheiß-Zitaten?« Lottie bewegte sich langsam auf ihn zu, das Messer eine Unterarmlänge vor sich. Es durch die Luft schwingend, trieb sie ihn aus dem Wohnzimmer, durch den Gang, durch die Küche.

Als sie ihn an der Haustür hatte, sagte er: »Es ist kalt da draußen. Kann ich bei dir übernachten, für vergangene Dienste? Ich friere mir ja die Eier ab ...«

»Erzähl mir nichts von deinen Eiern ...« Sie senkte das Messer von Herz- auf Genitalhöhe. *Schnitt nicht der Matador nach dem Kampf dem Stier die Hoden ab und warf sie in die Menge?*

Langsam und vorsichtig wandte Burden ihr den Rücken zu, entriegelte die Tür und öffnete sie. Ein kalter Wind blies Schnee in den Flur. Er fröstelte, drehte sich um und sah sie halb komödiantisch, halb flehend an. »Wie kriege ich jetzt ein Taxi? Was soll ich machen? Ich kenne mich in dieser Stadt doch gar nicht aus!«

»Verschwinde! Und zieh deine Schuhe an!« Sie warf seinen dicken Mantel und seine schicken Boots an ihm vorbei nach draußen.

Er setzte einen bestrumpften Fuß hinaus, hob seine Hose und seinen Pullover auf und schüttelte den Schnee davon ab. Er zog beides an, fuhr hastig in seinen Mantel und knöpfte ein paar Knöpfe zu, mühte sich dann, einen seiner Boots anzuziehen. Als er den anderen Fuß hinaussetzte und sich nach dem zweiten Schuh streckte – wollte er ihn nach ihr werfen? –, knallte sie die Tür zu, verschloss und verriegelte sie und lehnte sich schwer atmend dagegen.

»Bitch!« Seine Stimme kam kaum gegen den Wind an. »Du verrückte Bitch!« Auf einem Fuß hüpfend hämmerte er mit dem anderen Schuh gegen die beiden dicken Glasscheiben der Tür. Würde er sie einschlagen?

Unten machte ihre Vermieterin die Außenlampe hektisch an und aus.

»Ruhe jetzt, oder ich rufe die Polizei!«, schrie die Frau.

Nathaniel hörte auf zu bummern. Er sprach leise, aber sie verstand ihn klar und deutlich:

O was nur quält dich, arme Lot?
So abgezehrt und elendsbleich?
Steckt dir im Arsch sein dicker Schwanz
gar knüppelgleich?

II
Hob er dich auf sein trabend Ross
Und hört seither nicht wieder auf
Zu rammen in das Möselein
Den Bengel dir

»Ich hab's gewusst!«, zischte sie, obwohl er sie nicht hören konnte.

Gleich darauf hörte sie ihn die Stufen hinunterknirschen. Er schrie noch etwas in ihre Richtung – etwas Langes, Verschlungenes. War es noch mehr von seinem Gedicht? Und dann hörte sie nichts mehr.

Während sie die Taschenlampe aus dem Wohnzimmer holte, um Evelyns Bett abzuleuchten, fielen ihr alle Strophen dieses unsäglichen Machwerks wieder ein, Wort für Wort. Vergaß man schreckliche Dinge denn nie?

Ihre Tochter saß im Dunkeln im Bett.

»Alles in Ordnung?«, flüsterte Lottie.

Evelyn sagte nichts.

»Was hast du gehört?«

Der Aufziehwecker im Kinderzimmer tickte laut.

Schlief Evelyn im Sitzen, mit offenen Augen? Die Decke immer zwischen ihren Händen und ihrem Kind versuchte Lottie, Evelyn behutsam wieder hinzulegen. Zuerst leistete Evelyn Widerstand, aber schließlich gab sie nach. Lottie hätte sich so gern neben sie gelegt und sie in die Arme genommen, aber sie wollte nicht, dass irgendein Teil ihres besudelten Körpers mit ihrer Tochter in Berührung kam.

Als Evelyns Atem ruhig und regelmäßig wurde, entfernte Lottie sich vom Bett, ging ins Bad, spülte sich den Mund mit heißem Wasser aus und gurgelte dann mit dem, was noch an Pfefferminz-Mundspülung da war. Sie setzte sich auf den Klodeckel und betätigte immer wieder die Spülung, damit Evelyn sie nicht weinen hören konnte. Sie zog sich aus, ging unter die dampfend heiße Dusche, seifte sich von Kopf bis Fuß ab und wusch sich die Haare. Sie wusch sich auch den Mund mit Shampoo aus, spuckte den Schmodder an die Wandfliesen, säuberte dann die Fliesen mit einem Waschlappen und wusch den Waschlappen gründlich aus. Sie trocknete sich ab, zog einen warmen Schlafanzug an, schlüpfte ins Bett und zog sich die Decke bis über die nassen Haare.

Im Dunkeln sagte sie sich, dass Evelyn nichts gesehen hatte, aber was war dann dieses helle Etwas im Wohnzimmer gewesen? Ein Schutzengel? Lottie hatte keinen.

Vielleicht hatte Evelyn ja nicht viel gesehen.

Und wenn Lottie nun mit dem Messer eine Arterie an Burdens Hals getroffen hätte?

Sie stand schnell wieder auf, entleerte den Beutel mit dem Haschisch ins Klo und warf Beutel und Pfeife zum Wohnzimmerfenster hinaus. Im Dunkeln stellte sie sich vor, wie beides in dem krustigen alten Schnee einsank und von frischem Schnee zugedeckt wurde. Weg, verschwunden.

Würden die Sachen am Morgen schwarz und stinkend daliegen?

Sie betete zu der kalten Nachtluft, die durchs Fenster hereinkam, dass ihr Kind nicht viel gesehen haben möge.

Als sie am Morgen aufwachte, schmerzte ihr Arm, und ihr Hinterkopf war extrem berührungsempfindlich. Sollte sie sich röntgen lassen? Sie hatte die verrückte Vorstellung, dass der Radiologe das Sperma sehen würde. Die Vermieterin fragte, was denn in der Nacht los gewesen sei, und sie sagte, vermutlich hätten ein paar besoffene Verbindungsstudenten auf der Straße und auf ihrer Treppe herumgelärmt.

Ihr Hals war wund.

Der kleine Junge in der Notaufnahme … Hatte jemand das mit ihm gemacht?

Lass es, Lottie. Der Weg führt zum Wahnsinn.

Sooft Lottie in den folgenden Tagen irgendwo einen Ankündigungszettel für Burdens Veranstaltung hängen sah, riss sie ihn herunter. Eine Woche später, als sie gerade an einer

Fußgängerampel wartete, sah sie im Fenster eines vorbeifahrenden Busses Burdens Gesicht. Sie schrie auf, und eine ältere Frau nahm sie in den Arm. Auf der Post sprang ihr sein Foto vom Fahndungsplakat des FBI entgegen, aber der Mann sah bei genauerer Betrachtung hispanisch aus und war laut Beschreibung eins siebzig groß.

Evelyn sagte nie etwas über den Abend. Aus Angst, alles noch schlimmer zu machen, sprach es auch Lottie nicht an. Sie sagte sich, dass sie Evelyn das Leben gerettet hatte. Das hatte sie getan, sie, Lottie. Aber es gab ja kein Indiz, dass Burden Evelyn etwas angetan hätte. Die eigentliche Gefahr war, dass Evelyn etwas gesehen hatte, dass Lottie sie einem Erlebnis ausgesetzt hatte, das so traumatisch war, dass es sich für immer auf eine deformierende, destruktive Weise in ihr festsetzen würde.

Sie vergrub sich in ihrer Dissertation, in ihren Experimenten, im Unterrichten, aber irgendein Student stellte eine Frage, und sie starrte auf seinen Mund, und die Erinnerung an Burdens Zähne, die in ihre Brust bissen, war wieder da, und sie musste den Studenten bitten, die Frage zu wiederholen.

Sie konnte die schlaffen, verschrumpelten Penisse der Kadaver nicht sehen, ohne seine dunkle Erektion über ihre Stirn, ihre Augen, ihre Nase streifen zu fühlen.

Die Doktoranden (allesamt männlich bis auf Lottie und eine verheiratete Nigerianerin, die in farbenfrohen Kaftanen und Kopftüchern in die Uni kam und den Kopf schüttelte, wenn Lottie sich neben sie setzen wollte, worauf Lotties Gesicht vor Scham und Wut ganz heiß wurde) hatten ihre Arbeitsplätze nebeneinander in großen Kellerlabors, genannt »das Verlies«. Manche scherzten und schwatzten mit Lottie, aber keiner erbot sich, in Physiologie ihr Partner zu sein, also arbeitete sie allein an ihrem Hund. Und im Makroanatomiekurs gruppierten sich alle Doktoranden zu Viererteams, die sich jeweils einen Kadaver teilten, und sie blieb übrig. Schließlich landete sie an einem Tisch mit drei Medizinstudenten, die so schlecht sezierten, dass sie an anderen Tischen vorbeischauen musste, um intakte Strukturen zu sehen.

Vor Burden hatte sie es so aufregend gefunden, wieder zu studieren, dass sie kaum wahrgenommen hatte, wie distanziert ihre männlichen Kommilitonen waren. Jetzt jedoch wollte sie – wenn sie sich auch nicht vorstellen konnte, je wieder »Liebe zu machen« – Freunde finden. Oder zumindest Bekannte, Leute, mit denen sie reden konnte, damit sie nicht ständig von den Bildern von Burdens Händen verfolgt wurde, von seinen lang herunterhängenden Eiern. Klar, sie hatte es jeden Tag eilig, nach Hause zu kommen, um Zeit mit Evelyn zu verbringen, nicht zuletzt, weil sie sich Sorgen um Evelyns psychische Verfassung machte: War Evelyn in sich gekehrter? Schweigsamer? Doch selbst wenn Lottie nach der Uni noch mit anderen hätte herumhängen wollen, schien sich niemand für sie zu interessieren. Sie wollte Christianne, die Nigerianerin, zum Mittagessen einladen, aber Christianne sagte leise, sie esse immer mit ihrem Mann; wenigstens schüttelte sie nicht einfach nur den Kopf. Wusste sie etwas über Lottie? Lottie fragte Jack Richter, den Doktoranden der Zellbiologie, der am Arbeitsplatz neben ihrem mit Peroxisomen befasst war, ob er mit ihr essen wolle, aber er erklärte, er gehe mittags immer zum

Work-out. Max Perlbaum, ein Biochemiker, der Flusskrebsaugen untersuchte, sagte, er sei jeden Mittag in einer Fachliteraturgruppe.

»Könnte ich da mitmachen?«

»Na ja«, sagte er. »Wir sind alle Kumpels seit dem Grundstudium – wir waren in derselben Verbindung, Alpha Epsilon Pi.«

Warum luden die verheirateten Studenten und vor allem die mit Kindern sie nie zu sich ein? Sahen die Ehefrauen in einer Frau ohne Ehemann eine potentielle Gefahr?

Sie plante eine Cocktailparty und schrieb auf die Einladungen: »Ehepartner und Kinder willkommen.« Zu ihrer Bestürzung antworteten nur zehn von zwanzig Leuten und davon nur vier mit einer Zusage. Sie blies die Party ab.

Gelegentlich fehlten Schläuche, Röhrchen und Tiegel von ihrer Laborausrüstung. Einmal standen die Türen ihrer Käfige offen (ihre Versuchstiere wurden in einem kleinen Nebenraum des Verlieses gehalten), und zwei Ratten waren weg. Eine Putzkraft fand sie Stunden später auf der Männertoilette, wo sie panisch umherrannten. Als sie einmal einen Kommilitonen anfuhr, weil er ein Stück Leber so nah an ihrem Finger abgetrennt hatte, dass das Skalpell sie beinah erwischt hätte, brüllte er sie an: »Was ist? Hast du deine Tage, oder was?«

Ein Typ sagte doch tatsächlich: »Weißt du, Lottie, als du hierherkamst, konnten wir dich alle nicht ausstehen, weil du eine Frau bist. Jetzt kennen wir dich, und so übel bist du gar nicht.«

Ihr kamen die Tränen – vor Dankbarkeit! –, und sie rannte auf die Toilette, wütend auf sich selbst.

Frauenfeindlichkeit war für alle Frauen in den Naturwissenschaften, gelinde gesagt, ein Problem, und sie bemühte sich, das alles nicht persönlich zu nehmen, aber *jede* berechtigte Empörung verpuffte: Mit wem sollte sie über diese Gefühle reden? Vielleicht hassten sie ja alle, weil sie über sie Bescheid wussten. Was war sie denn auch für eine Mutter? Eine, die ihre Tochter tausend Meilen vom Vater wegschleppte? Sie hatte ihre eigenen Bedürfnisse über die ihrer Tochter gestellt. Zugegeben, Evelyn war gut in der Schule und hatte Freunde, aber das munter plappernde, lebhafte Kind, das mit ihr bei George Kenadjian eingezogen war, war verschwunden. Oder war es normal, dass sich eine spontane, energiegeladene Dreijährige in eine zurückhaltende, ja, vorsichtige Achtjährige verwandelte? Der Junge mit dem positiven Gonorrhoe-Test geisterte in Lotties Kopf herum. Sie hatte vor vier Jahren den Rachenabstrich bei ihm gemacht und die Kultur angelegt. Unternommen hatte sie nichts. Nichts. Aber wie viel Heroismus erwartete sie denn von sich? War sie eine Heldin aus einem Kinderbuch? Medizinstudenten redeten immerzu über unsägliche Fehler und unentschuldbare Todesfälle, die sie in der Notaufnahme, im OP oder im Krankenhauszimmer mitbekommen hatten. Dass jemand etwas anzeigte, kam kaum je vor. Tatsächlich konnte sie sich an keinen einzigen Fall erinnern.

Um ihren Verstand zusammenzuhalten, las sie *Die Doppelhelix*, das Buch darüber, wie der Autor, James Watson, und Francis Crick das Pappmodell der DNA-Struktur entwickelt hatten, für das sie mit dem Nobelpreis ausgezeichnet worden waren. Es war eine der größten Entdeckungen des zwanzigsten Jahrhunderts, aber darauf gekommen waren die beiden auch dadurch, dass sie sich ohne Rosalind Franklins Einwilligung oder auch nur Wissen Einblick in deren Röntgenbeugungsaufnahmen von kristalliner DNA verschafften, die ihnen wichtige Hinweise lieferten. So also sah wissenschaftliche Praxis aus: Man diffamierte die einzige weibliche Kapazität, »Rosy«, als schlecht gekleidet und »uncharmant« (sprich »nicht fügsam«) und plagiierte dann schamlos ihre Arbeit. Lottie war froh, dass sie das Buch nicht schon früher gekannt hatte, es hätte sie womöglich ganz von der Wissenschaft abgeschreckt.

Das Ultramikrotom ging kaputt, und keiner der Männer aus der Abteilung konnte es reparieren. Joe Baxter, ein Associate Professor, sagte lachend: »Hol doch mal jemand Lottie.« Sie kam, sah sich das Gerät an, fummelte eine Stunde daran herum – und bekam es wieder hin! »Mannweib!«, rief Joe Baxter aus. Mit Ausnahme der Sekretärin sprach zwei Tage niemand in der Abteilung mit ihr.

Langsam und allmählich überkam sie ein Gefühl wie von einer Grippe oder vielleicht auch Lungenentzündung. Sie ließ sich auf der Krankenstation untersuchen: kein Fieber, die Lunge war frei. Trotzdem fühlte sich ihr Kopf vernebelt an, sumpfig; sie wollte ihn schütteln, um sich konzentrieren zu können: Ihre Gedanken drifteten ständig davon – zu Burdens Schwanz, von dem sie husten musste, zu Charlies schlaffem Pimmel in ihrem Mund. Ihr Körper fühlte sich an wie mazeriertes Fleisch. Sie hatte keinen Appetit und nahm ab, bis zu einem Pfund pro Tag. Und sie wachte um vier Uhr morgens auf, mit Selbstmordgedanken: Jedes Fenster schien sie zu rufen. Aber sie wohnte im ersten Stock, arbeitete im zweiten: Sie würde sich höchstens die Beine brechen. Es gab höhere Stockwerke, in die sie gehen konnte.

Aber sie durfte nicht … ihre Tochter … irreparabel.

Dann, wenn ihre Gedanken sich eine Stunde lang im Kreis gedreht hatten, stand Lottie auf, schlappte in Evelyns Zimmer, kroch zu ihr ins Bett, lag da und atmete den lieblichen Schlafgeruch ihrer Tochter, fühlte die Wärme ihres Körpers unter der Bettdecke. Sie wollte Evelyn so gern umarmen, fühlte sich aber kontaminiert, als klebte Burdens Speichel noch immer an ihren Brustwarzen, als wäre ihr Gehirn mit seinem Sperma überzogen. Es war jetzt acht Monate her, dass er sie vergewaltigt hatte. Würden diese Gefühle nie weggehen?

Als sie sich diesmal in die Krankenstation der Uni schleppte, wurde bei ihr eine Depression diagnostiziert. Dr. Constanz fragte immer wieder, ob irgendetwas vorgefallen sei. Sie sagte, nein, nichts – und er setzte sie auf Amitryptilin. Davon wurde ihr schwindelig und übel, aber sie hielt durch und suchte den netten Dr. Constanz jede Woche auf. Er kümmerte sich, machte sogar einen Hausbesuch, aber sie erzählte ihm nichts. Bei jedem Besuch hörte er Herz und Lunge ab. Einmal hob er ihre Brüste an, wie um ohne diese Hindernisse besser horchen zu können. Das kam ihr merkwürdig vor, aber sie war so bedröhnt von dem Medikament, dass sie ja vielleicht etwas nicht richtig mitbekommen hatte. Oder sie war so traumatisiert von Burden. Nach sechs vergeblichen Konsultationen rüttelte Evelyn sie um sieben Uhr morgens wach, damit sie sie schleunigst fertig machte und hinunter zum Bus brachte – und Lottie merkte erstaunt, dass sie die ganze Nacht durchgeschlafen hatte! Und dann umarmte sie Evelyn, und als ihre Tochter ihr vom Bus aus winkte, weinte Lottie (ja, Tränen!). Und Dr. Constanz war hocherfreut und rief sie eines Nachts um drei Uhr an, alkoholisiert nuschelnd, und fragte, ob er wieder zu ihr kommen könne, diesmal einfach nur so. Kommt nicht infrage, sagte sie. Hol Sie der Teufel.

Aber die Depression war weg.

Evelyn wurde neun, dann zehn. Lottie machte ihren PhD. Sie lud nur ihre Tochter ein, dabei zu sein, wenn sie auf die Bühne ging, um ihre Urkunde in Empfang zu nehmen.

In der Hoffnung, dass ihr eine neue Umgebung guttun würde, nahm Lottie eine Postdoc-Forschungsstelle an der University of Pennsylvania an. Irgendwo einen richtigen Job finden zu wollen war hoffnungslos. Aber sie war nicht hoffnungslos – froh und unbeschwert gewiss nicht, aber auch nicht trübsinnig.

Evelyn redete davon, zu ihrem Vater zu ziehen. Sie hatte ihn jeden Sommer wenigstens ein paar Wochen besucht, und sie mochte seine neue Frau und hatte nichts gegen seine Söhne – drei waren es jetzt, alle noch unter sechs. Lottie glaubte, dass sie wieder in eine Depression verfallen würde, wenn sie Evelyn verlor, und sagte, obwohl ihr klar war, dass sie es nicht tun sollte: »Ich würde weinen und nie wieder aufhören.« Evelyn schien erschrocken. Sie umarmte ihre Mutter, und Ev und Lottie hielten einander ganz fest. Am nächsten Abend entschuldigte Lottie sich für ihr unmütterliches Verhalten und erklärte ihrer Tochter, das mit dem Weinen stimme so nicht, sie würde damit klarkommen, Evelyn brauche sich keine Sorgen zu machen, sie solle es mal mit Charlie besprechen, dann würden sie sehen. Evelyn sprach nie wieder davon, also hatte sie entweder nichts mit Charlie aushandeln können oder es gar nicht versucht. Als die Zeit verging, war Lottie erleichtert und gleichzeitig von Schuldgefühlen geplagt, sie war ja wohl wirklich eine miserable Mutter. Wer sagte denn so was zur eigenen Tochter?

Um ihr Gedächtnis aufzufrischen und auch um die Methoden von jemand anderem kennenzulernen, belegte Lottie an der Penn den Grundkurs Makroskopische Anatomie. Am ersten Tag, Mitte August, begrüßte die Kursteilnehmer eine Dozentin, Chloe Olivia, PhD; sie trug ein graviertes Namensschildchen an der Brusttasche ihres Laborkittels. Abgesehen von Dr. Helen Caldicott – der Pädiaterin und Aktivistin, die einmal auf dem Campus erschienen war, um auf einer Anti-Atomkrieg-Veranstaltung zu sprechen – war Chloe Olivia die erste Frau in einer Autoritätsposition, die Lottie in ihrer gesamten Postgraduiertenzeit sah. Lottie beobachtete sie angespannt, als könnte eine mangelhafte Performanz Dr. Olivias für sie beide vernichtend sein.

Dr. Olivia, die nicht viel älter als Lottie wirkte, war klein und vollbusig, mit langem braunem Haar – das meiste zu einem Zopf geflochten, der Rest von einer Schildpattspange zurückgehalten – und großen, strahlend braunen Augen. Um zu den Teilnehmern zu sprechen, stieg Dr. Olivia auf einen Labortisch, wobei sie über ihren weißen Kittel stolperte. »Können Sie mich verstehen?«, rief sie. Es waren zweihundert Studierende im Saal, je vier pro Labortisch. Lottie zählte sieben Frauen, sie selbst eingeschlossen. Auf jedem Tisch lag ein Leichnam, bedeckt mit einer schwarzen Plane.

»Ich möchte Sie im Grundkurs Makroskopische Anatomie willkommen heißen. Kommen Sie jetzt weg von den Tischen und versammeln Sie sich um mich.« Die Studenten gingen nach vorn. »Für viele von Ihnen dürfte es das erste Mal sein, dass sie einen toten menschlichen Körper sehen. Das ist etwas Beängstigendes. Sie brauchen weder zimperlich noch nassforsch zu sein – und Sie brauchen auch nicht zu witzeln, denn das alles sind nur verschiedene Ausdrucksformen von Angst.

Bedenken Sie, erst, wenn der Mensch tot ist, ist es möglich, die wundersame Struktur des menschlichen Körpers voll und ganz zu erkennen und zu würdigen. Wir können uns nicht einmal ein Abalone-Gehäuse vor Augen führen, bevor das Weichtier tot ist.« Sie hielt etwas hoch, eine Art perlmuttschimmernde Muschelschale, so groß wie ihr Kopf. Das Ding war so wunderschön, dass Lottie die Hand ausstreckte, um es zu berühren, und die Dozentin gab es ihr. »Lassen Sie es herumgehen.«

»Diese Körper«, Dr. Olivia machte eine ausholende Armbewegung, die den ganzen Raum einbezog, die Studenten ebenso wie die verhüllten Formen, »sind wunderbarer als jedes Abalone-Gehäuse. Ich denke, und da muss niemand meiner Meinung sein, wenn uns jemand erschaffen hätte, würden wir niemals sterben, denn niemand könnte es ertragen, ein solches Meisterwerk einfach vergeudet zu sehen.

Die meisten von Ihnen brauche ich wohl nicht anzuhalten, Respekt zu zeigen. Etliche Körper hier sind die von Wissenschaftlern oder Ärzten, die ihre sterblichen Überreste gespendet haben, damit wir daran lernen können. Andere sind von Menschen, die gestorben sind, ohne dass jemand Anspruch auf ihren Leichnam erhoben hat. Wieder andere musste die Universität für jeweils tausend Dollar erwerben, was gerade die Kosten für den Transport und den ›Leichendiener‹ deckt – schlagen Sie es nach.«

»Kann man sich bei denen irgendwas holen?«, platzte ein langer, blasser junger Mann mit dünnem Blondhaar heraus.

Jemand rief: »Ein Nekrophiler könnte dicke Eier kriegen!«

Kichern und Würgegeräusche.

»Apropos«, sagte Dr. Olivia. »Vor ein paar Jahren haben ein paar Medizinstudenten mit einem Hoden Ball gespielt.«

Gezwungenes Lachen.

»Sie wurden für ein Jahr suspendiert.« In der darauffolgenden Stille sagte Dr. Olivia zu dem Hellhaarigen: »Nein, Sie können sich nichts holen.«

»Bringt dieser Kurs etwas für plastische Chirurgie?«, fragte ein stämmiger schwarzer Student zur Erheiterung einiger Umstehender.

»Natürlich! Und wir lachen nicht über die Fragen von anderen. Was ist daran überhaupt so komisch?«

»Er denkt jetzt schon dran, Kohle zu machen!«, sagte ein schlaksiger, hellhäutiger schwarzer Student mit einer randlosen Brille, den Arm über der Schulter des Chirurgen in spe.

»Nun ja, möge es Ihnen allen wohl ergehen! Und ich hoffe, einige von Ihnen werden die makroskopische Anatomie lieben lernen, denn für mich ist sie neben der Embryologie das Großartigste auf der Welt.« Das zeitigte reichlich *Iiih*s, kräftigen Applaus und Gelächter. Als die Dozentin vom Labortisch sprang, sah Lottie, die gleich danebenstand, ihr Haar fliegen, und ein Hauch ihres prägnanten Parfüms wehte sie an.

In den nächsten Wochen registrierte Lottie das Parfüm der Dozentin stets, bevor sie sie hörte, und der Duft weckte bei ihr Vorfreude, wenn Dr. Olivia auf einen zentralen Labortisch sprang, um das Wort an die Teilnehmer zu richten.

»Wenn Sie sich beim Lernen auf den Ellbogen stützen und Ihr Arm ›einschläft‹, woher kommt dann dieses Kribbelgefühl?

»Welcher Muskel hat seinen Ursprung distal vom Soleus

an der Fibula? Welcher Muskel setzt lateral an der Fibula an? Wo befindet sich der Schneidermuskel, und warum heißt er so?«

Ein andermal stand Dr. Olivia auf dem Tisch, in der Hand ein Blatt Papier.

»Ein Kommilitone von Ihnen, der es offensichtlich vorzieht, anonym zu bleiben, hat mir geschrieben: ›In Ihren Einführungsworten sprachen Sie vom Tod als ›Vergeudung‹. Ich möchte da widersprechen. Der Tod ist der letzte Teil dieses Lebens: Gott holt sein kostbares Eigentum heim‹.« Dr. Olivia faltete das Blatt zusammen und steckte es in ihre Kitteltasche.

»Ich achte den Ersten Verfassungszusatz, und ich hoffe, Sie werden alle nicht zögern, wie dieser Student eine andere Meinung als meine zu vertreten – sei es persönlich, sei es schriftlich mit oder ohne Namensangabe. Ich sehe uns nun einmal nicht als Gottes Eigentum, sondern als Teil der Natur. Wir individualisieren uns für eine gewisse Zeit aus ihr heraus und kehren dann wieder in sie zurück – als Asche, als Kompost oder was auch immer. Also war es falsch von mir, den Tod als Vergeudung zu bezeichnen. Diese Tode hier«, wieder wies sie mit einer Armbewegung auf den ganzen Raum mit den nunmehr geöffneten Leichen, »sind überhaupt keine Vergeudung. Sie sind eine Gabe an das Leben, das ich als das höchste Gut ansehe.«

Mit einer verschmierten Hand erhob ein junger Mann, der eine taubenblaue Kippa trug, seine Bügelsäge und rief: »*L'chaim!*« Der ganze Kurs lachte und klatschte, und Dr. Olivia stieg errötend vom Labortisch.

Als Lottie sich wieder ihrer Arbeit zuwandte, fragte sie sich, ob die Dozentin das Lachen der Studenten missverstand und nicht mehr wahrnahm, wie viel Respekt sie ihr alle entgegenbrachten. Wusste sie, dass Lottie sich oft Sachen, die sie sagte, aufschrieb? An diesem Tag hatte Lottie notiert: *Immer daran denken, den Körper als etwas darzustellen, das mehr ist als die Summe seiner Teile.*

Chloe Olivias Lehrveranstaltungen waren die Glanzpunkte in Lotties Leben in Philadelphia, aber um sie zu besuchen, musste sie ordentlich tricksen. Ihre eigentliche Aufgabe, die Laborforschung, bestand darin, täglich zwölf bis achtzehn Stunden damit zuzubringen, die Theorien ihres Chefs über die Zellreplikation nach dem Modell, das er entwickelt hatte, zu beweisen. Sie injizierte radioaktives Uridin, einen Bestandteil der RNA, in die Peritonealhöhle von Ratten, opferte dann in regelmäßigen Intervallen die Ratten, entnahm ihnen die Speicheldrüsen, homogenisierte sie in diversen Puffern und separierte die verschiedenen Fraktionen. Sie war jetzt eine bessere Labortechnikerin, überqualifiziert und krass unterbezahlt. Im Studium hatte sie wenigstens noch ihre eigenen Ideen verfolgen können. Würde sie das hier zwei Jahre durchhalten? Und was dann?

Dabei nahm die Arbeit sie so sehr in Anspruch, dass sie Evelyn manchmal tagelang kaum sah – ihre Tochter war jetzt elf und in der sechsten Klasse der Martin Luther King Jr. Middle School. Ende März, nach acht Monaten Postdoc-Zeit in Philadelphia, kam Lottie eines Nachmittags früher nach Hause und traf Evelyn in der Küche an, wo sie Madame Butterflys »Un Bel Di« aus dem Radio mitsang, während sie eine Wochenladung Leggins und Strumpfhosen wusch und auf eine kleine Wäscheleine vor dem Fenster hängte.

 »Du Schatz!« Lottie küsste ihre Tochter.

»*Long time no see.*«

»Sorry.« Lottie küsste und drückte Evelyn wieder, stellte dann das Radio leise. »Ich wusste gar nicht, dass du auf Opern stehst«, sagte Lottie bewundernd.

»Gibt vieles, was du von mir nicht weißt.«

»Autsch.« Lottie nickte mehrfach, schob dann Evelyn von der Spüle weg, spülte den trübe gewordenen Edelstahl-Perkolator aus, füllte Wasser ein, löffelte Kaffeepulver in den Einsatz und steckte das Gerät ein. »Muss mich nur mal kurz hinsetzen und umschalten. Wie geht's denn so?« Lottie zog sich einen zweiten Küchenstuhl heran, legte die Beine hoch und seufzte. »Sag noch nichts. Lass mich eben noch schnell diesen Forschungsmittelantrag Korrektur lesen, dann bin ich ganz für dich da.«

»Kannst du nicht erst für mich da sein und *dann* den Antrag lesen?«

»Erst die Arbeit, dann das Vergnügen.« Lottie kramte in ihrer übervollen Handtasche nach einem Bleistift. Evelyn nahm ein Paar schmuddelig weiße Leggins aus dem Spülbecken und wrang sie aus, als könnte sie das Grau herauswringen.

»Deine Arbeit ist doch dein Vergnügen.«

Sie hörten beide zu, wie der Kaffeebereiter leise zu röcheln begann.

»Na ja, Gott sei Dank ist *manches* daran ein Vergnügen – weil wir nämlich beide davon leben. Aber ich kann dir sagen, das hier ...«, Lottie wedelte ihr mit den vielen Seiten des Forschungsmittelantrags, den sie für ihren Boss ausgefüllt hatte, vor der Nase herum, »... das war eine reine Schinderei in sechsfacher Ausfertigung.« Lottie suchte nach einem sanfteren Ton. »Schätzchen, wenn ich das hier aufschiebe, bin ich einfach zu nervös, um dir zuzuhören. Lass uns nicht streiten. Hast du keine Hausaufgaben?«

Evelyn befestigte die Leggins mit zwei Wäscheklammern an der Leine, trocknete sich dann die Hände ab und schmierte sie mit rosa Handlotion ein. »Klar hab ich Hausaufgaben.« Sie roch versonnen an ihren Fingern.

»Soll ich dir eine heiße Schokolade machen?«

Evelyn schüttelte Kopf.

»Mit Marshmallows?«

Evelyn schüttelte wieder den Kopf und ging aus der Küche.

Lottie verteilte die Antragsblätter auf dem Küchentisch und las dann die ersten beiden Absätze, ohne wirklich etwas mitzukriegen. Sie holte ein paar Kissen vom Wohnzimmersofa, legte zwei auf den Stuhl für ihre Beine und setzte sich wieder hin. Sie stand wieder auf und platzierte ein Kissen an ihrer Rückenlehne. Dem Küchenschrank entnahm sie einen Becher mit der Aufschrift JOHN DEAN FOR PRESIDENT und wartete, dass der Perkolator aufhörte zu fauchen.

Evelyn kam wieder herein, mit einem Bibliotheksexemplar der Autobiografie von Benjamin Franklin.

»Das Buch habe ich kurz nach deiner Geburt gelesen, vielleicht ein Jahr danach«, sagte Lottie.

»Hat's dir gefallen?«

»Es hat mich abgelenkt.« Lottie schloss die Augen und dachte an die Zeit zurück, als Charlie schon wie tot gewirkt und sie selbst sich auch so gefühlt hatte; damals hatte sie eine Biografie nach der anderen verschlungen, alternative Leben. Sie riss die Augen aber schnell wieder auf, denn sie befürchtete, im Stehen einzuschlafen. »Mich hat's beeindruckt, dass er die erste Leihbücherei und die erste freiwillige Feuerwehr gegründet hat.«

»Stimmt es, dass Franklin wild in der Gegend rumgefickt hat, und dass er einen Bastard hatte!«

»Was ist das denn für eine Ausdrucksweise?« Lottie hätte die Hände in die Hüften gestemmt, doch dann wäre sie sich wie eine Karikatur vorgekommen. Hätte sie einem Jungen dieselbe rhetorische Frage gestellt?

»Ist ›Bastard‹ ein Schimpfwort? Ich hab's sogar in einem Buch gelesen.«

Lottie suchte nach einem frechen Blitzen in den Augen ihrer Tochter, goss sich aber, als sie keins entdeckte, Kaffee ein und setzte sich hin. »Na ja, in Büchern ist es okay. In Büchern findet man alles.« Lottie überkam ein leichtes Schwindelgefühl, fast schon so etwas wie Übelkeit, als ihr aufging, wovon ihre Tochter da redete.

»Viele Kids an der MLK sagen ›Bastard‹ und ›verfickt‹ und so was.«

»Und wenn die Kids allesamt Harakiri begehen würden, würdest du's dann auch tun?«

»Was ist Harakiri?«

»Eine exotische Art von Selbstmord. Ich will einfach nur nicht, dass du so ein Herdentier bist.«

»Wenn ich nicht so rede, machen sie sich über mich lustig. Sie nennen mich sowieso schon Zimperzicke und Miss Geschiss.«

»Was?«

»Oder ›Scheißweißchen.‹ Ein Junge nennt mich ›Pussitussi‹.«

»Wer? Wie heißt er?« *Oh, was nur quält dich, arme Lott*? Lottie sah sich ein Messer nach der Kehle eines hochaufgeschossenen Jungen schwingen. »Morgen gehe ich in die Schule und spreche mit der Lehrerin. Sie soll diesen Kids was von mir bestellen!«

»Tu das ja nicht!«

»Jemand muss es doch wissen.«

»Es reicht, wenn *du's* weißt. Ich pack das schon. Tu ich immer.«

»Was meinst du mit ›immer‹? Willst du sagen, dass sie dir in jeder neuen Schule unflätige Sachen nachrufen?«

»Nein. Aber immer wieder in eine Klasse reinfinden zu müssen ist schwer. Das ist meine dritte neue Schule.«

Lottie nickte. Sie wollte ja auch integriert sein. Aber ihre Tochter war elf und eins der wenigen weißen Kinder in ihrer Klasse. Und die anderen hackten offensichtlich auf ihr herum. Lottie war ja willens, ihr weißes Kind auf eine überwiegend schwarze Schule zu schicken, aber wenn Evelyn ständig gemobbt und gehänselt wurde … Die Gegend hier war nicht gerade die sicherste: Vor ein paar Monaten war ein Verkäufer im Deli zwei Straßen weiter bei einem Raubüberfall getötet worden. Niemand hatte den Leichnam beansprucht, und es ging das Gerücht, dass er nächstes Jahr in der Anatomie auftauchen würde. Wie sollte Lottie von dem, was sie als Postdoc verdiente, in eine Weißengegend ziehen können? Und wie konnte sie so etwas Undemokratisches überhaupt denken? Wie könnte sie nicht darüber nachdenken? Und wer sagte, dass Ev in einer rein weißen Schule nicht geärgert würde? Kinder ärgerten andere Kinder. Das war Teil der verdammten *conditio humana*.

Sie musste wissen, wie das Leben ihrer Tochter wirklich war. Evs Noten im ersten Halbjahr waren gut gewesen.

Zwei zwölfjährige Mädchen, eins schwarz, das andere weiß, verabredeten sich ab und zu mit Evelyn zum Lernen oder Fernsehen. Sie aß, sie lachte. Sie hatte angefangen, Geige zu lernen. Und Lottie hatte keine Zeit, irgendetwas anderem nachzugehen als dem Verbleib Tritium-markierter RNA.

Sie verspürte wieder eine Welle von Übelkeit. »Wir haben es gerade beide nicht leicht.«

Evelyn sagte mürrisch: »Aber das liegt an dir. Du schleppst mich immer wieder woanders hin.«

Da musste Lottie ihr recht geben.

»Sag einfach, stimmt das mit Benjamin Franklin?«

»Was?«

»Dass er in der Gegend rumgefickt hat.«

»Ich weiß nicht. In der Autobiografie erzählt er davon nichts.«

»Aber stimmt es, dass ein Mann das mit einer Frau macht ...«

»Ein Mann macht es nicht *mit* einer Frau. Der Mann und die Frau machen es *gemeinsam*. Ich meine, es ist ein Akt der Liebe.« Was konnte sie denn darüber noch sagen? Sie verspürte Traurigkeit. »Na ja, zumindest ist es etwas Freundliches. Sollte es jedenfalls sein. Also, es ist nichts Aggressives. Nicht im Normalfall. Nicht zwangsläufig.«

»Mommy, meine Frage ist, wenn eine Frau ein Baby kriegt und der Mann sich abseilt, ist er doch immer noch der Vater, oder? Weil nämlich viele Kids in der Schule sagen, sie hätten keinen Vater. Sie sagen, Thomas Jefferson hatte Bastardkinder und John F. Kennedy hatte wahrscheinlich welche und LBJ und Nixon auch, weil alle wichtigen weißen Männer in der Gegend rumficken.«

Obwohl ihr immer flauer im Magen wurde, goss Lottie

sich einen zweiten Kaffee ein, setzte sich an den Küchentisch und starrte in den Dampf, der aus dem Becher stieg, als wären dort vielleicht Antworten zu finden. »Sprichst du eigentlich von dir?«

»Was? Nein. Ich fick nicht in der Gegend rum.«

»Nein, das hab ich nicht gemeint.« Lottie hatte Angst, sich übergeben zu müssen oder in Tränen auszubrechen. »Gibt es an deiner Schule Mädchen in deinem Alter, die in der Gegend rumficken?«

»Nein.« Dann sagte sie: »Nur zwei oder drei.« Und sie setzte hinzu: »Mom, ich werd doch erst zwölf. Ich mach das nicht.«

Lottie nickte.

»Mommy, stimmt es, dass alle wichtigen Männer in der Gegend rumficken und Bastardkinder haben? Bin ich ein Bastard?«

»Nein, nein, du bist *kein* Bastard. Dein Vater und ich waren verheiratet, als wir dich gekriegt haben. Das ist der entscheidende Unterschied.«

Evelyn nickte zögerlich.

»Du bist kein Bastard, du warst kein Bastard und du wirst nie ein Bastard sein.« Und sie wollte sagen, *und erwähne diesen Bastard Nixon in diesem Haus nie wieder*, aber sie wusste, es war unsinnig, sie schweifte ab, versuchte, sich einer Situation zu entziehen, der sie sich stellen musste. Sie war müde.

Evelyn lächelte, obwohl sie verwirrt wirkte. »Vielleicht schreib ich lieber nur das, wo ich mir sicher bin.«

»Du wolltest doch nicht über Benjamin Franklins Bastarde schreiben, oder?«

»Mom, meinst du, du kriegst noch mehr Kinder?«

Lottie rang darum, eine Antwort herauszubekommen. »Ich glaube nicht.«

»Mom, hör mal kurz zu …«

»Ja?«

»Du weißt ja, ich mag Sapphira und die Kleinen, aber Tatsache ist, dass ich dort nicht viel von den Hausaufgaben gemacht krieg.« Sapphira betrieb in ihrer Wohnung ganz in der Nähe eine Kinderbetreuung; Evelyn war abends und nachts dort, wenn Lottie im Labor bleiben musste. Evelyn war das älteste Kind, das Sapphira betreute, aber sie war auch eine »große Schwester« und bekam fünfzig Cent die Stunde fürs Mithelfen.

»Weil dort immer so viel Action ist?« Lottie überflog die erste Seite des Forschungsmittelantrags, versuchte, sich von dem Gefühl abzulenken, dass ihre Tochter Probleme hatte.

Evelyn schüttelte den Kopf. »Ich bin die Action. Ich spiele den Kindern auf der Geige vor. Ich erfinde Geschichten. Ich übernehme die Aufsicht. Wenn ich am Tag dort bin, geht sie einkaufen oder einfach mal eine Stunde raus, um einen von ihren schwarzen Zigarillos zu rauchen. Wenn ich dort übernachte, donnert sie sich auf und geht ins Kino oder mit Freunden von ihrem Mann was trinken. Sie hat mir das hier gegeben.« Evelyn zog eine Geschäftskarte aus der Tasche und gab sie Lottie.

THE BROTHERLY LOVE COCKTAIL LOUNGE

2046 SPRUCE STREET

PHILADELPHIA

374-8923

Lottie nickte ein paarmal. »Du bist trotzdem in fast allen Fächern sehr gut.«

»Aber am nächsten Tag bin ich in der Schule müde.«

Lottie nickte weiter. Sie hatte Angst, einzuschlafen und den Antrag nicht rechtzeitig einreichen zu können. Doch es war nicht zu überhören, dass ihre Tochter etwas von ihr wollte. Würde Evelyn psychisch deformiert heranwachsen, beschädigt? Das glaubte Lottie nicht, aber sie wuchs auf jeden Fall hinter Lotties Rücken heran. Und sie wollte, dass ihre Mutter sich umdrehte, sie sah.

Sollte sie Evelyn nicht mehr zu Sapphira geben? Sie allein zu Hause bleiben lassen?

War das gut für eine Elfjährige?

Kurz überkam Lottie wieder das alte, neblige Depressionsgefühl, das Miasma von Wisconsin kehrte zurück.

Lottie sagte sich, dass das Mädchen Freundinnen hatte, ein gutes Zeichen – und sie wirkten nicht wie Mädchen, die in der Gegend herumfickten. Michelle Witten hieß das weiße Mädchen, Susie Lacks oder Lux oder Leeks das schwarze, den Nachnamen des schwarzen Mädchens wusste sie nicht mehr genau. Was bedeutete es, dass Lottie den Nachnamen des Mädchens nicht wusste?

Lottie saß auf dem einen Stuhl, die Beine auf dem anderen, die Augen geschlossen. Sie nahm die Finger zu Hilfe, um die Lider aufzuspreizen, aber sie wollten einfach nicht offen bleiben. Schließlich legte sie den Kopf auf den Küchentisch und schlief ein.

Ende Juni war Makroskopische Anatomie vorbei, und Lottie fand jetzt den Mut, ihre Dozentin zu fragen, ob sie sich mit ihr auf einen Kaffee treffen würde. Doch in dem Lokal, das

Olivia (sie wollte nicht gern Chloe genannt werden, lieber Olivia) ausgesucht hatte – elegant, ganz helles Holz und Spiegel und ziemlich weit von der Uni entfernt –, war Lottie zunächst schüchtern. Olivia hingegen war lebhaft und neugierig, und schließlich redeten sie sich die Köpfe heiß. Olivia hatte immer schon Anatomin werden wollen. Sie hatte im Studium geglänzt und war jetzt schon Hauptautorin eines halben Dutzend publizierter Papers. Ihr Werdegang war geradlinig, auch dank der Unterstützung ihres Arzt-Ehemannes: Er war kultiviert, älter als sie und nahm nie einen Job an, wenn nicht auch seiner Frau eine passende Stelle angeboten wurde. Lottie beneidete sie.

Olivia beneidete Lottie. Olivia hatte immer Kinder gewollt – sie und ihr Mann versuchten es seit Jahren vergeblich und befassten sich jetzt ernsthaft mit Adoptionsmöglichkeiten. Olivia schmerzte es sehr, dass sie vielleicht nie ein eigenes Kind haben würde. »Als Entwicklungsbiologin diese Erfahrung nicht machen zu können!« Olivia schüttelte den Kopf.

Eine Woche später lud sie Lottie und Evelyn zum Essen in ihr geräumiges Stadthaus ein. Als Olivia von Evelyns misslicher Betreuungssituation bei Sapphira erfuhr, erbot sie sich sofort, das Mädchen zu sich zu nehmen, wenn Lottie bis in die Nacht arbeiten musste. Evelyn war einverstanden.

Und Olivia verfasste Empfehlungsschreiben für Lottie, pries sie darin als ausgezeichnete Wissenschaftlerin, klare Vermittlerin von Lehrinhalten und – ganz nebenbei – großartige Mutter. Großartige Mutter! Lottie war es peinlich, für etwas gepriesen zu werden, das sie, wie sie wusste, nur mangelhaft hinbekam. Ohne auf die wahren Gründe einzugehen, überzeugte sie ihre Freundin, diesen Punkt wegzulassen. Das sei nicht relevant, sagte Lottie, und könnte ihr vielleicht sogar schaden. Welcher männliche Wissenschaftler werde denn jemals als großartiger Vater beschrieben?

Lottie freute sich sehr, eine Freundin zu haben. In ihrem ganzen Leben hatte sie noch nie so ein enges Verhältnis zu einer Frau gehabt wie jetzt zu Olivia. Ja, es hatte ihre Großmutter gegeben, aber eine Großmutter war keine Freundin. Lottie hatte Cheerleader-Kameradinnen gehabt und Verbindungsschwestern am College, aber keine hatte sich je in den nicht vorhandenen Raum zwischen ihr und Charlie quetschen können. Und zu den anderen Labortechnikerinnen hatte es nun wirklich keine nennenswerten Kontakte gegeben. Die engste Beziehung hatte sie zu Evelyn. Und das eigene Kind konnte einem keine Freundin sein.

Und dann, endlich, zog Lottie sich und Evelyn aus dem Sumpf. Ein richtiger Job in New York City war ausgeschrieben, eine Assistenzprofessur an einer medizinischen Hochschule. Obwohl die Konkurrenz erheblich war, schaffte es Lottie: Sie hatte sich gegen fünfundsiebzig Bewerber durchgesetzt, die meisten davon Männer. Stellen mit Aussicht auf eine Lebenszeitprofessur waren generell rar, und New York war das große Los, wenn auch nicht für Lottie, die Großstädte nicht mochte.

Mit dieser positiven Wende besserte sich auch ihr Schlaf. Zum ersten Mal seit Langem lag Lottie nicht mit der Welt im Krieg; vielleicht gab es ja doch eine Zukunft. Ja, Olivia würde sie nachtrauern, sie waren einander zum Bollwerk in ihren Leben geworden. Aber sie hatte jetzt dank dieser lächerlichen Postdoc-Stelle mehr Ahnung von Biochemie, und sie war stolz auf sich.

Evelyn war stinksauer. »Wir ziehen weg? Jetzt, wo ich's hier grade auf der Reihe hab? *Ich* soll dir helfen, eine Wohnung zu suchen? Spinnst du?«

»Tut mir so leid, Süße.« Lottie nahm sie in den Arm. »Ich hoffe, es ist unser letzter Umzug.«

Evelyn schüttelte den Arm ihrer Mutter ab.

Lottie machte sich allein auf Wohnungssuche.

Eine Stunde nördlich von ihrer Arbeitsstelle, in Orange County, wo die Schulen ziemlich gut waren – das hatte sie sorgsam geprüft –, entdeckte Lottie ein paar halbländliche Gegenden, wo sie sich vorstellen konnte zu wohnen.. Und sie machte es nicht wie sonst immer, suchte nicht einfach nur etwas, das gerade groß genug war, ein asketisches Apartment, nein, sie wollte ein, zwei zusätzliche Zimmer in dem vagen Gedanken – den sie sich kaum zu denken traute und schon gar nicht Evelyn gegenüber aussprach –, dass sie ja vielleicht jemanden kennenlernen würde, der Kinder wollte, und sie dann das Haus schon füllen würden. Konnte das sein? Sie entschied sich für ein Haus mit drei Schlafzimmern und einem Dachfenster im Elternschlafzimmer. Sie hatte noch nie ein Dachfenster gehabt, und nach ihrem Einzug verbrachte sie jeden Tag einige Zeit damit, die Farbe des Himmels genau zu beschreiben. Sie gewöhnte sich auch an, ihn zu fotografieren und die Fotos zu datieren und an ihre Schlafzimmerwand zu pinnen. Sie versuchte herauszufinden, woher manche seltsamen Färbungen rührten – milchiges Weiß, manchmal ein trübes Orange oder Braun, ein Gutteil davon Umweltverschmutzung, manches auch Staub, der von Ostafrika bis hierher wehte! Nachts identifizierte sie gern Sternbilder, und sie erwog die Anschaffung einer Spezialkamera, um den Nachthimmel festzuhalten.

Außerdem hatte sie zum ersten Mal, seit sie Charlie verlassen hatte, ein Gästezimmer. Ihre Eltern kamen über ein Wochenende; ihre Schwester Bridge kam mit ihrem Mann; Gerry übernachtete hier mit einem toll aussehenden Typen – Lottie nahm an, dass sie ein Paar waren. Olivia kam zweimal, zuerst hochschwanger – Lottie umarmte sie innig, aber Evelyn zögerte irritiert – und dann mit einem hübschen Fast-noch-Neugeborenen namens Shiloh, einem munteren Kerlchen mit glänzenden obsidianfarbenen Augen. Und Lottie hatte das Gefühl, dass Frühling in der Luft lag, und warum nicht auch für sie?

Verdiente sie es nicht?

Evelyn beklagte sich noch eine Zeit lang, dann nicht mehr. Lottie sprach mit der Klassenlehrerin der Achten, die meinte, das Mädchen habe sich gut eingefunden und mache sich schulisch prima. Evelyn hatte auch einmal in der Woche Geigenunterricht an der Orange High, bei einem Lehrer, der ein preisgekröntes Orchester auf die Beine gestellt hatte; er nahm nur wenige Schüler von der Middle School an. Ev hatte vorgespielt, und es hatte geklappt. Lottie bezahlte Evelyns Geigenstunden, ließ sie es mit dem Üben aber halten, wie sie wollte, zumal Evelyn sie einmal dabei ertappt hatte, wie sie sich durch ihre Geigennoten summte, und ihr deutlich gesagt hatte, sie solle sich da raushalten. Lotties Rat war überhaupt nur gefragt, wenn es um Naturwissenschaften ging, dieses Jahr war es Biologie. Lottie war gekränkt und fühlte sich ausgeschlossen (immerhin war ihr Französisch ziemlich gut, und in Geschichte wusste sie auch einiges), aber wenn sie bedachte, wie sie Evelyn jahrelang sich selbst überlassen hatte, war es ja vielleicht nur recht und billig, wenn das Mädchen jetzt *sie* außen vor ließ.

Und vielleicht war es ja einfach die Pubertät. Hausaufgaben selbst zu machen – was war daran verkehrt? Lottie konnte ihrem Vater nur schwer verzeihen, wie er sich in ihr junges Leben eingemischt und sie mit Scham- und Schuldgefühlen befrachtet hatte. Wobei eine schwangere Tochter natürlich eine ganz andere Herausforderung war als eine Tochter, die ihre Hausaufgaben allein machte.

Im Januar ging Lottie zum Halbjahres-Abschlusskonzert des Orchesters. Es war ein ungewöhnliches Programm: Bartoks *Konzert für Orchester* kannte Lottie ja, aber dann kam Piazolla, *Fuga y Mysterio* (wer war Piazolla, und was für ein Instrument war ein Bandoneon?), gefolgt von Louise Farrenc, *Symphonie Nr. 3.* Von Louise Farrenc hatte Lottie noch nie gehört und vermutlich auch sonst niemand. Nennen Sie eine *Komponistin* – das war noch schwerer als *Nennen Sie eine Naturwissenschaftlerin.* Es erstaunte Lottie, wie sehr es sie immer noch erstaunte, dass *gesellschaftliche Einschränkungen* Frauen über die Jahrhunderte niedergehalten hatten; irgendein dunkler Teil von ihr ging davon aus, dass Frauen per se untergeordnet waren, dass sie untergeordnet war. Demnach müsste auch ihre Großmutter untergeordnet gewesen sein! Und Evelyn! Evelyn untergeordnet! Bewusst fühlte Lottie sich nie untergeordnet, aber ab und zu wollte sie doch den nächstbesten Mann mit Fäusten traktieren.

Vom Saal aus musterte Lottie die Musikerinnen, als sie auf die Bühne kamen, alle in schwarzem Rock und Pulli und mit weißem Perlenschmuck. Sie suchte natürlich Evelyn, die sich den Pulli von ihrem Babysitter-Geld selbst gekauft hatte und die Perlenkette von Lotties Großmutter trug. Da war sie, kerzengerade mit ihren hochsitzenden, kräf-

tigen Brüsten und ihrem wohlgeformten Hals, und natürlich war sie größer als die meisten anderen Mädchen und etliche Jungen. Lottie richtete sich auf ihrem Platz auf und musste sich ermahnen, nicht loszujohlen oder, schlimmer noch, selbst auf die Bühne zu laufen – wobei hier und da Eltern aufsprangen und in Beifall ausbrachen. Eine Mutter rief, »Bravo, Hacooby-dooby!«, und Lottie sah einen rot angelaufenen Jungen auf der Bühne schüchtern lächeln und auf seine Füße blicken. Der Dirigent erschien, und die Musiker johlten und trampelten und schwenkten ihre Instrumente. Seine Schüler liebten ihn offenbar, dachte sie, diesen Jake Levinson, der scheu lächelte, sich in seinem schwarzen Smoking ein paarmal rasch verbeugte und die Musiker mit seinen großen Händen zur Ruhe brachte. Dann stellte er mit einer ausholenden Geste Stille im Saal her. Er hob die langen Arme, wartete, während alle ihre Noten aufschlugen und sich niederließen, die Instrumente in Spielstellung. Und dann, auf die Eins, ging es los: zuerst die unheilvoll dunklen Bratschen und Celli, dann kamen die bebenden Geigen hinzu, dann die Flöten! Lottie schloss ein Weilchen die Augen und hörte einfach nur zu. Aber sie wollte diesen Levinson sehen, wie er sich immerzu bewegte, den verschiedenen Teilen des Orchesters ihre Einsätze anzeigte, sich hierhin und dorthin neigte, in die Knie ging, den Körper beugte, wie er aus Daumen und Zeigefinger eine sich schließenden Zange formte, wenn er leise Töne wollte, und die Arme weit auseinanderführte, um ein Crescendo hervorzurufen. Der Mann war in einer einzigen kraftvollen Nonstop-Bewegung. Und sie saß in der zweiten Reihe und konnte sehen, wie kurz und sauber die Nägel seiner evokatorischen
 Finger waren. Die Hälfte der Zeit sah sie ihm zu, die andere

Hälfte der Zeit richtete sie ihre Aufmerksamkeit auf ihre Tochter, deren lockiges blondes Haar von einem schwarzen Ripsband zurückgehalten wurde und die ein wenig zittrig, aber total konzentriert spielte, immer auf die Noten und den Dirigenten blickte und kein einziges Mal in den Saal. Das Stück war lang und eingängig und schwungvoll, und nach einer halben Stunde dachte Lottie, *das läuft schon, das läuft schon alles total okay*, und sie entspannte sich, als wäre irgendeine Gefahr überstanden, und sie konnte sich an den trillernden Bläsern freuen und dann an dem überraschend plötzlichen Ende. Und der Applaus aus dem Saal war mächtig und, wie Lottie fand, verdient, nicht dass sie eine Kennerin war, aber sie hatte Musik immer schon gemocht. Und erst, als alle klatschten und die Musiker sich verbeugten, ehe die Pause begann, sah Evelyn Lottie an und nickte, und Lottie reckte beide Arme zu einem Siegeszeichen, und Evvie grinste und sah dann weg, und als ihre Reihe dran war, ging sie sehr ernst und gesittet von der Bühne.

Lottie war froh und ein bisschen erschöpft, als hätte sie selbst dirigiert oder zumindest Geige gespielt; sie wollte auf ihrem Platz sitzen bleiben und sich den Nacken oder die Füße massieren. Aber sie dachte, sie sollte sich besser unter die anderen Eltern mischen. Als Neuzugezogene kannte sie niemanden, also sagte sie sich, los, Lottie, auf geht's – es wäre gut für sie und für Evelyn, wenn sie, Lottie, Teil der Schulgemeinschaft würde. Sie ging zum Getränketisch und sprach mit einer freundlichen, selbstsicheren Frau in einem eleganten, langärmligen, marineblauen Glitzerkleid und mit einer Bienenkorbfrisur – wie sich herausstellte, die Vorsitzende der Eltern-Lehrer-Organisation der Highschool. Der Organisation könne Lottie natürlich nicht beitreten, weil die ja nicht für Middle-School-Eltern sei, aber sie dürfe gern zur After-Concert-Party der Orchestermitglieder kommen, einige Eltern übernähmen dort die Aufsicht, und eine Person mehr könne nicht schaden. Lottie war sich nicht sicher, wie Evelyn es finden würde, ihre Mutter auf der Party dabeizuhaben, aber ihre Tochter war dreizehn, Herrgott, fast noch ein Kind. (Obwohl Lottie die Umrisse von Blutflecken in den Unterhosen aufgefallen waren, die Evelyn ausgewaschen und an einem Gestell im unteren Bad zum Trocknen aufgehängt hatte.) Lottie suchte die Damentoilette, erneuerte Lippenstift und Wimperntusche und betrachtete dabei im Spiegel die anderen Frauen, die in Zweier- oder Dreiergrüppchen dastanden und sich unterhielten, viele mit langem, gefärbtem Haar, gekräuselt und auf Volumen geföhnt. Und sie dachte mal wieder über ihr eigenes Haar nach, das sie in einem ordentlichen langen Zopf im Rücken trug, Mittelalter-Style, fürchtete sie, oder Bäuerinnen-Style, was noch schlimmer war. Jede hier schien einen Ehering zu tragen. Ein, zwei Frauen stellten sich ihr vor und fragten, wessen Mutter sie sei, wobei sich herausstellte, dass sie Evelyn nicht kannten, was auch gut so war. Sie schienen alle Söhne zu haben, die drei, vier Jahre älter waren als ihre Tochter, und Lottie wusste nicht genau, wie sie damit umgehen würde, wenn Evelyn anfing, sich mit Jungen einzulassen.

Während des restlichen Konzerts betrachtete sie wieder abwechselnd Evelyn, die mit eiserner, ja, fast schon grimmiger Konzentration den ganzen Bogenarm bewegte – sie spielte kraftvoll, ihre Ev, aber sie konnte auch zart sein –, und Jake Levinson, der emporfederte und hinabtauchte, aber dann auch wieder sehr ruhig war. Er ließ die Arme hängen, während die erste Geige ein getragenes Solo spielte, und später machte er mit den flachen Händen vor sich in der Luft entschiedene kleine Abwärtsbewegungen, um das grollende Schlagzeug zu dämpfen. Er trug eine Armbanduhr, aber sonst nichts an den Händen.

Als es vorbei war, bekam das Orchester fünf Minuten Standing Ovations, und der Beifall für den Dirigenten hielt genauso lange an, und er strahlte seine Orchestermitglieder an und lächelte und verbeugte sich zum Publikum hin, und Lotties Arme waren so müde.

Lottie fand Evelyn und umarmte sie und sagte ihr, wie toll sie das gemacht habe. Evelyn schien sich zu freuen und übergab ihr ihre Geige im Kasten und ihre Noten in einer schwarzen Notenmappe. »Ich geh zu der After-Concert-Party. Kannst du bitte meine Sachen mit nach Hause nehmen?«

Lottie sagte: »Ja, klar, ich nehme sie an mich, aber ich gehe auch zu der Party. Ich bin gebeten worden, als Aufsichtsperson dabei zu sein.« Lottie erzählte, was die Frau von der Eltern-Lehrer-Organisation gesagt hatte.

Evelyn machte ein finsteres Gesicht. »Ich will nicht, dass du zu der Party kommst. Warum hast du Ja gesagt, ohne mich vorher zu fragen?«

»Ich bin deine Mom. Wir sind neu hier. Ich möchte nett sein.«

»Es ist *mein* Konzert.«

Lottie wiederholte: »Ich bin deine Mutter.«

»Es ist mein erstes Konzert. Ich bin dreizehn. Geh einfach nach Hause.«

»Ich möchte auch ein paar Leute kennenlernen. Ich kann ein bisschen Sozialleben gebrauchen.«

»Hol's dir an der Hochschule. Das hier ist meine Welt!«

Doch dann, vielleicht, weil sie die Bestürzung im Gesicht ihrer Mutter sah, murmelte sie: »Okay, okay, schon gut. Aber bleib nicht länger als zehn Minuten. Fünfzehn höchstens. Und halt dich von mir fern.«

Lottie nickte, irritiert – es kam ihr vor, als wäre sie das Kind und ihre Tochter die Mutter –, aber auch erfreut. Würde Evelyn sich doch als ganz normaler Teenager entpuppen? Würde sie, Lottie, wirklich so viel Glück haben? »Ich bleibe nur kurz, versprochen. Zehn Minuten. Vielleicht zwanzig.« Aber ihre Tochter hatte sich schon umgedreht und ging davon.

An der Decke der Turnhalle im Souterrain hingen, mit Tape befestigt, königsblaue Krepppapiergirlanden, gekreuzt von weißen und knallgelben. Und da waren Gasluftballons mit der Aufschrift SAMMYS SCHUHHAUS sowie ein großes handgeschriebenes Transparent GRATULATION UNSEREN ORCHESTERWETTBEWERB-SIEGERN! Aus Lautsprechern schallten Michael-Jackson-Songs, und an einer Wand hing ein Riesenposter von Michael Jackson, wie er in einem weißen Glitzeranzug tanzt. Einige wenige Paare waren auf der Tanzfläche. Mädchen standen herum und redeten. Sechs Jungen, immer noch in ihren dunklen Jacken, aber mit gelockertem Schlips, warfen einen Basketball.

Eine Mutter sprach gerade mit Jake Levinson, der sich vorbeugte, um sie verstehen zu können. Lottie blieb in der Nähe stehen und wartete, dass sie fertig wären. Irgendwie, dachte sie, sah Jake Levinson aus wie jemand, den sie kannte. Dann ging ihr auf, dass er sie – mit seiner großen, knochigen Gestalt, dem dunklen Haar und den warmen, gedankenvollen Augen – an Abraham Lincoln erinnerte. Aber er sah nicht traurig aus. Er sprach lebhaft. Als die Frau weiterging, trat Lottie auf ihn zu und streckte ihm die Hand hin. »Tolles Konzert, Mr. Levinson.«

Er schüttelte ihr förmlich die Hand. Wie konnten diese lockeren, beweglichen Arme jetzt so steif sein? »Ja«, sagte er lächelnd. »Sie waren wirklich erstklassig, diese Kids.«

»Ein außergewöhnliches Programm haben Sie da zusammengestellt. Sie trauen Ihren Schülern ja viel zu.«

»Ja. Ich traue ihnen eine Menge zu. Danke. Sie klingen, als ob Sie was von Musik verstehen.«

»Ein bisschen was. Meine Schwester ist Pianistin. Amateurpianistin«, setzte Lottie entschuldigend hinzu.

»Wer sind Sie? Ich meine, wessen Mutter sind Sie?«

»Evelyn. Ich bin die Mutter von Evelyn. Evelyn Hart. Sie spielt Geige. Ist auf der Middle School.«

»Ah ja, Evelyn. Prima Mädchen. Fleißig. Sorgfältig. Freut mich, Sie kennenzulernen. Evelyns Mutter … Ihr Name ist …«

»Lottie. Lottie Hart.«

Jake nickte. »Ist ihr Vater auch hier? Ich würde ihn auch gern kennenlernen. Ihm zur Leistung seiner Tochter gratulieren. Sie ist sehr gewissenhaft, Evelyn. Und respektvoll.«

Lottie war hocherfreut und platzte heraus: »Das war ich allein. Ich meine, das war sie allein. Ihr Vater ist in Texas. Wir sind geschieden. Sie ist immer in den Sommerferien bei ihm. Ich kann's kaum glauben, dass sie da okay rauskommt. *Wenn* sie denn okay da rauskommt.«

»Tut mir leid«, sagte Jake. »Das mit der Scheidung.«

Und zu ihrer Überraschung kamen Lottie die Tränen.

Er sah sie aufmerksam an. »Tut mir leid. Ist aber nicht frisch, die Scheidung, oder? Sie sagten ja, sie ist immer in den Sommerferien bei ihm. Aber so was kann schmerzhaft sein. Ich weiß das. Aus eigener Erfahrung.«

»Nein, nein, ist schon lange her. Ich weine, weil es so aussieht, als würde sie vielleicht heil durchkommen. Ich weine, weil ich froh bin.«

Jake zog ein Taschentuch heraus. »Ist ein bisschen schweißgetränkt. Ich hab's nach dem Konzert benutzt.«

Lottie schüttelte den Kopf, um zu signalisieren, dass sie es nicht brauchte, aber sie konnte nicht aufhören zu weinen.

Jake legte ihr nett, aber linkisch die Hand auf die Schulter.

Es war ihr peinlich – weinen! In der Öffentlichkeit! Sie, Lottie! Und vor diesem Fremden! Sie sah sich um, konnte aber Evelyn nicht entdecken. Wenigstens ein Gutes, dass Evelyn sie nicht weinen sah. Und irgendwie fühlte sich Lottie beim Weinen erleichtert. Sie weinte immer weiter.

»Möchten Sie hier raus und irgendwo reden? Wir könnten irgendwo was trinken gehen«, sagte Jake Levinson.

»Nein! Nein, ich will nicht, dass Sie aus Mitleid mit mir irgendwo hingehen!« Sie konnte das Weinen nicht abstellen. Es war, als wäre ein Absperrventil kaputtgegangen.

»Seien Sie nicht albern.« Er schüttelte den Kopf. »Ich habe eine Tochter, ich habe auch eine gefährdete Tochter.« Und nach einer kurzen Pause setzte er hinzu: »Und Sie scheinen mir eine außergewöhnliche Frau.«

»Wieso?«, japste Lottie.

Er lachte.

»Wieso?«, insistierte sie. »Sagen Sie mir, wieso?«

»Na, schauen Sie sich doch an. Sie stehen hier in der Turnhalle und weinen und verlangen gleichzeitig, dass ich Ihnen sage, wieso Sie außergewöhnlich sind!«

Lottie weinte immer noch, nickte aber emphatisch. »Ja, ich gehe gern mit Ihnen irgendwohin. Ich muss es nur schnell Evelyn sagen.«

Sie ging in die Toilette und wusch sich das Gesicht, sauer auf sich selbst wegen des Weinens, aber entzückt bei der Aussicht, mit ihm auszugehen. Evelyn redete gerade mit einem anderen Mädchen, und Lottie nahm sie beiseite und erklärte ihr, sie gehe mit Jake Levinson etwas trinken.

»Shit!«, sagte Evelyn.

»Red nicht so.«

»Ich will nicht, dass du mit ihm ausgehst!«

Plötzlich hatte Lottie die Vision, dass Jake Levinson alle Mütter umgarnte. Was war mit den Schülerinnen? Hatte er sich an ihre Tochter herangemacht? Sie erstarrte. »Ist er ein mieser Typ oder was?«

»Er ist mein Geigenlehrer!«

»Aber was ist er für ein Mensch?«

»Er ist ein Guter. Ein richtig Guter. Lass ihn in Ruhe.«

»Das ist ja eine seltsame Empfehlung.«

Evelyn drehte sich weg, und ihre Mutter ging um sie herum, um ihr ins Gesicht zu sehen. »Halt mal«, sagte Lottie. »Bist du in ihn verknallt?«

»Nein!«, schrie Evelyn und marschierte davon.

Etwas erleichtert folgte ihr Lottie. »Hast du einen Schlüssel? Kann dich jemand von den anderen Eltern heimfahren? Ich will nicht, dass du mit jemandem von den älteren Schülern fährst, weder von den Mädchen noch von den Jungen. Ich traue deren Fahrkünsten nicht. Verstehst du mich?«

»Wenn du mit meinem Lehrer ausgehst und ich dich gebeten hab, es nicht zu tun, und du es trotzdem tust, finde ich nicht, dass du mir sagen kannst, in wem sein Auto ich steigen soll.«

»*Wessen*«, sagte Lottie idiotischerweise. Und dann sagte sie: »Ich bin deine Mutter. Ich sage dir, was du tun sollst, weil ich deine Mutter bin.«

»Du tust doch nie, was ich dir sage!«

»Meinst du das ernst?«

»Ja.«

Lottie wusste, es war nicht der Moment, eine große Diskussion anzufangen. Also sagte sie: »Du wartest hier auf mich. Ich gehe mit deinem Lehrer aus und bin in einer Stunde, höchstens anderthalb, wieder hier, um dich abzuholen.«

»Oh, toll«, sagte Evelyn. »Mom, du brauchst mich nicht abzuholen. Du brauchst nicht zu Hause mit mir rumzuhängen. Ich geh nach Hause, wenn ich nach Hause will.«

»Kann ich mich drauf verlassen, dass du mit jemandem von den Eltern fährst?«

»Ich kenne niemanden von den Eltern.«

»Du musst aber doch welche von den Jugendlichen kennen. Du probst seit Monaten mit diesem Orchester. Da schaffst du's doch wohl, dich mit jemandem zusammenzutun, der von seinen Eltern gefahren wird. Soll ich dir eine Mitfahrgelegenheit organisieren?«

»Geh weg. Hau einfach ab. Lass mich in Ruhe.«

Lottie wollte sagen, »Red nicht so mit mir«, aber stattdessen sagte sie, »Versprich mir, dass du nirgends hinfährst ohne einen Elternteil, ohne dass ein Elternteil dabei ist.«

Evelyn zog eine Grimasse, sagte aber: »Okay. Klar. Ich bin ja nicht blöd.«

 Jake und Lottie fuhren mit zwei Autos zu dem einzigen

Lokal in der Nähe, das an einem Donnerstagabend um halb elf offen hatte. Jake hielt Lottie zum Aussteigen die Wagentür auf, dann gingen sie durch die Tür des Lokals und landeten in einem Nebel von Zigarettenrauch. Lottie fing sofort an zu husten und versuchte zu sagen, dass ihre Lunge vielleicht von den Experimenten, die sie durchführte, überempfindlich war. Sie sah, dass er sie nicht verstand, doch als sie immer weiterhustete, gab er ihr seine Wagenschlüssel und sagte, sie solle in seinem Wagen warten, er werde ihre Getränke in Plastikbechern hinausbringen.

Es war beißend kalt, aber die Luft war klar, und Lottie hörte fast sofort auf zu husten, obwohl ihre Brust immer noch schmerzte. Alles war dick verschneit, nur der Fußweg zum Lokal und der Parkplatz waren geräumt. Außer Jakes und Lotties Autos standen da noch sechs, sieben andere. Seins war ein Van. Sie beförderte eine dunkelbraune Lederaktenmappe vom Beifahrersitz auf den Boden, damit sie sich hinsetzen konnte. Dann nahm sie die Mappe, öffnete sie – Noten –, machte sie hastig wieder zu und hielt durchs Fenster angespannt Ausschau nach ihm. Hintendrin befanden sich mehrere schwarze Instrumentenkästen – ein kleiner, schmaler sah aus, als beherbergte er eine Piccolo- oder sonstige Flöte, einer hatte die Form und Größe einer Geige und ein dritter mochte ein Cello- oder Kontrabasskoffer sein. Die beiden kleineren Kästen hatte er auf dem hintersten Sitz zwischen Büchern, Handtüchern und neongelben Tennisbällen verkeilt, und der Basskoffer stand im hintersten Fußraum und war mit den Gurten rechts und links an den Fensterkurbeln befestigt. Alle Instrumente waren sicher fixiert. Sie ließ den Motor an, die Heizung wurde schnell warm – er hatte sie gerade erst abgestellt –, und im Nu beschlug die Frontscheibe. Sie verriegelte ihre Tür und dann die Fahrertür, und nach kurzem Herumfummeln hatte sie es geschafft, Jakes Kassettenplayer anzustellen. Es kam Klaviermusik, Bach, da war sie sich ziemlich sicher, und sie schloss die Augen und sagte sich, ihr würde schon nichts Schlimmes passieren, sie wartete auf ihn in seinem sicheren, zivilisierten Wagen. War es wirklich das erste Mal seit Burden, dass sie allein mit einem Mann ausging?

Trotzdem erschrak sie, als er ans Beifahrerfenster klopfte. Sie drehte es herunter, und er reichte ihr einen sehr kalten Plastikbecher. Er ging auf die andere Seite herum, und sie beugte sich hinüber, um die Fahrertür zu entriegeln. Er stellte seinen Becher in einen ausklappbaren Becherhalter, nahm ihr ihren ab und klappte einen zweiten Halter aus, blies dann eine Weile auf seine Hände und auch auf ihre und erklärte schließlich, sie sollten besser beide ihre Handschuhe anziehen, damit ihnen nicht von den eisigen Plastikbechern die Finger erfroren. Er hatte ihr die Virgin Mary gebracht, um die sie gebeten hatte; obwohl sie an jenem Abend mit Burden nur ein paar Schlucke Wein getrunken hatte, schreckte sie der Gedanke, mit einem Mann Alkohol zu trinken. Sie nippte an ihrem Tomatensaft – er war sehr kalt beim Schlucken, und ihre Brust tat immer noch weh – und war aufgeregt und ängstlich zugleich.

Sie saßen schweigend da und tranken, im Dunkeln, bis auf das Licht von der Neonschrift des Lokals und aus dessen Innerem. Plötzlich wurde ihr bewusst, dass sie ihm unterstellte, sich jeden Moment auf sie zu stürzen. Sie musterte ihn genauer. Er saß hinterm Steuer, seinen Drink in den behandschuhten Händen, die langen Beine von sich gestreckt. Er sah sie seinerseits an und lächelte. Und da wurde es ihr klar: Dieser Mann würde sein letztes Stück Brot mit ihr teilen, wenn nicht ihr sogar ganz geben. Ihre Augen wurden feucht. Sie wollte mit ihm schlafen.

»Geht's besser?«, sagte er genau in dem Moment, als sie sagte: »Sie haben eine Tochter?«

Sie nickten beide.

Er sagte, Ruth sei neun und lebe bei ihrer Mutter in Kalifornien, in L. A. »Ist ein Problem, die Entfernung. Aber dahin wollte ihre Mutter nun mal, und ich hatte nicht viel zu sagen. Haben Väter meistens nicht. Viel zu sagen, meine ich.«

Lottie sagte: »Das ist der Grund, warum ich meinen PhD machen konnte.«

Sie schwiegen. Schließlich sagte er: »Okay, erzählen Sie. Worin haben Sie Ihren PhD gemacht? Wie haben Sie das gemacht? Nicht viele Frauen haben einen PhD.« Dann setzte er hinzu: »Natürlich haben Sie recht. Männer haben zu viel zu sagen. In den meisten Dingen.«

Im Dunkeln fühlte Lottie sich ermutigt. Sie erzählte ihm in groben Zügen von ihrem Weg zum PhD. Auch in groben Zügen war es einiges.

»Wow«, sagte er. »Das ist ja eine Abenteuergeschichte.«

»Finden Sie?«

»Aber ja doch.« Dann schwiegen sie wieder. Sie hörten der Klaviermusik zu. »Glenn Gould«, sagte er. »Ich muss das ausmachen. Ich kann nicht reden, während es läuft.«

»Mögen Sie keine Hintergrundmusik?«

Er schüttelte den Kopf. »Musik ist für mich Vordergrund. Nichts ist so sehr Vordergrund.«

Sie nickte, obwohl sie noch nie gedacht hatte, dass Musik Vordergrund war. Sie dachte überhaupt nicht groß über Musik nach.

»Ich habe keinen PhD«, sagte er. »Ich habe einen Master. Nicht viele Musiker, die ihren Lebensunterhalt mit Spielen verdienen, bringen es zu einem höheren akademischen Grad. Ich komme grade so über die Runden, recht und schlecht« – er lachte –, »aber ich liebe das Musizieren.«

Sie saßen wieder eine Weile schweigend da. Dann sagte er: »Fühlen Sie sich jetzt besser wegen Evelyn?«

Lottie erinnerte sich an ihre Tränen in der Turnhalle. Ihre Augen brannten immer noch, und jetzt waren sie wieder feucht. »Ehrlich, ich habe geweint, weil ich froh war.«

»Sie machen sich Sorgen um sie. Hören Sie, möchten Sie nach Hause?«

»Was?«

»Nach Hause fahren und nach ihr schauen.«

Lottie schüttelte den Kopf. »Wir sind doch grade erst hierhergekommen.«

»Na ja, vor einer halben Stunde. Offen gestanden, ich kann nicht mehr einfach nur im Auto sitzen. Ich stehe noch voll unter Strom von dem Konzert – es ist gut gelaufen, oder?«

Sie nickte heftig im Dunkeln. Wollte er sie wirklich loswerden? Hatte sie ihn irgendwie verprellt – irgendetwas gesagt, getan? Oder hatte sie ihn die ganze Zeit missverstanden, und er interessierte sich überhaupt nicht für sie, war einfach nur ein freundlicher Mensch? Fürsorglich. Sie hatte in Brust und Bauch ein Gefühl der Leere, des Verlusts.

Er sagte: »Was ich eigentlich will, ist tanzen. Wenn das für Sie okay ist.«

Sie war erleichtert: Er wollte sie nicht loswerden. »Aber wo können wir denn tanzen?«

»Na ja, da drin können wir nicht tanzen, weil Sie da nicht atmen können. Ich könnte Sie zu mir einladen …«

Wieder sah sie ihn im Geist über sie herfallen. Sie fühlte schon fast ihren Hinterkopf gegen das eisige Fenster schlagen.

»... ich habe das Obergeschoss eines Hauses, das Parterre ist an eine Familie vermietet ... es ist nur zwei, drei Meilen von hier, aber vielleicht sind Sie ja misstrauisch ... ich würde es Ihnen nicht verübeln, obwohl ich niemand bin, vor dem man auf der Hut sein muss, aber warum sollten Sie mir glauben? Sie sollten wahrscheinlich nach Hause zu Evelyn, also sollte ich vielleicht, wenn wir ausgetrunken haben, einfach nur hinter Ihnen herfahren und dann nach Hause gehen und allein tanzen!« Er lachte herzhaft.

Sie entspannte sich kurz und ließ den Gedanken zu, mit zu ihm zu gehen, und da würgte es sie plötzlich, und sie fing wieder an zu husten. Sie tastete in ihrer Handtasche nach einem Papiertaschentuch und fühlte das Schweizer Armeemesser, das sie sich am Tag nach dem Abend mit Burden gekauft hatte. In der Handtasche klappte sie die Schere, die Nagelfeile und den Korkenzieher aus.

Jake fischte eine Box mit Papiertüchern unter seinem Sitz heraus und reichte sie ihr. »Vielleicht sollten Sie diesem Husten mal nachgehen? Könnte was Ernsteres sein.« Dann fügte er hinzu: »Was meinen Sie? Ich fahre hinter Ihnen her bis zu Ihrer Wohnung, und dann lassen wir es für heute gut sein?«

»Warum wollen Sie hinter mir herfahren?«

Er schien erstaunt über die Frage. »Um sicherzugehen, dass Sie gut nach Hause kommen.«

Er war doch der, für den sie ihn hielt? Sie ließ das Messer los, zog die Hand aus der Handtasche und griff nach der Papiertücher-Box. »Nein«, sagte sie. »Ich will nicht nach Hause. Will ich nicht.«

»Sicher?«

Sie hustete immer noch. Aber dann sagte sie: »Sicher. Ein Tanz. Nur einer.«

Er grinste glücklich und sagte: »Ich fahre Ihren Wagen zu mir, dann brauchen Sie nicht in ein kaltes Auto zu steigen.« Dann sagte er: »Aber viele Leute wollen nicht, dass jemand Fremdes ihr Auto fährt. Entscheiden Sie.«

Sie wollte nicht, dass jemand Fremdes ihr Auto fuhr. Aber sie dachte, *Hör zu, Jake Levinson, ich werde alles in meiner Macht Stehende tun, damit du kein Fremder mehr bist*.

Aber da war eine zusammengeknüllte (saubere) Unterhose auf dem Rücksitz ihres Wagens, nebst zwei Paar Socken und drei Wissenschaftszeitschriften. Da war auch noch eine Thermosflasche mit einem wahrscheinlich eingetrockneten Rest Kaffee.

Scheiß drauf.

»Fahren Sie«, sagte sie. »Mein Auto. Ich fahre Ihrs.«

Sie hatte nichts so Großes mehr gefahren, seit sie und Evvie sich in ihrem verkaterten Hippiebus durch die Mitte des Landes nordwärts geschlängelt hatten. Sein Wagen war groß genug, um ein Kammermusikensemble zu transportieren, samt Instrumenten und allem, und sie fuhr langsam. Die Straßen waren kaum geräumt, und sie wollte keinen Unfall bauen. Aber sie hatte kein Problem, der Wagen haftete auf der Straße, *er muss Vierradantrieb haben*, dachte sie, es gefiel ihr, wie er sich fuhr. Nach wenigen Minuten bedeutete ihr Levinson per Blinker, in eine Einfahrt einzubiegen. Der Fußweg zum Haus war freigeschaufelt und mit Salz gestreut, ebenso die Stufen und der Absatz vor der Haustür. Bis auf die Eingangsbeleuchtung war das Erdgeschoss dunkel, sie hatte einen Moment Angst, dass es die Familie vielleicht gar nicht gab, aber es konnte ja sein, dass sie alle schliefen. Sie ging vor ihm die Innentreppe zum Obergeschoss hinauf, und er ließ sie ein, in einen Raum, der barbarisch kalt war. Er machte Licht an – es war ein geräumiges Wohnzimmer –, stellte sofort den Thermostat höher und ging mit einer Schachtel Streichhölzer zum Kamin. Die Scheite, das Anfeuerholz und das Zeitungspapier waren schon aufgeschichtet, und er brachte binnen Minuten ein Feuer in Gang. Der große Raum war kaum möbliert; es gab zwei Sessel, ein Sofa, ein Klavier, ein Schlagzeug und mehrere Notenständer. Er ließ sie allein, während er die Instrumente aus dem Auto holte. »Die Kälte tut ihnen nicht gut.« Er trug sie wie schlafende Kinder in ein anderes Zimmer.

Dann griff er nach einer Kassette. »Kennen Sie Leonard Cohen?«

»Klar. Nuklearphysiker. Professor an der University of Pittsburgh.«

Jake sah sie verdutzt an. »Nein, nein. Ich meine den Musiker, den Songwriter. Er schreibt traurige, schräge, lyrische Songs.«

»Was heißt hier ›nein, nein‹? Ihr Leonard Cohen ist Songwriter. Meiner ist Physiker. Es gibt wahrscheinlich noch sechzig andere Leonard Cohens.«

Jake lachte. »Punkt für Sie. Wahrscheinlich sogar sechzig Punkte.« Dann sagte er: »Möchten Sie einen Song von meinem Leonard Cohen hören? Ein Song, ein Tanz. Dann begleite ich Sie mit meinem Wagen nach Hause.«

»Sie wollen mich wirklich nach Hause begleiten?«

»Natürlich.«

Verdiente sie diesen Mann? »Okay. Ja, ich höre mir Ihren Cohen an.«

Er stellte die Kassette an und nahm Lottie sachte und respektvoll in die Arme. Sie hörte etwas, das wie eine sehr sanfte, persistierende Geige klang. Dann eine Gitarre? Vielleicht noch eine Gitarre? La la, la la la la la. Die Geige immer wieder? Sie verstand Textzeilen:

Dance me to your beauty with a burning violin
Dance me through the panic till I'm gathered safely in

Woher wusste Leonard Cohen/Jake, dass sie in Panik war? Waren ihre Bewegungen steif? Hyperventilierte sie? Sie wartete darauf, dass er fester zupackte, aggressiver, aber er hielt sie leicht und locker. Obwohl sehr groß (so groß wie Charlie?), war er schmal und leichtfüßig – als ob er kleiner wäre. Seine Hand in ihrem Kreuz war gespreizt und hielt ihren halben Rücken.

Dance me to the children who are asking to be born…
Raise a tent of shelter now though every thread is torn…

Eine beruhigende Wärme strahlte von seiner Hand durch ihren Pullover auf die Haut ihres Rückens. Sie tanzte, gewärmt von seiner Hand; es war, als flösse durch seine Finger nicht nur Wärme, sondern auch Strom in ihren Rücken. Der elektrische Puls breitete sich aus, ging durch ihre Taille, ihren Po hinab, ihre Beine. Es war schon fast schmerzhaft, sich weiter zu bewegen.

Sie sah zu ihm auf. Er war fast einen Kopf größer als sie. Fühlte er, was sie fühlte? Seine braunen Augen glänzten, schienen zu schwimmen. Er sah sie intensiv an.

Touch me with your naked hand or touch me with your glove

Sie berührte seinen Nacken.

Er hatte Stirnfalten und Lachfältchen um Augen und Mund. Sie waren beide nicht mehr jung, und sie sahen einander an, nahmen jede Einzelheit in sich auf. Sie schloss ihre feuchten Augen, wollte, erwartete irgendwie, dass er sie küsste.

Er küsste sie nicht. Nach einem Weilchen fühlte sie, wie er sie am Zopf zog, und als sie die Augen aufmachte, zwinkerte er ihr zu. »So, nach Hause jetzt. Fahren wir.«

»Noch mal«, sagte sie. »Ich mag Ihren Leonard Cohen.«

Er sagte: »Er ist gut, was? Dieser Song ist wie ein Geigenwalzer von Strauss und gleichzeitig wie Gipsy-Klezmer. Oder wie jüdische Klezmer-Musik.«

Sie sagte: »Ich kenne Klezmer-Musik nicht. Lassen Sie's noch mal laufen, bitte.«

»Nein«, sagte er. »Sie müssen nach Hause. Kommen Sie.« Er holte ihre warme Jacke, diesen uralten weißen Daunenparka, und half ihr hinein. »La la, la la la la la.« Er hatte eine tiefe, raue, fast schon brüchige Stimme, die sie gefährlich und wunderbar fand. Auf der Innentreppe hörte er auf zu singen, und sie übernahm, sang leise »la la, la la la la la«, aber er machte *Psst*. Und ihr fiel die Familie ein, die im Parterre wohnt. Er flüsterte: »Ich lasse es beim nächsten Mal wieder laufen.«

Es würde also ein nächstes Mal geben, dachte sie und war unbeschreiblich froh.

»Alt«, flüsterte er ihr zu. »Sie sind ein Alt, fast schon Kontraalt. Sie haben eine schöne, tiefe Stimme. Voll. Singen Sie?«

Sie schüttelte den Kopf. »Aber ab jetzt.«

Sie stiegen in ihr jeweiliges Auto, und er eskortierte sie fast bis vor ihr Haus.

Evelyn saß am Küchentisch und machte Aufgaben. Sie sah nicht auf, als Lottie hereinkam.

»Tolles Konzert«, sagte Lottie.

Evelyn schrieb weiter in ihr Heft.

»Ehrlich, es war fantastisch. Du musst ja so stolz sein. *Ich* bin total stolz.«

Evelyn schrieb schneller und verbissener.

Lottie ließ sie in Ruhe. Sie ging hinauf in ihr Schlafzimmer, sang dabei vor sich hin, *lala, la la la la la la*. Sie sang noch eine ganze Zeit lang *la la, la la la la la la*, ehe sie einschlief.

Am nächsten Abend, als Lottie nach Hause kam, sagte Evelyn, da sei eine Nachricht für sie auf dem Anrufbeantworter gewesen, »von meinem Geigenlehrer«.

»Für mich? Sie war für mich?« Aufgeregt wollte Lottie die Abhörtaste drücken, aber Evelyn sagte: »Ich hab sie gelöscht.«

»Was? Du hast *was?*«

»Es war keine richtige Nachricht. Mr. Levinson hat nur gesagt, ›Rufen Sie mich an‹. Und seine Nummer hinterlassen.«

»Das hat er gesagt? Genau das?«

»Na ja, vielleicht hat er gesagt, ›bitte rufen Sie mich an‹. Es waren jedenfalls nur zwei oder drei oder vier Wörter.«

Nach einer langen Pause sagte Lottie: »Tu das nie wieder, hörst du? Ich lösche deine Nachrichten nie.«

 »Also bist du scharf auf ihn …«

Lottie wollte zuerst sagen, »Du sprichst mit deiner *Mutter*«, sagte aber stattdessen, »Und seine Telefonnummer? Hast du die auch gelöscht?« Als sie auf den Block neben dem Telefon blickte, sah sie, dass Evelyn dort Jakes Namen und Telefonnummer notiert hatte.

»Du weißt doch selbst, dass es nicht stimmt, dass wir nie Nachrichten für die andere löschen. Deswegen haben wir doch den Block da liegen«, sagte Evelyn.

»Aber wenn es was Persönliches ist? Warum löschst du eine persönliche Nachricht?«

»Du erwartest also eine persönliche Nachricht *von meinem Geigenlehrer?* Wieso? Hast du mit ihm gefickt? Hast du ihm einen geblasen?«

Lottie knallte ihr eine.

Evelyn schrie auf. Und im nächsten Moment stand sie auf und schlug zurück.

Sie standen sich gegenüber, gleich groß.

Lottie schrie: »Hast du was gesehen? Hast du was gehört?«

»Was? Was denn? Wovon redest du?« Evelyns Stimme klang verwirrt, wütend und wacklig. Ihr halbes Gesicht war rot von Lotties Ohrfeige.

Lotties eigenes Gesicht brannte und schmerzte. »Du weißt es nicht?«

»Was weiß ich nicht?«

»Vergiss es.«

»Was soll ich vergessen? War da irgendwas mit meinem Lehrer? Mit Mr. Levinson?«

»Nein! Nein! Ich spreche von etwas, das lange her ist. Als du noch klein warst. In Wisconsin. Du warst vielleicht vier oder fünf.«

»Was meinst du?«

»Du hast nicht gesehen … was er mit mir gemacht hat? Was da passiert ist … Was ich mit ihm gemacht hab?«

»Was denn, Mommy? Wer denn? Sag's mir!« Evelyn fasste die Hände ihrer Mutter.

So standen sie in der Küche.

»Mom, du kannst das nicht einfach so stehen lassen!«

Lottie dachte, dass sie es sehr wohl konnte, dass ihre Eltern es ihr gegenüber immer so gemacht hatten, ihr nie eine klare Antwort wegen ihres kleinen Bruders gegeben hatten. Keine klare Antwort zu bekommen machte es schwer, klar zu denken, zu wissen, was was war. Schließlich setzte Lottie sich an den Küchentisch. Evelyn setzte sich ebenfalls hin.

Lottie bettete den Kopf auf die Arme und weinte. Ihre Tochter legte ihr die Hand auf den Kopf und massierte ihn. Schließlich erzählte Lottie Evelyn in groben Zügen, was in jener Nacht in ihrem Wohnzimmer zwischen Nathaniel Burden und ihr passiert war, während Evelyn geschlafen hatte.

Ihre Tochter stellte Fragen, die Lottie knapp und so wenig drastisch wie möglich beantwortete. Sie war offen und ehrlich. Sie benutzte die Wörter *Vergewaltigung* und *Fellatio*. Aber sie zitterte. »Du bist der erste Mensch, dem ich das je erzählt habe.« Sie küsste die Hand ihrer Tochter, die sie geohrfeigt hatte, die ihr den Kopf massiert hatte.

Evelyn wischte ihrer Mutter mit den Fingern die Tränen weg. »Gehst du deshalb nie mit jemandem aus, Mom? Du musst ja solche Angst haben!« Evelyn tränkte zwei Waschlappen mit kaltem Wasser, wrang sie aus und drückte einen vorsichtig ihrer Mutter auf die schmerzende Wange. Lottie hielt ihn dort fest. Evelyn hielt sich den anderen ans eigene Gesicht.

Sie lachten.

Lottie sagte: »Ich habe ihm den einen oder anderen Schnitt verpasst. Und ich habe ihn aus dem Haus gejagt. Ich habe ihm seine Boots hinterhergeschmissen. Und ich habe gesagt, ich würde die Polizei rufen.« Sie fing wieder an zu weinen.

»Und hast du? Die Polizei gerufen?«

Lottie schüttelte den Kopf. »Ich habe mich geschämt.« Sie berührte das glänzende Haar ihrer Tochter. »Aber deshalb will ich nicht, dass du je allein zu einem Jungen nach Hause gehst. Deshalb will ich sicher sein, dass immer ein Elternteil da ist. Verstehst du? Und wenn dir irgendwas passiert, schäm dich nicht, es mir zu sagen. Und warte nicht sechs Jahre damit.«

Sie standen auf und umarmten einander.

Am Samstagabend, nachdem sie Evelyn zum Übernachten bei ihrer besten Freundin abgesetzt hatte – Evelyn hatte eine beste Freundin! –, fuhr Lottie vorsichtig, aber euphorisch auf den vereisten Straßen zu Jakes Haus. Immer wieder hörte sie im Geist, was ihre Tochter gesagt hatte, als sie mit ihrem Rucksack aus dem Wagen stieg: »Viel Spaß, Mommy. Mr. Levinson ist super!«

Dass Evelyn ihr ihren Segen gab! Unglaublich – da hatte sie ihre Tochter geschlagen und ihr von jener unsäglichen Nacht erzählt, und herausgekommen war das!

Ihre Tochter war okay, Evelyn war okay, da war sich Lottie nun ganz und gar sicher.

Sie fuhr beschwingt dahin. (Na ja, sie hatte ihre Tage,

das war schon ein Dämpfer, weil es die Möglichkeiten einschränkte, aber vielleicht hatte das ja auch sein Gutes – es würde nichts Schreckliches passieren. Was konnte denn Schreckliches passieren? Würde sie die Gedanken an Burden nie loswerden? Wie auch immer, es war eine erste Nacht, gut, vielleicht eine zweite. So schnell musste ja gar nichts passieren.) Obwohl sie sich Jakes Wegbeschreibung aufgeschrieben hatte, blickte sie gar nicht auf den Zettel und bog trotzdem kein einziges Mal falsch ab. Sie war stolz darauf, praktisch jeden Weg intuitiv zu finden, aber angesichts der Tatsache, dass sie nur einmal von dort nach Hause gefahren war, und das im Dunkeln, hatte es schon etwas Übernatürliches, dass sie so genau spürte, wo er war: Sie war halb Frau, halb Fledermaus. Es fühlte sich an wie Echo-Ortung. Und er musste am Wohnzimmerfenster nach ihr Ausschau gehalten haben, denn als sie in seiner Einfahrt den Motor abstellte, kam er schon die Eingangsstufen herunter, in einer großen roten Grillschürze und mit aufgekrempelten Hemdsärmeln. (Ohne Jacke, ihm musste bitterkalt sein.) Sie überreichte ihm eine Topfbegonie mit hellorangen Blüten, und er bedankte sich überschwänglich, als sie die Treppe hinaufeilten. In seinem Kamin brannte ein ordentliches Feuer, auf den Notenständern standen Noten, ebenso auf dem Klavier, und der ganze Raum wirkte wärmer – dichter, kompletter – als zwei Abende zuvor. Er stellte die Musik ab.

»Beethoven?«, fragte sie.

»Jepp.«

Sie musste ein bisschen angeben. »Klaviersonate Nr. 23.«

»Genau. Woher wissen Sie das?«

»Ich sagte doch, meine Schwester ist Pianistin. Sie hat immerzu geübt.«

»Schön für Sie, dass Sie zugehört haben.«

»Das war gar nicht zu vermeiden.«

Er lachte. »Mögen Sie Musik nicht?«

»Doch, ich glaube schon. Ich verstehe nicht viel davon.«

»Ich bring's Ihnen bei. Das wird Ihnen gefallen.« Er sah unsagbar glücklich aus, als er ihr aus dem Parka half und ihn an einen freien Haken hängte, neben einen Frack von ihm, einen dunklen Nylonregenmantel und mehrere dicke Flanellhemden.

»Oh ja, gern.« Sie lächelte ihn an, selber glücklich.

Sie atmete den Duft von warmem Knoblauch und Olivenöl und den sauren, fast schon beißenden Geruch von Zitrone. Sie folgte ihm in die Küche.

Er goss ihr ein Glas weißen Bordeaux ein, gab dann geklopfte und in Mehl gewendete Kalbsschnitzel vorsichtig in eine heiße Pfanne. Er legte Engelshaar-Pasta in einen Topf mit kochendem Wasser. Auf der Arbeitsplatte stand ein großer Salat aus einer Schicht rotem Blattsalat, einer Schicht Rucola und Schichten von diversen Salatgemüsen.

»Haben Sie das alles gemacht?«

»Das Brot nicht«, sagte er lachend. »Was ist da schon dabei? Ich koche. Sie kochen doch auch, oder?«

»Kochen Sie oft?«

»Früher hab ich's getan. Als ich verheiratet war. Jetzt koche ich nur noch zu besonderen Anlässen.«

»Ich fühle mich geehrt, wenn ich ein besonderer Anlass bin.«

»Sind Sie. Ein besonderer Anlass, meine ich.« Er lächelte. Aber er betrachtete sie auch ernst.

Er nahm ihren Teller, tat ihr auf und reichte ihr das Brot. Dann sagte er: »Iss, mein Kind. Es wird sonst kalt.

Iss. Das hat meine Großmutter immer zu mir gesagt – auf Jiddisch.«

»Sagen Sie's mal auf Jiddisch. Ich hab noch nie Jiddisch gehört.«

»*Ess, meyn Kind, mein balibte Kind*. Iss, mein Kind, mein geliebtes Kind. Stört es Sie, wenn ich Sie ›mein Kind‹ nenne?«

»Auf Jiddisch stört's mich nicht. Wie alt sind Sie überhaupt?«

»Fünfunddreißig«, sagte er.

»Ich bin sechsunddreißig. Hatten Sie ein enges Verhältnis zu Ihrer Großmutter?«

»Meine Mutter hat gesagt, auf dem Weg zur Arbeit habe sie mich immer durchs Busfenster meiner Großmutter in die Arme gegeben. Meine Großmutter hat sich den ganzen Tag um mich gekümmert und mich dann abends durchs Busfenster wieder reingereicht, wenn meine Mutter nach Hause fuhr. Sie konnte in keiner Sprache lesen und schreiben, meine Großmutter. Sie hat nie Englisch sprechen gelernt, also konnte sie praktisch nicht aus dem Haus gehen ohne meine Tante oder meinen Onkel. Es war ein heroischer Akt, allein auf der Straße zu stehen und auf mich zu warten.

Sie war immer beschäftigt, aber irgendwie deprimiert – wer wäre das nicht bei einem so eingeschränkten Leben, einem Leben, ohne die Sprache zu beherrschen – aber sie hat mich geliebt. Und sie hat wunderbar gekocht. *Ess, meyn Kind*. Solange es heiß ist.«

Lottie schnitt ein Stück von der Kalbs-Piccata auf ihrem Teller ab. »Sprechen Sie diese Sprache? Jiddisch? Ich weiß ja nicht besonders viel über Juden.« Sie war sich nicht sicher, ob es okay war, wenn sie das Wort »Juden« gebrauchte, aber er schien nichts dagegen zu haben. »Aber gelten sie nicht als sehr gebildet?«

»Tja, meine Großmutter war es nicht. Und es gab viele alte Frauen wie sie.«

»Ich muss sagen«, sagte sie, »dieses Fleisch ist himmlisch.«

»Es ist kein Familienrezept. Ich kenne ein, zwei Familienrezepte – Nudelkugel, Kartoffel-Latkes.«

Sie war sich nicht sicher, was da los war, aber sie hatte so ein feuchtes Gefühl zwischen den Beinen. Sie befürchtete, ihre Kleidung durchzubluten. »Wo ist die Toilette?« Sie nahm ihre Handtasche mit aufs Klo, wo sie die Unterhose herunter- und den Tampon herauszog. Sie stellte fest, dass sie kaum blutete, aber eine Menge Sekret absonderte. Sie prüfte es mit dem Finger. Dickflüssig. Gut!

»Alles in Ordnung?«, fragte er, als sie wiederkam.

»Alles bestens«, sagte sie mit einem angespannten Lachen.

Tatsächlich war sie ein bisschen beduselt und kurz davor, ihm zu sagen, was los war – das wäre typisch sie, Lottie –, aber was sollte sie ihm denn sagen? Dass sein Erzählen von seiner Großmutter sie angetörnt hatte – nein, *er* törnte sie an, oder suchte sie ihre Großmutter? Einen Mutter-Mann? Sie fürchtete jetzt, dass ihre Erregung wieder verschwinden würde, so wie bei George Kenadjian. Das könnte sie nicht ertragen. War sie liebesunfähig? Aber sie wusste, sie hatte Charlie geliebt. Auch wenn es eine andere Art Liebe gewesen war, jugendliche Liebe – Liebe war es doch mit Sicherheit gewesen. Und das war es, was zählte.

Er goss ihnen ein zweites Glas Wein ein und erkundigte sich nach Evelyn.

»Mit ihr ist auch alles okay. Ich weiß nicht, warum ich mir neulich Abend solche Sorgen gemacht habe.« Dann dachte sie, dass sie gerade nicht ehrlich war. »Es hatte damit zu tun, dass ich als Mutter immer so unsicher war. Ich weiß noch, wie ich nach ihrer Geburt, als ich mit ihr das Krankenhaus verließ, dachte, wie, sie lassen mich einfach so mit ihr raus? Niemand behält mich im Auge? Sie lassen mich keinen Eignungstest machen?«

Er lachte. Dann sagte er leise, »Jedes Kind ist Gefahren ausgesetzt«, und senkte den Kopf.

»Erzählen Sie mir von *Ihrer* Tochter«, sagte Lottie.

Zur Antwort holte er ein gerahmtes Foto. Wind verwehte Ruths Haare, und sie lachte. Sie war hübsch. Lottie verspürte Eifersucht, als wäre das Mädchen eine Bedrohung für sie. Sie schüttelte den Kopf, um die Eifersucht abzuschütteln. Eifersüchtig auf eine Neunjährige? Aber wenn sie eifersüchtig war, dann bedeutete ihr dieser Mann etwas.

Im ganzen Körper fühlte sie, dass er ihr etwas bedeutete.

Er sagte ein paar Sachen über seine Tochter – temperamentvoll, sehr gescheit –, auf die Lottie sich nur schwer konzentrieren konnte, obwohl sie sich sagte, sie müsste. Er ging an den Kühlschrank und holte geeiste Zabaione. Sie probierte ein paar Löffel. Aß ihr Schälchen ratzeputz leer. »Oh Mann«, sagte sie. »Was für ein Mahl! Der kochende Musikus. Was können Sie noch?«

Er stand auf und ergriff ihre Hand. »Lassen Sie uns Musik anmachen und tanzen.«

»Dass Sie ein guter Tänzer sind, weiß ich schon.« Sie stand sofort auf. Sie gingen Hand in Hand ins Wohnzimmer, Lottie mit ihrem Weinglas.

 »Hier, nehmen wir das mal.« Er legte eine Kassette ein.

Es war dieselbe Stimme wie neulich Abend. »Dieser Physiker.« Sie grinste. »Cohen. Also, der Physiker heißt eigentlich Bernard Leonard Cohen.«

Now, I've heard there was a secret chord
That David played, and it pleased the Lord
But you don't really care for music, do you?

Ihr Kopf war auf Höhe seiner Schulter, und sie atmete den lieblichen Geruch seines Schweißes zugleich mit dem Duft der Erdbeeren von der Zabaione ein. Nein, sein Schweiß konnte nicht lieblich riechen, es musste die Zabaione sein. Sie war betrunken von zwei Gläsern Wein, und sie war verzückt und vielleicht gerade dabei, sich zu verlieben, und vielleicht war *sie* ja gefährdet. »Ich möchte den anderen Song. Den vom letzten Mal.«

Er ließ sie los, um zurückzuspulen, und sie fühlte sich in dem Moment einsam.

Dance me to your beauty with a burning violin.

Er kam zurück. Er nahm sie in die Arme, aber nicht übergriffig. Und dann küsste er sie, und sie erwiderte den Kuss. Sein schwarzes Haar roch frisch und sauber. Sie küssten sich immer weiter und tanzten dabei. Sie hatte Angst, in Ohnmacht zu fallen, aber das schien doch unmöglich. Sie spürte seine Erektion an ihrem Bauch. Im Tanzen begann er, ihr Haar zu lösen, das sie zu einer Krone aufgesteckt trug wie einst ihre Großmutter. Er legte die Haarnadeln auf die Leiste eines Notenständers und löste jetzt den einen langen Zopf. Und dabei küsste er sie und sie ihn.

Oh, let me see your beauty when the witnesses are gone
Let me feel you moving like they do in Babylon
Show me slowly what I only know the limits of

Sie legte die Hand auf seine Erektion. Sie wusste, es war seltsam direkt, seine Erektion zu berühren, aber sie hatte das Gefühl, dass ihre Hand da hingehörte, dass sie da zu Hause war, und er hatte offenbar nichts dagegen, legte sogar einen Moment lang seine Hand zärtlich auf ihre und bewegte sich weiter zur Musik. Und jetzt kämmte er sachte mit den Fingern durch ihr langes Haar, glättete die Wellen vom Flechten. Es war, als zöge er sie aus.

»Ich kann nicht mit dir schlafen«, flüsterte sie.

»Warum nicht?« Seine Stimme war belegt. Er arbeitete sich behutsam weiter durch ihr Haar.

»Ich habe meine Tage.«

»Ist das der Grund?«, fragte er langsam. »Ist das der einzige Grund?«

Sie merkte zu ihrer Freude, dass es so war. »Ja.«

»Du hast noch nie mit jemandem geschlafen, während du deine Tage hattest?«

Sie schüttelte den Kopf.

»Ist es wegen des Geschmieres? Kannst du kein Blut sehen?«

Sie lachte. »Ich schneide den ganzen Tag Ratten auf. Ich arbeite in Blut und Fäkalien …«

Er tanzte weiter.

»Und ich bin alles andere als eine Sauberkeitsfanatikerin, außer bei meinen Experimenten. Da passe ich sorgfältig auf.« Ihre Hand lag immer noch leicht, aber bestimmt auf seiner Erektion.

»Weswegen hast du dann Bedenken? Wegen mir?«, hauchte er ihr ins Ohr. »Hast du Bedenken, wie ich dein Blut finde? Dein Fruchtbarkeitsblut?«

»Ja.« Sie nickte.

»Tja, also, zuerst werde ich dich ausgiebig lecken«, flüsterte er.

»Nein!«, sagte sie. »Ich sag doch, ich habe meine Tage.«

»Hat das noch nie jemand bei dir gemacht? Ist so ein beliebtes Macho-Ding. Motorradrocker prahlen immer damit. Ich sehe mich nicht als Macho. Also sag ich dir jetzt, wer es noch macht, wobei die nicht damit prahlen, sie behalten es eher für sich, weshalb es nur wenige Leute wissen: Trompeter. Eine Frau zu lecken, die ihre Tage hat, verbessert die Kontrolle beim Spielen, die Kontrolle über die Lippen und die Zunge und vielleicht sogar über die Lunge ...«

»Echt?«

Er nickte.

»Warum grade dann, wenn die Frau ihre Tage hat?«, fragte sie. »Inwiefern verbessert das die Kontrolle beim Trompeten?«

»Man muss die Zunge stärker bewegen. Blut ist nun mal dicker als Wasser.« Er lachte kurz über sich selbst. »Und bei Blut kriegt man leichter einen Würgereiz, also muss man seine Atemtechnik perfektionieren.«

»Ist das dein Ernst?«

»Dizzie Gillespie. Bird. Satchmo – ihr Übungstrick, um noch mehr Kontrolle zu erlangen.«

Sie fühlte, wie er immer weiterredete und sachte ihr Haar ausstrich, und ihr Höschen wurde immer feuchter.

»Woher weißt du das alles? Bist du auch Trompeter? Du bist doch kein Trompeter.«

»Ich spiele Holzblasinstrumente – Querflöte, Piccoloflöte.«

»Das sind doch viel sensiblere Instrumente! Was haben die mit einer Trompete gemeinsam?«

Er grinste. »Lottie, Liebes, ich zieh dich nur auf. Ich nehm dich auf die Schippe. Ich hole jetzt ein paar Handtücher, und dann spreize ich deine Beine und mache die Musik aus und ziehe den Tampon da raus und lecke dich. Im Moment interessieren mich Trompeter überhaupt nicht und Motorradrocker schon gar nicht.«

Sie ließ ihn nur widerstrebend los. »Warum veräppelst du mich?«

»Weil du zu ernst bist. Ärgert es dich, wenn ich dich ein bisschen auf den Arm nehme?«

Sie schüttelte den Kopf, obwohl es sie vielleicht doch ärgerte.

»Ich möchte alles für dich tun. Alles, was noch nie jemand gemacht hat, alles, was alle gemacht haben, ich will es alles tun, ich will es besser machen, ich will alles besser machen.«

Sprach er von seiner Vergangenheit oder von ihrer – aber er wusste doch gar nichts über ihre Vergangenheit. Sprach er von der Vergangenheit überhaupt?

Er ging und kam mit Papiertüchern, Handtüchern und Kissen wieder, kniete sich hin und zog ihr den Rock herunter, und sie stieg aus dem Rock und zog ihre Strumpfhose selbst aus und auch ihre Unterhose und stand da mit einer nassen weißen Schnur zwischen den Beinen.

Und er zog sachte daran, bis der Tampon herauskam. Dann steckte er die Nase zwischen ihre Schamlippen, schnupperte, kam wieder hervor. »Ganz schön berauschend, dieser Lottie-Duft.«

Und sie war verlegen und sagte: »Du siehst aus wie Rudolph mit der roten Nase.«

Und er lachte und tauchte wieder ab und leckte und leckte. Zuerst fiel es ihr schwer, sich zu entspannen, aber er ging so eifrig und begeistert, so von ganzem Herzen zu Werk, dass sie im Stehen kam, geräuschvoll, und rosafarbene Flüssigkeit sich aus ihr ergoss, und er tauchte sein Gesicht hinein, seine Nase, fing etwas davon mit dem Mund auf, und er zog seine Hosen aus und sein Hemd und zog ihr den weißen Pulli aus, und sie setzte sich auf den Boden und hakte ihren BH auf, und er küsste ihre Brüste, immer wieder, und riss eine Kondomverpackung auf und streifte sich das Kondom sorgsam über …

Und er legte sie sachte hin und glitt langsam in sie hinein und bewegte sich in ihr, und sie spürte ihn hier und dann da, und sie hatte so ein schwimmendes Gefühl, als ob alles in ihr ganz weich und schwach wurde oder sich vielleicht anschickte, aus ihr in ihn hineinzufließen, um dort in ihm weiterzuleben, und dann könnte sie diesen Mann nie mehr verlassen …

»Wie ist es für dich?«

Sie sagte: »Ich sterbe. Es ist so schön, so schön. Du … du weißt, was du tust, hm?«

Er lächelte breit. »Ich versuche nur, es gut zu machen.«

»Du hast viel Erfahrung.« Und sie verspürte Eifersucht.

»Sch-sch«, sagte er.

»Ich hab nicht so viel Erfahrung«, sagte sie. »Na ja, ich hab genug Erfahrung. Vielleicht mehr als genug.«

»Sch-sch, Lottie, Liebes. Nicht jetzt. Lass einfach los, Lottie, Liebes. Lass einfach alles los.«

Und er stieß in sie, und sie hielt seinen Nacken umschlungen und hob und senkte sich mit ihm und fühlte die Handtücher und Kissen unter sich, und dann wurde sein Atem heftig, fast schon gehetzt, und er kam, und nach einem Weilchen begann er, sachte mit dem Mund ihren Hals zu liebkosen, leckte ihn wie ein Reh einen Salzstein, und dann zog er sich langsam aus ihr heraus und richtete sich zwischen ihren Beinen auf die Knie hoch, über sie gebeugt. Und als sie ihn so über sich sah, mit ihrem Blut auf Nase und Wangen und an seinen Wimpern – seinen Wimpern! – und Blut auf dem Kondom, in dem sein Sperma jetzt sichtbar herabbaumelte – und mit blutdurchfeuchtetem Schamhaar, da wirkte er so verletzt, so verwundet. Und sie dachte – ein seltsamer Gedanke überhaupt, aber vor allem für eine Makroanatomin –, sie sterben auch, mit ihren Penissen und Hoden, auch sie sterben. Und sie dachte, ich werde diesen Mann heiraten. Ja. Ich will diesen hier.

SIEBTER TEIL

ALS AM SPÄTEN NACHMITTAG IM LABOR das Telefon klingelte, hatte Lottie gerade eine Ratte im Ätherglas. Es war der Tag nach der Episode mit Ruth und der schallenden Musik im Vorgarten, und sie war besonders froh, wieder allein in ihrem klimatisierten Büro bei der Arbeit zu sein, weit weg von ihrer ganzen lärmenden Familie.

»Ich ruf dich zurück«, sagte sie zu Jake. »Viertelstunde.« Dann setzte sie, damit es nicht so schroff klang, noch hinzu: »Ich vermisse dich.«

Die Ratte rannte hektisch im Glas herum. Kurz stellte sie sich auf die Hinterbeine, die Vorderpfoten an der Wand des Glases, und sah Lottie mit ihren schwachsichtigen rosa Augen an. Sie schnappte nach der ätherisierten Luft, rannte herum, stellte sich auf und fiel dann um. Ihr Atem ging jetzt schnell und rau. Lottie wartete zwei Minuten, nahm dann das bewusstlose Tier aus dem Glas und legte es auf ein Stück Küchenpapier neben dem Becken. Am Käfig, fünfzehn Zentimeter über der Ratte, klemmte eine Trinkflasche, die sie vor einer Stunde mit Fixativ gefüllt hatte. Jetzt war sie zu zwei Dritteln leer. Ein durchsichtiger Plastikschlauch war auf den Hals der Trinkflasche gezogen und gleich darunter abgeklemmt; der Schlauch reichte bis auf die Arbeitsfläche. Lottie öffnete eine Packung sterile Kanülen, schnitt dann mit der Schere den Brustkorb der Ratte auf, hielt das Herz mit zwei Fingern fest und stach die Kanüle in die Aorta. Sie koppelte die Kanüle an den Schlauch an – es kam zu einem leichten Blutrückfluss – und klebte sie fest. Dann schnitt sie in die Auricula, und als das Blut ins Becken herausquoll, öffnete sie die Klemme: Das Fixativ, eine klare Flüssigkeit, schoss in den Schlauch. Das Tier regte sich und begann, heftig zu zucken, zuerst die Vorderbeine, dann die Hinterbeine und schließlich der Schwanz. Gleich darauf war die Ratte still.

Lottie hatte das Tier lebend fixiert, alle seine Zellen mitten in der Bewegung gestoppt, als hätte sie ein Sportereignis, ein Footballmatch etwa, gefilmt und den Film bei einem Einzelbild angehalten, auf dem sich alle Spieler in verschiedene, aber koordinierte Richtungen bewegten: Der eine sprang gerade hoch, ein anderer fiel hin, wieder ein anderer blockte für den Passgeber, und beiden flogen losgerissene Erdklumpen ins Gesicht, ohne je dort anzukommen. Sie hatte die Ratte »angehalten«, damit ihre Ergebnisse in den Augen ihrer Kritiker weniger artefaktisch wären. Die arme Kreatur war doch sowieso ein einziges Artefakt. Mit ihrem weichen weißen Fell und den rosa Augen sah sie aus wie ein Plüschosterhase. Wenn sie dort draußen zurechtkommen müsste, unter all den gewitzten Großstadtratten, würde sie keine halbe Stunde überleben. Schnell und präzise schnitt sie der Ratte die Kehle durch und präparierte dann die Speicheldrüsen heraus. Sie fasste die Drüsen behutsam mit der Pinzette und legte sie in die Pufferlösung. Sie machte die Ratte von der Apparatur los, wusch sich die Hände und rief Jake an.

»Ich habe für heute Abend einen Job«, sagte Jake. »Ein Chorkonzert droben in Winango. Der Begleitpianist hat sich heute zum Mittagsschläfchen hingelegt und ist gestorben. Alter Mann, in den Neunzigern. Ich habe mal mit ihm in einer Gruppe gespielt.«

»Wie schön. Ich meine, das mit dem Job.«

»Na ja, er war ja sehr alt. Es gibt zweihundert Dollar. Sie sind verzweifelt.«

»Das ist ja ganz ordentlich«, sagte Lottie. Dann fiel es ihr wieder ein. »Und Ruth? Was ist mit dem Essen, das sie für dich kocht?«

»Sie hat gesagt, ich soll mich ficken.«

Lottie seufzte.

»Ich muss jetzt los. Es sind eineinhalb Stunden Fahrt.«

»Und Evelyn hat ein Date.«

»Tut mir ja leid, aber ich schlage nicht zweihundert Dollar aus, nur um den Schmortopf im Idealzustand zu essen.«

»Dann muss Ruth babysitten«, sagte Lottie.

Während sie die Speicheldrüsen zerkleinerte, hatte sie für einen Moment die befriedigende Vision, wie diese pampige Göre ihr schickes Essen einem Sechsjährigen und einem Zweijährigen verfütterte. Ruth hatte von Jake kochen gelernt, es war etwas, was die beiden verband. Ruths Mutter hatte versucht, mitzuhalten oder zu konkurrieren, indem sie einen teuren Kurs an der Cordon-Bleu-Kochschule in Los Angeles machte, auf Jakes Kosten natürlich. Seine Ex-Frau hatte nicht wieder geheiratet, und wenn sie ihm, nach all den Jahren noch, (per R-Gespräch) etwas vorjammerte, bluteten sein Herz und sein Portemonnaie. Es ärgerte Lottie, dass er sich so leicht ausnehmen ließ, und sie hatten sich deswegen schon öfter furchtbar gestritten. Aber es war, wie gegen eine Mauer anzurennen. Hinter seiner Sturheit steckte die Überzeugung, dass er nichts Schlimmeres hätte tun können, als seine Tochter zu verlassen. Lottie erinnerte sich, wie bitter er einmal gelacht hatte, als er per Post einen Aufruf erhielt, für einen Abend im Monat ein vaterloses Kind zu adoptieren: »Ich habe ja schon ein vaterloses Kind.«

Während Lottie das zerkleinerte fixierte Gewebe mit Pufferlösung spülte, bemühte sie sich, nicht zu tief einzuatmen. Das Fixativ, dieser tödliche Film, konnte ihre Lunge ebenso fixieren wie die der Ratte. Viele Chemikalien, mit denen sie routinemäßig arbeitete, waren karzinogen oder in anderer Weise giftig. Sie tötete ja Zellen, um sie sich anzusehen. Zumindest, wenn sie Osmium benutzte, arbeitete sie nach Möglichkeit unter einem Abzug, also in einer Kammer mit einer Absaugvorrichtung für giftige Dämpfe. Aber das Geräusch nervte, und man fühlte sich beengt. Manchmal fragte sie sich, ob sie an ihrer Arbeit sterben würde. Madame Curie hatte für die Entdeckung des Radiums mit der Zerstörung ihrer Blutzellen bezahlt. Wenigstens arbeitete Lottie nicht mit irgendwas Radioaktivem.

Dann dachte sie wieder an Ruth. Tat es Ruth weh, von einer Familie umgeben zu sein, zu der sie gehörte und doch nicht gehörte? Und wenn sie wieder zu ihrer Mutter zurückkehrte, vermisste sie sie alle dann? Wünschte sie sich, ihre Mutter würde auch wieder heiraten und noch mehr Kinder bekommen? Oder war Ruth froh, die Brut ihres Vaters los zu sein, den ganzen Dreck und Krach und die ewige Konkurrenz, und wieder das Einzelkind zu sein, um das sich alles drehte? Obwohl Lottie das Mädchen jetzt schon fünf Jahre kannte, war es, als ob Ruth sich in ihrer Gegenwart mit einem Bleischild abschirmte, sodass Lottie außer dem, was sie selbst schlussfolgerte oder was Jake ihr erzählte, vom Innenleben ihrer Stieftochter nichts wusste.

Panzerte Ruth sich, weil sie Angst davor hatte, Lottie zu mögen? Bei Diskussionen am Familientisch verfolgte das Mädchen immer besonders aufmerksam, was sie, Lottie, sagte, auch wenn es schließlich, wie um das Steuer herumzureißen, eine abschätzige Bemerkung machte. Und am Ende des Sommers, wenn Ruth wieder weg war, vermisste Lottie gewöhnlich ein Halstuch oder ein Taschentuch.

Berühmte Frauen in den Naturwissenschaften, das erste Buch, das Lottie zusammen mit Olivia geschrieben hatte, war zur Freude der Autorinnen im Vorjahr erschienen und hatte respektable Kritiken erhalten. Die Verkaufszahlen waren bescheiden, aber vielleicht war da ja das letzte Wort noch nicht gesprochen? Barbara McClintock hatte wenige Monate nach Erscheinen von *Berühmte Frauen* den Nobelpreis bekommen; Lottie würde sie in die nächste Auflage aufnehmen, wenn es denn eine nächste Auflage gab. Eines Tages würde dieses Thema doch wohl, wenn die Welt den richtigen Kurs nahm, auf mehr Interesse stoßen. Lottie hatte Ruth ein Exemplar geschickt, mit der handschriftlichen Widmung *Für meine Ruth, in Liebe Lottie*. (War es ehrlich gewesen, das Mädchen *meine Ruth* zu nennen?) Ruth hatte nicht darauf reagiert und das Buch im nächsten Sommer nur zu dem einen Zweck mitgebracht, es in Lotties Küchenmülleimer zu entsorgen. Konfrontiert mit dem verdreckten, stinkenden Buch hatte Ruth aufrichtig bestürzt gewirkt. »Ich hab's da nicht reingesteckt, ich schwör's!« Ein paar Tage später war Lottie beim Einräumen sauberer Unterwäsche in Ruths Kommode auf eine Taschenbuchausgabe gestoßen, die eben erst erschienen, aber bereits eselsohrig, mit Textmarker gehighlightet und an vielen Seitenrändern mit Anmerkungen in Ruths Handschrift versehen war.

Lottie rief jetzt zu Hause an, legte aber nach dem ersten Klingelton auf. Sie nahm sich noch eine Ratte vor. Dann rief sie wieder an, und als Simon abnahm, bat sie ihn, Ruth ans Telefon zu holen.

»Wenn das Essen bis halb neun warten kann, komme ich nach Hause und esse mit euch.«

Nach ausgedehntem Schweigen sagte Ruth: »Wie du willst.«

Um neunzehn Uhr versuchte sie zu klären, was sie mitnehmen würde. Da sie vorgehabt hatte, bis zum späten Sonntagnachmittag im Labor zu bleiben, hatte sie gepackt wie für einen Campingausflug: Thunfischsandwichs für diesen Abend und Erdnussbutterbrote für das Frühstück am nächsten Tag, einen Liter Milch, zwei Thermosflaschen mit Eistee, Virginia Woolfs *Ein Zimmer für sich allein*, die neueste Ausgabe des *Journal of Histochemistry and Cytochemistry* sowie einen dicken blauen Wollschal, den sie gerade für Evelyn strickte, als Teil eines Schal-Mütze-Handschuhe-Sets fürs College.

Schließlich nahm Lottie alles mit nach Hause, denn auch wenn sie wahrscheinlich am Sonntagmorgen wieder ins Labor fahren würde, konnte es doch auch sein, dass nicht, und dann würden die Sandwichs matschig werden. Sie steckte die Glasröhrchen, die die Pufferlösung mit den zerkleinerten Speicheldrüsen enthielten, in einen großen Eimer mit Eis, den ihr dann einer der Männer vom Reinigungspersonal zum Kombi hinuntertrug. Sie packte mehrere Flaschen Alkohol unterschiedlicher Konzentration und eine große Abfallflasche in den Kofferraum und stopfte dicke Lumpen dazwischen, damit alles gut verkeilt und abgepolstert war.

Obwohl es noch nicht dämmerte, wurde das Licht doch schon matt. Lottie parkte in der zweiten Reihe vor einer Ladenzeile mit offenen Geschäften. Würde jemand ihr Auto aufbrechen und ihren kostbaren Eimer klauen? Sie lachte laut auf, behielt den Wagen aber im Auge, während sie eine kalte Flasche Chablis erstand und erwog, auch ein Sträußchen noch fest geschlossener, ganz dunkler Rosen zu nehmen. Sie entschied sich dagegen: Es war schon verrückt genug, dass sie nach Hause fuhr.

»Nett von dir«, sagte Ruth steif. Sie wickelte den Wein aus, als könnte er explodieren. Lottie verkniff sich das Lächeln.

Davy und Simon wollten Lottie beim Ausladen helfen. Sie sagte, sie habe Arbeitssachen aus dem Labor dabei, und da dürften sie nicht drangehen. »Ihr könntet euch wehtun.«

»Wieso hast du sie mit heimgebracht?«, wollte Ruth wissen.

Lottie erklärte, sie sei gerade mitten in einer Gewebepräparation, und da gebe es verschiedene Prozeduren, die sie in einer streng festgelegten zeitlichen Abfolge vornehmen müsse, weil sonst das Gewebe nicht mehr zu gebrauchen wäre.

»Was für Gewebe?«

»Speicheldrüsen von Ratten.«

»Iiih!«, sagte Ruth. »Du tötest die Ratten?«

»Das weißt du doch.«

Nach kurzem Schweigen sagte Ruth: »Wie machst du das?«

Lottie hob an, ihr Vorgehen zu erklären.

»Nein, ich meine, wie bringst du das fertig?«

»Oh.« Lottie lachte. Sie dachte kurz nach. »Es ist wirklich

ziemlich kompliziert. Wenn du magst, kannst du gern mal mit ins Labor kommen.«

Kurz funkelte etwas in Ruths dunklen Augen auf, dann war es wieder weg, wie eine Sternschnuppe.

»Danke, lieber nicht.«

»Wo ist Evelyn?«

»Oben, duschen.« Ruth wischte den Tisch ab. Sie sah Lottie an, die an der Hintertür stand. »Soll ich was mitanfassen?«

Gemeinsam trugen sie den Eiseimer hinein.

Nachdem Lottie sich im unteren Bad eingerichtet hatte, erklärte sie den Jungen: »Wenn ihr aufs Klo müsst, geht oben. Hier dürft ihr nicht rein. Ihr müsst wegbleiben von den Speicheldrüsen.« Sie drückte mit den Fingern von unten gegen Simons Kieferwinkel.

»Ich weiß, wo die sind, Mom. Brauchst du mir nicht zu zeigen.«

Als sie die Tür zumachte, sah sie noch, wie Simon unter Davys Kieferwinkeln herumdrückte.

Lottie arbeitete im Bad nach der Stoppuhr, pipettierte die Pufferlösung aus den Glasröhrchen in die Abfallflasche, wobei sie sorgfältig darauf achtete, nicht an das Gewebe zu kommen. Sie ersetzte das Fixativ durch dreißigprozentige Alkohollösung. Sie hörte Ruth in der Küche abwaschen. Ruth fand, dass die Spülmaschine das Geschirr nicht sauber genug spülte; bei ihren tollen Essen wollte sie nicht, dass irgendein Schmierfilm auf den Tellern den Geschmack beeinträchtigte. Lottie war immer davon ausgegangen, dass Ruth dieses Theater veranstaltete, um sie zu beschämen, aber wenn das Mädchen abspülte, obwohl sie, Lottie, gar nicht in der Küche war, hatte es ja vielleicht ein Problem.

Eine Art Waschzwang? War Lottie für dieses Mädchen verantwortlich oder nicht?

Evelyn rief von oben: »Ma, kann ich deinen blauen Lidschatten nehmen?«

»Was ist denn mit deinem?«, rief sie hinauf und legte den Zeigefinger auf das Röhrchen, das sie gerade gefüllt hatte, um nicht zu vergessen, bei welchem sie war.

»Den hat Davy ins Klo geworfen.«

»Klar kannst du meinen nehmen«, schrie Lottie. »Er ist hier unten. Und brüll nicht durchs ganze Haus!«

Evelyn trug eine kirschrote ärmellose Bluse und einen hinten in der Taille gebundenen Rüschenrock. Ihre Haut war rosig vom Duschen. Sie hatte goldene Kreolen in den Ohren und Lotties weiße Sandaletten an den Füßen. Sie war kurvenreicher, als Lottie in ihrem Alter gewesen war. Sie erwachte zu voller Blüte wie eine vielversprechende neue Blumenzüchtung.

»Kann ich die Sandaletten anziehen?«

»Hast du doch schon getan.«

»Was dagegen?«

»Kaum. An dir sehen sie besser aus als an mir.«

»Oh, Ma.«

»Ist nun mal so. Selbst deine Füße sind schön.«

»Oh, Ma. Sag mir einfach, wo der Lidschatten ist. Warum hast du keine Handschuhe an? Das Zeug ist doch bestimmt nicht gut für die Hände.«

»Mit Handschuhen ist man ungeschickt.«

»Aber Chirurgen tragen doch welche.«

»Du siehst wirklich toll aus.«

»Oh, Ma.«

Evelyn stippte den kleinen Finger in das Töpfchen, zog

einen sanften hellblauen Schatten über ihr Lid und hinauf zum äußeren Ende ihrer blonden Augenbraue. Lottie beobachtete ihre Tochter, als machte die gerade etwas außerordentlich Interessantes. Sie ertappte sich oft dabei, wie sie einem ihrer Kinder völlig versunken bei etwas ganz Alltäglichem zusah. Dieser Tage hatte jede Bewegung von Evelyn eine besondere Intensität und Bedeutsamkeit bekommen, als ob Lottie sie vielleicht nie wieder sehen würde.

»Was ist das für ein Zeug, Ma? Es stinkt. Und deine Augen tränen.« Sie sahen einander im Spiegel an. »Nicht anfassen«, sagte Evelyn. Mit einem Kosmetiktuch tupfte sie ihrer Mutter die Augen ab.

Es klingelte an der Haustür.

»Ich mach auf! Ich mach auf!«, rief Davy.

»Geh hin und unterhalte dich mit ihm, ja, Ma, bitte? Bin gleich fertig.«

Lottie pipettierte Alkohol in die letzten beiden Röhrchen und notierte die genaue Zeit. Dann wusch sie sich die Hände und erfrischte ihre Augen mit kühlem Wasser. In der Küche fragte sie Ruth, ob es okay wäre, Ted, Evelyns Freund, ein Glas von dem Wein anzubieten, den sie mitgebracht hatte.

»Wie du willst«, sagte Ruth.

Lottie brauchte ein paar Minuten, um den Korkenzieher zu finden. Er lag zuunterst in einem kaum je benutzten Utensilien-Fach, unter einem Set Backpinsel, einer kleinen Nudelmaschine, einem Sektflaschenverschluss, fast alles Geschenke zu ihrer ersten Hochzeit. Lottie ging ins Wohnzimmer, Ted begrüßen.

»Hi, Mrs. Hart. Freut mich.«

Er nannte sie immer Mrs. Hart. Lottie hatte ihm erklärt, Hart heiße nur Evelyn mit Nachnamen, nicht sie, es sei ihr aber eigentlich egal. Simon hatte ihn mehrmals korrigiert, und schließlich hatte Lottie Simon zur Seite genommen und ihm gesagt, er solle es bleiben lassen. Simon ließ es bleiben, aber es kostete ihn einiges. Er machte immer ein finsteres Gesicht, hüstelte oder stampfte mit dem Fuß auf. Jetzt warf er mehrmals den Kopf zurück, wie um sich Haare aus den Augen zu schütteln, und streckte dann Ted die Hand hin. Ted bückte sich und drückte sie.

Davy kam, ebenfalls mit ausgestreckter Hand, hinter Simon hergezockelt.

»Du kennst ja meine Tochter Ruth«, sagte Lottie zu Ted.

»Stieftochter«, berichtigte Ruth. »Möchtest du ein Glas Wein?« Sie hielt die Flasche in der Hand.

»Ja, gern. Ich kann ihn ja aufmachen.«

»Oh, das wäre wunderbar!«, sagte Ruth und strahlte ihn an – die Sonne, die in der Polarnacht plötzlich hervorkam.

»Klar doch, gern.« Ted wurde rot.

Davy sagte »Wunderbar!« und zockelte hinter Ruth her in die Küche.

»Na, so was«, sagte Lottie amüsiert. »Danke.«

»Ach, kein Problem.« Ted lächelte. Er schien etwa drei Meter groß, trug das Hemd bis zum vierten Knopf offen und zwei Silberketten um den Hals. Seine Haut war von der Sonne gerötet, und er hatte ein paar blonde, fast schon weiße Haare auf der Brust. Er sah gut aus, war im Basketball-Team und in der Ehrengesellschaft für herausragende Schüler (wie Evelyn ihr voll Stolz erzählt hatte). Es hatte etwas Gutmütiges und Müheloses, wie er mit Davy und Simon umging.

Lottie fragte sich, ob Ted Ähnlichkeit mit Evelyns Vater hatte, konnte sich aber nicht mehr erinnern, wie Charlie auf der Highschool ausgesehen hatte. Der Charlie, den sie vor sich sah, war auf dem Footballfeld, in der Endphase des Studiums, oder lag im Bett und sah fern, in der Endphase ihrer Ehe. Er war immer ein Berg von einem Mann, sogar in der Depression.

Lottie und Ted standen da, tranken Wein und plauderten, während Ruth Ballettübungen machte und dabei immer mal wieder Teds Knie mit der Fußspitze berührte. Nach ziemlich langer Zeit, wie es Lottie vorkam, erschien Evelyn, unter Entschuldigungen und strahlend schön. Ted errötete, Gesicht und Brust. Lottie widerstand dem Impuls, auf Teds Hosenstall zu blicken. Sie winkte in der Haustür, als er Evelyn half, in den Pick-up seines Vaters zu steigen.

Ruth hatte den Tisch mit einem weißen Tischtuch und Servietten gedeckt und in die Mitte einen Strauß Wildblumen – Butterblumen, Geißblatt und Heckenrosen – in einer Kristallvase gestellt. Sie hatte zwei dreiarmige Leuchter gefunden – Erbstücke, von wem hatte Lottie vergessen –, und sechs weiße Kerzen, die jetzt trotz des warmen Abends brannten. Die Kerzen lenkten das Auge davon ab, dass Simons Baseballhandschuh unter seinem Stuhl lag und einer von Evelyns großen Spitzen-BHs über einem Korb mit noch nicht gefalteter Wäsche hing, und fokussierten die Aufmerksamkeit stattdessen auf die frischen Blumen, die Weinflasche, die Ruth in eine Glasschüssel mit Eis gestellt hatte, und die Namensschildchen bei jedem Gedeck (die unnötig waren, da alle auf ihren angestammten Plätzen saßen, wenn auch, da Jake und Evelyn fehlten, weiter auseinander). Die Gläser und das Besteck funkelten im Kerzenschein, und Lottie fragte sich, ob es vielleicht das war, was Ruth in der Küche geschrubbt hatte. Oder vielleicht auch die silbernen Kerzenleuchter. Diese neuen Erklärungsmöglichkeiten heiterten sie auf. Das Glas Wein war ihr zu Kopf gestiegen, und sie war hochzufrieden mit sich, weil sie diesen lästigen Abstecher nach Hause gemacht hatte.

»Oh, das ist ja sehr stilvoll«, sagte sie zu Ruth. Und dieser alberne Satz sollte noch stundenlang durch ihren Kopf dröhnen, als sei er von enormer Tragweite, das Letzte, was je irgendjemand hören würde, als müsse er unbedingt entschlüsselt, richtig betont, absorbiert werden.

Sie sah die Szene vor sich, als wären sie alle in Fixativ erstarrt: Ruth, die auf sie zukam, in den Händen eine Silberterrine (Hochzeitsgeschenk von Charlies Tante) mit Vichyssoise, Simon, der eine Springkrautblüte berührte und Lottie nach dem *richtigen* Namen der Blume fragte, sie, Lottie, die hinter ihrem Stuhl stand und mit Wohlgefallen den Tisch betrachtete. »Oh, das ist ja sehr stilvoll.«

Kaum dass sie es gesagt hatte, hörten sie alle das schreckliche Klirren von etwas Schwerem, das am Boden zerschellte, und gleichzeitig laute, schaurig schrille Schreie. Sie war sofort an der Badtür, oder vielmehr, Davy war dort und dann sie, Davy mit nassen Haaren, aus denen ihm Alkohol seitlich übers Gesicht lief. Er schrie stoßweise und presste sich die Finger aufs rechte Auge. Alkohol lief ihm über die Schläfe, die rechte Wange hinab, am Ohrläppchen vorbei. Das Abfallglas lag in Scherben am Boden.

Sie schnappte sich eine Handvoll Servietten und wischte an seinem Auge herum.

Sie trug das schreiende Kind ins Bad und drehte die Dusche auf, als wäre sie ein Feuerwehrschlauch. Sie musste viel Kraft aufwenden, um Davys Hände von seinem Gesicht fernzuhalten, während er sich unter dem kalten Wasser wand und sträubte.

Er schluchzte.

»Hast du's geschluckt? Hast du was davon getrunken?« Sie schüttelte ihn. Es war das Abfallglas, das er über sich gekippt hatte. *Alles* war in dem Abfallglas, *alles*, was sie nicht in den Abfluss hatte kippen wollen, um nicht die Wasserversorgung zu kontaminieren! Nicht nur Alkohol, sondern auch Glutaraldehyd, Xylen!

Er war jetzt nass bis auf die Haut und zitterte trotz des warmen Abends. Hustend und nach Luft schnappend versuchte Davy, das Gesicht von dem kalten Wasser wegzudrehen, aber Lottie hielt ihn fest. Sein braunes Lockenhaar lag lang und glatt auf seiner Stirn und seinen Wangen an, und sie schob es weg, damit das Wasser ungehindert auf sein Gesicht traf. In seine Augen. Er schrie immer weiter.

»Mama, du ersäufst ihn ja!«, rief Simon, Panik in der Stimme. »Du füllst ihn ganz voll mit Wasser!«

Lottie schrie zu Ruth hinüber: »Ruf den Rettungswagen! Die Nummer hängt an der Wand, neben dem Telefon.«

Davy ließ das rechte Auge fest zugekniffen, und als sie die Lider mit den Fingern zu öffnen versuchte, damit mehr Wasser hineinkam – »Mama, du bringst ihn um! Du machst ihn ja blind!« –, glaubte sie, Blut zu sehen.

»Raus hier!«, schrie Lottie Simon an. »Hier ist kein Platz! Da sind überall Scherben auf dem Boden!«

Spuckend und jetzt nur noch heiser schreiend – ertränkte sie ihn tatsächlich? –, wand Davy sich los. Sie bekam ihn wieder zu fassen und hob ihn hoch, hielt sein Gesicht so nah an den Duschkopf, wie sie sich irgend traute.

 Simon heulte.

»Sei still!«, sagte sie. »Sei um Himmels willen still!« Bei dem Dröhnen in ihrem Kopf hörte sie ihre eigene Stimme kaum.

Sie verbrachten die Nacht im Krankenhaus, Lottie in ständigem Hin und Her zwischen dem Notaufnahme-Raum, wo Davy beobachtet wurde – er lag wimmernd in einem Vorhangabteil, das rechte Auge mit Mull lichtgeschützt –, und dem neonbeleuchteten Wartebereich, wo Ruth und Simon aneinandergelehnt schliefen. Eine der Deckenleuchten war kaputt und flackerte. Ein Sanitäter und eine Schwester diskutierten, ob man die heiße Leuchtröhre mit einem Topflappen herausnehmen könnte.

Die Kinderärztin, dem Aussehen nach im sechsten Monat schwanger, war Lottie gegenüber ziemlich knapp gewesen, aber vielleicht war das ja einfach ihre Art. Als sie Davy in ein Untersuchungszimmer brachte, schien sie Lottie nur widerwillig mit hineinzulassen.

Nach einer halben Stunde kam eine nicht medizinische Kraft, stellte Lottie auf dem Flur eine Reihe Fragen und trug die Antworten in ein Formular ein. Hatte dieses Kind schon mal einen Unfall erlitten? War es aus irgendeinem Grund schon mal in dieser Klinik gewesen? Hatten die anderen Kinder jemals Unfälle erlitten? Er sah zu Ruth und Simon hinüber.

»Wofür halten Sie mich?«, fragte Lottie scharf.

Der Mann schien überrascht. »Ich stelle diese Fragen jedem. Sie stehen auf dem Formular.«

Evelyn und Ted erschienen um eins, mit einer leichten Bierfahne. Lottie bemerkte, dass Evelyns rote Bluse falsch geknöpft war.

Um drei Uhr morgens kam Jake, im Smoking, mit angespanntem Gesicht. Er eilte an ihr vorbei in den Notaufnahme-Raum.

Lottie setzte sich ein Stück abseits hin. Das harte Licht flackerte, und nach einer Weile schloss sie die Augen. Sie wünschte, sie könnte auch die Ohren schließen. Sie hörte immer wieder den Satz »Oh, das ist ja sehr stilvoll«, mit der Betonung bald auf dieser, bald auf jener Silbe, hörte ihn, als käme er aus einem Megafon, als wäre er das einzig Reale. Wie lange sie schon so dasaß, wusste sie nicht. Sie war nicht müde, fühlte sich aber sehr seltsam und überspannt, als hätte sie seit Tagen nicht geschlafen. Sie wartete, hatte aber vergessen, worauf.

Als Jake aus dem Notaufnahme-Raum kam, ergriff er grob ihre Hand und zog sie mehr oder weniger durch den Wartebereich nach draußen. Sie fühlte sich kraftlos, konnte kaum gehen. Sie standen auf dem Gehweg, etwas abseits vom gelb erleuchteten Eingang, den winzige Insekten umschwärmten. Die Nacht war immer noch sehr warm.

»Was für eine Idiotie, wie kann …« Jake ballte krampfhaft die Fäuste.

»Los doch, sag's.« Lottie konnte ihn nicht ansehen.

Jake öffnete eine Hand und schlug mit der Faust so laut dagegen, dass Lottie zusammenfuhr.

»Wie kann eine Mutter … das wolltest du doch sagen?« Ihre Stimme war ausdruckslos.

Jake boxte wieder in seine Hand.

»Brems dich nicht. Ich würde mich nicht bremsen. Ich würde dich schlagen und schlagen.«

Jake sah sie angewidert an, ließ die Arme hängen. »Das linke Auge ist okay.«

Lottie nickte stumpf. »Sicher? Wie können sie das so genau wissen?« Tränen rannen ihr übers Gesicht.

»Das rechte Auge ist betroffen. Eindeutig. Wird einen Teil der Sehkraft verlieren. Wie viel, wissen sie nicht. Verätzungen am Hals, vorn, von unterm Kinn bis zu den Schlüsselbeinen, als hätte jemand mit der Hand dahin gepackt. Hauttransplantation später irgendwann.«

Lottie schlug sich die Hände vors Gesicht.

Jake sagte bitter: »Warum nimmst du das Scheißzeug mit nach Hause?«

Ein Rettungswagen fuhr mit jaulender Sirene vor. Zwei Sanitäter öffneten die Hecktür und hievten eine Trage heraus. Darauf lag ein zart aussehender junger Mann, dessen bloße Brust fast schon flatterte, so schnell ging sein Atem. Seine Halsmuskeln traten von der Anstrengung hervor. Die Sanitäter rollten ihn eilig an ihnen vorbei in die Notaufnahme.

Nach einer ganzen Weile sagte Jake: »Es war richtig, dass du ihn unters Wasser gehalten hast.«

»Nachdem ich ihn in Brand gesteckt hatte.«

»Lass es!«, rief Jake. »Lass es.« Dann sagte er: »Er schläft jetzt. Sie haben ihm was gegeben.« Er wandte sich ab, ging los in Richtung Notaufnahme. Aber er öffnete die Tür nicht. Er blieb draußen in dem gelben, von Insekten wimmelnden Licht stehen und senkte den Kopf.

Sie stand reglos da und betrachtete ihn, seinen langen, knochigen Rücken im Smoking, seinen gesenkten Kopf, seine geliebten, großen Hände, die sein Gesicht bedeckten.

Auch das hatte sie verursacht.

Schließlich richtete er sich auf. Er kam langsam zu ihr und berührte zerstreut ihr Haar. »Dir muss ja so elend zumute sein, Lottie.«

Sie nickte.

Er legte die Arme um ihren steifen Rücken. Sie konnte sich nicht an ihn lehnen.

So standen sie da, schwitzend, er mit den Armen um sie, sie reglos. »Komm«, sagte er. »Komm mit rein und lass uns zuschauen, wie er schläft.«

Die nächsten paar Tage blieb sie zu Hause und überwachte Davy. Sie träufelte ihm jede Stunde klare Tropfen ins rechte Auge und erneuerte den Mullverband mit antibiotischer Salbe auf der zwischen seinen Schlüsselbeinen stumpf zulaufenden Wundfläche. War sein Gang schleppend? Stieß er gegen Möbelstücke? Sie beobachtete ihn beim Essen auf Anzeichen von Würgen oder Erbrechen. Sie fragte ihn nach Doppeltsehen oder schwarzen Flecken im Gesichtsfeld, obwohl sie nicht wusste, warum, und ihm sowieso nicht verständlich machen konnte, was sie meinte. Hörte er sie vielleicht nicht? Sie schrie, und er kroch unters Bett. Davy, der normalerweise nach ihrer Aufmerksamkeit gierte, schien diese besorgte Dauerbeobachtung gar nicht zu mögen. Er versuchte, Lottie aus dem Weg zu gehen. Sie konnte es nicht sein lassen. Noch immer verfolgte sie dieser affige Satz, »Das ist ja sehr stilvoll«, und manchmal sah sie ihn – in Granit gemeißelt wie auf einem Grabstein.

Davy kratzte an seinem Hals, trotz des Verbands und der großen weißen Fäustlinge, die Lottie ihm, an ihre Großmutter denkend, in einer langen Nacht strickte. Sie saß zu Hause und hielt Davys Hände, damit sie sie nicht festbinden musste. Er versuchte, sich mit den Zehen zu kratzen. Zum Glück ließ er den Verband am Auge aus irgendeinem Grund in Ruhe. Ab und zu liefen ihm Tränen über die Wange, auch wenn sie ihm gerade keine Augentropfen verabreichte. Noch nie hatte sie Tränen nur über eine Wange laufen sehen. Manchmal legte er, wenn weiter entfernt etwas zu hören oder zu sehen war, wie ein Hund den Kopf schief, und er schien sich immer so zu positionieren, dass die Leute links von ihm standen, in sein linkes Ohr sprachen, in sein linkes Auge sahen. Aber der Gehörspezialist sagte, sein Gesamtgehör sei gut genug, dass es zu keiner Beeinträchtigung seiner weiteren Sprachentwicklung kommen werde, und genaue Tests würden sie später machen, wenn er alt genug sei, um zu kooperieren. Der Augenarzt sagte, Davy sehe mit dem rechten Auge, aber verschwommen, wie unter Wasser. Die Hornhaut werde vielleicht noch weiter heilen. Oder sie könnten eventuell auch eine Hornhauttransplantation vornehmen. Wenn das umgebende Gewebe gesund war.

Einmal, als Davy vor Lottie wegrannte, fiel er hin und schürfte sich den rechten Ellbogen und das rechte Knie auf.

Jake säuberte Davys Wunden, auch deshalb, weil Davy sich von Lottie nicht anfassen lassen wollte. »Kennt ihr den Witz von der Oma, die mit ihrem Enkel am Strand war, als eine große Welle kam und ihn ins Meer hinauszog?«

»Will ich nicht hören«, sagte Lottie.

»›Bitte, Gott‹, fleht die Oma, ›bitte, bitte, *bitte*, bring ihn zurück‹.« Eine andere Welle kommt, spült ihn ihr in die Arme. Sie küsst ihn«, Jake küsste Davy auf den Lockenkopf, »und guckt dann zum Himmel rauf: ›Er hatte einen Hut auf.‹«

Lottie sagte: »Man kann nicht sagen, dass er keinen Schaden davongetragen hat.«

»Verglichen mit dem Vierjährigen in der Praxis des plastischen Chirurgen, dem, mit den Verbrennungen vom explodierten Gasofen?«

Lottie sagte: »Der Vierjährige gewinnt die Schadenskonkurrenz mit links.«

Wenn Lottie nur nicht nach Hause gekommen wäre.

Jake sagte, nach Hause zu kommen sei zwar dumm, aber ein Akt der Güte gewesen.

Güte! Blödsinn. Sie hatte *gewollt*, dass Ruth ihr schickes Essen einem Zwei- und einem Fünfjährigen verfüttern müsste. Und weil Lottie sich nicht leiden konnte, wenn sie gehässig war, war sie nach Hause gefahren. Tugendboldin.

Wenn sie doch nur keine Wissenschaftlerin wäre, wenn sie doch Hauswirtschaftslehrerin geworden wäre, wenn sie überhaupt nicht da wäre.

Er erinnerte sie daran, dass sie vor ein paar Monaten mit einer Nachbarin in die Notaufnahme gefahren war, weil deren Zweijähriger, während sie Wäsche aufhängte, die glänzend roten Beeren eines tödlich giftigen Nachtschattengewächses gegessen hatte und ihm der Magen ausgepumpt werden musste.

Und sei sie nicht selbst als Kind einmal beinah erstickt, fragte Jake, und ein andermal beinah ertrunken?

»Du redest zu viel«, sagte Lottie, aber sie rief ihre Eltern an und redete untypisch lange mit ihrer Mutter, erwähnte Davy allerdings nur insofern, als sie sagte, sie seien alle wohlauf.

Lottie ging wieder zur Arbeit, führte ihr Experiment zu Ende und schickte die Ergebnisse an die Zeitschrift, aber es brachte ihr wenig Befriedigung, beweisen zu können, dass sie recht hatte und die Gutachter unrecht. Und sie schlief schlecht, weil sie immer wieder Albträume hatte. In einem wiederkehrenden Traum war sie durch ein Leck in ihrem Labor radioaktiver Strahlung ausgesetzt und verlor alle Haare und ihr Augenlicht. Sie trug eine lila Afro-Perücke und eine verspiegelte Sonnenbrille. Hinter der Brille hatte sie anstelle ihrer Augen zwei der glänzenden Murmeln ihrer Söhne, einen Achatklicker und ein Katzenauge. Sie wachte schaudernd auf, und Jake hielt sie in den Armen, bis sie sich wieder beruhigt hatte.

Direkt vor dem Labor-Day-Wochenende rief der Herausgeber an, um ihr inoffiziell mitzuteilen, dass ihr überarbeitetes Paper angenommen würde. Sie fühlte sich rehabilitiert – kein schlechtes Gefühl. Sie fragte sich, ob sie sich wohl grandios fühlen würde, wenn sie die Berichte der zu Kreuze kriechenden Gutachter erhielt. Jake sagte, sie könnten genauso gut jetzt schon feiern, also quetschten sie sich alle sechs ins Auto, fuhren zu Randy's Grill und genehmigten sich Cheeseburger und Milchshakes.

Danach wollte Jake einen Spaziergang im Marschland machen. Evelyn hatte eigentlich vorgehabt, an diesem Abend ihre Bücher und ihre Wanddekoration durchzusortieren – sie ging in einer Woche ans Swarthmore College (nicht *so* weit weg, sagte sich ihre Mutter) –, fand sich aber, »um die alten Zeiten noch mal aufleben zu lassen«, doch bereit mitzukommen. Die Hunde konnten es kaum erwarten, dass Lottie das Tor zum hinteren Garten entriegelte: Sie jaulten ekstatisch.

Es war ein heißer Tag gewesen, aber jetzt wehte ein laues Lüftchen, und es war angenehm, durch das kühle, feuchte Marschland zu gehen. Die Taschenlampen, die Jake im Rucksack mitgenommen hatte, waren unnötig, weil Vollmond war und der Himmel hell von Sternen. Ruth ging auf der anderen Seite ihres Vaters, in einem kleinen Abstand. Lottie dachte plötzlich, dass Ruth immer dort sein würde, etwas abseits. Oder vielleicht ja auch nicht. Vielleicht würde sie sich ja ganz fernhalten, sie alle ignorieren, oder zumindest Lottie.

Vielleicht würde Jake ja verschwinden. Nein, er würde sie nie verlassen.

Dass eins ihrer Kinder sterben würde, war undenkbar.

Vielleicht war ja jeder von ihnen für sich, und nur in Lotties Kopf waren sie gruppiert.

Jake und Evelyn versuchten, Simon etwas zu erklären. Davy zerrte an Lotties Hand, weil er es auch hören wollte. Sie hielt ihn noch kurz fest, ließ ihn sich dann losreißen. Er wandte seinem Vater das linke Ohr zu.

Jake hatte eine Papprolle mit Sternkarten dabei und gestikulierte zur Untermalung seiner Worte damit. Simon zeigte zum milchigen Himmel hinauf, und Jake schüttelte den Kopf. »Das weiß niemand. Wenn das Licht bei uns ankommt, hat der Stern sich vielleicht schon verändert oder ist verschwunden oder sogar explodiert. Irgendwas kann passiert sein.«

Für Simon ergab das keinen Sinn.

»Es ist wie ein Foto von jemandem, das vor Jahren gemacht wurde.« Jake gab die Sternkarten Ruth und zog seine Brieftasche heraus. Er nahm eine Taschenlampe aus seinem Rucksack.

»Das hier bist du mit sechs Monaten. Würdest du dich erkennen? Darauf siehst du doch ganz anders aus als jetzt.«

Simon sagte, sein Haar habe immer noch die gleiche Farbe.

Jake seufzte. Er klappte ein anderes Foto auf. »Das hier ist mein Dad, dein Großvater. Er ist schon zwanzig Jahre tot, Gott hab ihn selig. Aber auf dem Bild sieht er doch gesund und munter aus, oder?«

Simon sagte nölig, er kapiere es trotzdem nicht.

Jake klappte noch ein anderes Foto auf. »Hier, schau, das ist deine Mutter, lange bevor irgendjemand von uns sie kannte.« Lottie trat näher heran und nahm Jake Brieftasche und Taschenlampe aus den Händen. Umringt von den Kindern richtete sie die Taschenlampe auf ein altes Foto; es hatte mehrere Risse, die mit Klebefilm repariert worden waren. Der Klebefilm war vergilbt und geschrumpft, sodass die einzelnen Teile des Bildes sich nicht mehr exakt aneinanderfügten. Sie hatte nie verstanden, warum er dieses Foto in seiner Brieftasche hatte. Es zeigte Lottie als Kind unter dem Klarapfelbaum im Garten ihres Elternhauses, neben sich, kaum noch im Bild, eine Holzschaukel. Sie war frühlingshaft angezogen und hatte einen Hut auf. Sie hatte nie Hüte gehabt, also war es vielleicht einer von ihrer Großmutter, aber Details waren nicht mehr erkennbar, sodass er aussah wie eine verschwommene, helle Wolke oder ein Heiligenschein.

Auf dem Bild hielt Lottie den Kopf auffallend schief. Sie fragte sich, ob sie diese merkwürdig unbequeme Haltung absichtlich eingenommen hatte, aus irgendeinem Grund, an den sie sich nicht mehr erinnerte, oder ob es schlicht Unsicherheit war, weil sie fotografiert wurde. Es konnte aber auch sein, dass der schiefgelegte Kopf einfach von dem geschrumpften Klebefilm kam.

Als sie das blasse Gesicht, die dünnen Arme und Beine, den noch nicht entwickelten und jetzt leicht asymmetrischen Kinderkörper betrachtete, überkam sie hier im sternenfunkelnden Marschland ein schreckliches Gefühl der Unverbundenheit, als wäre sie selbst ein seltsames, zusammengeklebtes Wesen, wie man noch nie eins gesehen hatte.

Nach einer Weile gab Lottie die Taschenlampe und die Brieftasche mit dem aufgeschlagenen Foto Simon, der immer noch verunsichert war – Simon, der jünger und kleiner war als das Mädchen auf dem Foto. Lottie hatte einen flüchtigen Gedanken zu ihrer Arbeit: dass sie sehr viel mehr über Zellen herausfinden wollte, und dass sie diese Wahrheiten – wahr jedenfalls für eine gewisse Zeit – ihnen allen vermitteln wollte: Simon, der so etwas noch nicht verstehen konnte, Evelyn, die es nicht interessierte, die im Aufbruch war, Ruth? Sie wollte so gern all ihre Kinder trösten, ihnen die Sterne erklären und begreiflich machen, dass sie, auch wenn sie eines Tages verschwand wie die Sterne, doch für immer ihre Mutter sein würde.

DANK

Ich schreibe die Endfassung dieser Danksagungen in den schrecklichen Zeiten des Coronavirus. Im Angesicht von so viel Leid erscheint die Veröffentlichung eines Buchs wenig bedeutend. Doch den Menschen zu danken, die mir so großzügig geholfen haben, kann nie deplatziert sein.

Artefakt gäbe es nicht ohne Jo Anne Valentine Simson, die sich bemüht hat, mir die nötigen naturwissenschaftlichen Kenntnisse zu vermitteln, und mir Einblick in medizinisch-technische Labore und Anatomielabore verschafft hat (Schnitzer gehen natürlich auf meine Kappe). Ich empfehle besonders ihre Autobiografie, *Saving my Life*, aus der ich das eine oder andere mit ihrer Erlaubnis geklaut habe. Großzügig und auf so vielen Gebieten enorm beschlagen ist Jo Anne eine meiner liebsten Freundinnen.

Und *Artefakt* gäbe es auch nicht ohne Sandra Newman, die es in einer frühen 793-Seiten-Monsterversion las, daraufhin sagte, »Da steckt ein Roman drin«, und viele entscheidende Vorschläge machte. Sie ist die beste Lektorin, die ich kenne. Und eine wunderbare Schriftstellerin.

Victoria Hobbs, meine Agentin, verkaufte diesen Roman auf Anhieb. Sie ist ein leidenschaftlicher Fan und eine engagierte Beschützerin ihrer Autorinnen. Und immer für sie da. Länger als vierundzwanzig Stunden musste ich nie auf ihren Rückruf warten. Ich kenne keinen anderen Agenten ihres Kalibers.

Ich danke Alexandra Pringle, Cheflektorin von Bloomsbury und Fürstreiterin meiner Bücher auf beiden Seiten des Atlantiks. Charmant, herzlich und aufgeschlossen, dabei gründlich und genau.

Callie Garnett, eine junge Dichterin mit einem sehr feinen Sprachgefühl, lektorierte dieses Buch, nachdem Bloomsbury es gekauft hatte. Als Absolventin der renommierten Stuyvesant High School hat sie ein Näschen für Zahlen und Daten. Um eine Timeline zu erstellen, haben wir beide viel gegoogelt und eine Menge YouTube-Videos geguckt. Am Ende stimmt wohl das meiste. Dennoch haben wir beschlossen, Lottie und Jake zu zwei Leonard-Cohen-Songs tanzen zu lassen, die es zu der Zeit noch gar nicht als Aufnahme gab; es waren nun mal die Songs, zu denen die beiden tanzen mussten – sie waren ihrer Zeit voraus. Mit Callie zu arbeiten war eine Freude.

Bei Bloomsbury New York gibt es viele Menschen, denen ich danken möchte. Nancy Miller, die das Endlektorat von *Scary Old Sex* gemacht hatte, engagierte sich tatkräftig für *Artefakt*, ebenso Liese Mayer, Programmleiterin Belletristik. Laura Phillips, die großartige Geschäftsführerin, half mir bei hirnzermürbenden Detailproblemen, aufgeworfen durch den aufmerksamen Korrektor Nate Knaebel und durch Janet McDonald, die die Schlussredaktion machte. Rosie Mahorter und Marie Coolman von der Presseabteilung und Laura Keefe und Nicole Jarvis vom Marketing waren beharrlich in meinem Interesse tätig. Der Künstler Rogan Brown schuf die wunderbaren Papierskulpturen von

Zellen, die die Art-Direktorin Patti Ratchford in ein ausnehmend elegantes Cover umsetzte. Für die britische Ausgabe von *Artifact* machten Neil Libbert das schöne Umschlagfoto und Greg Heinimann das subtil altmodische Design.

Meine Freundin und Kollegin Judith Viorst half mir, über viele Dürrejahre meiner schriftstellerischen Laufbahn durchzuhalten; sie hat mir ein paarmal den Kopf gewaschen, wenn ich ins Schwadronieren kam, und meinen Humor in Bezug auf das professionelle Schreiben am Leben erhalten.

Ruth Ahntholz Golian hat *Artefakt* über Jahrzehnte und in verschiedenen Schreibgruppen immer wieder gelesen. Ich danke ihr für ihre ausführlichen Kommentare und für die Freude, die sie zeigt, wenn sie eine Passage besonders gut findet.

Walter J. Miller, der 2010 starb, war Dichter, Stückeschreiber, Übersetzer, Literaturkritiker, Jules-Verne-Spezialist, Professor an der NYU und Verleger. Ich hatte das Glück, in den frühen 1990er-Jahren im Kulturzentrum *92nd Street Y* bei ihm einen Schreibkurs machen zu dürfen, und habe danach noch weiter an Schreibkursen in seiner Wohnung in der Bleecker Street teilgenommen. Seine durchdachte Kritik war mir bei frühen Versionen von *Artefakt* sehr hilfreich.

Dr. Rosa Gonzales hat mir bei Lotties gynäkologischer Geschichte geholfen, insbesondere bei der katastrophalen Totgeburt.

Zutiefst verpflichtet bin ich meinen Patientinnen und Patienten und Dr. Otto Kernberg. Sie haben mich viel gelehrt, über die Komplexität, Schönheit und List der menschlichen Psyche und über die Erleichterung und Freude, die es bringt, sie zu verstehen.

Und für ihre liebende Präsenz in meinem Leben danke ich meinem Mann Len Rodberg, meinen beiden Söhnen, meinen Schwiegertöchtern, meinen Enkeln und auch meinen *Machatunim*. Sie sorgen für Lebendigkeit.

Zuletzt möchte ich drei Menschen danken, die schon lange nicht mehr leben, aber dennoch oft bei mir sind, vor allem jetzt, da dieses Buch erscheint. Eine der frühesten Zustandsformen von *Artefakt* liegt so weit zurück, dass ich zu Hause noch ein maschinegeschriebenes Manuskript mit handschriftlichen Anmerkungen von Bernard Malamud habe. Während unserer gesamten fünfundzwanzigjährigen Freundschaft hat er meine Texte sehr ernsthaft kritisiert und mich immer beschworen weiterzumachen.

Mein erster Ehemann, Shepard Kantor, war Arzt, Psychiater, Psychopharmakologe und Psychoanalytiker und auf all diesen Gebieten herausragend. Er hat hart gearbeitet, um die Familie zu ernähren, sodass ich einen Großteil meiner Zeit mit Schreiben verbringen konnte. Ich pflegte immer zu sagen, ich hätte ein Schreibstipendium namens Shepard.

Und schließlich sei an dieser Stelle meines Vaters Jerome Heyman gedacht, eines Mannes der Empathie und der Faust. Ich erinnere mich, wie er, als wir durch unser Fenster in einer weißen Vorstadtgegend Newark brennen sahen, sagte: »Wenn ich schwarz wäre, würde ich Newark auch in Brand stecken.« Wenn er vom Auto aus eine Schlägerei sah, hielt er an und eilte dem oder den zahlenmäßig Unterlegenen zu Hilfe. Und er hatte drei simple Grundsätze, die ich beibehalten habe: Werde nie zum Streikbrecher. Wenn dich ein Taxifahrer schneidet, beschimpfe ihn nicht – er versucht, sein Brot zu verdienen. Und: Jeder Mann, der eine Mutter hatte, müsste Feminist sein.

FUNDSTÜCK

NANCY MULLOWNY: Hier ist WQPD Newburgh, Ihr freundliches Lokalradio. Sie hören *Stimmenreigen aus Orange County*, New York State, ich bin Nancy Mullowny. Und mein heutiger Gast ist Dr. Lottie Kristin Hart Levinson. Zellbiologin. Makroanatomin. Lottie Kristin Hart Levinson. Habe ich das richtig hinbekommen mit all Ihren Namen?

DR. CHARLOTTE KRISTIN HART LEVINSON: Ja.

NM: Es stört Sie doch nicht, wenn ich Sie Lottie nenne?

CL: Doch, es stört mich. Wenn ich ein Mann wäre, würden Sie mich Dr. Levinson nennen, oder nicht?

NM: … Aha, ja. Da haben Sie natürlich recht. Aber wir sind ja zwei Frauen …

CL: Warum sollten Frauen einander nicht mit Respekt behandeln?

NM: … Okay. Dr. Levinson. Nur aus Neugier, warum benutzen Sie nicht Ihren Mädchennamen, Kristin? Viele Karrierefrauen benutzen doch heute ihren Mädchennamen. Statt all dieser Namen, dieser anderen Namen.

CL: Ich habe gern den gleichen Namen wie meine Kinder. Warum sollte ich nur den Namen meines Vaters führen? [Lachen] Malcolm X hätte das meinen Sklavennamen genannt.

NM: Ah, ja. Und Levinson, das ist doch ein deutscher Name, oder, Dr. Levinson? Sind Sie – deutscher Abstammung? Wenn ich fragen darf.

CL: Nein. Das ist nicht deutsch. Es ist jüdisch. Russisch-jüdisch. Ich bin keine Jüdin. Mein Mann ist Jude. Hören Sie, wollen Sie mich nicht zu meiner Arbeit befragen?

NM: Doch, natürlich. Ich versuche nur, etwas Hintergrundinformation zu bekommen – Human Interest. Sie sind eine Frau und Naturwissenschaftlerin, Sie sind *Dr.* Levinson, und wir werden über das alles reden, über Männer und Frauen, Naturwissenschaft und Naturwissenschaftler. Also, könnten Sie uns zunächst erzählen, ob es in Ihren Augen Unterschiede zwischen Naturwissenschaftlern und Naturwissenschaftlerinnen gibt?

CL: Es wirkt sich darauf aus, ob sie Finanzmittel bekommen oder nicht.

NM: Aha.

CL: Sie sind Radiojournalistin, Moderatorin, richtig? Was glauben Sie, was ein Mann in Ihrer Position verdient?

NM: Guter Punkt. Sehr gut. Was ist mit dem Umgang mit Versuchstieren? Beeinflusst das Geschlecht, das der Wissenschaftler natürlich, die Art und Weise, wie sie Tiere behandeln? Sie wissen ja wahrscheinlich, dass einige unserer Stammhörer Tierschutzaktivisten sind. Wie stehen Sie zu Tierversuchen, Dr. Levinson?

CL: Sie sind ein notwendiges Übel. Manchmal weiß ich nicht mal, ob sie überhaupt ein Übel sind. Diese Tiere wären sonst gar nicht geboren worden, und die meisten von uns behandeln sie besser, als wir unsere Haustiere behandeln: Sie bekommen nicht nur Nahrung und Unterkunft, sondern auch Sex, so viel sie wollen.

NM: Sie hören *Stimmenreigen aus Orange County*, unseren heutigen Talk führt Nancy Mullowny mit Dr. Lottie Kristin Hart Levinson.

CL: Berichtigung! Ich muss berichtigen, was ich eben gesagt habe. Sex, so viel sie wollen, bekommen die Zuchttiere, also die Tiere, die für die Zucht ausgewählt werden. Wissen Sie, wenn mal eine Ratte entwischt – es kommt vor, dass man an einer Ratte arbeitet, und dann gibt es irgendein lautes Geräusch, und das Tier flüchtet –, also, man sucht überall, findet die Ratte aber nicht. Wenn man dann abends Schluss macht, lässt man den betreffenden Käfig offen, und am nächsten Tag ist die Ratte wieder drin. Sie will dort sein.

Trotzdem haben die Tierschützer meiner Meinung nach in manchem viel Gutes bewirkt. Zuvor hat es einige Forscher nicht gekümmert, ob sie Tieren Schmerz zufügten.

NM: Und waren das Männer oder Frauen, diese Forscher?

CL: Vermutlich Männer, weil neunundneunzig Prozent der Naturwissenschaftler Männer sind. Natürlich begehen Männer mehr Akte brutaler Gewalt, wegen ihrer Testosteronlast, die Gefängnisse sind voll von Männern. Männern zwischen sechzehn und dreißig sollte der Besitz von Schusswaffen gesetzlich verboten sein. Natürlich gehören die meisten Staatschefs eigentlich ins Gefängnis – das sind fast alles alte Männer, weshalb ihr Testosteronspiegel gar nicht so hoch ist, aber leider müssen sie deshalb der Welt erst recht beweisen, was für ganze Kerle sie sind. Aber sind Frauen bessere Menschen als Männer? Ich weiß nicht, wie man das messen oder testen sollte.

NM: Aha. Männer also. Hat sich Ihr eigener Umgang mit Tieren durch die Tierschutzaktivisten verändert?

CL: Ich habe mich verändert, aber nicht durch sie. Ich habe mich verändert, weil ich mich inzwischen besser kenne. In den letzten Jahren versuche ich gezielt, meine Versuchsreihen kurz zu halten, weil mir die Tiere sonst ans Herz wachsen, und wenn ich sie dann opfern muss …

NM: Ja, das ist schwer für Sie. Entschuldigen Sie, wenn ich wieder auf das Männer-Frauen-Thema zurückkomme, aber dies ist eine Nachmittagssendung, und mich hören hauptsächlich Frauen … Frauen hegen eine Zuneigung zu kleinen Wesen. Vielleicht können Sie ja ein paar Beispiele für die besondere emotionale Ansprechbarkeit von Frauen durch Tiere nennen? Das würde meine Hörerinnen interessieren.

CL: [lange Pause) Ich weiß nicht, ob das von einer besonderen emotionalen Ansprechbarkeit zeugt, aber kein Mann würde das tun, was ich getan habe.

NM: Bitte, Dr. Levinson, erzählen Sie.

CL: Sie wissen schon, dass ich keine Ärztin bin.

NM: Ja.

CL: Ich wollte das nur klarstellen.

NM: Ja, es ist gut, unsere Hörerinnen daran zu erinnern.

CL: Okay, ein Beispiel für besondere emotionale Ansprechbarkeit. Es war mitten im Winter in Wisconsin. Ich war dort im Graduiertenstudium. Danach hatte ich dann eine Postdoc-Stelle – in Philadelphia, eine absolut lächerliche Postdoc-Stelle. Aber nur eine. Ich Glückspilz. Die meisten Frauen machen Postdoc auf Postdoc. Weil sie keinen Job finden. Wissen Sie, Nobelpreisträgerinnen waren ewig Assistentinnen oder hatten unbezahlte Stellen. Jetzt machen wir Postdocs. Ich bin vom Thema abgekommen, aber da platzt mir nun mal der Kragen.

Okay. Graduiertenstudium, Winter in Wisconsin. Ein Problem bei der Arbeit mit Ratten ist ihr Narkoserisiko. Narkosemittel führen zu Unterkühlung – Sinken der Körpertemperatur. Wenn Ratten unter Narkose zu stark auskühlen, sterben sie leicht. Leute, die nach den 1960er-Jahren mit Ratten arbeiteten, hatten Wärmeplatten, auf die sie die Tiere legten. Aber wir hatten so was nicht.

Also, wenn ich ein Tier operiert und die Speicheldrüsen herausgenommen hatte und schon am nächsten Tier war und dann sah, dass die erste Ratte, die mit der Sialadenektomie, also schon ohne Speicheldrüsen, dass sie … auskühlte …

NM: Sie schlief ja noch von der Narkose –

CL: Ja. Wenn sie aussah, als würde es kritisch, dann nahm ich sie und packte sie unter meine Bluse, in meinen BH. Meine Brüste wurden dabei etwas blutig, muss ich gestehen.

Ich weiß nicht, was ein Mann da als Äquivalent tun könnte … die Ratte in sein Suspensorium packen vermutlich.

NM: Oh, interessante Idee. Lassen Sie uns jetzt mal auf Kinder zu sprechen kommen. Letzte Woche habe ich Sally Newbriar interviewt, eine sehr engagierte Frau aus Port Jervis, die die Obdachlosenunterkunft in der Mott Street betreibt, und sie hat ein Kind mit Mukoviszidose, einer schrecklichen Krankheit. Ich denke mir, Ihre Forschung an Speicheldrüsen kann ja auch das Wissen über Mukoviszidose voranbringen.

CL: Könnte sie. Vielleicht. Aber ich bezweifle es. Bei der Mukoviszidose entsteht zähflüssiger Schleim. Den das Kind abhusten muss. Also könnte man meinen, dass die

Speicheldrüsen dabei eine wichtige Rolle spielen. Sie sind auch sicher beteiligt, aber ich glaube nicht, dass die Speicheldrüsen das Hauptproblem sind. Außerdem erforsche ich die Speicheldrüsen nicht wegen der Mukoviszidose.

NM: Nein? Warum erforschen Sie sie dann?

CL: Weil es mich interessiert. Sekretion interessiert mich.

NM: Ja. Okay. Sekretion interessiert Sie. Und Kinder interessieren Sie doch sicher auch. Sie haben ja eine Tochter – und zwei Söhne, glaube ich. Die sind alle gesund, richtig?

CL: … und eine Stieftochter. Ja, ich habe Glück, sie sind alle gesund.

NM: Wie heißen sie denn? Vielleicht hätten sie ja gern, dass ihre Mutter ihnen übers Radio hallo sagt. Hören sie jetzt gerade zu?

CL: Keine Ahnung. Hallo, Ruth. Evelyn. Simon. [Lauter] Hallo, Davy.

NM: Trotz Ihrer Antwort von eben, und ich möchte Ihnen jetzt wirklich nicht psychoanalytisch kommen, aber ich halte es doch nicht für rein zufällig, dass Sie an etwas arbeiten, das sich als relevant für die Krankheit Mukoviszidose erweisen könnte. Babys kommen mit Mukoviszidose zur Welt. Die Gefühle einer Frau für ihre Babys gehen doch tief. Wir alle wissen ja, dass weibliche Tiere notfalls töten, um ihre Jungen zu beschützen.

CL: Rattenweibchen fressen ihre Jungen.

NM: Nun ja, wir sind ja keine Ratten. Würden Sie nicht sagen, dass Ihre Kinder vor allem anderen kommen?

CL: [Lange Pause] Ich … dazu möchte ich nichts sagen.

NM: Aber Sie würden doch nicht sagen, dass Ihr Beruf vor Ihren Kindern kommt, oder? [Pause] Ich versuche, Sie auf die Unterschiede zwischen Männern und Frauen in der Wissenschaft zu bringen …

CL: Ja, das ist mir schon klar. Ich werde Ihnen dazu einen Witz erzählen. Ein Transsexueller kommt in die Klinik wegen einer geschlechtsangleichenden Operation und sagt, er hat Angst vor den Schmerzen.

»Der Eingriff ist schmerzlos«, erklärt ihm die Chirurgin.

»Was? Sie schneiden mir den Penis und die Hoden ab und das ohne Schmerz?«

»Sie stehen unter Narkose. Sie spüren keinen Schmerz.«

»Und danach, wenn ich aufwache, ist da immer noch kein Schmerz?«

»Nein, kein Schmerz.«

»Wie kann das sein? Sie sagen, daran ist gar nichts schmerzhaft? Überhaupt nichts?«

»*Das* habe ich nicht gesagt. Der schmerzhafte Teil kommt später, wenn Sie wieder zur Arbeit gehen und feststellen, dass Ihr Gehalt halbiert wurde.«

NM: [Lange Pause. Nervöses Lachen.] Sie hören *Stimmenreigen aus Orange County*, Ihre Talk-Moderatorin ist Nancy Mullowny, heute im Gespräch mit Dr. Lottie Kristin Hart Levinson.

Die Originalausgabe erschien 2020 unter dem Titel
»Artifact« bei Bloomsbury, New York.

Einige Passagen aus Teil eins und Teil sieben dieses Buches wurden in
leicht abgewandelter Form bereits in dem Erzählband »Scary Old Sex«
veröffentlicht.

FSC www.fsc.org
MIX
Papier | Fördert gute Waldnutzung
FSC® C083411

Penguin Random House Verlagsgruppe FSC® N001967

1. Auflage
Deutsche Erstausgabe November 2022

Neumarkter Straße 28, 81673 München
Covergestaltung: semper smile, München
nach einem Entwurf von und unter Verwendung
eines Motivs von © Greg Heiniman
Satz: Uhl + Massopust, Aalen
Druck und Einband: CPI books GmbH, Leck
MK · Herstellung: sc
Printed in the EU
ISBN 978-3-442-77272-8

www.btb-verlag.de
www.facebook.com/btbverlag